HEYNE BÜCHER

Das Buch

Der New Yorker Ex-Cop Lew Croaker stellt sich dem härtesten Kampf seines Lebens. Seine 15jährige Nichte Rachel wird an einem Nierenleiden sterben – und Spendernieren sind rar. Da wird Croaker von einem geheimnisvollen Anwalt aufgesucht, der ihm ein passendes Organ anbietet. Der Preis ist hoch: Croaker soll einen Mann kaltblütig umbringen. Und bei seinen Nachforschungen taucht er immer tiefer in den Sumpf des internationalen Organhandels ein. Dabei entdeckt er, daß es in höchsten Regierungsstellen offenbar Leute gibt, die einen Umsturz in einem fremden Land planen.

Ein Unbekannter versucht Croaker kaltzustellen, indem er geschickt dessen ganze Verbindungen zu Freunden zerstört. Der New Yorker Ex-Cop sieht sich plötzlich in der ihm fremden Welt Floridas ganz auf sich gestellt – von den Florida Keys über Palm Beach und Miami bis zum gefährlichen Showdown in den Everglades.

Der Autor

Eric Van Lustbader wurde 1946 in New York geboren. Nach dem Studium an der Columbia University war er Journalist bei verschiedenen Musikzeitschriften, Manager und Produzent einer Band. Außerdem war er in der Presseabteilung von CBS Records tätig.

Seine Bücher, die häufig im Fernen Osten spielen, wurden in dreißig Sprachen übersetzt, darunter auch ins Japanische.

Schwarze Heimkehr ist der erste Roman Lustbaders, der ausschließlich in den USA spielt.

Bisher sind als Heyne-Taschenbuch erschienen: *Der Ninja* (01/6381), *Schwarzes Herz* (01/6527), *Teuflischer Engel* (01/6825), *Die Miko* (01/7615), *Ronin* (01/7716), *Dolman* (01/7819), *Jian* (01/7891), *Der weiße Ninja* (01/8642), *Moichi* (01/8054), *Shan* (01/8169), *Zero* (01/8231), *French Kiss* (01/8446), *Der Kaisho* (01/9083), und in der Reihe »Heyne-Jumbos« *Zero* (41/12), und *Schwarzes Schwert* (41/48).

ERIC VAN LUSTBADER

SCHWARZE HEIMKEHR

Roman

Aus dem Amerikanischen
von Bernhard Liesen

Deutsche Erstausgabe

WILHELM HEYNE VERLAG
MÜNCHEN

HEYNE ALLGEMEINE REIHE
Nr. 01/9961

Titel der Originalausgabe:
DARK HOMECOMING

Umwelthinweis:
Das Buch wurde auf
chlor- und säurefreiem Papier gedruckt.

Redaktion: Dr. Andreas Gößling

Printed in Germany 1996
Umschlagillustration: ZEFA / Stockmarket / B. Binzen, Düsseldorf
Umschlaggestaltung: Atelier Ingrid Schütz, München
Satz: Pinkuin Satz- und Datentechnik, Berlin
Druck und Bindung: Elsnerdruck, Berlin

ISBN 3-453-10851-5

PROLOG

»Gestern nacht hatte ich einen Traum«, sagte Heitor Bonita, »und zwar …«

»*Madre de mentiras*, ich bitte dich, erzähl mir deine Träume nicht«, antwortete Antonio Bonita. »Ich kenne sie doch.«

»Dieser war anders«, erwiderte Heitor. »Den kennst du sicher nicht.«

Es entstand eine kurze, aber unbehagliche Pause, während der Doo-wop-Sound von ›Mope-itty Mope‹ von den Boss-Tones aus den Lautsprecherboxen dröhnte. Es war Heitors Idee gewesen, die Musik dieser alten amerikanischen Gruppen wiederaufleben zu lassen. Antonio hätte Machitos brandheißen, afrokubanischen Cu-Bop-Jazz vorgezogen, aber es sah so aus, als hätten die Kids, die in South Beach herumhingen, mit der Latino-Tradition nicht viel am Hut und als würde sich daran auch nichts ändern. Ihr Pech. Aber selbst Antonio mußte zugeben, daß das Boneyard von Heitors Einfall profitiert hatte.

Seit sie das Lokal eröffnet hatten, war es immer fast aus den Nähten geplatzt. Antonio hatte zuerst skeptische Einwände erhoben, aber die Idee war so überraschend unkonventionell, daß Heitor von Anfang an hingerissen gewesen war. Wie immer waren sie natürlich nicht offiziell involviert und weit davon entfernt, als Eigentümer aufzutreten. Sie hielten sich im Dunkeln und kassierten unbeobachtet das Geld. Vom ersten Augenblick an, als sie den Fuß auf nordamerikanischen Boden gesetzt hatten, hatten sie dafür gesorgt, daß alle ihre Geschäfte absolut legal waren. Ihr Imperium bestand vor allem aus einer Chemie- und Erzminen-Gesellschaft sowie einer Handvoll von Import-/Exportunternehmen und einer kürzlich gegründeten Firma, die indirekt Eigentümerin des Boneyards und anderer Clubs in Florida und im Südosten der Vereinigten Staaten war. Hier lief alles anders ab als in Lateinamerika, wo Schmiergelder und Korruption im großen Stil sowohl für die alteingesessenen Familien als auch für die Regierungen zu den Haupteinnahmequellen gehörten. Die beiden kamen gut mit Regierungen und Bürokraten aus. Sie wußten, wie man mit Ministern umging, weil sie die geringsten Anzeichen von Korruption witterten und für ihre Zwecke nutzbar machen konnten.

»Ich will nichts von diesem Traum hören.« Antonio blickte sich um. P. T. Barnum hatte ihr Marktpotential völlig unterschätzt. In jeder Minute wurden zehntausend neue Idioten geboren. »Ich habe ein schlechtes Gefühl dabei.«

Wenn sie sich anschauten, war es, als blickten sie in einen Spiegel. Beide dachten dann: Das ist mein Bruder, aber gleichzeitig bin ich es selbst. Heitor und Antonio waren eineiige Zwillinge, und die Ähnlichkeit reichte bis zu ihren außergewöhnlichen bernsteinfarbenen Augen.

»Ein schlechtes Gefühl, sagst du?« Heitors Gesichtsausdruck glich dem eines hungrigen Wolfes, der der Fährte zu einem Hühnerstall folgte.

Sie waren groß und schlank wie Schlangen und auf ihre Art ansehnliche Männer. Ihr dichtes, gelocktes Haar leuchtete wie Kupfer, und ihre Gesichtshaut spannte sich über den hervorspringenden Knochen. Sie hatten diese Züge und viele weitere von ihrer Mutter geerbt. Aber es gab auch eine andere, mystische Seite an ihnen, für die jemand außerhalb der Familie verantwortlich war. Sie schlug sich in ihrer Ausstrahlung nieder, die gleich der einer schwarzen Witwe kraftvoll und anziehend war. Sie schienen von einer bemerkenswerten Ruhe umgeben zu sein, jener sich kräuselnden und feuchten Energie, die man bei flüssigem Quecksilber wahrnimmt. Die Brüder waren Raubtiere, die sich nicht besonders anstrengen mußten, um das zu kriegen, was sie haben wollten.

Als die ersten Akkorde von ›Hong Kong Jelly Wong‹ von den Royaltones erklangen, ergriff Heitor wieder das Wort. »Dieser Traum ist wichtig. Schlechtes Gefühl oder nicht, wir müssen darüber reden.« Die beiden Brüder waren in ein Grau gekleidet, das am ehesten an die Innenseite einer Austernmuschel erinnerte. Sie trugen kurzärmlige Hemden, schmalgeschnittene Hosen im Stil der sechziger Jahre und dünnsohlige Schuhe ohne Socken. Sie verachteten Socken.

Antonio sagte nichts, weil er wußte, daß jener Augenblick kommen würde.

»Ich habe geträumt, daß ich ein strenggläubiger Jude wäre«, sagte Heitor. »Ich wachte als dieser Jude aus einem Traum auf, als wäre ich gerade geboren worden. Versteh mich richtig, dieser Traum war mehr als eine Prophezeiung.« Er warf die Arme auseinander und beschrieb einen Kreis. »Er verriet mir, daß der Messias an einem Sonntag erscheinen würde. Gute Nachricht, oder? Die schlechte Nachricht war, daß es sich um den Sonntag handelte, an dem das Endspiel um die Super Bowl stattfindet.«

Die Zwillinge starrten sich einen Augenblick lang an. Dann brachen sie gleichzeitig in Gelächter aus. Das Außergewöhnliche bestand darin, daß sie selbst im Moment eines so unkontrollierten Gefühlsausbruchs Spiegelbilder zu sein schienen. Tatsächlich unterschieden sie sich nach außen überhaupt nicht. Wenn man einmal davon absah, daß der eine Doo-Wop und der andere Cu-Bop mochte.

»Ich habe heute mit dem Weimaraner gesprochen.« Heitor meinte Senator Weiman.

»Und ich hatte dir davon abgeraten«, antwortete Antonio. »Es ist noch zu früh.«

»Er will mich zur Jagd nach Virginia mitnehmen.«

Antonio seufzte. »Wie nett.«

»Die großen Firmen in seinem Staat beginnen ihn von der Wichtigkeit unserer Kupfer- und Lithium-Importe zu überzeugen.«

»Die Wiederwahl«, kommentierte Antonio. »Der *American Way*, nicht wahr?«

Die Zwillinge blickten einander an und grinsten.

»Ich will zur Jagd nach Virginia.« In Heitors Stimme lag eine fast kindliche Sehnsucht.

»Nicht jetzt. Noch nicht.« Als Antonio den Ausdruck auf Heitors Gesicht sah, seinem Spiegelbild, ergriff er die Hand seines Zwillingsbruders und drückte sie. »Ich weiß, wie sehr du die Jagd liebst.«

»Du doch auch, mein Bester.« Heitors Augen waren halb geschlossen. »Aber da geht es um eine ganz andere Jagd.« Und ganz plötzlich hatten sie sich weit von dem alltäglichen Gespräch über den Senator entfernt.

Antonios bernsteinfarbene Augen schienen zu glühen. »Ja, ich weiß, daß du darauf brennst, ihm das Skalpell eigenhändig hineinzustechen.«

»Ich hasse ihn«, gestand Heitor. »Er ist arrogant und gehässig.«

»Er hat alles, was wir dringend brauchen«, sagte Antonio und kam damit auf den zentralen Punkt zu sprechen. »*Pacienca*.« Hab Geduld. »Es wird nicht mehr lange dauern, bis alles uns gehört. Du kennst den Plan und weißt, daß er gut ist.«

»Wenn wir in Asunción wären, würde sein Blut an meinen Händen kleben.«

»Sind wir aber nicht«, mahnte Antonio. »Wir sind Aufsteiger und spielen jetzt in der ersten Liga mit. Im Moment wird unser Verhalten noch genau beobachtet.«

»Die Zivilisation.« Heitor zog eine Grimasse. »Die Zivilisation macht mich krank.«

Antonio antwortete nicht. Er beobachtete statt dessen eine blonde Frau Ende Sechzig, die auf In-line-Skates vorbeisauste. Sie trug über einem einteiligen Badeanzug Shorts mit roten Hosenträgern. In dem Augenblick, als sie vor dem Fenster des Lokals vorbeifuhr, sahen die Bonitas, wie sich ihr ein kleiner dunkelhäutiger Mann in den Weg stellte. Er griff nach ihrem Portemonnaie und brachte sie gleichzeitig durch einen brutalen Stoß aus dem Gleichgewicht. Die Frau ruderte mit den Armen, hatte den Mund im Schock weit aufgerissen und raste unbeholfen auf den Bürgersteig zu, während der dunkelhäutige Mann flüchtete.

Die Zwillinge sprangen auf und waren in Sekundenschnelle am Tatort. Die Verständigung zwischen ihnen funktionierte perfekt. Heitor sprintete hinter dem dunkelhäutigen Mann her. Er konnte eine Viertelmeile wie ein Gepard laufen, ohne dabei in Schweiß auszubrechen. Er raste um eine Ecke, stürmte weiter und rammte dem Dieb die offene Hand ins Kreuz.

Mit einem einzigen weiteren Sprung hatte er ihn sicher im Griff. Wortlos wirbelte er den Mann herum, und der Dieb sah, daß zwei Finger auf ihn zeigten. Eine lähmende Sekunde lang starrte er stumpfsinnig in Heitors bernsteinfarbene Augen. Man konnte unmöglich sagen, was er in ihnen las, aber er keuchte und trat unfreiwillig einen Schritt zurück. Heitor schien seine Meinung zu ändern. Er holte aus und versetzte dem Dieb in fast nachlässiger Weise einen Fausthieb an die Schläfe. Der Schlag war so kraftvoll, das er dem Dieb die Füße unter dem Leib wegzog. Wie ein Hund, dem man auf die Pfoten getreten hat, gab der Mann ein kleines überraschtes Jaulen von sich. Dann krachte sein Kopf gegen eine Betonwand, und er brach zusammen. Heitor beugte sich vor und entwand dem Mann die Brieftasche. Dann verlor er das Interesse an ihm.

Als er zum Tatort zurückgekehrt war, sah er, daß Antonio neben der Frau kniete. Er hatte sie aufgerichtet, und sie lehnte mit dem Rücken an der Fensterscheibe des Clubs. Das offenbar unverletzte rechte Bein hatte sie ausgestreckt, aber das linke war angewinkelt.

»Alles klar?« fragte Heitor.

»Die Dunklen Steine werden es wissen«, antwortete Antonio, und das alarmierte Heitor. Antonio preßte seine Handflächen vorsichtig gegen die linke Wade der Frau und tastete mit den Fingern nach dem Muskel. Der Hinterkopf der Frau ruhte an der Glasscheibe, und sie hatte die Augen geschlossen. »Ich brauche dich«, murmelte Antonio.

Heitor umwölbte mit seiner linken Hand das angezogene Knie der Frau. Obwohl sie beschäftigt waren, blickten sich die beiden Brüder in die Augen. Es sprang etwas zwischen ihnen über, das einem Funken oder einer Energie glich, flüchtig wie eine Flamme, die schnell und heimlich ausgeblasen wird.

Dann gab die Frau einen kleinen Seufzer von sich und öffnete ihre grauen Augen, in denen man die Erinnerungen ihres langen Lebens lesen konnte.

»Hier ist Ihr Portemonnaie«, sagte Heitor, als ihr Blick ihn traf. »Ich glaube nicht, daß etwas fehlt.« Sein Lächeln schien sie zwingen zu wollen, ebenfalls zu lächeln.

»Fühlen Sie sich besser?« fragte Antonio.

»Ja, viel besser.« Sie wollte aufstehen, und die Brüder halfen ihr. Die Frau blickte von einem Gesicht zum anderen und war offensichtlich erstaunt. »Es ist vorbei. Ich fühle überhaupt keinen Schmerz mehr, als wäre nichts passiert.«

»In unserer Heimat gibt es ein Sprichwort.« Heitor überreichte ihr die Brieftasche. »›Wenn die Sünde kommt, ist die Nacht nur noch ein Schatten ihrer selbst.‹«

»Du meinst wohl: ›Wenn der Tag kommt‹«, verbesserte Antonio.

»Vielleicht.« Heitor lächelte.

Während die Frau die Zwillinge abwechselnd ansah, hob Antonio einladend den Arm. »*Escuchame, Señora*. Treten Sie ein und trinken Sie etwas. *Sientase*. Fühlen Sie sich wie zu Hause.«

»Sie sind außergewöhnlich nett.« Die Frau ließ sich in den Club und zu einem Sofa führen. »Sie haben sich wundervoll benommen und sind wirklich wahre Samariter.«

Während Heitor einen Milchkaffee für sie bestellte, hörte er, wie sie zu Antonio sagte: »Menschen wie Sie geben einem den Glauben an die Menschheit zurück.«

»*Bueno, Señora*. Es gibt nichts Besseres, als zur richtigen Zeit am richtigen Ort zu sein, oder?«

Einen Augenblick später trat Antonio neben Heitor an die Bar. Um sie herum glänzte poliertes Kupfer, und sie waren in eine Wolke wohlriechenden Dampfes eingehüllt.

»Unsere geheiligte Mutter weiß, daß wir eigentlich immer so gute Menschen sein könnten«, sagte Heitor.

»Wenn wir es wollten.« Antonio stützte die Ellbogen auf den Tresen. Er schien entspannt und fast schläfrig zu sein wie ein Krokodil in der Nachmittagssonne.

Heitor beobachtete die Kellnerin, die der Frau den Milchkaffee, etwas Schokolade und Mandelbiskuits servierte. »Warum sollten wir es wollen?« fragte er.

»Unsere geheiligte Mutter kann es sich nicht vorstellen«, sagte Antonio. »Und ich auch nicht.«

»Das erinnert mich an damals, als ich überfahren wurde«, sagte Heitor, der von einer Wolke milchigen Dampfes eingehüllt wurde.

»Nicht übertreiben«, ermahnte Antonio. »Schließlich ist nur dein Arm unter das Rad geraten.«

»Das hat dich aber nicht daran gehindert, den Fahrer aus dem Wagen zu zerren.«

»Die Ehre ließ mir keine andere Wahl. Er hatte sich meinem Bruder gegenüber sorglos verhalten. Ich fühlte deine Schmerzen und wurde sehr wütend.«

»Ja, sehr wütend«, sagte Heitor beinahe versonnen. Auf eine bestimmte Art schien er jetzt lebhafter zu sein als vorher, als er den Kopf des kleinen Diebes an die Mauer der Gasse geschlagen hatte. Es war, als vibrierte er im Takt eines inneren Rhythmus. »Du hast sein Gesicht sehr, sehr ruhig festgehalten.«

»Während du in seine Augen starrtest.«

»Das war der angenehme Teil der Geschichte«, gestand Heitor. »Der Gedanke an die Dunklen Steine.«

Antonio trank einen großen Schluck Espresso, der mit Zimtschokolade garniert war. »Bis ihm das Blut aus der Nase und dem Mund spritzte.«

»Es tropfte von seinen Ohren wie bei einem Pferd, dem man die Peitsche gibt«, fügte Heitor leidenschaftlich hinzu.

»Du erinnerst dich an den besten Teil der Geschichte«, stichelte Antonio.

»Aber natürlich.« Der Ansturm der Erinnerung glich einem delikaten Geschmack auf der Zunge. »Wir kamen blutüberströmt nach Hause und sprangen in den Swimmingpool.«

»Während wir uns an den Händen hielten.«

»Wir waren vereint und so energiegeladen, daß wir mit dem Gebrüll nicht aufhören konnten«, sagte Heitor. »Dona kam raus, als sie die heiseren Schreie des Aufruhrs hörte.«

»Es war ihr Geburtstag. *Perfecto.*« Antonio befeuchtete seine Lippen mit der Zungenspitze. »Sie blickte auf den Swimmingpool und glaubte, wir hätten ihn mit pinkfarbenem Champagner gefüllt.«

»Was wir ja auch schon mal getan haben.«

»Ein wahrlich schockierender Genuß«, gab Antonio zu.

»Aber nicht so schockierend wie bei der anderen Gelegenheit«, sagte Heitor.

Antonio nickte. »Nicht annähernd. Dona quiekte, warf ihre Klamotten ab und sprang in das blutige Wasser des Swimmingpools.«

»Ihr strammer, gebräunter Körper inmitten des Blutes. Was haben wir gelacht.«

»Allerdings«, sagte Antonio. »Ach, mein Bruder, *la vida es muy buena,* wenn alles so läuft, wie es laufen soll. Das Leben meint es gut mit uns.«

In diesem Augenblick sagte Heitor, der die Lincoln Road durch die Fensterscheibe beobachtete: »Ich sehe ihn.«

»Er haut ab, oder?« fragte Antonio mit angehaltenem Atem und ohne den Kopf zu wenden.

Heitor blickte über die grauhaarige Frau, die ihren Milchkaffee und das Gebäck genoß, hinweg und beobachtete den Mann aus den Augenwinkeln. »Wie vorausgesagt. Deine Information war richtig.«

»Jetzt ist er ein sehr gefährlicher Mann.«

»Das sind andere auch«, sagte Heitor.

Antonios bernsteinfarbene Augen schienen sich zu weiten, als wäre er aus einem Traum gerissen worden. »Nur Arbeit ohne Vergnügen würde uns dumm machen.«

»*Madre de mentiras,* wenn du in Rätseln sprichst, stimmt mit der Ordnung der Welt irgend etwas nicht«, antwortete Heitor.

Antonio lachte. »Exakt mein Gedanke.«

Die Zwillinge wandten sich um und verließen, Geistern gleich, den Club.

Nachdem er die Computerdaten des Boneyards gefunden und auf einer Floppy-Diskette, die er jetzt bei sich trug, gespeichert hatte, schlenderte Robin Garner gemächlich die Lincoln Road hinab. Garner, ein FBI-Agent, hatte sich mit der extremen Vorsicht einer Sonde, die um die Peripherie eines Dunklen Sterns kreist, in die Einflußsphäre der Bonita-Zwillinge eingeschlichen. Das war jetzt achtzehn Monate her. Nach etlichen Schwierigkeiten hatte er, vom Zufall begünstigt, Zugang gefunden. Seinen Anweisungen gemäß hatte er jetzt am Rand des komplizierten Netzes der Zwillinge zu verharren. *Unternimm nichts,* hatte ihn sein Mittelsmann gewarnt, *dann schöpfen die Bonitas auch keinen Verdacht. Warte ab und beobachte.*

Garner war durch seine Ausbildung bei der ACTF ein erfahrener Beobachter geworden. Die Anti-Cartel Task Force war eine halboffizielle Abteilung des Justizministeriums, für die er sich im Zwielicht und in den korrupten Milieus der Verbrecherorganisationen abrackerte. Sie war gegründet worden, um den alarmierenden Anstieg der staatsübergreifenden kriminellen Aktivitäten zu unterbinden. Analysen der Regierung hatten ergeben, daß es sich dabei um einen weltweiten Trend handelte, der sowohl ein Symbol der neuen Weltordnung in der ökonomischen Politik war als auch eine Bedrohung für die Vereinigten Staaten darstellte. Durch den unmittelbaren Zugang zu Informationen waren die Handlungen aller Regierungen – wie auch die aller kriminellen Organisationen – miteinander verknüpft. Ihm persönlich bot die ACTF eine Tätigkeit, in die er sich hineinknien konnte, weil es ein wichtiger Job war.

Garner hatte also abgewartet, alles beobachtet und war schließlich wie die Bonita-Zwillinge zu einer Art Spinne geworden. Es war gar nicht so schwierig gewesen. Warum auch? Was Scharfsinn und Tarnung betraf, war er ein Naturtalent. Als er im Alter von zwölf Jahren festgestellt hatte, daß er ganz anders als die anderen Jungen war, hatte er erkannt, daß er besser dran wäre, wenn er abwarten würde. Und zwei Jahre später, als ihm ein körperliches Erlebnis die Gewißheit gebracht hatte, homosexuell zu sein, war ihm klargeworden, daß er lernen mußte, noch geduldiger zu sein. Seine Eltern gehörten nicht zu den Menschen, die einen alternativen Lebensstil gutheißen würden, und er war kein Rebell, der sich ohne Rücksicht auf andere outete. Die Familie war ihm wichtig und zu dieser Zeit sogar wichtiger als seine sexuellen Vorlieben. Wenn ihn das in den Augen bestimmter Leute zu einem Feigling machte, dann war es eben so.

Als Schwuler hatte man in South Beach Vorteile. Da man besser homo- oder bisexuell war, um hier wirklich dazuzugehören, paßte Garner gut nach SoBe. Außerdem schien er so eine geringere Bedrohung für die Macho-Zwillingsbrüder zu sein. Die Erfahrungen der Vergangenheit, als er in seiner eigenen Familie den Maulwurf gespielt hatte, hatten seine Wahrnehmung für subtile Vorgänge geschärft, für die andere blind waren. In dem Kaninchengehege von Büros, das sich hinter dem Boneyard befand, wo er seit dem Tag der Eröffnung jeden Tag zehn Stunden gearbeitet hatte, war ihm diese Fähigkeit nützlich gewesen. Weil er auch die geringsten Veränderungen wahrgenommen hatte, war es ihm gelungen, den Fall zu knacken, an dem er arbeitete.

Das Schlimme an seiner Homosexualität war, daß sich Garner in der sogenannten normalen Gesellschaft hilflos und unfähig fühlte. Er wollte etwas bewirken, und wenn er die Bonita-Zwillinge vor Gericht bringen würde, hätte er das verdammt noch mal geschafft. Sogar wenn andere, was unausweichlich der Fall sein würde, den Lorbeer für sich beanspruchten, wäre Garner, tief in den Schatten Washingtons verborgen, zufrieden.

Er hatte gemächlich und unnachgiebig durch kleine, nur für ihn wahrnehmbare Risse in der Fassade gespäht und flüchtige Blicke auf die geheimen Operationen der

Bonita-Zwillinge geworfen, die man zwar vermutet hatte, aber bisher nicht beweisen konnte. Erst jetzt, nachdem er durch ein sich plötzlich auftuendes Loch in ihrem Verteidigungswall gesprungen war, hatte er genug in der Hand, um sie für mehrere lebenslange Haftstrafen hinter Gitter zu bringen – falls es ihm gelang, die Daten zu dem Haus zu bringen, wo ihn sein Mittelsmann, der auf seine eigene Weise geduldig war, bereits erwartete.

Garner schlüpfte in eine Seitengasse, die nach Urin und getrocknetem Fisch stank. Man hatte ihm einen Schlüssel gegeben, und er öffnete damit eine Seitentür des White House. Dieser Hardcore-Schwulenclub, der sich in dem Gebäude eines längst aufgegebenen Kinos aus den vierziger Jahren befand, war nicht nach dem amerikanischen Präsidentenwohnsitz, sondern nach dem gleichnamigen russischen Parlamentsgebäude benannt worden.

Garner konnte den Charakter seines Mittelsmannes nicht genau einschätzen. Er vertraute ihm natürlich unter Einsatz seines Lebens, aber als sie sich zum ersten Mal getroffen hatten, war ihm klargeworden, daß seine sexuelle Andersartigkeit hier ein Nachteil war.

Sie vertrauen dir nicht voll und ganz. Wenn der Mittelsmann ihn nach den Fortschritten seiner Mission befragt hatte, hatte er das Gespräch stets in dieser unbestimmten Art eröffnet. *Ja, mea culpa. Ich springe mit dir härter um als mit meinen normalen Agenten. Aber das hängt damit zusammen, daß sie mich auch härter anfassen, wenn es um dich geht.*

Aber sie hatten Garner genug vertraut, um ihn in die Einflußsphäre der Bonita-Zwillinge einzuschleusen. Das war das Paradoxe an der Politik des FBIs, und das würde sich nie ändern.

Seit Garner der ACTF beigetreten war, war sie von Unruhen erschüttert worden. Die meisten seiner Informationen beruhten auf Gerüchten, die er in schummrigen Bars gesammelt hatte. Es ging um geheime Pläne, die viel mit dem bürokratischen Sumpf zu tun hatten, der fester Bestandteil jeder Bundesbehörde war. Vielleicht hätte er diese Gerüchte einfach als Teil der Paranoia ansehen sollen, die in diesem morastigen Gelände dazugehörte. Selbst in den unangenehmen Zeiten, da er darauf gewartet hatte, wieder eingesetzt zu werden, hatte er die veränderten Vibrationen wahrgenommen, als hätte man tief im Zentrum der Dinge einen sich beschleunigenden Rhythmus – wie undeutlich auch immer – hören können. Nichts Definitives natürlich, nur die Echos mündlicher Informationen: Hier gab es eine veränderte Direktive, dort personelle Veränderungen. Einmal wurden die Agententeams in Südostasien verkleinert, dann wiederum andere in Lateinamerika verstärkt. Das alles war geschehen, bevor Spaulding Gunn vor drei Jahren zum neuen Direktor der ACTF ernannt worden war. Ziemlich bald danach hatten sich die geheimnisvollen Signale in der Dunkelheit aufgelöst, und seitdem ließen sich die Verbreiter der Gerüchte über aktuellere Themen, die mehr hergaben, aus.

Garner wußte nicht, was das alles zu bedeuten hatte, aber vor achtzehn Monaten hatte ihn sein Mittelsmann mit einer verdeckten Aktion im Dunstkreis der Bonita-Zwillinge betraut. Warum hatten die Bonitas für die ACTF plötzlich oberste Priorität? Bis letzte Woche hatte Garner keine Ahnung gehabt. Sein Mittelsmann hätte es ihm bestimmt nicht erzählt. Tatsächlich hatte Garner auch kein großes Interesse an Spekulationen. Man erwartete von ihm, daß er, mit der Hand auf dem Herzen und in die Nationalflagge gehüllt, weiterkämpfte, Befehle befolgte und erfolgreich war.

Vorsichtig ging er durch die düsteren und verlassenen Flure, die nach alten Zeiten und nächtlichen Orgien rochen. Was hier die ganze Nacht hindurch und bis in den frühen Morgen hinein vor sich ging, war für ihn oft unfaßbar. Wie bei religiösen Sekten gab es auch bei den Schwulen viele unterschiedliche Arten. Obwohl Garner ebenfalls homosexuell war, hatte er vor langer Zeit beschlossen, seinen Weg in der sogenannten normalen Welt zu machen. Das erforderte eine ganze Reihe von Attitüden, die die Schwulen, die hier verkehrten, abstoßend fanden. Der Name des Clubs – White House – war nicht zufällig gewählt, sondern eine quasipolitische Aussage. Das hier war ein neues Territorium, welches vom normalen Leben in den Vereinigten Staaten so weit wie Rußland entfernt war. Die Vereinten Nationen der Schwulen, lang mögen sie leben!

Hinter dem Ende einer langen, geschwungenen Bar im Erdgeschoß fand er eine wackelige alte Treppe und stieg leise und mit gleichmäßigen Schritten hinauf.

So sehr er es auch versuchte, er konnte einfach nicht nur der gute Soldat sein, der sich bedingungslos und mit voller Geschwindigkeit in den Kampf stürzte. Er besaß zuviel Verstand. Das Problem war, daß Garner sich manchmal selbst als Kanonenfutter sah; geschickt, aber doch in hohem Maße entbehrlich. Wenn sich diese Aktion als ein Selbstmordkommando herausstellen sollte, würden sie nicht einmal mit der Wimper zucken, von Gewissensbissen ganz zu schweigen. Er fragte sich, ob sein Mittelsmann wohl noch einmal an ihn denken würde, wenn er sich von seinem frisch geschaufelten Grab abgewendet hatte.

Düstere Gedanken angesichts einer gefährlichen Undercover-Operation. Es war eine Sache, genug Beweise zu sammeln und Typen vor Gericht zu bringen, die ihre funktionierenden Drogengeschäfte hinter ihren ach so legalen Geschäften verbargen. Aber alles sah anders aus, wenn es sich um Antonio und Heitor Bonita handelte. *Sie* hatten keine Ahnung, wie gefährlich die Zwillinge waren. Die Bonitas waren auf fanatische Art und Weise geheimnistuerisch, und wenn sie irgend jemanden entdeckten, der diese Geheimnisse enttarnt hatte, wartete ein sicherer und grausamer Tod auf ihn.

Als er das Ende der Treppe erreicht hatte, schüttelte er diese düsteren Gedanken ab. Er war an sie gewöhnt; sie tauchten stets gegen Ende seiner Missionen auf. Wenn die Nerven blank lagen und die Gefahr am größten war, bestand in seiner Geduld die wertvollste Reserve.

Garner war jetzt fast am Treffpunkt angelangt, kurz davor, die wichtigste Aktion seiner Laufbahn zu einem erfolgreichen Abschluß zu bringen. Er konnte sich nicht von dem Gedanken losreißen, daß dann endlich auch sein Mittelsmann seinen Beitrag würdigen mußte. Nach seinem Triumph würde der ihre Treffen nie wieder mit den Worten *Sie vertrauen dir nicht voll und ganz* eröffnen.

Der Mittelsmann bestimmte mit einem gewissen Spott die Orte für ihre Treffen in Clubs, die er zum Kotzen fand. Garner konnte es sich nicht erlauben, beleidigt zu sein. Er sah die Logik, die in dieser Entscheidung lag. Wie im Alten Rom ... Das Sprichwort machte immer noch am meisten Sinn.

Garner betrat, wie verabredet, das hintere Büro, ohne vorher an die Tür zu klopfen. Er befand sich in einem Vorraum, der zur Garderobe der Stars gehört hatte, als in diesem Kino zwischen den einzelnen Filmen noch Vaudeville-Nummern aufgeführt worden waren. Auf dem alten Holzschreibtisch in der Nähe der Tür zum Hinterzimmer befanden sich eine defekte Imitation einer Tiffany-Lampe, eine ausrangierte Kladde und ein Stapel betagter *People*-Magazine. Das schon vor langer Zeit angedunkelte Milchglas ließ kaum Licht einsickern.

Garner durchquerte den Raum und zählte die Zeitschriften. Es waren sieben, alle in einer Reihe liegend. Das bedeutete, daß sich Garners Mittelsmann im Nebenraum befand und daß alles in Ordnung war. Ein Bestandteil der Aufgabe des Mittelsmannes: Er mußte dafür sorgen, daß die Häuser, in denen die Treffen stattfanden, sauber und sicher waren, die Agenten nicht vor Ort erledigt wurden.

Garner öffnete die Tür zu dem Raum und wurde von der Dunkelheit verschluckt. Nach drei Schritten trat er auf etwas Glitschiges. Er wäre fast gefallen, aber eine starke Hand packte seinen Ellbogen und hielt ihn fest.

»*Cuidado,* du hättest dich verletzen können.«

»Danke«, sagte Garner automatisch. Aber er erstarrte. Was war das für ein Geruch?

»Es ist eine Schande«, sagte die Stimme, »aber wir vertrauen dir nicht mehr.«

»Was?« Garners Kopf fuhr so heftig herum, daß er einen Wirbel knacken hörte.

»Wirklich schade«, sagte eine zweite, ähnlich klingende Stimme. »Wir mochten dich.«

Es war nicht nur ein Geruch, sondern ein Gestank. Direkt vor Garners Augen wurde ein Licht eingeschaltet, und Garner blinzelte.

»*Madre de mentiras*, sieh doch nur, wo du reingetreten bist.«

Garner starrte auf den Boden, und beinahe wäre ihm das Herz in die Hose gesunken. Auf dem blutbefleckten Boden waren in einem fast perfekten Kreis Eingeweide arrangiert.

»*Muy hermosa*«, sagte die zweite Stimme. Sehr schön.

Garners Blick folgte dem Lichtstrahl, als wäre er ein Magnet. Der Lichtstrahl wanderte unnachgiebig durch den engen Raum. Garner gab ein leichtes Stöhnen von sich, als er das Gesicht seines Mittelsmannes sah, denn das war so ziemlich alles, was er von ihm erkennen konnte. Er versuchte wegzublicken, aber eine stahlharte Hand ergriff seinen Nacken und zwang seinen Kopf immer näher dorthin, wo sie ihn haben wollten. In dem schwankenden Licht schien der Schädel auf einem Meer seidener Dunkelheit zu treiben. Es wirkte surreal, wie ein bösartiges Omen in einem Traum.

Plötzlich flammten Lichter auf. Garner erstarrte wie ein Reh, das von Autoscheinwerfern geblendet wurde. Er blickte auf und blinzelte. Er sah vier metallummantelte Fotografenscheinwerfer, die an Regalen angebracht waren und die blutige Szene in ein so helles Licht tauchten, daß es beinahe obszön war.

»*¡Ay, fantastico!*« krähte Heitor Bonita. »*¡Que dulce!*« Wie süß! Jetzt, wo der anfängliche Schock nachgelassen hatte, war Garner alles klar.

»*Señor, por favor*, hier geht's lang.«

Garner spürte, daß Antonio Bonita mit einem kräftigen Ruck an seinem Ellbogen zog. Sie haben alles gewußt, dachte er. Wie hatten sie es herausgekriegt? Wer hatte ihn verraten?

Aber es blieb ihm keine Zeit, diese verstörenden Gedanken weiterzuverfolgen. Er sah, daß die gemütliche, ehemalige Garderobe auf eine furchterregende Art geschmückt worden war: Alle Wände waren mit blutigen Zeichnungen versehen. Garner zweifelte nicht daran, daß es das Blut seines Mittelsmannes war. Die Symbole erschienen ihm vage vertraut: ein Dreieck in einem Kreis; ein einzelner Punkt, rot und unheilverkündend, in einem Rechteck; ein Kreuz innerhalb dreier konzentrischer Kreise. Obwohl er die Symbole nicht einordnen konnte, jagte ihm der Schock Angst durch Mark und Bein. Primitivste Instinkte ließen ihn einen tödlichen Feind erkennen.

Links und rechts neben ihm standen die Bonita-Zwillinge. Sie waren groß und schlank, und in ihren bernsteinfarbenen Augen spiegelte sich das fürchterlich grelle Licht. Sie befanden sich in einer Konzentration von Energie, die Garner erschauern ließ.

»Du hast uns reingelegt«, sagte Heitor in einem Anfall von Enttäuschung.

»Uns denunziert«, echote Antonio, dessen Griff einem Schraubstock glich.

»Ich habe euch nicht denunziert«, widersprach Garner, der das törichte und absolut hoffnungslose Verlangen spürte, sich zu verteidigen.

Sein Blick wurde durch das Licht angezogen, das von der Klinge des Skalpells in Heitors Hand reflektiert wurde.

»Ich habe keine falschen Aussagen gegen euch gemacht.« Aber Garner hatte keinen Gerichtssaal betreten, sondern eine Hinrichtungszelle.

»Nein?« Heitor grinste wölfisch. »Was wolltest du deinem Mittelsmann bei eurem Treffen erzählen?«

Antonio wirbelte ihn brutal herum und schlug ihm wieder und wieder in die empfindlichsten Körperteile, bis endlich die belastende Diskette zum Vorschein kam.

Garner krümmte sich auf dem glitschigen Boden und schmeckte sein eigenes Blut. Sein Kopf zuckte vor Schmerz unkontrollierbar hin und her. Er atmete unregelmäßig und keuchte. Durch die Hitze der Scheinwerfer stieg der Gestank der menschlichen Eingeweide vom Boden auf wie Geister aus einem Grab.

Antonio hob die Diskette hoch. »*Sie* enthält die Antworten. Namen, Daten. Et cetera, et cetera«, sagte er im schrillen, rachsüchtigen Tonfall eines Henkers, der scharf darauf ist, Blut fließen zu sehen. »Für wie blöd hältst du uns?«

»Wir wissen, was du mit diesen brisanten Informationen vorhattest«, sagte Heitor. Er fuchtelte mit dem Skalpell herum und zeigte auf den abgeschlagenen Kopf des Mittelsmannes. »Man hat es uns bestätigt.«

Garner stellte sich kurz die absurde Frage, wo der Rest des Körpers war.

»Wir brauchten keine Gegenprobe und keine unabhängige Bestätigung«, sagte Antonio voller Ironie.

»Wir hätten tief in der Patsche gesessen.« Heitor kauerte sich dicht vor Garners Gesicht nieder, und Antonio hockte sich neben ihn.

»Wie gewöhnliche Kriminelle«, flüsterte Antonio, auf den Zehenspitzen vorgebeugt, Garner ins Ohr.

Heitor mußte es verstanden haben. »Aber es gibt nichts Gewöhnliches an uns.«

Garner hatte zu schwitzen und zu beten begonnen.

»*Oye,* Heitor«, sagte Antonio. »Er fängt an zu stinken.«

Heitor beugte den Kopf vor und schnüffelte. »*Madre de mentiras,* das ist ekelhaft.«

»Er riecht nicht nach Blut«, bestätigte Antonio. »Auch nicht wie der Tod.«

Heitor sagte etwas in einem singenden Tonfall. Garner erkannte die Sprache nicht sofort, obwohl seine Begeisterung für geheimnisvolle Dialekte ihn zu einem linguistischen Experten gemacht hatte. Als Heitor fortfuhr, erschienen die Eindrücke vor seinem geistigen Auge: Er sah armselige Hütten und dicht bevölkerte, verdreckte Straßen, krähende Hähne und räudige Hunde, die an der Peripherie eines smaragdgrünen Dschungels umherstreiften, hinter dem sich eine moderne Skyline abzeichnete. Das ist ein paraguayanischer Indianerdialekt, dachte Garner. Guarani.

Plötzlich sah er die tropfenden Symbole auf der Wand in einem anderen, grellen Licht und empfand ein schmerzendes und beunruhigendes Gefühl in der Magengegend. Er kannte sich mit diesem obskuren Dialekt ein wenig aus. Indem er zwischen seinen Kenntnissen und den blutigen Symbolen eine Verbindung herstellte, begriff er, was die beiden Zwillinge ihm mitteilen wollten: Von dem, was folgen würde, war der Tod nicht das Schlimmste.

»Ich will, daß du eines verstehst.« Der Blick von Heitors bernsteinfarbenen Augen ruhte bedrohlich und wissend auf Garner. »Die Steine. Du hast von den Dunklen Steinen gehört, oder?«

»Die Antwort steht in seinem Blick geschrieben«, sagte Antonio. »Die Dunklen Steine wissen es.« Seine Hand schoß vor, und er packte Garners Bizeps wie mit einer Kneifzange. Ohne sichtbare Anstrengung sprang er auf und riß Garner mit hoch. Jetzt bewegte er sich sehr schnell, zog Garner wie einen Weizensack quer durch den Raum. Garner blieb mit einer Schuhspitze in den glänzenden Eingeweiden hängen und zog sie wie einen unwilligen Welpen mit sich.

Antonio wirbelte Garner herum und schleuderte ihn so hart gegen die hintere Wand, daß ihm die Luft aus den Lungen wich und Antonio ihn auf den Beinen halten mußte. Garner stand in der Mitte des größten der drei blutigen, konzentrischen Kreise. Das Kreuz schien sich zwischen seinen Schulterblättern zu befinden. Er schüttelte den Kopf und versuchte einen klaren Kopf zu bewahren.

Hinter den Bonita-Zwillingen sah er ein blutiges Symbol auf der vierten Wand. Er hatte es zuvor nicht bemerkt, weil es sich hinter ihm befunden hatte: zwei geschwungene Linien, die sich trafen und den Umriß eines Auges darzustellen schienen. Es besaß keine Ähnlichkeit mit allem, was Garner jemals gesehen hatte, weil das Auge zwei Pupillen hatte. Es war unheimlich, wie der Augapfel Gottes, den man sich vorstellte, aber nicht anblicken durfte.

Heitor bewegte sich träge wie ein Krokodil in der Mittagssonne und fingerte an dem glänzenden Skalpell herum. »Jetzt geht es nur noch um Instinkte. Du hast die Vernunft draußen in der Nacht zurückgelassen.«

»Das ist der springende Punkt.« Garner hörte Antonios glänzendes Gebiß neben seinem Ohr klackern. »Wir werden dir das alleinige Gesetz des Universums offenbaren: Je weiter sich eine Kreatur vom reinen Instinkt entfernt, desto unzulänglicher wird sie.«

»Nimm beispielsweise den Menschen«, sagte Heitor. »*¡Madre de mentiras!*«

»Er steckt voller Unzulänglichkeiten«, flüsterte Antonio. »Seine Fähigkeit, vernünftig zu sein – seine *Obsession*, vernünftig zu sein – hat die Instinkte ausgelöscht, die ihn einst zu dem gemacht hatten, was er war.«

»Lang ist's her«, sagte Heitor, der auf Garner zukam.

»Jetzt ist alles anders«, sagte Antonio.

»*Comprende, Señor.*« Heitor stand direkt vor Garner. »Für uns ist dies das Spiel.«

Antonio stand mit angespannten Muskeln auf den Zehenspitzen und drückte Garner gegen die Wand. »Das einzige Spiel, das überhaupt existiert.«

Heitor lächelte. »Die einzige Sache, die uns etwas bedeutet«, sagte er in dem Guarani-Dialekt.

»Alles andere existiert nicht«, ergänzte Antonio.

Heitors funkelnder Blick fesselte Garner, und er schrie auf. Er wollte nicht, konnte aber nicht anders. Die erstikkende Luft in dem engen Raum schien sich elektrisch aufzuladen, während die Symbole auf den Wänden Leben gewannen. Sie schienen zu pulsieren und zu leuchten und ließen sogar das gleißende Licht der Fotografenscheinwerfer trübe erscheinen. War dies Hypnose oder Magie? Der eher skeptische Garner war in einer Welt aufgewachsen und erzogen worden, in der man an die technologischen Wunder der Menschheit glaubte. Im Verlauf früherer Untersuchungen hatte er festgestellt, daß Haitianer nach Vodoo-Flüchen starben, einfach weil sie daran glaubten. Darin bestand das einzige Geheimnis.

Es war, als hätte Heitor Garners Gedanken gelesen. Er legte zwei Finger auf Garners pulsierende Halsschlagader, den ein unfreiwilliger Schauer durchfuhr. Es war, als hätte sich eine riesige Boa constrictor auf seinen Schultern niedergelassen. Eine Angst, die er weder verstehen noch kontrollieren konnte, begann wie ein Taktschlag in seinem Unterleib zu pulsieren.

Heitor beschwor die Dunklen Steine.

Garner begann zu kämpfen, aber es war längst zu spät. Antonio hielt ihn unerbittlich fest, obwohl er sich krümmte, mit geballten Fäusten um sich schlug und mit den Füßen trat.

Dann beschlich ihn das seltsame und beängstigende Gefühl, daß die Brüder um so mehr Spaß haben würden, je härter er kämpfte und je länger er durchhielt.

Das Herz schien ihm in der Brust zu gefrieren. Was geschah mit ihm? Es war, als bohrte sich etwas, das er zwar spürte, aber nicht definieren konnte, durch seine Augen hindurch in sein Gehirn. Er fühlte sich, als würde er brennen, und sein Körper führte unfreiwillig einen manischen Tanz auf. Garner versuchte den Blick abzuwenden, war aber nicht dazu in der Lage. Entsetzt starrte er in die bernsteinfarbenen Augen der Zwillinge und spürte, daß etwas anderes Macht über ihn gewann. Er hatte den Eindruck, er würde wie ein Fallschirmspringer durch Schichten immer dichter werdender Wolken hinabgezogen. Das Flugzeug, daß er zurückließ, schien sein eigener Körper zu sein. Es wurde immer kleiner, war nur noch trübe und undeutlich zu sehen, bis es endlich vollends von den Wolken verschluckt wurde. Und dennoch kämpfte Garner mit jedem bißchen Kraft, das ihm noch geblieben war.

Die Zwillinge hätten ihn für seine heroischen Anstrengungen küssen können. Heitor benutzte das Skalpell erst etliche Stunden später. Vorher war es während einer langen und ekstatischen Zeitspanne nicht notwendig gewesen.

ERSTER TAG

Rachel Duke zog sich langsam und ohne Eile aus. Während sie ihre Kleidungsstücke zu Boden fallen ließ, dachte sie an Gideons Körper. Gideon war nur eine Zelle von ihr entfernt, würde ihr aber schon sehr bald näher sein. Sie dachte an den großen mageren Körper: den gewölbten Bizeps, die schlanken Flanken, den strammen Po. Sie liebte Gideon so sehr, daß sie kaum noch geradeaus sehen konnte. Es war vielleicht ein elendes Klischee, aber wahr – vor ihrer Begegnung mit Gideon hatte sie nie erfahren, was Intimität bedeutete. Rachels Eltern hatten mit Intimität nie viel im Sinn gehabt, und Gott allein wußte, wie sie die Zeugung zustande gebracht hatten.

Aber sie lebte jetzt nicht in der Welt ihrer Eltern; sie war in der Gideons. Gideon war achtzehn Jahre alt – drei Jahre älter als sie. Aber das Alter spielte für beide keine Rolle. Gideons Welt war gleichzeitig beängstigend, berauschend und erheiternd, und Rachel konnte einfach nicht genug davon bekommen. Sie blickte auf die Uhr. Es war kurz nach zwei am Morgen, und ihr Tag hatte gerade erst begonnen. Das letzte kleine Kleidungsstück fiel ihr auf die Knöchel. Sie streckte die Arme aus, und während sie ihre Handfläche gegen die kahle Wand preßte, die sie von der nächsten Zelle trennte, durchfuhr sie ein Schauer der Anspannung. Gideon.

Sie bereitete sich körperlich und geistig auf das Kommende vor.

Rachel befand sich in einer engen Zelle im Boneyard. Gleich würde sie angeschlossen werden. Die trübe Beleuchtung wirkte wie Sonnenlicht, das durch dichtes Laubwerk sickerte. Die schläfrigen Geräusche von Vögeln, Bienen und das sanfte Glucksen eines nahen Flusses wehten durch die Luft, die nach einer Kombination von Zypressen, Wacholder und einem Anflug von Limonen duftete.

Rachel liebte das herrlich schmutzige, sexy Gefühl, wenn sie es draußen trieb und die Tiere sie beobachteten und wußten, was sie tat. Deshalb hatte sie durch das Computerinterface, mit dem sie verbunden war, all diese synthetischen Lichter, Klänge und Gerüche angefordert. Das Gewirr feuchter Düfte kam durch ein stimulierendes Netzwerk, das aromatische Ölessenzen in die Zelle verströmte.

Wenn man von den seltsam anmutenden Streifen schwarzen Gummis absah, die sich um ihre Brüste, die Leistengegend und die Oberschenkel spannten, war sie nackt. Die Gummistreifen waren durch elektronische Leitungen mit dem Computerterminal verbunden, und sie spürte, wie ein flexibler, imaginierter Penis sie auszufüllen begann.

Das Boneyard war ein Club für virtuellen Sex, einer der ersten seiner Art. Gideon hatte sie darauf aufmerksam gemacht. Es war eine Möglichkeit, seine Fantasien zu erforschen und – zumindest auf virtuellem Weg – das zu verwirklichen, was man im Sinn hatte. Man mußte keine Angst vor Aids oder anderen durch Sex übertragbaren Krankheiten haben. Es war, um es kurz zu sagen, die ultimative Kur für die junge, besorgte Generation.

Rachels Augen waren durch die Übersättigung von Drogen und Lust verengt. Sie lehnte sich mit gespreizten Beinen zurück und beobachtete Gideons elektronisches Bild. Durch das Computerinterface konnte man natürlich beliebige Bilder aus der Datenbank auswählen, aber sie zogen ihren Anblick vor, zumindest wenn sie sich auf virtuellem Weg liebten. Wenn sie sich gelegentlich durch das Interface sexuell mit Gleichgesinnten verbinden ließen, die einen halben Kontinent weit entfernt waren, erschienen die als seltsame und wundervolle Gestalten auf dem Monitor.

Rachel bewegte den Zeiger der Maus mit dem rechten Zeigefinger höher an der Innenseite von Gideons virtuellem Oberschenkel hinauf, und fast im selben Moment wurden durch die Leitungen, die mit den Gummistreifen verbunden waren, lustvolle Stöße übertragen, die eine erogene Zone nach der anderen erfaßten. Sie kam und stieß einen kleinen Schrei aus. Gideon kannte sie inzwischen gut und verlängerte den Höhepunkt so lange, bis ihre Füße vom Boden hochgerissen wurden, ihre Oberschenkel unkontrollierbar vibrierten und ihr Kopf endlich zur Seite fiel.

Danach, in der verschwitzten Pause zwischen den virtuellen Akten, nahm sie eine weitere Prise Kokain. Sie wußte, daß es in der nächsten Zelle, bei Gideon, nicht anders war. Irgendwo weit hinten im trüben Unterbewußtsein ihres Verstandes wußte sie, daß sie es übertrieb, aber das war ihr egal. Sie wollte mehr und brauchte den Stoff, um nicht an ihren Vater denken zu müssen, den flammenden Scheiterhaufen seines Todes.

Dieser Gedanke schmerzte plötzlich wie ein Stachel in der Kehle. Sie wollte in Tränen ausbrechen, schnupfte statt dessen noch mehr Kokain.

Stimmte es, daß man nie aufhörte, seinen Vater zu lieben, was auch immer passierte? Selbst wenn er tot war? Welcher Teil von ihm lebte wie eine dunkel aufgehende Saat in ihrem Herzen weiter?

Etwas in ihr wünschte sich verzweifelt, daß ihre Mutter hereinstürzen und sie von dem Sex-Network losreißen würde, aber das würde sie nie tun. Zum einen hätte sich ihre Mutter ihr geheimes Leben nie auch nur vorstellen können, und zum anderen hätte sie auch nicht gewußt, wie sie mit dem Problem fertig werden sollte. Rachel ging jede Nacht aus und kam erst um fünf oder sechs Uhr morgens zurück. Ihre Mutter wollte zwar wissen, wo sie sich nachts herumtrieb, aber Rachel weigerte sich, es ihr zu sagen. Trotzdem ließ ihre Mutter sie gehen. So war sie eben. Wenn Sie etwas Ekelhaftes oder Unbegreifliches sah, verhielt sie sich wie der Vogel Strauß und steckte den Kopf in den Sand. *Warum zum Teufel hat sie uns nicht Einhalt geboten?* dachte Rachel. *Weil die Zeit, wo das noch möglich gewesen wäre, schon lange vorbei ist, und jetzt ist es zu spät.*

Wieder ergriff sie dieses sanfte Gefühl – das Brennen, das in ihren Oberschenkeln begann und weiter nach oben kroch, und es war einfach zu gut. *Vielleicht habe ich mir früher gewünscht, daß sie kommt und mich rettet,* dachte sie. *Und wenn das gar nicht stimmt?* Weil sie erneut den Stachel in der Kehle spürte, nahm sie noch mehr Kokain. Ohne Kokain würde sie sich bestimmt umbringen. Sie hätte es längst versucht, doch Gideon hatte sie davon abgehalten. War das gut oder schlecht?

Diese knifflige Frage machte sie durstig, und sie spülte etwas von der schwarzen Limonade herunter, die sie draußen an der Bar gekauft hatte.

Der sogenannte ›Parlor‹, der große öffentliche Raum des Boneyards, war mit einem bunten Durcheinander komfortabler Art-déco-Möbel übersät. Hier konnte man rumhängen, sich eine kleine Weile entspannen und die verschiedenen Kaffeespezialitäten, Cappuccinos, Milchkaffees genießen oder, was bei den Kids, die den Weg hierher durch Mundpropaganda fanden, zunehmend populärer wurde, eine Reihe von Soda-Drinks, die wegen der Kräutertinkturen dunkel und schwerflüssig waren und Namen wie Dead on Arrival, Skullcrusher oder BaddAss Brew trugen. Dort draußen hing man zwanglos herum, unterhielt sich in gemütlichem Ambiente. Aber hier hinten in den Cybercubes herrschte eine High-Tech-Atmosphäre.

Rachel fühlte, daß Gideon sie wieder mit Lust überströmte, und vergaß den Geist ihres Vaters. Stöhnend stellte sie die dunkle Limonade auf die Theke, nahm die Maus und gab ihr Bestes, und schon bald kam sie erneut, keuchend und mit erbebenden Brüsten.

Sie glänzte vor Schweiß und trank den Rest der dunklen Limonade.

Rachel war mitten im dritten Orgasmus, als die letzte Kokainportion Erinnerungen an einen LSD-Trip zurückbrachte, die in den Winkeln ihres Bewußtseins umherschweiften. Es war, als wäre plötzlich der Tod in den Raum gekommen und hätte die Realität mit der Sense zerfetzt. Sie sah sich selbst von oben, zusammengesunken und verschwitzt, und ihr Blick war nach dem Cybersex glasig, aber gleichzeitig war sie sich auch schemenhaft dieser Erscheinung bewußt, die wie ein Engel über ihrer Schulter schwebte.

Dann verließ der Engel, der Rachel war, den Raum, wie er es immer tat, und machte sich auf die Suche nach ihrem Onkel. Er war Polizist gewesen, als er und ihre Mutter einander so angekotzt hatten, daß sie nicht mehr miteinander gesprochen hatten. Aber Rachel hatte Fotografien von ihm gesehen und sogar eine in ihrem Zimmer versteckt. Wenn sie dieses Bild anstarrte, stellte sie sich vor, wie er wohl sein mochte. Stark, hart und groß wie ein Bär, würde er sie immer anlächeln. Es kam ihr nie in den Sinn, daß sie das Bild eines perfekten Vater heraufbeschwor, der sie lieben und bedingungslos beschützen würde. Sie wußte nur, daß sie ihre Mutter haßte, weil die sich weigerte, ihr zu erzählen, wo ihr Onkel war. Es schien sie geängstigt zu haben, daß Rachel als Teenager in bezug auf ihren Onkel immer neugieriger geworden war. Rachel wußte nur, daß *sie* selbst einen Bruder – wenn sie einen gehabt hätte – nie so behandelt hätte wie Mutter ihren.

Die Realität versank wie ein Leuchtturm im Nebel. Die Cybersex-Stimulation setzte erneut ein, aber diesmal fühlte sie sich an, als hätte sich ein Wespenschwarm unter ihre Haut verirrt.

Als Rachel aufschrie, klang es, als beschleunigte ein Düsenflugzeug seine Maschinen. Sie sprang auf und riß die Kabel los, aber diejenigen, die hielten, brachten sie aus dem Gleichgewicht, und sie fiel in einen Sumpf aus Treibsand. Sie schrie erneut, doch ihr Mund war voller Sand. Ihre Arme waren eine Meile lang, und ihre Beine glichen den schwankenden Trägern einer Hängebrücke während eines Erdbebens. Nichts schien richtig oder gut oder …

Rachel spürte einen furchterregenden Anfall von Magenschmerzen, der ihre Gedärme wie eine Baggerschaufel packte, und brach zusammen. Sie würgte so sehr, daß sie Blut erbrechen mußte. Sie blinzelte durch die Tränen und stellte fest, daß sie nichts mehr sah. Die Todesangst lähmte sie. Als sie das Gefühl hatte, daß es nicht mehr schlimmer werden konnte, explodierten die Schmerzen in ihrem Nakken, und sie krümmte sich wie ein Fötus zusammen.

Die Zellentür flog nach innen auf, und sechzehn Gideons betraten nacheinander den Raum. Rachels Mund zuckte spasmisch, und sie wollte die Arme ausstrecken, aber sie hatte jegliche Kontrolle über ihre Glieder verloren.

Dann zerfiel die Welt in hunderttausend rasiermesserscharfe Bruchstücke, die sie in ein Vergessen rissen, wo sogar ihre unerträglichen Schmerzen nicht mehr zu spüren waren.

Als der Wahoo anbiß, fluchte Bennie Milagros atemlos. »Mist«, brüllte er, während die Angelschnur sich über dem blaugoldenen Meer spannte. »Ich wollte einen Schwertfisch!«

Lew Croaker, dessen fester Blick bereits auf dem tanzenden Fisch ruhte, drosselte den Motor und bereitete sich auf das Manövrieren vor. »Paß auf«, sagte er. »Das Vieh ist kein zahmes Kätzchen.« Der Wahoo war ein kraftvoller Fisch, der sich mit so erstaunlicher Geschwindigkeit bewegen konnte, daß sein erster Fluchtversuch die Angelschnur fast abrollte.

»Wir beide werden diesen Wahoo in der Abenddämmerung verputzen.« Bennie Milagros stand angespannt in der Nähe des Hecks. Er war ein großer Mann von dreißig Jahren und so schlank wie ein Flamencotänzer. Er hatte eine hohe, gewölbte Stirn und schulterlanges Haar und trug ein weißes kurzärmliges Leinenhemd, rotschwarze Shorts, die fast bis zu seinen stark behaarten Knien reichten, und mexikanische Sandalen aus Schilfrohr. Auf den Knöcheln seiner Zehen sah man kräftige schwarze Haarbüschel. Die Shorts wurden über seinen knochigen Hüften von einem Gürtel mit einer riesigen ovalen Silberschnalle gehalten, in die zwei protzige goldene Stierhörner eingraviert waren. Im Hosenbund steckte eine 38er Smith & Wesson. Bennie war einer jener reichen Paraguayaner, die nach Florida kamen, um ihr Geld auszugeben und gesehen zu werden. Wenn er hier und da auch das eine oder andere Geschäft erledigen konnte, um so besser.

»Ein solcher Kampf mit einem Fisch erinnert mich an etwas. Es gab da diese Frau, und sie war etwas Besonderes. Mein Wort in Gottes Ohr, ich hätte sie geheiratet, wenn ich gekonnt hätte, aber das hätte sie nur verdorben.«

»Du meinst, es hätte *dich* verdorben.«

»Du bist ein sehr hartherziger Mann, Lewis.« Bennie grinste. »Aber hör mir gut zu. Diese Frau war wie eine wundervolle Wildkatze, und es wäre eine Sünde gewesen, ihren Willen zu brechen, verstehst du? Man muß Frauen mit Respekt behandeln. Ich bin nicht gut auf Typen zu sprechen, die Frauen nicht respektieren.«

Keine Behörde der Vereinigten Staaten wußte, worin Bennie Milagros' Geschäfte genau bestanden. Aber Croaker fand das ganz in Ordnung.

»Also, was diese Frau betrifft – was hätte ich tun können? Ich habe sie respektiert und die Erinnerung an sie *hier* lebendig gehalten.« Er schlug sich mit der freien Hand auf seine Brust. »Aber, mein Wort in Gottes Ohr, ohne sie fehlt mir was.« Bennie bewegte die Angelrute. »Ich bin ein großmütiger Mann und werde dich an meiner Privatphilosophie teilhaben lassen. Ich schwöre bei der Seele meiner toten Mutter, daß dein Schwanz nicht mehr zur Ruhe kommt, wenn du eine Braut wie diese triffst. Glaub mir, sie ist wie eine verdammte Perle in einer Auster.« Bennie grunzte, als der Wahoo zu flüchten begann und die Kurbel sich wie verrückt drehte. Die zweieinhalb Meter lange Angelrute bog sich bedenklich, während der Fisch davonschwamm, und Croaker warf das Steuer hart herum, um die Captain Sumo vom Alligator-Riff wegzusteuern. Das Riff verschwand schnell, und sie befanden sich bald wieder in tiefen Gewässern, drei Meilen von Islamorada entfernt, einer der mittleren Inseln der Florida Keys.

Vor ihnen erstreckte sich das blaugrüne Meer, und das hellgoldene Funkeln der Sonne färbte die gekräuselten Wellen. Hier draußen war alles kühl und sauber. Croaker liebte dieses Gefühl; die salzige Feuchtigkeit des Windes und der Gischt benetzte die menschliche Haut ebenso wie den Lack des Bootes.

Bennie hantierte mit der Angelrute aus Fiberglas, das man im Jargon der Fischer kurz ›Glas‹ nannte. »Mist, ich wollte einen verdammten Schwertfisch fangen.«

»Du hast heute doch schon einen an Land gezogen«, sagte Croaker. »Bleib ganz ruhig. Mehr als einer pro Tag steht dir nicht zu.«

»Ich verspüre einfach ein seelisches Bedürfnis danach, verstehst du? Na, vielleicht verstehst du's auch nicht.« Bennie riskierte einen Blick auf Croakers Gesicht. »Ihr weißen Amerikaner habt verdammt komische Ideen, wenn es um Spiritualität geht. Für euch beschränkt sie sich auf Fernsehprediger, die mit heruntergelassenen Hosen erwischt werden, Erlebnisse nach dem Tode und Entführungen durch Außerirdische. Ihr Typen habt einfach keine Ahnung, und deshalb rennt ihr euch gegenseitig über den Haufen, um die Spiritualität zu finden.« Er gab noch etwas Leine, und seine kaffeebraunen Augen blitzten vor gutgelauntem Humor. Bennie war ein ansehnlicher Mann, und seine pockennarbigen Wangen ließen ihn noch eindrucksvoller erscheinen.

Croaker drosselte den Motor etwas und manövrierte nach Steuerbord. Obwohl sie beide sehr vorsichtig agierten, war der Fisch im Begriff, die Flucht zu ergreifen. »Du solltest mich nicht mit den anderen weißen Amerikanern in einen Topf werfen.«

»Ja, natürlich.« Bennie begann, die Angelschnur einzuholen. »Ich habe mich eine Minute lang vergessen. Du bist schließlich ein Ex-Cop. Ein Detective Lieutenant vom New Yorker Police Department.« Er schüttelte den Kopf. »Ein dreckiges Geschäft.«

»Dreckiger, als du es dir vorstellen kannst«, antwortete Croaker. Er hatte fünfzehn Jahre lang die schmierige Unterwelt der Großstadtstraßen durchkämmt, und diese Erfahrung hatte ihn gegen die Widrigkeiten des Lebens immun gemacht. Selbst kleine Freuden waren in der dreckigen Gosse wie nasser Schnee dahingeschmolzen. Er hatte die frühen Morgenstunden damit verbracht, blutüberströmte Mordopfer zu säubern, und sich hinterher so lange die Hände gewaschen, bis seine Fingerspitzen geschmerzt hatten. Und kaum hatte er den Dreck hinter sich gelassen, hatte er es mit einem zynischen Korruptionsnetz aus bestechlichen Polizisten, Politikern und Penthouse-Bewohnern zu tun gehabt. Das Ganze hatte einem Squash-Match geglichen, bei dem niemand ins Schwitzen geriet. Bald danach war er wieder auf der Straße gelandet und hatte versucht, den Dreck abzuwaschen, der nie verschwinden würde.

»Er schlägt einen Haken!« Bennies Körper straffte sich, und er holte wie ein Verrückter die Leine ein. Croaker warf das Steuer herum. Bennie war ein guter Fischer, und Croaker mußte ihm nie zur Hand gehen wie bei vielen seiner anderen finanzkräftigen Kunden, die von ihren nachmittäglichen Handy-Telefonaten auf dem Golfplatz ermüdet waren und sich deshalb entschlossen hatten, aus der Sportfischerei eine Kraftprobe zu machen.

»Da kommt er!«

Croaker sah die kaum wahrnehmbare Spur des Wahoos und wußte, daß Bennie recht hatte; der Fisch schwamm auf das Boot zu. »Hol jeden Zentimeter Leine ein!« brüllte er, während er den Motor anwarf und die Captain Sumo vor dem Angriff des Wahoos in Sicherheit brachte.

Bennie kurbelte wie wild, und sein Blick folgte dem silbrigen Kielwasser des Fischs, das so scharf wie ein Messer aussah. Croaker erkannte im letzten Moment, daß der Wahoo unter das Boot zu schwimmen versuchte, und warf das Steuer erneut herum. Der Fisch sprang hoch und begann wieder davonzuschwimmen. Bennies Kurbel drehte sich wie wild.

»Guter Gott!« brüllte Bennie. »Wir beide haben neben unserer Liebe für Südflorida und das Angeln noch etwas gemeinsam.« Er löste einen Augenblick lang eine Hand von der Angelrute, öffnete und schloß sie wieder.

»Tatsächlich? Was könnte das wohl sein?«

Der Wahoo nutzte die Situation für einen spektakulären Sprung und schwamm dann erneut los. Bennie wurde beinahe von den Beinen gerissen. Er taumelte einen Augenblick lang und prallte mit dem Hüftknochen gegen die Reling. Mit einer kraftvollen Bewegung riß er die Spitze der Angelrute hoch, während sich die Schnur abzuwickeln begann. »Der Fisch ist noch sehr lebendig«, grunzte er.

Croaker regulierte die Geschwindigkeit des Bootes erneut und orientierte sich nach Backbord.

»Wir wissen beide, was es heißt, Feinde zu haben«, sagte Bennie, als sie den Wahoo einen Augenblick lang mehr oder weniger unter Kontrolle hatten.

»Du machst wohl Witze.« Croaker lachte. »Ich bin wie eine Seekuh und habe keine natürlichen Feinde.«

»Tatsächlich? Du bist ein Ex-Cop und arbeitest hin und wieder – wenn es dir gerade gefällt – mit der Eliteeinheit des FBIs zusammen. Wie nennen sie sich doch gleich? Ach ja, Anti-Cartel Task Force. Wenn jemand offiziell nachforscht, kennt man dich da nicht. So wie du sie nicht kennst. Dein Name steht nicht in den Akten, und wer kann da schon sagen, wer hier lügt.«

»Bist du dir da ganz sicher?«

»Nur eine Vermutung. Was glaubst du denn?« Bennie grinste, während er sich an seiner Angelrute zu schaffen machte. »Tatsache ist auch, daß du harten Jungs hübsch zugesetzt hast. Du hast Freunde und Feinde in den oberen Etagen, Lewis, also halt mich nicht zum Narren.« Bennie zuckte die Achseln. »Ich weiß, was ich wissen muß.«

»Wo hast du denn all diese ekelhaften Gerüchte her?« fragte Croaker.

»Von ein paar Typen, mit denen ich Mah-Jongg[1] spiele.« Bennies Lachen glich dem erschrockenen Krächzen eines Papageis. Er warf Croaker einen schnellen Blick zu.

Es gab keinen Zweifel, der Wahoo begann zu ermüden. Seine Wege wurden kürzer, und die Kraft ließ nach. Bennie hatte ihn sicher unter Kontrolle, und es würde nicht mehr lange dauern, bis sie ihn an Bord hieven konnten.

---

1 ein chinesisches Gesellschaftsspiel

»Ich weiß einiges über deine künstliche linke Hand, die für dich kein Handicap ist. Eher das Gegenteil. Ich weiß auch, daß du nach Südflorida gekommen bist, um eine Frau zu beschützen, die Zeugin eines mehrfachen Mordes war. Als der Fall erledigt war, hast du deine Tarnung vorzeitig aufgegeben und dich hier mit der Braut niedergelassen. Wie hieß sie noch?«

»Sag's mir.«

Bennie zuckte die Achseln. »Sie war ein Model, stimmt's? Jetzt hängt sie in Paris oder Mailand rum, der Teufel weiß wo. Doch wen kümmert's? Aber du kannst einen drauf lassen, daß sie nicht hier ist. Sie hatte eine andere Vorstellung vom Leben als du. Genau wie deine Mafia-Prinzessin auf Long Island. Sie stand jenseits des Gesetzes, *und* sie war verheiratet. Oh, ich schätze das Format Ihrer Maitressen, *Señor*!« Er schüttelte den Kopf. »Mein Wort in Gottes Ohr, die Frauen können grausam sein, wenn es ihnen gefällt.«

»Sie waren nicht grausam«, sagte Croaker, obwohl es um ihn selbst ging. »Wie du schon gesagt hast, wir waren nicht füreinander geschaffen.«

Bennie ignorierte Croakers Kommentar. Er zerrte an der Rute, verletzte den Fisch weiter und schwächte ihn dadurch noch mehr. »Dann bist du zu deiner zwölf Meter langen Hatteras und der Chartergesellschaft für Sportfischer zurückgekehrt, die du Jahre vorher gegründet hattest. Nachdem du das Offensichtliche begriffen hast: daß die Sache mit der Mafia-Prinzessin nicht laufen konnte.«

»Sehr beeindruckend.«

»Ich habe das nicht gesagt, um dich zu beeindrucken«, sagte Bennie, während er den Fang einholte, »sondern nur, um klarzustellen, zu welcher Art von Männern wir beide gehören.«

Die Kielwasserspur des Wahoos hatte sich verbreitert. Der Fisch lag fast auf der Seite, weil er von dem Kampf erschöpft war. Croaker legte den Leerlauf ein. Dann kletterte er aus dem Bootsführerhäuschen und ging zur Reling, um den kurzen, kräftigen Fischhaken zu holen.

Als Croaker neben ihm auftauchte, blickten ihn Bennies kaffeebraune Augen an. »Tief in meinem Inneren glaube ich, daß wir vom selben Schlag sind.«

Croaker hielt den Fischhaken waagerecht wie eine mittelalterliche Hellebarde. Neben Bennies schlanker Silhouette wirkte sein bärenstarker Körper übermächtig. Er hatte das eindrucksvolle, wettergegerbte Gesicht eines Cowboys und erinnerte an einen aufrecht im Sattel sitzenden Robert Mitchum. Das Sonnenlicht spiegelte sich in seinen grauen Augen. Seine künstliche linke Hand, die aus schwarzem Polykarbonat, rostfreiem Stahl, schillerndem blauem Titan und mattgrauen Bor-Komponenten bestand, glich der gepanzerten Faust eines Ritters. »Und was für ein Schlag soll das sein?«

»Ein verdammt vorsichtiger.« Bennie grinste grimmig, während er Croaker die Angelrute reichte und sich selbst des Hakens bemächtigte. Es war sein Fisch und seine Sache, den Wahoo an Bord zu holen; das war eine von Croakers goldenen Regeln auf dem Wasser. »Ein Beispiel: Du kommst hier runter, und dein Ruf eilt dir voraus. Du beginnst, fürs FBI zu arbeiten, hilfst dann und wann bei der Küstenwache aus und mischst Drogenschmuggler auf, die sie nicht erwischen können. Hast 'ne Menge Typen in den Glades aufgespürt.« Er meinte die Everglades. »Da gibt es eklige Viecher: Alligatoren, Krokodile, Schlangen. Aber du warst verdammt vorsichtig und hast gelernt, dich dort zu bewegen. Wie ein verfluchter Eingeborener. Wie hießen noch diese Indianer? Ich meine nicht die Seminolen, die kamen doch erst später von irgendwo aus dem Norden, oder?«

»Aus Georgia. Im neunzehnten Jahrhundert.«

»Genau«, sagte Bennie. »Aber, wie gesagt, die Typen meine ich nicht. Ich rede von den Ureinwohnern von Florida, die wie die Indianer in Mexiko und Peru ausgerottet wurden. Und zwar von den verdammten weißen Amerikanern, die hier angeschwirrt kamen und sich alles unter den Nagel rissen, was ihnen gefiel.«

»Die Ureinwohner hießen Calusa.«

»Genau. In den Everglades verhältst du dich wie ein elender Calusa. Vorsichtig.« Bennie beugte sich über die Reling und schleuderte den Fischhaken hinunter. Er versuchte den Kiemenschlitz zu finden, um ihn dort zu plazieren. »In Südflorida geschehen jede Menge übler Dinge, die ich dir nicht aufzählen muß. Es zahlt sich aus, wenn man hier ganz besonders vorsichtig ist.«

»Und du weißt, wie man sich vorsichtig verhält, Bennie?«

»Allerdings. In meinem Leben ...« Bennie brach ab, während er erneut versuchte, den glitschigen Kiemenschlitz des Wahoos zu treffen. »Wenn es wirklich darauf ankommt, tue ich eigentlich überhaupt nichts. Ich suche Probleme. Die Leute haben Probleme, und ich spüre sie auf. Geschäftliche oder persönliche Probleme – mir entgeht nichts. Das läuft nicht so, wie du vielleicht denkst. Ich sehe diesen Ausdruck in deiner Bullenvisage. Du siehst, daß ich eine Knarre habe, und ich weiß, was du denkst. Aber du liegst falsch. Die Waffe dient nur zur Selbstverteidigung.« Er spreizte die Hände. »Ich verhandle und finde einen Weg, ein Abkommen zu treffen.« Er beugte sich vor, und seine Stimme klang jetzt tiefer und kehliger. »Meiner Erfahrung nach gibt es bei allen Menschen – wie dumm, halsstarrig oder stolz sie auch sein mögen – nur ein treibendes Motiv: Sie wollen nicht verlieren. Und ich zeige ihnen, wie sie es schaffen, nicht zu Verlierern zu werden.«

Bennie wischte sich mit dem Unterarm die salzige Gischt aus den Augen. Er konzentrierte sich auf die Bewegungen des verwundeten Fischs, der sich gegen den Schiffsrumpf preßte und immer noch nicht ganz tot war. Nachdem er den Kiemenschlitz endlich gefunden hatte, beugte Bennie sich grunzend vor. »Mist!« Der Wahoo hatte sich ein letztes Mal geschüttelt, und der Angelhaken riß Haut und Fleisch auf.

»Diesen Teil der Aktion kriege ich nie sauber hin.« Blutige Fetzen verdunkelten das Wasser.

»Wenn du Hilfe brauchst«, sagte Croaker, der dafür

sorgte, daß die Angelschnur straff blieb, »mußt du es nur sagen.«

Bennie hing in einer wackligen Position über der Reling. »An dem Tag, wo ich Hilfe brauche, um einen elenden Wahoo an Bord zu hieven ...«

Der Rest des Satzes ging in einem gutturalen Schrei unter. Das Wasser hatte sich durch das ausströmende Blut verdunkelt und nahm jetzt erst eine schwarze, dann urplötzlich ekelhaft weißliche Farbe an. Es spritzte mit großem Getöse hoch, schäumte wild und enthüllte den Kopf eines Tigerhais.

»Was zum Teufel ...« brüllte Bennie. Der Hai war riesig und wog mit Sicherheit über tausend Pfund, wie Croaker schätzte. Die offenen Kiefer klafften nur Zentimeter vor Bennies Händen, und der Schlund wirkte so groß wie der Eingang zum Lincoln-Tunnel. Als sich das gigantische Maul wieder schloß, brach der Fischhaken entzwei, und ein Teil des Wahoos verschwand in einem glänzenden Mahlstrom von Blut und aufgewühltem Wasser.

Bennie versuchte sich in Sicherheit zu bringen, aber seine Gürtelschnalle hatte sich an der Reling verklemmt. Einen Augenblick lang blieb er so hängen, sein Oberkörper schwebte über dem Wasser. Croaker fuhr die Stahlfingernägel seiner linken Hand aus, die aus Polykarbonat und Titanium bestanden, bewegte sie horizontal und kappte die synthetische Angelschnur. Er ließ die Angelrute aus Fiberglas eben auf Deck fallen, als der Tigerhai mit einem ekelhaften Geräusch wieder an der Wasseroberfläche auftauchte und direkt auf Bennie zuschoß.

»*¡Madre de Dios!*« Bennies kreideweißes Gesicht war blutbefleckt. Das Blut glänzte irisierend auf seinen Wangenknochen, der Nase und den Augenbrauen. In seinen weitaufgerissenen, starr blickenden Augen spiegelte sich die häßliche graubraune Schnauze des Hais.

Bennies Kopf befand sich direkt über dem klaffenden Schlund, und der Hai, von einer wahnsinnigen Blutgier gepackt, kam immer näher. Croaker packte Bennie mit der rechten Hand am Hemdkragen und zog ihn zurück, aber die verdammte Silberschnalle hing immer noch an der Reling fest.

Verzweifelt drängte sich Croaker neben Bennie. Er beugte sich über die Reling und beschrieb mit der linken Hand einen flachen Bogen. Das Sonnenlicht glitzerte auf dem Rücken der Kunsthand. Der ausgefahrene Stahlfingernagel seines Daumens durchbohrte ein Auge des Hais, während sich die anderen vier in seiner Schnauze vergruben. Das war der einzige Teil der Anatomie des Hais, der empfindlich zu sein schien. Croaker konnte sich an mehrere Erzählungen erinnern, in denen behauptet worden war, daß man Attacken abwehren könne, indem man auf die Nase eines Hais einschlage. Er betete, daß das stimmte.

Der Tigerhai schlug um sich. Die mächtige Flosse wühlte das Wasser auf, und das Beben seines stämmigen Körpers erschütterte das Boot. Die Sandpapierhaut des Tieres streifte den Schiffsrumpf und riß Stücke des Lacks und des Holzes heraus. Der halbblinde und blutlüsterne Hai stieg ein drittes Mal aus dem Wasser und fiel dann wieder zurück. Croakers Nägel waren tief in dem monströsen Fleisch und den Knorpeln vergraben. Er hatte sie in einem Reflex angewinkelt und konnte seine Hand jetzt nicht mehr befreien. Eine abrupte Abwärtsbewegung des Hais würde ihn mit in die Tiefe reißen.

Bennie, der die ganze Zeit mit seiner Schnalle gekämpft hatte, kam jetzt endlich frei. Er ergriff mit einer Hand Croakers schweißnasses Hemd, zog mit der anderen die 38er Smith & Wesson aus dem Hosenbund und jagte dem Hai sechs Kugeln in den Kopf. Er zielte auf das Gehirn des Tieres, doch das war so klein und gut gepanzert, daß er nicht sicher sein konnte, ob er getroffen hatte.

Aus Böswilligkeit oder eines Reflexes wegen tauchte der Hai erneut aus dem Wasser auf. War es möglich, daß Bennie trotz der nahen Entfernung so ein schlechter Schütze war, oder hatte der Körper des prähistorischen Biestes noch immer nicht gemerkt, daß er zum Sterben verdammt war? Egal. Die verwundete Schnauze schoß aus einem Wirbel blutigen Schaums hervor. Die äußere Kante der doppelten Zahnreihe streifte die Innenseite von Bennies rechtem Unterarm. Er stöhnte auf und war so erstaunt, daß er die 38er fallen ließ, als wäre sie aus heißem Eisen. Sie verschwand im Rachen des Hais.

Croaker ballte seine Hand zu einer Faust und riß die Stahlnägel durch Knorpel und Fleisch heraus. Der lange, blutige Riß reichte von einem Ende der Schnauze bis zum anderen.

Das Tier war tot. Natürlich, immerhin hatte es sechs Kugeln aus einer 38er im Leib, und das Blut spritzte wie aus einem Springbrunnen aus seinem Körper. Aber Croaker hatte schon zu viele gefangene Haie gesehen, von denen man angenommen hatte, daß sie tot wären, und die dann wieder zum Leben erwacht waren, was schreckliche Konsequenzen gehabt hatte. Auch dieses Biest setzte seinen psychotischen Tanz fort, schlug mit der Flosse um sich, schnappte mit dem Maul und war gefährlicher als je zuvor. Croaker drehte sich um, packte einen Bootshaken und rammte dem Tier das Metallende ins gesunde Auge.

Das aufgepeitschte Wasser beruhigte sich langsam. Das Blut spritzte wie Öl aus einem defekten Tanker. Der Hai wendete sich langsam auf die Seite, drehte sich wie eine sterbende Sonne im All und sank dann nach und nach unter die Wasseroberfläche, ohne daß eine Spur zurückblieb. Kurz vor dem Ende malmten seine Kiefer spasmisch.

»Verflucht«, sagte Bennie, der an der Reling lehnte. Die Gesichtsfarbe war bereits wieder in seine pockennarbigen Wangen zurückgekehrt. »Der elende Hurensohn hat meinen Wahoo und meine Knarre verschluckt.«

Gleich nachdem sie angelegt hatten, hatte Croaker Bennie ins Fisherman's-Krankenhaus gebracht, damit man sich um seine Wunde kümmerte. Es war nur ein kleiner Kratzer, aber man konnte ja nie wissen. Die Wunde befand sich an der Innenseite von Bennies Arm, dicht neben der großen Hauptvene.

Auf dem Weg zum Dinner fuhren sie dann durch eine

spätnachmittägliche Landschaft, die nach Meer und dem Jodgeruch getrockneten Seetangs duftete. Sie saßen in Croakers weißem und flamingofarbenem Thunderbird Baujahr 1969, von dem Bennie behauptete, daß er sich wie ein Schwein dahinwälze, bei Höchstgeschwindigkeit aber wie ein magischer Teppich davonsause.

Bennie, dessen rechter Arm wegen des gelblichen Desinfektionsmittels und des flauschigen Gazeverbandes glänzte, griff nach seinem Mobiltelefon, um eine Frau namens Maria anzurufen. Croaker hörte, daß er sie heute abend um zehn Uhr treffen wollte. Er nannte ihr die Nummer eines Kilometersteins. Viel mehr konnte man in den Florida Keys als Adressenangabe nicht erwarten. »Direkt beim Highway 1, Maria. Linke Seite. Du kannst es nicht verfehlen. Was ist mit Sonia, ist sie dabei? Gut.«

Nachdem er das Gespräch beendet hatte, wandte er sich Croaker zu. »Verrenk dir nicht gleich den Hals, wenn die beiden Bräute auftauchen.«

Croaker lachte. »He, Bennie, seit wann kümmert es mich, mit wem du ausgehst?«

Bennie grinste. »Ich bin mit Maria verabredet. Sonia ist für dich, cleverer Junge.«

Croaker schüttelte den Kopf. »Keine Chance. Du weißt, daß ich mit dem Milieu nichts am Hut habe.«

»Was für ein Milieu?« Bennie spreizte pathetisch die Hände. »Jesus Christus, Lewis, dieses Mädchen ist keine Hure.« Er reckte das Kinn vor. »Erinnerst du dich an die Geschichte über die Frau, die mir mein Herz gestohlen hat?«

»Ich erinnere mich an alles, was du mir erzählst, Bennie.« Croaker grinste. »Die Perle in der Auster.«

»Lach nicht, Mann.« Bennie machte es sich in seinem Sitz bequem. »Glaubst du, daß ich dich *irgendeiner* Frau vorstelle? Dann liegst du verdammt schief.« Er schnüffelte an dem gelblichen Desinfektionsmittel auf seinem verletzten Arm und rümpfte angewidert die Nase. »Sonia ist eine Perle, glaub' mir. Vielleicht sogar deine.«

Ein Schwarm von Pelikanen flog, die langen Schnäbel

eng an die graue Brust gepreßt, dicht über dem Wasser auf die Nester zu, die sich zwischen den Mangroven befanden. Croaker folgte ihnen mit den Augen. Dann strich sein Blick über die bleich türkisfarbenen, seichten Gewässer der Florida Bay, die an den Everglades National Park grenzten. Die Einheimischen nannten die Everglades ›Hinterland‹. Es handelte sich um ein fünfundvierzig Quadratkilometer großes Gelände mit natürlichen Kanälen, Wasserbecken und Buchten zwischen kleinen Mangroveninseln – Brutstätten tropischer Vögel –, die zu klein und zu zahlreich waren, als daß man sie hätte zählen oder vollständig erfassen können. Auf den murmelnden Gewässern, wo die Calusa und Tequesta zu Beginn des Jahrhunderts leise mit ihren Kanus aus Platanenholz dahingeglitten waren, hatte Croaker schon häufig die Leine nach Forellen, Snooks oder Knochenfischen ausgeworfen. Und hier hatte er auch einen Mann namens Stone Tree kennengelernt, einen Seminolen, der in den Everglades zu seinem Führer geworden war.

Stone Tree war so groß wie ein Calusa und so dünn wie ein Stab geschnitzten Holzes. Er hatte Croaker nach und nach mit den geheimen Schönheiten der Everglades vertraut gemacht, die nur wenige Leute jemals sahen oder verstanden. *In dieser Umgebung kannst du jahrzehntelang leben und gesund bleiben,* hatte Stone Tree gesagt, während sie durch die seltsame Flora und Fauna streiften, durch Hartholzgestrüpp und Schilf. *Aber du kannst auch innerhalb von ein paar Minuten ums Leben kommen. Alles hängt nur vom Wissen ab.* In dieser abgeschlossenen Landschaft konnte ein Mann den Rest der Welt bis ans Ende seiner Tage vergessen.

Keine zehn Minuten später saßen Croaker und Bennie in Papa Joe's Tiki Bar, einer Kneipe im zweiten Stock, aus der man auf die weite Fläche der mangrovengesäumten Bucht im Westen blicken konnte. Papa Joe's Bar war Bar und Restaurant zugleich und in Islamorada eine Institution. Hier wurde Fisch mariniert, und das Lokal war ein beliebter Treffpunkt.

»Es war, als hätte ich einen Blick in die Unendlichkeit geworfen.« Bennie griff nach dem großen, von Feuchtigkeit beschlagenen Bierglas. »Als hätte ich zum ersten Mal begriffen, daß es Kräfte gibt, die wir nicht kontrollieren können. Kräfte, die so primitiv und mächtig und deshalb unbegreiflich sind.«

Er sprach von dem Tigerhai. Die Bar, an der sich geschwätzige Stammgäste drängten, lag wie ein in Farben getauchtes Riff hinter ihnen. Vor ihnen ging die Sonne über dem Wasser unter. Sie hatte die für die Sonne über den Florida Keys typische prächtige Farbe angenommen, weder orangefarben noch rot, sondern irgendwo dazwischen. Einige Wolken, plump wie der Backenbart eines Clowns, zogen weiter oben am Himmel vorbei, und ein paar Motorboote glitten über das glitzernde Wasser der Bucht. Eine Handvoll Möwen ließ sich auf dem Dock hinter dem unten gelegenen Restaurant nieder, wo die kleinen Fischerboote sachte an den Vertäuungen zogen.

Der Himmel am Horizont nahm jetzt jene besondere grünliche Färbung an, die man nur in tropischen Gegenden findet. Alle beobachteten den Sonnenuntergang. In Florida war das mehr als ein Ritual; es war, wie das Trinken und das Angeln, ein unverzichtbarer Teil des Lebens.

Als die Sonne schließlich hinter dem Horizont verschwunden war, brachen die Gäste spontan in Applaus aus. Dann wandten sich alle wieder ihren Drinks und Gesprächen zu. In den Florida Keys waren alle Menschen gleich, es gab keine gesellschaftlichen Klassenunterschiede. Es spielte keine Rolle, ob man Geld hatte oder nicht, und es war auch gleichgültig, ob man irgendwo sonst auf der Welt Präsidentenberater war oder ein siebenstelliges Gehalt einstrich. Hier war man nicht besser als der, der neben einem an der Bar stand.

Bennie trug dunkle Shorts aus Rohseide und ein blendendweißes Aloha-Hemd. Er war in nachdenklicher Stimmung. »Der verdammte Hai war doch irgendwie *symbolisch*, oder? Ein Symbol dafür, wie es auf der Welt zugeht und wie wir nie sein können, verstehst du?« Er pochte sich mit den Zeigefingern an die Schläfen. »Wir sind doch so clever, daß wir eigentlich immun sein müßten.« Mit den Daumen imitierte er die Abdrückbewegungen, als hielte er Pistolen gegen seinen Kopf. »Wir haben Waffen erfunden, die ganze Städte dem Erdboden gleichmachen können, und andere, die Menschen töten und die Gebäude unversehrt lassen. Und wir haben die verfluchte Formel der Relativitätstheorie.« Hier sprach nicht der smarte, selbstbewußte Geschäftsmann, den die meisten Leute kannten, sondern der andere Bennie Milagros, ein nachdenklicher Mensch, eine Art Philosoph, der alles im Leben in Frage stellte. Croaker erkannte instinktiv, daß es ein Privileg war, diese Seite seines Freundes zu erleben, und er wußte auch, daß es eine besondere Verbindung zwischen ihnen gab, über die nicht groß geredet werden mußte.

»Ich will damit sagen, daß das dem Hai alles scheißegal ist.« Bennie stürzte den Rest seines Bieres hinunter. »Ich schwöre dir, Lewis, das Vieh hätte heute beinahe Hackfleisch aus unseren Ärschen gemacht.«

Croaker hatte gerade eine neue Runde Bier geholt, als die Kellnerin aus dem Restaurant unten mit Platten mit gegrilltem Fisch auftauchte. »Das Vieh war eine Naturgewalt, wie ein Sturm oder eine Springflut, nicht mehr und nicht weniger«, sagte er.

Bennie starrte auf den Fisch, der nach frischem Rosmarin und Thymian duftete. Croaker bemerkte seinen Gesichtsausdruck. Wie er dachte Bennie daran, daß sie jetzt den Wahoo verspeist hätten, wenn nicht diese Naturgewalt aufgetaucht wäre.

»Du liegst falsch, Lewis. Der verdammte Vorfall – so sieht unsere Zukunft aus. Eines Tages wird uns eine unbekannte, unvorhersehbare und unaufhaltbare Naturgewalt alle in den Abgrund reißen.«

Croaker zog Bennies Bier vor sich und starrte auf den Grund des Glases. »Ich glaube, ich sollte dir ein Beruhigungsmittel reinschütten.«

Bennie lachte säuerlich. Er beobachtete die gespenstische Silhouette der braunen Pelikane, die sich auf den Pfeilern des Piers niedergelassen hatten. Die beängstigende Begegnung mit dem Hai hatte eine Veränderung in seinem Inneren herbeigeführt. »Glaub mir, Lewis, da draußen wartet was auf uns.«

Kurz nach zehn tauchte Maria auf, Sonia folgte ihr auf dem Fuße. Maria war eine gertenschlanke Lateinamerikanerin mit einem dichten schwarzen Haarschopf, dunklen Augen und den Manieren einer Frau, die aus wohlhabenden Verhältnissen stammte. Auch Sonia war lateinamerikanischer Herkunft und ebenfalls groß und sehr schlank. Sie hatte fülliges dunkelbraunes Haar und herrliche nußfarbene Augen. Sie bewegte sich mit einer Energie und Unbewußtheit, die faszinierend waren. Doch Croaker hatte die Erfahrung gemacht, daß Frauen, die ihre Schönheit wie ein Bankkonto einsetzten, sich entweder als dumm, selbstbezogen oder beides herausstellten.

Auf Croakers Vorschlag hin fuhren sie in die Shark Bar, die Bennie und er ganz gut kannten. Es war ein ziemlich neuer Club in Islamorada, ein exzentrisches, aber angesagtes Lokal mit Salsa-Bands und tropischer Atmosphäre. Am besten aber war, daß der Club die Bedürfnisse der lateinamerikanischen Kundschaft befriedigte, die aus South Beach zum Fischen hierherkamen, was gut für Croakers Geschäft war. Er hatte aber noch einen anderen Grund, dort zu verkehren, und diesen Grund, der die Kundschaft um Kopfeslänge überragte, sah er jetzt.

»Hallo, Rafe!« rief er.

Rafe Roubinnet, der Inhaber der Shark Bar, winkte ihm zu und grinste wie ein Mann, der einen alten Zimmerkollegen vom College erkennt. »Wie geht's?« brüllte er. »Wahrscheinlich großartig – ich habe gehört, daß du fast ohne Unterbrechung einen Monat lang mit der Captain Sumo draußen warst.« Sein Lachen war ansteckend. »Hast hübsche Wirbelsäulentierchen gefischt, was?«

Croaker, der Sonias Hand hielt, steuerte mit ihr durch die Menge auf den Restaurantbesitzer zu. »Allerdings. Die großen Fische beißen gut, und meine Kundenliste wird immer länger. Ich kann mich nicht beklagen.«

Roubinnet war sehr groß und schlank. Die tropische Sonne und der Wind hatten Fältchen in sein Gesicht gegraben, und seine Haut war so dunkel wie Mahagoni. Er trug weiße Jeans und ein mitternachtsblaues T-Shirt, auf dem in großen, weißen gotischen Buchstaben BIN KEIN SEELENDOKTOR stand. Mit seinem dunklen, dichten Haar und den strahlenden blauen Augen sah er auf eine rauhe Art gut aus, und Croaker war überzeugt davon, daß er auch als Model hätte arbeiten können. Aber Roubinnet schien sich an den langsamen und lockeren Lebensrhythmus der Florida Keys gewöhnt zu haben.

»*Ai de mi*, wer ist die schöne Dame?« brüllte Roubinnet. »Bring sie doch mal rüber, *compadre*!«

Croaker und Roubinnet hatten eine besondere Beziehung zueinander. Seit er von Marco Island an der Golfküste zurückgekehrt war, waren Croaker in der Shark Bar jede Menge lukrativer Jobs vermittelt worden. Die Bar war eine Art zweites Zuhause; man kannte und mochte ihn hier, ganz zu schweigen davon, daß man ihn auch bewunderte. Vor nicht allzu langer Zeit hatte Croaker einer Serie von Todesdrohungen gegen Roubinnet ein Ende gesetzt. Er hatte einen einheimischen Gangster ausfindig gemacht, der ein paar Verbrecher aus Miami angeheuert hatte, weil er einen Teil von Roubinnets beträchtlichen Einkünften erpressen wollte.

Roubinnet grinste breit. Er begrüßte Sonia mit einem Handkuß, ergriff dann Croakers rechte Hand und drückte sie zugleich professionell und kraftvoll. Die Art und Weise, wie ein Mann einem die Hand gab, verriet vieles. Bevor Roubinnet Restaurantbesitzer geworden war, war er für eine Amtszeit Bürgermeister von Miami gewesen. Es hatte ihm nicht geschadet, daß er zur Hälfte Hispanic war und daß Bennie ihn durch sein Geld und seinen Einfluß unterstützt hatte.

»Schön, dich wiederzusehen«, sagte Roubinnet auf die ihm eigene Art, die einem das Gefühl vermittelte, daß man im Mittelpunkt seines Interesses stand. »Du hast zuviel Zeit auf deinem Boot verbracht. Laß es mal etwas langsamer angehen und entspann dich. So wie jetzt.«

Irgend jemand rief ihn, und er winkte. »Eine Minute!« Er schlug Croaker auf die Schulter. »Benimm dich nicht wie ein Fremder, *compadre*. Genieß die Gastfreundschaft des Hauses. Geld brauchst du hier nicht.« Dann ging er durch die Menschenmenge, schüttelte Hände und lachte, während er dem Gerede seiner Stammkunden lauschte.

»Was für ein Typ«, sagte Sonia.

»Er ist vielleicht etwas laut, aber ein guter Kerl. Er hat ein großes Herz und ist geradeheraus.« Croaker lächelte. »Möchten Sie einen Drink?«

»Im Augenblick möchte ich lieber tanzen.«

»Wird mir ein Vergnügen sein«, sagte Croaker und führte sie zur Tanzfläche. »Sonia … Ist das gleichzeitig ihr Vor- und Ihr Nachnahme, wie bei Madonna?«

»Madonna ist out«, sagte Sonia. »Es ist auch nicht mehr angesagt, nur einen Namen zu haben.« Sie überließen sich dem sinnlichen Rhythmus des Merengue-Beats. »Ich heiße Villalobos. Wie der Komponist.« Sie lächelte. »Ich mag es, wie Sie tanzen. Ihre Bewegungen sind sehr flüssig. Das erinnert mich an meinen Bruder Carlito. Wir haben immer zusammen getanzt, als wir Kinder waren.«

»Ich habe bei Experten gelernt«, antwortete Croaker. »Ich habe so lange in Spanish Harlem oben in New York rumgehangen, daß die Latinos sich endlich an mich gewöhnt hatten.«

Er beobachtete, wie sie sich im Takt der eindringlichen Musik bewegte. »Warum sind Sie heute nacht gekommen?«

Sonia blickte ihn neugierig an. Sie hatte die Arme um seine Schultern gelegt, während ihre Körper Figuren auf der Tanzfläche vollführten. »Weil Bennie mich darum gebeten hat.«

Jetzt war Croaker neugierig. »Das ist alles?«

Sonia blickte ihn an, als müßte er es besser wissen. Dann lachte sie. »Bennie, Maria und ich stammen aus Asunción. Wir kennen uns schon sehr lange.«

Die Band legte eine Pause ein, und die Gäste strömten von der Tanzfläche zur Bar, deren Vorderseite aus Fiberglas bestand, auf die ziemlich realistisch ein riesiger Hai gemalt worden war. An der holzgetäfelten Wand hinter der Theke hatte man die Kiefer eines echten weißen Hais mitsamt der unversehrten, bösartigen Zähne angebracht. Das Bild verdoppelte sich in den Spiegeln, in denen sich auch das Bild der dichtgedrängten, lässig gekleideten Menge reflektierte. In den Florida Keys ging es immer lässig zu.

»Möchten Sie jetzt einen Drink?« fragte Croaker.

Sonia nickte. »Aber danach möchte ich weitertanzen.« Ihre Augen funkelten. »Schließlich habe ich nicht jede Nacht die Möglichkeit, mit einem Amerikaner zu tanzen, der den Merengue beherrscht.«

»Sie mögen diesen Tanz.«

»Er ist sehr sexy.«

Er ergriff ihre Hand und führte sie durch das wilde Gedränge. Jetzt wurden Schallplatten aufgelegt. Zuerst kam Jimmy Buffet, danach eine Reihe bekannter Salsamusiker. Croaker bahnte sich mit den Ellbogen den Weg zur Bar und brüllte Frank, einem der drei Barkeeper, die in dieser Nacht Dienst hatten, seine Bestellung entgegen. Er orderte einen eiskalten Margarita für Sonia und einen weiteren Mescal für sich. Was soll's, dachte er.

Sie verließen die Bar, zwängten sich durch den bevölkerten Raum und schritten durch die Glastüren in den großen Innenhof. Die kühle Luft der Klimaanlage war nur noch eine vage Erinnerung, als ihnen die feuchte Luft auf der Terrasse entgegenschlug. Sie sogen den Duft der Mangroven ein, der üppig und schwer in der funkelnden Nacht hing. Über ihnen glänzten die Sterne. Man hörte nur das sanfte Geräusch der Brandung, und die geräuschvolle Szenerie der Bar schien eine Million Meilen entfernt zu sein. Man mußte nicht einmal die Augen schließen, um daran zu glauben, daß man sich am äußersten Rand des Universums befand.

Sie blickten auf. Die Sterne am samtfarbenen Himmel schienen heller als sonst zu leuchten. Weit weg schimmerten die Lichter der Florida Keys wie eine Perlenkette, die um einen wundervollen Hals geschlungen war.

»Werden Sie mich fragen, ob ich heute nacht mit Ihnen ins Bett gehe?« fragte Sonia.

Croaker lachte überrascht. »Ich bin noch gar nicht dazu gekommen, darüber nachzudenken.«

»Sehr beruhigend«, sagte sie. »Ich lasse mich auf solche Geschichten nicht ein, nicht einmal für Bennie.«

»Das wird ihm wohl auch klar sein«, sagte Croaker, der sich an die Geschichte von der Perle in der Auster erinnerte.

Ihre Augen blitzten amüsiert. »Sie sollten mich nicht falsch verstehen. Ich habe nichts gegen Sex. Aber ich ziehe es vor, mir meine Liebhaber selbst auszusuchen. Und außerdem ... ich meine, heutzutage hat es auch seine schlechten Seiten, und ich mache mir Sorgen über ... gewisse Dinge.« Sie atmete tief durch.

»Zum Beispiel Aids«, antwortete Croaker.

Sie blickte aufs Meer, und in ihren Augen glänzten Tränen. »Einer meiner Freunde ist sehr krank.«

Sie mußte nicht mehr sagen. Plötzlich schien es für sie wichtig zu sein, daß Croaker an ihrer Seite war.

»Ich war achtzehn Jahre alt, als mein Vater starb«, sagte er. »Er war ein Cop, und deshalb wurde ich auch Polizist. Ich fand es nur konsequent, seinem Beispiel zu folgen, weil er eine hohe Moral besaß. Er schien all das Teuflische in dieser Welt anzuziehen, aber er hat immer Widerstand geleistet. Er wußte, was es hieß, das Gesetz zu verteidigen.« Croaker hielt ihre Hand und stellte sich vor, daß sein Vater neben ihm saß. Sein Vater lächelte und schob seinen Hut zurück.

Croaker blickte in Sonias wundervolle Augen. »Man hat ihn kaltblütig ermordet. Keine drei Blocks von unserer Wohnung entfernt hat man ihm in einer Seitengasse ein paar Kugeln in den Rücken gejagt. Er muß den Mörder gekannt und ihm vertraut haben. Das war die einzige Möglichkeit, um an ihn heranzukommen. Sie haben jemanden korrumpiert, der ihm nahestand.«

Croaker berührte sanft ihr Kinn mit seiner Hand. »Er war ein guter Mann und hatte es nicht verdient, vor der Zeit zu sterben. Diesen Tod hatte er nicht verdient.« Sein Blick suchte ihren. »Vielleicht verhält es sich mit ihrem Freund ähnlich?«

Sie nickte und begann zu weinen. Als er ihre Tränen weggewischt hatte, lächelte sie, und die Musik verdrängte die düstere Atmosphäre, die sich über sie gelegt hatte. Sie stand nah vor ihm, und ihre Augen und Lippen glänzten durch das gebrochene Licht, das aus dem Club ins Freie strömte.

»Ich weiß nicht, was ich von diesem Abend erwartet habe, aber ich glaube, ich habe nicht erwartet, jemanden wie Sie zu treffen.« Sie stellte ihren Drink auf dem hölzernen Geländer ab, ergriff seine linke Hand und hielt das bläuliche Metall ins Licht. »Erzählen Sie mir etwas darüber.«

»Das ist ein komischer biomechanischer Apparat«, antwortete Croaker. Er dachte schon lange nicht mehr darüber nach. »Ich habe meine Hand bei einer Auseinandersetzung in Japan verloren, und ein Team von Mikroingenieuren hat diesen Prototyp entwickelt. Er wird von zwei Lithium-Batterien mit Energie versorgt, aber Sie können mir glauben, daß auch jede Menge von mir da drin ist. Da gibt es Knochen aus Bor, Titaniumgelenke und Nägel aus rostfreiem Stahl, aber auch künstlich regenerierte echte Nerven und Sehnen von mir. Sie sind aber so gut abgeschirmt, daß ich meine Hand ins Feuer legen könnte, ohne mehr als eine angenehme Wärme zu spüren.«

Ihre Finger glitten mit ungewohnter Zärtlichkeit über die mattschwarze Handfläche aus Polykarbonat und die Finger aus Titanium. »Muß sie manchmal repariert werden wie ein Auto?«

»Eigentlich sollte ich gelegentlich nach Tokio zurückkehren, damit das Chirurgenteam Anpassungsmaßnahmen vornehmen kann, aber ich habe keine Lust dazu. Ich wechsle nur alle sechs Monate die Batterien aus.« Er blickte auf ihr fasziniertes Gesicht und hoffte, daß sie nicht zu den Frauen gehörte, die sich davon abschrecken ließen. Auch das war schon vorgekommen. »Das ist jetzt sieben Jahre her, und ich habe den Verdacht, daß sie mir ein neues Modell verpassen wollen.« Er zuckte die Achseln. »Irgendwann werde ich mich dort wohl mal wieder blicken lassen.«

»Vielleicht sind Sie einfach mit dem zufrieden, was Sie haben«, sagte Sonia. »Vielleicht gefällt es Ihnen so, wie es ist.«

Croaker bemerkte sofort, daß dieser Satz mehr als ein Körnchen Wahrheit enthielt. Er nickte und war dankbar, daß sie in diesem Moment bei ihm war.

Er war sich der Eindringlichkeit ihres Blickes bewußt, als sie nacheinander die Fingerspitzen seiner unversehrten rechten Hand berührte. »Ich liebe Hände«, sagte sie. »Sie verraten einem eine Menge und lügen nicht.« Sie verfolgte die Linien seiner Handfläche und betastete die dicke Hornhaut. »Sie haben die starken und fähigen Hände eines Arbeiters.«

»Das liegt daran, daß ich in Hell's Kitchen aufgewachsen bin«, antwortete Croaker. »Das ist ein ziemlich rauher Stadtteil im Westen Manhattans. Dort muß man stahlhart sein, weil einen die Gangster sonst auseinandernehmen.«

»Das kenne ich.« Sie drückte ihren Daumen gegen seinen. »Ich bin im gefährlichsten Teil von Asunción groß geworden.« Ihr Blick verfinsterte sich. »Dort habe ich zwei Dinge gelernt: Man muß dickfellig sein, und man muß geduldig sein. Am schwierigsten ist es, geduldig zu sein. Das scheint kein angeborener menschlicher Charakterzug zu sein, und deshalb ist es so schwer zu lernen, die Geduld zu bewahren.«

Croaker war sprachlos wie ein Teenager beim ersten Rendezvous. Er erinnerte sich an die gemeinsamen Zeiten mit Stone Tree. Einmal hatten sie in einem ruhigen Wasserlauf der Everglades gestanden, die Sonne hatte wie ein ernstes Mädchen am Rand des Horizonts gethront. Ohne daß Croaker eine Bewegung wahrnahm, griff Stone Tree ins Wasser und zog einen Barsch hervor. Er nahm ihn aus und spießte die Eingeweide auf einen grünen Zweig. Der Morgen war von einem perlenartigen Licht und dem wohltuenden Geruch des gerösteten Fischs erfüllt. Ein Löffelreiher flog vorüber, dessen unwirkliches Rosa die Sonne mit einem Heiligenschein umgab. *Die besten Augenblicke im Leben sind rein und süß,* sagte Stone Tree. *Momente wie diesen einfangen und im Herzen aufbewahren, mehr braucht ein Mann nicht.*

Bevor Croaker wußte, was er tat, küßte er Sonia. Aber nur einen Augenblick, nachdem sich ihre Lippen geöffnet hatten, schreckte er schuldbewußt zurück. »Entschuldigen Sie. Ich wollte das nicht tun.«

Ihre Augen waren weit aufgerissen, die Iris sehr bleich. »Aber ich wollte es.« Sie faßte ihn mit einer Hand am Nakken und zog ihn zärtlich, aber bestimmt an sich, bis sich ihre Lippen berührten. Sonia drängte sich gegen ihn, öffnete die Lippen, und ihre Zungen trafen sich. Er war von ihrem Duft erfüllt, als wäre sie ein Nachtschattengewächs. Das Gefühl stieg ihm zu Kopf, und Croaker atmete schwer. Eine flüchtige Woge der Musik sorgte dafür, daß sein Herz noch schneller schlug.

»Lew?« Eine helle, weibliche Stimme.

Nein, nicht jetzt, dachte er. *Kann ich so viel Pech haben, ausgerechnet jetzt einer alten Freundin zu begegnen?* Betont zögernd löste er sich aus Sonias Umarmung. Er hielt ihre Hand fest, als er sich umdrehte, um die Frau anzusehen, die durch die Glastür auf die Terrasse der Shark Bar getreten war.

»Hallo, Lew.«

Croaker starrte die Frau an, aber sein Verstand funktionierte nicht richtig. »Matty.« Er hatte den Eindruck, als wären seine Gedanken von einem Eisblock eingeschlossen. Sein Magen drohte zu rebellieren.

Matty sah wunderschön und königlich wie eine Prinzessin aus und blickte abwechselnd ihn und Sonia an. Sie trug ein sehr teures Kleid aus schwarzem Jersey und eine mit Diamanten besetzte Kette. Makellos aufgestylt, vermittelte sie den Eindruck, sie wäre gerade aus einem

Schönheitssalon gekommen. In ihrem strengen Designerkleid wirkte sie hier völlig fehl am Platz. »Ich weiß, daß es für dich ein Schock sein muß ...«

»Jesus, das kannst du laut sagen.«

Matty warf einen schnellen Blick auf Sonia, als wäre sie verwirrt. Dann blickte sie wieder den erstaunten Croaker an. »Es tut mir leid, wenn ich aufdringlich bin, aber ich muß mit dir reden. Ich wollte keine Botschaft am Jachthafen hinterlassen. Die Leute dort haben mir erzählt, daß du irgendwann heute nacht wahrscheinlich hier sein würdest.« Sie war offensichtlich nervös, denn sie stieß die Worte in einem wirren Schwall hervor.

»Du hast doch gesagt, daß du nie wieder mit mir reden wolltest.« Croaker war sich der Tatsache bewußt, daß er Sonias Hand wie einen Rettungsring auf hoher See festhielt. Sein Herz pochte so laut, daß er das Gespräch kaum hören konnte. »Wann war das, vor zwölf Jahren?«

»Vor vierzehn Jahren«, sagte Matty. »Vor vierzehn Jahren, einem Monat und siebzehn Tagen.« Sie versuchte zu lächeln, aber es mißlang ihr völlig. Sie atmete tief durch. »Bei Rachels Taufe.«

»Wie konnte ich das nur vergessen«, antwortete er freudlos.

»Sie ist jetzt fünfzehn.«

»Ich habe während der ganzen Zeit nichts von euch gehört.«

»Ich glaube nicht, daß du je versucht hast, Kontakt mit uns aufzunehmen.«

»Nach allem, was du mir gesagt hast, hatte ich keinen Grund, davon auszugehen, daß du mich sehen wolltest.«

»Okay. Ich hatte es verdient.«

Er starrte sie mit versteinertem Blick an.

»Lew ...«

»Was ist? Du hast dich ins gemachte Bett gelegt und Donald Duke geheiratet. Du wolltest doch nichts anderes als so ein Leben, zumindest hast du mir das wieder und wieder erzählt.«

Matty weinte. »Das ist lange her.«

»Lew«, sagte Sonia. »Was ist hier los?«

»Es hat sich alles geändert.« Matty fuhr fort, ohne auf Sonias Worte einzugehen. »Donald hat mich verlassen.«

Croaker beobachtete ihren Gesichtsausdruck. »Was willst du von mir, Matty? Sollte ich überrascht sein oder Mitgefühl zeigen?« Er war sich schmerzhaft der Tatsache bewußt, daß ihn seine Gefühle übermannten, während die Erinnerungen zurückkamen. Er mußte sie verdrängen. »Ach, wie gedankenlos ich bin. Ich habe euch noch nicht vorgestellt. Sonia Villalobos. Matty Duke, meine Schwester.«

In dem erstaunten Schweigen ließ Croaker Sonias Hand los. »Vor achtzehn Jahren hat sie einen Mann namens Donald Duke kennengelernt ...«

»Lew, nicht ...« bat Matty.

»Er war ein Unternehmensplünderer, ein Hai, der sich am Unglück anderer Menschen bereicherte. Er schlachtete eine Firma nach der anderen aus, verkaufte ganze Geschäftsbereiche und feuerte die Angestellten.«

»Jesus«, sagte Matty. »Du redest über ihn, als wäre er ein Krimineller gewesen.«

Croaker konzentrierte sich auf Sonias Gesicht, während der Zorn erneut in ihm hochstieg. »Er hat Leute, die ihm nicht paßten, aus den Führungsetagen gejagt und sie aus New York vertrieben. Vielleicht hat es ihm sogar Spaß gemacht.«

»Hast du Beweise dafür?« fragte Matty. »Es gab keine.«

Sein Blick flackerte. »Und trotzdem hat meine Schwester ihn geheiratet. Sie hat sich von seinem Lebensstil blenden lassen. Oder, Matty?« Matty biß sich auf die Unterlippe und wich seinem Blick aus. »Natürlich war es so. Sie wollte nicht auf meine Warnungen hören, die sie nur wütend gemacht haben. Ich habe ihr gesagt, was für einen Kerl sie da heiraten wollte. Aber sie hat den Sachverhalt auf den Kopf gestellt und mich beschuldigt, daß ich auf Donalds Reichtum und auf seine Stellung neidisch sei. Sie hat sich über mich lustig gemacht, weil ich ein Cop war und die Welt aus der kleinkarierten Sicht eines Polizisten sah.« Er senkte den Kopf. »Hast du dich nicht so ausgedrückt, Matty? Und was hast du noch gesagt? ›Du bist so armselig, Lew. Du wirst genau wie unser Daddy mit dem Gesicht nach unten in der Gosse enden.‹« Er schüttelte den Kopf. »Der Luxus, das Geld und die Macht waren ihr mehr wert als ihre Familie. Sie traf Duke, und plötzlich störte die Familie, die sie großgezogen hatte.«

»Das ist nicht wahr«, protestierte Matty.

»Was ist nicht wahr? Erzähl es mir.« Er beobachtete ihren Gesichtsausdruck. »Während der Hochzeit hast du dich nur mit Donalds reichen Freunden beschäftigt, während wir allein und isoliert dasaßen. Du hast ihn nie zu uns nach Hause mitgebracht. Unsere Mutter wollte ihn zum Essen einladen, aber du hast ihr nie eine Chance gegeben.«

»Hör auf!« rief Matty verletzt. »Du verstehst nichts!«

Aber Croaker war nicht aufzuhalten. »Und noch schlimmer war, daß du uns bestrafen wolltest, indem du Rachel von uns fernhieltst. Unsere Mutter starb, ohne daß sie die Möglichkeit gehabt hätte, ihre Enkelin kennenzulernen. Du hast uns ausgeschlossen, und das hat ihr das Herz gebrochen. Von mir ganz zu schweigen.«

Er wandte sich Sonia zu. »Als Rachel getauft wurde, hatte ich endgültig die Schnauze voll. Ich habe Matty gesagt, was ich von ihrem Ehemann und ihrem neuen Leben hielt.«

»Verdammt, Lew, du hast Donald bedroht. In der Kirche!« Matty zitterte. »Vor allen anderen.«

»Und ich habe jedes Wort ernst gemeint.« Croaker spürte ein merkwürdiges Pochen in seinem Kopf, während die Erinnerungen zurückkamen. »Daraufhin hat sie gesagt, daß sie nie wieder mit mir sprechen wolle«, erzählte er Sonia. Dann wandte er sich wieder Matty zu. »Bist du nicht glücklich, daß du zurückgekommen bist?«

Ohne ein weiteres Wort zu einer der beiden Frauen zu sagen, ging er zur Glastür, öffnete sie und schritt durch den vollen Club. Er überquerte die Tanzfläche, wo Bennie und Maria engumschlungen tanzten, und trat auf den überfüllten Asphaltparkplatz hinaus.

Es dauerte nicht lange, bis Bennie Milagros die Treppe der Shark Bar hinabgetänzelt kam. Über dem Eingang sah man den Oberkörper eines riesigen, grimmig dreinblikkenden Plastikhais, der aus einer Woge imitierter Gischt herausragte. Das Ganze war ziemlich schäbig, aber Roubinnet sagte, daß der Plastikhai ihn jedesmal zum Lachen bringe, wenn er ihn sehe.

Bennie trat zur Seite, um eine Gruppe lateinamerikanischer Geschäftsleute und ihre Frauen vorbeizulassen. Dann schritt er zielbewußt auf den Parkplatz zu, wo Croaker hinter dem Lenkrad seines Thunderbirds saß.

Er setzte sich neben ihn und reichte ihm einen Drink. »Hier, ich denke, den kannst du brauchen.«

Croaker nahm das Glas schweigend entgegen.

Bennie zog eine lange kubanische Zigarre aus seiner Brusttasche und ließ sich mit dem Ritual des Anzündens etwas Zeit. Er roch nach Mescal und männlichem Schweiß. Der schwache Duft von Marias Parfüm umgab ihn wie rosafarbene Wolken einen Engel. Der Zigarrenrauch verschluckte die Gerüche schnell.

»Wenn ich dich so ansehe, glaube ich, daß eine Fledermaus aus der Hölle den Club in einem besseren Zustand verlassen hätte.« Er paffte seine Zigarre und blickte weder Croaker noch sonst etwas Bestimmtes an. »Sonia hat diesen stählernen Blick, du mußt sie also irgendwie aufgeregt haben. Sie ist ganz außer sich. Maria tuschelt mit ihr, und ich habe meine leidenschaftliche Tanzpartnerin verloren. Vielleicht für den Rest der Nacht.« Er blies gemächlich den Rauch aus. »Ach, fast hätte ich es vergessen. Da ist diese scharfe Braut, die alle im Club fragt, wo du hingegangen bist. Mein Wort in Gottes Ohr, sie hat einen verdammt geilen Körper.«

»Die Frau ist meine Schwester, Bennie.«

»Scheiße.« Bennie runzelte düster die Stirn und klemmte sich die Zigarre zwischen die Lippen.

Über ihren Köpfen raschelten die Palmwedel wie ein undisziplinierter Chor in einem Konzert mit dem hohen Quaken der Laubfrösche.

Jemand kam aus dem Club gestürmt und zog ihre Aufmerksamkeit auf sich.

»Da ist sie ja«, sagte Bennie sanft. Er wartete, bis Croakers Blick seinem begegnete. »Dieses Gefühl schmerzt wie Gift, oder?«

»Es tut mir leid, daß ich dir den Abend verdorben habe, Bennie.«

»Nimm's nicht so schwer.« Bennie gestikulierte mit seiner Zigarre herum. »Unsere Freundschaft ist wichtiger als ein Abend mit Maria.« Er blies eine aromatische Rauchwolke in die Luft. »Weißt du, woran ich in dem Moment gedacht habe, als der Hai auftauchte, Lewis? Es war nicht so, als ob mein ganzes Leben wie eine Serie von Tarot-Karten an meinem geistigen Auge vorbeigezogen wäre. Nein, ich mußte an meine Schwester denken. Nicht an meinen Vater oder meine Brüder, sondern an meine Schwester.«

Bennie blickte Croaker an. »Rosa ist vor fünf Jahren gestorben, und ich dachte daran, daß mein Vater ihre Leistungen immer, sagen wir: ignoriert hat, sogar dann noch, als sie in Bogotá die Universität besucht, ihren Abschluß in Wirtschaftswissenschaften gemacht und einen Job bei der Weltbank gefunden hat. Es war nicht so, daß er sie nicht geliebt hätte oder nicht auf seine Art stolz auf sie gewesen wäre. Er hat seine Gefühle einfach nicht gezeigt.«

Die Erinnerungen und das Bedauern trübten Bennies Blick. »Ich mußte also in diesem Moment an Rosa denken. Die Gleichgültigkeit meines Vaters, das Desinteresse meiner Brüder und meine wohlwollende Vernachlässigung hatten sie verletzt.« Er blickte Croaker an. »Jetzt hat sich irgendwas verändert. Das habe ich dem verfluchten Hai zu verdanken, und ich werde es nie vergessen. Ich vermisse sie und werde nie mehr eine Chance haben, es ihr zu sagen.«

Er beugte sich hinüber, ergriff Croakers rechte Hand und zeigte auf die bläulichen Venen auf seinem Handrücken. »Was ist das?« zischte er. »Blut, Lewis, verdammtes Blut.« Er nickte, als hätte er das Rätsel der

Sphinx gelöst. »Wie immer deine Schwester auch ist oder sein mag, was immer sie auch getan haben mag, was für Verletzungen es auch gegeben haben mag – erinnere dich daran, daß ihr zusammengehört. Blut ist dicker als Wasser.«

Matty hatte sie entdeckt und kam auf sie zu. Sie warf Bennie einen zögernden Blick zu. Er stieg aus und ließ die Tür galant für sie geöffnet. Dann ging er zur Tür auf der Fahrerseite hinüber und trat neben Croaker, während Matty sich dem Wagen näherte. Er schenkte ihr sein charmantestes Lächeln, bückte sich und flüsterte Croaker etwas zu: »Mein Wort in Gottes Ohr, Frauen kennen viele Methoden, grausam zu sein. Aber weißt du was? Ihre Brüder können manchmal noch schlimmer sein.«

Croaker beobachtete ihn, wie er langsam zum Eingang des Clubs zurückschlenderte und zufrieden seine Zigarre rauchte. Was für ein rätselhafter Typ dieser Bennie Milagros doch war. Immer wenn man zu wissen glaubte, wie man ihn zu nehmen hatte, offenbarte er eine andere Facette seiner Persönlichkeit. Er war launisch, derb, sympathisch, unwahrscheinlich geistvoll – und unendlich irritierend.

Einen Augenblick später stand Matty neben dem Thunderbird. Sie schwieg. Sie hatte ihr lockiges, ungebändigtes Haar dunkler gefärbt, und der Toffee-Ton der Färbung paßte besser zu ihr als das Blond, das sie früher bevorzugt hatte. Sie war groß, gertenschlank und hatte die langen Beine, die perfekte Figur, auf die Typen wie Donald Duke scharf waren – bis sie einer Frau über den Weg liefen, die noch größer und langbeiniger war.

Matty wollte gerade etwas sagen, als Autotüren zugeschlagen wurden und der Motor eines alten Buicks aufheulte. Das Scheinwerferlicht strich über ihre Gesichter, als der Buick aus der Parklücke fuhr. Sie kam einen Schritt auf Croaker zu. Ihre Anspannung war spürbar. »Du hast eine Art, mich in aller Öffentlichkeit zu verletzen …«

»Vielleicht kannst du jetzt besser einschätzen, wie Mama und ich uns gefühlt haben.«

Ihr Gesichtsausdruck war unfreundlich. Die Angst ließ sie dünnlippig erscheinen. »Jesus, du machst es mir nicht gerade leicht.«

»Warum auch? Du hast es uns auch verdammt schwer gemacht.«

Sie atmete tief durch. Dann öffnete sie wie unter Zwang ihre Brieftasche, zog etwas hervor und reichte es ihm.

Es war ein neueres Farbfoto von Rachel. Sie hatte Mattys dichtes, gelocktes Haar und die gleiche intensive Ausstrahlung, aber Donalds eiskalte blaue Augen und seine gesunde Gesichtsfarbe. Wer immer den Schnappschuß gemacht hatte, hatte sie in einem unbeobachteten Moment fotografiert. Sie schien so sorglos zu sein, wie ein Mensch nur sein kann.

»Sie ist wunderschön«, sagte er und spürte einen plötzlichen Schmerz, als er begriff, wie sehr er in den letzten fünfzehn Jahren betrogen worden war. Man hatte ihm keine Chance gegeben, sie aufwachsen zu sehen.

»Danke.« Matty lächelte nicht. Sie schüttelte den Kopf, als er ihr das Foto zurückgeben wollte. »Es gehört dir.«

Croakers Blick blieb auf der Fotografie haften. »In ihrem Gesicht kann man beide Eltern erkennen.«

»Das Problem ist ...« Sie zögerte. »Donald hat mich vor zwei Jahren verlassen und ist vor sechs Monaten gestorben. Er kam ums Leben, als sein Privatflugzeug in einen Wirbelsturm geriet und in einem Berggebiet in der Nähe von San Francisco zerschellte.«

Croaker wollte sagen, das es ihm leid tue, aber die Worte blieben ihm in der Kehle stecken. Statt dessen konnte er sich eine andere Bemerkung nicht verkneifen. »Dann bist du ja jetzt eine reiche Frau.«

»Eigentlich nicht.« Sie schien angesichts seines Widerstandes zu resignieren. »Vor einem Jahr hat Donald erneut geheiratet. Eine junge Erbin texanischer Ölbonzen mit einwandfreiem Leumund. Ich glaube, daß er sich schon immer danach gesehnt hatte. Eine Woche, bevor er starb, hat sie ihm einen Sohn geboren. Donald hat verfügt, daß ihm das Vermögen eines Tages zufallen soll.«

»Pech.« Lew hielt das Foto hoch. »Aber du hast immer noch Rachel.«

Mattys Gesicht wurde plötzlich bleich. Sie schien etwas sagen zu wollen, änderte dann aber im letzten Moment ihre Absicht. »Lew, ich ...« Sie wandte den Blick ab. »Ich muß dir etwas gestehen. Ich habe gemerkt, daß du nicht geantwortet hast, als ich sagte, daß du nicht versucht hast, Kontakt mit uns aufzunehmen.«

Gegen seinen Willen preßten sich seine Zähne aufeinander.

»Ich weiß, daß du versucht hast, mit Rachel Kontakt aufzunehmen.« Sie atmete tief durch und erschauerte. »Ich habe dafür gesorgt, daß sie deine Briefe nicht bekam.«

»Elendes Miststück!« Er schlug auf das Lenkrad, und sie zuckte zusammen.

»Ich weiß, daß das falsch war.« Sie schüttelte den Kopf. »Aber ich habe geglaubt, ich wäre im Recht, wenn ich Rachel vor jemandem abschirmte, den ich selbst nicht sehen wollte.«

Er blickte sie an. »Warum wolltest du nicht, daß sie mich kennenlernt?«

»Verdammt!« Matty begann zu weinen und versuchte irgendwo hinzublicken, nur nicht in Croakers Gesicht. »Die Wahrheit ist, daß ...« Ihre Lippen zitterten, und sie fing mit der Zunge eine Träne auf, die über ihren Mund lief. Endlich trafen sich ihre Blicke. »Sie ist dir so *verdammt* ähnlich.«

Gelächter und fröhliche Stimmen, als eine Gruppe von Gästen aus dem Club kam. Wieder startete ein Auto, dessen Scheinwerfer den Parkplatz einen Moment lang erleuchteten, bevor sie sich auf die Straße richteten.

»Was zum Teufel weißt du schon?« fragte Croaker erstaunt. Er blickte erneut auf das Foto, bevor er es wegsteckte.

Matty ließ sich schweigend neben ihm auf dem Sitz nieder. Er nahm einen Hauch ihres Armani-Parfüms wahr. Ein unangenehmes Schweigen entstand. Es war schwer, mit alten Wunden, die erneut aufgebrochen waren, zurechtzukommen. Mattys Angst war noch stärker geworden, und er fühlte sie wie Stiche in seinen Knochen. Im Club war die Salsaband auf die Bühne zurückgekehrt, ihre Rhythmen waren laut und verlockend. Croaker sehnte sich danach, wieder in der Bar zu sein und engumschlungen mit Sonia zu tanzen. Er hatte das Bedürfnis, sich bei ihr zu entschuldigen.

»Sieht ganz so aus, als hättest du keine Zeit«, sagte Matty in einem gereizten Tonfall. Sie schien seine Gedanken gelesen zu haben. »Geh nur. Deine Freundin wartet auf dich. Ich weiß wirklich nicht, warum du deine Zeit auf diese Weise verschwendest.«

»Um Himmels willen.« Er hatte etwas in dieser Richtung erwartet.

»Du könntest ein viel besseres Leben haben.«

»Wie ich auch einen besseren Job hätte haben können?«

»Ich habe immer so große Hoffnungen in dich gesetzt.«

»Das waren *deine* Hoffnungen, Matty. Nicht meine.« Er blickte sie an. »Erzähl mir, warum du mich nie gefragt hast, was *ich* vom Leben erwarte? Wie konntest du annehmen, das zu wissen?«

Matty schien erneut in Tränen ausbrechen zu wollen. Sie zitterte, und Croaker hatte den Eindruck, daß sie die Tränen nur durch die Kraft ihres Willens zurückhielt. »Ich *habe* es gewußt«, sagte sie leise. »Wir wollten beide mehr erreichen als unsere Eltern. Ich weiß es, weil wir darüber gesprochen haben, als wir jung waren.«

»Natürlich wollte ich etwas Besseres als die Vergangenheit«, sagte er. »Aber ich wollte nicht allem den Rücken zukehren. Das war deine Tour, Matty.«

Sie schloß die Augen, und langsam begannen sich in ihren Augenwinkeln Tränen zu bilden, die plötzlich hervorquollen und in ihren Schoß fielen. »Ich wünschte, ich könnte es dir verständlich machen.«

»Versuch es.«

Sie schüttelte energisch den Kopf. »Das würde heißen ...« Ihre Augen waren weit aufgerissen, und einen Augenblick lang starrte sie ihn hitzig an. »In Ordnung.«

Aber sie konnte seinen Blick nicht länger ertragen. Sie warf den Kopf zurück und starrte in die raschelnden Wipfel der Kokospalmen. »Für dich war das etwas anderes. Du warst ein Junge, und auf den Straßen von Hell's Kitchen konnte man nur als Junge klarkommen.«

»Das ist kein Grund ...«

»Sei bitte still«, sagte sie. »Es ist schon schwer genug ...« Sie schloß die Augen erneut, und als sie dann zu sprechen begann, war ihre Stimme so ruhig wie die Brise, die über die Palmen strich. »Laß mich einfach reden, okay?« Sie benetzte sich die Lippen, als wären sie ausgetrocknet, und Croaker spürte, daß sie fürchterlich verängstigt war. Wegen einer Erinnerung? »Es gab da diesen Jungen. Richie Paglia.«

Croaker wußte, wen sie meinte. Er hatte dunkles Haar und einen feurigen Blick gehabt – ein schwerer Brocken. Er war eine Zeitlang mit Matty gegangen, aber dann hatte sie ihn fallenlassen und war in eine Welt jenseits von Hell's Kitchen geflüchtet. Sie hatte ihrer Familie und den Nachbarn den Rücken zugekehrt. Nicht lange danach hatte sie Donald geheiratet. Die Art und Weise, wie sie einen Jungen aus der Nachbarschaft, der sich um sie gekümmert hatte, zur Seite gestoßen und wie Dreck behandelt hatte, hatte Croaker angekotzt. Das war für ihn ein Wink gewesen, daß ein noch größerer Betrug folgen würde. Und das alles für Donald und seine Glitzerwelt. Croaker unterdrückte eine angewiderte Bemerkung.

»Richie«, sagte Matty. »Er war so gut zu mir.« Sie legte die Finger an die Lippen, als ob sie sich zwingen müßte fortzufahren. »Das Problem war, daß ich ein Kind von Richie erwartete.«

»*Was?*«

Es entstand ein kurzes Schweigen. »Er hat mir angeboten, mich zu heiraten, aber ich habe abgelehnt. Ich liebte ihn nicht und wußte nicht, was er sich vorstellte. In dieser Beziehung ging es nur um Sex. Wir hatten unseren Spaß, das war alles. So etwas passiert, Lew.«

»Aber nicht meiner Schwester!«

»Ich wußte, daß du das sagen würdest.« Sie seufzte. »Es ist mir aber passiert.« Ihre Stimme klang schleppend. Sie hob die Hand und preßte sie einen Augenblick lang gegen die Stirn. »An dich konnte ich mich ja nicht wenden. Wie alt war ich damals – neunzehn? Noch drei Jahre College. Ich stand auf der Bestenliste meines Jahrganges und wollte Karriere machen, aber hätte dich das irgendwie gekümmert? Du hättest die Heirat gewollt, und wir wären elend drangewesen. Oder du hättest Richie die Eingeweide aus dem Leib geprügelt, was er nicht verdient hätte. Außerdem schämte ich mich, immerhin sind wir katholisch. Du wirst dich ja wohl daran erinnern, wie streng unsere Mutter in religiösen Fragen war.«

Sie starrte auf ihre Hände. »Ich war in Panik und fühlte mich wie in einem Käfig, dessen Tür zufällt. Richie und ich beschlossen, daß es am besten wäre, wenn er aus der Gegend verschwinden würde. Das war der einfachere Teil. Er hat jenseits des Flusses in Hoboken einen Job gekriegt und wollte dorthin ziehen. Was mich betrifft ...« Ihr ruheloser Blick strich über die Baumwipfel. »Ich mußte einen Ort außerhalb von Hell's Kitchen finden. Eine Klinik und einen Arzt.«

Croaker hielt den Atem an. Wie konnte seine Interpretation ihrer gemeinsamen Vergangenheit so fehlerhaft gewesen sein? Die Wahrheit hat die grausame Angewohnheit, jeden zu überraschen. »Du hast also abgetrieben.«

Matty nickte. »Diese Entscheidung hat mir fast das Herz aus dem Leib gerissen. Ich habe mich lange Zeit befleckt gefühlt wie eine Sünderin. Ich brachte es nicht über mich, einen Fuß in eine Kirche zu setzen, und hatte das Gefühl, mich von Gott abgewendet zu haben. Aber ich hatte keine andere Wahl.«

Sie vergrub ihr Gesicht in den Händen. Er wartete. Sein Herz klopfte sehr schnell.

»Danach hatte ich das Gefühl, nicht mehr nach Hause gehen zu können. Ich hätte die Fragen nicht ertragen, die du mir gestellt hättest. Ich kannte dich, Lew. Du hättest mich einmal kurz angesehen und gewußt, daß etwas nicht in Ordnung war.«

»Ich habe versucht, dich zu finden.«

Sie nickte. »Du konntest mich nicht finden. Ich besaß gerade genug Geld von meinem Stipendium, um ein paar Wochen in einem Hotel bleiben zu können. Als das Geld zu Ende ging, fand ich einen Job als Schreibkraft in einer Anzeigenagentur. Zum erstenmal in meinem Leben war ich glücklich. Ich fühlte mich frei.«

»Du warst uns ja los«, sagte Croaker. »Deine Familie.«

Matty schüttelte den Kopf. »Eher die Wohnung. Sie war so düster und deprimierend. Mein Gott, Lew, wie hast du es nur ausgehalten, dort so lange zu leben?«

»Unsere Eltern waren da«, antwortete er. »Es war mein Zuhause.«

Matty wandte den Kopf ab. »In der Agentur habe ich Donald kennengelernt.« Ihre Stimme klang jetzt versonnen.

»Ich machte Überstunden, und es hat mir nichts ausgemacht. Ich versuchte mein Gewissen zu verdrängen, aber nach einer Weile bemerkte ich, daß ich so glücklich war, daß mich die Schuldgefühle nicht länger quälten.« Sie strich mit einer Hand über die Chromleisten des Thunderbirds. »Sechs Monate, nachdem ich den Job angetreten hatte, kaufte Donald die Agentur. Damals war ich schon befördert worden. Man hatte mir eine Gruppe halbwegs zahlungskräftiger Kunden zur Betreuung anvertraut. Aber an dem Tag, als die Verträge unterzeichnet wurden, hat Donald alle hochbezahlten Führungskräfte samt ihren dreistöckigen doppelten Martinis gefeuert. Er stellte aus den verbleibenden Mitarbeitern ein Übergangsteam zusammen, um das Unternehmen und die Belegschaft zu bewerten. Auch ich gehörte zu diesem Team und habe drei Monate lang täglich mit ihm zusammengearbeitet. Ich hätte nie gedacht, daß er das bemerken würde, aber ich hatte mich geirrt. Er hat mir später erzählt, daß er vom ersten Tag an ein Auge auf mich geworfen hatte.«

Sie wandte sich Croaker zu, und ihr Gesicht war tränenüberströmt. »Ohne daß ich es überhaupt wahrgenommen hatte, hatte ein ganz neues Leben für mich begonnen. Du siehst, daß ich nach allem, was geschehen war und was ich vergessen wollte, der Auseinandersetzung mit der Familie – und besonders mit dir, Lew, dem Detektiv – ausweichen *mußte*. Selbst nach etlichen Monaten hatte ich noch Angst, daß du jedesmal, wenn ich zu lügen versuchen würde, die Wahrheit in meinen Augen erkennen würdest.«

Croaker war erstaunt und beschämt. Er hörte Bennies Worte, die ihn zu verfolgen begannen: *Mein Wort in Gottes Ohr, aber Frauen kennen viele Methoden, um grausam zu sein. Aber weißt du was? Ihre Brüder können manchmal noch schlimmer sein.*

In seinem Inneren zerbrach etwas Hartes und Häßliches. »Matty ...«

Sein sanfter und versöhnlicher Tonfall ließ sie die Fassung endgültig verlieren. Als er die Arme nach ihr ausstreckte, schluchzte sie. Ihre Schultern zitterten, und sie vergrub ihren Kopf an seiner Achselhöhle. Er drückte sie fest an sich, und auch seine Augen – kein Wunder – waren feucht. Bennie hatte recht gehabt. Wer immer sie auch war und was immer sich zwischen ihnen ereignet hatte – sie waren Geschwister. Es war seltsam, feststellen zu müssen, daß das, was er fälschlicherweise für Zorn gehalten hatte, einfach nur auf unglücklichen Zufällen und Mißverständnissen basierte.

»Ich konnte dir nicht unter die Augen treten«, flüsterte sie. »Ich hätte deine Beschuldigungen und deinen Gesichtsausdruck, wenn du es herausgefunden hättest, nicht ertragen können. Du hättest mich wegen meiner Dummheit verachtet und mir vorgeworfen, alles falsch gemacht zu haben. So habe ich einen feigen Ausweg gewählt; nachdem ich Donald geheiratet hatte, war es leichter für mich, die Familie zu ignorieren. Aber ich schwöre dir, daß mich deine unumstößlichen moralischen Prinzipien jeden Morgen aus dem Spiegel anstarrten.«

Er drückte sie fester an sich. »Vorbei ist vorbei, Matty.

Das ist alles Vergangenheit. Wir können einen neuen Anfang machen.«

»Wirklich? Mein Gott, Lew, das wäre wunderbar, ein Traum würde wahr werden, aber …«

Ihr Körper versteifte sich vor Anspannung, und er schob sie sanft zurück, damit er ihr Gesicht sehen konnte. »Aber was?«

Sie hatte die Augen weit aufgerissen, und in ihrem starren Blick lag tödliche Angst. Croaker begriff instinktiv, daß die nackte Angst, die ihr Gesichtsausdruck verriet, sie dazu bewegt hatte, ihn nach so langer Zeit aufzusuchen.

»Was ist los, Matty?«

»O Gott«, flüsterte sie schluchzend. »Rachel stirbt, Lew, mein kleines Mädchen geht fort von mir, und ich weiß nicht, was ich tun kann!«

ZWEITER TAG

1.

Das Royal-Poinciana-Krankenhaus war ein zwölfstöckiges Gebäude aus blaßgoldenem Backstein am östlichen Ende der Eucalyptus Street. Obwohl es nur einen Steinwurf von der Flagler Memorial Bridge entfernt lag und vom Royal Poinciana Way und vom Breakers-Hotel in Palm Beach zu Fuß bequem zu erreichen war, war die unmittelbare Umgebung düster, trostlos und alles andere als ungefährlich.

Auf der anderen Seite des Intracoastals, der Wasserstraße zwischen dem Festland und den vorgelagerten Inseln, verließen Frauen mit aufgestylten Frisuren glänzende Rolls-Royces. Sie hatten auf dieser Welt keine Sorgen. Aber hier drüben verriegelte man am besten die Autotüren, wenn man hinter dem Lenkrad saß. Es war mehr als symbolisch, daß das Krankenhaus, von dem aus man auf den sanft glitzernden Intracoastal sah, dem North Dixie Highway und dem jenseits davon gelegenen Broadway den Rücken zukehrte. Dieser Stadtteil, der von verfallenden Bungalows und billigen, neonbeleuchteten Waschsalons beherrscht wurde, war das armselige Zuhause der schwarzen Bevölkerung, das an Palm Beachs äußerem Stadtrand steil aufragte. Es war kein Wunder, daß die Portiers in Palm Beach ihren Kunden rieten, das nordwestliche Stadtgebiet zu meiden.

Wie dem auch sei, Matty schien das alles nicht zu kümmern, während sie aus ihrem schwarzen Lexus ausstieg. Sie eilten über den asphaltierten Parkplatz und stiegen die Treppen des Krankenhauses hoch. Die kühlen Räume rochen schwach nach Verbänden und Desinfektionsmitteln. Ein Sicherheitsbeamter zeigte ihnen, wo sie sich anmelden und Tagesausweise erhalten konnten.

Matty wandte sich Croaker zu. Sie hatte an diesem Morgen so erschöpft ausgesehen, als hätte sie die ganze Nacht auf der Tanzfläche verbracht und dort auf den Tagesanbruch gewartet. Sie hatte versucht, etwas gegen die dunklen Ringe unter ihren Augen zu tun, aber als sie ihre Donna-Karan-Sonnenbrille abnahm, sah Croaker, daß ihre Versuche erfolglos geblieben waren.

Am Ende des Korridors im sechsten Stock passierten sie eine Doppeltür, auf der DIALYSEZENTRUM stand. Sie betraten einen Bereich, der auf alle Besucher wie der Wartesaal der Hölle wirken mußte. Alte Menschen, die so krumm und hager wie das Heu vom letzten Jahr waren, warteten im Korridor. Man sah Rollstühle, Gehwagen und Krücken. Eine Krankenschwester marschierte an der Schlange der Wartenden entlang und inspizierte sie wie der Türsteher einer Diskothek, der darüber entschied, wer eingelassen wurde. Es roch nach Medikamenten und Resignation. Croaker kam sich wie an einem Wasserloch in der afrikanischen Steppe vor, als er an den Kranken vorbeiging und schwere, unregelmäßige Atemgeräusche, leises Stöhnen und verstörtes Grunzen hörte.

»Diabetiker, die auf ihre Dialyse warten«, murmelte Matty.

Hinter einer weiteren Doppeltür befand sich die Dialyseintensivstation, ein Wirrwarr enger Zellen, die um eine zentrale Station für die Schwestern angeordnet waren. Die Patienten in den Betten waren von Rollbahren, Infusionsgeräten, Monitoren und geheimnisvollem medizinischem Zubehör umgeben, bei einigen standen auch Dialysegeräte.

Von den acht Patienten in diesem Raum war nur Rachel jung. Die anderen hatte man offensichtlich aus dem Kreis der Unglücklichen ausgewählt, die schon zu lange auf die Dialyse angewiesen waren.

Croaker ging zögernd auf Rachel zu, als fürchtete er, sie durch einen unvorsichtigen Schritt aufzuwecken. Aber Rachel wußte nichts von solchen Sorgen. Nach dem, was Matty ihm erzählt hatte, befand sie sich in einem kritischen Zustand. Sie hatte im Koma gelegen, als sie in das Krankenhaus eingeliefert worden war, und war seitdem nicht mehr aufgewacht. Rachel war so bleich, als ob man ihr jeden Tropfen Blut aus dem Körper gezogen hätte. Die bläulichen Venen pochten unter der dünnen Haut ihrer Schläfen. Ein wirrer, dunkler Haarschopf ergoß sich über das Kopfkissen. Der goldene Nasenring war von einer Plastikröhre zur Seite geschoben worden. Croaker versuchte sich das Kind während der Taufe vorzustellen, als er es in den Armen gehalten hatte, aber seine Erinnerung ließ ihn im Stich. Er sah nur die Fünfzehnjährige, die vor ihm lag. Er fühlte sich, als wäre sein Herz in einem Schraubstock eingeklemmt. Wieder war er überwältigt, wie schön sie war, aber ihr Gesicht wirkte wie eine Totenmaske.

Sie hing an einem Katheter und Plastikröhren, die mit Monitoren verbunden waren, auf denen Puls, Herzschlag und Blutdruck angezeigt wurden. Aus dem Infusionsgerät tröpfelte Flüssigkeit in ihre Venen. Eine computergesteuerte Dialysemaschine, die etwas höher als ein Meter und mit beigefarbenem Plastik verkleidet war, arbeitete pflichtgetreu neben ihr. Sie reinigte ihr Blut und leistete die Arbeit, zu der ihre defekten Nieren offensichtlich nicht mehr in der Lage waren.

Da brach Croakers Herz, und er wandte sich wieder Matty zu. »Was ist mit ihr? Was zum Teufel ist ihr zugestoßen?« fragte er mehr als nur verärgert.

Matty stand stumm da und blickte dumpf auf die Dialysemaschine, die in seltsamer und vage unbestimmter Weise präsent war, als wäre sie ein großer loyaler Hund, der nicht von der Seite seiner Herrin wich.

»Einfach ausgedrückt, wird sie von toxischen Nierensubstanzen vergiftet, die von einer Überdosis Kokain und Amphetamine hervorgerufen wurden.«

Croaker wandte sich um und sah eine Ärztin Mitte Dreißig, die so durchtrainiert wie eine Amateurathletin und auf eine strenge und ernsthafte Weise schön war. Ihr rötliches Haar war zurückgebunden, und sie hatte ein katzenähnliches Gesicht.

Sie streckte die Hand aus, und Croaker ergriff sie. »Ich bin Dr. Marsh. Jenny Marsh.« Sie hob eine Augenbraue. »Und wer sind Sie?«

»Lew Croaker. Ich bin Mattys ...«

»Ah, der verlorene Bruder ist zurückgekehrt.« Dr. Marsh lächelte. »Nach allem, was Mrs. Duke mir erzählt hat, bin ich glücklich, daß sie es geschafft hat, Sie zu finden. Entschuldigen Sie mich bitte einen Augenblick.« Sie wandte sich Matty zu. »Wir wollen ihr noch etwas mehr Blut und Urin abnehmen, wenn Ihnen das recht ist.«

Matty nickte schweigend, und Dr. Marsh gab einem Pfleger ein Zeichen, daß er hereinkommen sollte.

»Ich würde es sehr schätzen, wenn Sie mir einige Details über den Zustand meiner Nichte mitteilen könnten«, sagte Croaker zu Dr. Marsh, während der Pfleger Rachel Blut abzunehmen begann.

Der enge Raum war mittlerweile ungemütlich voll. »Warum unterhalten wir uns nicht draußen weiter?« fragte Dr. Marsh. Sie ging mit Croaker auf die Schwesternstation. Matty blieb zurück.

»Meine Schwester ...«

»Ich bin erleichtert, daß Sie hier sind«, unterbrach Dr. Marsh ihn. »Mrs. Duke hat Probleme, das zu akzeptieren, was Rachel zugestoßen ist. Angesichts der Lage ist das auch völlig verständlich. Wie dem auch sei, sie hat mir erzählt, daß Sie einmal Polizist waren. Stimmt das?«

Croaker nickte.

»Dann nehme ich an, daß Sie Erfahrungen mit drogensüchtigen Jugendlichen haben.«

»Mehr als mir lieb ist.«

Jenny Marsh nickte, während sie ihn aus dem Dialysezentrum zu einer Milchglastür brachte, an der ein Pappschild angebracht war: DROGENMISSBRAUCHSFORSCHUNGSPROJEKT DES KREISES PALM BEACH – NUR AUTORISIERTEM PERSONAL IST DER ZUTRITT GESTATTET.

Croaker fand sich in einem von zwei fensterlosen Räumen wieder, der mit Zinktischen vollgestopft war, auf denen Bunsenbrenner, Sterilisationsapparate, Zentrifugen und Mikroskope standen. Dahinter sah er ordentliche Reihen von Teströhrchen, Retorten, Pipetten, Deckgläsern,

Okularen und präzise beschrifteten Glasflaschen mit chemischen Reagenzien. In einer Ecke stand ein Elektronenmikroskop. Inmitten all dieser medizinischen Geräte fühlte er sich ein wenig unbehaglich. Sie erinnerten ihn unweigerlich an die Leichenhallen, in die er Verwandte oder enge Freunde von Mordopfern begleitet hatte, die sich der schmerzhaften und traumatischen Prozedur der Identifizierung hatten unterziehen müssen. Croaker hatte stoisch und hilflos danebengestanden.

An einer Wand befanden sich ein paar Schränke aus rostfreiem Stahl, ein betagter Kühlschrank und ein kleiner Tisch mit einer Kochplatte, einer Kaffeemaschine, Pappbechern, Büchsenmilchdosen und ähnlichem.

»Wir führen hier ein Forschungsprojekt über Drogenmißbrauch durch«, sagte Jenny Marsh. »Es wird vom Staat finanziert, aber weil unser Krankenhaus beteiligt ist, habe ich mich freiwillig gemeldet, es zu überwachen.«

»Haben Sie nicht schon genug zu tun?«

Jenny Marsh lächelte. Es war ein angenehmes Lächeln, das die kühle Maske der Ärztin für einen Sekundenbruchteil vergessen ließ. »Schon. Aber dieses Forschungsprojekt ist wichtig, und ich ziehe es, offen gesagt, vor dabeizusein, als es zu verschlafen.«

Croaker beobachtete, wie der Pfleger, den er in Rachels Zimmer gesehen hatte, den Raum betrat. Er ging, wahrscheinlich mit ihrem Blut, in das andere Zimmer. Auch hier wurde gearbeitet, aber es war viel ruhiger als im Dialysezentrum.

»Gleich nachdem wir diagnostiziert hatten, daß Rachel drogenabhängig ist, haben wir Blut- und Urinproben genommen, um sie für das Forschungsprojekt zu verwenden«, sagte Dr. Marsh. »Zweimal am Tag. Sie ist für den Erfolg des Forschungsprojektes sehr wichtig, aber ich verspreche Ihnen, daß die Blutmenge, die wir ihr entnehmen, ihr in keiner Weise schaden wird.«

»Hat Matty ihr Einverständnis dazu gegeben?«

»Ja, nachdem wir ihr den Nutzen des Forschungsprojektes erklärt hatten.«

Croaker nickte. »Dann ist es mir auch recht.«

»Okay. Das Wichtigste zuerst.« Jenny Marsh ging auf den Tisch mit der Kaffeemaschine zu. »Rachel wurde vom Notarzt eingeliefert, und man diagnostizierte alle klassischen Symptome einer Drogenüberdosis.«

Croaker fragte: »Sie war verwirrt und hochgradig erregt? Hatte Halluzinationen?«

Dr. Marsh nickte, während sie ihnen Kaffee einschenkte. »Genau. Außerdem hatte sie plötzliche, krampfartige Anfälle und mußte sich übergeben. Nach Ansicht des diensthabenden Arztes stand sie unter Schock.« Sie blickte ihn an. »Schwarz oder mit Milch?«

»Schwarz ist okay.«

Sie kippte methodisch den Inhalt von vier Tütchen Zukker in die dunkle und unergründliche Flüssigkeit ihres Kaffees. Dann reichte sie Croaker einen Pappbecher. »Dr. Niguel, der diensthabende Arzt, hat ohne Erfolg versucht, Rachel anzusprechen. Er beauftragte eine Schwester, mit Mrs. Duke zu reden, denn die hatte Rachels Einlieferung veranlaßt. Sie sollte fragen, welche Drogen Rachel nahm.« Dr. Marshs Blick wurde sanft. »Es tut mir leid, das sagen zu müssen, aber in diesem Moment ist Mrs. Duke ausgeflippt.«

Croaker stellte den Pappbecher ab. »Was meinen Sie damit?«

Dr. Marsh saß auf dem Rand eines Laborstuhls ohne Rückenlehne. »Sie wurde hysterisch und sagte, daß sie ihre Tochter zurückhaben wolle. Sie drohte uns mit einer Klage wegen falscher Behandlung und behauptete, daß ihre Tochter nie im Leben Drogen genommen habe. Wir seien nur eine Horde inkompetenter Ärzte – um es etwas vornehmer auszudrücken.«

»Sie hat sich geirrt.«

»Allerdings.« Dr. Marsh verschränkte die Arme vor der Brust. »Ihre Nichte ist im zarten Alter von fünfzehn Jahren bereits eine Gewohnheitskonsumentin.«

»Wie schlimm ist es? Hat sie gedrückt?«

»Jetzt kommt die gute Nachricht. Es tut mir leid, aber es

ist die *einzige* gute Nachricht: Wir haben keine Anzeichen von Nadeleinstichen gefunden. Sie bevorzugte Kokain, Aufputschmittel und Marihuana. Die Blutproben haben diesen Befund bestätigt.« Sie seufzte. »Nach Dr. Niguels Angaben haben ihre Nieren versagt. Im Notarztwagen untersuchten sie sie auf Symptome bakterieller Endokarditis. Das ist eine Infektionskrankheit, die man bei Fixern findet. Herzinnenhautentzündung.«

»Ja. Eine Infektion der Herzklappen. Verursacht die Bildung von Blutklümpchen, die sich ablösen und eine Herz- oder Nierenembolie verursachen können.« Croaker schob seinen Kaffee zur Seite. Seine Magensäure rebellierte. Vielleicht lag es auch am Gegenstand der Unterhaltung. Sie sprachen über seine Nichte und nicht über einen anonymen Passanten in der Großstadt. »Aber Rachel hatte keine bakterielle Endokarditis.«

»Nein.« Dr. Marsh stand auf und durchwühlte den altmodischen Kühlschrank. Sie schnüffelte an einem geöffneten Joghurtbecher, tauchte den Zeigefinger hinein und probierte. »Möchten Sie irgendwas?«

»Eine Million Dollar und die Fähigkeit, mit einem Satz auf hohe Gebäude zu springen. Aber nichts aus dem Kühlschrank da«, fügte er hinzu, als sie ihn schief ansah.

»Sehr klug von Ihnen. Man muß schon ein Arzt sein, der seit dreißig harten Stunden nichts gegessen hat, um verzweifelt genug zu sein, sich dieses Zeug einzuverleiben.« Jenny Marsh schloß die Tür des Kühlschranks. »Eine Ultraschalluntersuchung hat keinen Hinweis auf polyzystische Nieren ergeben, was bei jungen Menschen das typischste Problem ist. Es ist vererblich.«

Sie aß ihren Joghurt mit einem Plastiklöffel. »Aber die Ultraschalluntersuchung hat etwas Interessantes ergeben, und deshalb hat Dr. Niguel mich hinzugezogen. Ich kam zu der Überzeugung, daß ihr Blutdruck gefährlich niedrig war und daß sie an einem ernsthaften Sauerstoffmangel in der Niere litt.«

»Nierenvergiftung.«

»Genau.«

»Aber Sie sagten ›Niere‹. Singular.«

Dr. Marsh aß langsam und methodisch ihren Joghurt und genoß ihn, als wäre er himmlisches Manna. »Das eben ist die Anomalie, auf die wir durch die Ultraschalluntersuchung der Nieren aufmerksam geworden sind. Ihre Nichte ist mit nur einer funktionierenden Niere geboren worden. Die andere ist geschrumpft und arbeitet nicht.«

»Haben Sie ihre Patientenakte?«

Dr. Marsh nickte. »Nachdem ich mit der Dialyse begonnen hatte, fragte ich Mrs. Duke nach Rachels Hausarzt. Er heißt Ronald Stansky und praktiziert in West Palm. Wenn Sie sich häufiger hier aufhalten, werden Sie ihm mit Sicherheit begegnen. Er scheint wirklich besorgt zu sein.« Sie säuberte mit den Fingern die Innenseite des Bechers und aß die letzten Joghurtreste. »Wie dem auch sei, Dr. Stansky wußte nichts von der Sache mit der einen Niere. Aber das ist kaum verwunderlich. Er konnte es nicht wissen, weil er nie einen Grund gehabt hat, sie diesbezüglich zu untersuchen, es sei denn, sie hätte schon früher Probleme mit den Nieren gehabt.«

»Aber das war nicht der Fall.«

»Nein.«

Croaker überdachte die Abfolge der Ereignisse so lange, bis er sich alles, was geschehen war, Schritt für Schritt ausmalen konnte. Er war niedergeschlagen, und seine Gefühle irritierten ihn so, daß er den klaren Verstand zu verlieren drohte. Aber das würde niemandem nutzen, am wenigsten Rachel.

In dem anderen Raum begann das Telefon zu läuten.

»Ich möchte wissen, was ich tun kann«, sagte er. »Sie haben ja klar ausgedrückt, daß ihr Gesundheitszustand sehr schlecht ist, und ich ...« Er unterbrach sich und holte tief Luft, während ihm ein quälendes Bild von Rachel durch den Kopf schoß, die bewußt- und hilflos nur ein paar Schritte von ihm entfernt lag. »Jesus, ich habe sie gerade erst wiedergefunden und ...«

»Nehmen Sie sich Zeit«, sagte Dr. Marsh sanft. Er bemerkte zum erstenmal, daß sich die Farbe ihrer Augen durch das Licht zu verändern schien. Sie waren jetzt nicht mehr grün, sondern nußbraun. »Das ist ein großer Berg emotionaler Probleme, mit denen man erst mal fertig werden muß.« Eine Laborassistentin steckte den Kopf durch die Tür und sagte, daß der Anruf für sie sei. »Nicht jetzt«, sagte Dr. Marsh bestimmt. Dann wandte sie sich wieder Croaker zu. »Ich möchte sicher sein, daß ich auf Sie zählen kann.«

Croaker nickte. »Ich bin okay. Es ist nur, daß ihr Leben gerade erst beginnt. Der Gedanke, daß sie für den Rest ihres Lebens auf die Dialyse angewiesen ist – nun, daran muß man sich erst mal gewöhnen.«

»Wenn es nur so einfach wäre.«

Croaker fühlte sich, als befände er sich im freien Fall.

Jenny Marsh beugte sich vor. »Die Niere muß sofort ersetzt werden.«

Croakers Magen verkrampfte sich. »Warum?«

»Normalerweise würde die Dialyse ausreichen, aber in Rachels Fall gibt es Komplikationen.«

Sein Gesicht nahm einen grimmigen und entschlossenen Ausdruck an. Er hatte den Eindruck, daß sie zum Kern dieses alptraumhaften Gespräches gekommen waren. »Welche?«

»Sie leidet an einer Blutvergiftung. Einer Infektion.«

»Durch den Katheter?«

»Das kommt in diesem Krankenhaus nicht vor, und ganz bestimmt nicht in meiner Abteilung. Als sie das Bewußtsein verloren hat, ist sie gestürzt. Ich vermute, daß die Blutvergiftung von der Wunde herrührt. Der diensthabende Notarzt hat völlig richtig gehandelt, als er sich zuerst auf das Nierenversagen konzentrierte. Die Wunde wurde erst später behandelt.«

Sie stellte den leeren Joghurtbecher zur Seite. »Aus diesem Grund wollte ich mit Ihnen allein reden. Mrs. Duke wird Ihren kühlen Kopf in den kommenden Tagen und Wochen gut brauchen können. Ich habe mehrere Male versucht, ihr Rachels Lage detailliert zu erklären, aber sie will einfach nicht zuhören.«

»Dann erzählen Sie es mir«, sagte Croaker mit einem Gefühl von Panik.

Jenny Marsh holte Luft. »Durch die Dialyse wird ihr Blut gesäubert, und die Maschine übernimmt die Arbeit ihrer Nieren. Das funktioniert, wenn wir ihren Zustand stabilisieren können. Aber leider ist sie im Moment weit von einem stabilen Zustand entfernt. Und in der Zwischenzeit haben wir Probleme damit, die Blutvergiftung unter Kontrolle zu bekommen. Sie raubt ihr die letzten Kraftreserven.«

Croaker starrte sie an. »Worauf wollen Sie hinaus?«

Jenny Marsh gehörte nicht zu den Menschen, die vor der Wahrheit zurückschrecken. »Ohne eine sofortige Nierentransplantation wird sie sterben.«

»Sofort…« Der Krampf wanderte von seinem Magen zum Herzen. »Wieviel Zeit bleibt uns?«

Dr. Marsh zuckte die Achseln. »Das ist eine Frage der medizinischen Interpretation. Als professionelle Medizinerin würde ich sagen, zwei, vielleicht drei Wochen. Nicht länger.« Sie sprach mit klarer, fester Stimme und blickte ihm dabei direkt in die Augen, was gefiel.

»Doktor, sagen Sie mir, wie gut Sie sind.«

»Ich bin die Beste.« Sie sagte es leise, als handelte es sich um eine unumstößliche Tatsache. Ihr Ich schien dabei überhaupt nicht mit im Spiel zu sein. »Ich habe Ihrer Schwester geraten, eine zweite und auch eine dritte ärztliche Meinung einzuholen, wenn sie will. Sie hat es getan, und beide Ärzte haben meiner Prognose zugestimmt. Sie können mit ihnen reden, wenn Sie das wünschen, aber der springende Punkt ist, daß Rachel eine neue Niere braucht.«

»Würden Sie die Transplantation vornehmen?«

»Mit ziemlicher Sicherheit.«

»Okay. Dann besorgen wir ihr eine Niere.«

Jenny Marsh seufzte traurig. »Im Idealfall gäbe es Geschwister – am besten einen Zwilling, der oder die eine Niere spenden könnte. Aber es gibt keine Geschwister in ihrer Familie. Ich habe Mrs. Duke untersucht. Sie kommt nicht in Frage.«

»Untersuchen Sie mich.«

Jenny Marsh nickte. »So schnell wie möglich. Aber ich muß aufrichtig sein – die Chancen stehen nicht gut, daß wir Ihre Niere verwenden können. Ihre Schwester ist bereits abgelehnt worden.«

»Okay. Nehmen wir an, daß Sie keine meiner Nieren nehmen können. Gibt es eine Alternative?«

»Jede Niere, die für eine Transplantation zur Verfügung steht, wird in diesem Land registriert. Der Bericht wird dann im National Computer Center in Richmond gespeichert. Das UNOS – das United Network of Organ Sharing – registriert jedes einzelne Organ, es gibt keine Ausnahmen. Die Organe werden gesammelt, aber es sind nie genug da, weil die Liste der Anwärter immer länger wird. Wenn jemand daran Schuld trägt, dann unsere Mitmenschen. Die wenigsten Menschen wollen Organe spenden. Es ist tragisch. Lassen Sie mich ein Beispiel aus unserer Nähe anführen. Im Kreis Palm Beach sind im letzten Jahr 35 000 Menschen gestorben. Wenn alle diese Menschen Organspender gewesen wären, hätten Rachel und die anderen Kranken im ganzen Land, die sich in einer solchen Notsituation befinden, kein Problem.«

»Aber wir haben ein Problem«, sagte Croaker.

»Ja.« Dr. Marsh nickte. »Und zwar ein unlösbares. Es tut mir leid, aber es gibt bei Nieren eine Warteliste, auf der landesweit 36 000 Menschen stehen. Außerdem muß es gewichtige Gründe für die Bedürftigkeit geben. Rachel ist jung, was ein Vorteil ist, aber sie ist drogensüchtig, was definitiv nicht für sie spricht. Auf die Wartezeit umgerechnet bedeutet das, daß wir erst in sechzehn bis vierundzwanzig Monaten mit einer neuen Niere rechnen können.«

Croaker zuckte zurück, als hätte man ihm eine Ohrfeige versetzt. »Jesus, das darf nicht wahr sein. Das ist nicht möglich.«

»Leider doch«, sagte Dr. Marsh. »Dabei sind wir mit den Nieren noch gut dran. Sie sind das einzige wichtige Organ, das wir außerhalb des Körpers funktionstüchtig erhalten können. Man benutzt eine Perfusionsmaschine und friert das Organ bei minus 32 Grad Celsius ein. Dann pumpt man Belzer-Lösung durch. Ob Sie es glauben oder nicht, das ist eine Zusammensetzung mit Kartoffelstärke. Es handelt sich um einen wirklichen medizinischen Durchbruch. Man kann die Methode sogar bei einem Körper anwenden, bei dem das Gehirn bereits nicht mehr funktioniert. Man braucht nur die gefrorene Lösung in die Bauchhöhle zu pumpen. So hat man zweiundsiebzig Stunden Zeit, bevor die Nierentätigkeit beeinträchtigt wird.«

»Aber in Rachels Fall hilft uns dieser Durchbruch nicht.« Croaker bemühte sich, seine Stimme nicht bitter klingen zu lassen.

»Es sei denn, daß Sie Fäden ziehen können, die ich nicht kenne, und ihr so eine neue Niere besorgen.«

Croaker beugte sich vor. »Können Sie nicht die Fäden ziehen?«

Sie blickte ihn einen Augenblick lang an, und Croaker glaubte, in ihren Augen ein Aufflackern von Mitleid erkennen zu können. »Wir sind hier nicht im Rathaus. Man zieht keine Fäden, um eine neue Niere zu kriegen, es sei denn, man spendet einhundert Millionen Dollar für die medizinische Nierenforschung. Und selbst dann handelt es sich noch um eine Glückssache. Ich habe Ihnen ja bereits erzählt, daß jede Niere registriert wird. Wenn ich oder irgendein anderer Arzt in diesem Land bei einer Transplantation mit einem nicht registrierten Organ erwischt werde, verliere ich nicht nur meine Approbation, sondern auch meine Freiheit. Es ist illegal.«

Croaker ballte seine Kunsthand zu einer mächtigen Faust. »Aber es muß doch einen Weg geben.«

Jenny Marsh beobachtete die seltsame und ungewöhnliche Waffe schweigend und mit gebührendem Respekt. »Wenn Sie keinen freiwilligen Organspender auftreiben, dessen Blutgruppe und HLA-Antigene mit denen Rachels übereinstimmen, muß ich leider sagen, daß es keinen Ausweg gibt.«

»Hat Matty Ihnen erzählt, daß ich Detective bei der New Yorker Polizei war?« fragte Croaker.

»Ja.«

»Ich werde einen Organspender für Rachel finden.« Sie nahm es zur Kenntnis. »Wie stehen meine Chancen?«

»Ich weiß aus Erfahrung, daß es nicht viele Menschen gibt, die bereit sind, eine Niere zu spenden. Zumindest keine, die in einem akzeptablen Zustand ist. Aber selbst wenn Sie einen Organspender finden sollten, müssen dessen Blutgruppe und drei der HLA-Antigene mit denen Rachels übereinstimmen.«

Croaker war erschüttert. »Jesus, das ist, als hoffte ich, in der Lotterie von Florida einen Hauptgewinn zu tippen.«

Sie schüttelte betrübt den Kopf. »Mr. Croaker, schlechte Chancen sind immer noch besser als keine Chancen.«

Sonia Villalobos hatte einen rabenschwarzen Tag erwischt. Als sie an diesem Morgen aufgestanden war, hatte sie feststellen müssen, daß der Strom ausgefallen war. Später funktionierte die Energieversorgung gerade so lange, daß sie duschen konnte, bevor erneut kein Strom mehr da war. Sie machte im Licht des Morgens sorgfältig ihr Bett und strich die unordentlichen Ecken und Kanten glatt. Dann griff sie gezwungenermaßen auf ihr Notzubehör zurück, einen batteriebetriebenen Haartrockner. Ihr Make-up legte sie im Auto auf, wobei sie die Wagentür offenließ. Wenn das Sonnenlicht durch die getönten Scheiben eingeströmt wäre, hätte das ihren Farbsinn beeinträchtigt.

Mrs. Leyes kam aus dem Nachbarhaus, und Sonia beugte sich vor, um mit ihr über den Stromausfall zu schimpfen. Estrella Leyes, eine Paraguayanerin aus dem Bergland, reichte ihr eine in Aluminiumfolie eingewickelte Kasserolle.

»Für Nestor.« Sie küßte Sonia herzlich auf beide Wangen. Weil Estrellas einzige Tochter bereits vor langer Zeit fortgezogen war, hatte sie sich daran gewöhnt, Sonia als Ersatz zu betrachten. »Geht's ihm besser?« fragte sie hoffnungsvoll.

»Leider nicht.« Sonia packte den Haartrockner weg.

»Sie sollten dafür sorgen, daß er mich besucht«, sagte Mrs. Leyes.

Sonia lächelte und tätschelte den Arm der älteren Frau. »Ich würde es tun, aber er ist an dem Punkt angelangt, wo er das Haus nicht mehr verlassen kann.«

»*¡Ay, pobre!* Dann sollte ich ihn besuchen.«

»Das wäre nett«, sagte Sonia. »Aber ich weiß nicht, was für einen Nutzen das haben sollte. Nestor stirbt.«

Von ihrem Haus in El Portal mußte Sonia nicht länger als zwölf Minuten nach Süden zu ihrem Arbeitsplatz fahren, aber an drei Tagen der Woche machte sie einen Umweg, um nach ihrem Freund zu sehen. Nestor war Tänzer von Beruf gewesen, ein junger Mann mit einem wundervollen, geschmeidigen Körper. Seine Arbeit war himmlisch gewesen, so daß es eine doppelte Schande war, daß er an Aids starb. Sie brachte ihm häufig selbstgekochtes Essen, und wenn sie zuviel Arbeit hatte, kaufte sie etwas in einem thailändischen Restaurant, das auf dem Weg lag. Nestor liebte die thailändische Küche und hatte für Estrellas Ziegenkasserolle nicht allzuviel übrig, aber Sonia war weise genug, der älteren Frau das nicht zu erzählen.

Heute lag Nestor mit dem Gesicht zur Wand in seinem Bett. Die Bettlaken waren in einem fürchterlichen Zustand, und sie verbrachte vierzig Minuten damit, ihn zu waschen. Er war nicht in der Stimmung, sich zu unterhalten, und so rezitierte sie Gedichte von Rudyard Kipling, während sie arbeitete. Sie hatte sie ihm so oft vorgelesen, daß sie sie auswendig wußte. Er liebte die präzisen Kadenzen, die Kiplings Geist, der ganz dem neunzehnten Jahrhundert verhaftet war, hervorgebracht hatte, und sprach auf Kiplings tiefgründigen Sinn für Geheimnisvolles und auf das an, was der Dichter an den exotischen Plätzen empfunden haben mußte, die er bereist hatte.

Es brach ihr das Herz, Nestor wieder allein lassen zu müssen, aber sie konnte nichts mehr für ihn tun, und sie war ohnehin schon spät dran für ihre Arbeit.

Das zweistöckige, dattelpflaumenfarbene Gebäude der Lord Constantine Fine Imports lag an der Vierzigsten Straße im Design District von Miami. Es gab einen Innenhof mit einem Tor, in dem Palmen und Hibiskusbäume wuchsen.

Sie betrat das Büro und lief zu ihrem Schreibtisch. Sonia war einer von drei Geschäftspartnern und mit dem Ankauf bei lateinamerikanischen und mexikanischen Exportfirmen betraut, von denen die Firma drei Viertel der Luxusmöbel und Accessoires bezog, mit denen sie handelte. Folglich hatte Sonia eine beunruhigende Zahl dringender Telefongespräche zu führen. Sie war so beschäftigt, daß sie keine Zeit fand, ihre Sekretärin nach den Terminen für den Nachmittag zu fragen. Sonia liebte es, ihren besten Dekorateuren die richtigen Möbel vorstellen zu können.

Um halb eins, als ihr Magen wie ein Löwe zur Fütterungszeit zu knurren begann, steckte ihre Sekretärin Carol den Kopf durch die Tür.

»Entschuldigen Sie«, sagte sie, »aber gerade haben die Elektrizitätswerke angerufen. Hat es bei Ihnen einen Stromausfall gegeben?«

Sonia nickte. Sie überlegte immer noch, ob sie Ellen Wright, mit der sie den ersten Termin vereinbart hatte, den präkolumbianischen Kopf zeigen sollte, der gerade eingetroffen war. »Heute morgen.«

»Die Elektriker müssen in Ihre Wohnung.«

»Okay, vereinbaren Sie einen Termin für ...«

»Sie sagen, es muß sofort sein.« Das sommersprossige Gesicht der Sekretärin drückte Bedauern aus. »Es scheint einen schweren Schaden gegeben zu haben, der irgend etwas mit den Gasleitungen zu tun hat. Die Sache kann nicht warten.«

Sonia fluchte mit angehaltenem Atem. Damit war der Nachmittag gelaufen. »Okay. Sagen Sie ihnen, daß ich sofort komme. Ach, Carol, sagen Sie bitte Mrs. Wright ab und werfen Sie dann einen Blick in meinen Terminkalender. Ich werde Sie telefonisch auf dem laufenden halten, sobald ich weiß, wie lange ich weg sein werde. Hoffentlich müssen wir nicht noch einem anderen Kunden absagen.«

Es regnete, als Sonia sich auf den Heimweg machte,

aber es war kein normaler Regen, sondern ein für Südflorida typischer Sturzguß, der aus einem wolkigen, holzkohlefarbenen Himmel herabstürzte. Der üppige Geruch der tropischen Vegetation hatte aus der Luft eine feuchte Suppe gemacht. Man hörte das Rollen und Dröhnen des Donners, und die Autos warfen dichte Wasserfontänen hoch.

Sonia dachte nicht an ihre Arbeit, sondern an Lew Croaker. Sie sehnte sich danach, ihn anzurufen, und versprach sich, es sofort zu tun, wenn sie einen freien Moment hatte. Sie mochte ihn sehr, und das überraschte sie. Erstens kannte sie ihn kaum; sie war im Grunde ihres Herzens zurückhaltend, und gewöhnlich dauerte es eine Weile, bis sie sich für einen Mann erwärmte. Und zweitens war er ein weißer Nordamerikaner. Aber nicht irgendeiner, rief sie sich ins Gedächtnis. Er kannte Lateinamerikaner und schätzte ihre Kultur. Und er war keins von diesen Macho-Schweinen wie so viele Männer, die sie kennengelernt hatte.

Sie war überrascht, als sie aus Estrellas Nachbarhaus den Fernseher hörte, obwohl es in ihrem Haus immer noch keinen Strom gab. Mr. Leyes war Telegrafenarbeiter bei Southern Bell gewesen. Er war von einem Mast gefallen und seitdem gelähmt. Jetzt blieb er den ganzen Tag zu Hause und sah ESPN, den spanischsprachigen Sportsender.

Sie hatte vergessen, ihren Schirm wieder in das Auto zu legen, wie sie es gewöhnlich tat. So wurde sie klatschnaß, während sie von der Garage zur Eingangstür rannte. Das Schloß der Seitentür war defekt, aber sie hatte noch keine Zeit gefunden, einen Schlosser zu bestellen. Ihr Haus war ordentlich und frisch gestrichen, ein weißer einstöckiger Bungalow mit Ziegeldach und Stuckfassade, die aus den fünfziger Jahren stammte. Der Putz besaß den blaßblauen Farbton, der in El Portal vorzuherrschen schien. Sie rannte an zwei Seepferdchen aus Zement vorbei, die einen zerbrochenen Springbrunnen hochhielten, der nicht mehr funktionierte. Dann passierte sie einen tropfenden Zitronenbaum und einen dichten, nachts blühenden Jasminbusch, der jetzt von Wind und Regen gepeitscht wurde. Sie schritt die Treppe zu der überdachten Veranda hoch und blickte sich um. Wo zum Teufel waren die Leute von der Elektrizitätsgesellschaft? Es war wie bei den Pannendiensten – sie kamen immer zu spät. Sie beschloß, im Haus zu warten.

Die warmen, lebhaften, tropischen Farben, mit denen sie die Wohnung dekoriert hatte, wirkten in der Dämmerung gedämpft. Der Regen prasselte gegen die Fenster und strömte an den Scheiben herab. Man hörte erneut das Grollen und die Echos des Donners.

Sie ging durch das Wohnzimmer und betrat die kleine Küche. Entgegen ihren sonstigen Gewohnheiten öffnete sie den Kühlschrank, aber sie sah nichts, worauf sie Appetit hatte.

Im Schlafzimmer schaltete sie das batteriebetriebene Radio auf dem Nachttisch ein. Gloria Estefan sang eine spanische Schnulze, der ein sexy afrokubanischer Song von Machito folgte. Der Cu-Bop hatte einen Zweivierteltakt, und sie tanzte mit Merengue-Schritten in das Badezimmer. Ein gewölbtes Oberlicht aus Plastik sorgte für notdürftige Beleuchtung. Sie beugte sich über das Waschbecken und betrachtete sich im Spiegel.

Sie stutzte. Was war das? Sie richtete ihren Blick auf den Rand des Spiegels. Was hatte sie dort gesehen? Einen sich bewegenden Schatten? Wird wohl ein Auto gewesen sein, das draußen vorbeigefahren ist, dachte sie. Sie wandte sich wieder ihrem Spiegelbild zu.

Jetzt kam keine Musik mehr aus dem Schlafzimmer. Der Moderator las eine Ankündigung für eine lateinamerikanische Party vor, die am nächsten Samstag in South Beach stattfand. Die Sache hörte sich cool an. Sie fragte sich, ob Croaker sie begleiten würde, wenn sie ihn darum bäte. Sie hoffte es. Es wäre ein Hochgenuß, mit ihm zusammen bei heißen Rhythmen ins Schwitzen zu geraten. Je mehr sie an Croaker dachte, desto stärker sehnte sie sich danach, ihn zu sehen. Er war furchtbar sexy. Sie sah die Shark Bar vor sich, sie beide, wie sie Merengue getanzt hatten, bevor diese armselige Schwester aus dem Nichts aufgetaucht war. Sonia erinnerte sich, wie er sie gehalten und sich im Takt mit ihr bewegt hatte. Sie fühlte, wie ihr heiß wurde.

Sie stutzte erneut, weil sie es wieder gesehen hatte. Jetzt war sie sicher. Etwas bewegte sich hinter ihr entweder im Schlafzimmer oder jenseits davon im Wohnzimmer.

Sie stand für eine lange Zeit regungslos da. Ihr Blick bewegte sich von einer Seite des Spiegels zur anderen, und sie prüfte den Ausschnitt der Wohnung, den sie im Spiegel sehen konnte, genau. Sie wollte sich noch nicht umdrehen und offen zu erkennen geben, daß sie etwas Irritierendes gesehen hatte. Sie hatte keine Angst, war aber vorsichtig. Sie war vor ungefähr einem Jahr mit einem Mann zusammengewesen, der ein Gymnastikfreak war und vor der Gewalt in der Großstadt Angst hatte. Er hatte ihr ein paar Tricks gezeigt, wie man sich verteidigte, und seitdem hatte sie sich nicht mehr gefürchtet, nachts ins Auto zu steigen oder sogar zum nächsten Supermarkt zu fahren, um morgens um drei Milch oder Zucker einzukaufen. Die Nachteulen, die dort herumhingen, beunruhigten sie nicht mehr.

Aber jetzt war sie zu Hause.

War jemand im Wohnzimmer?

Sie wandte sich um und schlich so leise wie möglich ins Schlafzimmer. Einen Augenblick lang stand sie atemlos da und spähte in die Dämmerung. *Hallo,* dachte sie. *Ist da jemand?* Sie fühlte, daß sie leicht erschauerte. Eine männliche Stimme spuckte in atemberaubendem Tempo auf spanisch die Nachrichten aus. Keine einzige von ihnen war gut.

Sie starrte auf das Telefon, das auf dem Nachttisch am anderen Ende des Bettes stand. Ihre Knie gaben plötzlich nach, und sie sank aufs Bett. Sie sah in das Wohnzimmer hinüber, und aus diesem neuen Blickwinkel bemerkte sie etwas, das ihr die Kehle zuschnürte. Sie registrierte eine dunkel glänzende Pfütze auf dem Holzfußboden des Alkovens, in dem sie gewöhnlich aß. Regenwasser. Aber sie hatte sich nicht in der Nähe des Alkovens aufgehalten. An dieser Stelle trat eine Mauer hervor, die die Sicht auf den größten Teil des kleinen Raums versperrte. Vielleicht stand dort jemand und wartete.

Konnte es einer der Männer von der Elektrizitätsgesellschaft sein? Aber warum meldete er sich dann nicht?

Sie war jetzt doch etwas stärker besorgt und langte über das Bett, um nach dem Telefonhörer zu greifen. In ihrem Mund spürte sie den bitteren Geschmack der Angst. Sie dachte nur noch daran, die Notrufnummer zu wählen. Als sie den Hörer abhob, traf sie ein unheimlicher Luftstoß. Rechts neben ihr wuchs eine Dunkelheit empor wie ein großer Schatten, und das Bett erzitterte, als sich jemand mit voller Kraft auf sie stürzte.

Sie schrie, während sie zu fliehen versuchte. Der Hörer fiel auf das Bett und war außer Reichweite, als sie mit dem Rücken auf den Boden fiel. Ein Gewicht, das dem eines sechshundert Pfund schweren Gorillas glich, drückte schmerzhaft auf ihre Brüste und Rippen, und sie konnte sich nicht mehr bewegen. Gleichzeitig wurde ihr ein weicher, parfümierter und sehr vertrauter Stoff ins Gesicht gedrückt. Das Atmen wurde schwieriger, dann unmöglich. Es war ihr Kopfkissen. Jemand versuchte sie damit zu ersticken.

Sie öffnete den Mund, um zu schreien, aber die mit Baumwolle umhüllten Daunen machten es unmöglich. Ihre Kiefer wurden durch den furchtbaren Druck weit aufgerissen, und sie mußte würgen. In ihrem Geist begann etwas Düsteres und Primitives wie bengalisches Feuer zu flackern. Wie wild schlug sie mit Armen und Beinen um sich. Aber das war zu wenig, und es kam zu spät.

Sie konnte beinahe nicht mehr atmen, aber sie gab nicht auf. Sie grub die langen Fingernägel in das Fleisch ihres Gegners, bis ihre Handgelenke durch einen kraftvollen Griff gegen den Boden gepreßt wurden.

Sie hörte eine zischende Stimme: »*¡Cuidado!* Vorsicht! Du weißt doch Bescheid! Sie darf nicht beschädigt werden!«

Sie erkannte einen spanischen Dialekt, der ihr fürchterlich vertraut zu sein schien. Wo hatte sie ihn schon gehört? Und dann fiel es ihr ein: Bennies Großvater, dieser seltsame und manchmal furchteinflößende Mann, hatte gelegentlich in diesem Dialekt gesprochen. Sie erinnerte sich mit übernatürlicher Klarheit an den großen Mann mit den krummen Schultern, den unebenen Augenbrauen und dem dichten, völlig weißen Schnurrbart. Eine seiner wohlriechenden, handgedrehten Zigarren rauchend, schien er in der Luft zu schweben. Er flüsterte ihr etwas in dem Dialekt zu, und sie wußte, daß er versuchte ihr etwas Lebenswichtiges mitzuteilen. Sie schrie verzweifelt auf, um ihn verstehen zu können, aber es gelang ihr nicht.

Mit jedem Herzschlag wich mehr Leben aus ihr. Sie versuchte verzweifelt durch den Stoff, der ihren Mund verstopfte, zu atmen, aber sie schaffte es nicht. Ihre Lungen brannten, und als sie erneut würgte, spürte sie, wie der säuerliche Geschmack von Erbrochenem ihre Kehle füllte. Es ging bergab.

Bennies Großvater war verschwunden. Sie tanzte auf der Tanzfläche der Shark Bar mit Lew Croaker Merengue. Sie wurde von dem sinnlichen Rhythmus durchflutet, der sich in ihre Knochen eingeschlichen zu haben schien. Sie weinte vor Glück.

Ich will Sie, flüsterte sie in Gedanken, als sie starb.

2.

Am späten Nachmittag fühlte sich Croaker etwas mitgenommen. Er hatte bei Dr. Marsh Blut gespendet, damit die HLA-Antigene getestet werden konnten, und mit dem Notarzt Dr. Niguel gesprochen, um nachzuprüfen, ob er weitere Informationen über Rachels Zustand hatte. Danach hatte er noch etwas Zeit mit Matty und Rachel verbracht.

Jetzt gönnte er sich endlich eine Atempause auf dem Parkplatz des Krankenhauses. Von seinem Mobiltelefon aus rief er sein Charterbüro im Jachthafen an. Er beauftragte es, alle Termine für die nächsten Wochen abzusagen. Durch das Geld, das er beim FBI verdient hatte, nachdem er die New Yorker Polizei verlassen hatte, und wegen der erfolgreichen Investitionen, die er im Lauf der Jahre getätigt hatte, war er auf das Einkommen aus seiner Firma für Sportfischerei für seinen Lebensunterhalt nicht angewiesen. Er betrieb das Geschäft, weil es ihm Spaß machte.

Er hatte das Gespräch gerade beendet, als das Handy zu läuten begann.

»Hallo?«

Stille. Nein, nicht wirklich. Er hörte, wie jemand schnell Atem holte.

»Lew?«

»Am Apparat.«

»Hier ist Maria.«

Maria. Er brauchte einen Augenblick, um sich zu erinnern. Bennies Maria.

»*Hola,* Maria. *¿Como estas?*«

»Wissen Sie, wo Sonia wohnt?«

»Ja, sie hat es mir erzählt. In El Portal.«

»Wir brauchen Sie hier.«

Wir? »Was ist los, Maria?« Er hatte ein beängstigendes Gefühl in der Kehle. »Was ist passiert?«

Croaker hörte ein gedämpftes Geräusch. Sie schluchzte. »Maria, sind Sie bei Sonia in El Portal?« Croaker merkte, daß er brüllte.

»Bitte.« Sie stöhnte. »Sofort.«

Croaker rannte schon zu seinem Thunderbird.

Er schaffte die Strecke von Palm Beach zu den nördlichen Ausläufern von Miami, für die man normalerweise etwa neunzig Minuten benötigte, in fünfundsechzig Minuten. Er war froh, daß der heftige Regen – offensichtlich nur ein kurzer Schauer – in ein leichtes Nieseln übergegangen war.

Croaker jagte mit so großer Geschwindigkeit über die I-94, daß er die Ausfahrt an der Fünfundneunzigsten Straße verpaßte. Er fluchte atemlos und nahm die Ausfahrt an der Neunundsiebzigsten. Dann fuhr er in östlicher Richtung zur Zweiten Avenue und bog links ab, um sich dem nördlichen Ende von Little Haiti zu nähern. Direkt hinter Jacky Jacksons Relax Barber Shop überquerte er den Little River Canal und befand sich in dem friedlichen und schönen Vorort El Portal. Der Regen hatte jetzt völlig aufgehört, und Funken der hellen Spätnachmittagssonne durchbrachen die schnell dahintreibenden Wolkenfetzen. Die Straßen waren mit ordentlichen kleinen Einfamilienhäusern gesäumt, bei denen der Zement mit Stuck oder Backsteinen verkleidet war und die in den sanften Farbtönen der Karibik gestrichen waren. Auf den Bürgersteigen wetteiferten Feigen- mit Zitronenbäumen, und hier und da sah man die üppigen Zweige von Bougainvillea und Hibiskusbäumen, die in dem blendenden Sonnenlicht wie frisch gewaschen wirkten.

Bennies schwarzer Humvee war leicht zu erkennen. Croaker stoppte daneben. Für jeden außerhalb von Hollywood mußte der Hummer einer absurden Übertreibung gleichen. Aber nicht für Bennie. Das Fahrzeug der U.S. Army war mit kugelsicherem Glas gepanzert und hatte spezielle Türschlösser, die man nicht aufbrechen konnte. Angesichts seiner Profession war das so etwas wie eine Notwendigkeit.

Als Croaker ausstieg, sah er, daß jemand auf dem Beifahrersitz des Hummers saß. Die Fenster des Wagens waren geöffnet, und er ging hinüber. Maria saß starr da. Sie mußte das Geräusch seiner Schuhsohlen auf dem Zement des Bürgersteigs gehört haben, weil ihr Kopf plötzlich herumfuhr. Sie hatte die Augen weit aufgerissen und starrte ihn an.

Croaker blieb vor dem offenen Fenster stehen. »Hier bin ich, Maria.«

Einen unheimlichen Augenblick lang bewegte sie sich nicht, und sogar ihr Blick war starr. »Ich habe Bennie angerufen. Er ist auch hier.« Sie schien vergessen zu haben, daß sie in seinem Wagen saß.

Er legte seine Hände auf den Fensterrahmen. »Maria.

Digame[2]. Was ist passiert? Ist mit Sonia alles in Ordnung?«

Sie antwortete nicht.

»Lewis.«

Croaker blickte auf, als er Bennies Stimme hörte. Er sah ihn um die Seite eines hellen Hauses herumkommen, dessen Putz blaßblau war. Croaker wußte, daß es Sonias Haus war, weil sie es ihm beschrieben hatte. Bennie schlug die Handflächen gegeneinander, um Erde und die Überreste von Blättern loszuwerden. Mit seinem hellen Leinenanzug war er zu elegant gekleidet, um die Erde zu durchwühlen. Croaker bemerkte seinen eigenartigen Gesichtsausdruck, als er auf ihn zukam, und irgendwie jagte ihm dieser Blick einen Schauer über den Rücken.

»Hör zu«, sagte Bennie leise. »Dreh dich um und hau ab. Sie hätte dich nicht anrufen sollen.«

»Unsinn, Bennie. Was ist los?«

»Fahr nach Hause. Ich will nicht, daß du in die Sache hineingezogen wirst.«

»Ich stecke bereits mit drin. Du bist selbst dafür verantwortlich, weil du mir Sonia vorgestellt hast. Erinnerst du dich an die Perle in der Auster?«

»*Yo recuerdo,* Lewis.« Bennies Blick suchte seinen.

»*Digame.* Was ist passiert?«

»Wahrscheinlich nichts Erfreuliches. Was genau, weiß ich noch nicht. Ich war noch nicht drin.« Bennie gab ihm ein Zeichen, und sie entfernten sich von Maria und dem Humvee. »Sonias Sekretärin bei Lord Constantine Fine Imports hat Maria heute nachmittag ungefähr um drei Uhr angerufen. Diese Frau ist etwas überdreht. Irgend jemand von der Elektrizitätsgesellschaft hat bei Sonia im Büro angerufen und behauptet, sie müßten in ihr Haus. Sie hat die Firma um kurz nach halb zwölf verlassen. Um drei hat sie einen Termin platzen lassen, und sie hat auch nicht angerufen, wie sie es versprochen hatte. Die Sekretärin hat verschiedene Male versucht sie zu erreichen, ist aber nie durchgekommen.«

---

2 (span.) dt. etwa »Sag's mir«

Bennies Blick suchte Maria, die immer noch still wie eine Statue im Hummer saß. Dann wandte er sich wieder Croaker zu. »Dann hat sie bei der Elektrizitätsgesellschaft angerufen. Und jetzt hör gut zu. Die hatten keine Ahnung von einem Problem, von einem Anruf in Sonias Büro oder davon, daß ein Team von Arbeitern losgeschickt worden wäre.«

Croaker hatte ein flaues Gefühl im Magen. »Hast du die Stromversorgung überprüft?«

Bennie nickte. »Gerade eben.« Sein Kopf fuhr herum. »Irgend jemand hat die Stromleitungen, die ins Haus führen, unterbrochen. Mit einem einzigen, sehr sauberen Schnitt. Professionelle Arbeit.«

»Ist dir sonst noch was aufgefallen? Fußabdrücke oder irgendwas anderes? Der Boden sieht aus, als wäre er wegen des Regens ziemlich sumpfig.«

»Nichts.«

Croaker wies mit dem Kinn auf den Hummer. »Hast du Isolierband im Auto?«

Bennie blickte ihn einen Augenblick lang an und ging dann zu seinem Wagen. Er sprach kurz mit Maria, während er unter dem Fahrersitz herumkramte. Einen Moment später kam er mit einer Rolle schwarzen Isolierbandes zurück.

Sie machten einen schnellen Erkundungsgang um das Haus. Croaker konnte keine Anzeichen von Fußspuren erkennen, aber einmal kniete er nieder, um Bennie eine Spur aus parallelen Linien zu zeigen, die das feuchte und glänzende Gras zerquetschten.

»Kannst du dir irgend etwas darunter vorstellen?«

Bennie schüttelte den Kopf.

Sie kamen zu der Stelle, wo die Leitung zerschnitten worden war. »Es ist nicht meine Art, den Kopf in einen dunklen Backofen zu stecken, ohne zu wissen, wer die Hand am Schalter hat«, sagte Croaker. Er benutzte den Teil seiner Kunsthand, der aus Polykarbonat bestand, um die Enden zu erden, und falzte dann die Leitung mit dem Isolierband ein.

Er atmete tief durch, während er aufstand. »Ich denke, jetzt sollten wir ins Haus. Durch die Eingangstür?«

»Sie ist abgeschlossen, aber das ist kein Problem.«

Bennie ließ zwei Schlüssel an einer Kette von einem Finger herabbaumeln. »Maria hat die Ersatzschlüssel mitgebracht, die Sonia ihr gegeben hatte.«

»Okay.« Croaker wandte sich der Frontseite des Hauses zu.

Bennie legte ihm die Hand auf den Arm und hielt ihn zurück. Sein Blick war düster und sehr traurig. »Lewis, es ist möglich, daß wir hier mit einem Verbrechen konfrontiert werden. Ich kann und *will* das nicht von dir verlangen.«

»Das ist nicht nötig. Wir sind Freunde. Jedes weitere Wort ist überflüssig.«

»Nur noch eines.« Die Sonne sank, und die Schatten hüllten Bennie ein, so daß er ein Bestandteil der hereinbrechenden Dunkelheit zu sein schien. »Erinnerst du dich? Ich habe gesagt, daß ich das Gefühl habe, da draußen wartet was.«

Croaker nickte. »Wenn du dasselbe meinst wie ich«, sagte er, »dann erinnere ich mich, daß du sagtest, es wartet auf *uns*.«

Bennies Kopf fuhr herum. »*Bueno*.«

Sie schritten schnell über den Rasen und kamen an dem Springbrunnen vorbei, der von den steinernen Seepferdchen hochgehalten wurde. Dann stiegen sie die Stufen zur Veranda hoch. »Hast du schon Ersatz für deine 38er?« fragte Croaker, als sie vor der Eingangstür standen.

Bennie zog eine Smith & Wesson aus einem Schulterholster und drückte Croaker die Schlüssel in die Hand.

Als Croaker die Tür öffnete, fühlte er, daß sich in seiner Kehle etwas zusammenzog. Bennie betrat das dämmrige kleine Haus direkt nach ihm. Croaker hörte seine leisen Schritte, als er durch das mit mexikanischen Fliesen ausgelegte Foyer eilte. Bennie folgte ihm und schaltete das Licht an. Die grellen, tropischen Farben im Wohnzimmer schienen sie anzuspringen. Der Raum war ordentlich, sauber und einladend. Alles war an seinem Platz.

Croaker zögerte am Rand des Alkovens und starrte auf das hinunter, was er im Lichtstrahl der Taschenlampe sah. »Sieh dir das an, Bennie – die Wasserreste. Hier hat jemand gestanden, so daß sich das Regenwasser ansammeln konnte. Entweder Sonia oder ein anderer.«

Bennie atmete sanft, aber energisch; das Geräusch klang wie das eines kraftvollen Motors im Leerlauf.

Sie schalteten alle Lichter an und durchsuchten das Haus methodisch. Auf dem Weg ins Schlafzimmer überprüften sie eine abgeschlossene Tür in der Diele und fanden Leinenbettwäsche und Handtücher, die ordentlich gestapelt und nach Farbe und Muster geordnet waren. Dann kamen ein kleines Badezimmer und das Gästezimmer an die Reihe. Anschließend betraten sie Sonias Schlafzimmer. Bennie ging in das eigentliche Badezimmer, kam aber gleich wieder heraus und schüttelte den Kopf. »*Nada*.«

Croaker wirbelte herum und warf einen zweiten, genaueren Blick auf die Tagesdecke. Auf den ersten Blick wirkte das Bett, als wäre es ordentlich gemacht. Aber dann sah er an der Abfolge des Musters, daß die Tagesdecke in eine Richtung gezogen worden war. Das Ganze sah wie ein Pfeil aus, der auf das Telefon auf dem Nachttisch zeigte. Als er die Tagesdecke erneut betrachtete, hatte er den Eindruck, daß jemand auf dem Bett gelegen und nach dem Telefon gegriffen hatte. Er hatte sich gewunden oder war über das Bett gezogen worden.

Croaker ging um das Fußende des Bettes herum auf die andere Seite.

Bennie spähte ihm über die Schulter. »Wonach suchst du?«

»Ich weiß es nicht«, gab Croaker zu, während er sorgfältig den Teppich untersuchte. Er kniete neben dem Bett und hob ein kleines Büschel Haare auf, die sich in den Fasern des Teppichs verfangen hatten. Farbe und Länge stimmten mit Sonias Haaren überein. Wenn man sich die Haarwurzeln ansah, mußte man folgern, daß sie ihr ausgerissen worden waren.

Er stand auf, streckte die künstliche Hand aus und zeigte mit einem stählernen Fingernagel auf eine auffällige Stelle auf dem Bett. Über dem Kopfkissen schien die Bettwäsche hastig neu arrangiert worden zu sein. »Sonia war doch eine Ordnungsfanatikerin, oder?«

Bennie schüttelte schweigend den Kopf. Er schien Croakers Untersuchungsmethoden faszinierend zu finden.

Croaker hob die Tagesdecke mit dem Fingernagel behutsam von den Kopfkissen hoch. Das Kissen auf seiner Seite war etwas schief. In der Mitte sah er Lippenstiftspuren.

»Was zum Teufel ...«

Croaker nahm das Kissen und untersuchte es genauer. Er entdeckte ein paar Wimpern, die an dem Bezug hafteten, und ließ es wieder fallen, während er sich im Schlafzimmer umsah.

»Wo ist sie?« flüsterte Bennie.

Croaker zeigte auf den Wandschrank.

Bennie öffnete, die Waffe im Anschlag, die Tür, aber man sah nur Kleidungsstücke auf Regalbrettern und ordentlich aufgereihte Schuhe auf dem Boden.

Croaker blickte aus dem Fenster. »Wo ist ihr Auto?«
»In der Garage«, antwortete Bennie. »Ich habe es überprüft.«

Croaker blickte auf den kleinen Anrufbeantworter und drückte auf die Wiedergabetaste. Das Band begann zu laufen. Zwei Anrufer hatten wieder aufgelegt, dann hörte man eine männliche Stimme. »Hier ist Nestor, meine Süße. Ich warte so darauf, dich morgen früh zu sehen. Das mit dem Essen ist sehr lieb von dir, aber du kannst es genausogut selbst essen. Mir geht es kein bißchen besser. Aber, zum Teufel, ich muß das Beste aus der Sache machen, oder? Ich liebe dich. Bis dann.«

»Das war wohl, bevor der Strom ausfiel«, sagte Bennie.

»Genau. Wahrscheinlich hat er irgendwann in der letzten Nacht angerufen.« Croaker blickte Bennie an. »Wer ist dieser Nestor? Es war das letzte Telefonat, bevor es mit der Stromversorgung vorbei war.«

»Nestor ist Tänzer«, sagte Bennie. »Oder zumindest war er das, bevor er sich mit Aids infiziert hat. Jetzt stirbt er langsam, und Sonia hat ihn zu ihrem, na, Hätschelkind gemacht.«

Croaker blickte auf, weil ihm Bennies Tonfall auffiel. »Hast du was dagegen?«

»Vielleicht ist sie zuviel in seiner Nähe.« Bennie verzog das Gesicht. »Verstehst du, es ist nicht allzu schön, so was mit ansehen zu müssen.«

»Mach keine Scherze«, sagte Croaker. »Denk daran, wie Nestor sich fühlen muß.« Er tippte auf den Anrufbeantworter. »Weißt du, wo dieser Typ wohnt?«

»Nein, aber versuch's mal mit Sonias Zielwahlverzeichnis. Da wirst du seine Nummer finden und kannst ihn selbst fragen.«

Bennie hatte natürlich recht. Croaker notierte sich Nestors Nummer, dann gingen sie quer durch das Haus zurück. Die Küche war der einzige Raum, in dem sie noch nicht gewesen waren. Croaker blieb in der offenen Tür stehen und drückte auf den Lichtschalter. Kaltes Neonlicht flackerte auf. Er starrte mit weit aufgerissenen Augen überrascht in den Raum. Es schien, als wäre der gesamte Inhalt des Kühlschranks in ordentlichen Reihen auf den Arbeitsflächen angeordnet worden: Milch- und Orangensaftkartons, Marmeladen-, Ketchup- und Senfgläser, Plastikbehälter mit Essensresten, ein Krug mit Butter. Die Reihen waren nach der Größe der Gegenstände geordnet, und alle Kanten waren perfekt ausgerichtet.

»Was zum Teufel hat das zu bedeuten?« fragte Bennie.

Croaker befürchtete, es zu wissen.

Bennie schüttelte den Kopf. »Dieser ganze Kram aus dem Kühlschrank. Warum hat man ihn herausgeholt? Glaubst du, daß Sonia das getan hat?«

Croaker stand sehr lange regungslos da und starrte auf die Tür des Kühlschranks.

Bennie bemerkte seinen Blick. »Jesus.« Er strich sich mit einer Hand über die Augen. »Weiter, *amigo.* Bis hierher sind wir auch gekommen.«

Angesichts der Situation machte es keinen Sinn, allzuviel nachzudenken. Croaker umfaßte mit seinen künstlichen Fingern aus Titanium und Stahl den altmodischen Griff des Kühlschranks und zog daran.

Die Tür schwang auf. Im Inneren befanden sich keine Lebensmittel mehr. Die Seitenwände waren blutverschmiert. Auf eine war ein Dreieck innerhalb eines Kreises gemalt worden, auf die andere ein Punkt innerhalb eines Rechtecks.

Die Lage der Abstellflächen innerhalb des Kühlschranks war verändert worden, um für den einzigen Gegenstand Platz zu schaffen, der sich darin befand. Dieser Gegenstand hatte die Größe eines zwanzig Pfund schweren Truthahns, doch man fand ihn normalerweise nicht in einem Kühlschrank. Croaker bemühte sich, das stete Tropfen des Blutes zu überhören. Auf dem Boden des Kühlschranks hatte sich bereits eine Pfütze beträchtlichen Ausmaßes gebildet.

Es tropfte von Sonias Kopf, der sehr sauber von ihrem Hals abgetrennt worden war. Ihre bleichen nußfarbenen Augen waren weit aufgerissen. In ihrem Blick stand der Ausdruck entsetzlicher Angst.

Als sie wieder im Schlafzimmer waren, ging Croaker langsam hin und her, bis er in der offenen Tür zum Badezimmer stand. »Wenn jemand an der Stelle im Alkoven gestanden hat, wo sich die Regenwasserpfütze befindet, dann konnte man ihn von hier aus nicht sehen.« Er ging an der Seite des Bettes entlang, so wie Sonia es Stunden zuvor getan hatte. »Und von hier aus auch nicht.«

Bennie blickte ihn an. »Wenn der Killer da gestanden hat, dann hat er sich die perfekte Stelle ausgesucht, um sie zu beobachten.«

Croaker ignorierte den kalten Schauer, der ihn plötzlich durchfuhr. »Er war clever und hat auch keine Fußspuren hinterlassen. Er muß seine Schuhe draußen gelassen haben.«

Er zeigte auf den Kopfkissenbezug mit den Lippenstiftspuren und Sonias Wimpern. »Damit hat er sie umgebracht.«

Bennie kam näher, um einen genaueren Blick auf das Kopfkissen zu werfen. »Du glaubst, daß er sie erstickt hat?«

Croaker nickte. »Er hat ihr das Kissen mit starkem Druck ins Gesicht gedrückt. Sonia war kein Schwächling. Es muß jemand mit großer Kraft gewesen sein.«

»Vielleicht war mehr als eine Person beteiligt«, ergänzte Bennie.

»Richtig.«

Croaker zeigte auf die Stelle zwischen ihnen, wo er das Haarbüschel vom Teppich genommen hatte. Er sah die Szene vor sich, wie Sonia hilflos dagelegen und man den Kopf der Sterbenden gegen den Teppich gepreßt hatte. Croaker fühlte sich, wie er sich immer am Tatort eines Mordes fühlte. Ein Schraubstock schien ihm irgend etwas Lebenswichtiges aus dem Herzen zu drücken.

»Genau hier ist sie gestorben«, sagte er.

Bennie ballte die rechte Hand zur Faust. Das Blut schien ihm in den Hals und in die Wangen zu strömen. Er stieß einen unartikulierten Schrei aus und taumelte aus dem Schlafzimmer.

»Bennie!«

Croaker holte ihn in der Küche ein. Bennie griff in den Kühlschrank.

Croaker gefror das Blut in den Adern. »Was zum Teufel tust du da?«

»Entschuldigung, aber ich habe nicht die Absicht, ihren Kopf hier drin zu lassen, damit ihn Fremde finden.« Er holte den Kopf aus dem Kühlschrank, wandte den Blick ab. Von Sonias Kopf oder den blutigen Symbolen? fragte sich Croaker. Dann begann Bennie, den Kopf zärtlich in das erste von drei Handtüchern einzuwickeln, die er aus dem Wäschewandschrank in der Diele geholt hatte. »Ich werde nicht zulassen, daß Sonia diese Demütigung erleiden muß.«

Croaker packte das Handgelenk seines Freundes mit

seinen mechanischen Fingern. Bennies Kopf fuhr herum, und er starrte Croaker mit Augen an, die plötzlich die Farbe von Flammen angenommen hatten. »*Escuchame, Señor.* Andere Männer sind dafür schon von der Bildfläche verschwunden.«

»Und wie sieht's mit Freunden aus?«

»*Amigos* wissen es besser.«

»Dann hast du Freunde ohne Rückgrat.« Croaker trat einen Schritt vor. »Geht's hier wirklich nur um Sonias Würde, Bennie?«

»Ja.« Aber Croaker gab nicht nach und ließ sich nicht bluffen. Vielleicht war es gerade seine Härte, die auf Bennie einen so großen Eindruck machte.

Schließlich verzog sich Bennies Mund zur Imitation eines Lächelns. »Laß mich los, Lewis, und wir werden darüber reden.«

Er beobachtete, wie Croaker langsam und sehr bedächtig seine Finger nacheinander von Bennies Handgelenk löste. »Du hättest jeden Knochen in meinem Handgelenk zu Puder zermalmen können.« Seine Stimme klang auf entwaffnende Weise desinteressiert, als spräche er über folgenlose Belanglosigkeiten, während er ein Sonnenbad nahm. »Was mir große Schmerzen und eine nicht geringe Unannehmlichkeit bereitet hätte.« Er lächelte jetzt und zeigte auf die 22er, die er gezogen hatte. »Aber ich hätte dir eine Kugel in den Bauch gejagt. Dann hätte ich alles mit dir anstellen können. Alles.«

Eine fürchterliche Ruhe lag in der Luft, als hätte eine monströse Kreatur, die aus dem Nichts aufgetaucht war, mit einem Schlag den Sauerstoff aus dem Raum abgesaugt.

Bennie zuckte die Achseln. »Aber unter Freunden sollte man so nicht reden – man sollte nicht einmal so denken.«

»Vielleicht hast du recht«, sagte Croaker. »Aber vielleicht hast du auch nur eine verdrehte Vorstellung von Freundschaft.«

Bennie steckte seine Pistole wieder ins Holster und warf die Arme auseinander. »Hast du die Schnauze voll, Lewis? Sind wir jetzt keine Freunde mehr?«

Croaker starrte ihn an.

Bennie nickte. »Okay, okay, du hast deine verdammte Meinung klargestellt. Mein Wort in Gottes Ohr, du besitzt die Sturheit eines Lateinamerikaners.« Er streckte die Hand aus. »Es sollte deshalb kein böses Blut zwischen uns geben.« Als Croaker ihm die Hand gab, drückte Bennie sie mit offensichtlicher Zuneigung. »Ich habe nicht gelogen. Na ja, ich habe eben diese Einstellung zum Tod. Man muß ihm mit einem gewissen Maß an Respekt begegnen, sonst ...« Er zuckte die Achseln. »Die unsterbliche Seele ist sonst von Unsicherheit umwölkt.« Er gestikulierte mit einer Hand. »Aber du hast recht, das ist nicht die ganze Geschichte.« Er schüttelte den Kopf. »Ich werde nicht zulassen, daß die Bullen Wind davon kriegen und ihre Nase in diese Sache stecken, Lewis. Basta. Weil ich nicht wollte, daß du in die Geschichte hineingezogen wirst, habe ich dir geraten umzukehren.«

»Zum Teufel, Bennie, wach auf. Du hast es hier mit einem Kapitalverbrechen zu tun«, sagte Croaker. »Du solltest dir besser eine verdammt gute Erklärung zurechtlegen.«

Bennie schenkte ihm ein bösartiges Grinsen. »Die Stromleitung, das Kopfkissen, der Anrufbeantworter. Ich glaube mich zu erinnern, daß du auch deinen Anteil daran gehabt hast, daß wir uns unbefugt mit den Gegenständen beschäftigt haben.« Er fuhr ruhig damit fort, Sonias Kopf mit den Handtüchern einzuhüllen. »Aber um mit dem Streiten aufzuhören ... Mein verdammtes Geschäft besteht darin, Erklärungen zu finden.« Trotz dieses heftigen Schlagabtausches schien Bennie erleichtert zu sein, daß Croaker diesmal nichts unternahm, um ihn zu aufzuhalten.

»Gut, dann gib mir eine Erklärung.«

»Du solltest dich daran erinnern, daß ich nie etwas ohne einen guten Grund tue.« Bennie durchwühlte verschiedene Schubladen des Küchenschranks und kramte darin herum. Endlich kam er mit einer Rolle Bindfaden zurück, mit dem man Hühnchen oder Truthähne bindet, bevor man sie in den Backofen schiebt. Er begann, das Paket mit dem

Bindfaden zu verschnüren. »Deshalb muß der Mord an Sonia eine Sache zwischen uns beiden bleiben.« Er blickte auf. »Ich glaube fest daran, daß du meiner Meinung sein wirst, wenn du die ganze Geschichte gehört hast.«

Maria flippte aus, als Bennie ihr von Sonia erzählte. Sie brachten sie zu Bennies Haus, einem extravaganten Gebäude mit neunzehn Zimmern im venezianischen Palaststil. Es lag an der Neunundvierzigsten Straße in Miami Beach und überblickte den Intracoastal. Das Haus war keine zwei Blocks vom Eden-Roc-Hotel entfernt, das man auf der anderen Seite des Flusses an der Collins Avenue sah. Bennies Zuhause war in seinem Abwechslungsreichtum ermüdend. Das Haus hatte sieben Schlafzimmer – vermutlich eines für jeden Tag der Woche –, die alle über einen Whirlpool im Freien verfügten. Es gab eine Bibliothek im europäischen Stil, ein Billardzimmer, ein vollautomatisches Kino, einen in Stein eingefaßten Weinkeller und sogar einen überdachten Innenhof für Zigarrenraucher hinter dem Eßzimmer.

Das Haus war vom Wasser aus zugänglich und besaß einen Landesteg. Er wurde von zwei reich verzierten, steinernen Löwen mit Flügeln bewacht, die aussahen, als wären sie vom Canale Grande in Venedig importiert worden. Am Landesteg war eine schnittige, mitternachtsblaue Cigarette vertäut, eines dieser rassigen Boote, die nur gebaut werden, weil sie extrem schnell sind.

Croaker und Bennie traten auf den Pier hinaus. Die üppigen und dekorativen Farben des Sonnenuntergangs spiegelten sich auf dem Intracoastal-Kanal. Weit draußen, im Süden über dem Meer, sah man die letzten Wolken des nachmittäglichen Unwetters. Sie hingen wie ein schwarzer und undurchdringlicher Vorhang am Horizont. Eine sanfte Brise zerzauste ihr Haar und benetzte ihre Gesichter mit salziger Gischt. In ganz Florida war es jetzt an der Zeit, in entspannter Atmosphäre einen Drink zu nehmen, und wenn man Fischer war, diskutierte man über den Fang, den der Tag gebracht hatte.

Obwohl er ein eiskaltes Corona-Bier in der Hand hielt, hatte Croaker keine Lust zum Trinken. Die Ereignisse des Tages nagten an seinem Herzen. Bennie legte das große runde Paket, daß er unter dem Arm trug, in das Boot. Der Arzt, den er gerufen hatte, war ein kleiner glatzköpfiger Mann mit einem dünnen Schnurrbart, der seine Hasenscharte nicht ganz verdeckte. Er kümmerte sich hinter verschlossenen Türen in einem der vielen Schlafzimmer im ersten Stock um Maria.

Croaker starrte auf das sorgfältig verpackte Bündel, das sich im Boot mit den Wellen des Intracoastals hin und her bewegte. Bennie hatte Sonias Geschäftspartner bei Lord Constantine Fine Imports angerufen und ihnen erzählt, daß es einen dringenden Notfall in ihrer Familie gegeben habe. So hatte niemand Anlaß zu der Vermutung, daß etwas nicht in Ordnung wäre.

»Es gab da was, das noch seltsamer war, als den abgetrennten Kopf zu finden«, sagte Croaker schließlich.

Durch die verzierten Stützpfeiler der steinernen Balustrade sah man das aquamarinfarbene Wasser, das wie ein Symbol der Reinheit erschien, in das die Fracht des Bootes versenkt werden würde.

Bennie zog eine Zigarre aus der Tasche und beschäftigte sich mit dem Ritual des Anzündens. »Tatsächlich? Das ist mir entgangen.«

»Weil es nichts zu sehen gab. Kein Blut, Bennie. Warum? Sie wurde mit dem Kopfkissen in ihrem Schlafzimmer erstickt.« Croaker schoß eine Erinnerung an Sonias lange Beine durch den Kopf wie ein blinkender Köder, an dem gerade ein Fisch angebissen hatte. Er wurde von einer Welle tiefer Trauer übermannt, die sich mit Wut darüber mischte, wie ihr Leben vorzeitig beendet worden war. »Das einzige Blut, daß wir gesehen haben, tropfte von ihrem Kopf im Kühlschrank. Im ganzen Haus gab es nicht einen einzigen Blutflecken.«

Bennie starrte rauchend in die sich verdichtende Dämmerung.

»Der Killer hatte nicht viel Zeit«, fuhr Croaker fort.

»Was hat er getan, nachdem er sie erstickt hatte? Wir wissen, daß er sie nicht im Haus enthauptet hat.«

»Da waren diese beiden parallelen Spuren im Gras«, sagte Bennie. »Mal angenommen, er hat sie nach draußen gezerrt und es da getan?«

Croaker schüttelte den Kopf. »Wir haben uns draußen doch umgesehen. Außer diesen beiden parallelen Spuren haben wir nichts entdeckt. Kein Blut, keine Eingeweide, keinerlei Hautfetzen oder Knochenteile. Außerdem wäre es draußen zu riskant gewesen. Er hätte von einem Nachbarn oder einem Passanten gesehen werden können.«

»Was zum Teufel ist dann passiert?« fragte Bennie.

»Keine Ahnung.«

Croaker wurde plötzlich von der Erinnerung an Sonias überraschten und glücklichen Gesichtsausdruck überwältigt, als sie gemeinsam auf der Tanzfläche der Shark Bar Merengue getanzt hatten. Etwas in ihm wunderte sich darüber, mit welcher Ruhe er die Ereignisse der letzten Stunden analysierte. Ein anderer Teil seines Ichs schämte sich dafür.

Bennie mußte einen leisen Verdacht hinsichtlich dessen gehabt haben, was geschehen war. Aber er behielt es für sich. Croaker wandte sich ab. Er atmete tief durch, lehnte sich an die Balustrade und beobachtete ein weißes Fischerboot, das das dunkle, murmelnde Wasser des Intracoastals durchpflügte. Als es vorbeifuhr, schlugen die Wellen seines Kielwassers gegen die hölzernen Pfeiler, so daß das Boot an seiner Anlegestelle ins Schaukeln geriet.

Croaker dachte an Stone Tree. Dessen Silhouette zeichnete sich in seinen Gedanken vor einem limonen- und orangefarbenen Sonnenuntergang ab, den es nur in den Florida Keys gibt. Der Seminole stand hinten in einem kleinen Boot, das er zwischen den Mangroveninselchen hindurchmanövriert hatte. *Siehst du es?* fragte er. Croaker glaubte, daß er begriffen hätte, aber es war nicht so. *Ich sehe gar nichts,* antwortete er. *Es wird dunkel.* Doch Stone Tree hatte gesagt: *Für mich nicht* und Croaker damit alles mitgeteilt, was er wissen mußte.

Der Arzt kam aus Bennies Haus. Er schritt die Marmorstufen hinab und gesellte sich zu ihnen. »Maria ruht sich jetzt aus«, sagte er auf spanisch. »Sie hat offensichtlich Schlimmes durchgemacht.« Er war klug genug, nicht nach dem Grund ihres Schocks zu fragen. »Ich habe ihr ein Medikament gegeben. Sie wird tief schlafen, und es besteht die Hoffnung, daß es ihr wieder bessergeht, wenn sie aufwacht. Sollte das nicht der Fall sein …« Er zog eine Visitenkarte hervor, und Bennie nahm sie. »Das ist die Adresse eines Freundes. Er ist Rechtsanwalt. Wenn ihre Freundin Hilfe brauchen sollte …« Er tippte auf seinen Schnurrbart, als sorgte er sich, daß er nicht mehr da war. »Ich versichere Ihnen, daß er äußerst diskret ist.«

Bennie begleitete den Arzt zu dem Teil des Parkplatzes, wo sein smaragdgrüner BMW neben dem Hummer und Croakers Thunderbird stand. Croaker sah, daß kein Geld den Besitzer wechselte, was Bennies Geschäftsgebaren entsprach. Hier wurden auf nicht greifbare Weise Schulden angehäuft und wieder getilgt. Persönliche Gefälligkeiten, Einflußnahme und Darlehen waren die unsichtbaren, aber machtvollen Zahlungsmittel in diesem Reich. Bennie verschwand im Haus. Wahrscheinlich sah er nach Maria.

Croaker beobachtete die Lichter, die über den Strand an der Collins Avenue glitten, und fragte sich, was er sich durch seine Freundschaft mit Bennie und Sonia eingebrockt hatte. Er begriff plötzlich erschrocken, daß er in dem Augenblick, da er an diesem Nachmittag den Little River Kanal überquert hatte, ein Teil von Bennies Schattenwelt geworden war, und er wußte noch nicht, was das für Konsequenzen haben würde. Aber er hatte eine unbestimmte Ahnung, daß sich in seinem Leben alles geändert hatte.

Er schüttelte die düsteren Gedanken ab und benutzte sein Handy, um drei Freunde anzurufen, die in verschiedenen Abteilungen der Bundesregierung arbeiteten. Zwei waren nicht erreichbar, und er hinterließ detaillierte Nachrichten in ihrer Mailbox. Der dritte antwortete, und nachdem er gehört hatte, in was für einer verzweifelten Notlage sich Rachel befand, verwies er ihn an einen befreundeten Arzt vom Walter-Reed-Krankenhaus. Der Arzt wiederholte im großen und ganzen das, was Dr. Marsh Croaker erzählt hatte.

»Lebenswichtige Organe sind höllisch knapp«, sagte er. »Es tut mir leid, aber wenn sie drogensüchtig ist, sind ihre Chancen gleich Null.« Er schwieg kurz. »Das einzig Gute ist, daß sie sich in den Händen einer sehr kompetenten Ärztin befindet. Ich kenne Dr. Marsh' Ruf, sie ist eine Koryphäe auf ihrem Gebiet. Wenn es überhaupt einen Weg gibt, Ihre Nichte zu retten, dann wird sie ihn finden. Aber wenn die Situation so aussieht, wie Sie sie beschrieben haben ...« Er seufzte. »Ich wünschte, ich hätte bessere Nachrichten für Sie, Mr. Croaker, aber im Augenblick glaube ich nicht, daß irgend jemand etwas anderes tun kann, als um ein Wunder zu beten.«

Croaker dankte dem Arzt und beendete das Gespräch. Er wählte eine örtliche Nummer und gab seinen Zugangscode der Anti-Cartel Task Force ein. Als freier Mitarbeiter, der keine offiziellen Verbindungen zur ACTF hatte, gab man ihm jedesmal, wenn er angeheuert wurde, einen zeitlich begrenzten Code. Offensichtlich funktionierte der vom letzten Job noch, denn er kam durch. Er tippte die Nummer von Wade Forrests Nebenanschluß.

Croaker hatte früher schon mit Forrest bei der ACTF zusammengearbeitet. Forrest hatte einen ziemlich hohen Posten innerhalb der Organisation inne und war auf der Karriereleiter weiter auf dem Weg nach oben. Im Gegensatz zu Croaker, der nur sporadisch angeheuert wurde, war Forrest durch und durch ein Karrieretyp. Obwohl er nur für einen bestimmten Auftrag von Washington nach Miami gekommen war, hatte er sich – wie Croaker – entschieden zu bleiben. Croaker mochte Forrest nicht gerade – er war laut, anmaßend und irgendwie tyrannisch –, aber er respektierte ihn, weil Forrest loyal war. Das erste, was Croakers Vater ihm hinsichtlich des Polizeidienstes beigebracht hatte, war, daß Loyalität das einzige ist, was man weder kaufen, leihen noch stehlen konnte.

Forrest schien nicht im Büro zu sein, aber das war nicht weiter überraschend. Wahrscheinlich hielt er sich irgendwo vor Ort auf. Überraschend war nur, daß sich am anderen Ende überhaupt niemand meldete. Soweit Croaker wußte, waren die Büros der ACTF vierundzwanzig Stunden am Tag besetzt. Und tatsächlich hatte er den Eindruck, ein entferntes Klicken und Schwirren gehört zu haben, das er einer automatischen Gesprächsvermittlung zugeschrieben hatte. Aber vielleicht hatte er sich das nur eingebildet, weil er einen Augenblick später Wade Forrests aufgezeichnete Stimme hörte, die ihn durch das standardisierte Voice-Mail-Menü führte. Er hinterließ eine Botschaft der höchsten Dringlichkeitsstufe. Vielleicht, aber nur vielleicht, hatte Forrest ja Beziehungen zur UNOS, der United Network of Organ Sharing. Aber er mußte mit ihm sprechen, um das herauszukriegen.

Er hatte die Verbindung eben unterbrochen, als Bennie zurückkam. Sein Freund trug eine kleine Tasche mit Reißverschluß.

»Okay, Bennie. Du solltest langsam mal die Karten auf den Tisch legen.«

Bennie nickte. »*Bueno.*« Er ließ die Zigarre sinnierend zwischen seinen Lippen hin- und hergleiten. »Zeit und Ort, Lewis. Das ist in meinem Geschäft das Wichtigste.« Er beugte sich vor, verstaute die Tasche, löste gewandt das Tau und sprang ins Boot. »*Andale, muchacho*«, sagte er. »Wir haben auf dem Atlantik was Wichtiges zu erledigen.«

Während Croaker ins Boot stieg, beeilte sich Bennie, das Tau am Bug loszumachen. Dann ging er in das niedrige Führerhäuschen zurück und warf die kraftvollen Motoren an. Man hörte ein heiseres Krachen, und während der Auspuff eine Wolke bläulichen Dieselrauches ausstieß, steuerte Bennie das Boot auf den Intracoastal hinaus.

Die Partylichter von Miami Beach zogen vorüber. Auf der linken Seite sah Croaker eine lange Reihe weißer Limousinen, die die Gäste einer festlichen Hochzeitsparty ausspien, welche in der gigantischen Vorhalle des Eden-Roc-Hotels verschwanden. Blitzlichter flackerten wie Sonnenflecken auf, und es gab einen wilden Beifallssturm, als die Braut vor den knienden Fotografen Pirouetten um den grinsenden Bräutigam aufführte.

Diese Frau, die wie ein Model aussah und in glänzendes weißes Satin und Organza gehüllt war, erinnerte Croaker wieder an Sonia. Er hatte die fürchterliche Vision, daß der Kopf der Braut wie ein fröhlich gestreifter Wasserball die Treppe des Eden-Roc-Hotels heruntersprang, während die Blitzlichter wie ein Kanonenhagel prasselten. Er atmete tief durch und wandte den Blick ab.

Bennie drehte das Boot steuerbord und fuhr mit gedrosselter Geschwindigkeit auf die Stelle zu, wo man in die Biscayne Bay einbiegen konnte. Wenn man sich so weit südlich befand, mußte man durch die Bucht fahren, um zu dem Kanal zwischen der Spitze von Miami Beach und Fisher Island zu gelangen, der in den Atlantischen Ozean mündete.

Croaker kletterte zu Bennie hinüber. »Irgendwas wartet da draußen auf uns«, sagte er über das schwere Dröhnen der Dieselmotoren hinweg. »Hast du dich nicht so ausgedrückt, Bennie?«

Bennie nickte. »Ungefähr.« Hinter dem Boot wurde das Wasser zu weißem Schaum aufgewühlt. »Weißt du, Lewis, es gibt in bestimmten Lebenssituationen so eine Art – wie soll ich's sagen – *Unvermeidbarkeit*. Sieh mich an und die Arbeit, die ich mache. Ich habe Feinde und bin mir darüber im klaren. Okay, das bringt das Geschäft mit sich, aber es gibt Feinde und *Feinde*.«

Croaker konnte beinahe riechen, daß hier etwas an die Oberfläche kam wie die Eingeweide der Fische im Intracoastal. Der Geruch war scharf und ätzend wie Ammoniak und beschleunigte seinen Puls.

»Mein Wort in Gottes Ohr«, sagte Bennie, »ich habe mir solche Feinde gemacht. Um Klartext zu reden, da gibt es zum Beispiel diese beiden Brüder, Antonio und Heitor, die Bonitas. Und, Mist, diese Typen sind nicht nur Brüder, sondern eineiige Zwillinge. Was ich sagen will, Lewis, ist, daß diese *cabrones* ekelhafte Hurensöhne sind.« Bennie zeichnete mit der Hand komplizierte Muster in die Luft. »Es ist, als ob ... Wie soll ich mich ausdrücken? Es ist, als wären diese beiden Bastarde aus dem Leib ihrer Mutter herausgekrochen und hätten sofort einen Haß auf die ganze Welt gehabt. Verstehst du, was ich meine? Sie sind heimtückisch wie Scheiße, und – was schlimmer ist – es macht ihnen auch noch Spaß.«

Croaker blickte ihn an. »Und was haben diese Bonita-Zwillinge mit Sonias Tod zu tun?«

In Bennie war eine subtile Veränderung vor sich gegangen, und Croaker bemühte sich herauszufinden, worum es sich handelte. »Jede Menge«, sagte Bennie. »Sie haben sie kaltgemacht. Ich weiß es ...« Er pochte sich mit der Hand aufs Herz. »Ich fühle es hier.«

»Das ist eine ziemlich gewagte Annahme.« Doch Croaker zweifelte nicht an Bennies Worten. Ganz im Gegenteil. Er hatte den Verdacht, daß sich ihm eine weitere Facette des geheimnisvollen Bennie Milagros offenbarte. »Worauf stützt du dich? Wenn man vom reinen Instinkt einmal absieht, meine ich.«

»Du sprichst wie ein echter Cop.« Bennie biß so hartnäckig auf seiner Zigarre herum, daß er sie langsam zerkaute. »Mein Wort in Gottes Ohr, aber was die Bonitas betrifft, habe ich weit mehr als nur einen bloßen Verdacht.« Bennie manövrierte das Boot in die Biscayne Bay hinaus. Die Lichter der Häuser auf beiden Seiten ließen den Himmel in einem sanften Magentarot erglühen. Das Wasser um sie herum war dunkel und glitzerte durch die von Menschen verursachten Ölschlieren geheimnisvoll. »Und deshalb dürfen die Bullen keinen Wind von der Sache kriegen. Es waren Antonio und Heitor. Sie haben Sonia kaltgemacht, und das Ganze sollte eine Art Warnung für mich sein.«

»Weshalb bist du dir da so sicher?«

Bennie blickte auf die Spitze des Steuerbord-Positionslichtes, und für einen kurzen Moment spiegelte es sich kupferfarben in der Tiefe seiner Augen wider. »Es war nicht das erste Mal.«

Croaker hatte keine Lust, etwas zu sagen. Es war eine ähnliche Situation, wie wenn man einen gefährlichen Fisch an der Angel hatte – manchmal war es nur erforderlich, daß man die Schnur von selbst abrollen ließ.

Bennie hatte den Gesichtsausdruck eines Menschen, der im Begriff war, sich auf ein Nagelbett zu legen. »Ich habe doch meine Schwester Rosa erwähnt, oder?«

Croaker nickte. »Auf dem Parkplatz der Shark Bar hast du mir erzählt, daß sie vor fünf Jahren gestorben ist.«

Bennie gab Gas, und der Bug des Schiffes richtete sich aus dem Wasser auf. »Ich hab' dir noch nicht erzählt, wie sie gestorben ist.«

Croaker hielt sich an der Reling fest, als ihn die salzige Gischt im Gesicht traf. Wegen des Windes, der aus westlicher Richtung wehte, hatte Bennie die Augen fast zugekniffen. Er zauberte zwei schwere Windjacken hervor und warf Croaker eine zu. Wenn man sich abends auf dem offenen Wasser befand und das Boot schnell war, war die Kälte sofort durchdringend, und es würde noch kälter werden, wenn sie sich erst einmal auf dem Atlantik befanden. Während sie über die ruhige Wasserfläche der Bucht jagten, flog über ihnen eine doppelte Formation von Kormoranen vorüber. Das Bild erinnerte an das sanfte Flattern eines Bandes. Croaker warf den Kopf in den Nacken und beobachtete sie eine Weile. Man glaubte, unergründliche schwarze Runen vor einem indigofarbenen Himmel zu sehen.

»Zeit und Ort«, murmelte Bennie, als spräche er mit sich selbst. »Das mit den Bonitas und mir ist eine alte Geschichte, Lewis. Wir sind im selben Viertel von Asunción aufgewachsen. Genau wie Sonia und ihr Bruder. Und wegen dieser gutnachbarschaftlichen Beziehungen, wie ihr das nennt, habe ich hier einen schweren Fehler gemacht.«

»Was für einen?«

»Ich habe die beiden als Klienten akzeptiert.« Bennie schüttelte den Kopf. »Vor acht Jahren. Mein Wort in Gottes

Ohr, das war der schwärzeste Tag meines Lebens.« Er zuckte die Achseln. »Aber damals war ich noch sehr jung. Und wenn man jung ist, ist man überzeugt davon, alle Geheimnisse des Universums zu kennen. Der Enthusiasmus wird mit Weisheit gleichgesetzt, und es scheint so leicht zu sein, das Leben auf einfache Formeln zu reduzieren.«

Die Motoren des Bootes brummten zufrieden, während es in der Bucht an Fahrt gewann. Die weite Wasserfläche war mit Inseln übersät, die in helles Licht getaucht waren. In der Ferne konnte Croaker den MacArthur Causeway erkennen, der von der Zwölften Straße in Miami zur Fünften Straße in Miami Beach führte.

»Du hast also die Bonitas als Klienten akzeptiert.«

Bennie berichtigte den Kurs nach Steuerbord, weil ihnen ein Schiff entgegenkam. »Antonio und Heitor machen mit dem Elend anderer Geschäfte, und ich kann dir versichern, daß sie verdammt geschickt darin sind. Drogen, Menschenhandel und Waffenschmuggel, das sind ihre eigentlichen Geschäfte in Lateinamerika, obwohl sie auch *mucho dinero* mit der Mineralgesellschaft machen, die sie von ihrer Mutter geerbt haben. Kupfer, Zinn, Lithium, Beryll. Sie haben viel Einfluß auf diese Rohstoffmärkte und handeln verstärkt mit den Vereinigten Staaten. In so großem Umfang, daß sie in den letzten zwei Jahren Niederlassungen in Miami, New York und Washington eröffnet haben.«

»Washington D.C.?«

Bennie nickte. »Ein Teil ihrer Geschäfte besteht darin, direkt an die Regierung der Vereinigten Staaten zu verkaufen.« Er änderte den Kurs wieder in südöstlicher Richtung. »Aber das Mineraliengeschäft langweilt sie. Die Zwillinge leben für ihren Spaß. In Lateinamerika gibt es innerhalb der Regierungen gewisse Elemente, die sie von Zeit zu Zeit beauftragen, Menschen verschwinden zu lassen – Rivalen, politische Feinde oder Intellektuelle, die eine zu große Anhängerschaft haben.«

»Wußtest du darüber Bescheid, als du sie als Klienten akzeptiert hast?«

»Nein, aber ich habe verdammt schnell dazugelernt.«

»Du hast also herausgefunden, daß sie in Wirklichkeit gedungene Killer sind.«

Bennie spuckte über die Reling. »Wenn das bloß alles wäre.« Sie fuhren direkt auf den MacArthur Causeway zu. Südlich davon mußten sie die Landspitze von Miami Beach umrunden, um auf den Atlantik hinauszufahren. »Es geht um folgendes, Lewis. Antonio und Heitor haben – wie soll ich mich ausdrücken – einen ganz besonderen Geschmack. Sie bringen nicht einfach jemanden um, das wäre ja kein Spaß. Sie lassen Menschen verschwinden und sperren sie ein. Und dann, wenn es ihnen gerade paßt, nehmen sie sich sehr viel Zeit, um ihre Art von Spaß zu haben. Wenn alles vorbei ist, sammeln sie die Organe und verkaufen sie an den, der am meisten bietet – in der Regel ist das ein Minister einer lateinamerikanischen Regierung, ein Mitglied der Familie des Ministers, ein enger persönlicher Freund oder ein politischer Verbündeter. Du weißt ja, wie so was läuft.« Bennie blickte Croaker an. »Tja, so haben die Bonitas etwas viel Wertvolleres als bloßes Kapital angehäuft – sie verfügen über eine Art von Macht, von der wir nur träumen können.« Sein säuerliches Grinsen entblößte seine Zähne. »Sie verfügen über die Menschen, über ihr Herz und ihre Seele. Was immer sie in Lateinamerika auch wollen, sie nehmen es sich. Fragen werden nicht gestellt. Da unten verehrt man sie wie Götter. Allerdings sind Götter nicht halb so bösartig wie die beiden.«

Bennie manövrierte das Schnellboot um eine Boje herum. »Jetzt haben sie ihre Aktivitäten hierher verlagert, Lewis. Verstehst du? Sie haben Sonia getötet und ihren Körper mitgenommen. Was glaubst du, warum sie das getan haben?«

Croaker starrte auf die glitzernden Lichter am Rand der Bucht. Die Antwort konnte er sich ersparen. Wenn Bennie mit seinen Annahmen recht hatte, bewahrten die Bonitas ihre Organe auf. Und wenn das stimmte? Einen Augenblick lang wurde er von einem erschreckenden Gefühl überwältigt. Er konnte sich des Gedankens nicht erwehren, daß die Bonitas eine gesunde Niere haben mußten, die Rachels Leben retten könnte. War es möglich, daß es in Florida irgendwo einen Schwarzmarkt für menschliche Organe gab? Dann traf ihn die Realität mit der Wucht eines Hammerschlages, und er begriff, was er gerade gedacht hatte. Der Gestank seiner Verzweiflung kotzte ihn an. Was hatte sein Vater ihn gelehrt? Daß Verzweiflung leicht zur Korruption führen könne. Was Antonio und Heitor Sonia angetan hatten, war schon furchtbar genug, aber seine Reaktion darauf ging ihm so nahe, daß seine Nerven plötzlich blank lagen. Er fühlte sich dreckig und unwürdig, Rachels Vorbild zu sein. In diesem Moment empfand er einen so tiefen Haß auf die Bonitas, daß sich sein Herz zusammenzog. Sie hatten ihn tief und persönlich berührt und ihn für einen Augenblick verwundbar gemacht. Das durfte er nicht zulassen.

Croaker und Bennie fuhren unter dem Damm hindurch. Es herrschte ein unangenehmes Schweigen. Das Gespenst der Bonitas, die nach Bennies Beschreibung über eine fast übernatürliche Machtfülle zu verfügen schienen, hing wie ein böser Geist in der Nacht.

»Bennie«, sagte Croaker fast sanft, »was ist mit deiner Schwester Rosa passiert?«

»Ah!« Ein beinahe qualvoller Schrei stieg aus Bennies Herz auf. »Vor fünf Jahren fanden komplizierte Verhandlungen mit einem amerikanischen Unternehmen statt, dessen Marktanteile bei Erzen und Metallen den Bonitas in den Vereinigten Staaten einen Blitzstart verschafft hätten. Sie haben mich beauftragt, das Unternehmen um jeden Preis für sie zu kaufen. Ich hab's versucht, aber dieser Bastard wußte, wie scharf sie auf seine Firma waren, und ließ sich nicht auf meine Vorschläge ein. Eines Nachts lief er ihnen in einer Diskothek über den Weg und lachte ihnen ins Gesicht. Mein Wort in Gottes Ohr, das hat sie verdammt angekotzt.«

Bennie steuerte das Schnellboot in einem atemberaubend rasanten Bogen um die Spitze von Miami Beach herum. Die bleiche Gischt schoß hoch wie der Schweif eines Pfaus. »Sie konnten den Typ nicht umlegen, weil sie dann das verloren hätten, was ihnen am wichtigsten war. Aber ich habe dir ja bereits erzählt, daß sie schon mit einem Haß auf die Welt geboren worden sind, und jetzt hatten sie die Schnauze total voll. Sie mußten jemandem die Schuld für die Beleidigung geben, und deshalb machten sie mich dafür verantwortlich.« Er blickte auf die tintenfarbene Düsterkeit des Meeres hinaus. Seine Schultern und der Hals schienen in der übergroßen Windjacke zu verschwinden, und er wirkte wie eine vorsichtige Schildkröte mit weichem Panzer.

»Angeblich hab' ich meinen Job nicht gut gemacht. Wenn ich's getan hätte, hätte es diese Beleidigung nie gegeben. Das haben sie zu mir gesagt. Ich war ihr Angestellter, hatte aber nicht verstanden, was es wirklich bedeutete, für sie zu arbeiten. Also haben sie es mir klargemacht.« Er kniff für einen Augenblick die Augen zu, und als er sie wieder öffnete, glänzten Tränen darin. Die Knöchel seiner Finger, die sich um das Steuer klammerten, hatten sich weißlich verfärbt. »Sie haben mir meine Rosa genommen, Lewis, *mi hermana linda*, meine kleine Schwester. Sie ließen sie verschwinden und hatten ihren unmenschlichen Spaß mit ihr. Dann haben sie mir ihren Kopf ins Büro geschickt, um sicherzustellen, daß ich meine Lektion gelernt hatte.«

Croaker stand nah bei Bennie und sah, daß er zitterte. »Und was passierte dann?« fragte er sanft.

Bennie stieß ein bellendes Gelächter aus, bevor er weitersprach. Sie befanden sich jetzt auf dem Atlantik und durchpflügten die rollenden Wellen, während der Wind stärker wurde. »Was glaubst du, was dann passiert ist? Ich habe den verdammten Job für sie erledigt. Es war fürchterlich. Ich habe mich vor ihnen erniedrigt und die Sache bereinigt. Wie ich es von Anfang an hätte tun sollen. Das haben sie mir jedenfalls zu verstehen gegeben.« Er schüttelte traurig den Kopf. »Also, drei Wochen nachdem das Geschäft besiegelt war, haben sie diesen Typ aus seiner Koje gezogen und ihn drei Tage lang bearbeitet. Heute schlägt sein Herz im Körper des Präsidenten von Argentinien, und seine Leber wurde dem Bruder des brasilianischen Finanzministers eingepflanzt. Er hat für die Beleidigung bezahlt. Mein Wort in Gottes Ohr, wir haben alle verdammt teuer bezahlen müssen.«

»Aber das ist doch schon fünf Jahre her, Bennie.« Croaker hüllte sich fester in den Stoff der Windjacke und steckte seine kalten Hände in die Seitentaschen. »Warum sollten sie jetzt mit Sonia wieder anfangen?«

»Die Zwillinge haben ein Langzeitgedächtnis. Ich habe geglaubt, daß sie mit mir fertig wären, aber ich habe mich geirrt.« Bennie gab Vollgas, und sie donnerten unter markerschütternden Stößen über die rollenden Wellenkämme dahin. Er wandte sich kurz zu Croaker. »Und weißt du, was das Schlimmste ist, Lewis, das, was wie ein Dämon an meinem Herzen nagt? Was mich betraf, hatten Antonio und Heitor recht. Im Innersten meiner Seele wollte ich mich auf das Geschäft vor fünf Jahren überhaupt nicht einlassen. Ich habe nicht mein Bestes gegeben und wollte mich von ihnen befreien. Ich wollte, daß das Geschäft schiefging, aber ich habe die Konsequenzen nicht bedacht. Ich war mir sicher, daß ich sie austricksen könnte, auch wenn das bisher noch niemandem gelungen war.« Er pochte sich mit der Faust auf die Brust. »*Ich* habe Rosa umgebracht. Ich bin an ihrem Tod genauso schuld wie die Bonitas.« Er wandte den Kopf ab. »Siehst du jetzt, wie es ist, wenn man jung ist und alle Antworten zu kennen glaubt? Du wirst noch schnell genug herausfinden, Lewis, daß du nicht nur die Antworten nicht kennst, sondern sogar ratlos bist, was für verdammte Fragen du stellen sollst.«

Er drosselte mit der linken Hand den Motor, und der Bug des Schiffes senkte sich. Die Maschinen gurgelten.

»Da wären wir.« Bennie überließ Croaker das Steuer, zog die Tasche hervor und öffnete sie. »Stell den Motor ab«, sagte er.

Alle lauten Geräusche waren verebbt, und an ihre Stelle war das sanfte Säuseln des Meeres getreten. Sie befanden sich ganz allein auf dem Ozean. Das Land war nur ein dünner Streifen Licht weit hinten am westlichen Horizont, ein Glühen, das dem aufgrund der Entfernung geschwächten Strahlen eines entfernten Sternes glich.

»Das ist jetzt wichtig«, sagte Bennie. »Also paß gut auf.« Er beugte sich vor, tauchte seine Hand in einen kleinen Tontopf und schmierte Croakers Stirn, seine Wangen und das Kinn mit einer schwarzen Substanz ein. Dann nahm er an sich selbst die gleiche Prozedur vor.

»Bennie, was zum Teufel tun wir hier?«

»Pssst.« Bennie legte den Zeigefinger auf die Lippen. »Wir sagen Sonia Lebewohl.«

Croaker warf die Arme auseinander. »Ist das deine Vorstellung von einem Begräbnis?«

»Nicht meine, sondern die meines Großvaters.« Bennie ergriff Sonias in Handtücher eingewickelten Kopf. »Es kann losgehen. Durch den Ruß, der unsere Gesichtszüge unkenntlich macht, ist kein Geist in der Lage, uns zu erkennen. Er kann uns nicht in die Tiefe ziehen, während wir die Reise von Sonias Geist ans andere Ufer in die Wege leiten.«

»Bennie ...«

»Nein! Sei still!« zischte Bennie. »Das ist ein geheiligter Ritus, den ich von meinem Großvater übernommen habe. Er war ein Heilkundiger und kannte das Geheimnis der Dinge. *Escuchame*, hör zu. Solange wir Sonias Geist nicht auf den Weg gebracht haben, können wir durch Mächte verletzt werden, die wir weder kontrollieren noch verstehen würden.« Sein Blick durchbohrte Croaker. »*Es verdad*, Lewis.« Das ist die Wahrheit. »Bist du bereit, dich auf diese Welt einzulassen?«

Croaker nickte. »Ja.«

Bennies Gesicht wirkte durch die schwarze Farbe fremd, als hätten die Gesichtszüge eine Metamorphose durchgemacht. Croaker befühlte mit den Fingerspitzen seiner rechten Hand sein Gesicht und fragte sich, ob mit ihm das gleiche geschehen war.

Bennie hatte aus seiner Tasche eine kleine eiserne Kohlenpfanne hervorgezogen. »Hör mir zu, Lewis. Unsere Welt beruht auf drei Phänomenen, okay? Auf den Naturgesetzen, die nichts mit den von Menschen gemachten Gesetzen zu tun haben, auf der Energie und dem Bewußtsein. Das Bewußtsein ist das, was dich und mich definiert, also die Menschheit. Im Gegensatz zu den Tieren können wir logisch denken. Die Tiere sind einzig und allein an ihre Instinkte gefesselt. Ich meine, wir haben natürlich auch Instinkte, aber eben auch unser Bewußtsein. Manchmal ist das gut; wir machen Erfindungen, wir bemühen uns – der Fortschritt ist hauptsächlich das Resultat unseres Bewußtseins. Aber oft kommen sich Bewußtsein und Instinkt in die Quere, und das, *amigo*, ist überhaupt nicht gut.«

»Du hast eine spirituelle Ader, die zugleich bezaubernd und überraschend ist«, sagte Croaker.

Bennie schnaubte gutmütig. »Ich nehme an, das ist das, was du dir unter einem ›Kompliment‹ vorstellst.«

Während sie sprachen, mischte Bennie verschiedene Pudersorten, die er aus Plastikphiolen schüttete, zusammen. Er fügte etwas hinzu, das nach getrockneten Blättern und winzigen Zweigen aussah, und zermahlte alles in der Kohlenpfanne. Mit seinem Körper schützte er die Pfanne vor dem Wind und zündete die Mischung an. Dann bedeutete er Croaker schweigend, neben ihm niederzukauern. Die Kohlenpfanne stand zwischen ihnen. Croaker sah, daß Bennies Nasenflügel sich weiteten, als er den Rauch inhalierte, und folgte seinem Beispiel. Sofort durchflutete ihn der Geruch von Pfefferminze, Zedernholz und Orangen, aber es gab auch andere, fremdartige Düfte, die so scharf und sinnlich wie Chilischoten waren. Croaker inhalierte die Düfte, und seine Augen begannen sich fast automatisch zu schließen. Während er weiterhin den aromatischen Rauch einatmete, schien sein Körper schwerer und schwerer und für die Schwerkraft empfänglicher zu werden. Dann überkam ihn eine kurze Woge des Schwindelgefühls, und er fühlte sich, als wäre seine Nabelschnur durchtrennt worden. Er trieb dahin, sein Körper schien zu fliegen und den Kormoranen zu gleichen, die sich hoch oben vom Aufwind treiben ließen.

In der Dunkelheit hörte er Bennies Stimme: »Schiffe sind Fahrzeuge für die Geister und die Toten. Mein Großvater hat mich gelehrt, daß Boote für seine Guarani-Vorfahren einen dreifachen Nutzen hatten. Er erzählte mir, daß man ihre Entwicklung bis zu den Völkerwanderungen über die Weltmeere zurückverfolgen kann, die unsere Vorfahren unternommen haben. Diese Reisen waren härter, als wir es uns vorstellen können, und manchmal dauerten sie so lange wie ein Menschenleben. Der erste Nutzen der Boote bestand darin, daß sie Krankheiten und bösartigen Geistern den Garaus machten; der zweite darin, die verlorene Seele eines Kranken zu finden, der dem Tode nahe war; der dritte darin, die Seele eines Toten an die Gestade des nächsten Lebens zu bringen.«

Wenn man von dem Anbranden der Wellen gegen den Fiberglas-Rumpf des Schnellbootes absah, herrschte totale Stille. Das Boot schien wie in einem Traum weit unter ihnen zu schaukeln, ein Teil eines anderen Reiches. Croaker und Bennie glichen Geistern, die sich im Hitzedunst einer flammenden Sonne aufhielten.

»Das Meer«, sagte Bennie, »ist das Reich der Toten. Es ist riesig und weit und unendlich tief. Hier beginnt Sonias Weg, ihre Reise.«

Durch seine geschlossenen Augen und die durch die Droge erweiterten Sinne glaubte Croaker wahrzunehmen, wie Bennie aufstand, sich über die Reling beugte und Sonias Kopf sanft ins Meer senkte. Er spürte, daß das in Handtücher verschnürte Bündel auf einem Wellenkamm hin und her tanzte. Darüber bemerkte er einen Umriß, auf den er sich keinen Reim machen konnte. Dann verwandelte er sich in die Silhouette eines menschlichen Auges mit einer doppelten Pupille. In diesem Augenblick wurde Sonias Kopf von einem mitternachtsschwarzen Wellental verschluckt, aus dem er nie wieder auftauchen würde. Croaker öffnete die Augen und blinzelte. Bennie saß ihm gegenüber, als hätte er sich nie gerührt. Aber als Croaker sich im Boot umblickte, bemerkte er, daß der in Handtücher verschnürte Kopf tatsächlich fort war. Er atmete zum letztenmal den Geruch der zusammengemischten Düfte ein und sah vor seinem geistigen Auge für den Bruchteil eines Herzschlages ein Bild, das dann verblaßte. Er hatte Sonias Kopf gesehen, der wie ein Stein im Strudel des dunklen Wassers versank und von der Strömung und einem Geheimnis mitgerissen wurde.

Während des ganzen Rückweges zu Bennies Haus schlief Croaker wie ein Toter. Er träumte, daß er mit Sonia tanzte. Sie schienen in der Dunkelheit zu tanzen, aber er wußte, daß es die Shark Bar war. Er führte sie in langen, genußvollen Bögen über die Tanzfläche und fühlte, wie sich ihr warmer, athletischer Körper ihm näherte und wieder entfernte, wie es die Tanzschritte vorschrieben. Sie näherte sich ihm immer wieder, und jedesmal war es wie eine Wiedergeburt, als würde ein neues Leben beginnen. Er spürte ihren warmen und wohlriechenden Atem an seiner Wange, und der Nachhall ihres Lachens klang wie liebliche Glocken in den Bergen. Als sie einen Lichtstrahl passierten, der so hell wie das Blitzen eines Diamanten war, begannen die roten Spitzen ihres Haars zu knistern, und das grünliche Funkeln in ihren Augen leuchtete. Plötzlich wurde Croaker bewußt, daß er nicht mit Sonia, sondern mit Jenny Marsh, Rachels Ärztin, tanzte. Sie hob die Hand und gab ein Zeichen, und dann schimmerte die Luft vor goldenem Staub: Er sah den Umriß eines menschlichen Auges mit doppelter Pupille. Seine Aufmerksamkeit wurde durch eine plötzliche Bewegung gefesselt, und er wandte sich um und sah Sonias blutigen Kopf, der in einem Wirrwarr von Tang und durchsichtigen Quallen die Stufen des Eden-Roc-Hotels hinunterrollte. Aus den wäßrigen Tiefen am Ende der Treppe erhob sich ein riesiger Tigerhai, der seinen Schlund öffnete und alles verschlang, was von ihr übriggeblieben war. Croaker warf einen erschrockenen Blick auf seine unergründlichen Augen, bevor das Monstrum in den dunklen Wellen verschwand.

Er wachte schwitzend auf und stellte fest, daß das mitternachtsblaue Schnellboot wieder an Bennies privatem Landesteg lag. Er fuhr sich mit den Händen übers Gesicht, stand auf und fragte sich, ob er die ganze Geschichte von Sonias Bestattung nur geträumt hatte. Einen Augenblick lang beobachtete er Bennie, der sich noch an dem Tau zu schaffen machte.

»Bennie, was wollen die Bonita-Zwillinge wirklich?«

Milagros wischte sich die Hände an den Hosenbeinen ab. »Diese Typen sind verrückt wie Hutmacher. Wer kann schon sagen, was sich in den Köpfen von Verrückten abspielt? Ihre Herzen sind durch ihre Geisteskrankheit zu verdammter Asche verbrannt worden. Wenn man das in Betracht zieht, weiß man, daß man sie nicht verstehen kann.«

»Manchmal ist es so, ja«, sagte Croaker. »Aber manchmal hat der Wahnsinn auch Methode. Es war mal mein Job, das herauszufinden.«

»Vielleicht wollen sie mich als Toten sehen.« Bennie gestikulierte mit einer Hand. »Vergiß es, nicht vielleicht, sondern mit Sicherheit. Aber sie sind wie Götter, verstehst du? Die Götter treiben diejenigen, die sie vernichten wollen, zuerst in den Wahnsinn. Sie wollen mich in den Wahnsinn treiben.«

»*Sind* die Zwillinge verrückt, Bennie?«

Bennie griff nach seiner Tasche, kletterte aus dem Boot und zündete sich eine Zigarre an. Croaker folgte ihm. »In der guten alten Zeit, als die Welt noch weniger kompliziert war, wurden die Hutmacher langsam durch das Quecksilber vergiftet, das sie bei der Herstellung von Hutbändern verwendeten. Während sie sich mit dem Satin beschäftigten, drang es in ihre Fingerspitzen ein, und schließlich knallten sie durch, wurden verrückt.« Er blies eine Wolke wohlriechenden Rauches in die Luft. »Ich glaube wirklich, daß irgendwas in dieser Art auch mit den Bonita-Zwillingen geschehen ist. Sie wurden im Mutterleib von bösartigen Geistern vergiftet, und wer zum Teufel kann schon wissen, von welchen?«

Er wandte sich abrupt ab und schritt die Marmorstufen zum Haus hinauf.

Sie teilten sich in Bennies großem Eßzimmer ein riesiges, auf Holzkohle gebratenes Porterhouse-Steak, das Bennie in einem Restaurant in Miami bestellt hatte. Dazu gab es Bratkartoffeln. Während er aß, wußte Croaker bereits, daß er unter Verdauungsstörungen leiden würde. Er schlang das Essen mit Heißhunger hinunter. Danach holte Bennie die Mescalflasche, aber Croaker hatte schon mehr als genug von gehobenen Bewußtseinszuständen.

Gegen Kaffee hatte er dagegen nichts einzuwenden. Während Bennie den Espresso nach allen Regeln der Kunst zubereitete, sagte er: »Ich würde gern was wissen.«

Bennie mahlte die dunklen, wohlriechenden Bohnen. »Schieß los.«

Croaker atmete tief durch und langsam wieder aus. »Als die Bonitas dir den Kopf deiner Schwester geschickt haben, gab es da Symbole wie die, die wir in Sonias Kühlschrank gefunden haben?«

Bennies Hand rutschte ab. Unbeholfen machte er sich am Abschaltknopf der elektrischen Kaffeemühle zu schaffen. »Warum fragst du?« Er blickte auf die Küchenschränke, und Croaker konnte seinen Gesichtsausdruck nicht sehen.

»Weil du nicht auf diese Symbole blicken wolltest, als du Sonias Kopf nahmst, um ihn einzuwickeln.« Croaker stand jetzt neben seinem Freund. »Ich hatte den Eindruck, daß sie eine Bedeutung für dich haben.«

»Die impulsive Reaktion eines Amateurs.« Bennie schüttete das Kaffeepulver in die Espressomaschine.

»Ich kenne dich gut genug, um zu wissen, daß du nicht unbedingt mitteilst, was sich im Hinterstübchen deines Kopfes abspielt.«

Bennie schaltete die Espressomaschine ein und stand dann regungslos da. Aber sogar jetzt konnte Croaker die Emotionen wahrnehmen, die in Schüben von ihm ausgingen.

»Okay …« Bennie brach ab, ergriff ein Schälmesser und begann geschickt die Haut einer Zitrone in dünnen Streifen abzutrennen. »Also, es geht darum … Diese Symbole …« Er biß sich auf der Unterlippe herum. »Diese Symbole sind praktisch die Grundpfeiler der Gedankenwelt meines Großvaters.« Die Narben in Bennies Gesicht erschienen in diesem Licht bläulich. »Damit meine ich, daß sie für seinen Glauben und seine Zauberkräfte zentral waren, die Zauberkräfte, die er den Bonitas vermittelte.« Einen unendlichen Augenblick lang herrschte in dem großen Haus Schweigen. Das Zischen der Espressomaschine weckte sie wieder auf.

»Die Bonitas waren Schüler deines Großvaters?« fragte Croaker.

Bennie nickte unglücklich, während er die kleinen Espressotassen holte und in beide eine Zitronenscheibe fallen ließ. »Er hat sie in die Kunst der Guarani-Heilkunde eingeweiht, die den Eingeborenen meines Heimatlandes vertraut ist. Die Guarani nennen sie *Hetá I*, was frei übersetzt ›Viele Wasser‹ heißt.« Bennies Augen waren weit aufgerissen und starr, als hätte sich seine Perspektive von einer abgeschlossenen Vergangenheit in eine unergründliche Zukunft erweitert. »Aber was sie getan haben, Lewis, war unverzeihlich. Sie haben die Kunst der Heilkunde in ihrem Wahnsinn pervertiert und sie zu einer furchtbaren, bösartigen Macht gemacht.«

Croaker dachte über diese erschütternde Neuigkeit nach und erkannte, daß sich ein weitreichendes Netz zu bilden begann. Bennie schenkte Espresso ein. »Was bedeuten diese Symbole?« fragte Croaker.

»Man kann Macht durch sie ansammeln. Jedes Symbol steht für eine der vier Himmelsrichtungen. Wenn man sie alle vier zusammenhat, werden die Geister angerufen, und es ergibt sich eine Verbindung der Macht.«

Croaker nahm die Espressotasse entgegen. »Aber in Sonias Kühlschrank haben wir nur zwei Symbole gefunden.«

Bennie nickte. »Das dritte ist ein Kreuz innerhalb von drei konzentrischen Kreisen, das vierte der Umriß eines menschlichen Auges mit zwei Pupillen.« Er hob die Tasse hoch, trank aber nicht. »Jeder, der initiiert wird, wählt ein Symbol für sich aus. Das Auge mit der doppelten Pupille war das Symbol meines Großvaters.«

Croaker spürte, wie ihm ein kleiner Schauer über das Rückgrat kroch, und er erzählte Bennie, daß er dieses Symbol in seiner Vision und in seinem Traum gesehen hatte.

Bennie stellte seine Tasse langsam ab und verließ die Küche. Croaker folgte ihm neugierig. Bennie öffnete eine Schiebetür und trat auf die seitliche Veranda hinaus. Als Croaker neben ihm stand, sah er, daß sein Freund bleich geworden war.

»Alles in Ordnung, Bennie?«

Bennie schien lange darüber nachzudenken. »Um aufrichtig zu sein, Lewis, bin ich mir da nicht ganz sicher«, antwortete er endlich. Er klammerte sich ans Geländer und starrte auf die Reflexionen der Lichter, die wie elektrische Aale im Wasser schwammen. »Als mein Großvater starb, hat es zehn Tage lang ohne Unterbrechung geregnet. Ich war fünfzehn Jahre alt und kann mich daran erinnern, daß ich in dem Regen saß, der sehr kalt war. Mein Großvater starb am kältesten Wintertag. Er wurde von Fischern aus dem Paraguay River gezogen, an dem er lebte. Er war damals schon sehr alt, über neunzig, und alle behaupteten, daß er in der Dunkelheit das Gleichgewicht verloren habe, gefallen und mit dem Kopf auf den Steinen aufgeschlagen sei. Ich habe nie daran geglaubt. Mein Großvater war so sicher auf den Füßen, daß er Fische mit ihnen fangen konnte. Ich habe es oft beobachtet und immer darüber gelacht.«

Bennies Arme glichen Stahlträgern, als er sich auf das Geländer stützte. Das Blut war immer noch nicht in seine Wangen zurückgekehrt. »Wie dem auch sei, weil mein Großvater ein Heilkundiger war, mußte er verbrannt werden. Wir errichteten einen Scheiterhaufen für die Bestattung und legten ihn darauf. Dann haben wir sein Lieblingspferd geschlachtet, das Fleisch gekocht und es zu seinen Ehren gegessen, während der Scheiterhaufen brannte. Das Holz brannte trotz des Regens, und alle sagten, daß das ein Wunder sei.«

Bennie senkte den Kopf. Seine Brust war geschwollen, als würde er an einem Asthmaanfall leiden. Croaker hörte die Grillen und die Laubfrösche wie aus weiter Ferne. »Ich saß in einem Baum«, sagte Bennie, »und beobachtete, wie sein Körper verbrannte. Mein Großvater hat mir immer erzählt, daß er zum Teil ein Tier sei. Als ich ihn mal fragte, was für ein Tier genau, lächelte er und sagte: ›Beobachte mich, wenn ich tot bin, dann wirst du es herausfinden.‹« Bennie schüttelte den Kopf. »Du mußt eines verstehen, Lewis. Als mein Großvater starb, war ich erschrocken. Er hatte mich in *Hetá I* einweihen wollen und sich gewünscht, daß ich die Traditionen der Guarani bewahren sollte, aber ich habe abgelehnt, verstehst du? Ich weiß auch nicht, warum. Vielleicht habe ich die Verantwortung zurückgewiesen, die mich wie ihn lebenslang an Asunción gefesselt hätte. Es gab so viele Menschen, die auf seine Heilkräfte angewiesen waren. Ich dachte damals schon an Geld und fühlte das unstillbare Verlangen, die Welt kennenzulernen.« Bennie zog eine Zigarre hervor und starrte sie an. »Es war besser, sich das einzugestehen, als die Alternative in Betracht zu ziehen, daß ich vielleicht tief im Inneren nicht wirklich daran glaubte.«

Bennie wandte den Blick ab und zuckte die Achseln. »So hat sich mein Großvater Antonio und Heitor Bonita gewidmet. Mein Wort in Gottes Ohr, sie brauchten eine strenge Hand. Ihr Vater war gestorben, als sie noch jung waren, und das Beste, was man je über ihre Mutter gesagt hat, war, daß sie hochgeboren wäre. Das stimmte, aber sie war auch eine Art Hexe. Ich glaube, daß sie meinem Großvater leid getan haben. Er hat die Tradition an sie weitergegeben und versucht, ihnen so was wie Familiensinn zu vermitteln.«

»Hattest du Angst, als er gestorben war?« fragte Croaker.

Bennie starrte eine Zeitlang auf seine Zigarre. »Nun ...« Er versuchte zu lächeln, aber als er aufsah, bemerkte Croaker einen gehetzten Ausdruck in seinem Blick. »Ich war sauer auf ihn, weil er mir Schuldgefühle eingeimpft hatte und weil er so war, wie er war. Das heißt – nehme ich an, genau weiß ich es nicht. Wie dem auch sei, verdammter

Mist, ich habe nicht mehr mit ihm gesprochen. Und als er dann tot war … Jesus, ich war außer mir.«

»Was geschah dann?«

Bennie zündete die Zigarre an. Die rituellen Bewegungen schienen ihn zu beruhigen. Als die Zigarre richtig zog, sprach er weiter. »Ich saß in dem Baum und beobachtete, wie die Flammen dem Regen trotzten. Ich war zugleich verängstigt und entzückt, während ich meinen Blick auf den verkohlten Körper richtete, weil ich sicher war, daß ich seinen Geist als Vogel oder etwas anderes emporsteigen sehen würde. Vögel waren bei uns heilig.«

»Aber du hast nichts gesehen.«

Bennie stieß eine Rauchwolke aus. Seine Stimme hatte eine seltsame Veränderung durchgemacht und klang jetzt heller, als wäre er wieder der Teenager aus Asunción. »Er brauchte eine Riesenmenge Wasser, und deshalb hat es zehn Tage lang ohne Unterbrechung geregnet.«

»Warum, Bennie?«

»Als der Geist meines Großvaters endlich zum Vorschein kam, handelte es sich weder um einen Vogel noch ein Pferd oder einen Ozelot.« Er wandte sich um, um Croaker in die Augen zu blicken, und das Licht aus dem Inneren des Hauses ließ sein Gesicht wie den Mond erglänzen. »Er hatte sich in einen Hai verwandelt, Lewis.«

»Bennie …«

»Nein, nein. Ich weiß, was ich gesehen habe.« Bennie gestikulierte mit einer Hand. »Das Biest erhob sich aus der weißglühenden Asche und den Flammen und schwamm in den Regenfluten davon. Es verschwand wie Rauch in den dunklen Wolken.« Er nahm die Zigarre aus dem Mund. »Der Tigerhai, der gestern meinen Wahoo verschlungen hat, die Symbole … Das Symbol meines Großvaters, das dir während Sonias Bestattung erschienen ist. Ich habe dir ja gesagt, daß wir gegenüber den Geistern verletzlich sind.« Er legte Croaker eine Hand auf die Schulter. »Du hast den Hai getötet, und jetzt – bei Gott – ist der Geist meines Großvaters hier.« Bennie preßte Croaker die Fingerspitzen seiner anderen Hand in den Muskel über seinem Herzen. »Das mit dem Tigerhai war kein Zufall. Unter all den Fischern auf dem Meer hat er sich uns ausgesucht.« Bennie beugte sich weiter vor. »Lewis, es ist, als würde mein Großvater versuchen, uns etwas mitzuteilen.«

»Was zum Beispiel?«

Bennie drückte Croakers Schulter. »Vielleicht, wer ihn umgebracht hat. Er kann nicht in die Unterwelt eingehen, bis sein Mörder nicht gefunden und zur Rechenschaft gezogen worden ist.«

Croaker starrte Bennie an. Das wahrhaft Kuriose, dachte er, ist, daß die dunkle Spiritualität der Welt von Bennies Großvater nach allem, was heute abend passiert ist, völlig glaubhaft erscheint. Er schüttelte den Kopf. Vielleicht waren das die Nachwirkungen der obskuren Dämpfe, die er auf dem Boot eingeatmet hatte. Vielleicht wurde er einfach verrückt. Wie auch immer, es war spät geworden. Er blickte auf die Uhr.

»Mußt du gehen?« fragte Bennie.

Croaker nickte. »Ja. Ich muß ins Krankenhaus und nach Rachel sehen.«

Sie gingen langsam ins Haus zurück.

»Wo du gerade davon sprichst ...« Bennie unterbrach sich, als sie an der Eingangstür angekommen waren. »Ich habe über deine Nichte nachgedacht.« Er ergriff Croakers Hand und legte etwas hinein.

Es war ein dunkelgrüner Stein von perfekter, ovaler Form, der sich so weich anfühlte, wie das nur möglich ist, wenn ein Stein Jahrhunderte im Wasser gelegen hat.

Croaker blickte auf und sah Bennie an. »Was ist das?«

Bennie ergriff seinen Arm und geleitete ihn durch die Eingangstür in die milde Nacht hinaus. Die Grillen und die Frösche zirpten und quakten leise. Die Geräusche waren beinahe hypnotisch.

»Früher, als ich noch ein kleiner Junge war, habe ich gesehen, wie mein Großvater den Arm einer Frau heilte, der durch eine Krankheit verkrüppelt war. Jetzt wirst du fragen, wie so etwas möglich ist.« Er zeigte in die Luft. »Genau wie dieser Baumfrosch, der keine Ahnung von unserem Gespräch hat, hast du keine Ahnung von diesem Heilungsprozeß. Dir fehlt das Bewußtsein des Heilkundigen, und deshalb verstehst du nichts. Was diese Sache betrifft, bist du wie der Frosch da. Für ihn kann unser Gespräch nicht existieren, weil er keine Möglichkeit hat, uns zu verstehen. Aber das heißt doch nicht, daß es nicht existiert, oder?«

Croaker nickte.

»Der Zauberstein gehörte meinem Großvater.« Bennies Stimme war so leise, als spräche er in einer Kirche. »Er hat große Kräfte. Leg ihn auf Rachels Brust.« Bennie umschlang Croakers Finger mit seiner Hand, damit sie sich um den Stein schlossen. »Das ist der Stein eines Heilkundigen. Aber weder du noch ich sind Heilkundige. So ist die Energie in dem Stein wahrscheinlich begrenzt. Aber wer weiß, vielleicht kann er irgendwie helfen.«

Croaker hatte den Eindruck, daß der Stein eine Art von Wärme ausstrahlte, aber vielleicht bildete er sich das nur ein. »Ich werde gut darauf aufpassen.«

Bennie blickte ihn fast versonnen an. »Du weißt doch, was sie über die Heilkundigen der Guarani sagen, Lewis. Sie sterben nie. Ihre Macht lebt weiter.«

Bennie begleitete Croaker zu seinem Wagen. Die nächtliche Stille hüllte sie ein. »Hör zu, Lewis«, sagte Bennie, während er die Tür des Thunderbirds aufhielt. »Ich muß dich um einen Gefallen bitten.«

»Was du willst, Kumpel.«

Bennie nickte. »Ich möchte in zwei Tagen dein Boot chartern.«

Croaker lachte. »Willst du mein Geschäft auf Touren bringen? Um was für einen Gefallen geht's?«

»Es hat nichts mit Angeln zu tun, Lewis. Ich brauche das Boot für die Nacht.«

Croaker blickte finster drein. »Irgendwelche krummen Sachen, Bennie?«

»Nein, nichts in der Richtung.« Bennie blickte um sich, als fürchtete er, daß die raschelnden Palmen mit Richtmikrofonen ausgestattet wären. »Aber die Sache muß unter uns bleiben. Du darfst es niemandem erzählen, nicht mal den Leuten in deinem Büro. Sie müssen glauben, daß du das Boot selbst benutzt. Okay?«

»Natürlich. Aber du hast doch selbst ein Boot.«

»Für diese Tour ist die Cigarette nicht das richtige Vehikel.« Bennie klopfte ihm auf die Schulter. »Danke, Kumpel. Die Sache ist extrem wichtig. Ich kenne sonst niemanden, dem ich vertrauen kann.« Er öffnete die Tür des Thunderbirds weit. »Denk dran. In zwei Tagen.«

»Um wieviel Uhr?«

»Ich hab' eine Verabredung um Mitternacht. Wir müssen um acht Uhr abends von Islamorada ablegen.«

»Wohin zum Teufel fahren wir, Bennie? Nach Miami oder Kuba?«

Bennie antwortete nicht, sondern legte nur den Zeigefinger auf die Lippen.

Verdammter Geheimniskrämer, dachte Croaker. Dann zuckte er in Gedanken die Achseln. Zum Teufel. Wofür hatte man denn Freunde?

»Bennie.« Er nahm ihn spontan in die Arme. »Ob es Rachel hilft oder nicht, ich danke dir für den Zauberstein deines Großvaters.«

3.

Es war nach neun Uhr. Croaker hatte neunzig Minuten gebraucht, um zum Royal-Poinciana-Krankenhaus in Palm Beach zurückzufahren.

Matty schlief, als er eintraf. Die Schwestern im Dialysezentrum hatten ihr ein Bett in einem der nicht besetzten Krankenzimmer überlassen. Croaker schlich auf Zehenspitzen um sie herum und machte sich auf den Weg zu seiner Nichte. Er fragte die diensthabende Schwester nach Rachels Zustand. Sie berichtete, daß er unverändert sei, und er fragte sich, ob das eine gute oder schlechte Nachricht war. Vielleicht von beidem ein bißchen. Wenn kein Wunder geschah, war es das Beste, auf das sie im Moment hoffen konnten.

Rachel lag auf dem Rücken wie früher, als er sie verlassen hatte. Sie war bewußtlos und an so viele Schläuche angeschlossen, daß sie wie irgendeine mythische, postmoderne Kreatur wirkte, die halb Mensch und halb Maschine war. Schatten, so regungslos wie der Tod, hüllten sie wie Leichentücher ein, und Croaker spürte, wie sich ein frischer Schrei des Widerstandes in ihm erhob. Er durfte es nicht zulassen, daß sie in den Gefilden des Vergessens versank, und mußte einen Weg finden, ihr eine gesunde Niere zu besorgen.

Als er sich neben sie setzte, stellte er fest, daß er zitterte. Er ergriff mit der Rechten ihre Hände und versuchte, sie zu wärmen. Er hatte den Eindruck, daß sich seine kurzen, aber eindringlichen Erinnerungen an Sonia mit seiner Wahrnehmung Rachels vermischten, fast so, als teilten sich ihre Seelen auf einer anderen Ebene der Existenz einen Raum. Vielleicht entsprach diese Empfindung seiner Art, sich seiner Nichte, nach der er sich so lange gesehnt hatte, nah zu fühlen. Aber vielleicht war diese Nacht der Nächte auch etwas Besonderes gewesen, und seine Gefühle beruhten auf etwas tatsächlich Vorhandenem. Wie auch immer, er würde sich nicht über sich selbst lustig machen, weil er so seltsame und spirituelle Gedanken hatte.

Croaker holte Bennies Zauberstein hervor. Das Neonlicht ließ die dunkelgrüne Farbe stumpf und gedämpft erscheinen. Er wendete ihn einige Male zwischen den Fingern. Der Stein sah für ihn genauso aus wie Tausende anderer vom Wasser geschliffener Steine, die man an einem Strand fand.

Trotzdem legte er ihn vorsichtig zwischen Rachels Brüste. Der Stein lag dunkel und schwer da, beulte das Betttuch ein, mit dem sie zugedeckt war. Er blickte auf ihr Gesicht, wollte sie ins Leben zurückholen, aber natürlich passierte nichts.

Er wartete, und die Zeit zog sich in die Länge, während die vielen Apparate piepten, die Flüssigkeit aus den Infusionsgeräten in ihren Körper tröpfelte und Rachel weiterhin tief im Koma lag.

Schließlich streckte er die Hand aus, um den Zauberstein von ihrer Brust zu nehmen, und spürte eine Hitze, die ihm fast die Haut verbrannt hätte.

»Wer ist da?«

Croaker stutzte, als hätte ihn jemand mit einer Nadel gestochen. Er beugte sich über das Bett. »Rachel?«

Jetzt, wo sie aufgewacht war, konnte er ihre eisblauen Augen, die so durchdringend wie fesselnd waren, sehen.

»Wer sind Sie?«

»Ich bin Lew, dein Onkel. Der Bruder deiner Mutter.« Er trat ins Licht, damit sie ihn besser in Augenschein nehmen konnte. »Sie wartet draußen. Ich werde sie holen.«

»Nein!«

Es war nur ein Flüstern, das ihn aber so erstarren ließ, als wäre es ein Schrei gewesen. Er fühlte, wie sie ihre verbliebenen Kräfte mobilisierte und seine Hand ergriff, um ihn an ihrer Seite zu halten.

»Mein Gott, Onkel Lew. Ich habe ... Ich glaube, ich habe von dir geträumt.« Sie versuchte zu lächeln, aber es gelang ihr nicht. »Du bist auf einem weißen Pferd geritten, und deine Rüstung hat wie die Sonne geglänzt.«

Er lächelte über die Vorstellung und weil er sie aufmuntern wollte. »Wir sind in Florida, Darling. Hier ist es für eine Rüstung viel zu heiß. Aber ich bin's wirklich. Ich bin jetzt bei dir.«

Sie drückte seine Hand. »Ich weiß, Onkel Lew.«

»Rachel, Süße, ich werde deine Mutter holen. Sie macht sich große Sorgen um dich. Ich weiß, daß sie mit dir sprechen will.«

»Ich aber nicht mit ihr.« Ihre Augen starrten ihn an.

»Dann hol' ich die Ärztin. Du hast ziemlich lange im Koma gelegen. Ich muß ihnen sagen, daß du wieder bei Bewußtsein bist.«

»Bitte, Onkel Lew. Ich ertrage es nicht, hin- und hergestoßen zu werden. Du kannst sie gleich rufen. Aber bleib jetzt einfach nur bei mir.«

Es war falsch, und er wußte es. Er hätte wenigstens Dr. Marsh benachrichtigen müssen. Aber er – oder genauer, seine Gefühle – schien plötzlich hilflos zu sein. Er war dazu verdammt, ihr zu gehorchen. Das war ihm längst klargewesen. Sie war seine einzige Nichte, und er würde sie bedingungslos akzeptieren. Wenn er aufrichtig war, mußte er zugeben, daß ihre große Sehnsucht, jetzt mit ihm zusammenzusein, nur seinen größten Wunsch widerspiegelte. Er konnte sie nicht abweisen. Aber der Polizist in ihm suchte inbrünstig nach Antworten.

»Rachie, was ist passiert?«

»Diese ganzen Schläuche«, flüsterte sie.

»Du liegst im Krankenhaus, weil du miserablen Stoff genommen hast.«

Ihr Gesichtsausdruck war neugierig. »Du bist nicht wie Matty. Die hat keine Ahnung, daß ich Drogen nehme.« Ihre Miene änderte sich plötzlich, und ihre Lippen begannen zu zittern. Er fühlte die Vibrationen in ihren Fingern, als er sie fest umklammerte. Sie schloß die Augen.

»Rachel …« Er preßte ihr den Zauberstein gegen den Brustknochen.

Seine Augen bemerkten ihren sanften Blick. »Es ist alles in Ordnung.« Die Monitore bestätigten, daß ihr Herzschlag und der Blutdruck stabil waren. Sie fuhr sich mit der Zungenspitze über die aufgeplatzten Lippen. »Kannst du mir irgendwas zu trinken holen? Vielleicht eine Cola Light? Ich bin so durstig.«

»Die Flüssigkeit wird dir durch einige der Schläuche zugeführt, Darling. Ich glaube nicht, daß es eine gute Idee ist, dir jetzt was anderes zu geben.«

Ihre eisblauen Augen blickten ihn an, hungrig danach, Bescheid zu wissen. »Was für Probleme gab es zwischen dir und Matty?«

Der Cop in ihm konnte nicht widerstehen. »Ich sage es dir, wenn du mir erzählst, wo du den Drecksstoff herhattest, der deinen Körper ruiniert hat.«

Sie schien interessiert zu sein. »Ich spiele dieses Spiel nicht zum erstenmal.«

»Was für ein Spiel?«

»Ich lege meine Karten offen, wenn du es auch tust.«

Croaker fragte sich, ob sie schon sexuelle Erfahrungen gesammelt hatte. Sie war zwar erst fünfzehn Jahre, aber heutzutage war das sicher kein Hinderungsgrund. Er unterdrückte seine Neugier, sie zu fragen; das war eine Frage, wie Matty sie gestellt hätte, und deshalb mußte sie unbedingt vermieden werden.

Er lächelte sie an. »Ja, ich habe das Spiel selbst ein- oder zweimal gespielt.«

»Und, bist du gut darin?«

Was für eine Frage für eine Fünfzehnjährige.

»Ich weiß es nicht. Das wirst du mir sagen müssen.«

»Okay. Du fängst an.«

Er stand neben ihrem Bett und ergriff ihre Hand. »Deine Mutter und ich ...« Er unterbrach sich, unsicher, wie er fortfahren sollte. »Ich weiß nicht, aber wir sind manchmal wie Feuer und Wasser. Sie sieht schwarz, ich sehe weiß, und so stoßen wir in fast allen Fragen immer wieder mit den Köpfen aneinander.«

»Du nimmst mich auf den Arm«, sagte Rachel. »Bitte nicht, Onkel Lew.«

Und so erzählte er ihr soviel von der schändlichen Geschichte ihres Vaters, wie sie seiner Meinung nach verdauen konnte – daß es Donald gelungen war, einen Keil zwischen die Familienmitglieder zu treiben. Das war nicht einmal die halbe Geschichte, aber er wußte, daß das reichen mußte, um sie zufriedenzustellen.

»Eltern sind wie Katzen«, sagte Rachel. »Man weiß nie, was sie gerade denken. Ich weiß nicht, aber wenn Matty mit mir zusammen ist, ist sie so offen. Wenn es um sie und meinen Vater geht, kennt nur Gott die ganze Wahrheit.«

»Vielleicht liegt die Antwort darin, daß Eltern nicht wirklich so offen sind, wie es scheint«, sagte er. »Sie reagieren nur dann, wenn du auf die richtigen Knöpfe drückst.«

Mit der entwaffnenden Art eines Teenagers, Fragen zu stellen, die einem ins Herz schnitten, sagte Rachel: »Das Problem, das mich wahnsinnig macht, ist: Hat mein Vater Matty verlassen, oder habe ich ihn aus dem Haus getrieben?«

Croaker beugte sich vor. »Darling, wie kommst du darauf, so etwas auch nur zu denken? Die Trennung hatte nichts mit dir zu tun.«

»In dieser Familie gehen die Menschen immer ihrer Wege – du, mein Vater. Ich bin die einzige Konstante.«

»Das ist nicht wahr.«

Ihr Blick war schmerzerfüllt. »Tatsächlich? Nach der Scheidung hat mich mein Vater nie mehr besucht. Warum, wenn nicht deshalb, weil er mich dafür verantwortlich gemacht hat?«

O Donald, ich hoffe, daß du bei lebendigem Leib verschmorst, in welcher Hölle du auch immer gelandet sein magst, dachte Croaker.

»Und Matty redet wie eine Wahnsinnige auf mich ein.«

Irgend etwas an ihrem Tonfall alarmierte ihn. »Zu dir und Matty. Wo liegt das Problem?«

»Es geht eher darum, wo das Problem *nicht* liegt.«

»Und was soll das bedeuten?«

»Weil sie bestimmte Antworten sucht, stellt sie immer die falschen Fragen. Sie hat keine Ahnung, was läuft.«

»Rachel, was ist passiert – ich meine, mit dir?«

Sie preßte die Zähne aufeinander. Der Ausdruck ihrer eisblauen Augen traf ihn bis ins Mark. Croaker erkannte, daß sie die Fähigkeit hatte, Menschen zu ignorieren, selbst solche, die ihr nahestanden und sie liebten. Das war gefährlich, vielleicht sogar selbstzerstörerisch. Hatte diese düstere Veranlagung sie in die Misere getrieben?

»Okay, ich habe dir erzählt, was du wissen wolltest«, sagte Croaker. »Jetzt bist du dran. Wo hattest du den miesen Stoff her?«

Rachel drehte den Kopf zur Wand.

»Darling ...«

Sie machte sich von seiner Hand los.

Diese Haltung war ihm bekannt. Wen versuchte sie zu schützen? »Rachel, du hast es mir versprochen.«

»Hab' ich nicht.«

»Aber unser Spiel ...«

»Du hast keinen blassen Schimmer von diesem Spiel.« Ihre Stimme klang so gehässig und giftig, daß er überrascht war. »Ich habe nicht ausgespuckt.«

»Was zum Teufel soll das heißen?«

»Wenn ich nicht ausspucke, bevor ich mich auf ein Spiel einlasse, brauche ich keine Fragen zu beantworten. Jeder Idiot weiß das.«

»Ich nicht. Aber ganz nebenbei, du bist nicht in der körperlichen Verfassung, um auszuspucken.«

Jetzt reagierte sie. Entweder lachte sie düster, oder sie schluchzte. Auf jeden Fall wandte sie ihr Gesicht immer noch der Wand zu.

Plötzlich spürte er ein eigenartiges Gefühl von Verzweiflung, als würde ihm irgend etwas Häßliches und Unbekanntes wie Gallert durch die Finger entschlüpfen. Er mußte eine Methode und einen Weg finden, diesen dornigen Schutzwall zu durchbrechen, den sie plötzlich um sich errichtet hatte.

»Hör zu, Rachel, ich bin nicht dein Feind. Vor ein paar Minuten war ich noch der einzige, mit dem du reden wolltest, und jetzt schließt du mich aus. Was ist los?«

Während eines sehr langen Zeitraums hörte man in dem Raum nur das monotone Piepen der Monitore und das sanfte, leise Summen der medizinischen Apparate. »Du würdest es nicht verstehen«, flüsterte sie schließlich. »Niemand versteht es.« Als sie ihm den Kopf wieder zuwandte, sah er, daß sie weinte. »Ich bin am Ende.« Die Tränen brachten sie fast zum Würgen. »Ich bin so verdammt am Ende.« Sie starrte ihn an, während er ihr das Gesicht mit seinem Hemdsärmel abwischte. »Onkel Lew, werde ich sterben?«

»Nein, Darling.«

»Wenn ich sterben werde, will ich es wissen.«

Er küßte sie auf die feuchte Stirn. »Du wirst nicht sterben.«

»Wenn ich sterbe, muß ich mich darauf vorbereiten können.«

Er küßte sie auf die Wangen. »Kleine, ich habe dir doch gesagt ...«

Ihre Hand suchte seine und ergriff sie. »Wenn ich sterbe, muß ich vorher Gideon sehen.«

»Wer ist Gideon?«

Rachel riß ihre eisblauen Augen weit auf und richtete sich krampfhaft im Bett auf. Die Monitore spielten verrückt, und Croaker brüllte nach der Nachtschwester.

»O Gott, Onkel Lew ...«

Einen kurzen Augenblick lang starrte er in ihre Augen, die so angsterfüllt waren, daß er sich gänzlich und unwiederbringlich verloren fühlte. Ihr Gesichtsausdruck und ihre Emotionen verletzten ihn wie scharfe Glassplitter.

Er drückte sie an sich, als könnte er sie nur so in Sicherheit wiegen. »Halt durch, Rachie! Halt durch!« Er ergriff den magischen Stein, drückte ihn, preßte ihn ihr auf den Körper und umschloß ihn dann wieder mit seiner Faust.

Rachel rollte mit den Augen. Ihre Hand war eiskalt, und jede Kraft war aus ihr gewichen.

Er brüllte immer noch, als drei Schwestern und der diensthabende Arzt mit einer Bahre in den Raum stürmten. Eine der Schwestern mußte Matty festhalten, die versuchte, sich den Weg in das überfüllte Krankenzimmer freizukämpfen.

»Mein Mädchen!« schrie sie. »Was ist mit meiner kleinen Tochter los?«

Der Arzt war ein dunkelhäutiger Lateinamerikaner. Er blickte Croaker an. »Würde es Ihnen etwas ausmachen, uns die Sache zu überlassen?« fragte er in einem Tonfall, der angesichts der Umstände äußerst höflich war.

»Wo ist Dr. Marsh?« fragte Croaker.

»Wir haben sie bereits benachrichtigt.« Der Arzt hatte eine Ampulle und eine Spritze in der Hand. Er rief einer der Schwestern Befehle zu und biß dann die Plastikkappe der Spritze mit den Zähnen ab. Er konzentrierte seine ganze Aufmerksamkeit auf seine Patientin, und Croaker war ihm dankbar dafür.

Er bemerkte, daß er immer noch Rachels Hand festhielt. Er starrte auf die Monitore, die Nachrichten für außerirdische Wesen anzuzeigen schienen. Dann ließ er Rachel los, ging an dem Arzt und den Schwestern vorbei, packte seine Schwester und drängte sie aus dem Krankenzimmer.

Er stieß sie in den Waschraum, drehte den Kaltwasserhahn auf und preßte ihren Kopf unter das kühle Wasser. Das Leitungswasser war keinesfalls eiskalt – was in Florida nie der Fall war –, aber Matty reagierte trotzdem. Sie schrie nicht mehr und trat nicht mehr nach ihm, aber er fühlte, wie ihr Ellenbogen schmerzhaft gegen seine Rippen stieß. Er grunzte und drückte ihr Gesicht tiefer in das Waschbecken.

Sie versuchte etwas zu sagen, und Croaker beugte sich über sie. »Was gibt's?«

Er hörte einen weiteren Wortschwall und verminderte den Druck, so daß sie ihren Kopf seitlich wenden konnte.

»Ich kriege keine Luft, du Bastard«, keuchte sie.

»Na, da haben wir ein vertrautes Kosewort.« Er griff nach einer Rolle mit Papierhandtüchern, die auf einem leeren Seifenspender aus Stahl stand. Dann ließ er sie los. Matty hustete und spuckte.

Er wickelte die Papierhandtücher ab und reichte sie ihr. Sie starrte ihn an, als wüßte sie nicht, was sie da vor sich sah. Dann stöhnte sie auf und begann zu schluchzen.

»Mein Gott, Lew! O Gott!«

Er nahm sie in die Arme, drückte sie fest an sich und strich ihr über das feuchte, zerzauste Haar. Er fühlte, wie die spasmischen Zuckungen sie schüttelten und die Kräfte sie verließen, und dachte an den Moment, da er so etwas schon einmal erlebt hatte. Er war vom schmelzenden Schneeregen durchnäßt gewesen, und das Blut seines Vater hatte an seiner Kleidung geklebt. Er hatte seine Mutter umarmt, die sich voller Kummer und Verzweiflung an ihn gedrückt hatte, und in diesem Moment des Todes hatte er für sie das Leben bedeutet. Donald Duke war gestorben, aber Matty hatte immer noch ihre Tochter.

Matty litt an Schüttelfrost und bekam ihr Zittern nicht unter Kontrolle. Verängstigt blickte sie ihn an, und die Tränen strömten ihr über die Wangen. »Lew«, flüsterte sie heiser, »es hört nicht auf.« Ihre Zähne klapperten. »Was ist nur mit mir los?«

»Das ist der Schock«, sagte Croaker. »Der Schock und die Erschöpfung, Darling.« Er legte ihr die Hand auf die Stirn und strich ihr die feuchten Haarsträhnen zurück. »Ich werde dich jetzt nach Hause bringen.«

Ihre Augen hatten den verängstigten, gejagten Eindruck eines Rehs, das plötzlich in die Scheinwerfer eines Autos blickte. »Aber mein Kind ... Was wird mit Rachel?«

Ihr Gesichtsausdruck verriet ihm, daß sie, wenn es schlechte Nachrichten geben sollte, nicht in der Verfassung wäre, damit fertig zu werden.

Er führte sie in die Toilette und setzte sie auf den Klodeckel. »Warte hier«, sagte er. »Ich bin gleich zurück.«

In den Räumen der Dialyse-Intensivstation, die immer still waren, schien jetzt eine übernatürliche Ruhe zu herrschen. Sein Herz wurde von Angst gepackt, als er an dem Schwesternzimmer vorbeieilte. Er sah Jenny Marsh mit ein paar Krankenschwestern vor dem zugezogenen Vorhang von Rachels Abteil stehen. Sie waren in ein Gespräch vertieft. Er versuchte seine hastigen Schritte zu bremsen und verschnaufte für einen Augenblick vor dem verwaisten Schwesternzimmer.

»Im Augenblick ist alles okay«, sagte Dr. Marsh, als er auf sie zukam. Sie kritzelte etwas in Rachels Patientenakte. »Dr. Cortinez ist bei ihr.«

»Was zum Teufel ist passiert?«

»Ich hatte gehofft, daß Sie mir das erzählen könnten. Wenn ich es richtig verstanden habe, waren Sie bei ihr, als sie aus dem Koma aufgewacht ist.« Ihr Tonfall klang ein wenig tadelnd. Sie reichte die Patientenakte einer der Schwestern, bevor sie ihre Aufmerksamkeit wieder Croaker widmete. »Sie hätten eine Schwester rufen sollen, Mr. Croaker.«

»Ich wollte es tun, aber Rachel war unerbittlich. Sie wollte nicht, daß ich sie allein ließ. Es tut mir leid. Ich weiß, daß es ein Fehler wahr, aber ich hatte keine andere Wahl.«

Jenny Marsh taxierte ihn kühl. »Rachel wacht aus dem Koma auf, was, wenn man ihren Zustand in Betracht zieht, jeder medizinischen Logik widerspricht. Wie dem auch sei, ich zweifle daran, daß sie bei klarem Verstand war, von Unerbittlichkeit ganz zu schweigen.«

»Da irren Sie sich, Doc. Sie war völlig klar, und wir haben uns unterhalten.« Croaker hatte sich entschieden, den Zauberstein nicht zu erwähnen, und er wußte, daß er dabei bleiben mußte. Dr. Marshs Ausbildung hätte es ihr nie gestattet, so geheimnisvolle Erklärungen zu akzeptieren. Croaker wußte ja selbst kaum, ob er sie akzeptierte; vielleicht hatte es sich nur um einen Zufall gehandelt. Das Problem bestand nur darin, daß er nicht an Zufälle glaubte.

Jenny Marsh blickte ihn an, als wären ihm gerade Flügel gewachsen. »Meine ursprüngliche Diagnose gilt immer noch, Mr. Croaker. Sie braucht diese Niere. Ohne sie wird sie nicht durchkommen.«

Er fuhr sich mit einer Hand durchs Haar. »Okay, ich werde sie besorgen. Was für ein Ergebnis hat meine Untersuchung ergeben?«

»Sie kommen nicht in Frage.« Sie ließ sich erweichen und schenkte ihm ein trauriges Lächeln. »Tut mir leid.«

Croaker seufzte. Wie zum Teufel sollte er eine neue Niere für Rachel besorgen, wenn nirgendwo eine zu finden war? Er konnte sich nicht helfen und mußte wieder an die Bonita-Zwillinge denken, die nach Bennies Aussagen in Lateinamerika Organe horteten und jetzt vielleicht auch hier – für die wenigen Ausgewählten, die ihre zweifellos exorbitanten Preise bezahlen konnten. Er mußte eine Lösung finden und durfte die Hoffnung nicht aufgeben.

»Was soll ich meiner Schwester über Rachels Zustand mitteilen?« fragte er.

»Wie ich bereits sagte, scheint ihr Zustand stabil zu sein, aber ich muß Ihnen leider mitteilen, daß sie wieder ins Koma zurückgefallen ist. Wir führen jetzt Untersuchungen durch, um herauszufinden, was passiert ist. Das wird eine Weile dauern. Wir werden frühestens am Morgen Bescheid wissen. Warum bringen Sie Ihre Schwester nicht nach Hause, Mr. Croaker? Sie beide können hier nichts tun, und wir werden Sie anrufen, wenn es Neuigkeiten gibt.«

Dr. Marsh wollte sich gerade abwenden, als Croaker das Wort ergriff. »Lew. Mein Vorname ist Lew.« Er blickte ihr fest in die Augen. »Die Sache mit der Niere. Es muß eine Quelle geben, die ich nicht kenne.« War es möglich, daß sie etwas von den Bonitas wußte? War es möglich, daß, wie Bennie behauptete, in diesem Land Organe gehortet wurden? »Gibt es eine?«

Sie blickte ihn an. »Ich habe mehrere Telefonate geführt und versucht, über Beziehungen etwas zu erreichen. Ich habe gebettelt und die Leute beschwatzt und mich, offen gesagt, ein- oder zweimal zum Narren gemacht. Mehr kann ich nicht tun.«

Aber Croaker wußte, daß sie noch nicht ganz fertig war. Er fühlte ihr Zögern eher, als daß er es sah und sprang schnell in die Bresche. »Wenn es einen anderen Weg gibt, muß ich es wissen. Bitte.« Genau wie sein Vater hatte er genügend reiche Leute, Gangster, korrupte Menschen und Diebe kennengelernt, um zu spüren, wann das Gewissen eines Menschen mit den Konventionen kämpfte. Nicht etwa, daß Jenny Marsh zu diesen Leuten gehört hätte; es war einfach eine Binsenweisheit von der Straße, daß Menschen mit einem guten Charakter und einem empfindsamen Herzen ein sensibleres Gewissen besaßen.

Jenny Marsh blickte ihn für einen Moment an, und dieser Moment kam ihm sehr lang vor. Dann hob sie als schweigende Einladung einen Arm, und er folgte ihr durch das Dialysezentrum. Sie schritten durch eine Tür, auf der ARZTZIMMER stand, und befanden sich in einem mittelgroßen Raum mit abgenutztem Mobiliar, das zweifellos gespendet worden war. Durch das Fenster blickte man über den Intracoastal. Außer ihnen war niemand im Zimmer.

Jenny Marsh schüttelte den Kopf. »Ich muß nicht ganz bei Sinnen sein.« Sie steckte die Hände in die Taschen ihres Laborkittels. »Sehen Sie, Sie müssen eines verstehen. Wir alle, die wir mit Organtransplantationen zu tun haben, sind skrupulös – und ich unterstreiche das Wort –, was die Ethik betrifft. Man wird uns weder lebend noch tot mit einem nicht registrierten Organ erwischen. Die Tatsache, daß es illegal ist, mit gestohlenen Organen zu handeln, ist dabei eher nebensächlich. Organhandel ist *moralisch* verwerflich, und wir wollen nichts damit zu tun haben.«

Croaker wußte, daß ihr Gespräch jetzt eine neue und heikle Dimension erreicht hatte – wie ein friedlicher Spaziergang, der sich angesichts der Begegnung mit einer fremdartigen Bestie plötzlich in ein angespanntes Gefecht verwandelte.

»Ich höre Ihnen zu.«

Jenny Marsh hob die Schultern, als wollte sie sich selbst Mut machen. »Ich habe von Zeit zu Zeit davon gehört, daß nicht registrierte Organe auftauchen.«

Croaker, der daran gewöhnt war, zögernden Zeugen und Verdächtigen Bekenntnisse zu entlocken, hatte Erfahrung damit, zwischen den Zeilen zu lesen. »Wollen Sie mir damit zu verstehen geben, daß Sie wissen, daß es hier, in diesem Land, einen verbotenen Handel mit gestohlenen Organen gibt?«

Sie nickte kurz. »Ich habe nichts gesagt. Sollten Sie irgend jemandem erzählen, daß ich so etwas erwähnt hätte, würde ich es abstreiten.« Die Angst hatte ihren Blick getrübt. Nur dann und wann akzentuierte ein grüner Lichtschein ihre nußbraunen Augen.

Croaker bemerkte, daß er sich mit der rechten Hand verkrampft an der Rückenlehne des Sofas festklammerte. Er dachte daran, wie Sonias Kopf, einem dargebrachten

Opfer gleich, in dem Kühlschrank gelegen hatte. Was hatten Antonio und Heitor mit ihren Organen angestellt? Das war die Frage, die Bennie und er sich gestellt hatten. Nun hatten sich ihre schlimmsten Befürchtungen plötzlich bestätigt. Croaker spürte, wie ihn ein Zittern durchfuhr, und fühlte wieder diese Verletzlichkeit, als würden seine Nerven bloßliegen. »Wer organisiert diesen Handel?«

»Wir wissen seit Jahren, daß Araber, Chinesen und Pakistanis mit gestohlenen Organen Geschäfte machen. Sie sind berüchtigt dafür.«

»Auch Lateinamerikaner, wenn ich richtig verstanden habe. Wenn sie Menschen verschwinden lassen – beispielsweise Dissidenten, Rebellen, politische Gegner oder wen auch immer –, verdienen sie sich damit noch ein wenig zusätzliches Geld.«

Jenny Marsh nickte. »Ich habe davon gehört.«

»Und wie sieht's hier bei uns aus?«

Sie zuckte die Achseln.

Croaker gab nicht nach. War es möglich, daß die Bonitas ihren Organhandel in die Vereinigten Staaten verlagert hatten? »Heißt das, daß Sie es nicht wissen oder daß Sie es nicht sagen wollen?«

»Ich weiß es nicht. Niemand weiß es.«

»Irgend jemand muß Bescheid wissen.« Croaker dachte einen Moment lang nach. »Verraten Sie mir etwas. Wenn alle Leute ihres Berufes moralisch so unbestechlich sind – wer kauft dann diese Organe?«

»Alle, die *ich* kenne, verhalten sich ethisch korrekt.«

»Weiter«, sagte Croaker.

Jenny Marsh blickte sich im Raum um, als befürchtete sie, daß man sie belauschte. Dann gab sie ihm einen Wink, daß er ihr folgen sollte. Sie verließen den Raum, gingen durch das Dialysezentrum und gelangten am Ende eines kurzen Flurs zu einer Tür, auf der ACHTUNG: OPERATIONSRAUM stand. Sie führte ihn in den kleinen Raum und schaltete das Licht an. An einer Wand stand ein Gegenstand aus rostfreiem Stahl und Porzellan, aus dessen Gehäuse Schläuche hervorragten und der nicht größer als ein tragbarer Schreibtisch war. Er war länglich und hatte Füße und Laufrollen aus Gummi.

Dr. Marsh trat zu dem Gegenstand. »Dies ist eine Perfusionsmaschine.« Sie legte eine Hand auf die glatte Oberfläche. »Damit erhalten wir eine Niere so lange funktionsfähig, bis wir die Transplantation vornehmen können.«

Croaker sah sich die Perfusionsmaschine genauer an, aber nichts an ihr war merkwürdig oder ungewöhnlich. Sie wirkte wie irgendein anderer chirurgischer Apparat, mysteriös und deshalb ein wenig bedrohlich.

»Lassen Sie uns von einer hypothetischen Situation ausgehen«, sagte Jenny Marsh. »Es gibt einen Autounfall auf der I-95 mit vielen Toten. Heutzutage liegen die Dinge so, daß die Körper nicht einmal mehr ins Krankenhaus gekarrt werden. Ein Arzt, der Spezialist für Autopsien ist, übernimmt sie, bis sie identifiziert sind, dann kommen sie in die Leichenhalle.« Sie strich sich einige Haarsträhnen hinter die Ohren. »Jetzt lassen sie uns angesichts dieses hypothetischen Szenarios einmal annehmen, daß dieser Arzt skrupellos ist. Er hat Schulden oder will einfach etwas dazuverdienen. Wie auch immer, er wirtschaftet in die eigene Tasche. Er muß die Bauchhöhlen der Leichen bei minus 32 Grad tieffrieren, bevor er die Körper auf die Perfusionsmaschine legen kann. Dann füllt er Belzer-Lösung in die Bauchhöhle. Sie erinnern sich, bei einer Niere bleiben ihm dafür zweiundsiebzig Stunden Zeit. Aber wie dem auch sei, wahrscheinlich hat er bereits eine Liste mit Kunden. Er bestimmt die HLA-Antigene, was in der Regel sechs bis acht Stunden dauert. Treffer! Er vergleicht die Niere mit den Angaben auf seiner Liste und verkauft sie. Niemand bekommt etwas davon mit, weil Unfallopfer gewöhnlich so verstümmelt sind, daß der Leichenbestatter den chirurgischen Eingriff gar nicht bemerkt.«

Croaker hob den Kopf. »Ist das ein hypothetisches oder ein typisches Szenario?«

Sie blickte ihn unglücklich an. »Man weiß, daß es schon vorgekommen ist.«

»Okay. Aber was geschieht dann? Wer immer eine solche Niere kauft, kommt anschließend nicht zu Ihnen oder einem Ihrer Kollegen, damit Sie die Transplantation vornehmen.«

Jenny strich mit ihren langen, schlanken Fingern über die Vorderseite ihres Laborkittels. »Es gibt zweifellos andere, die sich darauf einlassen würden.«

»Leute mit Ihrem Fachwissen?«

Ihr Gesichtsausdruck war finster. »Sie wären überrascht, wenn ich Ihnen erzählen würde, wie leicht es ist, eine Nierentransplantation vorzunehmen. Jede Privatklinik hat die erforderlichen Möglichkeiten, sogar die, die nur ambulant behandeln. Wenn man sich aufs Notwendigste beschränkt, braucht man nur drei kompetente Fachleute: einen Chirurgen, einen Anästhesisten und einen OP-Techniker.«

Croaker suchte ihren Blick. »Sie wollen damit also sagen, daß so etwas tatsächlich vorkommt?«

»Ziehen Sie Ihre eigenen Schlüsse daraus«, antwortete Jenny Marsh sanft.

»Warum haben Sie mir das erzählt?« fragte Croaker. »Auch wenn ich in der Lage wäre, eine Niere für Rachel zu besorgen, stünden Sie für die Transplantation nicht zur Verfügung – selbst dann, wenn es darum ginge, ihr Leben zu retten.«

Jenny Marsh legte eine Hand auf ihre Schläfe. »Ich weiß es nicht. Ich habe Ihnen ja gesagt, daß ich wohl nicht ganz bei Sinnen bin.« Sie wandte sich ab und starrte mit ausdruckslosem Blick auf den Operationstisch, der leer war und im Licht der Scheinwerfer glänzte. »Vielleicht, weil sie ein Polizist sind. Polizisten haben in einer Hinsicht Ähnlichkeit mit Priestern. Machmal tut es gut, bei ihnen zu beichten.«

»Aber Sie haben nichts Schlimmes getan.«

Sie drehte sich wieder um, und das Grün in ihren Augen schien ihn zu durchbohren. »Nein, aber in Rachels Fall scheine ich darüber nachzudenken.«

»Und das verängstigt Sie?«

»Mehr, als Sie es sich vorstellen können.«

»Lassen Sie uns morgen abend miteinander essen gehen«, sagte Croaker. Er mußte mehr darüber in Erfahrung bringen, wie der Organhandel in den Vereinigten Staaten lief. Und außerdem verkörperte sie für ihn einen kleinen Hoffnungsschimmer, der unstet in der Finsternis flimmerte. Wenn Sie jemanden kannte, der an eine gesunde Niere für Rachel herankommen könnte – registriert oder nicht … Einem Unfallopfer ein Organ zu entwenden hatte nichts mit dem zu tun, was Antonio und Heitor taten. Und doch – der Gedanke, daß er vielleicht eine derartige Entscheidung treffen müßte, ängstigte ihn genauso wie Jenny Marsh. »Ich muß jetzt meine Schwester nach Hause fahren, aber wir reden später weiter.«

»Ich habe zu tun.«

»Nein«, sagte Croaker. »Ich habe einen Blick auf Ihren Einsatzplan geworfen, als wir an dem Schwesternzimmer vorbeigekommen sind. Sie sind morgen ab acht Uhr frei.«

Da war wieder dieser kühle, abschätzende Blick. »Woher wollen Sie wissen, daß ich nicht bereits eine Verabredung habe?«

»Haben Sie eine?«

Jennys Blick flackerte, und sie wirkte plötzlich mitgenommen. »Es spielt keine Rolle. Es gibt nichts mehr zu besprechen.«

»Vielleicht haben Sie recht, aber es hat noch keinem geschadet, mit mir essen zu gehen.« Croaker lächelte. »Sehen Sie es als Dank im Namen Rachels an. Sie haben sich jede nur erdenkliche Mühe mit ihr gegeben, und Sie … Wir sind Ihnen alle sehr dankbar.«

»Selbst wenn ich es wollte …« Sie schüttelte den Kopf. »Es ist mein Prinzip, keinen Umgang mit den Familienangehörigen meiner Patienten zu pflegen.«

»Sehr vernünftig.« Er warf ihr einen ironischen Blick zu. »Aber es gibt Situationen, wo es am besten ist, jegliche Vernunft sausen zu lassen.«

»Und Sie glauben, daß dies so eine Situation ist, Mr. Croaker?«

»Lew«, berichtigte er. »Ja, allerdings. Wie viele Fälle wie den Rachels hatten sie schon?«

»Noch keinen.«

Sie hatte nicht gezögert, und er hielt das für ein gutes Zeichen.

»Gut, dann lassen Sie uns zur Hölle fahren und alle Konventionen brechen.«

Jenny Marsh blickte ihn lange an und nickte dann zögernd.

»Großartig«, sagte Croaker. »Ich werde Sie hier abholen.«

Sie schenkte ihm erneut dieses traurige Lächeln. »Warum glaube ich nur, daß ich es bedauern werde?«

»Weil Sie eine Frau sind, die die Konventionen beachtet.«

»Es muß ein großartiges Gefühl sein«, sagte sie, und ihr Lächeln wurde etwas stärker, »auf alles eine Antwort zu haben.«

4.

Matty lebte in einer Wohnung in Palm Beach, die Donald Duke vor fünf Jahren gekauft hatte und die ihr dann im Verlauf der Scheidung zugesprochen worden war. Sie befand sich im zwölften Stock des Harbour Pointe, einem jener glitzernden Wolkenkratzer, mit denen die Gold Coast in Südflorida übersät war. Dem Namen des Hauses, das mit einem Ausblick auf den Atlantik und den Intracoastal prahlte, waren, in bester Florida-Tradition, sinnlose Buchstaben angehängt worden. Es war nur ein paar Schritte vom Breakers-Hotel und den exklusiven Restaurants des Royal Poinciana Way entfernt und weckte sogar den Neid derer, die ihre Diamanten am Strand trugen. Neben ehrfurchtgebietenden Ausblicken, überdimensional großen Wohnungen auf zwei Ebenen, verschwenderischen Badezimmern mit Marmor und Goldverzierungen und einem

Fitneßcenter auf dem Dach, das sogar für Herzpatienten auf dem neuesten Stand war, hatte das Harbour Pointe auch einen Türsteher und eine Concierge. Die Eingangshalle war charakteristisch für Gebäude, in denen man das Wort »Residenz« für Wohnungen benutzte, die ab einer Million Dollar aufwärts zu haben waren. Angesichts ihrer vier massiven Kristallüster, der obligatorischen Missoni-Teppiche und des bronzenen, mit pinkfarbenem Wildleder bezogenen Mobiliars war »farbenfroh« nur ein äußerst bescheidenes Adjektiv, um das Ambiente zu beschreiben.

Im zwölften Stock angelangt, schaltete Croaker alle Lichter der Wohnung an, als könnte die Verbannung der Dunkelheit Mattys plötzliche und vernichtende Depression zerstreuen. Während der kurzen Autofahrt über die Flagler Memorial Bridge und den Royal Poinciana Way nach Palm Beach hatte sie auf seine Nachricht, daß Rachels Gesundheitszustand stabil sei, mit keinem Wort geantwortet.

Er führte sie zu einem von zwei einander gegenüberstehenden, gigantischen Sofas im Wohnzimmer. Die ganze Wohnung war in einer Weise großzügig möbliert, die ein Innenausstatter als »europäischen Stil« definieren würde: Es gab antike Möbel, die mit blassen, provenzalisch gemusterten Moiré-Stoffen aufgepolstert waren, und alte Orientteppiche in iranischen Rot- und Blautönen, die durch die Zeit und das Sonnenlicht ausgebleicht worden waren. Das Ganze wurde durch eine eklektische Ansammlung von Accessoires dekoriert: Statuen, französische Landschaftsbilder, zierliche Beistelltischchen, üppig gemusterte Vorhänge, massive Schalen aus Kristallglas und dekorativer Nippes im Übermaß. Die Wände waren teilweise mit den in Florida allgegenwärtigen Spiegeln verkleidet, die die beiden Gewässer in verwirrenden und unerwarteten Perspektiven widerspiegelten.

All diese hochgradig auffälligen Kunstgriffe vermittelten eine brüchige Oberfläche von Kultur. Nach dem, was er von Donald Duke wußte, war Croaker darüber kaum überrascht, aber etwas anderes wunderte ihn. In diesem Wunderland überteuerten Plunders entdeckte er keinerlei

Fotografien, persönlichen Besitz oder Erinnerungen an die letzten fünfzehn Jahre. Es gab kein Anzeichen von Individualität. Wo war Mattys Platz innerhalb dieser anonymen, eleganten und glitzernden Welt?

Matty saß barfuß auf dem Teppich und wirkte inmitten des perfekten, leeren Gepränges, als hätte die Angst sie vernichtet. Sie befand sich in einer Vorhölle, es gab für sie kein Verweilen, sondern – wie bei einem fliegenden Projektil – nur Geschwindigkeit.

»Wann hast du zum letztenmal was gegessen?« Er weckte sie aus ihrem Schweigen. »Matty ...?«

»Ich kann mich nicht erinnern.«

Croaker machte sich auf den Weg zur Küche. »Ich werde dir was kochen.«

»Da müßtest du schon zaubern können«, rief Matty ihm nach. »Ich habe seit einer Woche nicht eingekauft.«

Sie hatte keinen Witz gemacht. In der vergleichsweise kleinen Küche entdeckte Croaker praktisch nichts im Kühlschrank: nur drei weiße Pappschachteln aus einem chinesischen Restaurant, einen halben Karton sauer gewordener, entrahmter Milch, eine leere Packung Cornflakes, eine Knoblauchzehe, einen halben, vergammelten Kopfsalat, einige halbverrottete Schalotten und ein Glas Erdnußbutter. Im Tiefkühlfach befanden sich ein in Folie verpackter Kuchen, eine Tüte mit feinen Kaffeebohnen und zwei ungeöffnete Becher Eis.

»Jesus«, murmelte er, während er in die Schachteln aus dem chinesischen Restaurant blickte. In der ersten war Reis, so hart wie Eis, in der zweiten ein Shrimps-Gericht, dessen Ammoniakgeruch ihn zusammenzucken ließ. Die dritte hatte einst Ingwer-Rindfleisch enthalten. Alles, was davon übriggeblieben war, waren längliche Stückchen, die wie Holzsplitter in einer geronnenen braunen Soße schwammen.

Er kramte in den Küchenschränken herum und fand Pasta und eine zu einem Drittel volle Flasche Scotch. Zusammen mit dem Plastikbehälter mit Sojasoße aus dem chinesischen Restaurant reichte es alles in allem.

Er füllte einen großen Topf halb mit Wasser und setzte ihn auf. In einer Schüssel mit etwas warmem Wasser zerkleinerte er die Erdnußbutter, bis sie die richtige Konsistenz hatte. Anschließend zerhackte Croaker Knoblauch und Schalotten, gab den Ingwer und die Sojasoße hinzu und erwärmte das Gemisch in einer Pfanne. Er fügte einen großzügigen Schuß Whisky hinzu. Als das Wasser kochte, schüttete er die erforderliche Menge Pasta in den Topf.

Als er Matty eine Viertelstunde später zu Tisch rief, wurden ihre Augen so groß wie Untertassen. »Was zum Teufel ist das?« fragte sie und zeigte auf die Pasta mit der blaßbraunen Soße.

»Setz dich hin und iß«, befahl Croaker, während er das Essen mit den restlichen Schalotten garnierte.

Matty seufzte, strich sich mit den Händen durchs Haar und sank auf einen Stuhl ihm gegenüber. Sie hatte jetzt das zerlaufene Make-up aus ihrem Gesicht entfernt, und Croaker konnte das bildhübsche junge Mädchen wiedererkennen, an das er sich erinnerte. Als sie erst einmal zu essen begonnen hatte, konnte sie nicht genug bekommen. Nachdem sie sechs oder sieben Gabeln voll verzehrt hatte, blickte sie auf. »Du bist *wirklich* ein Zauberer. Es schmeckt fantastisch!«

»Danke.« Er füllte sich selbst nur eine kleine Portion auf den Teller. Das war eher eine Geste; das Steak, das er bei Bennie gegessen hatte, lag ihm schwer wie ein Stein im Magen.

Matty wischte sich die Lippen ab. »Wo hast du nur so gut kochen gelernt?«

»In Japan«, antwortete Croaker. »Es war notwendig. Ich hasse rohen Fisch, und so habe ich, wo ich auch hinkam, die besten chinesischen Restaurants ausfindig gemacht. Es gibt dort einige großartige.« Er wickelte mit den Zinken seiner Gabel ein paar Spaghetti auf. »Irgendwie habe ich es immer geschafft, mit dem Koch Freundschaft zu schließen.« Er lachte, während er sich erinnerte. »Was nicht weiter überraschend war.« Er fuhr die Fingernägel seiner Kunsthand aus. »Nachdem ich ihnen einmal demonstriert hatte, wie ich das Essen zerkleinere, haben sie mich immer wieder in ihre Küchen gerufen. Du hättest sehen sollen, wie sie sich gedrängelt haben.«

Matty schüttelte den Kopf, während sie sich mehr Nudeln nahm. »Du steckst wirklich voller Überraschungen.«

»Wie du.« Er blickte sie scharf an, und als ihr Blick seinen traf, ergriff er das Wort. »Matty, glaubst du, daß du mir erzählen kannst, warum Rachie glaubt, sie hätte Donald vertrieben?«

Sie warf ihm einen finsteren Blick zu. »Hat sie das gesagt?«

»Ja. Und sie hat auch behauptet, daß ihr Vater sie nach der Trennung nie mehr besucht hat.«

»Das stimmt allerdings.« Matty legte ihre Gabel nieder und runzelte die Stirn. »Du kannst mir glauben, daß wir uns deswegen mehr als einmal am Telefon angeschrien haben.«

»Es gab keine persönlichen Gespräche?«

Sie schüttelte den Kopf. »Da war Donald unerbittlich. Er hatte die Verbindung abgebrochen, und was ihn betraf, hatte es sich damit. Für ihn war eine Scheidung wie eine Operation. Er konnte nicht verstehen, wie Leute auf die Idee kamen zurückzukehren, um ihre entfernte Gallenblase zu besuchen.«

»Aber Rachel war seine Tochter.«

Sie hob die Augenbrauen. »In seinen Augen gehörte Rachel zu mir. Sie war ein Teil seiner Vergangenheit, die ihn jetzt nur noch langweilte.«

»Du sagst das so ruhig.«

Sie war satt und schob den Teller weg. »Donald war ein Mann, der ständig von irgend etwas umgetrieben wurde und wie von Furien gejagt war. Immer ruhelos. Er baute und zerstörte und war nie zufrieden mit dem, was er geschaffen hatte. Ich verstand ihn. Was du nie versucht hast.«

Obwohl Croaker diesen Vorwurf nicht beachtete, war er verärgert. »Du verteidigst diesen Bastard immer noch?«

Matty seufzte und fuhr sich mit ihren scharlachroten Fingernägeln durch das dichte Haar. »Ich sehe schon, worauf dieses Gespräch hinausläuft, und habe keine Lust, mir wieder die alte Leier anzuhören.« Sie ergriff seine Hand. »Jetzt, wo wir uns wiedergefunden haben.« Sie lächelte ihn an. »Aber es ist wahr, Lew, daß du eine Seite seines Charakters nie begriffen hast. Du warst viel zu sehr damit beschäftigt, ihn zu hassen.«

»Er hat mir gute Gründe dafür geliefert.« Ihr Blick wurde einen kurzen Augenblick lang hart, und Croaker ballte seine künstliche Hand unter dem Tisch zur Faust. »Ich erzähle dir, was geschehen ist, Matty, und es ist die Wahrheit. Als Rachie getauft wurde, habe ich mich sehr für dich gefreut, obwohl du uns so schlecht behandelt hattest. Dann kam Donald auf mich zu und legte seinen Arm um mich. Ich schwöre dir, daß er mich beinahe auf die Wange geküßt hätte.«

»Ich erinnere mich.«

»Aber du kennst nicht den Rest der Geschichte«, sagte Croaker. »Er erzählte mir, wie großartig es sei, einen Polizisten in der Familie zu haben, und was für tolle Kumpels wir werden würden. Wir würden gemeinsam etwas unternehmen, ganz unter Männern, versteht sich. Er wollte mich in seinem Privatflugzeug zum Jagen und Angeln mitnehmen. ›Das ganze Land ist unser Reich‹, sagte er. ›Und wenn es soweit ist, kannst du ruhig auch deine Kollegen von der Polizei mitbringen. Und die hohen Tiere aus dem Hauptgeschäftsviertel und die Partylöwen aus dem Rathaus.‹ Er drückte mich an sich. ›Daß ich deine Schwester geheiratet habe, ist das Beste, was dir passieren konnte. Vertrau mir. Wir werden zusammen mehr Geld machen, als du es dir je erträumt hast. Falls du deine Kollegen dazu bringst mitzuspielen.‹«

»Was soll das heißen?«

Er sah den erschrockenen Ausdruck in ihrem Blick und hielt ihre Hand fest. »Bevor ich weitererzähle ... Das ist das letzte Mal, daß es um ihn geht, Matty. Er stand zu viele Jahre zwischen uns, und ich werde nicht zulassen, daß das auch weiterhin so ist. Das alles soll Vergangenheit sein. Einverstanden?«

Sie nickte. »Ja, Lew«, sagte sie atemlos. »Soweit es mich betrifft, ist Donald nur noch Geschichte. Aber ich will die *wahre* Geschichte hören.«

»Okay. Donald wollte zu allen maßgeblichen Leuten in New York Beziehungen haben. Zu Politikern, Polizisten, Gewerkschaftsführern. Er wollte, daß ich die Sache einfädle und, falls nötig, hier und da jemanden unter Druck setzen, damit er seine schmutzigen Geschäfte abwickeln konnte.« Croaker beugte sich über den Tisch. »Da bin ich ausgeflippt und habe ihm gedroht.«

»Das hast du mir nie erzählt«, flüsterte sie.

»Weil ich so verdammt wütend war. Aber vielleicht wärst du für die Wahrheit auch nicht empfänglich gewesen.«

Es brach Croaker beinahe das Herz, als er den trostlosen Gesichtsausdruck seiner Schwester sah. Jetzt wurde ihr bewußt, daß es dunkle Seiten bei Donald gegeben hatte, die sie nicht gekannt hatte. Das Komische war, daß er immer von diesem Augenblick geträumt hatte, davon, sie von ihren selbstgestrickten Fantasien über Donald zu befreien. Aber jetzt, wo es passiert war, hatte er nur den Geschmack von Asche im Mund.

»Gott, ich habe mir mein Leben versaut.«

»Nein, Darling. Du hattest dich verliebt.«

Sie lachte rauh. »So nennt man das heute also?« Sie schüttelte den Kopf, hielt seine Hand aber weiterhin fest, als wäre sie ihre Lebensader. »Ich war clever, schön – und verletzlich. Donald hat das alles mit einem Blick gemerkt. Alles lag vor ihm wie eine Mahlzeit mit vier Gängen.« Sie versuchte zu lächeln. »So war es, Lew. Alle seine Freunde nein, vergiß es – alle seine *Geschäftspartner* waren junge Millionäre und clevere Unternehmer, die aus Statusgründen geheiratet hatten. Sie hatten sich Frauen bestimmter Herkunft gesucht, deren Familienstatus ihnen Zugang zu Kreisen ermöglichte, wo Geld allein nicht ausgereicht hätte. Okay, aber Donald war anders. Vielleicht war ihm dieses Spiel einfach zu leicht. Er wollte mehr, alles niederreißen und etwas von Grund auf neu aufbauen, wie er es auch auf geschäftlichem Gebiet getan hatte. Donald wollte Henry Higgins spielen, und mir war die Rolle der Eliza Doolittle zugedacht. Er wollte aus dem verwahrlosten Mädchen aus Hell's Kitchen eine Lady mit Kultur und Bildung machen.«

Sie gestikulierte mit einer Hand. »Und er hat nicht lange gefackelt. Ich für meinen Teil war begeistert. Wer in meiner Lage wäre das nicht gewesen? Seine Aufmerksamkeit und die Art und Weise, wie er um mich warb; für mich schien ein Traum wahr zu werden. Privatlehrer für die gepflegte Ausdrucksweise, Manieren und Fremdsprachen – mein Gott, er hat sogar einen berühmten Trainer angeheuert, der die Divas von der Metropolitan Opera betreute! Ich bekam Privatunterricht in Ballett, Tennis, Reiten, Polo, Gymnastik und Segeln. Als er befand, daß ich soweit wäre, durfte ich an die Öffentlichkeit. Wir fuhren zur Fuchsjagd nach England, spielten in Argentinien Polo und segelten in Newport. Das hat mich für alles andere blind gemacht.«

Sie umklammerte ihre Ellbogen wie eine Ertrinkende ein Brett. »Das ist meine Walpurgisnacht.« Ihr Blick traf Croaker mit voller Wucht. »Jetzt ist Donald tot, meine Tochter liegt im Sterben, und alles, was ich an ihm bewundert habe, hat sich in nichts aufgelöst. Die Wahrheit starrt mich an wie ein Totenkopf. Aber wenn ich jetzt nicht erkennen kann, wie er wirklich war, werde ich es nie können.«

Matty streckte eine Hand aus und legte sie auf Croakers Kopf, als wollte sie ihn segnen. Dann zerzauste sie sein Haar, wie sie es oft getan hatte, als sie beide jung gewesen waren.

»Alles okay.« Ihre Stimme, die die Tiefe und das Timbre einer Koloratur hatte, erfüllte den Raum. »Ich habe jetzt endlich begriffen, wie wütend wir aufeinander waren.«

Sie stand auf, ergriff sein Kinn und drehte seinen Kopf

so, daß er ihr in die Augen sehen mußte. Dann küßte sie ihn auf beide Wangen. »Jetzt ist alles gesagt, und wir werden es vergessen, weil wir uns nach dieser langen Zeit wiedergefunden haben.«

Sie räumte den Tisch ab und begann, das Geschirr zu spülen. Die präzisen, ökonomischen Bewegungen und ihre zielgerichtete Geschäftigkeit verrieten Croaker, daß sie sich zwar ans Alleinsein gewöhnt hatte, aber nicht an Rachels Tragödie.

Als sie hörte, daß er ihr in die Küche folgte, drehte sie sich um, und Croaker umarmte sie und drückte sie an sich. Er spürte, daß ihr Herz schnell schlug, und es tat ihm um sie beide leid.

Schließlich machte sie sich los und wandte sich wieder dem Abwasch zu. »Lew, was hat dir Rachel sonst noch erzählt, als sie bei Bewußtsein war?«

»Deine Tochter ist zornig.«

Matty, die gelbe Gummihandschuhe trug, nickte traurig, während sie einen Teller abspülte. »Sind nicht 99 Prozent aller Teenager auf der ganzen Welt zornig?« Sie sagte es, als müßte sie sich selbst davon überzeugen, und warf ihm einen ängstlichen Blick über die Schulter zu. »Was hast du? Bist du zu alt, um dich daran zu erinnern, wie das ist?«

»Trotz allem, was man im Fernsehen sieht, nehmen nicht alle Teenager Drogen«, sagte Croaker. »Und sie verbergen nicht alle ein Geheimnis wie Rachel.«

Matty wirbelte herum, und ihr Gesichtsausdruck verriet, daß sie plötzlich eine neue Sorge bedrückte. »Was für ein Geheimnis?«

»Ich weiß es nicht«, gab Croaker zu. »Ich hatte gehofft, daß du es mir erzählen könntest. Sie selbst hat es nicht getan.«

Matty wandte sich wieder dem Geschirr zu, aber Croaker sah, daß sie erschüttert war.

Er nahm einen Teller und trocknete ihn ab. »Hast du in den letzten drei oder vier Monaten irgendeine Veränderung an ihr wahrgenommen?«

Sie schüttelte den Kopf. »Eigentlich nicht. Sie war schon

seit Donalds Tod nicht besonders gesprächig und hat sich zurückgezogen. Seit er vor sechs Monaten gestorben ist, scheint irgend etwas in ihr *klick* gemacht zu haben. Ich weiß nicht, was, außer vielleicht, daß ihre Hoffnung zerbrochen ist, daß er sie eines Tages wieder in seine Arme schließen würde.«

»Hast du mit ihr darüber gesprochen?«

»Sehr oft. Aber ich finde keinen Zugang zu ihrer Welt. So sehr ich es auch versuche, ich habe kein Faible für Green Day oder eine von diesen anderen Rockgruppen, die nur Krach machen. Für mich sind das bloß falsche Töne.« Sie legte wieder einen Teller auf das Abtropfgestell und begann, einen Topf zu schrubben. »Und wenn ich ehrlich bin, glaube ich, daß es Rachel recht ist, daß ich keinen Zugang zu ihrer Welt finde. Sie empfindet jeden Kontaktversuch als Zudringlichkeit.«

»Matty, die Menge von Drogen, die sie genommen hat ... Irgendwas ist ernsthaft nicht in Ordnung. Erinnerst du dich wirklich nicht?«

»Du kannst dir ja vorstellen, daß die Trennung nichts verbessert hat.« Sie zuckte die Achseln. »Aber sonst war da nichts. Vor sechs Monaten war sie anläßlich der jährlichen ärztlichen Untersuchung für die Schule bei Dr. Stansky, und da war alles in Ordnung.« Sie runzelte die Stirn. »Ich versichere dir, daß Stansky nicht ein Wort darüber verloren hat, daß sie Drogen nimmt.«

»Das ist nicht weiter überraschend«, sagte Croaker. »Drogensüchtige kennen genug Tricks, um solche Untersuchungen zu überstehen.« Er beugte sich vor. »Bist du sicher, daß es da nichts gab? Kein unberechenbares Verhalten, keine Prüfungspleiten in der Schule, kein gewohnheitsmäßiges Lügen, Geld, daß plötzlich in deinem Portemonnaie fehlte? Ist dir nichts aufgefallen?«

»Absolut nicht. In der Schule hatte sie die besten Noten. Und was den Rest angeht – ich habe bei ihrer Erziehung auf bessere Werte geachtet.«

»Drogen können Menschen verändern, Matty.« Croaker wartete auf ihre Antwort. »Ich würde gern einen Blick in Rachels Zimmer werfen«, sagte er, als sie nicht reagierte. »Ist das in Ordnung?«

Sie antwortete nicht. »Ich wünschte, ich hätte eine Möglichkeit, mit ihr zu reden.«

»Kennst du einen Gideon?«

Sie wandte sich um. »Wahrscheinlich ein Freund. Ich weiß, daß sie jemanden namens Gideon traf. Allerdings habe ich ihn nie kennengelernt. Sie wollte nicht über ihn reden.«

»Du hast sie mit ihm ausgehen lassen, ohne irgend etwas über ihn zu wissen?«

»Lew, Rachel ist für ihre fünfzehn Jahre schon recht erwachsen. Was hätte ich deiner Ansicht nach tun sollen?« sagte Matty, als sie seinen Gesichtsausdruck sah. »Sie an die Leine legen? Ich kann sie nicht jede Nacht des Jahres überwachen. So, wie die Dinge liegen, scheint sie mich schon genug zu hassen. In letzter Zeit sagte sie das oft genug.«

»Was war mit ihrem Vater? Wie waren ihre Gefühle ihm gegenüber?«

»Das ist für mich das größte Mysterium. Ich habe dir ja erzählt, daß Donald sich nicht viel aus ihr zu machen schien. Rachel war sich dessen natürlich bewußt, aber es schien sie nicht zu beeindrucken. Wenn er auf Reisen war, wartete sie ständig auf seinen Anruf, um mit ihm sprechen zu können. Und obwohl er sie jedesmal enttäuscht hat, schienen ihre Hoffnungen nicht nur unvermindert, sondern sogar gewachsen zu sein. Das hat mich rasend gemacht.« Ihre Stimme wurde heiser, während sie damit fortfuhr, saubere Töpfe und Teller aufeinanderzustapeln.

Croaker hatte sich inzwischen auf ihre Stimmlage eingestellt, und die verschiedenartigen Tonlagen irritierten ihn. »Was ist los, Matty?«

»Nichts.«

»Du hast es bis hierher geschafft«, sagte er sanft.

»Mach den nächsten Schritt.«

Sie schüttelte den Kopf. »Du solltest da nichts hineinlesen.« Sie zuckte die Achseln. »Es ist nur …« Sie atmete tief durch. »Nun, manchmal hatte ich den Eindruck, daß die Beziehung zwischen Rachel und Donald irgendwie krankhaft war.« Ihr verlegenes Lachen glich fast einem Schluchzen. »War wohl dumm von mir.«

»Nein, überhaupt nicht«, sagte Croaker. »Erzähl mir, was du dachtest.«

Matty erledigte den Abwasch wie alles andere mit äußerster Gewissenhaftigkeit. Kein Wunder, daß Donalds Henry-Higgins-Routine bei ihr so gut angekommen war. Sie hatte ja bereits in der Schule und später in der Anzeigenagentur bewiesen, daß ihre Fähigkeiten unbegrenzt waren. »Es ist nur diese Geschichte, daß sie jede Nähe vermieden haben, während Rachel älter wurde ...«

»Vor der Scheidung?«

Matty nickte. »Ja. Irgend etwas war da, ein Abgrund. Manchmal glaubte ich, daß sie sich daran weideten und daß es einfach ihre Art war, miteinander umzugehen. Rachel schien zu versuchen, sich ihm zu nähern, und er ließ sie abblitzen, bis das Ganze zu einer Art Fieberwahn eskalierte.«

»Und was passierte dann gewöhnlich?«

»Ich weiß es nicht.« Mattys Blick wurde freudlos, während die Erinnerungen zurückkamen. »Es war wie eine Seifenblase, die plötzlich platzte. Im ersten Augenblick war sie da, und im nächsten Moment waren ihre Gefühle wieder normal.«

»Hat er letztendlich zugestimmt, sie zu sehen? Hat sich die Spannung auf diese Art gelöst?«

»Manchmal ja, bei anderen Gelegenheiten nicht. Zumindest war ich mir der Tatsache nicht bewußt, daß sie zusammen waren.« Es war offensichtlich, daß Matty mit diesem Rätsel kämpfte. »Auf jeden Fall kehrte Donald danach zu seinen Gewohnheiten zurück, und Rachel war gewöhnlich gutgelaunt und irgendwie ruhig. Bis das Ganze dann wieder von vorne begann.«

»Ich muß dir diese Frage stellen, Matty«, sagte Croaker sanft. »Hat Donald sie in irgendeiner Form mißbraucht?«

»Mit Sicherheit nicht.« Ihr Gesichtsausdruck verriet Gewißheit, und Croaker sah keinen Grund, ihre Worte zu bezweifeln. »Du kennst mich gut genug, Lew. Ich hätte das nicht zugelassen. Aber das Thema stand nie zur Debatte; Donald gehörte nicht zu dieser Sorte von Männern. Er hatte viel zuviel Vertrauen in sich selbst und in alles, was er tat. Er kannte so viele subtile Methoden, seine Macht auszuüben, daß er physische Gewalt nie auch nur in Betracht gezogen hätte.«

Sie schien sich eine Zeitlang in ihren Gedanken zu verlieren. Dann war der Abwasch erledigt, und sie streifte die Gummihandschuhe ab und legte eine Hand zärtlich auf seinen Arm. In ihren Augen glitzerten Tränen. »Sieh dir ihre verruchte Höhle an.«

Als er den Korridor hinabging, wurde das Geräusch seiner Schritte von dem dicken Teppich gedämpft. Er betrat Rachels Zimmer, das am Ende des Flures lag und wie das Zimmer eines ganz normalen Teenagers aussah. Der Raum war in hellem Weiß gestrichen, mit Möbeln, die so schwarz wie Beerdigungsflaggen waren. An den Wänden sah man Poster von Curt Cobain, dem früh verstorbenen Sänger von Nirvana, und andere Bilder von Rockbands: die Stone Temple Pilots, Live und R.E.M.

Das Muster der schwarzweiß gestreiften Tagesdecke erinnerte Croaker an die alten Eßnischen aus den fünfziger Jahren. Er saß auf dem Bett und sah sich um, versuchte, aus Rachels Perspektive einen Eindruck von dem Raum zu gewinnen. Jeden Morgen, wenn sie aufwachte, hatte sie diese Umgebung vor Augen. Croaker wußte aus Erfahrung, daß die Menschen beim Aufwachen gern ihre liebsten Besitztümer erblickten. Er sah das Poster von Curt Cobain und das Fenster, in dem sich die Lichter von Palm Beach aneinanderreihten wie Juwelen am faltigen Hals einer Matrone. Dann erblickte er ein Foto auf ihrer Frisierkommode. In dem Rahmen aus schwarzem Holz steckte das Schwarzweißbild einer auffallenden jungen Frau mit dunklem, kinnlangem Haar. Sie trug einen durchsichtigen Plastiktrenchcoat und drückte eine weiße langhaarige Katze an ihre Brust. Unter dem durchsichtigen Regenmantel sah man einen breiten schwarzen Gürtel mit Metallbeschlägen. Croaker stand auf und ging hinüber. Das Foto war kein persönlicher Gegenstand, sondern aus einem Magazin herausgerissen worden. Die junge Frau war ein Model. Er drehte den Rahmen um und öffnete ihn, aber auf der Rückseite des Bildes sah er nichts Aufschlußreicheres als den Teil einer Anzeige für Buffalo-Jeans. Er konnte weder den Namen der Illustrierten noch das Erscheinungsdatum feststellen.

Er steckte den Schnappschuß wieder in den Rahmen zurück und betrachtete ein anderes, kleineres Foto, das vom ersten verdeckt worden war. Das Bild zeigte Rachel. Sie hatte ein aquamarinfarbenes Kleid aus Satin mit einem lieblichen Dekolleté an, war aufgestylt und trug eine Perlenkette, die ihr vielleicht Matty geliehen hatte. Sie sah wunderschön und sehr erwachsen aus, als wäre sie im Begriff, einen Schulball zu besuchen, dachte Croaker. Das einzige Verstörende war, daß sie nicht glücklich zu sein schien. Er zog das Foto, das ihm seine Schwester gegeben hatte, aus der Tasche und verglich die beiden Schnappschüsse. Auf seinem war Rachel in einem unbeobachteten Moment abgelichtet worden, aber auf dem anderen, gestellten Foto war ihre Anspannung so dominant, daß sie nachdenklich und fast finster wirkte.

Croaker stellte das Schulballfoto wieder hin, aber als er es ansah, fiel ihm etwas auf. Das Bild war ein bißchen verrutscht, und es schien noch etwas dahinterzustecken. Er holte das Bild aus dem Rahmen und fand zu seiner größten Überraschung ein Foto von sich selbst. Einen Augenblick lang konnte er sich nicht daran erinnern, wann und wo es aufgenommen worden war, doch dann kamen die Erinnerungen zurück. Es war auf der Hochzeit eines Cousins in Forest Hills geschossen worden. Aber waren auf diesem Foto nicht ursprünglich er und Matty abgebildet gewesen? Er hielt das Bild gegen das Licht und sah, daß die linke Hälfte sorgfältig abgeschnitten worden war, und als er genau hinblickte, erkannte er einen Teil des Arms und der Hüfte seiner Schwester.

Nachdem er die Fotos zurückgesteckt hatte, durchsuchte er systematisch Rachels Schubladen. Er durchwühlte Stapel von schwarzen T-Shirts und Baumwollblusen, von Slips und Büstenhaltern, durchforstete alle Ekken. Er hielt nach zweierlei Ausschau: nach irgendwelchen Anzeichen von Drogen und einem Tagebuch. Mädchen in ihrem Alter führten fast immer ein Tagebuch. Sie waren für Geheimnisse bestimmt, und Croaker vermutete, daß seine Nichte mehr als genug davon hütete. Wer zum Beispiel war Gideon? Jemand, den sie nachts traf. Matty glaubte, er sei ein Freund, aber Croaker fügte insgeheim hinzu, daß er wahrscheinlich auch ein Mittelsmann war, der ihr Drogen besorgte. In der untersten Schublade fand er nur ein Duftkissen, das nach spanischem Flieder roch.

Ihr begehbarer Kleiderschrank war eher leer als vollgestopft. Er enthielt nur ein paar Kleidungsstücke, von denen die meisten schwarz waren: drei Jeans, zwei Paar dicksohlige DocMartens, vorne so hoch wie die Stiefel der U.S. Army, und ein Paar schwarzweiße, nostalgisch aussehende Turnschuhe mit Gummisohlen. Auf einem Drahtbügel hingen etliche schwarze Gürtel verschiedener Formen und Größen, die mit Metallbeschlägen bestückt waren. Er dachte an das Foto des Models mit dem durchsichtigen Plastiktrenchcoat und dem schwarzen metallverzierten Gürtel. In einer Ecke fand er eine schwarze Lederjacke, auf deren Rückseite jemand von Hand mit weißer nichtabwaschbarer Farbe das Wort MANMAN gepinselt hatte.

Direkt darunter lag das aquamarinfarbene Satinkleid auf dem Boden, das ihn an den Schulball erinnert hatte. Er bückte sich und hob es auf, um es auf einen Bügel zu hängen. Da fiel sein Blick auf einen Gegenstand, der auf dem Boden lag und vorher von dem Kleid verdeckt worden war. Croaker benutzte einen seiner künstlichen Fingernägel, um ihn ans Licht zu holen.

Es war ein roter Gummiball, bei dem an beiden Seiten Seidenbänder angebracht waren. Croaker kannte solche

Gegenstände – es war ein Knebel in der Form eines Balles, der zu den ominösen, rituellen Accessoires von Sado-Maso-Fans gehörte. Man steckte den Ball in den Mund und verschnürte die Seidenbänder am Hinterkopf, so daß er an seinem Platz blieb. Croaker kauerte eine Zeitlang im Schrank und starrte auf den Gegenstand. In seinen Schläfen pulsierte das Blut, während er über das immer komplizierter werdende Rätsel namens Rachel nachdachte. Wenn es um Sex ging, hatte er immer für die Maxime »Jeder nach seiner Fasson« plädiert, aber diese Entdeckung schockierte ihn. Hier ging es um seine Nichte und nicht um irgendeine Nutte vom Tamiani Trail.

Er sah Mattys Gesicht vor sich und dachte an ihre Verwirrung, die mitzuerleben schmerzhaft gewesen war. Sie hatte ihm von Rachels Beziehung zu Donald erzählt, und für Croaker gab es da mehr als nur einen schwachen Hinweis auf eine sadomasochistische Komponente, auch wenn sich diese nur auf einer gefühlsmäßigen Ebene niederschlug. Matty war clever genug gewesen, dies zu vermuten. Aber was war, wenn Rachel weitergegangen war und sie in ihrer sexuellen Beziehung zu Gideon diese perversen Gefühle auch wirklich ausgelebt hatte?

Schließlich steckte er den Knebelball in die Tasche. Er hatte nicht die Absicht zuzulassen, daß seine Schwester ihn fand. Sie mußte im Moment schon mit genug Schocks fertig werden. Er hängte das Satinkleid sorgfältig auf einen Bügel und strich die Taillenpartie glatt. Sorgfältig glättete er die Falten, als könnte er nur so das Bild Rachels wiederherstellen, das er gehabt hatte, bevor er den roten Gummiball gefunden hatte, der mit so vielen düsteren Assoziationen verbunden war.

Dann durchsuchte Croaker methodisch die Taschen der Lederjacke. Er entdeckte eine halbe Rolle LiveSafer, ein paar Papiertaschentücher, dreizehn Cent und eine kleine, mit Aluminiumfolie umwickelte Kugel. Er fuhr einen seiner Stahlnägel aus und öffnete die Aluminiumfolie mit der rasiermesserscharfen Spitze vorsichtig. Außer einer weißlichen Masse sah er nichts. Er roch daran und probierte versuchsweise mit der Zunge. Könnte Kokain sein, dachte er, aber es war zu wenig, um sicher zu sein.

Er steckte die LifeSavers eben in die linke Jackentasche zurück, als etwas auf seine Handknöchel fiel. Er tastete herum, konnte es aber nicht wiederfinden. Neugierig nahm er die Jacke vom Bügel, kehrte die Innenseite nach außen und untersuchte die Nähte. Bis auf eine etwas über zehn Zentimeter lange Stelle auf der linken Seite, wo das Futter hastig angeheftet worden war, waren sie solide vernäht. Er löste den Faden und riß mit einer bösen Vorahnung daran. Dann tastete er mit den Fingern unter dem Futter herum.

Er brachte eine Plastiktüte zum Vorschein, die knapp dreißig Gramm wog und weißes Pulver enthielt. Er öffnete sie und testete den Stoff mit der Zungenspitze.

Er fluchte. Dieser Geschmack war unverkennbar. Kokain.

Matty arbeitete ruhig in der Küche. Sie hatte Kaffee gekocht und schnitt gerade eine Scheibe von einem köstlichen russischen Kaffeegebäck ab, das sie aus der Tiefkühltruhe geholt hatte. »Notrationen«, sagte sie, als Croaker den Raum betrat. »Und wenn das keine Notsituation ist, wüßte ich nicht, was eine sein sollte.«

Sie versuchte zu lächeln, während sie das Tortengebäck in die Mikrowelle schob und das Gerät einschaltete. »Hast du irgend etwas Interessantes gefunden?«

»Mit Gideon und Rachel stimmt etwas nicht«, sagte Croaker sanft.

Die Angst verzerrte ihre Gesichtszüge, als er die etwa dreißig Gramm schwere Plastiktüte mit dem Kokain zum Vorschein brachte.

Sie preßte eine Hand auf den Mund. »Mein Gott, ist das etwa ...?«

Er nickte. »Kokain. Ich habe es in Rachels Schrank gefunden.« Er beobachtete ihre wunderschönen Augen, die einen gehetzten Ausdruck annahmen. Die Mikrowelle piepte, und sie öffnete automatisch die Tür. Die Küche duftete nach Zimt, Walnüssen und Kaffee. Mit leerem Blick starrte Matty in das Innere der Mikrowelle. »Was in Gottes Namen tut sie sich nur an, Lew?«

»Ich weiß es nicht.« Croaker beobachtete, wie sie das Kaffeegebäck auf zwei Teller legte. Sie leckte sich die Fingerspitzen ab und schenkte den Kaffee in blaßgrüne Tassen ein, aber ihre blankliegenden Nerven spielten ihr einen Streich, und sie verschüttete etwas Kaffee. Schnell war Croaker hinter ihr und stützte ihre Hand.

»Mein Gott …« Zitternd lehnte sie sich an seinen starken Körper. »Meine Tochter und ich hatten keine besonders ausgeprägte Beziehung zueinander. Die bittere Wahrheit ist, daß ich nicht weiß, wer sie eigentlich ist.«

Croaker hielt sie zärtlich fest, während sie sich zu sammeln versuchte.

»Ich werde das Gebäck und den Kaffee rüberbringen«, sagte er.

Aber sie schüttelte den Kopf und löste sich langsam von ihm. »Nein, das muß ich selbst tun, und ich werde es schaffen.«

Sie schenkte die Kaffeetassen voll, und Croaker sah, daß ihre Hände nicht mehr zitterten. Dann stellte sie die Teller und Tassen auf ein Tablett und führte Croaker ins Eßzimmer. Sie setzte sich und strich sich seufzend die Haare aus dem Gesicht. »Mein Gott, ich fühle mich, als hätte ich einen Fremden geheiratet.«

Er biß von dem Kaffeegebäck ab. »Es ist noch gar nicht lange her, daß ich eine Beziehung mit einer verheirateten Frau hatte. Einer *unglücklich* verheirateten Frau«, fügte er hinzu, als Matty die Augenbrauen hochzog. »Aber es war trotzdem nicht okay.« Er knabberte an dem Tortengebäck und spülte es mit dem starken Kaffee hinunter. »Wie dem auch sei«, fuhr er fort, »diese Frau hatte eine Tochter. Sie war ein wunderschönes und kluges Mädchen, aber krank. Bulimie. Sie ist wegen ihrer Eltern krank geworden. Sie hatten eine fürchterliche, fast feindliche Beziehung, und das Mädchen war sich dessen nur zu bewußt.«

Matty rührte die Milch in ihrem Kaffee um und

schwieg eine Weile. »Siehst du da eine Parallele?« fragte sie dann.

»Das Mädchen glaubte, daß es nicht geliebt wurde.«

Er sah, wie seine Schwester erstarrte. Sie errötete und begann zu zittern. »Ich liebe meine Tochter«, flüsterte sie.

»Ich weiß. Ich habe auch nur gesagt, daß das Mädchen *glaubte*, daß es nicht geliebt wurde. Das ist nicht dasselbe, wie wenn man tatsächlich nicht geliebt *wird*. Ihre Mutter hat sie sogar verzweifelt geliebt.«

»Bei mir ist es nicht anders.« Matty blickte ihn flehend an. »Neben dir ist sie der einzige Mensch, der mir etwas bedeutet, Lew. Aber ich frage mich, was ist, wenn ich das zu spät erkannt habe?«

»Ich brauche ein paar Informationen. Wo war Rachel, als du in England mit Donald auf der Jagd warst, in Argentinien Polo gespielt hast und in Newport gesegelt bist?« Er wartete einen Moment lang. »Sie hätte dich damals gebraucht. Es muß so gewesen sein. Kleine Mädchen brauchen ihre Mütter.«

Matty kratzte mit einem Fingernagel langsam und methodisch die Walnüsse aus dem Tortengebäck. Sie tat es so lange, bis sie ein Loch durch den Kuchen gebohrt hatte. »Ich habe damals versucht, für sie dazusein. Aber Donald war so beharrlich. Auch er hat mich gebraucht. Er hatte mir so viel gegeben und mir so viele Türen geöffnet. Deshalb habe ich ihn begleitet und Rachel einem Kindermädchen überlassen.« Matty umklammerte ihre Tasse mit beiden Händen, als versuchte sie, sich an einem Feuer zu wärmen. Ihre Knöchel waren weiß, und ihr Blick wirkte trostlos und leblos. »Was ist nur geschehen?« fragte sie schließlich. »Was ist mit *ihr* geschehen, als ich nicht bei ihr war?« Sie zitterte vor Angst. »Glaubst du, daß Rachel es ernst meint, wenn sie sagt, daß sie mich haßt?«

»Was ich glaube, spielt keine Rolle, ich bin in dieser Familie noch ein Neuling«, sagte Croaker. »Was denkst *du?*«

»Sie nimmt Drogen, Lew, und trifft sich mit Typen, von denen ich nichts weiß. Nachts geht sie … Ich weiß nicht, wohin sie geht. Und als sie aus dem Koma aufwachte, wollte sie mit dir sprechen, nicht mit mir.« In ihren Zügen lag Betroffenheit. »Jetzt möchte ich einfach nur noch alles wiedergutmachen. Ich möchte sie fest in den Armen halten und ihr sagen, wie sehr ich sie liebe – aber was, wenn es zu spät ist?«

Sie stockte, und Croaker drückte ihre Hand. Er wollte ihr sagen, daß es nicht zu spät sei, aber das kam ihm wie eine leere Phrase vor. Rachel könnte in ein oder zwei Wochen tot sein. »Gib die Hoffnung nicht auf. Ich werde alle meine Beziehungen in Anspruch nehmen und nichts unversucht lassen, um ihr eine Niere zu besorgen.«

Sie biß sich auf die Unterlippe. »Mein Gott, Lew, glaubst du, daß das klappt? Es wäre ein Wunder.«

»Halt durch, Matty. Du mußt nur durchhalten.«

Die Tränen rannen ihr über die Wangen und fielen in einzelnen Tropfen auf die Tischplatte. »Donald hat mir alles gegeben, wonach ich mich immer gesehnt hatte«, sagte sie schließlich, als sie wieder in der Lage war zu reden. »Und weil er mich zu einer Märchenprinzessin gemacht hat, habe ich im Gegenzug alles getan, um ihn zu erfreuen. Vielleicht war das das Problem. Irgendwann in dieser Zeit habe ich mich selbst verloren.«

»Nein, Darling«, sagte Croaker, »du warst bereits verloren, als du ihn kennengelernt hast.«

Croaker starrte auf das Foto von dem Model im durchsichtigen Plastiktrenchcoat, bevor er auf Rachels Bett einschlief. Später schlich Matty auf Zehenspitzen in den Raum und deckte ihn mit einer leichten Baumwolldecke zu. Bevor sie seine linke Körperhälfte in die Decke einwickelte, warf sie einen langen Blick auf seine künstliche Hand. Sie mußte sich nicht fragen, wie es war, so verstümmelt zu sein. In den ersten beiden Monaten, nachdem Donald sie verlassen hatte, hatte sie sich gefühlt, als wären ihr die Beine amputiert worden. So tot ihre Ehe auch gewesen war, hatte sie sie doch am Leben gehalten. Sie hatte geglaubt, ohne sie sterben zu müssen. Daß es nicht passiert war, war einer kleinen Erleuchtung gleichgekommen.

Als sie ihren Bruder zugedeckt hatte, wurde ihr bewußt, daß sie ihn nie danach gefragt hatte, was genau mit seiner linken Hand passiert war. Typisch, dachte sie. Es war nicht ihre Art, sich jemandem anzuvertrauen oder bei anderen nach Vertrauen zu suchen. Jede Art von Intimität, die nicht rein physisch war, empfand sie als schmerzlich. Das war schon seit vielen Jahren so und inzwischen zur Gewohnheit geworden. Aber jetzt erkannte sie, daß es ein fürchterlicher Fehler gewesen war – wahrscheinlich bei Donald, bei Rachel mit Sicherheit.

Matty wünschte sich von ganzem Herzen, daß sie in der Lage gewesen wäre, Rachel nach der Trennung in ihre Obhut zu nehmen und ihre Tochter so ins Vertrauen zu ziehen, daß keiner von ihnen sich hätte allein fühlen müssen. Aber sie hatte es einfach nicht gekonnt. So viele fürchterliche Gefühle …

In ihrem Elend begriff sie jetzt, daß sie öfter vermutet hatte, daß Rachel eine schwierige Zeit durchmachte. Sie hatte es sich einfach nicht eingestehen können. Aber jetzt traf sie das ganze Ausmaß des seelischen Leides ihrer Tochter mit der Kraft eines Güterzuges. Plötzlich brach sie zusammen, als hätte man ihr alle Luft aus dem Körper gepumpt. Ihre Beine gaben nach, und sie fand sich kniend auf dem Fußboden von Rachels Zimmer wieder. Der Teppich fühlte sich an ihren brennenden Wangen rauh an, und sie sog mit jedem verkrampften Atemzug den Geruch ihrer Tochter ein, als wäre er das Lebenselixier, das sie aufrecht halten könnte.

Was konnte sie noch tun, außer zu beten? »Lieber Gott«, flüsterte sie. »Laß meine Tochter nicht sterben, bevor ich die Chance hatte, sie richtig kennenzulernen.«

DRITTER TAG

1.

Croaker war schon vor der Morgendämmerung wieder auf den Beinen. Er verfügte über eine Art biologischen Wecker, der ihn noch nie im Stich gelassen hatte. Er nahm eine Dusche, zog die gleiche Kleidung wie am Vortag an und verließ die Wohnung, ohne Matty zu wecken. Es würde noch Stunden dauern, bevor sie aufstand. Bei Gott, sie hatte den Schlaf nötig. Später konnte sie sich dann allein auf den Weg zum Krankenhaus machen.

Draußen glitten die glimmenden Lichter der Straßenbeleuchtung wie flüchtige Geister vorbei. Croaker lauschte auf das Brausen der Brandung, hörte statt dessen aber nur das Kreischen hungriger Möwen und das friedliche Plätschern des Intracoastals.

Er entschloß sich, zu Fuß zum Krankenhaus zu gehen. Das würde nicht länger als eine Viertelstunde dauern, und wenn er dort angekommen wäre, würde es bereits Tag sein. Dann brauchte er sich nicht darum zu kümmern, Mattys Lexus zurückzubringen. Sein Thunderbird stand immer noch auf dem Parkplatz des Krankenhauses – hoffentlich. Wenn er nicht gestohlen worden oder Vandalen zum Opfer gefallen war.

Er hielt unterwegs an einem Zeitungsautomaten und kaufte ein Exemplar der *Sun-Sentinel,* der Tageszeitung des Broward Countys. Darin würde er eine Liste aller Veranstaltungen finden, die im Moment in dieser Gegend stattfanden. Er blätterte die Lokalnachrichten durch und suchte nach der richtigen Seite.

Es war kein Zufall gewesen, daß er im Zimmer seiner Nichte eingeschlafen war. Er hatte die Atmosphäre einsaugen und seinem Unterbewußtsein die Möglichkeit geben wollen, die Bedeutung dessen aufzuarbeiten, was er gesehen hatte. Irgend etwas in Rachels Zimmer hatte nicht zu dem Bild gepaßt, daß er sich im Geist zurechtgelegt hatte. Paßten Teile eines Puzzles nicht, bedeutete das normalerweise, daß die Vorstellung, die man sich geformt hatte, in irgendeiner Weise falsch war.

Einst verließ ich das Haus, hatte Stone Tree ihm einmal erzählt. *Ich hatte Hunger, und der Hunger hatte mich nach draußen in den Regen getrieben. Aber in dem Augenblick, da ich das Boot berührte, wußte ich Bescheid. Wenn ich hinausgefahren wäre, wäre ich nicht zurückgekehrt. So bin ich wieder ins Haus gegangen. Ich habe die Tür verrammelt und die Fenster geschlossen. Innerhalb einer Stunde war der Wind so stark, daß er Sand durch die Ritzen in meiner Hauswand trieb. Jetzt erinnere ich mich daran. Wenn ein Gedanke nicht richtig zu sein scheint, muß man ihn beiseite schieben.*

Als Croaker eingeschlafen war, hatte er das Bild des Models im Kopf gehabt, aber irgend etwas an diesem Bild schien nicht zu stimmen. Er war aufgewacht und hatte vor seinem geistigen Auge das seltsame Wort gesehen, daß jemand von Hand auf die Rückseite der schwarzen Lederjacke geschrieben hatte, in der er das Kokain gefunden hatte. Die Gedanken, Bilder oder Eindrücke, die ihm direkt vor dem Einschlafen – oder wenn er aufwachte – kamen, waren häufig die unverfälschtesten und deshalb wahrsten, auch wenn sie auf den ersten Blick keinen Sinn zu machen schienen. Wenn später andere Teile des Puzzles dazukamen, machte alles Sinn. Sie brachten Croaker immer auf die Wahrheit.

Auf der Rückseite der Lederjacke hatte MANMAN gestanden. Was um alles in der Welt war *ManMan*? Er hatte in der letzten Nacht keine Idee gehabt und noch nicht einmal gewußt, ob die Sache überhaupt eine Bedeutung hatte. Aber am Morgen war aus seiner Intuition schnell ein Verdacht erblüht. Er war aufgestanden und hatte nacheinander die Poster der Rockbands angestarrt.

Er war etwa in der Mitte der Flagler Bridge angekommen, als er die Liste der Clubs und Diskotheken in der *Sun-Sentinel* fand. Oberflächlich betrachtet, schien es eine ziemlich gewagte Hypothese zu sein, hier fündig zu werden, aber er ging die Listen und die Anzeigen durch. Dabei dachte er über die Lederjacke nach und darüber, wann Rachel sie wohl tragen würde. Vielleicht an Regentagen, obwohl Leder nicht wasserdicht war. An den paar wirklich kühlen Tagen im Winter? Okay. Und wann sonst noch? Nachts, wenn sie die Clubs besuchte.

Und jetzt war er hier und suchte nach Clubs, wo Live-Konzerte stattfanden, weil ...

Als er fast das Ende der Brücke erreicht hatte, blieb er stehen. Er faltete die Zeitungsseite zweimal in aller Ruhe, bis die kleine rechteckige Anzeige in der Mitte besser hervorstach. Irgendwo, nicht weit entfernt, begann die Maschine eines Motorbootes zu gurgeln, und das ruhige Wasser des Intracoastals kräuselte sich. Für einen Moment schlug Croaker der süßliche Geruch von Schiffsdiesel entgegen, bevor er von der Morgenbrise davongetragen wurde. Lachsfarbenes Licht färbte die seitliche Wolkenbank direkt über dem östlichen Horizont. Bald würde die Flotte von Fischerbooten und Vergnügungsjachten die Anker lichten und auf ihrem Weg in Richtung Atlantik unter der Brücke hindurchfahren. Er nahm den Geruch des Ozeans wahr und hörte das Kreischen der Möwen und Fregattvögel, aber nur aus der Ferne, als gehörten sie zu einer anderen Welt.

Eine Gruppe namens ManMan spielte zur Zeit in einem Club an der Washington Avenue in South Beach, der Lightning Tube hieß. Croaker überprüfte die Daten und die Zeiten der Auftritte. Er stellte sich Rachel – während er in Richtung Krankenhaus weiterging – in dem Club vor. Sie trug die Lederjacke mit dem MANMAN-Schriftzug und sprach mit einem Mitglied der Band, vielleicht mit einem großen schlanken Gitarristen namens Gideon, der ihre Hand ergriff und ihr ein etwa dreißig Gramm schweres Päckchen mit Kokain übergab. Das klang logisch – oder besser: Er fühlte, daß es stimmte. Während er in Rachels Zimmer geschlafen hatte, hatte sein Unterbewußtsein ihren Geruch aufgesogen. Er hatte sie gesehen, wie sie vor dem Nierenversagen gewesen war. Er ging an ihrer Seite, schweigend wie ein Schatten, aber lebendig wie ein

Geist. Croaker glaubte den Ärger zu spüren, der hinter ihrer wütenden Rebellion steckte. Er wurde von der Zurückweisung durch ihren Vater und der Notwendigkeit, sich von ihrer Mutter zu lösen, genährt. Es schien klar zu sein, daß Gideon bei diesem Aufstand irgendwie die Hand im Spiel hatte. Heute nacht würde er es herausfinden.

Am anderen Ufer des Intracoastals angelangt, folgte Croaker der Olive Avenue drei Querstraßen lang auf die Eucalyptus Street zu. Ein Streifenwagen fuhr vorbei, und der Polizist bremste etwas ab und musterte ihn, bevor er wieder Gas gab. Das war nicht überraschend – Croaker sah keinen anderen Fußgänger. Am Ende der Straße betrat er den Parkplatz des Krankenhauses und überprüfte den Thunderbird, der wie durch ein Wunder unberührt geblieben war. Er wollte eben das Krankenhaus betreten, als er hörte, wie hinter ihm eine Autotür zuschlug. Schritte knirschten auf dem Kies, der den Asphalt des Parkplatzes bedeckte.

»Mr. Croaker?«

Er wandte sich um und sah einen großen, fast bis aufs Skelett abgemagerten Mann auf ihn zukommen. Der Mann schlenderte nicht, rannte aber auch nicht; trotzdem machte etwas an ihm Croaker stutzig. Er trug einen eleganten, leichten Anzug, der die Farbe von Milchkaffee hatte. Sein Haar war aus der breiten, glänzenden Stirn zurückgekämmt und hatte die Farbe eines frisch geölten Gewehrlaufes. Sein Gesicht bestand fast nur aus den Kinnbacken. Ansonsten sah man noch den Schlitz eines Mundes, eine dünne, knorrige Nase und unter den hervorspringenden Brauen kaffeebraune Augen. Das genügte, um ihn als einen Mann zu charakterisieren, der sowohl Selbstvertrauen als auch Geld besaß. Wie Croaker vor einiger Zeit festgestellt hatte, traf man beides zusammen nicht oft an, und er hatte gelernt, sich Männer zu merken, die beides hatten.

Der Mann näherte sich ihm. Seine Haut hatte die Farbe von poliertem Teakholz, und seine Gesichtszüge wiesen einen leicht lateinamerikanischen Einschlag auf. Er trug eine Aktentasche, die so glatt und dünn war, daß sie äußerst unpraktisch wirkte. Seine schwarzen Slipper waren aus Straußenleder. Er hatte eine flache Patek-Philippe-Armbanduhr um das eine Handgelenk und eine schlichte Goldkette um das andere. Sehr elegant.

»Sie sind Lew Croaker.« Er duftete schwach nach Sandelholz und Limonen.

»Und wer sind Sie?«

Der bis aufs Skelett abgemagerte Mann lächelte und entblößte dabei Zähne, die sich durch jahrelanges Rauchen gelb verfärbt hatten. »Marcellus Rojas Diego Majeur.« Er reichte Croaker seine Visitenkarte.

Croaker überflog sie schnell. Mr. Marcellus Rojas Diego Majeur war Rechtsanwalt. Das paßte.

Er blickte auf. »Mr. Majeur, was gibt's kurz nach sechs Uhr morgens zu besprechen?«

Majeur winkelte den linken Arm ab und blickte auf seine Patek Philippe. »Um sieben Minuten nach sechs, um genau zu sein, Sir.«

Croaker runzelte die Stirn. »Wie lange haben Sie schon auf mich gewartet?«

»Seit drei Uhr.« Majeur sagte das, als wäre es für ihn Routine, die Nacht auf Parkplätzen zu verbringen.

»Sie sehen so frisch wie ein Gänseblümchen aus.«

»Danke.« Majeur verbeugte sich leicht. »Mr. Croaker, ich frage mich, ob Sie mir nicht ein paar Augenblicke Ihrer kostbaren Zeit widmen können.«

»Jetzt nicht«, antwortete Croaker. »Ich muß ins Krankenhaus.«

»Ja, ich verstehe.« Majeur nickte traurig und schnalzte mit der Zunge, was ein glucksendes Geräusch ergab. Fehlte nur noch, daß er wie ein geliebter, betagter Onkel ein »Oh, wie schade!« ausstieß.

»Vielleicht ein anderes Mal.« Croaker nickte. »Rufen Sie mich an. Ich stehe im Telefonbuch.«

Majeurs Gesichtsausdruck verfinsterte sich. »Es tut mir leid, aber das geht nicht, Sir. Überhaupt nicht. Jetzt oder nie.«

»Also nie.«

Croaker wollte sich gerade abwenden, als er in Majeurs Hand eine kleine 25er schimmern sah, die auf Croakers Bauch zielte.

»Nein«, sagte Majeur emotionslos. »Jetzt.«

Croaker blickte von der Mündung der fast wie ein Spielzeug wirkenden Waffe zu Majeurs Gesicht hoch.

»Erwarten Sie wirklich, daß ich glaube, daß Sie mich hier auf den Stufen des Krankenhauses abknallen?«

Majeur zuckte die Achseln. »Auch das ist schon vorgekommen.« Wie ein Blitz bei einem nächtlichen Sturm erhellte ein flüchtiges Lächeln seinen Gesichtsausdruck. »Aber nicht bei mir.« Sein düsterer und rätselhafter Blick fixierte Croaker eine Zeitlang. »Ich habe übrigens eine Lizenz für die Waffe.«

»Da bin ich sicher, aber ich bezweifle sehr, daß Sie sich für irgendeinen Klienten in eine solche Gefahr begeben würden.«

Majeurs sanfter Gesichtsausdruck blieb die ganze Zeit konstant. »Das würde voraussetzen, daß Sie etwas über mich wissen, was nicht der Fall ist.«

Croaker starrte in Majeurs dunkle Augen. Er flickte sich aus den frischen Eindrücken, seiner Intuition und früheren Erfahrungen ein Bild zusammen und ließ einen Versuchsballon steigen. »Ich weiß, was ich wissen muß. Sie sind der Typ von Mann, für den Klienten Geld bedeuten. Je höher der Vorschuß, desto mehr werden Sie riskieren, so einfach ist die Gleichung. Wenn das Honorar Ihrem Standard entspricht, sind Sie engagiert, professionell und fühlen sich bis zum Ende verpflichtet. Bin ich weit von der Wahrheit entfernt?«

Ein schiefes Lächeln verzerrte Majeurs Gesichtsausdruck. »Wer immer auch gesagt hat, daß Geld nicht alles ist, lebt nicht mein Leben.« Die 25er verschwand so schnell, wie sie zum Vorschein gekommen war. »Ich entschuldige mich, daß ich Sie beunruhigt habe. Von Natur aus bin ich kein gewaltsamer Mensch, solange man mich nicht ernsthaft provoziert. Aber weil mein Anliegen sehr dringend ist, Mr. Croaker, mußte ich Ihre volle Aufmerksamkeit gewinnen. Für meinen Klienten und für Ihre Nichte.«

Croaker fühlte, wie ihn ein kleiner Schock durchfuhr. »Wovon sprechen Sie?«

»Treiben Sie keine Spielchen mit mir, Sir. Das ist ein unproduktives Verhalten.« Er wies mit dem Kopf auf den Eingang des Krankenhauses. »Ich war oben und habe sie besucht.«

»Sie?« Croaker schritt drohend auf ihn zu.

»*Calmate, Señor*«, sagte Majeur. »Ich will Ihrer Nichte nichts Schlimmes antun. Ganz im Gegenteil.«

»Die Krankenschwestern haben keine Erlaubnis ...«

»Ich habe ihnen meine Visitenkarte überreicht.« Majeur lächelte. »Sie wären überrascht, was für Freiheiten man sich als Rechtsanwalt verschaffen kann. Ich habe ihnen erzählt, ich würde einen potentiellen Spender vertreten, was auch mehr oder weniger der Wahrheit entspricht.«

Croaker fröstelte plötzlich, dann fühlte er sich fiebrig. »Einen Spender?«

Majeur beugte sich vor und dämpfte seine Stimme, bis sie nur noch ein theatralisches Flüstern war. »Einen Organspender, *Señor*. Eine Niere. Das ist es doch, was Ihre Nichte braucht, oder?«

Der Himmel war jetzt strahlend blau. Weit oben wurden die Wolken durch das Sonnenlicht so erleuchtet, daß sie wie Neonreklamen wirkten. Croaker fühlte die Luft des frühen Morgens heiß auf seiner Haut, und plötzlich wurde ihm wieder bewußt, wo sie standen. Ein Krankenwagen fuhr neben der benachbarten Notaufnahme vor. Menschen – zum großen Teil Ärzte und Schwestern – strömten zum Schichtwechsel in und aus dem Gebäude.

Er blickte Majeur an, der so geduldig wie ein Buddha wartete. »Können wir irgendwo hingehen und uns unterhalten?«

Majeurs Augen schienen in dem neugeborenen Sonnenlicht zu funkeln. »Ich denke, daß mein Auto ausreicht.« Er hob einen Arm, um ihm den Weg zu weisen.

Es stellte sich heraus, daß Marcellus Rojas Diego Majeur einen türkisfarbenen Mustang, Baujahr 1967, fuhr, der in bestem Zustand war. Er lächelte, während er den Wagen aufschloß und die längliche Tür öffnete, die eines der Kennzeichen dieses wunderbaren Autos war. »Sehen Sie, ganz plötzlich haben wir etwas Wichtiges gemeinsam.«

Er wußte also, daß Croaker der betagte Thunderbird gehörte. Croaker fragte sich, wieviel er sonst noch wußte, während er in das Wageninnere spähte. Es war wie das Äußere des Autos in Blaßtürkis gehalten, und alles glänzte perfekt. Dieser Mann liebte seinen Wagen.

»Na, wie finden Sie ihn?« Majeur betastete die Chromleisten. »Er ist doch eine Schönheit, oder?«

»Ja.«

Majeur gab ein seltsames, hohes Lachen von sich, das sich wie das Kichern eines kleinen Mädchens anhörte. »Wollen Sie das Steuer für eine kleine Spritztour übernehmen?« Er nickte, während Croaker ihn ansah. »Sie wollen es, das ist so sicher wie das Amen in der Kirche.« Er drückte Croaker die Schlüssel in die Hand, ging um das Auto zur Beifahrertür und stieg ein.

Croaker zögerte nur einen Augenblick, glitt dann hinter das Steuer und betätigte die Zündung. Der Motor brummte glücklich.

»Biegen Sie rechts ab, wenn wir zum Dixie Highway kommen«, kommandierte Majeur, als sie den Parkplatz verließen.

Croaker fragte sich, ob dies die ganze Zeit über Majeurs Plan gewesen war. War der Anwalt seiner Sache so sicher gewesen?

Croaker fuhr den Dixie Highway in nördlicher Richtung hinauf, und als der in den Broadway überging, bog er zuerst links, dann rechts ab. Sie befanden sich in einem Niemandsland, das für einen weißen Mann gefährlich war. Als er an einer Ampel anhalten mußte, riskierte Croaker einen Blick auf Majeur. Er sprach und wirkte wie ein vor Gericht zugelassener Anwalt. Croaker konnte ihn sich im Gerichtssaal vorstellen, wie er sich mit feuriger Entrüstung an die Jury wandte. Er nahm an, daß Majeur weit häufiger Fälle gewann als verlor.

Majeur lotste ihn durch die Stadt, bis sie schließlich langsam eine verwaiste Straße hinabfuhren, die Rosemary Avenue hieß. Croaker war hier noch nie gewesen. Weiter vorn sah er den schmiedeeisernen Zaun eines Friedhofs.

»Halten Sie doch bitte am Ende der Straße«, sagte Majeur.

Sie standen im Halteverbot, aber das schien den Anwalt nicht zu stören. Als sie ausstiegen, sah Croaker, daß Majeur seine Aktentasche gegen eine altmodische Frühstücksbox mit gewölbtem Deckel ausgetauscht hatte. Majeur bemerkte Croakers Blick. »Mein Frühstück«, sagte er fast entschuldigend. »Bei meinem Terminkalender macht es sich bezahlt, vierundzwanzig Stunden am Tag auf alles vorbereitet zu sein.« Er zuckte die Achseln. »Man kann nie wissen.«

Er führte Croaker über den Bürgersteig zu dem Friedhofstor, zog einen Schlüssel aus der Tasche und schloß auf. Sie betraten den Friedhof, und Majeur verschloß das Tor wieder sorgfältig.

Die Sonne schien, und die zwitschernden Vögel schwirrten von Zweig zu Zweig. Scheinbar ziellos schritten sie die moosbewachsenen Pfade hinab, an Grabsteinen aus Granit vorbei, die von Wind und Sturzgüssen stumpf geworden waren. Gelegentlich kamen sie an Gräbern mit den zerfetzten Überresten vorüber, mit denen man der Toten gedacht hatte: Die Stengel der Blumen waren schon lange staubtrocken, die Grablichter in den roten Glasbehältern heruntergebrannt.

»Haben Sie Hunger?« Major stellte die Frühstücksbox oben auf einen Grabstein und öffnete sie. Auf diesem Grab lag ein frisches Blumengebinde, das noch fest in das grüne Papier eines Floristen eingebunden war, als hätte jemand es gerade erst dort plaziert. Aber Croaker, dessen Augen die Umgebung absuchten, kam zu dem Resultat, daß sie allein auf dem Friedhof waren.

»Frühstück für zwei.« Majeur brachte zwei große kubanische Sandwiches mit geröstetem Schweinefleisch und gebratenen Zwiebeln zum Vorschein, die in Butterbrotpapier eingewickelt waren. Er hatte auch eine Thermoskanne mit starkem schwarzem Kaffee und süße kubanische Brötchen dabei.

»Ich habe im Moment keinen Hunger«, sagte Croaker.

»Schade. Wo ich doch damit auf Sie gewartet habe.« Majeur begann bereits, das um das Sandwich gewickelte Wachspapier zu entfernen.

Die Erfahrung hatte Croaker gelehrt, daß man aus der Art und Weise, wie Menschen sich beim Essen und beim Sex verhielten, eine Menge lernen konnte, und das war nicht weiter überraschend. Beides, Essen und Sex, hatte eine primitive Herkunft, beide waren animalische Instinkte, die alle Menschen besaßen. Aber die Form, wie sich diese Instinkte manifestierten, verriet, wie eine Persönlichkeit geformt, verbogen oder gebeugt worden war und was für sie wichtig oder unwichtig war. Beim Essen und beim Sex endeten alle Verstellungen, und die wahre Persönlichkeit kam zum Vorschein.

Majeur war anspruchsvoll. Er hantierte mit dem mißlichen Sandwich in einer Weise, die Croaker an einen Chirurgen erinnerte, der es mit einem lebenden Herz zu tun hatte. Ruhig, genießerisch und präzise biß er gleich große Stücke von dem riesigen Sandwich ab, bis nichts mehr davon übrig war. Als er zu Ende gekaut und den letzten Bissen hinuntergeschluckt hatte, öffnete er den Deckel der Thermosflasche und schenkte sich Kaffee in den Plastikbecher ein, der sich darauf befunden hatte. Der Duft des Kaffees breitete sich sofort aus. Die süßen Brötchen rührte Majeur nicht an.

Als er seine Mahlzeit beendet hatte, mußte er sich nicht einmal die Lippen abwischen. Er rieb sich die Hände und kam zum geschäftlichen Teil zurück. »Mr. Croaker, mein Angebot ist ganz unkompliziert. Mein Klient hat Zugang zu einer gesunden menschlichen Niere. Sie stimmt mit der Blutgruppe und den anderen biologischen Merkmalen Ihrer Nichte überein. Wir würden natürlich alle erforderlichen Unterlagen für die Ärztin bereitstellen, die, wie ich glaube, Jennifer Marsh heißt.«

Croaker war angesichts des Gedankens, daß Rachel vielleicht doch eine Überlebenschance hatte, so erleichtert, daß ihm schwindlig war, als hätte er zuviel von Bennies Mescal getrunken. Er versuchte ruhig zu bleiben. Er mußte Sicherheiten verlangen und sich vergewissern, daß es sich nicht um einen Betrug handelte. »Mr. Majeur, wenn Sie nur ein bißchen Mitgefühl haben, sollten Sie mir die Wahrheit sagen. Verfügt Ihr Klient wirklich über eine passende Niere? Ich meine, wenn das alles Unsinn ... Verstehen Sie, mit dem Leben eines jungen Mädchens treibt man keine Scherze.«

»Mr. Croaker, ich versichere Ihnen, daß es dieses Organ gibt und daß mein Klient Zugang dazu hat.« Majeur zog aus der Innentasche seines Jacketts ein paar gefaltete Papiere hervor und reichte sie Croaker.

»Handelt es sich um eine registrierte Niere?«

Majeur lächelte. »Was das United Network of Organ Sharing angeht, ist sie absolut koscher.«

Croaker hatte solche Unterlagen schon gesehen; Jenny Marsh hatte sie ihm gezeigt, kurz bevor sie seinen Eignungstest durchgeführt hatte. Es handelte sich um Zertifikate mit detaillierten Angaben, was die Blutgruppenkompatibilität, die Bestimmung der HLA-Antigene und so weiter betraf. Weil Jenny Marsh ihm die Unterlagen gezeigt hatte, kannte er Rachels Blutgruppe und ihre HLA-Antigene. Sechs Richtige bei den HLA-Antigenen wären die ideale Lösung, weil dann das Risiko, daß das Organ wieder abgestoßen wurde, viel geringer wäre. Aber das wäre zu schön, um wahr zu sein.

Croakers Puls beschleunigte sich, als er entdeckte, daß fünf von sechs Antigenen des Organs denen Rachels entsprachen. Guter Gott, dies war kein Scherz. Majeur hatte das einzige Mittel in der Hand, das Rachels Leben retten konnte. Dies glich einem Geschenk Gottes.

Majeur beugte sich vor und flüsterte genauso, wie er

es vor dem Eingang des Krankenhauses getan hatte. »So leicht kann Ihre Nichte zu einer neuen Niere kommen.«

Croaker strich über die Papiere. »Ich würde sie gern behalten.«

Majeur spreizte die Arme weit. »Natürlich. Zeigen Sie sie Dr. Marsh und überprüfen Sie alles. Mein Klient möchte, daß Sie sich sicher fühlen, was sein Versprechen angeht.« Er wartete nur einen kurzen Augenblick. »Aber lassen Sie sich nicht zuviel Zeit. Ich nehme an, Dr. Marsh hat Ihnen klargemacht, daß Ihrer Nichte nur noch sehr wenig Zeit bleibt, und dann wird ihr auch eine passende Niere nicht mehr helfen.« Croaker hörte Majeur kaum noch. Sein Herz schlug so schnell, daß er sich selbst fast nicht mehr denken hörte. Es gab diese Niere, sie existierte. Das war Rachels Überlebenschance, und er durfte sich diese Gelegenheit nicht entgehen lassen. Aber was für Trümpfe hatten dieser fragwürdige Typ und sein Klient im Ärmel? »Wie kommt es, daß Ihr Klient etwas über die Situation meiner Nichte weiß?«

»Wahrscheinlich von Dr. Marsh.« Majeur streckte eine Hand aus, mit der Innenseite nach oben. »Auf indirektem Weg. Sie hat im Interesse Ihrer Nichte eine beträchtliche Anzahl von Telefonaten geführt. Bei der Nierenmedizin handelt es sich um eine Art geschlossener Gesellschaft, und so hat sich die Nachricht ziemlich schnell verbreitet. Mein Klient hat viele Freunde, die Ärzte sind.«

»Und der Name Ihres Klienten lautet?«

Majeur lächelte. »Aus Gründen, die Ihnen in Kürze einleuchten werden, zieht er es vor, anonym zu bleiben.«

»Tut mir leid«, sagte Croaker. »Ich lasse mich nicht auf Geschäfte mit Leuten ein, die keinen Namen haben.«

»Ach, kommen Sie, Sir.« Majeur spreizte die Arme. »Oben in New York haben Sie sich auf jede Menge anonymer Quellen eingelassen.«

»Das waren Kriminelle.«

Majeur pochte sich mit einem Zeigefinger gegen die Schläfe. »Mit Sicherheit nicht alle.«

Croaker starrte ihn schweigend an.

Majeur war nicht beunruhigt. »Wie dem auch sei, ich glaube nicht, daß Sie in dieser Angelegenheit eine Wahl haben.« Er wartete einen angemessenen Augenblick lang, und Croaker sah vor seinem geistigen Auge erneut, wie sich Majeur bei seinem Schlußplädoyer mit dramatischen Gesten an die Jury wandte. »Zumindest nicht, wenn Sie wollen, daß Rachel überlebt.« Majeur benutzte Rachels Namen zum ersten Mal, und Croaker war so geschockt, als hätte man ihm einen Eimer kaltes Wasser ins Gesicht geschüttet. »Und ohne diese Niere *wird* sie sterben, Sir. Dr. Marsh hat das bestätigt und andere sicher auch.«

Croaker schwieg lange. Dumpf wie ein Hintergrundgeräusch nahm er den anschwellenden Verkehr auf dem Broadway wahr. Aus einer Box dröhnte harte, monotone Rapmusik. Der Klang wurde lauter, nahm ab und wurde dann von der sommerlichen Luft davongetragen. Hier auf dem Friedhof war es unnatürlich ruhig. Und es wurde von Minute zu Minute heißer.

Endlich kam wieder Leben in Croaker. »Okay. Nehmen wir einmal an, daß Ihr Klient tatsächlich Zugang zu einer passenden Niere hat. Wieviel Geld will er dafür sehen? Ich bin kein Millionär, aber meine Schwester kann an Geld rankommen.«

»Oh, es geht nicht um Geld«, sagte Majeur. »Nein, nein, nichts in der Art. Im Gegenteil. Es würde meinem Klienten gefallen, wenn Sie die Schlüssel für den Mustang behielten.«

»Das kann ich mir nicht vorstellen.«

»Dies ist ein handfester Beweis für seine Aufrichtigkeit und seinen guten Willen.« Majeur verstaute das gebrauchte Butterbrotpapier sorgfältig wieder in seiner Frühstücksbox.

»Ich versichere Ihnen, daß es keinen Haken bei der Sache gibt.« Er schenkte sich erneut Kaffee ein. »Die Fahrzeugpapiere sind im Handschuhfach, und ich garantiere Ihnen, daß sie in Ordnung sind. Wie die Sache auch ausgehen mag, der Wagen gehört Ihnen.«

Er blickte zu Croaker auf und setzte sein gütigstes Lächeln auf, jenes Lächeln, welches er für die Mitglieder der Jury reserviert hatte und das ihnen zweifellos bei ihren Beratungen im Gedächtnis bleiben würde. »Nehmen Sie das Geschenk an, Sir. Ich kenne meinen Klienten. Er würde es als Beleidigung empfinden, wenn Sie es nicht täten.«

Durch diese einfache Aussage hatte Majeur Croaker alles verraten, was er über den mysteriösen Klienten wissen mußte: Er war reich, mächtig und hatte beträchtlichen Einfluß. Er war großzügig, wahrscheinlich ehrenhaft und mit ziemlicher Sicherheit skrupellos.

»Worin besteht die Gegenleistung für die Niere?«

Majeur nickte, als würde er Croakers Entscheidung gutheißen. »Bevor ich beginne, möchte ich Ihnen sagen, daß mein Klient Sie wissen lassen will, daß es sein Wunsch war, diese Niere Ihrer Nichte ohne Gegenleistung zukommen zu lassen. Leider haben die Umstände diese Großzügigkeit unmöglich gemacht.« Er tippte mit dem Zeigefinger auf die Vorderseite des Grabsteins. »Sehen Sie das hier?«

Croaker blickte auf die Inschrift auf dem Grabstein aus Granit: THERESA MARQUESA BARBACENA. 1970–1996. MÖGEN GNADE UND BARMHERZIGKEIT FÜR IMMER MIT IHR SEIN.

»Wie Sie sehen, war Theresa sechsundzwanzig Jahre alt, als sie starb.« Majeur schloß langsam und schweigend die Frühstücksbox. »Vielmehr – als sie ermordet wurde.« Seine Hände umklammerten den Deckel der Box, als wären sie Diener, die auf weitere Anweisungen warteten.

»Was für eine Beziehung hatte das Mädchen zu Ihrem Klienten?«

Majeur schien ein stummes Selbstgespräch zu führen.

Croaker atmete tief durch. »Ihr Klient will also im Gegenzug für die Niere, daß ich herausfinde, wer sie ermordet hat.«

»O nein, Sir.« Majeur hatte offensichtlich den Höhepunkt seiner zusammenfassenden Betrachtungen erreicht. »Mein Klient weiß, wer sie getötet hat. Ihr Ehemann, ein gewisser Juan Garcia Barbacena. Er hat sie bewußtlos geschlagen, ihr ein Kabel um den Hals geschlungen und solange zugedrückt, bis ihr die Zunge aus dem Mund sprang und das Blut aus ihren Augen tropfte.«

Majeur war ein Meister seines Fachs. Er wartete gerade lange genug, bis Croaker die schrecklichen Details des Mordes verdaut hatte, bevor er fortfuhr. »Und wissen Sie, warum er sie umgebracht hat, Sir?« Majeur schüttelte den Kopf. »Aus dem banalsten aller denkbaren Gründe. Er hatte eine Geliebte, und Theresa war ihm auf die Schliche gekommen. Aber statt sich an jemanden um Hilfe zu wenden – jemanden wie meinen Klienten – und ihm zu erlauben, das Problem auf seine Art und Weise zu lösen, hat sie Juan Garcia zur Rede gestellt. Sie hat ihn verbal bedroht, nicht etwa physisch, wie ich Ihnen versichern kann. Sie war nicht diese Art von Frau. Und als Reaktion darauf hat er sie umgebracht.«

»Hört sich nach einem klaren und abgeschlossenen Fall an«, sagte Croaker. »Wenn es stimmt, was Sie behaupten ...«

»Es ist die Wahrheit.«

Croaker blieb unbarmherzig. »Wenn Sie ausreichende Beweise haben, sollten Sie oder Ihr Klient zur Polizei gehen.«

Majeur seufzte. »Mr. Croaker, in der besten aller möglichen Welten wäre das schon geschehen. Dort wäre Juan Garcia Barbacena längst eingelocht worden.« Wieder diese Pause; Croaker gewöhnte sich langsam an den manipulativen Argumentationsstil Majeurs. »Aber wir leben nicht in der besten aller möglichen Welten. Wir haben es mit der Wirklichkeit zu tun. Und die Realität sieht in dieser Situation so aus, daß Juan Garcia, so bösartig er auch ist, und ungeachtet seiner Schuld an diesem Verbrechen, nicht angezeigt, geschweige denn vor Gericht gestellt wird.«

Majeurs Finger umklammerten den glatten Granitgrabstein, als könnte er durch diese Geste Theresas ruhelosen Geist besänftigen. »Dieser Mann wird beschützt, sogar vor dem Einfluß meines Klienten. Er ist von einem Schutzwall umgeben, den niemand durchdringen kann.« Er hob einen Finger. »*Fast* niemand.«

Ein Schauer kroch Croaker langsam das Rückgrat hinauf, während seine Vorahnung sich unausweichlich der Realität anzugleichen begann.

In einem Tonfall, der Croaker die Haare auf den Unterarmen zu Berge stehen ließ, zog Majeur das Fazit seiner Ausführungen. »Sie, Sir, können an ihn herankommen. Mein Klient ist davon überzeugt. Sein Vorschlag lautet in aller Kürze so: Als Gegenleistung für die Niere, die Rachels Leben retten wird, werden Sie Juan Garcia Barbacenas Verteidigungsmauern einreißen und ihn töten.«

2.

»Ich werde niemanden umbringen«, sagte Croaker. »Weder für Sie noch für irgend jemanden sonst.« Majeurs Angebot war kein Geschenk Gottes, sondern ein Pakt mit dem Teufel.

»Natürlich.« Majeur legte seine Hand mit derselben Zärtlichkeit auf die Kühlerhaube des türkisfarbenen Mustangs, wie er die Oberschenkel einer nackten Frau streicheln würde. Sie standen vor dem Eingangstor des Friedhofs, das der Rechtsanwalt hinter ihnen wieder geschlossen hatte. Aus dieser Perspektive konnten sie gerade noch die leuchtenden Farben der frischen Blumen erkennen, die jemand auf das Grab von Theresa Marquesa Barbacena gelegt hatte. »Diese Empfindsamkeit würde die Familie von Ajucar Martinez geradezu schockieren.«

Ein Schauer schmerzhafter Erinnerungen durchfuhr Croaker, und seine Gedanken wurden ein Jahrzehnt zurückkatapultiert. »Martinez war ein Monster. Als ich ihn erwischt habe, hatte er bereits fünf Prostituierte umgebracht. Er hat ihnen Stirn und Wangen aufgeschlitzt und ihnen die Brüste abgeschnitten, bevor er ihnen die Kehle durchtrennt hat.«

»Sie haben ihn erschossen«, sagte Majeur kühl.

»Ja, allerdings.« Croaker war nicht weiter überrascht, daß Majeur solche schwer zugänglichen Informationen über ihn ausgegraben hatte, obwohl sie geheim und nur schwer zu erhalten waren. Majeurs Kontaktaufnahme mit ihm war Bestandteil eines ausgeklügelten Planes. Diese Typen scherzten nicht. »Der Kerl hat mich mit einem Rasiermesser verfolgt.«

»Und Sie haben ihm den Kopf vom Körper geblasen.«

»Ich habe ihm zuerst ins Knie geschossen«, sagte Croaker. »Aber das hat nicht gereicht.«

Majeur warf die Frühstücksbox mit dem gewölbten Deckel auf den Rücksitz des Mustangs. »Dann gab es da noch diesen Dunston McGriff.«

»Das war der nächste Psychopath«, erinnerte sich Croaker. »Er hat seine Stiefschwester vergewaltigt und ihr anschließend das Herz herausgerissen und es gegessen. Danach ist er Amok gelaufen und hat vier Menschen getötet und sechs verletzt. Er bevorzugte eine 38er.«

Majeur lehnte sich gegen die Kühlerhaube des Mustangs, und das Sonnenlicht reflektierte so hell auf der perfekt polierten Oberfläche, daß einem schwindlig werden konnte. »Sie haben ihm eine Kugel in die Schläfe und eine andere in den Hals gejagt. Sie haben ihn wie ein erstklassiger Scharfschütze sauber kaltgemacht.«

»Ich mußte es tun. Er war gerade im Begriff, meinen Partner umzulegen.«

Majeur verschränkte die Arme vor der Brust, schloß die Augen und ließ sich die Sonne ins Gesicht scheinen. »Kommen wir zu Rodrigo Impremata.«

Croaker blickte Majeur an. In einer großartigen Inszenierung ließ der Anwalt die Vergangenheit wiederaufleben. Ereignisse, die Croaker tief in seiner Psyche vergraben hatte, durchschritten sein Bewußtsein wie ein bis an die Zähne bewaffneter Feind in Militärstiefeln. »Worum geht's hier – um eine Wäscheliste?«

»Wir führen über die Toten Buch«, sagte Majeur. »Wenn meine Informationen stimmen, hat Don Rodrigo viele Jahre lang das Kokainkartell der Lateinamerikaner in New York kontrolliert. Und er hat offenbar den Mord an Ihrem Vater angeordnet. Gibt's soweit irgendwelche Unstimmigkeiten?«

»Nicht daß ich wüßte.« Croaker wartete, worauf Majeur hinauswollte. Der Anwalt wußte sicher auch, daß Croaker als freier Mitarbeiter beim FBI aktiv war.

Majeur nickte. »In diesen Zeiten der Ausflüchte und Schuldzuweisungen erkenne ich Ihre Offenheit ausdrücklich an, Sir. Wirklich.« Er reckte sein Gesicht noch mehr in die Sonne. »Don Rodrigo war ein Egomane der schlimmsten Sorte, nicht wahr? Während er immer mehr Macht anhäufte, hat er jeden in seiner Umgebung rücksichtslos bedroht. Selbst seine Kumpels wollten ihn tot sehen. Aber der Don war zu clever für sie, er sorgte dafür, daß sie schwach blieben und sich untereinander bekämpften.« Majeur öffnete die Augen und sah, daß Croaker ihn anstarrte. »Und an dieser Stelle kommen Sie ins Spiel. Irgendein aufgeweckter Bursche, der wußte – oder vermutete –, daß der Don Ihren Vater vernichtet hatte, hat Ihnen einige wesentliche Informationen anvertraut. Damit öffnete sich plötzlich ein Loch in dem scheinbar undurchdringlichen Verteidigungswall des Dons, durch das ein Mann mit Ihren Fähigkeiten und Ihrer Entschlossenheit hindurchschlüpfen konnte.« Majeur legte den Kopf zur Seite. »Wie finden Sie das?«

Croaker zuckte unverbindlich die Achseln, aber er war irritiert. Er dachte, daß er über die bitteren Gefühle hinweggewesen wäre, die der Don einst in ihm geweckt hatte. Er hatte geglaubt, inzwischen das andere Ufer dieses Traumas erreicht zu haben.

»Das ist so eine Art halboffizielle Geschichte.« Majeurs Blick richtete sich durch die Eisenstäbe des Tors auf Theresas Grab. »Auf der anderen Seite gibt es Leute – und ich muß zugeben, daß auch ich zu ihnen gehöre –, die glauben, daß Sie bereits gewußt haben, wer Ihren Vater umgebracht hatte. Ich will damit sagen, daß Sie mit Sicherheit Nachforschungen auf eigene Faust angestellt haben.«

Majeurs Blick richtete sich wieder auf Croaker. Er suchte eine Bestätigung. Als keine kam, fuhr er fort. »Wie dem auch sei, nach dieser Version haben Sie den bittersten Rivalen des Dons aufgesucht und ein Geschäft mit ihm vereinbart: Er sollte den Don überrollen, und Sie würden den Hurensohn aus dem Verkehr ziehen. Alles verlief ordentlich und sauber, und so war den Interessen beider Seiten gedient.«

Croaker erkannte jetzt, daß Majeur sehr viel mehr getan hatte, als nur die Vergangenheit aufleben zu lassen. Er hatte nicht nur zeitlich weit zurückliegende Ereignisse, die zwischen den Seiten eines Sammelalbums begraben gewesen waren, heraufbeschworen, sondern Gefühle wiederbelebt, die Croaker sorgfältig in die dunkelste Ecke seines Bewußtseins verbannt hatte. Croaker erinnerte sich jetzt an die Rachsucht, die ihn damals wie eine von einem Hurrikan angetriebene Flutwelle gepackt hatte. Er hätte alles getan, um den Mörder seines Vaters vor Gericht zu bringen, und er hatte es geschafft.

Majeur bewegte sich von dem Wagen weg. »Sagen Sie, wie alt waren Sie, als das geschah?«

»Zwanzig«, sagte Croaker. »Falls es so war, wie Sie sagten.«

»Oh, es ist alles genauso passiert, wie ich es erzählt habe.« Majeur öffnete die Tür des Mustangs. »Sie wissen es, und ich weiß es auch.« Er schenkte Croaker ein dünnes Lächeln. »Wir können uns also viel Zeit sparen. Sie verfügen über die wichtigsten Fähigkeiten: Sie sind zugleich geschickt und findig.«

»Ich sage Ihnen was: Wenn ich mal Referenzen für eine Bewerbung brauche, rufe ich Sie an.«

Majeur blickte ihn schief an. Er befand sich immer noch mitten in seinem Schlußplädoyer, und kein noch so sarkastischer Einwurf würde ihn aufhalten. »Sie wissen ja, was man über Mord sagt – entweder ist man dazu fähig, einen Menschen zu töten, oder man ist es nicht, Punkt. Ich denke, Sie haben zur Genüge bewiesen, daß Sie fähig sind, einen Menschen umzulegen, und daß Sie wissen, wie man es anstellt. Man könnte sogar sagen, daß Sie ein Experte darin sind.«

»Hier geht es nicht um meine Fähigkeiten«, sagte Croaker. »Wenn ich in der Vergangenheit getötet habe, dann gab es verdammt gute Gründe dafür. Erstens hatten es diese Typen verdient, und zweitens hatte ich keine andere Wahl.«

»Was Martinez und McGriff betrifft, haben Sie vielleicht recht«, sagte Majeur. »Aber nicht im Fall des Dons.«

»Da irren Sie sich. Wir hatten nie etwas gegen ihn in der Hand. So sehr wir es auch versucht haben, er ist uns immer wie ein Aal durch die Finger geschlüpft, als hätte er gewußt, was wir planten, bevor wir es selbst gewußt haben.«

Croaker nickte. »Sie haben recht. Ich habe jede Menge privater Nachforschungen angestellt, was den Don betrifft. Er hatte meinen Vater ermorden lassen, daran gab es keinen Zweifel. Aber die Leute, mit denen ich gesprochen habe, waren zu verängstigt, um zur Polizei zu gehen und eine Aussage zu machen. Und selbst wenn ich den Beweis gehabt hätte, wäre der Don davongekommen. Er hatte die ganze New Yorker Polizei bis in den letzten Winkel infiltriert und war unberührbar. Und in der Zwischenzeit starben die Kids an dem Dreckstoff, mit dem er seine Geschäfte machte. Es gab keinen anderen Weg.«

Majeur stand dicht vor ihm. In der zunehmenden Hitze des Vormittages dominierten plötzlich die Gerüche von Eau de Cologne und Schweiß. »Es gab keinen anderen Weg. Er war unberührbar.« Flüsternd wiederholte er Croakers Worte. »Mit anderen Worten, er wurde von allen Seiten beschützt.«

Croaker fühlte, wie die Falle zuschnappte. Er blickte in Majeurs kaffeebraune Augen und spürte, wie ihm die Intensität des Anwalts mit voller Wucht entgegenschlug.

»Genau wie Juan Garcia Barbacena zu den Unberührbaren gehört, die von allen Seiten beschützt werden.« Majeur bewegte die Hände auf und ab. »*Madre de Dios*, dieses dreckige Schwein hat seine Frau in der vollen Blüte ihres

Lebens kaltblütig umgelegt. Wenn Sie glauben, daß er nicht wußte, was er tat, dann kennen Sie Juan Garcia Barbacena verdammt schlecht. Er ist ein zweiter Don Rodrigo Impremata.«

Das Blut war Majeur ins Gesicht gestiegen und hatte seine Haut so verdunkelt, daß sie die Farbe von fleckigem Mahagoni angenommen hatte. Ob Barbacena den Mord begangen hatte oder nicht, Majeur war – Croaker spürte das deutlich – von seiner Schuld überzeugt. Vielleicht hatte Croaker in diesem Moment einen Einblick in den Charakter des Anwalts gewonnen. Vielleicht war er doch nicht nur ein kalter und geschickter Söldner, der auf das große Geld aus war. Aber auch er war nicht perfekt. Er hatte nicht ein Wort über Croakers Beziehungen zur ACTF fallenlassen, und dies konnte nur bedeuten, daß er nichts darüber wußte.

»Ich weiß nur, was Sie mir erzählt haben.« Croaker war sich der Tatsache bewußt, daß Majeur ihn im Verlauf ihres Gespräches immer weiter in den Abgrund gezogen hatte. Aber er sah keinen Ausweg. Rachel mußte diese Niere bekommen. Und wenn Majeur ihm die Wahrheit über Barbacena erzählt hatte ... Trotz Majeurs Geisterbahnfahrt durch Croakers Vergangenheit bei der New Yorker Polizei war es eine neue Erfahrung für ihn, sich auf moralisch zweifelhaftem Terrain zu bewegen. In einer Hinsicht war sich Croaker sicher: Jedesmal, wenn er einen Menschen getötet hatte, war es gerechtfertigt gewesen. Aber die Sache mit Juan Garcia Barbacena war eine völlig andere Angelegenheit. Er brauchte das einzige, was er nicht hatte, um die Lage abzuchecken und nachzudenken: Zeit. Rachels Zustand ließ es nicht zu, daß er die Sache bis in die hinterste Verästelung überprüfte.

»In manchen Situationen muß man einfach guten Mutes bleiben«, sagte Majeur. »Glauben Sie mir, wir haben das Wohlergehen Ihrer Nichte nicht aus den Augen verloren.«

»Ich brauche etwas Zeit, um mit Dr. Marsh zu sprechen. Sie muß die medizinischen Unterlagen überprüfen.«

»Sie haben vierundzwanzig Stunden. Wir hoffen, daß Sie danach für den nächsten Schritt bereit sind.«

»Dr. Marsh wird sichergehen wollen, daß dieses Organ existiert.«

Majeur lächelte. »Wir können und werden ihr diese Gewißheit verschaffen.« Er nickte. »Auf der Rückseite meiner Visitenkarte finden sie eine handgeschriebene Telefonnummer. Darunter können Sie mich während der nächsten vierundzwanzig Stunden jederzeit und überall erreichen. Das ist eine Garantie, Sir. Ein sichtbares Zeichen unseres guten Willens.«

Majeur warf Croaker einen strengen Blick zu. »Vierundzwanzig Stunden – das ist die definitive Gnadenfrist, die Ihnen mein Klient zugesteht.«

Dieser Satz reizte den Polizisten in Croaker. »Er hat's ziemlich eilig, oder?«

»Auch für Ihre Rachel wird die Zeit knapp.« Majeur zuckte die Achseln. »Ja, mein Klient steht tatsächlich unter extremem Termindruck.« Er schritt näher auf Croaker zu und senkte die Stimme, als hätte er Angst davor, daß sie außer den toten Seelen und den Möwen, die sie bewachten, noch von jemand anderem belauscht wurden. »Juan Garcia Barbacena trifft morgen um Mitternacht unter strengsten Sicherheitsvorkehrungen in Miami ein. Er bleibt nur zwölf Stunden, und während dieser Zeit trifft er sich mit hochrangigen Geschäftspartnern. Wann und wo diese Gespräche stattfinden, ist ein strikt gehütetes Geheimnis. Sie müssen ihn während dieser Zeitspanne erledigen.«

Croaker spürte, wie ihm am Rückgrat der Schweiß ausbrach. »Ich hätte praktisch keine Chance und nicht annähernd genug Zeit ...«

»Beruhigen Sie sich, Mr. Croaker. In dem Moment, wo Sie mir Ihre Zustimmung geben, werden Sie eine wahre Flut von Details über Barbacenas Reiseroute erhalten, zusätzlich Informationen über die Anzahl seiner Leibwächter und das Ausmaß ihrer Bewaffnung. Dazu gibt es ein komplettes Dossier darüber, welche Vorlieben er beim Essen, bei seiner Kleidung, bei Hotels und beim Sex hat. Sie sehen, daß wir nicht die Absicht haben, Sie den Krokodilen zum Fraß vorzuwerfen, Mr. Croaker.«

»Sie sind sich Ihrer Sache ziemlich sicher, oder?«

»Bestimmte Ereignisse im Leben eines Mannes sind unausweichlich.« Majeur streckte die Hand aus, und als Croaker sie ergriff, sagte der Anwalt mit einem überraschenden Maß an Impulsivität: »Ich vertraue Ihnen den Mustang ohne Vorbehalte an. Genießen Sie ihn, Sir.«

Als sie wieder auf dem Parkplatz des Krankenhauses angekommen waren, setzte Croaker den Anwalt ab. Er beobachtete, wie Majeur in einen neuen Lincoln Continental stieg, der traubenrot war – eine überaus beliebte Farbe in Florida. Croaker notierte sich die Nummer, bevor er den Mustang in die Parklücke manövrierte.

Er öffnete das Handschuhfach und fand die Kraftfahrzeugpapiere und die Zulassung. Beide waren auf seinen Namen ausgestellt, einschließlich Adresse und Sozialversicherungsnummer. Was wußten diese Leute eigentlich nicht über ihn? In den Kraftfahrzeugpapieren wurde Marcellus Rojas Diego Majeur als Vorbesitzer aufgeführt. Irgendein anderer Name, etwa der von Majeurs mysteriösem Klienten, war nirgendwo zu finden.

Als Croaker oben auf der Dialyse-Intensivstation angekommen war, sah er nach Rachel. Matty saß in dem engen Raum und schüttelte den Kopf: Ihr Zustand war also unverändert. Er bemerkte die Angst, die im Blick seiner Schwester lag, und es drehte ihm den Magen um.

Er ging zur Schwesternstation, weil er Jenny Marsh suchte, aber sie war im Operationsraum, und man erwartete, daß sie sich den größten Teil des Tages dort aufhalten würde, weil sie vier aufeinanderfolgende Operationen vorzunehmen hatte. Er mußte also bis zum gemeinsamen Essen warten. Sie hatten sich für acht Uhr abends verabredet.

Er steckte den Kopf wieder in das enge Krankenzimmer und warf Rachel, die friedlich und halbtot dalag, einen langen Blick zu. Matty saß angespannt und schmallippig neben ihr. Ein distinguiert wirkender Mann mit grauem Haar und einem dünnen, altmodischen Schnurrbart stand bei ihr. Er wandte sich um und nickte Croaker kurz zu. Matty stellte ihn als Dr. Ronald Stansky vor. Er war Rachels Hausarzt.

Die beiden Männer gaben sich die Hand.

»Ich habe Mrs. Duke gerade erzählt, daß ich beim United Network of Organ Sharing einen gewissen Einfluß habe«, murmelte Dr. Stansky mit gedämpfter Stimme, als wollte er vermeiden, die Patientin aufzuwecken. »Vielleicht kann ich etwas tun.«

»Das wäre großartig«, sagte Croaker. »Aber ich hatte den Eindruck, daß bei der UNOS in dieser Hinsicht nichts zu machen ist.«

»Ja. Natürlich.« Dr. Stansky trug einen leichten Anzug mit Fischgrätenmuster, ein sorgfältig gebügeltes weißes Hemd und eine dunkle, konservative Krawatte. Er hatte den aalglatten Gesichtsausdruck des Chefs eines Bestattungsinstitutes. »Ich wollte damit nicht etwa andeuten, daß ich nur dort anrufen müßte, damit sie mir eine Niere aussuchen. Ach du meine Güte, nein.« Er strich sich verstört mit seinem langen, sorgfältig manikürten Finger über den Schnurrbart. Dann hellte sich seine Miene auf. »Aber Freunde sind Freunde, und ich habe keine Zweifel daran, daß sie in unserem Interesse ihr Bestes geben werden.«

Er drückte Mattys Hand. »Geben Sie die Hoffnung nicht auf«, flüsterte er ihr zu.

Croaker tippte Stansky auf den Arm. »Können wir draußen weiterreden?«

»Natürlich.«

Croaker warf Matty ein aufmunterndes Lächeln zu, während er den Vorhang für Dr. Stansky zur Seite hielt. »Dr. Stansky, meine Schwester hat mir erzählt, das Sie Rachel vor sechs Monaten untersucht haben«, sagte er, als sie auf dem Flur standen.

In Mattys Abwesenheit schmolz Dr. Stanskys fast unterwürfiges Benehmen wie Schnee in der Sonne dahin. Jetzt kam eine harte Unversöhnlichkeit zum Vorschein, die von wachsamen Menschen meistens wie eine Waffe eingesetzt wird, die sich in einer ihnen nicht vertrauten Situation befinden.

»Und?« Dr. Stansky wirkte gekränkt, weil hier offenkundig jemand seine wertvolle Zeit verschwendete. »Sie hat mich aufgesucht, weil ihre Schule diese ärztliche Untersuchung verlangte. Rachel war nicht krank.«

Es war, als wollte man einen Stein auswringen. »Weiter.«

Dr. Stansky spreizte seine manikürten Finger. »Die Untersuchungsergebnisse waren in jeder Hinsicht normal.«

Croaker schüttelte den Kopf. »Etwas macht mich neugierig, Doktor. Wie ist es möglich, daß bei Ihren Untersuchungen nicht herauskam, daß Rachel Marihuana rauchte, Kokain schnupfte und halluzinogene Drogen nahm?«

»Ich glaube verstanden zu haben, daß Sie früher Detective bei der New Yorker Polizei waren.« Dr. Stanskys Augen glichen leeren Abgründen, in denen jedes echte menschliche Gefühl wie ein Stein in einem Brunnen verschwunden war. Croaker hatte den starken Verdacht, daß einem dieser Charakterzug an der medizinischen Fakultät zusammen mit Anatomie und Zytologie beigebracht wurde. »Warum stellen Sie mir eine Frage, wenn Sie die Antwort schon kennen?«

»Ich wollte hören, was Sie dazu zu sagen haben.«

Dr. Stansky sträubte sich. »Es ist ein Kinderspiel, bei einer solcher Untersuchung nicht aufzufallen.« Er fuchtelte warnend mit einem Finger herum wie ein Professor, der vor einem plötzlich unruhig gewordenen Auditorium steht. »Das passiert an jedem Tag der Woche in jeder Stadt dieses Landes. Es ist zwar schrecklich, aber leider Realität.«

»Aber jetzt wissen Sie, daß sie drogenabhängig ist.« Croaker hatte diesen Satz nicht als Frage verstanden. Der Doktor begegnete ihm mit eisigem Schweigen. Einen Arzt so weit zu bekommen, einen Fehler zuzugeben, war ungefähr gleichbedeutend damit, von Gott das Eingeständnis zu fordern, daß er bei der Erschaffung der Menschheit einen Fehler begangen hatte. »Danke, Doktor. Ich weiß Ihre Offenheit zu schätzen.«

Dr. Stansky verwechselte Croakers Ironie mit einer Entschuldigung und spitzte die Lippen, um deutlich zu machen, daß er sie akzeptierte.

Croaker sprach kurz mit Matty. Er sehnte sich danach, ihr etwas über sein Gespräch mit dem mysteriösen Rechtsanwalt Majeur zu erzählen, brachte es aber nicht übers Herz. Da nicht sicher war, ob er seinen Teil des Geschäfts erledigen könnte und ob Majeur nicht mit gezinkten Karten spielte, wäre es grausam gewesen, ihr Hoffnungen zu machen. So versicherte er ihr nur, daß er weiterhin seine Kontakte zu Regierungskreisen in Anspruch nehmen würde, um Rachel eine Niere zu verschaffen. Das entsprach zwar nicht ganz der Wahrheit, war aber auch keine Lüge.

Nachdem Croaker das Krankenhaus verlassen hatte, überlegte er, wo er in der kommenden Nacht schlafen sollte. Der Weg zu seinem Haus in Islamorada war zu weit, und der Gedanke, bei Matty in Harbour Pointe zu bleiben, machte ihn nervös. Diese hochgezüchteten Wolkenkratzer waren nicht der richtige Ort für ihn. Als er die Hand in die Hosentasche steckte, stellte er fest, daß er die Schlüssel von Sonias Haus noch bei sich hatte. Er hatte vergessen, sie Bennie zurückzugeben.

Er ging über den Parkplatz zum Thunderbird und dachte darüber nach, ob er wirklich in El Portal übernachten sollte. Er öffnete den Kofferraum und gab auf einer kleinen Zifferntastatur, die er selbst angebracht hatte, eine Nummer ein. Ein kleines Kläppchen öffnete sich, und er zog eine gepolsterte Aktentasche hervor, in der sich ein kleines Notebook befand. Er schloß es an sein Mobiltelefon an und wählte über das interne Modem die Datenbank des State Motor Vehicle an. Die Software fragte ihn nach einem Zugangscode, und er tippte eine Nummer ein, die ihm Rocky Saguas, ein befreundeter Detective Lieutenant von der Metro-Dade Police Force, einmal gegeben hatte. Er kam durch, gab die Autonummer von Majeurs Lincoln Continental ein, aber das System war blockiert. Typisch. Er wechselte zu Southern Bell, benutzte den gleichen Code und gab die Telefonnummer von Sonias todkrankem Freund Nestor ein. Einen Augenblick später erschienen dessen voller Name und die Adresse auf dem Monitor; er wohnte nicht weit von Sonias Haus entfernt in El Portal. Croaker unterbrach die Verbindung und fuhr los.

Die Town Center Mall befand sich an der Glades Road, einer der beiden von Osten nach Westen verlaufenden Hauptverkehrsstraßen, die von einem Ende von Boca Raton zum anderen reichten. Die Einkaufspassage selbst lag zwischen der Butts Road und dem St. Andrews Boulevard und war eines jener riesigen Shopping-Center, die für die Ostküste von Florida charakteristisch waren.

Croaker hatte an diesem Morgen zwar geduscht, aber er trug schon seit zwei vollen Tagen dieselbe Kleidung und war bald von einem riechenden Heiligenschein umgeben, der den Ringen des Saturn glich. Er kaufte Unterwäsche, ein paar leichte Hosen, die nicht geändert werden mußten, und ein halbes Dutzend Polohemden und andere Hemden mit kurzen Ärmeln. Als er wieder in die Einkaufspassage zurückspazierte, fühlte er sich ordentlich und sauber. Plötzlich lief er in Rafe Roubinnet, den Eigentümer der Shark Bar.

»Hallo, *compadre*!« Wie gewöhnlich fuhren die Köpfe der Leute herum, als sie Rafes donnerndes Organ hörten. Croaker fand, daß Rafe im Grunde seines Herzens immer noch Politiker war. Nach dem, was er gehört hatte, hatte er sein Amt als Bürgermeister von Miami in mehr als nur achtbarer Weise wahrgenommen. Viele hatten sich dafür eingesetzt, daß er sich zur Wiederwahl stellte, aber er hatte abgelehnt, ohne diese Entscheidung jemals zu begründen. Wie Polizisten mußten auch Politiker ihren Tribut entrichten; man wußte nie, wann man ausgebrannt war.

»Genau der Typ, den ich treffen wollte!« Roubinnets blaue Augen blitzten, und er zog Croaker aus dem Fußgängergetümmel der Einkaufspassage. Er trug weiße

Jeans, ein blauweiß gestreiftes Hemd mit kurzen Ärmeln und Segeltuchschuhe ohne Socken. Roubinnet hatte wohlgeformte, nicht zu große Muskeln, bei deren Anblick den meisten Frauen die Augen aus dem Kopf fielen, aber dessen war er sich nicht bewußt.

»Ich habe kürzlich einen guten Witz gehört«, fuhr Roubinnet fort. Croaker dachte, daß sowohl Restaurantbesitzer als auch Politiker einen guten Witz zu schätzen wußten, vorzugsweise einen anzüglichen. Und Rafe stand ganz oben auf der Liste. Witze waren seine liebste Nebenbeschäftigung, und er schien jede Menge davon auf Lager zu haben. Vielleicht wurden sie ihm von seinen Gästen erzählt. »Also, da war dieser Eskimo. Eines Tages steigt er in sein Schneemobil und fährt in die Stadt. Als er gerade die Vororte erreicht hat, beginnt der Motor zu stottern, und der Eskimo fährt zu einer nahegelegenen Tankstelle. Der Mechaniker kommt raus, wirft einen langen Blick auf das Schneemobil. Dann blickt er den Eskimo an und sagt: ›Einen Seehund geküßt?‹ ›Nein‹, sagt der Eskimo, ›das ist Reif auf meinem Schnurrbart.‹«

Croaker lachte. Er war sich die ganze Zeit über bewußt, wie Rafes Kopf und Schultern über die Menge hinausragten, während sie sich einen Weg durch die Menge bahnten. Es mußte höllisch schwer gewesen sein, ihn zu beschützen, als er noch Bürgermeister war. Croaker klopfte dem Hünen gegen die Schulter. »Es ist schön, dich mal außerhalb der Bar zu treffen. Was hast du hier oben zu suchen?«

»Ich muß mich mit Proviant versorgen.« Roubinnet lachte. »Außerdem gefällt es mir, gelegentlich in den Norden zu kommen und zu sehen, wie die andere Hälfte der Welt so lebt.« Für Roubinnet war Boca Raton gleichbedeutend mit ›Norden‹. »Aber wo die Fische doch so gut anbeißen, bin ich überrascht, dich hier zu treffen.«

»Ich muß mich um persönliche Angelegenheiten kümmern. Meine Nichte ist sehr krank.«

»Mein Beileid, *compadre*.« Roubinnet legte Croaker eine Hand auf die Schulter. »Kann ich irgend etwas für dich tun?«

»Nicht, solange du nicht eine Niere für die Transplantation findest, die mit den Antigenen meiner Nichte übereinstimmt.«

»Als ich noch Bürgermeister war, hielt man mich für eine Art Zauberer«, sagte Roubinnet. »Aber das übersteigt meine Möglichkeiten.«

»Vergiß es. Nicht dein Problem.«

»Wo wohnst du hier oben?«

»Ich weiß es noch nicht.« Croakers Hand glitt über den Schlüsselbund in seiner Jackentasche, den Bennie ihm gegeben hatte, und plötzlich stand sein Entschluß fest. »Doch – im Haus einer Freundin in El Portal.«

Roubinnets Gesicht verzog sich zu einem Lächeln. »Ah, das ist eine Gegend mit Geschichte, Stil und Seele.« Er schüttelte traurig den Kopf. »Die Neunziger haben keinen Stil und keine Seele. Stell dir eine große klaffende Abfallgrube vor, in die der ganze muffige Dreck der fünfziger, sechziger, siebziger und achtziger Jahre hineingeworfen worden ist, und für die Neunziger wird dieser Müll recycelt. Verstehst du, was ich meine? Die Kleidung, die Musik, die Wörter, die heute aktuell sind, sogar die Wiedergeburt. Videospiele sind wieder in Mode, genau wie Flippern. Die Poesie der Beat Generation wird für tragisch und hip gehalten, und auch die Kaffeehäuser sind wieder in. Ich sollte meine alten Kerouac[3]-Bücher wieder rauskramen.« Roubinnet lachte. Wie immer bewirkte sein Lachen, daß man unausweichlich darin einstimmen wollte – die angeborene Gabe eines politischen Naturtalents.

Aber er war schnell wieder ernüchtert. »Nur ist es noch viel schlimmer. Was die Drogen betrifft, ist Heroin wieder in.« Er bedachte Croaker mit einem traurigen Kopfschütteln. »Denk drüber nach. Ich sage dir, das ist die Invasion der kulturellen Leichenfledderer.«

Sie verließen die Einkaufspassage. Hitze, Feuchtigkeit und der strahlende Sonnenschein trafen sie wie ein Faust-

---

3 Jack Kerouac (1922–1969), berühmtester Schriftsteller der Beat Generation

schlag. Sie gingen auf ihre Autos zu. Croaker verbrachte ein paar schwierige Augenblicke mit unerfreulichen Überlegungen. Er wollte niemanden in diesen Handel mit Majeur hineinziehen, aber er war auf Informationen angewiesen. Und wenn es darum ging, Erkundigungen über Leute aus dem südlichen Florida einzuholen, war Roubinnet der richtige Mann. Sein Job als Bürgermeister von Miami hatte ihn mit den geheimen Abläufen in der Stadt und auch im Staat vertraut gemacht. Eine Einsicht in die Probleme gewannen nur wenige, von der Möglichkeit, sie zu bewältigen ganz zu schweigen. Roubinnet hatte sie, wie man überall anerkannt hatte, gemeistert. Das hieß, daß er die dunklen Seiten jedes Mannes kannte, der in Florida zählte – vermutlich traf das auch auf Mittel- und Südamerika zu.

Als sie die Menschenmenge hinter sich gelassen hatten, ergriff Croaker das Wort. »Ich muß dich was fragen.«

»Schieß los.«

»Kennst du einen Anwalt namens Marcellus Rojas Diego Majeur?«

Der Blick von Roubinnets klaren blauen Augen wirkte erschrocken. »Lew, *mi compadre,* ist das eine beiläufige Frage, oder geht's um was Ernstes?«

Croakers Blick begegnete dem Roubinnets. »Letzeres.«

Der Restaurantbesitzer spitzte die Lippen. »Darf ich dich in diesem Fall fragen, in was für tiefe Gewässer du dich hineinmanövriert hast?« Sein Blick war so eindringlich wie neugierig.

»Ich weiß es noch nicht genau«, gab Croaker zu. »Was hat es mit Majeur auf sich?«

Roubinnet blickte in die Ferne, wo die Angestellten der Kaufhäuser emsig Autos parkten. »Dieser Anwalt hat enge Verbindungen zu den kolumbianischen Drogenbossen – aber nicht zu denen, die sie neulich mit all den Trompetenstößen und dem Presserummel zur Strecke gebracht haben. Nein, nein. Majeurs Klientel ist so diskret, daß sie nicht einmal zu existieren scheint. Ich meine damit, daß noch nicht einmal die professionellen Geier von *Hard Copy* eine Ahnung haben, daß sich diese Jungs auf der Oberfläche unseres Planeten tummeln.«

»Und was bedeutet das?«

»Das bedeutet, daß seine Klienten auf so hoher Ebene geschützt werden, daß man sich sofort eine verdammt blutige Nase holt, wenn man sich ihnen nähert. Wenn du dumm genug bist, zu viele Fragen über sie zu stellen, wird man dich auf einer Tragbahre wegkarren müssen, und dann stehen die Chancen gut, daß nie wieder jemand was von dir hört.«

Croaker dachte einen Moment lang darüber nach. »Was weißt du über einen Mann namens Juan Garcia Barbacena?«

»Die Glocken bimmeln nicht«, sagte Roubinnet. Aber irgend etwas in seinem Blick paßte nicht zu seiner einstudierten Nonchalance.

»Wenn du etwas über ihn wüßtest, würdest du es mir doch erzählen, oder?«

Roubinnets blaue Augen hielten Croakers Blick stand; das war der Politiker in ihm. »Natürlich, *compadre.*«

Croaker schüttelte ungeduldig den Kopf. »Ich bin's, Rafe. Du kannst mit dem beschissenen Getue aufhören.«

»Das nehme ich dir übel«, sagte Roubinnet.

»Warum?« fragte Croaker. »Schließlich versuchst *du* mich zu verarschen.«

»He, *compadre,* laß es langsam angehen, okay?«

»Tut mir leid, Rafe, aber ich stehe unter einem verdammten Druck ...«

»Was für eine Art von Druck?« Roubinnets Gesichtsausdruck war jetzt aufrichtig betroffen. »Lew, du hast dich für mich eingesetzt, und ich vergesse so etwas nicht. Was immer ich auch tun kann, um dir aus der Patsche zu helfen, du brauchst nur ein Wort zu sagen.«

»Barbacena.«

Roubinnets Augen zeigten einen Anflug von bei ihm unbekannten Gefühlen. »Glaub mir, Lew, du solltest über diesen Mann besser nichts wissen wollen.«

»Tut mir leid, aber ich habe keine andere Wahl.«

»Ist das wahr?«

»Es tut mir verdammt leid, aber es ist so.«

Roubinnet wartete, während sich eine Gruppe von Q-Tip-Wattestäbchen-Rentner mit weißem Haar und weißen Schuhen quälend langsam auf ihren Wagen zubewegten. Plötzlich wurde er ungeduldig und zog Croaker in den Schatten einer Reihe von Bäumen, die in der Mitte des Parkplatzes standen. »Weißt du wirklich, was du da tust, *compadre*?«

Croaker hatte keine Lust, über Warnungen nachzudenken, selbst dann nicht, wenn sie von Roubinnet kamen. Das konnte er sich nicht leisten. Nicht jetzt, wo Rachel zwischen Leben und Tod schwebte. Wenn der Anschlag auf Juan Garcia Barbacena die einzige Möglichkeit war, Rachels Leben zu retten, mußte er es tun. Vielleicht würde Jenny Marsh ihm beim Abendessen eine andere Alternative präsentieren, vielleicht gelang es auch einem von Dr. Stanskys Kollegen, eine passende Niere aufzutreiben. Aber Croaker wußte, daß das gewagte Gedankenspiele ohne eine reale Chance auf Verwirklichung waren. Ob es ihm gefiel oder nicht, die Realität löste das Problem selbst, und es gab nur einen Weg: Falls Jenny Marsh ihm beim Abendessen bestätigte, daß Majeurs Unterlagen über die Niere in Ordnung waren, würde er den Anwalt anrufen und das Abkommen akzeptieren. Rachels Zeit lief ab.

»Rafe«, sagte er sanft, »tu mir einfach den Gefallen und erzähl mir, was du über diesen Mann weißt.«

Roubinnet blickte auf den strahlenden Sonnenschein, der den von Bäumen gesäumten Parkplatz überflutete. »Das macht mich nicht gerade glücklich, Lew. Und ich muß dir sagen, daß ich dir damit keinen Gefallen tue.«

»Akzeptiert und zur Kenntnis genommen.«

Roubinnet zog ihn weiter in den Schatten der Bäume. Jenseits von ihnen, im gleißenden Sonnenschein, fuhren die Autos auf den Zufahrtsstraßen auf und ab wie Haie, die um ein Riff kreisten. »Hör mir zu, Lew«, sagte Roubinnet leise. »Barbacena ist ein Teufel. Dieser Mann kontrolliert viele Geschäfte, und die Drogen sind nur eins davon.

Erinnerst du dich, daß ich dir erzählt habe, daß Heroin jetzt wieder die neue Modedroge ist? Das ist sein Glück. Er hat zu Opiumfabriken im Fernen Osten Beziehungen, die hochwertiges Heroin herstellen. Barbacena hält sich so im Hintergrund, daß er praktisch unsichtbar ist. Er gehört zu den wenigen Menschen, an die niemand herankommt.«

»Du meinst, er wird beschützt.«

»Genau.«

»Okay. Von wem?«

»Von Politikern. Von Regierungen. Sie benutzen ihn, um in Lateinamerika Rebellionen, Revolutionen und diesen ganzen Mist unter Kontrolle zu halten. Wenn irgend jemand da unten Waffen braucht, wendet er sich an Barbacena.«

»Scheint wirklich ein bedeutender Mann zu sein.«

»Lew, ich habe diesen Gesichtsausdruck bei dir bereits kennengelernt. Es ist derselbe, den du hattest, als du hinter diesen Gangstern her warst, die mich fertigmachen wollten. Zum Teufel, Mann, du mußt diese Sache ernst nehmen. Dieser Typ ist eine verdammt große Nummer.« Roubinnet senkte die Stimme. »Barbacena hat zu allen enge Beziehungen: den Rebellenführern, den Dissidentenbefehlshabern, all den Möchtegern-Herrschern, den Generälen und den erbärmlichen Diktatoren. Sie machen den Kotau vor ihm, weil er ihren Nachschub garantiert. Und was für Geheimnisse sie ihm gegenüber auch ausplaudern, was für Pläne sie auch haben mögen, er gibt die Informationen an seine Kontaktleute bei den lateinamerikanischen Regierungen weiter. Im Gegenzug schützen ihn die Regierungen bedingungslos. Er tut, was immer zum Teufel ihm gerade paßt, und sie drücken beide Augen zu. Hör zu. Sie verkaufen ihm sogar Waffen und kassieren im Gegenzug einen bestimmten Prozentsatz seines Profites. Und warum auch nicht? Sie machen sich gegenseitig sagenhaft reich. Das ist der Lauf der Welt.«

Croaker schwieg lange. Schweißtropfen rollten ihm das Genick herab. »Rafe, irgend jemand will, daß dieser Mann stirbt. Und zwar unbedingt.«

Roubinnet grunzte. »Das überrascht mich nicht. Nach dem, was ich gehört habe, hat Barbacena sich so viele Feinde gemacht, daß sie eine eigene Nation gründen könnten. Der ganze Machtrausch ist ihm zu Kopf gestiegen, und er glaubt an die Illusion seiner eigenen Unverwundbarkeit. Aber in unseren Tagen ist niemand unverwundbar.«

Croaker wartete, während eine weitere Gruppe von Senioren langsam an ihnen vorbeiging. »Rafe, weißt du, wer seinen Tod angeordnet hat?«

»Nein, *compadre*. Aber ich könnte eine ganze Akte mit den Namen von Verdächtigen füllen. Wie auch immer, ich vermute, daß wir nicht lange warten müssen, ob sie ihren Job gut erledigen. Tatsache ist, daß Barbacena morgen um Mitternacht hier in Miami eintreffen wird.«

»Das ist der Punkt. Kann sein, daß ich nah genug an Barbacena herankommen muß, um ein wenig rumschnüffeln zu können«, sagte Croaker. »Wenn das der Fall sein sollte, brauche ich jegliche Hilfe, die du mir geben kannst.«

Das Wort ›Überraschung‹ kam in Roubinnets Vokabular nicht vor. Er nickte. »Du mußt es nur sagen. Barbacena gehört nicht zu meinen Freunden.« Er ergriff Croakers Hand mit dem festen Händedruck des Politikers. »Für dich, *compadre*, tue ich alles.«

Auf der Fahrt nach El Portal wählte Croaker über den Computer erneut die Motor-Vehicle-Datenbank an. Diesmal klappte es. Der weintraubenfarbene Lincoln war als Mietwagen bei einem ortsansässigen Unternehmen ausgeliehen worden. Croaker war sich nicht sicher, ob er überrascht sein sollte oder nicht. Da er sich unmittelbar nordöstlich von dem Autoverleih befand, beschloß er, ihm gleich einen Besuch abzustatten. Er verließ den Highway beim Atlantic Boulevard und fuhr westlich in Richtung zur 441 weiter.

Margate war ein alter, hauptsächlich von Arbeitern bewohnter Stadtteil westlich von Fort Lauderdale. Croaker bog auf der östlichen Seite der 441 in eine Seitenstraße ein.

Vor sich sah er ein kubanisches Restaurant, ein Geschäft, das Grabsteine verkaufte und die Fassade einer Bar mit schwarz ausstaffierten Fenstern namens Margate Gun & Racquet Club. Croaker mußte lachen. Der Name war ein zynischer Stoß in die Rippen der Inhaber jener Gebäudekomplexe in teureren Wohngegenden wie Boca, die den Ausdruck »Jacht- & Racquet-Club« als Namen benutzten, obwohl in Wirklichkeit nichts von beidem zutraf. Am südlichen Ende der Straße befand sich der Autoverleih Gold Coast Exotic Auto Rental.

Als Croaker das Büro betrat, sah er eine junge, Kaugummi kauende Frau hinter der Theke, die die jüngste Ausgabe von *Allure* durchblätterte. Außer ihr war niemand im Raum. An den Wänden hingen mit Fliegendreck beschmierte und von der Sonne gebleichte Plakate von Porsches, Ferraris, Lamborghinis, Lincolns und ähnlichen Luxuslimousinen. Die Wände waren mit Plastik getäfelt, das eine imitierte Holzmaserung aufwies. Zwei billige, durchgesessene Sofas und ein altmodischer Metallaschenbecher standen da, wo gerade Platz war. Ein Feigenbaum aus Plastik, der unter dem Staub, der sich auf seinen Blättern angesammelt hatte, die Zweige hängen ließ, stand wie ein Rentner mit Arthritis vor dem Schaufenster. Der Laden hatte die unverwechselbare Atmosphäre stiller Verzweiflung.

Die junge Frau blickte auf, als er sich ihr näherte. Sie war nicht älter als zwanzig, hatte gewelltes blondes Haar, leuchtende Augen und rosafarbene Fingernägel, die fast so lang wie Messerklingen waren.

»Hallo, ich heiße Vonda.« Sie zeigte auf ein Schildchen, auf dem ihr Name stand: Vonda Shepherd.

Croaker stellte sich vor. »Ich hätte gern ein paar Informationen über einen neuen weintraubenfarbenen Lincoln Continental.«

Vondas Kopf wackelte wie der Kopf einer jener kleinen Spielzeughunde, die man auf den Hutablagen von Autos sieht. »Lassen Sie mich meine Liste durchsehen.«

»Nein, nein«, sagte Croaker. »Ich habe kein Interesse,

einen Wagen zu mieten. Ich will wissen, wer kürzlich einen Lincoln Continental bei Ihnen gemietet hat.«

»Warum?« Ihre Stimme klang jetzt wachsam. »War der Wagen in einen Unfall verwickelt?«

»Nicht daß ich wüßte.«

Sie ließ eine Kaugummiblase zerplatzen. »Dann glaube ich, daß Sie kein Glück haben werden.«

Er zeigte ihr seine Marke, und ihre Augen weiteten sich. »O wow!«

»Vonda, die Sache ist sehr wichtig. Ich garantiere Ihnen, daß Ihr Chef nie etwas davon erfahren wird.«

»Mein Gott, ich würde Ihnen gern helfen.«

»Natürlich.«

»Aber Sie kennen meinen Boß nicht. Das Mädchen, das vor mir hier gearbeitet hat, hat die Spielregeln nicht beachtet, und dann saß sie in der Tinte.« Vonda schüttelte den blonden Lockenkopf. »Ohne gerichtliche Verfügung darf ich Ihnen nichts zeigen.« Sie lachte nervös, während sie an ihrer pinkfarbenen kurzärmligen Bluse herumzupfte.

Sie schien voller Sehnsucht zu sein. Es tat Croaker leid, daß sie in dieser Mausefalle von einem Job gefangen war. Er konnte in ihrem Gesicht lesen, weil er schon so viele Frauen von ihrer Sorte kennengelernt hatte. Im Moment wollte sie nur ins Auto steigen und davonfahren, ganz egal, wo sie landen würde. Sie wollte nur den Wind auf ihrer Haut spüren und diese verfluchte Seitenstraße hinter sich lassen.

»Kommen Sie mit der gerichtlichen Verfügung zurück, dann ist mir alles recht. Dann werde ich Ihnen zeigen, was immer Sie sehen wollen.«

»Gerichtliche Verfügung«, sagte Croaker grüblerisch. »Hört sich an, als wäre das schon mal vorgekommen.«

»Nicht bei mir.«

»Sagen Sie, Vonda.« Er stützte sich mit den Ellbogen auf die Theke. »Würden Sie eine gerichtliche Verfügung erkennen, wenn Sie eine sähen?«

»Mit Sicherheit.« Sie kramte drei zusammengeheftete,

mit Kaffeeflecken beschmutzte Blätter hervor und zeigte mit einem ihrer klauengleichen Fingernägel darauf. »Mein Boß hat mir diese Kopien gegeben. Wenn die gerichtliche Verfügung nicht genauso aussieht, hat mein Boß gesagt, ist es eine Fälschung.«

Er nickte und zeigte, daß er beeindruckt war. »Ihr Chef scheint ja an alles gedacht zu haben.« Und schien übermäßig besorgt zu sein, was gerichtliche Verfügungen anging. »Wie heißt ihr Boß?«

»Trey Merli.« Sie buchstabierte ihm den Namen automatisch, als wäre sie daran gewöhnt. Aber bei diesem Namen war das auch kein Wunder.

»Danke für Ihre Hilfe.« Croaker blieb auf dem Weg zur Tür stehen, als wäre ihm plötzlich etwas eingefallen. »Übrigens, wann machen Sie den Laden hier dicht?«

»Punkt halb sieben.«

Draußen stieg er in den Thunderbird und schob eine Kassette der Everly Brothers in den Rekorder. Während die Musik lief, fuhr er die I-95 in östlicher Richtung hinab und wandte sich dann nach Süden. Er kramte Majeurs Visitenkarte hervor und benutzte, einer plötzlichen Eingebung folgend, den Computer, um sich bei Southern Bell einzuklinken. Es dauerte eine Zeitlang, bis er Zugang erhielt, dann gab er die Nummer ein, unter der Majeur, wie er versichert hatte, Tag und Nacht zu erreichen sei.

Er blickte flüchtig auf die Mitteilungen auf dem Bildschirm. Es würde mit Sicherheit einige Zeit dauern, die Nummer ausfindig zu machen. Er schaltete den Computer in den Standby-Modus.

Als er in El Portal ankam, hatte er die Everly Brothers gegen Jay and the Americans ausgetauscht, und Jay Black stimmte ›Only in America‹ an.

Sonias fünf Jahre alter Camaro stand immer noch in ihrer Garage. Auf der Heckscheibe befand sich ein blaugrüner Aufkleber, auf dem RETTET DIE SEEKÜHE stand. Croaker blieb einen Moment lang sitzen und lauschte, wie der Motor des Thunderbird ausklang. Dann und wann trug die sanfte Brise das Geschrei radfahrender Kinder zu ihm herüber. Vom Ende der Straße hörte er das monotone Brummen der Autos auf der Zweiten Avenue. Er starrte auf das Haus mit dem blaßblauen Putz und den steinernen Seepferdchen auf dem Rasen davor. Der Springbrunnen, den sie hochhielten, schien ein Sinnbild für Sonias Leben zu sein. Er war zerbrochen und ausgetrocknet, ein leerer Raum, der darauf wartete, repariert und aufgefüllt zu werden, der sich nach dem heiteren Flügelschlagen und dem sanften Piepen der Singvögel sehnte, die auf seinem wundervoll geschwungenen Rand thronen würden. Wie leicht hätte man den Springbrunnen reparieren können, wie leicht hätte man Sonia glücklich machen können. Jetzt war beides nicht mehr möglich. Die bemoosten Seepferdchen und der zerbrochene Springbrunnen versinnbildlichten die Melancholie, die über dem Ort hing, als wäre Sonias ruheloser Geist immer noch hier und wartete darauf, befreit zu werden. Vielleicht konnte er, wie der Geist von Bennies Großvater, die Reise in die Unterwelt erst dann antreten, wenn derjenige, der sie ermordet hatte, zur Rechenschaft gezogen worden war.

Die Bonita-Zwillinge.

Als es im Wagen so heiß wurde, daß Croaker Schweißperlen über den Rücken zu rinnen begannen, stieg er aus und schritt die Treppe zur Veranda hoch. Von hier konnte er hinter Sonias Schlafzimmermarkise die Seitenwand des Nachbarhauses sehen. Sie bestand aus rosafarbenem Stuck und einer knapp einen Meter hohen Schicht eingelassener Backsteine. Ein Pampelmusenbaum, der dringend beschnitten werden mußte, verdeckte die nahegelegene Hausecke.

Er steckte den Schlüssel ins Schloß und drehte ihn herum. Er konnte immer noch ihren Geruch im Inneren des Hauses wahrnehmen, der aber jetzt stärker war, als wäre der Wunschtraum real und keine romantische Erfindung seiner Fantasie.

»Sonia?«

Er sagte es sanft und zärtlich. Sie würde nicht antworten, aber er mußte ihren Namen einfach aussprechen.

»Ich bin hier«, sagte er, ohne sich töricht zu fühlen. »Ich bin zurückgekommen.«

Die eingepferchte Luft schien dick und stickig zu sein, als hätte Sonia während ihres gewalttätigen Todes den letzten Rest Sauerstoff verbraucht. Croaker schritt an den Möbeln mit den lebhaften Farben vorbei und riß alle Fenster auf.

In Sonias Schlafzimmer streifte er die Schuhe ab und warf sich aufs Bett. Durch die geöffneten Fenster strömte die sanfte Brise herein, und die Markise hielt genug von der Hitze des frühen Nachmittages ab, so daß der Raum weiterhin angenehm kühl blieb.

Der Anblick der hellen karibischen Farben in Sonias Schlafzimmer weckte einen plötzlichen Schmerz der Trauer und des Verlustes in ihm. Er drehte sich um. Durch das offene Seitenfenster hörte er die Stimme eines Fernsehreporters, der eifrig und detailliert die Wiederholung einer Unfallszene bei einem NASCAR-Autorennen beschrieb.

Neugierig erhob er sich vom Bett und preßte seine Nase gegen das Fliegengitter. Er konnte durch das dichte Laub des Pampelmusenbaumes in ein Seitenfenster des Nachbarhauses aus rosafarbenem Stuck und Backsteinen sehen. Irgend jemand hatte ESPN eingeschaltet. Croaker blickte auf die Uhr. In seinem Kopf machte es *klick*.

Er umrundete das Bett und ging nach draußen. Während er an die Eingangstür des Nachbarhauses klopfte, spürte er, daß sich sein Puls beschleunigte. Etwa zu derselben Zeit war Sonia umgebracht worden. Wenn heute jemand hier war und fernsah, dann bestand die Möglichkeit, daß er gestern, am Tag des Mordes, dasselbe getan hatte. Er schüttelte den Kopf, während er erneut klopfte.

Endlich wurde die Tür geöffnet. Croaker sah auf einen mondgesichtigen Mann im Rollstuhl. Er war etwa Mitte Fünfzig, dunkelhäutig und fast glatzköpfig. Nur an den Schläfen und am Hinterkopf sah man noch graue Haarbüschel. Seine Augen tränten, wahrscheinlich, weil er den ganzen Tag auf den Fernseher starrte. Er hatte breite

Schultern, und die Hände in seinem Schoß waren groß und hatten starke Finger.

Er blickte erwartungsvoll zu Croaker hoch. »Was kann ich für Sie tun?« Im Hintergrund hörte man die Stimme des ESPN-Reporters, der aufgeregt über Notarztwagen, gelbe Warnflaggen und die Gesamtzahl der verunglückten Autos sprach.

»Tut mir leid, daß ich Sie beim Fernsehen gestört habe.« Croaker streckte die rechte Hand aus. »Ich heiße Lew Croaker und bin ein Freund von Sonia Villalobos, Ihrer Nachbarin.«

»Ja, natürlich. Meine Frau kennt sie ganz gut.« Der Mann im Rollstuhl gab ihm die Hand. »Mein Name ist Leyes. Pablo Leyes. Kommen Sie rein, wenn Sie möchten. Ich kann Gesellschaft gebrauchen.« Sein Blick streifte Croakers künstliche Hand, und er nickte erneut. »Ich habe da einen kleinen kühlen Tropfen.«

Während Sonias Haus hell und sonnig war, dominierte hier dämmriger Schatten. Vor den Fenstern hingen schwere braunweiße Batikvorhänge und zusätzlich Jalousien aus Aluminium. Man sah ausschließlich Brauntöne. Die Zimmer waren ordentlich und sauber, und alles stand am rechten Platz, aber die Möbel stammten aus den späten fünfziger oder frühen sechziger Jahren und wirkten fast so vernachlässigt wie der Pampelmusenbaum draußen vor der Tür. Ohne Renovierung und professionelle Reparaturen hätte der größte Teil des Mobiliars schon vor einem Jahrzehnt sein Alter offenbart. Doch jetzt waren die braunen Tweedsofas endgültig zerschlissen und die Sitzpolster und Armlehnen abgewetzt. Ein paar Stühle hatten schlecht ausgebesserte Armlehnen, und die Beine des Eßzimmertisches waren so zerkratzt, daß das helle Holz wie Knochen zum Vorschein kam.

Leyes manövrierte mit seinem Rollstuhl geschickt über die Fußböden, auf denen keine Teppiche lagen. Teppiche und Vorleger hätten seine Geschwindigkeit beeinträchtigt. Er kam mit einem Tablett auf dem Schoß aus der Küche. Darauf standen ein großer Plastikkrug mit Limonade und zwei billige Gläser, die mit kleinen pastellfarbenen Blümchen verziert waren. Er wies mit dem Kopf auf den vernarbten, hölzernen Kaffeetisch. »Würden Sie bitte ...?«

Croaker nahm den Laptop vom Tisch. Er war eingeschaltet, und auf dem Monitor sah man eine Internet-Maske.

»Wenn mir ESPN langweilig wird, surfe ich ganz gern im Net.« Leyes setzte das Tablett auf dem Tisch ab und stellte mit der Fernbedienung den Ton des Fernsehers ab. »Da kann man jede Menge faszinierender Dinge lernen.« Es war offensichtlich, daß er keine Minute von dem verpassen wollte, was nach dem Unfall geschah. »Aber ich kann nicht raus, um was damit anzufangen. Ich war immer ein Mann der Tat.«

Er schenkte ihnen etwas von dem eiskalten Getränk ein und reichte Croaker ein Glas. »Das Zeug sieht wie Limonensaft aus und schmeckt auch so.« Er zwinkerte Croaker zu. »Aber ich muß Ihnen sagen, daß ein ordentlicher Schuß drin ist.«

Der durstige Croaker nahm einen tiefen Schluck und sank dann auf eines der Sofas, als hätte ihn der hochprozentige Drink, der ihm das Wasser in die Augen trieb, umgeworfen. Er dachte daran, daß er sich das Rezept für Bennie geben lassen sollte.

»Hausgemachter Rum, mein Sohn. Eins zu zehn. Das einzig Wahre.« Leyes lachte, während er sich auf den Arm klopfte. »Ob Sie es glauben oder nicht, meine Estrella braut ihn.« Er gestikulierte mit einer Hand. »Nun, meine Frau hat außergewöhnliche Fähigkeiten. Wenn irgendwas an Leib oder Seele nicht stimmt, muß man sich an Estrella wenden. Sie hat einen ziemlich guten Ruf, und das ist auch verdammt gerechtfertigt.«

Leyes kippte seinen Drink hinunter, griff nach dem Krug, schenkte Croaker nach und füllte sein eigenes Glas ebenfalls wieder. Er beugte sich in seinem Rollstuhl vor und zeigte auf Croakers Hand. »Stimmt es, was man sagt?«

Croaker wußte, was er meinte. »Manchmal fühle ich meine richtigen Finger immer noch, und wenn ich träume, ist meine Hand unversehrt und wunderschön wie eine geöffnete Rose.«

Leyes nickte. »Ich war Telegrafenarbeiter bei Southern Bell und bin von einem verdammten Mast gefallen. Ein dummer, schmutziger Unfall.« Er stemmte seine fleischigen Fäuste auf die Oberschenkel. »Danach war ich eine Zeitlang Supervisor, aber es war nicht mehr dasselbe. Sie wissen schon, was ich damit sagen will. Ich glaube, daß sie es gut gemeint haben, aber es war trotzdem ein Scheißjob. Papierkram und auf Computermonitore glotzen. Jesus, es ist, als ob einem das Gehirn aus dem Kopf geblasen wird, wenn man dabeibleibt, bis man in Rente geht.« Er strich über seinen Arm. Offenbar, dachte Croaker, fand er das angenehm. »Ich frage Estrella immer, ob es ihr gefallen würde, nach Paraguay zurückzukehren, aber sie hat keine Lust. Ich würde es tun. Ich bin nie dort unten gewesen, habe aber so viele ihrer Geschichten gehört, daß es mir vorkommt, als würde ich es kennen.« Sein Gesichtsausdruck wurde versonnen. »In Asunción ist es viel weniger gefährlich als hier in der Gegend.« Er schüttelte den Kopf und schlürfte seinen Drink. »Finden Sie nicht, daß das eine Plage ist? Da unten am Biscayne Boulevard ist es ganz schön gefährlich. Ich würde Estrella da nach Einbruch der Dunkelheit nicht auf die Straße lassen, das können Sie mir glauben. Man sagt, daß man in den fünfziger und sechziger Jahren die ganze Nacht an der Sechsundachtzigsten Straße und am Biscayne Boulevard herumhängen konnte. Im Club 8600.« Er blickte Croaker mit trüben Augen an. »Der Club hatte was. Er war verdammt berühmt und hatte die ganze Nacht geöffnet. Aber um sieben Uhr morgens haben sie alle für eine halbe Stunde auf den Parkplatz hinausgeworfen, damit sie den Dreck aus der Spelunke fegen konnten.« Er lachte.

»Mr. Leyes, ich würde Sie gern was fragen. Es geht um gestern. Waren Sie den ganzen Nachmittag über hier?«

»Klar. Ich war zu Hause und habe ESPN geguckt.«

Leyes lächelte. »Meine Tage sehen immer gleich aus, aber das ist schon in Ordnung. So weiß ich wenigstens, was ich zu erwarten habe.«

»Waren Sie allein?«

»Ja. Estrella arbeitet von neun bis fünf.«

Croaker beugte sich vor. »Haben Sie irgend etwas gesehen oder gehört?«

»Nun, ich habe *gedacht*, daß ich etwas gehört hätte.«

Leyes Mondgesicht verzerrte sich vor lauter Konzentration so, daß Croaker den Eindruck hatte, er wollte seine Nase verschlingen. »Ich weiß es wirklich nicht. Ich dachte, es ist vielleicht ein Motor gewesen, aber dann habe ich geglaubt, daß das Geräusch aus dem Fernseher gekommen ist. Sie wissen ja, die Autorennen.« Er biß sich auf der Unterlippe herum. »Später, nachts, hatte ich dann den Eindruck, daß sich das Geräusch vielleicht eher wie ein Generator angehört hat.«

»Ein Generator? Können Sie mir sagen, woher das Geräusch kam?«

»Es schien aus der Richtung von Miß Villalobos' Haus zu kommen.«

»Von der Vorderseite?«

Mr. Leyes schüttelte den Kopf. »Nein. Das war ja das Merkwürdige. Es kam von dieser Seite, zwischen ihrem und meinem Haus.«

Also von dort, dachte Croaker, wo er und Bennie auf dem aufgeweichten, nassen Boden die beiden parallelen Zugspuren gesehen hatten.

»Wodurch wurde dieses Geräusch verursacht, Mr. Leyes?«

Leyes preßte das kühle Glas gegen das Fleisch seines Armes.

»Vielleicht kam es aus dem Kleinlaster.«

Croakers Herzschlag setzte einen Moment lang aus. »Was für ein Kleinlaster?«

Leyes schüttelte den Kopf. »Der weiße Kleinlaster. Er stand auf dem Betonweg neben ihrem Haus.«

»Um wieviel Uhr war das?«

»Lassen Sie mich überlegen ...« Leyes verzog das Gesicht wieder. »Ich schätze, daß es nach eins und vor halb drei war. Ich orientiere mich an den Autorennen im Fernsehen. Das ist meine Methode, mich an Zeiten zu erinnern.«

»Ist Ihnen außer der Farbe noch etwas an dem Kleinlaster aufgefallen?« fragte Croaker langsam und vorsichtig. »Das Baujahr, die Marke oder das Modell? Das Nummernschild?«

»Wie ich schon sagte, der Kleinlaster war weiß. Er hatte mit Sicherheit ein Nummernschild aus Florida. Ich erinnere mich an die Farben. Ich habe keine Ahnung, was für eine Marke es war, aber es war bestimmt ein amerikanisches Fabrikat. Keines von diesen japanischen.«

»Hatte der Laster eine Aufschrift?« fragte Croaker. »War es ein städtischer Wagen, oder haben Sie einen Firmennamen gesehen?«

Leyes schüttelte den Kopf. »Nein. Ich habe keine Aufschrift gesehen.«

»Ist Ihnen irgendwas anderes aufgefallen?«

»Ja«, sagte Leyes. »Wenn ich jetzt so darüber nachdenke, fällt mir dieser kleine Aufkleber auf der Rückseite des Lasters ein. Auf ihm sah man ein Dreieck in einem Kreis.«

Croaker kehrte nicht sofort in Sonias Haus zurück, sondern fuhr quer durch El Portal zu der Adresse, die er von Southern Bell erhalten hatte. Er wollte Nestor besuchen, Sonias Freund, den Tänzer.

Die Musik, die aus den Boxen des Autoradios drang, nahm er nicht wahr. Er mußte daran denken, was Mr. Leyes auf der Rückseite des weißen Kleinlasters gesehen hatte. Das Dreieck innerhalb eines Kreises war eines der beiden Symbole, die mit Blut in Sonias Kühlschrank geschmiert worden waren, und eines der vier magischen Zeichen, die die Heilkundigen der Guarani benutzten, wenn sie in Hetá I initiiert wurden. Bennies Großvater hatte die Bonita-Zwillinge eingeweiht und sie hinsichtlich der Rituale und Zauberkünste unterrichtet, doch sie waren ganz offensichtlich keine Heilkundigen, sondern Kriminelle.

Im Gegensatz zu der großen Mehrheit der Häuser in El Portal, die ordentlich, gepflegt und frisch gestrichen waren, mußte Nestors Haus dringend renoviert werden. Eine Aufgabe für einen Bastler, wenn das Haus zum Verkauf gestanden hätte.

Die Stuckfassade blätterte ab, und hier und dort sah man das darunterliegende Betonskelett. Es war schwierig, die ursprüngliche Farbe des Hauses zu bestimmen. Jetzt erkannte man nur noch eine langweilige bleiche Farbe, die an Haferflocken erinnerte.

Auf Croakers hartnäckiges Klopfen hin öffnete eine Frau mit mahagonibrauner Haut die Tür.

»Wollen Sie mit Ihrem penetranten Klopfen die Toten wecken?« fragte sie in mahnendem Tonfall. »Wer sind Sie?«

»Lew Croaker. Ich bin ein Freund von Sonia Villalobos.«

Die Frau zögerte noch, doch dann hörte man eine dünne Stimme aus dem Inneren des Hauses. »Schon in Ordnung, Mrs. Leyes. Lassen Sie ihn rein.«

Estrella Leyes war eine ansehnliche Frau, die ein Jahrzehnt jünger als ihr Ehemann wirkte. Sie hatte große kaffeebraune Augen, hohe Wangenknochen und volle Lippen. Ihr dichter Haarschopf war am Hinterkopf mit einer handgearbeiteten silbernen Nadel zusammengesteckt. Ihr Haar war schwarz, wenn man von einer weißen Strähne in der Mitte absah, die an einen nächtlichen Blitz erinnerte.

Ein seltsames Gemisch von Gerüchen schlug Croaker entgegen: der Übelkeit erregende, säuerliche Geruch nach Krankheit, der sich mit den reinigenden Düften von Zeder, Pfefferminze und Rosmarin mischte. In einer Bronzevase in der Mitte eines Beistelltischchens stand eine Rose.

Estrella Leyes war klein und hatte einen feurigen Gesichtsausdruck. Sie konnte genauso schnell lächeln, wie sie sich verteidigen konnte. »Tut mir leid«, sagte sie, während sie die Tür hinter ihm schloß, »aber Nestor hat Ärger mit seinen Rechnungen. *Pobrecito.*« Armer Schlucker.

Aus der Ecke des Zimmers drang ein phlegmatisches Lachen. »Sie will damit sagen, daß ich am Ende bin. Ich habe nicht mal mehr genug Geld, um meine Miete zu bezahlen. Aber das ist schon in Ordnung. Ich habe ja auch nicht mehr lange zu leben.«

Es war die Stimme eines Mannes, der wie das Haus in einem erbärmlichen Zustand war. An seinem Leiden war wohl nichts mehr zu ändern. Abgemagert und bleich wie ein Leichnam lag er auf einem staubigen Rattansofa, über das schäbige Bettlaken und zerknitterte Baumwolldecken gebreitet waren. Unter seiner hauchdünnen Haut sah man bläuliche Venen pulsieren.

»Ruhe jetzt«, sagte Estrella Leyes. »Wo soll dieses Gerede hinführen?«

Nestor drehte den Kopf herum. Sein Hals war so dünn wie ein Grashalm. »Einen Schritt weg von den Gerichtsvollziehern.«

Er mußte einst, vor nicht langer Zeit, ein außergewöhnlich schöner Mann gewesen sein. Er hatte eine hohe, breite Stirn und Augen wie ein Adler, aber das ständige hohe Fieber hatte seinen weit auseinanderstehenden Augen den Glanz geraubt. Als er noch getanzt hatte, war er mit Sicherheit nicht von dem Ausschlag gequält worden, der jetzt seine Wangen und Lippen bedeckte. Er wirkte so zerstört wie ein Gewohnheitssäufer, der sich nicht mehr gerade auf den Beinen halten konnte.

»Ich glaube, daß Sie ins Krankenhaus gehen sollten«, sagte Croaker. »Falls Sie keine Krankenversicherung haben, könnte ich mit einigen ...«

»Oh, man würde mich wahrscheinlich an diese Schläuche anschließen«, sagte Nestor. »Und ich scheue diese lebenserhaltenden Maßnahmen wie der Teufel das Weihwasser.« Er lächelte und hob eine geschwächte Hand. »Warum sollte ich der blinden Wissenschaft vertrauen, wo ich doch Mrs. Leyes habe, die mich heilen wird.«

»Ich bestehe darauf, daß Sie schweigen.« Estrella Leyes

warf einen warnenden Blick über die Schulter auf Croaker, während sie Nestor ermahnte: »Sie müssen mit Ihren Kräften haushalten.«

»Eine seltsame Redewendung, wenn ich meinen Zustand bedenke, aber ich weiß, was Sie damit sagen wollten.« Nestors Kopf sank auf das gestreifte, schweißnasse Kopfkissen zurück. »Mrs. Leyes will sagen, Mr. Croaker, daß Sie Ihnen nicht genug traut, um Ihnen zu gestatten, die Geheimnisse Ihrer Heilkünste zu beobachten.« Weil seine Krankheit schon so weit fortgeschritten war, hatte Nestor die irritierende Angewohnheit, mit geschlossenen Augen zu sprechen. So wirkte er nur noch wie eine bizarre Marionette, die von einer unsichtbaren Macht dirigiert wurde.

»Unsinn!« ereiferte sich Estrella Leyes, obwohl sie vorsichtshalber einen Schritt auf ihren großen Schilfrohrkorb zutat, der auf einem runden Tisch stand.

»Mrs. Leyes«, sagte Croaker sanft, »ich habe gerade mit Ihrem Mann gesprochen, wenn Sie das beruhigen sollte. Er hat mir stolz von Ihrem Ruf als Heilkundige erzählt.«

Estrella Leyes lächelte schüchtern. »*Si*. Typisch Pablo.«

»Sonia war heute nicht hier«, sagte Nestor, während Mrs. Leyes den Inhalt ihres Schilfrohrkorbes auszupacken begann. »Wie geht es ihr?«

»Gut«, sagte Croaker. »Sie mußte aus geschäftlichen Gründen verreisen und hat mich gebeten, bei Ihnen vorbeizuschauen.«

»Das ist sehr freundlich von Ihnen«, sagte Nestor.

Aus den Augenwinkeln sah Croaker, daß sich Estrella Leyes umgewandt hatte, um ihm einen finsteren und durchdringenden Blick zuzuwerfen. Er wollte lächeln, um sie zu beruhigen, war aber konsterniert, weil er es nicht fertigbrachte. Ihr magnetisierender Blick schien ihn anzuziehen. Plötzlich füllten sich ihre Augen mit Tränen, und sie gab ein ersticktes Schluchzen von sich.

Nestor wandte den Kopf und öffnete seine bleichen Augen. »Mrs. Leyes?«

»Es ist nichts, *pobre.* » Sie schüttelte den Kopf und wagte es nicht, ihn anzublicken. »Ich habe nur meinen Puder verschüttet, das ist alles.«

Nestor seufzte, und seine Augen schlossen sich wieder, als hätte er nicht mehr die Kraft, seine Lider zu kontrollieren. Er fiel in einen tiefen Schlaf, während Mrs. Leyes ihre Kräuter und Pudersorten vorbereitete.

»Die Krankheiten haben ihn völlig ausgezehrt«, sagte sie mitleidig.

Croaker ging zum Tisch hinüber, um ihr zuzusehen.

»Sie ist tot, oder?« fragte sie leise, ohne sich umzudrehen. »Meine kleine Sonia?«

Croaker nickte wortlos, und Estrella Leyes senkte den Kopf. »Ich konnte es Ihrem Tonfall entnehmen, daß sie gestorben ist. Es war ein gewalttätiger und schrecklicher Tod.«

»Woher wissen Sie das?«

Sie hob ihre Hände, die durch die Kräuter und die Medizin dunkel verfärbt waren, und bewegte sie, als wollte sie einen Umriß beschreiben. »Eine Störung hier ... und hier. Die Erinnerung steht Ihnen auf der Stirn geschrieben.«

Bis er die unnatürliche Wärme an seiner Handfläche fühlte, war er sich nicht einmal bewußt gewesen, daß er den Zauberstein in seine Hosentasche gesteckt hatte. Er zog ihn hervor und zeigte ihn Estrella Leyes.

»Ich würde dies gern bei Nestor versuchen«, sagte er sanft. »Vielleicht hilft es.«

»*Dios*.« Sie riß die Augen auf, griff hastig nach dem Stein und umklammerte ihn mit einer fest zugedrückten Hand. »Wissen Sie, was das ist?« flüsterte sie. Sie blickte ihn prüfend an.

»Ich habe diesen Stein auf die Brust meiner Nichte gelegt, und obwohl die Ärzte geschworen haben, daß es medizinisch unmöglich sei, ist sie für einen Moment aus dem Koma erwacht.«

Estrella blickte ängstlich auf den dunkelgrünen Stein. »Es ist nicht klug, *Señor*, so etwas mit sich herumzutragen.«

»Da bin ich anderer Meinung. Wissen Sie, was ich in Sonias Haus gesehen habe?« Er tauchte seinen Zeigefinger in den dunklen Puder und zeichnete auf der Tischplatte ein Dreieck innerhalb eines Kreises, dann einen Punkt in einem Rechteck.

Estrella Leyes atmete scharf ein und wischte die Symbole wieder weg. Dann zeichnete sie den Umriß eines menschlichen Auges, in dem man zwei Pupillen sah. Als sie ihn anblickte, glichen ihre Augen zwei Schlitzen. »Sie kennen Dinge, die Sie nicht kennen sollten. Sie sind kein Heilkundiger.«

»Und auch kein Krimineller«, antwortete Croaker. »Aber die Männer, die diese Symbole benutzt haben, sind kriminell, und ich will sie finden.«

»Warum?« Obwohl sie sanft sprach, hatte ihr Tonfall doch eine gewisse Schärfe, die ihm deutlich machte, daß seine Antwort wichtig war.

»Sie haben Sonia umgebracht. Wie Sie schon sagten – ihr Tod war gewalttätig und schrecklich.« Er atmete tief durch und wußte, daß er im Begriff war, auf unbekannte Gewässer hinauszusegeln. »Ich fühle in ihrem Haus ihren ruhelosen Geist.«

»Sie glauben, daß sie aus dem Grab nach Rache schreit?«

Was Verhöre betrifft, ist diese Frau fast besser als ich, dachte Croaker. »Nein. Es war nicht Sonias Art, Rache zu suchen. Sie haßte Gewalt.«

»*Es verdad.*« Estrella Leyes' kaffeebraune Augen wirkten unergründlich. Aber irgend etwas in ihrem Gesichtsausdruck schien aufzuweichen wie gefrorener Winterboden beim ersten Frühlingstauwetter. Offenbar hatte Croaker eine Art Prüfung bestanden. »Und was könnte es dann gewesen sein?«

»Ruhe«, sagte Croaker. »Die ewige Ruhe für ihren Geist.«

Estrella Leyes kam näher auf ihn zu. »Wer hat Ihnen etwas über *Hetá I* erzählt?« fragte sie, heiser flüsternd.

»Bennie Milagros. Als wir unsere Gesichter mit Ruß beschmiert und Sonia das letzte Geleit gegeben haben. Kennen Sie ihn?«

»Ich kannte Humaitá Milagros, seinen Großvater.« Estrella Leyes wandte sich abrupt ab. »Jeder im Umkreis von fünfhundert Kilometern um Asunción herum kannte Humaitá. Er war ein großer und von allen verehrter Guarani-Heilkundiger.«

»Waren Sie auf seiner Beerdigung?« fragte Croaker. »Bennie hat mir erzählt, daß es zehn Tage lang geregnet hat. Er war die ganze Zeit über da.«

»Das stimmt.« Estrella Leyes beschäftigte sich mit ihrem Arzneitrank. »Er und Bennie hatten ein schwieriges Verhältnis zueinander. Aber es gab ein unzerreißbares Band zwischen ihnen. Bennie war der einzige seiner Enkel, mit dem ihn eine solche Beziehung verband. Humaitá hatte einen Geheimnamen für Bennie, den er immer benutzte, wenn sie zusammen waren. Er nannte ihn ›Sero‹. Das bedeutet ›Berg‹. So dachte er über ihn. ›Der Berg hält seinen eigenen Rat ab‹, hat er mir eines Tages erzählt. ›Der Berg hat seine eigene Vorstellung von Zeit und Ort.‹ Ich wußte, daß er von Bennie sprach.«

»Ich habe gehört, daß Humaitá im Paraguay River ertrunken ist.«

Es gab ein gedämpftes Geräusch, als das Gefäß, das Estrella Leyes gehalten hatte, auf die Tischplatte fiel. Croaker fing sie auf, als ihre Knie nachzugeben begannen.

»Mrs. Leyes …«

Sie war so leicht, daß Croaker sich fragte, ob sie hohle Knochen wie ein Vogel hatte. Während er sie hielt, blickte er auf ihr Gesicht hinunter. Er sah fast nur noch das Weiße in ihren Augen, und ihre Lider zuckten, als befände sie sich in der REM-Schlafphase[4]. Sie schien im Wachzustand zu träumen.

Ohne darüber nachzudenken, drückte Croaker ihr den Zauberstein gegen die Kehle und hörte fast unmittelbar

---

4 REM – Rapid Eye Movement. Schlafphase, in der sich die Augen unter den Lidern schnell bewegen.

darauf ihre Stimme. Sie klang sanft und hatte so viel Hall, als käme sie nicht aus ihrem Mund, sondern von sehr weit her. »Ich stamme aus einer Fischerfamilie der Guarani«, sagte sie. »Und an jenem schrecklichen Tag vor zwanzig Jahren war ich mit meinem Vater und meinen Brüdern auf dem Wasser. Ich war zweiundzwanzig Jahre alt, bereits einmal verheiratet gewesen und verwitwet. Ich war zurückgekehrt und arbeitete wieder mit meiner Familie, wie ich es als Kind getan hatte. Über den Bergen war die Sonne noch nicht aufgegangen, aber die neblige Luft besaß die Farbe der Innenseite eines Muschelgehäuses. Ich liebte diese morgendliche Stunde. Sie war so lieblich, weil das Feuerwerk der tropischen Farben gedämpft war. Und es war so völlig ruhig, daß man die Fische unter der Wasseroberfläche schwimmen hören konnte.«

Estrella Leyes fest in seinen Armen haltend, kauerte sich Croaker irritiert nieder. Er wollte sie aus ihrer Trance aufwecken, doch der Wunsch, die Geschichte zu hören, die sie zu erzählen begonnen hatte, war stärker.

»Wir haben Humaitás Körper gefunden«, fuhr sie fort. »Zuerst dachten wir, daß er sich in den rotschwarzen Wurzeln der vielen Mangroven verfangen hätte, die bis in den Fluß hineinwuchsen. Seine Schultern, seine Brust und seine Arme waren völlig rot. Zuerst haben wir geglaubt, es wäre Geröll, das der Strom angeschwemmt und das sich durch das Tannin, welches aus den Mangroven sickert, rötlich verfärbt hatte. Dann bemerkten wir, daß es nicht im Wasser lag, nicht ausgewaschen war.

Er saß mit aufrechtem Oberkörper da, Wurzelfasern unter den Achselhöhlen, blutüberströmt. Es war klar, daß man seine Leiche an diese Stelle gebracht hatte. Weil er ein Heilkundiger war, hatte ihn kein Vogel oder ein anderes Tier angerührt. Sogar die primitiven Krokodile hatten respektvoll Abstand gewahrt.

Außer meinem Vater hat sich niemand von uns bewegt. Er kletterte aus dem Boot und zog den Körper aus dem Wurzelgestrüpp heraus. Ich erinnere mich so deutlich daran, als wäre es heute morgen gewesen: Er drehte

Humaitás Körper herum, legte ihn mit dem Bauch nach unten in den Fluß, hob dann sein Gesicht an und rieb daran. Er rieb und rieb und schluchzte die ganze Zeit über wie ein hilfsbedürftiges Kind. Ich hatte meinen Vater noch nie zuvor weinen gesehen, und es hat mich verängstigt. Kurz darauf haben wir ihm auf seine Anweisung hin geholfen, Humaitás Leiche ins Boot zu hieven. Sein Gesicht war so sauber, das es unmöglich war, daran zu glauben, was ich selbst gesehen hatte: Als wir ihn gefunden hatten, war auf jede Wange etwas mit Blut gemalt. Auf der linken Wange konnte man ein Dreieck in einem Kreis erkennen, auf der rechten einen Punkt in einem Rechteck.«

Estrella Leyes' Augenlider hörten zu flattern auf, und ihr Körper wurde in Croakers Armen schlaff. Einen Moment später blickte sie aus ihren dunklen Augen zu ihm auf. Sie schien ruhig und heiter zu sein, als wäre sie aus einem langen, verjüngenden Schlaf aufgewacht.

Croaker schloß seine Hand um den Zauberstein. »Mrs. Leyes, ist alles in Ordnung?«

Sie hob eine Hand und zeichnete ihm mit der Spitze ihres schlanken Zeigefingers langsam etwas auf die Stirn: ein Oval mit zwei Punkten darin – das Auge mit der doppelten Pupille. »Er ist nicht völlig vernichtet worden. Ich fühle, daß Humaitás Geist in Ihnen weiterlebt.« Sie blickte Croaker erstaunt an. »All die Jahre habe ich nichts über seinen Tod erzählt, weil unser Vater von uns verlangt hatte zu schweigen. Er ließ uns schwören, bei der Zeugenaussage zu erzählen, Humaitás Leiche sei, als wir sie fanden, mit dem Gesicht nach unten im Fluß getrieben.«

»Warum hat Ihr Vater das getan, Mrs. Leyes? Warum hat er gelogen und verlangt, daß Sie eine falsche Zeugenaussage machten?«

»Weil er die Symbole gesehen und Angst hatte.«

»Angst wovor?«

»Er kannte die Jungs, die sich die Symbole zu eigen gemacht hatten. Jeder kannte sie: Sie waren fast schon so etwas wie Humaitás angenommene Enkel geworden. Und sie haben ihn umgebracht. Sie haben die Symbole auf seinem Körper hinterlassen, um es zu beweisen.«

»Antonio und Heitor«, sagte Croaker. »Die Bonita-Zwillinge.«

Sie nickte.

»Er war ihr Lehrer und hat sie wie ein Vater geliebt. Haben sie ihn nicht auf ihre Art auch geliebt?«

»Was wissen diese beiden Männer von Liebe?« fragte Estrella Leyes. »Sie sind aus der Menschenfamilie ausgeschlossen worden, und Gott hat sein Antlitz von ihnen abgewendet.«

Obwohl er in einer Welt der Ratio aufgewachsen und erzogen worden war, hatte Croaker den Eindruck, daß ihn ein eiskalter Speer durchbohrte. »Aber warum haben sie ihn ermordet?«

»Nachdem Humaitá sie alles gelehrt hatte, was sie wissen mußten, sahen sie keinen Nutzen mehr in ihm.« Estrella Leyes schien in Croakers Armen zu erschauern. »Ich glaube, daß Humaitá wußte, wie bösartig die beiden waren. Seine Vermessenheit bestand darin, daß er der Meinung war, sie von diesem Übel befreien zu können. Er glaubte an das Gute im Menschen, und das war seine Größe. Aber diese Überzeugung hat ihn wahrscheinlich vernichtet. Die Bonitas waren nicht zu ändern. Und die Tragödie besteht darin, daß Humaitás Versuche, sie zu bessern, nur dazu führten, daß er ihnen noch mehr Macht gab. Eine schreckliche Macht.« Estrella drückte sich an ihn. »Sie haben sie als Kriminelle bezeichnet, und Sie hatten recht.«

Sie gab ihm ein Zeichen, und Croaker zog sie hoch, bis sie wieder auf den Füßen stand. »Ihr Zauberstein gehörte Humaitá, oder?«

Croaker nickte.

Sie umschloß seine Rechte mit beiden Händen. »Passen Sie gut darauf auf, und tragen Sie ihn immer bei sich.« Ihr Blick fixierte sein Gesicht, und ihre Stimme nahm einen drängenden Tonfall an. »Versprechen Sie es mir. Denn Sie werden diese Verbrecher finden – oder sie werden Sie finden.«

»Ich verspreche es.«

Estrella Leyes blickte ihm tief in die Augen, und was immer sie dort auch sehen mochte, es schien sie zu befriedigen. Sie nickte und wandte sich wieder ihren Kräutern und dem Arzneitrank zu.

»Erzählen Sie mir etwas über die vier Symbole«, sagte Croaker, während sie arbeitete. Er hatte einmal die Vorstellung einer Truppe kambodschanischer Tänzer gesehen. Estrella Leyes hatte außergewöhnlich lange Finger, und sie benutzte sie, wie es diese Tänzer getan hatten. Sie verlieh den alltäglichsten Bewegungen einen andersartigen Ausdruck und eine faszinierende Präsenz.

»Das Dreieck in dem Kreis ist das Symbol für den Mann, das Feuer und den Tod.« Ihre Fingerspitzen verfärbten sich dunkel, während sie getrocknete Pilze zu feinem Puder zerkleinerte. »Der Punkt in dem Rechteck ist das Symbol für die Frau, das Wasser und die Wiederauferstehung.« Sie vermischte den schwarzen Puder mit einem gelblichen, der vage nach Kakao duftete. »Ein Kreuz inmitten von drei konzentrischen Kreisen versinnbildlicht den Vogel, das Fliegen und das Reisen; das Herz des Universums.«

»Und das vierte Symbol?« fragte Croaker.

Auf ihren Gesichtszügen lagen Falten der Konzentration, während sie eine braune Flüssigkeit zu der Paste gab, die sie angerührt hatte. »Das Auge mit der doppelten Pupille steht für die Träume, die wir mit unserem inneren Auge sehen« – sie hielt lange genug inne, um sich einen Punkt auf die Mitte ihrer Stirn zu tupfen – »unserem Dritten Auge.« Als sie die Finger ihrer Hände spreizte, glichen sie zwei Fächern. »Die Träume weisen uns immer den Weg, und genau das bedeutet der Name Hetá I. Die vielen Gewässer sind die Pfade des Unterbewußtseins. Das Unterbewußtsein offenbart sich den Heilkundigen durch Träume.« Sie schlitzte einen kleinen vertrockneten Ast auf und vermischte das weiße baumwollartige Mark mit dem scharfen Gebräu, das nach dem satten Humus der Ufer des Paraguay Rivers duftete. »Sie sind die Abrechnungen der

Vergangenheit, die Abbilder der Gegenwart, die Vorzeichen der Zukunft.«

»Ich habe von dem Auge mit den zwei Pupillen geträumt«, sagte Croaker.

Estrella schien nicht überrascht zu sein. »Und es wird nicht das letzte Mal gewesen sein«, prophezeite sie.

»Was Sie da anrühren«, sagte Croaker, der ihr über die Schulter blickte, »wird es wirken?«

Estrella Leyes zuckte die Achseln. »Gott hat bei einigen Dingen beschlossen, daß sie unveränderlich sind.« Sie schüttelte den Kopf. »Vielleicht bin ich töricht. Ich versuche das Unmögliche, genau wie Humaitá.« Sie drehte sich mit dem Gefäß um, das eine brackige Flüssigkeit enthielt. »Sie sollten sich an meine Worte erinnern, wenn Sie den Bonita-Zwillingen begegnen. Ihre Stellung im Universum ist festgelegt, und sie kann weder von Ihnen noch von einem anderen geändert werden. Humaitá hat es versucht. Er glaubte, daß er einen Funken von Menschlichkeit in ihnen entdeckt hätte, und sie haben ihn umgebracht. Begehen Sie nicht denselben Fehler.«

Sie ging zu Nestor hinüber, der schlaff und bleich auf seiner Pritsche lag, und weckte ihn sanft. Croaker hielt seinen Oberkörper aufrecht, während sie ihm das Gefäß an die Lippen führte, damit er trinken konnte. Aber weder der sorgfältig zubereitete Arzneitrank noch Humaitás Zauberstein, den Croaker ihm gegen die knochige Brust preßte, konnten gegen die Gefräßigkeit des rücksichtslosen Virus ankämpfen, der ihn bei lebendigem Leibe auffraß.

3.

Als Croaker wieder bei Sonias Haus ankam, wartete ein Mann auf der Veranda vor der Eingangstüre auf ihn.

»Sind Sie ihr Freund?« Der Mann war attraktiv, nicht älter als dreißig und hatte glatte, sanfte Gesichtszüge. Sein vom Gel feuchtes Haar war zu einem Pferdeschwanz zurückgebunden und besaß die Farbe von Kandiszucker. Er war schlank und beweglich, was in Croakers Augen athletisch hieß, trug einen teuren, champignonfarbenen Seidenanzug und Sandalen, die nicht dazu paßten. Unter dem Anzug hatte er ein perfekt gebügeltes Hemd von Versace mit zwei großen goldschwarzen Emailleknöpfen an. Er war eine beeindruckende Erscheinung und machte den Eindruck, als würde er sich Hals über Kopf auf jedes Problem stürzen, mit dem ihn das Leben konfrontierte. Am auffälligsten an ihm waren seine bernsteinfarbenen Augen.

»Wer will das wissen?« fragte Croaker, als er die Veranda erreicht hatte.

Der Schlag des schlanken Mannes traf ihn so hart und so schnell, daß er schon zurücktaumelte, bevor er den Hieb spürte. In seinen Ohren klingelte es, während er nach dem Geländer der Veranda griff, und er spürte eine schnell zunehmende Taubheit an der linken Seite seines Kiefers.

»Beim nächstenmal stehen Sie nicht mehr auf.«

Croaker bemerkte, daß der Mann mit den bernsteinfarbenen Augen gleichzeitig überrascht und angewidert war, weil der Hieb ihn nicht niedergestreckt hatte.

»Die Fragen stelle ich. Dies ist das Haus meiner Schwester.«

»Sie sind Sonias Bruder?«

»Carlito.« Die nackte Feindseligkeit, die er ausstrahlte, erinnerte an eine Giftschlange. »Sie haben ja nicht lange gebraucht, um hier einzuziehen, *Anglo*.«

Croaker löste sich von dem Geländer der Veranda, als wäre es das oberste Seil um einen Boxring. »Ich heiße Lew Croaker. Im Augenblick schien mir dies der angemessenste Ort zu sein, wo ich bleiben könnte.« Sollte er dem Mann von Sonias schrecklichem Tod erzählen? Soweit Croaker wußte, kannten nur er, Bennie und Maria die Wahrheit. »Vielleicht sollten wir drinnen weiterreden.«

Der schlanke Mann hatte den räuberischen Gesichtsausdruck eines Fuchses. »*Madre de mentiras,* was könnten wir schon zu besprechen haben?«

Croaker zuckte die Achseln, während er die Tür aufschloß. »Kommen Sie rein«, sagte er.

Der Mann mit den bernsteinfarbenen Augen bewegte sich mit einem Minimum an Anstrengung, ähnlich wie ein erfahrener Taucher im Wasser. Im Haus legte er den Kopf in den Nacken. »Ist meine Schwester da?«

Croaker schloß die Tür. »Wann haben Sie Sonia zum letztenmal gesehen, Carlito?«

Die bernsteinfarbenen Augen des schlanken Mannes starrten ihn an. Er strahlte eine unheimliche Ruhe aus.

»Oder mit ihr telefoniert?«

»Ist das hier die Spanische Inquisition? Sie haben kein Recht, mir Fragen zu stellen.«

Croaker zeigte auf eines der beiden Sofas, deren Baumwollbezüge in tropischen Farben leuchteten. »Warum setzen Sie sich nicht?«

Carlitos bernsteinfarbene Augen glühten wie das letzte Nachmittagslicht. »Was zum Teufel ist los?«

»Es tut mir leid, aber Ihre Schwester ist tot«, sagte Croaker, der einsah, daß es bei diesem Gespräch keinen leichten Einstieg geben würde.

Der Mann schien in sich zusammenzufallen, bis er, nach vorne gebeugt und auf die Arme gestützt, auf dem Sofa saß. »Wann ist das passiert?«

»Irgendwann gestern nachmittag.« Croaker atmete tief durch. »Sie wurde ermordet.«

Carlitos schönes Gesicht fuhr hoch. »Ermordet? *¡Madre de mentiras*! Wie? Und wer hat das getan?«

»Man hat sie enthauptet. Von wem, weiß ich noch nicht.«

»Sind Sie ein Cop?«

»Allerdings.« Croaker zeigte ihm eine seiner offiziellen Polizeimarken.

Carlito nickte, und in seinen bernsteinfarbenen Augen glänzten Tränen. »Was ist mit ihrem Körper passiert?«

Croaker dachte an den weißen Kleinlaster mit dem

Symbol auf der Rückseite und an die parallelen Spuren, die ihm neben dem Haus aufgefallen waren. Dort hatten Antonio und Heitor Sonia enthauptet. Es gab keinen Grund, das einem Hitzkopf wie ihrem Bruder zu erzählen, und es gab jede Menge Gründe, es nicht zu tun. »Ich habe keine Ahnung«, sagte er mit unveränderter Stimme.

Der schlanke Mann grunzte. »Ein Cop!«

Carlitos Reaktionen wurden jetzt deutlicher, aber irgend etwas stimmte daran nicht, fand Croaker. Was vermißte er? Hatten sich Sonia und ihr Bruder einander entfremdet?

»Was wollen Sie hier?« Die bernsteinfarbenen Augen blitzten vor nackter Feindseligkeit. »Warum interessiert Sie der Tod meiner Schwester?«

»Seien Sie einen Augenblick still«, sagte Croaker.

Er hob die Hand, als der andere aufstand und drohend einen Schritt auf ihn zukam. »*Fühlen* Sie einfach nur«, befahl er. Carlito hielt inne, und Croaker sagte: »Fühlen Sie es?«

Der Mann mit den bernsteinfarbenen Augen spreizte die Arme und runzelte die Stirn.

»Es ist der Geist Ihrer Schwester.« Croaker drehte sich langsam im Kreis. »Sie ist noch hier und wartet.«

»Und worauf?« Vielleicht hatte Sonias Bruder keinen Sinn für Magie. Andererseits lachte er auch nicht.

»Darauf, den Heimweg zu finden. Sie wird hier festgehalten und findet keinen Frieden, bis ich nicht herausgefunden habe, wer sie umgebracht hat.« Carlitos Blick war hart wie ein scharfkantiger Stein. »Ich will Ihre erste Frage beantworten. Ja, ich war ihr Freund – zumindest wäre ich es geworden, wenn man sie nicht ermordet hätte.« Er atmete tief durch. »Sie war in jeder Hinsicht eine wundervolle Frau.«

»Also, was ist passiert, *maricone*[5], hast du sie gefickt, bis sie bewußtlos war?«

Croakers Angriff kam für den anderen völlig überra-

5 (span.) Schimpfwort, dt. etwa »Schwuler«, »warmer Bruder«

schend. Seine Finger aus Titan und Polykarbonat packten das Revers von Carlitos Anzug und das teure Hemd, und er stieß ihn quer durch den Raum, bis Carlito mit dem Rücken gegen die hintere Zimmerwand krachte.

Croaker war so dicht bei ihm, daß er schwach den Geruch eines Steaks und gebratener Zwiebeln roch, die Carlito mittags offenbar gegessen hatte. »Ein Mann, der Frauen nicht achtet, ist ein Schwein«, sagte Croaker auf spanisch. »Aber ein Mann, der die eigene Schwester nicht respektiert, ist nicht einmal ein Mann.«

In Carlitos Augen flackerte ein seltsam bleiches Licht auf, das genauso schnell wieder erlosch.

»Und nennen Sie mich nicht *maricone.*« Croaker sprach immer noch spanisch.

Auf dem Gesicht des schlanken Mannes breitete sich langsam ein listiges Lächeln aus. »Sie reden nicht wie ein *Anglo,* und es ist sicher, daß Sie auch nicht wie einer denken.«

Ein Typ wie Carlito – aufbrausend, arrogant, ein Macho – konnte wohl nicht näher an eine Entschuldigung herankommen.

Croaker ließ ihn los und trat zurück.

Carlito starrte auf sein Jackett, das aussah, als wäre jemand mit einem Mountainbike darübergefahren. »Ich habe Männer schon aus weniger schwerwiegenden Gründen umgelegt«, sagte er langsam und ruhig. In der linken Hand hielt er plötzlich ein Stilett. Die Klinge schoß durch die Luft, stellte für Croaker aber keine Bedrohung dar. Die beiden Männer hatten die Macho-Phase jetzt hinter sich, und die Partie war mehr oder weniger remis ausgegangen. Die offene Messerklinge sollte nur die Geschichte illustrieren, die Carlito erzählte.

»Ich habe ihnen die Kehle von einem Ende bis zum anderen durchgeschnitten und beobachtet, wie das Blut in einem langsamen Rhythmus aus ihrem Körper lief.«

Inzwischen konnte Croaker Carlito einschätzen. Wie ein Kind beobachtete Sonias Bruder, wie Croaker auf sein übertriebenes Gehabe reagieren würde. Croaker stellte sich einen jungen Caligula vor, der eine Liste seiner ungeheuerlichsten Sünden herunterleierte und gierig auf die Reaktionen jener wartete, die älter und leichter zu schokkieren waren. Doch wie Caligula war dieser Blitzableiter von einem Mann ein dummes und gefährliches Kind, und man durfte die Bedrohung nicht auf die leichte Schulter nehmen oder ihn unterschätzen.

»Und dann, als ihre Brüder und Söhne mich verfolgten«, fuhr er fort, »habe ich mit ihnen dasselbe gemacht. Ich lag nachts wach, hatte eine Spur aus Lichtern für sie gelegt und wartete darauf, daß sie wie ein Alptraum über die Mauer kamen und in mein Haus eindrangen.« Er lächelte hinterlistig. »Sie sehen, daß ich sie zur Sünde verleitet habe. Ich bin nie in ihre Häuser eingedrungen, habe nie ihr Eigentum verletzt, wie sie es taten.« Die Messerklinge schoß hoch und warf verschwommene Reflexe des Sonnenlichtes durch den Raum. »Ich habe sie zur Sünde verleitet und sie dann dafür bestraft, bis meine Klinge von ihrem Blut rot gefärbt war.«

Croaker ging in die Küche, um der dominanten Persönlichkeit des anderen für einen Augenblick zu entkommen und um seinen Durst zu löschen. Er fand ein halbvolles Sechserpack Corona, zögerte aber, das Bier im Kühlschrank kalt zu stellen, in dessen Innenraum sich immer noch die blutigen Symbole fanden. Er sah eine angebrochene Flasche Cuervo-Gold-Tequila und goß eine doppelte Portion in zwei Gläser. Wieder im Wohnzimmer, reichte er Sonias Bruder den Drink.

»Ich hätte gern Ihre Erlaubnis, hierzubleiben«, sagte Croaker, nachdem sie einen Schluck genommen hatten. Eine ähnlich förmliche Phrase hätte er benutzt, wenn er bei Carlito um Sonias Hand angehalten hätte.

Der schlanke Mann hatte das Stilett verschwinden lassen. »Das ist keine Kleinigkeit, worum Sie mich da bitten.« Er starrte in sein Glas mit dem hellen Tequila. »Aber was Sie für Sonia – und für mich – tun, ist auch keine Kleinigkeit.«

»Ich verstehe und weiß Ihre Freundlichkeit zu schätzen.« Croaker änderte seinen Tonfall und wechselte das Thema. »Ich versuche eine Spur zu verfolgen, weil die Möglichkeit besteht, daß Heitor und Antonio Bonita Sonia ermordet haben. Kennen Sie sie?«

»Ich sehe, daß Sie mit Ihrer Untersuchung bereits begonnen haben.« Der schlanke Mann setzte sich auf das Sofa. Eine Raute des spätnachmittäglichen Sonnenlichtes lag auf seinem Gesicht und ließ sein kandisfarbenes Haar aufleuchten. »Wie kommen Sie dazu, die Bonitas zu verdächtigen?«

»Wegen der Art, wie Ihre Schwester umgebracht worden ist. Enthauptungen scheinen ihre Spezialität zu sein.«

Die bernsteinfarbenen Augen beobachteten Croaker ruhig. »Wieviel wissen Sie über Antonio und Heitor?«

Croaker setzte sich ihm gegenüber auf einen Stuhl. »Nicht genug.«

»Ich hatte einmal geschäftlich mit ihnen zu tun – vor ungefähr fünf Jahren.«

»Vor fünf Jahren ... Dann müssen Sie Bennie Milagros kennen.«

Der Mann mit den bernsteinfarbenen Augen saß so ruhig da, daß man an der Seite seines Halses über dem Kragen des Versace-Hemdes seinen Puls studieren konnte. »O ja«, sagte er schließlich. »Benito kenne ich gut.« Er drehte den Kopf, und seine Augen flackerten kurz auf. »Sind Sie mit ihm befreundet?«

»Vielleicht.«

»Sie sind ein vorsichtiger Mann. Und das ist gut so.« Carlito nickte. »Bei einem Mann wie Benito ist Vorsicht geboten.«

»Wie meinen Sie das?« fragte Croaker.

Der schlanke Mann schien die Frage nicht gehört zu haben. Nachdenklich nahm er einen Schluck von seinem Tequila. Er sprach auf spanisch weiter. »Sie müssen verstehen, daß diese Männer – Heitor und Antonio, die Bonitas – sich in allen Geschäften engagieren, die gefährlich genug sind, um große Gewinnspannen zu garantieren: Drogen, Waffen, Telekommunikations- und Computerkomponenten für den Schwarzen Markt, Halbleiterchips, Prostitution, bestellter Mord und Menschenhandel. Ja, sogar das – in unseren Tagen. Aber was ihre Aktivitäten einzigartig macht, ist, daß sie nie direkt mit irgendwelchen Geschäften verbunden sind.« Er fuchtelte mit einer Hand in der Luft herum. »Oh, ich weiß, was Sie jetzt denken, Mr. Detective – daß alle international aktiven Kriminellen sich hinter einem Labyrinth von Offshore- und ausländischen Tarnfirmen verstecken. Richtig. Aber die Bonitas gehen einen Schritt weiter. Sie besitzen selbst nichts, sondern setzen statt dessen andere Leute ein, die als Manipulatoren hinter dem Labyrinth von Tarnfirmen agieren. Sie gewähren diesen Männern ein gutes Maß an Selbständigkeit. Solange Sie Erfolg haben, lassen sie Sie bei Ihren Geschäften in Ruhe. Sie fahren den Gewinn ein, geben monatlich 65 % des Profites ab. Etwa 30 % werden reinvestiert, so bleiben Ihnen am Feierabend also drei Prozent oder auch fünf, wenn Sie sehr clever sind.«

»Ich nehme an«, sagte Croaker, »daß Sie aus eigener Erfahrung sprechen.«

»Das Problem ist«, fuhr der schlanke Mann, der Croakers Einwand nicht gänzlich ignoriert hatte, fort, »daß ihre Methode heimtückisch ist. Je erfolgreicher Sie das Geschäft führen, das die Bonitas Ihnen anvertraut haben, desto mehr werden Sie allein gelassen und desto stärker wird die Illusion, tatsächlich über alles die Kontrolle zu haben. Aber das ist eine Täuschung. In Wirklichkeit sind Sie nur eine Marionette. Sie sind dazu da, für die Bonitas Geld zu scheffeln, und wenn Ihnen das gelingt, ist alles in Ordnung. Sie gehen mit Ihrem Hungerlohn nach Hause. Wenn Sie ins Straucheln geraten und die Endsumme unter dem Strich geringer ausfallen sollte, kommen die Bonitas persönlich vorbei. Sie machen Sie zum Krüppel und lassen sich verdammt viel Zeit dabei. In der Zwischenzeit tragen Sie alle Risiken. Und wenn dann alles schiefgeht und an einem rabenschwarzen Tag das FBI durch die Hintertür marschiert, sind Sie für alles verantwortlich. Es gibt keinerlei Verbindung zwischen den Bonitas und den Gesetzen, die Sie gebrochen haben. Und wenn Sie dumm genug sein sollten, sie zu verraten, jagen sie Sie bis ans Ende der Welt und bringen Sie auf irgendeine verdammt unangenehme Weise um.«

»Zum Beispiel, indem sie mich enthaupten.«

Der Mann mit den bernsteinfarbenen Augen hob sein leeres Glas. »Gibt's noch was von dem Stoff?«

»Die Flasche steht auf dem Küchentisch.«

Einen Augenblick später kam Carlito mit der Flasche und einem gefüllten Glas zurück. Er stellte die Tequila-Flasche wie einen Wegweiser auf den Kaffeetisch zwischen ihnen.

Die Sonne war am Horizont untergegangen und Carlitos Gesicht von Schatten eingehüllt. Er wirkte jetzt sogar noch attraktiver, ein Magnet für anfällige Mädchen. Aber in dem Zwielicht wurde auch der finstere Charakterzug, den er wie ein Schoßhündchen kultiviert hatte, noch deutlicher. Croaker konnte ihn sich als Revolverheld oder Drogendealer der Bonitas vorstellen, der sich wie ein Tänzer durch das glitzernde Milieu des Geldes und der Macht bewegte, sich mit seiner Rolle identifizierte und eins mit ihr wurde. Es war schwierig, wenn nicht sogar unmöglich, die Umlaufbahn einer Supernova zu verlassen, ohne gründlich und dauerhaft Schaden zu nehmen. Croaker fragte sich, welchen Schaden Carlito unter den Bonitas erlitten hatte.

Trotz der geöffneten Fenster schien die Luft in dem kleinen Haus plötzlich stickig zu sein. Croaker stand auf und blickte auf die Straße. Der Himmel war orange und purpurfarben, aber unter den Baumwipfeln krochen scharfe Schatten über die Rasenflächen und die geparkten Autos. Sie wirkten wie tintenfarbene Umrisse, die unergründliche Geheimnisse verbargen.

»Was für Geschäfte haben Sie für Antonio und Heitor Bonita erledigt?«

»Ich habe mit Waffen und Munition gehandelt. Das Übliche.«

Die Antwort kam zu schnell, und Croaker wußte, daß

Carlito log. Dieser Mann würde sich nie mit dem »Üblichen« zufriedengeben. »Und wie ist die Sache ausgegangen?«

»Schlecht.« Der Mann mit den bernsteinfarbenen Augen war leise wie eine Katze an seiner Seite aufgetaucht.

Vielleicht in stillschweigendem Einverständnis hatten sie beschlossen, das Licht nicht einzuschalten. Nur von den Straßenlaternen draußen drang ein wenig Helligkeit herein. Ein Passant – wenn es denn einen gegeben hätte – hätte sie für Geister halten können, für entkörperte Gesichter, die aus dem Fenster eines kürzlich verwaisten Hauses starrten.

»Ich war mal verliebt«, sagte Carlito dicht neben Croaker. Seine Stimme klang dünn, fast piepsend und kaum lauter als ein Flüstern. »Es scheint so lange her zu sein. Fünf Jahre, eine Ewigkeit.« Er verfiel in ein nachdenkliches Schweigen, und Croaker zögerte, ihn daraus aufzuwekken. Er wußte aus eigener, quälender Erfahrung, daß man Zeit brauchte, um schmerzhafte Erinnerungen preisgeben zu können.

Der Mann mit den bernsteinfarbenen Augen räusperte sich, als wollte er sich des Übermaßes an Erinnerungen entledigen. »Wie dem auch sei, ich habe sie gebeten, mich zu heiraten. Diese Frau war ein gutes Mädchen, mit einem reinen Herzen und Geist. Sie sah in mir etwas ...« Er schwenkte sein Glas, und der Tequila rann an den Seiten hinunter. »Spielt keine Rolle. Sie wußte nicht, was ich tat, zumindest nicht genau, aber es gefiel ihr nicht. Sie sagte, daß ich nach irgend etwas stinken würde, und ich fragte: ›Was für ein Gestank? Ich bin kein verdammter Fischer vom Fluß.‹ Sie drückte sich an mich und flüsterte mir ins Ohr: ›Der Gestank kommt nicht von deinem Körper, er steigt aus deiner Seele auf.‹«

Der schlanke Mann kippte den Rest seines Tequilas hinunter. Einen Augenblick lang schien er nach der Flasche greifen zu wollen, aber dann überlegte er es sich anders. »Dummes Mädchen, habe ich gedacht. Was konnte sie schon wissen? Aber dann, wenn ich nachts neben ihr lag, hatte ich Alpträume, und morgens wachte ich mit dem Gestank verbrannten Fleisches in der Nase auf. Das ging wochenlang so, und endlich merkte ich, daß ich davon träumte, daß mein eigenes Fleisch brannte.« Er wandte sich Croaker zu. »Und da begriff ich, daß sie kein dummes Mädchen war. Sie war etwas ganz Besonderes. Sie hatte den Gestank der Korruption bei mir wahrgenommen, und ich dachte: Sie muß diesen Geruch hassen. Warum bleibt sie bei mir? Wie kann sie mich lieben? Sie konnte es, weil Sex eine einfache Sache ist, *Señor*. Sex ist wie atmen – was könnte also natürlicher sein? Aber mit der Liebe ist es schwierig. Bei der Liebe passieren Dinge, die man nicht verstehen kann. Die Liebe ändert einen auch dann, wenn man nicht die Absicht hat, sich ändern zu lassen.«

Carlito blickte auf sein leeres Glas, dann in die Anonymität der dunklen Straße. »Und plötzlich habe ich es begriffen. Sie wartete. Sie wartete darauf, daß ich den Gestank genauso hassen würde wie sie.«

Er stellte das leere, jetzt nutzlose Glas zur Seite. Dann ballte er die Hände zu Fäusten und preßte sie gegen das Fensterbrett, während er sich dagegenlehnte. »Ich wollte mich wirklich ändern.« Die Anspannung ließ seine kräftigen Muskeln anschwellen, und das teure Tuch seines Anzuges spannte sich. »Aber alles im Leben hat seinen Preis. Man glaubt, bestimmte Dinge haben zu müssen, aber wenn man den Preis vorher gekannt hätte, hätte man ihn nie bezahlt.« Er atmete tief durch. »Gott oder irgend etwas, das ihm ähnelt, vielleicht das Schicksal, hat mir diese Frau genommen.«

Croaker beobachtete, wie sich Carlito abwandte und aus dem Licht der Straßenlaternen in die Dunkelheit des Hauses seiner Schwester begab. Er wollte eine Frage stellen, die ihm auf der Zunge brannte, aber die quälenden Erinnerungen lasteten zu schwer im Raum. Das Böse lag um sie wie ein Netz, das die Zeit überdauerte und menschliche Seelen ohne jede Hoffnung auf Erlösung zerstörte.

»Sie sind hier willkommen«, sagte Carlito mit gepreßter Stimme. »Ich will mit dem Haus nichts zu tun haben.

Wenn Sie Sonias Geist, ihre Seele hier fühlen, um so besser. Es ist gut, wenn sie auf diese Art mit Ihnen reden kann.«

Croaker wußte, daß Carlito sich daran erinnerte, wie diese Frau, die vor fünf Jahren gestorben war, mit ihm geredet hatte. Er entfernte sich vom Fenster, und als sich seine Augen an die Dämmerung gewöhnt hatten, sah er, daß Carlito sich in eine Ecke zurückgezogen hatte, als müßte er sich gegen die bösen Geister wehren, die er heraufbeschworen hatte.

»Glauben Sie an Geister?« fragte Croaker.

»Ich würde gern daran glauben.« Die funkelnden Augen blickten ihn an. »Ja, wahrscheinlich.«

Natürlich glaubt er daran, dachte Croaker. Er hätte alles dafür gegeben, die Stimme dieser Frau wieder zu hören, selbst in seinen Träumen.

»Sie warten beide, oder?« flüsterte Carlito. »Rosa und jetzt auch Sonia. Sie sind jetzt irgendwie vereint.«

Croaker fühlte eine Art elektrischen Schlag, als er die Antwort auf die Frage erhielt, die ihm auf der Zunge gebrannt hatte. »Haben Sie *Rosa* gesagt?«

»*Si*. Rosa Milagros.«

Jesus, dachte Croaker. *Deshalb kennt er Bennie. Er hat sich in seine Schwester verliebt, und sie ist von den Bonitas enthauptet worden.* Vielleicht erklärte das seine seltsamen Reaktionen von vorhin. Der Mord an Rosa hatte ihn hier wieder eingeholt.

Carlito hatte die Augen weit aufgerissen, und sein Blick war starr. Er schien ein Selbstgespräch zu führen, als wäre Croaker gar nicht anwesend. »Jetzt bin ich verdammt, ich weiß es. Rosa hätte mich retten können. Ich habe Dinge getan … Ich tue sie immer noch …«

Er wandte das Gesicht ab, durchquerte den Raum mit drei riesigen Schritten, öffnete die Tür und war verschwunden.

Während Croaker die I-95 in nördlicher Richtung hinunterfuhr, legte er eine Kassette mit den größten Hits von Jan

& Dean ein. Surf-Music aus den legendären sechziger Jahren. Gab es zum Nachdenken bessere Hits? Autofahrer, die den Nervenkitzel suchten, scherten in ihren Camaros und Firebirds aus dem mehrspurigen Verkehr aus, und überholten auch rechts, wann immer sie eine Lücke sahen. Sie hatten die Angewohnheit, sich nur Zentimeter vor der Küblerhaube des nachfolgenden Autos wieder einzuordnen. Wenn man regelmäßig auf der I-95 unterwegs war, war es besser, nicht über die Unfallquote des Highways nachzudenken.

Croaker wollte über die verblüffende Enthüllung nachdenken, daß Sonias Bruder in Bennies Schwester Rosa verliebt gewesen war. Welche Rolle spielte er in diesem Netz, das sich immer weiter ausdehnte? Für Croaker war offensichtlich, daß Carlito mehr über Antonio und Heitor Bonita wußte, als er zugegeben hatte.

Eines war sicher: In dem Moment, da Carlito das Haus verlassen hatte, hatte Croaker das Gefühl gehabt, eine dunkle und gefährliche Wolke wäre vom Himmel verschwunden.

Er verließ den Highway am Atlantic Boulevard und fuhr in westlicher Richtung weiter. Jan & Dean sangen jetzt nicht mehr »Surf City«, sondern »New Girl In School«. Vor seiner Verabredung zum Abendessen mit Jenny Marsh mußte er in West Palm Beach noch einen Zwischenstop einlegen. Er bog vom Highway 441 in eine Seitenstraße ab und nahm die Kassette aus dem Rekorder.

Dann kramte er seinen Computer hervor und kontrollierte, ob seine Nachfrage bezüglich Majeurs privater Telefonnummer etwas ergeben hatte.

Die Datenbank hatte einige kurze Informationen ausgespuckt. Es war keine Überraschung, daß es sich um die Nummer eines Mobiltelefons handelte. Aber das Seltsame war, daß die Nummer nicht unter Majeurs Namen geführt wurde, sondern auf einen gewissen Benito Milagros registriert war.

Bennie und seine mysteriöse, geheime mitternächtliche Schiffstour, die morgen stattfinden sollte. War es ein Zufall, daß Juan Garcia Barbacena um Mitternacht am nächsten Tag in Miami eintreffen sollte?

Croaker saß eine lange Zeit da, während der Verkehr in beiden Richtungen an ihm vorbeirauschte. Vor dem indigofarbenen Himmel wiegten sich die dunklen Palmen im Wind. Die helle Straßenbeleuchtung über ihm betonte die Konturen der geparkten Autos überdeutlich. Abends reflektierten die mit schwarzen Stoffen ausgekleideten Fenster des Margate Gun & Racquet Clubs die Granitgrabsteine des benachbarten Geschäfts, auf die bis in alle Ewigkeit sentimentale Sprüche eingraviert waren.

Croaker fühlte sich unangenehm an sein Treffen mit Majeur auf dem Friedhof erinnert. Wieder dachte er daran, was er tun mußte, um Rachels Leben zu retten.

Er wählte Bennies Nummer.

»¡*Hola*!«

»Bennie, ich bin's.«

»Was gibt's, *amigo*? Irgendwelche Neuigkeiten über deine Nichte?«

»Alles beim alten.« Croaker bemerkte, daß er sein Handy etwas zu fest umklammerte. »Kennst du einen Anwalt namens Majeur, Bennie?«

»Nein.«

»Marcellus Rojas Diego Majeur.«

»Wenn ich ihn kennen würde, würde ich mich an einen solchen Namen erinnern, Lewis. Aber das ist nicht der Fall.«

»Rafe hat von ihm gehört.«

»Roubinnet?« Hatte Croaker Vorsicht in Bennies Tonfall wahrgenommen? »Was macht ihr, wenn ihr zusammen rumhängt?«

»Ich habe ihn zufällig getroffen, das ist alles«, sagte Croaker. »Er hat mir erzählt, daß Majeur Beziehungen zu schwergewichtigen Drogenhändlern hat.«

»Dann wird's wohl stimmen.« Bennies Stimme klang plötzlich reserviert. »Wenn Roubinnet das sagt.«

»Habt ihr Ärger miteinander? Wolltest du ihn nicht für eine zweite Amtszeit als Bürgermeister unterstützen?«

»Das ist schon eine Weile her, Lewis. Die Zeiten ändern sich. Die Menschen auch.«

»Hör zu, Bennie ...«

»Ich muß weg. Tut mir leid. Die kolumbianische Delegation, die ich erwarte, steht schon vor der Tür. Später, *amigo*. Und sei vorsichtig, mit wem du dich einläßt.«

»Bennie, ich weiß nicht, ob ich den Bootstrip mit dir machen kann, von dem wir gestern gesprochen haben.«

Am anderen Ende herrschte Schweigen, aber Bennie hatte das Gespräch nicht abgebrochen. »Hey, was ist los, *amigo*?« Croaker bemerkte den gereizten Tonfall. »Ich zähle auf dich.«

»Ich weiß, Bennie. Aber es ist was dazwischengekommen, und ich ...«

»Hör zu. Du hast mir dein Wort gegeben, und die Sache ist verdammt wichtig. Was zum Teufel hat sich denn seit gestern geändert? Ich glaube ... Weißt du, was ich glaube, *amigo*? Du hörst auf die bösen kleinen Bienen, die in deinen Ohren summen.«

»Meinst du Rafe damit?«

»Wir sollten unter vier Augen miteinander reden«, keifte Bennie. »Nur du und ich. Ich kann diese elenden Kolumbianer für ein paar Stunden loswerden. Sie scheinen sowieso nur daran interessiert zu sein, sich gegenseitig wie Köter anzukläffen.«

»Okay. Wir treffen uns in der Eingangshalle des Royal-Poinciana-Krankenhauses in Palm Beach.«

»Meinetwegen. Wie lange brauche ich, neunzig Minuten? Sprich in der Zwischenzeit mit niemand anderem.«

»Zum Beispiel Rafe?«

Aber Bennie hatte schon eingehängt.

Croaker legte das Handy aus der Hand. Gab es Spannungen zwischen Bennie und Rafe? Was zum Teufel war los? Bennie behauptete, daß er Majeur nicht kenne, doch die Auskunft der Telefongesellschaft bewies, daß Majeurs Mobiltelefon unter Bennies Namen geführt wurde. Warum log Bennie? Und warum war diese mitternächtliche Tour so wichtig? So hatte er Bennie noch nie erlebt.

Croaker gab sich Mühe, sich daran zu erinnern, daß es in Bennies Leben viele Seiten gab, von denen er nichts wußte. So nah er ihm auch gekommen sein mochte – wie gut kannte er ihn wirklich? Täglich gab es neue Überraschungen. Die Möglichkeit, daß seine Freundschaft zu Bennie irgendeine dunkle, unheimliche, verborgene Seite haben konnte, schien die Welt plötzlich auf den Kopf zu stellen.

Er stieg aus dem Wagen und verstaute den Computer im Geheimfach des Kofferraums, aus dem er einige kleine Gegenstände aus Metall und Plastik nahm, die er sich in die Taschen stopfte. Er mußte sich jetzt zuerst um die naheliegenden Probleme kümmern und die Fragen zurückstellen, auf die er noch keine Antwort gefunden hatte.

Es war kurz nach sieben Uhr abends. Das Büro von Gold Coast Exotic Auto Rental hatte bereits geschlossen. Vondas Auskunft war richtig gewesen.

Croaker spazierte in die kleine Seitengasse, wo die Waren angeliefert und die Abfälle abgeholt wurden. Er fand den Hintereingang des Autoverleihs und überprüfte die Lage. Eine nahegelegene Straßenlaterne würde zweifellos jeden in der unmittelbaren Umgebung verraten, aber er wußte Abhilfe. Er machte sich für drei oder vier Minuten am Fuß der Lampe zu schaffen, benutzte seine Fingernägel aus rostfreiem Stahl, um die Kabel zu kappen. Das Licht erlosch, und der vorher durch das grelle Licht erstickte Schatten breitete sich aus.

Die Hintertür war wie erwartet mit einer Alarmanlage gesichert, aber auch dagegen hatte Croaker ein Mittel. Nachdem er die Telefonverbindungsbuchse des Autoverleihs entdeckt hatte, brach er die Stahlklappe auf. Da sich bestätigte, daß die Alarmanlage an den Telefonanschluß gekoppelt war, schnitt er die Kabel durch.

Mit einem seiner künstlichen Fingernägel öffnete er das Schloß der Hintertür und schlich leise hinein. Das Büro des Autoverleihs war dunkel, die einzige Beleuchtung kam von den Straßenlaternen und den Scheinwerfern der vorbeifahrenden Fahrzeuge. Die feuchte Luft im Raum roch nach Moder und den Gerüchen elektronischer Geräte.

Croaker zog den Kopf ein und kroch hinter die Theke. In einem verstaubten Marmeladenglas fand er neben anderen, bunt durcheinandergewürfelten Souvenirs einen kleinen Wimpel der Miami Hurricanes, der vielleicht Vonda gehörte. Er sah einen alten mottenzerfressenen Damenpullover, der zusammengefaltet auf einem der unteren Regale lag, einen abgenutzten Nagellackpinsel, Fläschchen mit grellfarbenem Nagellack und einen dieser kleinen zusammenklappbaren Regenschirme.

Dann kam er zum Computerterminal. Er wollte das Gerät gerade einschalten, als ihm etwas auffiel. Aus dem hinteren Teil des Computers strömte schwach, aber durchaus wahrnehmbar, etwas Wärme aus. Er blickte auf die Uhr. Achtzehn Minuten nach sieben. Vonda hatte ihm erzählt, daß sie das Geschäft exakt um halb sieben schließen würde. Selbst wenn sie ein paar Minuten länger geblieben wäre, hätte der Computer mittlerweile abgekühlt sein müssen.

Er schaltete ihn ein und sah sofort, daß es ein Problem gab. Die Software des Unternehmens bewältigte den Boot-Prozeß zwar problemlos, aber, ob man es glaubte oder nicht, es gab keinerlei Dateien, Verzeichnisse oder Namenslisten. Die Software war so jungfräulich und datenleer wie am Tag der Installation. Irgend jemand hatte alle Daten auf der Festplatte gelöscht, und wenn man von der Wärme des Computers ausging, war das innerhalb der letzten Viertelstunde geschehen.

Er suchte die unmittelbare Umgebung nach einer Sicherungsdiskette oder anderen Datenträgern ab, auf denen die Vorgänge des Tages aufgezeichnet worden sein könnten, ahnte aber, daß er nichts finden würde. Jeder, der clever genug war, die Daten auf der Festplatte zu löschen, würde auch alle anderen Aufzeichnungen mitnehmen oder zerstören.

Bei seiner Suche fand er Vonda – oder, um genauer zu sein, das, was noch von ihr übrig war. Ihr Kopf, genauso ordentlich und professionell von ihrem Körper abgeschnitten wie der Sonias, lag da und wartete auf ihn. Er war in Schatten eingehüllt und starrte ihn an, als wäre er eines ihrer Souvenirs. An der Kante des Regals sammelte sich das Blut, das eine Ritze suchte, wo es ablaufen konnte.

Croaker fühlte sich, als hätte ihm jemand in den Magen getreten. Er setzte sich auf die Fersen und versuchte tief durchzuatmen. Er mußte unbedingt seine Ausgeglichenheit wiedergewinnen und schloß für einen Augenblick die Augen. In der Dunkelheit, in die er eintauchte, hörte er die leisen Geräusche der Autos, die draußen vorbeifuhren. Keine Stimme und kein Hundegebell störte die fast vollkommene Stille.

Croaker starrte wieder auf Vondas Kopf. Plötzlich verschlug es ihm den Atem. Er mußte blinzeln, um ganz sicher zu sein, daß die Schatten ihm keinen Streich spielten und daß er keine Halluzinationen hatte, aber es war noch immer da. Zwischen ihren zusammengepreßten Kiefern klemmte eine schwarze 3,5-Zoll-Diskette. Als Croaker sich näherte, sah er, daß auf die Diskette ein beschriftetes Etikett geklebt worden war. Er bewegte sich etwas, um die Aufschrift lesen zu können: SUCHST DU DAS, COP?

Croaker hob die Hand, um die Diskette aus Vondas Mund herauszunehmen. Als er stärker daran zog, fiel ihm der Kopf in den Schoß. Fast hätte er über die Absurdität der Situation gelacht, aber das Ganze war zu traurig.

Ein fast surrealer Augenblick. Vondas Kopf lag in seinem Schoß, und ihre leeren, um Hilfe bittenden Augen starrten ihn an. Darüber, in der Mitte ihrer Stirn, sah er das blutige Symbol: einen Punkt innerhalb eines Kreises.

Die Bonitas.

Es kostete ihn einige Anstrengung, sich wieder der Realität zu widmen. Er blickte auf ihren Mund. Die Diskette war an ihren Zähnen festgeleimt. Die Situation wurde immer grotesker. Das darf nicht wahr sein, dachte er. Gleich sehe ich das Weiße Kaninchen, das hinter mir herrennt und murmelt: ›Ich komme zu spät, zu spät zu einer sehr wichtigen Verabredung. Ich habe keine Zeit, hallo zu sagen, also tschüs! Ich bin zu spät dran, zu spät, zu spät!‹

Er fuhr seine stählernen Fingernägel aus, löste die angeleimte Diskette vorsichtig und steckte sie ein. Er packte Vondas Kopf an den Locken, die wegen des Haarfestigers stahlartigen Ranken glichen, und stellte ihn wieder auf das Regal. Dann erstarrte er. Er hatte etwas gehört – vielleicht einen leisen Schritt oder eine verstohlene Bewegung. Es war jemand im Raum! Aber keine Kreatur mit pelzigen weißen Beinen und Taschenuhr, sondern jemand mit einer abartigen und gefährlichen Psyche.

Antonio oder Heitor?

Er lauschte, während er das Blut in seinen Adern pochen hörte. Nichts. Warte, beruhigte er sich. Warte ab und lausche.

Im Licht der Scheinwerfer der draußen vorbeifahrenden Autos leuchteten die geisterhaften Bilder der exklusiven Automobile an den schäbigen Wänden auf, bevor sie wieder im Dunkel verschwanden. Staubpartikel tanzten durch die Luft, als würden sie von ruhelosen Geistern umgetrieben. Von draußen drangen Stimmen herein. Eine Autotür schlug zu, dann wurde ein stotternder Motor angelassen. Das Scheinwerferlicht kreuzte sein Blickfeld.

Genau in diesem Moment hörte er das Geräusch erneut. Er wandte seinen Blick von den Scheinwerfern ab, konnte aber in der tiefen Dunkelheit, in die der Raum einen Augenblick später wieder getaucht war, nichts erkennen. Jetzt hörte er ein gemächliches Tröpfeln – Vondas sickerndes Blut hatte eine Ritze gefunden, um vom Regal zu tröpfeln. Da sah er aus den Augenwinkeln einen Blitz wie von einem metallischen Gegenstand. Er bewegte sich am anderen Ende des Büros von links nach rechts auf den Hinterausgang zu. Es war außer ihm noch jemand im Raum – derjenige, der Vonda umgebracht, die Daten auf der Festplatte gelöscht und ihm den höhnischen Satz auf dem Disketenetikett hinterlassen hatte. Jemand, der ihn kannte und gewußt hatte, daß er hierherkommen würde.

Wer von beiden? Antonio oder Heitor? Croaker fragte sich, ob das eine Rolle spielte.

Genau in diesem Augenblick hörte er das scharfe Geräusch zersplitternden Glases und begriff, daß die Zeit knapp wurde. Er riskierte einen Blick über die Theke, sah und hörte aber nichts. Er duckte sich und robbte schnell zum anderen Ende der Theke.

Dort angekommen, bemerkte er, daß ein Fenster eingeworfen worden war. Er sah nur noch Splitter am inneren Rand des Fensterrahmens. Von draußen hörte er ein Geräusch, das wie ein starker Automotor klang, und zusätzlich ein weiteres, tiefes und pulsierendes Geräusch ... ein Generator!

Croaker quetschte sich durch das zersplitterte Fenster und befand sich in einem Bereich der hinteren Seitengasse, der von der Hintertür des Autoverleihs nicht eingesehen werden konnte. Er kam gerade noch rechtzeitig, um zu sehen, daß ein weißer Kleinlaster beschleunigte und auf die Auffahrt des Highways zuraste. Während er versuchte, das hintere Nummernschild zu entziffern, stieg er vorsichtig über die überall auf dem Asphalt liegenden Glassplitter, dann rannte er los.

Er holte auf und sah, daß der Kleinlaster auf die 441 einbiegen wollte. Der Wagen bremste einen Moment ab, um eine Bodenwelle direkt vor der Auffahrt zu bewältigen, und Croaker sprang mit ausgestrecktem linkem Arm los. Die Finger seiner künstlichen Hand berührten die hintere Stoßstange, rissen den Lack und das Plastik auf, bevor sie endlich festen Halt fanden.

Er versuchte auch mit seinen Füßen Halt zu finden, aber der Kleinlaster schoß über die Bodenwelle, und seine Hüfte und die Knie krachten schmerzhaft auf den Asphalt. Mit der rechten Hand bemühte er sich, die Stoßstange zu umklammern, aber auch das gelang ihm nicht. Der Kleinlaster hatte die Auffahrt erreicht, und Croaker blieben nur noch ein paar Sekunden. Er mobilisierte alle Kräfte, um sich auf die hintere Stoßstange hinaufzuschwingen.

Er hatte es mit einem Fuß und dem Knie des anderen

Beins geschafft, doch da ertönte ein kreischendes Geräusch, als der Fahrer von der Bremse ging und sich mit einem waghalsigen Manöver in den Verkehr einfädelte.

Die Zentrifugalkraft traf Croaker, als hätte ihm ein Maultier ins Kreuz getreten, und beinahe wäre ihm der Arm ausgerissen worden. Sein Fuß rutschte vom glatten Gummi der Stoßstange ab, hing kurz in der pfeifenden Luft und schleifte über den Asphalt. Von seinem Schuh stiegen Funken auf, und er konnte gerade noch verhindern, daß seine Kniescheibe zerschmettert wurde. Falls er es nicht schaffte, die Rückseite des Kleinlasters zu erklimmen, würde ihm bei lebendigem Leib die Haut abgezogen werden. Aber er wollte nicht aufgeben, nicht jetzt, wo er so dicht an den Mördern dran war.

Der Kleinlaster scherte waghalsig in dem Verkehr ein und wieder aus. Man hörte wütendes Hupen, und hinter sich nahm Croaker das Quietschen der Bremsen anderer Autos wahr.

Er schwang sich hoch und zog mit aller Kraft, die er aufbringen konnte, seine Beine nach. Mit seiner biomechanischen Hand umklammerte er den Griff der linken Tür, und einen Augenblick später stand er mit beiden Beinen auf der Stoßstange. Zitternd verharrte er einen Moment in dieser Stellung wie an einer Gebirgswand. Er wurde vom Wind gepeitscht, und sein Oberkörper schlug schmerzhaft gegen die stählerne Hintertür, während der Laster weiterhin die Fahrspuren wechselte. Croaker hatte keine Lust, auf die verschwommene Straße zu blicken. In diesem Augenblick sah er das mystische Symbol. Ein Dreieck in einem Kreis, genau wie Mr. Leyes es ihm beschrieben hatte.

Der Kleinlaster mußte eine Geschwindigkeit von etwa einhundert Kilometern erreicht haben, und Croaker preßte sich an die linke Hintertür, während seine stählernen Finger den Griff umklammerten. Er langte nach der Klinke der rechten Tür, drückte sie nieder und zog mit aller Kraft daran.

Durch den Rückstoß des Fahrtwindes flog die Tür auf. Im selben Moment scherte der Kleinlaster in die nächste

Fahrbahn aus. Croaker hätte fast das Gleichgewicht verloren, rutschte mit einem Fuß von der Stoßstange ab, und nur die Kraft seiner künstlichen Hand verhinderte, daß er auf der Straße aufschlug, die schnell unter ihm dahinglitt.

Er mußte seine ganze Konzentration einsetzen, um sich wieder in seine vorige Position ziehen zu können. In diesem Moment kreischten die Bremsen, und der Kleinlaster kam vibrierend zum Stillstand. Für einen Sekundenbruchteil bekämpften sich Schwerkraft und Geschwindigkeit, und Croaker fühlte sich, als befände er sich im freien Fall. Dann gewann die Schwerkraft, und er wurde mit Wucht gegen die linke Tür geschleudert.

Fast sofort wurde der Gang wieder eingelegt, und der Wagen beschleunigte so stark, daß noch mehr Druck auf Croakers Finger ausgeübt wurde, mit denen er sich festhielt. Er wurde in den Rückraum des Kleinlasters geschleudert und blieb halb benommen liegen. Da packte ihn eine Hand am Hemd und zerrte ihn zur Seite. Sein Kopf wirbelte herum, und er starrte in bernsteinfarbene Augen, die vertraut und unheilverkündend waren. Das Gesicht war so hübsch und räuberisch wie das eines Fuchses. Über der hohen Stirn wuchsen karamelfarbene ungebändigte Haare, die an einen Hahnenkamm erinnerten. Es war Carlito.

Mit geschürzten Lippen sagte der Mann mit den bernsteinfarbenen Augen: »Da haben wir ja unseren Detective!«

Seine geballte Faust traf Croaker ins Gesicht. Er sah Sterne, und wenn sich nicht das Licht der vorüberfliegenden Straßenlaternen auf der gezückten Klinge des Skalpells reflektiert hätte, hätte er vielleicht nichts bemerkt. Die Klinge in der rechten Hand des Mannes näherte sich Croakers Kehle. Er schüttelte den Kopf und versuchte, seine Gedanken zu sammeln. Der Mann lächelte grimmig, und Croaker erhaschte aus dem Augenwinkel einen flüchtigen Blick auf das Gesicht eines anderen Mannes, der sich direkt hinter ihm im Inneren des Lastwagens befand. Er sah ein anderes Paar bernsteinfarbener Augen und ein Gesicht, das mit dem ersten identisch war.

Mein Gott, dachte Croaker, als ihn schlagartig die Offenbarung traf. Eineiige Zwillinge!

»Nein, ich bin nicht Carlito, der ist tot«, sagte der zweite Mann mit den bernsteinfarbenen Augen, als könnte er seine Gedanken lesen. »Ich selbst hatte bei seinem Ableben die Hand im Spiel. Er hat ein trauriges Ende genommen.« Seine Augen blitzten vor tödlicher Intensität. »Daß wir uns so schnell wiedersehen, Cop! Wer hätte das gedacht? *Madre de mentiras*, ich hab' mich bei unserem ersten Treffen köstlich amüsiert! Und Sie?«

Der andere Mann mit den bernsteinfarbenen Augen fuchtelte mit dem Skalpell herum. »Antonio!« rief er, während der Wind heulte und die Reifen quietschten. »Er sitzt uns wie eine Zecke im Nacken. Was sollen wir mit ihm anfangen?«

Nicht mit Sonias Bruder hatte er in ihrem Haus gesessen, schoß es Croaker durch den Kopf, sondern mit Antonio Bonita!

Es gelang Croaker, seinen rechten Arm in eine aussichtsreiche Position zu bringen, um zuschlagen zu können, aber Heitor Bonita rammte ihm den Absatz seines Schubs in die Rippen. Der Schmerz durchzuckte ihn, während er nach Luft rang. Heitor trat erneut brutal zu, und Croaker verlor das Gleichgewicht. Er sank auf die Knie, hielt sich aber weiterhin verzweifelt mit den Fingern seiner Handprothese am Türgriff fest, während Antonio ihn mit der Unbeteiligtheit eines Gottes beobachtete.

Heitor lehnte sich aus der Türöffnung. Sein Blick wurde von dem Licht angezogen, das sich auf Croakers Kunsthand reflektierte.

»Was ist das denn?« fragte Heitor. Der Wind trug seine Worte davon, aber Croaker hatte einen eigenartigen Tonfall in seiner Stimme bemerkt.

»Die Hand«, sagte Antonio. »Ich habe dir davon erzählt.«

»Ja, das hast du«, antwortete Heitor. »Ich will sie.« Die Klinge des Skalpells schoß in einem verschwommenen Bogen herum, und Croaker war klar, was geschehen würde.

Seine biomechanische Hand schien Heitor zu faszinieren, und wie ein Insektensammler, der auf einer Exkursion eine neue Schmetterlingsart entdeckt, würde er sich die Chance nicht entgehen lassen. Er wollte Croakers Hand am Gelenk abschneiden.

Croaker bemühte sich, klaren Kopf zu bewahren und seine Kräfte zu sammeln, aber es wurde von Sekunde zu Sekunde schwieriger, seine Stellung zu behaupten. Er blickte zu Heitors Gesicht auf – oder zu Antonios, es gab keinen Unterschied –, und das Blut gefror ihm in den Adern.

In diesem Augenblick hatte er das unheimliche Gefühl, er läge auf einem Seziertisch festgenagelt. Zwei Augenpaare stierten ihn gierig an, und die Nasenflügel der Brüder blähten sich, als hätten sie frisches Blut gewittert. Ihre Münder verzogen sich zu einem beseelten Lächeln wie bei Männern, die zu einer heiligen Mission aufbrachen.

Croaker blieb keine andere Möglichkeit. Er ließ die Türklinke los, weil er sonst seine Hand verloren hätte.

Antonio hatte ihn ohne Vorwarnung gepackt. Seine Finger hielten ihn mit eisernem Griff fest. Vor dem drohenden Sturz auf den unter ihm dahinrasenden Highway gerettet, versuchte Croaker verzweifelt, auf der hinteren Stoßstange festen Halt zu finden.

Die Angst schnürte ihm die Kehle zu. Sie war rein instinktiv und kam aus einem dunklen und verlassenen Raum in seinem Geist, wo es keine Gedanken mehr gab. Er hatte vor vielen Dingen keine Angst und war tatsächlich schon vielen geisteskranken Menschen begegnet. Aber diese Zwillinge waren anders. Sie strahlten eine einzigartige, beängstigende Aura aus, die dafür sorgte, daß sich ihm der Magen zusammenzog. Sie glichen zwei Jungen, die entzückt auf dem Grund eines Grabes spielten und von einer so reinen Freude erfüllt waren, daß sie fast schon heilig erschien.

Der Blick der beiden bernsteinfarbenen Augenpaare durchbohrte ihn, und er fühlte, daß ihn ein Windstoß durchfuhr, der einer bösartigen Vorahnung glich. Antonios Griff wurde fester, und Heitor trat in die klaffende

Türöffnung des Kleinlasters, während er sich auf seinen kleinen improvisierten chirurgischen Eingriff vorbereitete. Croaker versteinerte beim Anblick des Inneren des Lastwagens. Er sah eine Maschine aus Metall und Porzellan mit vielen Schläuchen. Sie kam ihm vertraut vor. Wo hatte er einen ähnlichen Apparat schon gesehen? Aber es blieb ihm keine Zeit zum Nachdenken. Die Stoßstange unter seinen Füßen gab nach, und er schwebte über dem Highway. Er blickte nach unten. Der Kleinlaster fuhr so schnell, daß die Straße einem einzigen langen, verschwommenen Band ähnelte. Wenn er falsch fiel, würde er sich die Rippen, oder, schlimmer noch, den Hals brechen.

Und er wäre gefallen, wenn ihn Antonio, der sich gegen die Innenwand des Kleinwagens auf der Seite der geöffneten Tür preßte, nicht mit seinem schraubstockartigen Griff festgehalten hätte. Croaker sah einen Augenblick lang in das grausame Gesicht. Wie ein mysteriöser und mächtiger Blitz sprang ein Funke zwischen ihnen über.

»Nicht jetzt ... Noch nicht ...« Antonio gebot der Skalpellklinge seines Zwillingsbruders Einhalt. »*Paciencia.*«

»Nein!« schrie Heitor. »Ich will sie! Und ich werde sie mir *jetzt* holen!« Er befreite seinen Arm aus dem Griff seines Bruders. Die vorbeisausenden Lichter der Straßenlaternen blitzten bösartig auf der Klinge des Skalpells. Das Messer kam erneut näher, und Croaker konnte nichts dagegen tun. Heitor wollte seine Trophäe haben.

Da geschah etwas Seltsames. Antonio lächelte beinahe freundlich auf Croaker herab. »Die Dunklen Steine wissen es«, sagte er. Der heulende Wind zerriß seine Worte. Seine Finger öffneten sich, und seine Hand ließ Croaker los.

Nur um Haaresbreite verfehlte die scharfe Klinge des Skalpells sein linkes Handgelenk. Croaker schluckte die Übelkeit gewaltsam hinunter und tat das einzig Mögliche. Er preßte seinen Kopf gegen die Brust und zwang seinen Körper, sich zu entspannen, während er aus dem dahinrasenden Lastwagen flog und auf dem Asphalt des Highways landete.

Er prallte wieder und wieder auf und versuchte dann

auszurollen, wie man es ihn gelehrt hatte, entspannte seinen Körper, überließ sich der Geschwindigkeit. Er rollte über öligen Beton und Asche, während um ihn herum Bremsen quietschten und Flüche gebrüllt wurden. Nur die Tatsache, daß die nachkommenden Autos einen großen Abstand zu dem weißen Kleinlastwagen, der so unberechenbar gefahren war, eingehalten hatten, war dafür verantwortlich, daß Croaker nicht überfahren wurde.

In einer Wolke von Benzinschwaden gelang es Croaker endlich, kriechend den Seitenstreifen des Highways zu erreichen.

Ein junger Surfer in einem verbeulten Pick-up hielt und fragte ihn, ob er verletzt sei.

Croaker, der gegen die Übelkeit und die Schmerzen in seiner Schulter und den Rippen ankämpfte, verneinte und fragte, ob der Fahrer ihn mitnehmen könne.

Auf der Rückfahrt zu seinem Auto wurde er heftig durchgerüttelt und von zwei von Gier und Lust verzerrten Gesichtern verfolgt, während in seinen Ohren Rapmusik dröhnte. Er biß vor Schmerz die Zähne zusammen und schloß wegen der schmerzenden Helligkeit der Scheinwerfer der entgegenkommenden Autos die Augen. Das Aufflackern einer Erinnerung: die Maschine aus rostfreiem Stahl und Porzellan mit den Schläuchen im Laderaum des Lastwagens ... Er war sicher, daß er eine solche Maschine schon einmal gesehen hatte. Aber wo? Dann erinnerte er sich an das Geräusch des Generators. Das Geräusch jenes Generators, das Mr. Leyes gehört hatte, als Sonia umgebracht worden war, und das später auch er gehört hatte – vor dem Autoverleih, in dem Vonda gestorben war. Ein Generator, der benutzt wurde, um ...

Mit einem Schrei, der den Surfer aus seinen Träumen riß, in die ihn die Musik hatte gleiten lassen, fuhr Croaker hoch. Jetzt hatte er es! Die Bonitas benutzten eine Perfusionsmaschine. Er hatte im Laderaum des Kleinlasters einen Durchblutungsapparat gesehen. Mit dem Generator war er mobil. Das war der Beweis. Antonio und Heitor hatten sich einen Kleinlaster und eine von einem Generator mit

Energie versorgte Perfusionsmaschine besorgt und ihren Organhandel damit ortsunabhängig und mobil gemacht.

Das Bild des Skalpells, mit dem Heitor herumgefuchtelt hatte, schoß ihm wie der Bogen einer Sternschnuppe am Nachthimmel durch den Kopf.

Croaker konnte sich nicht gegen die Vorstellung von Sonias und Vondas kopflosen Rümpfen wehren, aus denen die Verbrecher die Organe wie reiche Früchte geerntet hatten. Vielleicht pumpte die Perfusionsmaschine gerade in diesem Augenblick Belzer-Lösung durch Vondas oder Sonias Nieren. Ein grauenhafter, zugleich verbitternder Gedanke. Die Bonitas hatten Zugang zu Nieren, er nicht, sah man einmal von Majeur ab. Doch woher stammte dessen Niere? Was, wenn Majeur etwas mit den Zwillingen zu tun hatte?

Croaker legte eine Hand an seine pochende Schläfe. Da war wieder dieser bösartige Gedanke, der die Prinzipien unterminierte, auf denen er sein Leben aufgebaut hatte. Hier ging es um die Organe von Menschen, die er gekannt hatte und die kaltblütig ermordet worden waren. Was für Ungeheuer waren die Bonitas? Er wußte es noch nicht, aber er mußte es herausfinden.

Croaker erschauerte, als er unfreiwillig wieder Antonios und Heitors Gesichter vor sich sah. Ihre bernsteinfarbenen Augen funkelten wie Monde, kalt, grausam, mitleidslos. Estrella Leyes hatte recht gehabt. Er hatte noch nie zwei Menschen kennengelernt, die sich so weit von Gott oder dem Rest der Menschheit entfremdet hatten.

4.

Fünfundsiebzig Minuten später parkte Croaker vor dem Royal-Poinciana-Krankenhaus. Der Oldtimer-Mustang, den Majeurs Klient ihm geschenkt hatte, stand noch an derselben Stelle. Er sah wirklich prächtig aus. Croaker ertappte sich bei dem Gedanken, einen Schutzüberzug für den Wagen zu kaufen, weil die heiße Sonne Floridas sonst den Lack versengen, die Sitzpolster ausbleichen und die offenliegenden Gummiteile austrocknen würde. Er bemerkte, daß er über das Auto nachdachte, als gehörte es tatsächlich ihm. So oder so, er mußte entscheiden, was er mit dem Wagen machen sollte. Er wischte mit einem Lappen aus dem Handschuhfach Lenkrad und Ledersitze des Thunderbirds ab, die durch das Blut aus seinen Wunden und Hautabschürfungen verschmutzt waren. Es war fast halb neun. Seine heroischen Kraftanstrengungen schienen erfolglos zu bleiben; die Autonummer, die er auf der Rückseite des Kleinlasters der Bonitas gesehen hatte, hatte sich als Sackgasse herausgestellt. Als er sich mit der Motor-Vehicle-Datenbank hatte verbinden lassen, hatte er die Information erhalten, daß die Autonummer zu einem sieben Jahre alten Honda Civic gehöre, der in Dade County zugelassen sei. Er wußte, daß Nummernschilder so häufig gestohlen wurden, daß die Polizei sich kaum noch darum kümmerte.

Es war nicht weiter überraschend, daß der Kleinlaster der Bonitas mit gestohlenen Nummernschildern ausgerüstet war. Langsam begriff Croaker, daß die Zwillinge durch und durch Profis waren. Ihre Bösartigkeit, die eine Spur durch die Stadt hinterließ, war unverkennbar. Trotzdem ertappte sich Croaker dabei, daß er über die seltsamen Aspekte seiner beiden Begegnungen mit Antonio nachdachte. Was sollte man sich unter Antonios Worten vorstellen: *Bei der Liebe passieren Dinge, die man nicht verstehen kann. Die Liebe ändert einen auch dann, wenn man nicht die Absicht hat, sich ändern zu lassen.* Stimmte das? Hatte Antonio Rosa Milagros geliebt? Unmöglich. Er hatte sie getötet; er und Heitor hatten ihr den Kopf abgeschnitten wie einem für die Schlachtbank reifen Wasserbüffel. *Gott oder irgend etwas, das ihm ähnelt, vielleicht das Schicksal, hat mir diese Frau genommen,* hatte Antonio ihm gestanden. Was hatte das zu bedeuten? Er und Heitor waren Männer, denen jegliches Gefühl fremd war. Und doch schien es, als hätte ihn der Mord an Rosa gezeichnet. *Sie warten beide, oder? Rosa und jetzt auch Sonia. Sie sind jetzt irgendwie vereint.* Warum sollte er Croaker irgendwelche Geständnisse machen? Wen sah Antonio in ihm? Er erinnerte sich mit elektrisierender Eindringlichkeit an Antonios Blick, der ihn wie ein Virus durchdrungen und bis ins Mark erschüttert hatte. Bennie und Estrella Leyes scheinen beide davon überzeugt zu sein, daß der Geist von Humaitá Milagros in mir weiterlebt, dachte Croaker. Ist es das, was Antonio in mir sieht? Und hatte er deshalb gesagt, *Jetzt bin ich verdammt, ich weiß es. Rosa hätte mich retten können. Ich habe Dinge getan ... Ich tue sie immer noch ...*

Dann erinnerte er sich an Estrellas Warnung, Humaitá habe geglaubt, einen Funken Menschlichkeit in Antonio und Heitor entdeckt zu haben, und sei deshalb umgebracht worden. Sie hatte ihm geraten, nicht denselben Fehler zu begehen. Ohne daß er sich dessen bewußt war, umschloß seine Hand den Zauberstein. Er fühlte sich wie auf dem Boot, als Bennie und er Sonia das letzte Geleit gegeben hatten – anfällig für dunkle Geister.

Er würde sich von diesen beunruhigenden Gedanken nur befreien können, indem er etwas unternahm. Er holte seine Tasche aus dem Kofferraum und ging zur Herrentoilette, um das restliche Blut abzuwaschen und seine verschmutzten und zerfetzten Kleider zu wechseln. Während er durch die Ambulanz kam, schenkte ihm niemand einen zweiten Blick. Als er die große Eingangshalle betrat und auf den Aufzug zuging, der ihn zur Dialyse-Intensivstation bringen sollte, lief er Bennie über den Weg.

»Jesus, *amigo*, wo zum Teufel hast du gesteckt?« Es war offensichtlich, daß Bennie vor Wut kochte. Er bot einen einschüchternden Anblick. Seine Finger packten Croakers Ellbogen wie Kneifzangen, und er drängte ihn in eine Ecke. »Hör zu, ich will wissen, was zum Teufel hier los ist!«

Bennies Tätlichkeit gefiel Croaker überhaupt nicht. »Wovon redest du?«

»Wir hatten ein sauberes und einfaches Abkommen, oder? Die Sache mit dem Boot. Dann rufst du mich an und erzählst mir aus heiterem Himmel, daß du mit Roubinnet gesprochen hast, und in fast demselben Atemzug läßt du mich hängen. Ich will wissen, warum! Was hat dir dieser Hurensohn erzählt?«

»Laß mich erst los.«

»Wenn du meine Frage beantwortet hast.« Bennie verschärfte seinen Griff. »Wach auf, Kumpel. Das ist kein verdammter Scherz. Wenn ich mit jemandem ein Abkommen vereinbare, erwarte ich, daß die Sache klappt. Punkt.«

»Was soll das sein?« Croaker war jetzt wütend. »Eine Drohung?«

»Sieh es, wie du willst, *amigo*.«

»Ich dachte, wir wären Freunde, Bennie.«

Bennie spuckte auf den Marmorboden. »Freunde machen keinen Rückzieher, wenn sie ihr Wort gegeben haben.«

»Aber Freunde lügen sich auch nicht an«, sagte Croaker. »Was habt ihr vor, du und Majeur?«

»Wer?«

Croaker starrte seinen Freund an. »Ich habe es dir bereits erzählt. Marcellus Rojas Diego Majeur, der Rechtsanwalt.«

»Und ich habe *dir* erzählt, daß ich keinen Majeur kenne.«

Croakers künstliche Finger umklammerten Bennies Handgelenk. »Du kennst die obersten lateinamerikanischen Drogenbosse nicht, Bennie? Du weißt nicht, wer sie hier protegiert? Soll ich das glauben?« Sie blickten sich einen Moment lang an. Vielleicht waren sie einst Freunde gewesen, doch jetzt waren sie nur noch zwei Hirsche, die die Geweihe kreuzten.

»Laß mich los.« Croaker spürte, daß das Blut in seinen Ohren rauschte. »Zwing mich nicht …«

»*Amigo,* du solltest es dir genau überlegen, bevor du loslegst.«

Croaker verstärkte langsam und bewußt den Druck, bis Bennie gezwungen war, ihn loszulassen. »Zum Teufel, ich weiß nicht, was mit dir los ist. Aber wenn du weiter lügst, brauchst du mit mir nicht mehr zu rechnen.« Er drückte auf den Aufzugknopf.

Bennie trat drohend einen Schritt auf ihn zu. »Vergiß es. Ich habe immer noch genug zu sagen. Ein Abkommen ist ein Abkommen. Niemand verarscht Bennie Milagros. Niemand, verstanden? Ich bestehe darauf, daß unser mitternächtlicher Schiffstrip ...«

»Wie willst du das anstellen?« Die Türen des Aufzugs öffneten sich, und Croaker betrat den Lift. »Sollen mich deine kolumbianischen Kumpels vollquatschen, bis ich tot umfalle?«

Bennie kam mit einem plötzlichen Satz auf ihn zu. Die Türen des Liftes schlossen sich, aber Bennie war schnell wie ein Sprinter. Er warf sich mit den Schultern gegen die Gummipolster, und die Türen öffneten sich wieder. Er kam in den Lift, und Croaker rammte ihm seine stählerne Faust in den Brustkasten. Bennie taumelte zurück, und die zuschlagenden Türen trafen sein Gesicht.

Oben angekommen, verschnaufte Croaker einen Augenblick lang, damit der Adrenalinstoß wieder nachließ. Sein Treffen mit Bennie war irritierend verlaufen. Was war zwischen Ihnen vorgefallen? Er hatte den Eindruck, sie sprächen aneinander vorbei und wären beide in einer eigenen kleinen Welt gefangen, jeder für sich. Noch schlimmer war, daß im Zentrum ihrer Beziehung eine fürchterliche Sprachlosigkeit stand und sie nur noch durch Drohungen miteinander kommunizieren konnten. Ihr gemeinsamer Bootstrip mit der Captain Sumo lag erst ein paar Tage zurück, und doch kam es Croaker vor, als waren es Monate. Die Freundschaft, die sich zwischen ihnen entwickelt hatte, schien nur noch eine Illusion zu sein. Und wenn sie wirklich nur eine Illusion war, die Bennie aufrechterhalten hatte, um Croaker zu der mitternächtlichen Bootsfahrt zu überreden? Was zum Teufel war daran so verdammt wichtig?

Croaker war einst auf einer Angelpartie im Hinterland von einer kleinen Klapperschlange gebissen worden. *Ich spüre deine Anspannung,* hatte Stone Tree gesagt, während er die Wunde aufgeschnitten hatte. *Das Gift wird innerhalb einiger Minuten neutralisiert sein. Warum machst du dir Sorgen?* Und als Croaker ihm erzählte, daß der Grund darin bestehe, daß es im Leben so viele Fragen gebe, die unbeantwortbar seien, erwiderte Stone Tree: *Wenn du glaubst, daß das so ist, stellst du die falschen Fragen.*

Bevor er sich auf die Suche nach Jenny Marsh machte, sah Croaker bei Rachel vorbei. Dr. Stansky stand mit auf dem Rücken verschränkten Händen neben ihrem Bett. Er blickte schnell auf, als Croaker den Raum betrat, und nickte kühl.

Croaker bückte sich und küßte Rachel auf die Stirn. Ihre Haut fühlte sich an, als würde sie brennen. Ein Anflug von Panik überfiel ihn. »Was ist passiert?«

Dr. Stanskys ausgeprägtes Ego war beruhigt, weil er die Angst in Croakers Tonfall wahrgenommen hatte. Das war eine menschliche Empfindung, mit der er umgehen konnte. »Schlechte Nachrichten. Die Ärzte haben Probleme, die Blutvergiftung unter Kontrolle zu bekommen. Rachels besorgniserregende Schwäche trägt dazu bei.« Er veränderte seinen Tonfall und verlieh seiner Stimme einen beruhigenden Klang. »Aber die Belegschaft hier tut alles, was in ihrer Macht steht.« Er zeigte auf zwei neue Schläuche bei den Infusionsgeräten. »Sie verabreichen ihr inzwischen stärkere Antibiotika. Man kann jetzt nur abwarten. Deshalb habe ich Mrs. Duke bedrängt, eine Pause einzulegen. Sie war fast den ganzen Tag hier, und ihr Nervenkostüm ist etwas dünn.« Er bemerkte Croakers Zustand. »Auch Sie sehen ziemlich mitgenommen aus.«

Croaker zog eine Grimasse. »Ich bin von einem Lastwagen gefallen.«

»In jedem steckt ein Komiker.« Stansky blickte tadelnd unter Augenbrauen hervor, die keinerlei Humor verrieten. »Dann will ich mir die Sache mal ansehen.« Er knöpfte Croakers Hemd auf und untersuchte ihn. »Muß ein ziemlich ekelhafter Sturz gewesen sein.«

»Hatten Sie Glück bei Ihrer Suche nach einer Niere?« fragte Croaker. Vielleicht konnte er Majeur doch noch vom Haken gehen und dem schrecklichen Handel entkommen.

Dr. Stansky schüttelte den Kopf, während er sich Gummihandschuhe anzog und verschiedene Gegenstände von einem Tisch nahm. »Es tut mir leid, aber es hat keinen Sinn.« Er benutzte eine Pinzette mit gebogenen Zinken, um aus den rötlichen Schürfwunden an Croakers rechter Schulter mehrere kleine Steinsplitter zu entfernen. »Ich kann nichts für sie tun. Überhaupt nichts.« Er tupfte mit einem Wattebausch ein Desinfektionsmittel und eine Antibiotikasalbe auf die Schnitte und Kratzer. »Ich habe alle meine Beziehungen in Anspruch genommen und sämtliche Hebel gezogen.« Er warf den verschmutzten Wattebausch in eine Mülltonne, auf der VORSICHT – KRANKENHAUSABFALL stand. »Niemand kann ihr helfen. Ich habe gedacht, meine Bekannten wären dazu in der Lage, aber es geht einfach nicht.« Er streifte die Handschuhe ab und warf sie ebenfalls in den Mülleimer. »Das Ganze ist eine Frage der Ethik. Diese Mediziner und Organvermittler definieren sich durch ethische Prinzipien.« Seine Augen leuchteten auf, als er auf das Gesicht der im Koma liegenden Rachel blickte. »Ihr Schicksal liegt jetzt in Gottes Hand, mehr kann ich dazu nicht sagen.«

Croaker dankte Dr. Stansky und verließ das Krankenzimmer. Er war entmutigt, hatte Schmerzen und Hunger. Erst jetzt wurde ihm bewußt, daß er den ganzen Tag nichts gegessen hatte.

Jenny Marsh kam ihm aus dem Ärztezimmer entgegen, in dem sie ihm gestern von der Praxis der Organvergabe in Amerika berichtet hatte. Die Aktivitäten der Bonitas verliehen der ganzen Sache einen völlig neuen Aspekt, und das machte ihre Rolle um so wichtiger.

Er blieb wie angewurzelt stehen. Sie trug eine schwarze Baumwollhose und ein Jackett aus Seide über einer blaugrünen Bluse. Auf ihrem Gesicht erkannte er Spuren von Make-up, aber nicht so viel, daß es sie deutlich verändert hätte. Und was hatte sie mit ihrem Haar angestellt? Offen, voll und glänzend berührte es ihre Schultern.

»Dr. Stansky hat mir erzählt, daß sie eine anstrengende Zeit mit meiner Nichte hatten«, sagte er, während er sie bewundernd ansah.

Sie nickte grimmig. »Ich verstehe es nicht. Die Blutvergiftung will einfach nicht verschwinden.«

»Dr. Stansky sagt, die Infektion sei wegen ihres geschwächten Zustandes so hartnäckig.«

»Zweifellos.« Jenny runzelte die Stirn. »Aber ich finde die Sache trotzdem merkwürdig. Man sollte davon ausgehen, daß sie mit unserer Hilfe in der Lage ist, mit der Blutvergiftung fertig zu werden. Rachel ist zwar geschwächt, aber keine achtzig Jahre alt.« Sie schüttelte den Kopf. »Aber die Blutvergiftung bleibt – und wird sie töten. Wenn sie überhaupt noch eine Chance haben soll, müssen wir diese Niere bekommen.«

Croaker hielt die Unterlagen hoch, die Majeur ihm gegeben hatte. »Dann habe ich gute Nachrichten. Hoffentlich.«

Als er ins Licht trat, bemerkte Jenny die Kratzer und Quetschungen. »Mein Gott«, sagte sie. »Was ist denn mit Ihnen passiert?«

Croaker legte eine Hand auf seine unrasierte Wange mit den rauhen Bartstoppeln. Er spürte immer noch einen pochenden Schmerz wegen des Schlages, den Antonio ihm versetzt hatte. »Ich scheine mich den gefährlichen Strömungen des Lebens zu sehr auszusetzen. Kein Grund zur Sorge. Stansky hat mich mit spitzen Fingern zusammengeflickt, während er sich herabgelassen hat, mit mir zu sprechen. Bei seiner Einstellung hat es mich überrascht, daß er mich nicht angezeigt hat.«

Er reichte ihr die Unterlagen. »Jenny, ich möchte, daß Sie mir sagen, ob dies eine Chance für Rachels Rückkehr ins Leben sein könnte.« Ihre Blicke trafen sich für einen Moment. »Und kein doppelzüngiges, medizinisches Fachchinesisch, okay?«

Sie zögerte einen Augenblick lang, und Croaker erkannte, daß sie darüber nachdachte, was er da von ihr verlangte. Ärzte mußten lange und hart arbeiten, bis sie ihren

Status als Halbgötter erreicht hatten, und wenn man einen Mediziner darum bat, dieses Privileg auch nur für einen Moment aufzugeben, verlangte das ein beiderseitiges Vertrauensverhältnis.

Schließlich nickte sie. »Ich werde offen mit Ihnen reden, egal, was es kostet.«

»Ich weiß das zu schätzen.«

»Verdammt, das sollten Sie auch.« Sie blickte in die Unterlagen. »Erwägen Sie ernsthaft, dieses nicht registrierte Organ für eine Transplantation zu verwenden, Lew?« fragte sie nach einem Augenblick.

»Das hängt davon ab. Existiert dieses Organ?«

»Die Unterlagen scheinen authentisch zu sein, aber ...«

»Dann sollten wir sie nehmen.«

»Aber ...« Jenny blickte auf, und ihre Augen blitzten im Licht der Deckenbeleuchtung smaragdgrün.

»Kein Aber. Wenn Rachels Leben gerettet werden kann, ist das alles, was interessiert.«

Jenny fuhr ihm schroff über den Mund. »Aber der springende Punkt ist, daß Sie nicht wissen, wo diese Niere herkommt.«

Er tippte auf das oberste Blatt der Unterlagen. »Wenn ich von dem ausgehe, was da steht, kommt die Niere von der gleichen Organisation, von der Sie und jeder andere Arzt Organe beziehen: vom United Network of Organ Sharing.«

»Richtig.« Ihr Blick verriet Erregung. Was war los? »Aber genau das ist unmöglich, weil ich unzählige Male im Computernetzwerk des UNOS recherchiert habe. Ich schwöre Ihnen, daß keine Niere verfügbar war.« Sie hob die Unterlagen hoch. »Ich habe vor ein paar Stunden – zwischen zwei Operationen – alles noch einmal überprüft. Mit den Updates geht es nicht so schnell. Aber diese Niere ist nicht registriert. Es ist illegal.«

Croaker spürte, daß seine Knie zu zittern begannen. All die Schmerzen, die er an diesem zermürbenden Tag erlitten hatte, schienen ihn plötzlich aufs neue zu quälen. »Jenny, tun Sie Rachie das nicht an. Sie haben mir doch erzählt, daß Sie in ihrem Fall die Möglichkeit erwägen könnten, die Transplantation auch mit einem nicht registrierten Organ durchzuführen.«

»Ein Augenblick der Schwäche – oder des Wahnsinns.« Jennys Gesichtsausdruck wirkte bestürzt. »Für Rachel, für Sie, ich weiß nicht, für wen.« Sie schüttelte den Kopf. »Jetzt spielt es keine Rolle mehr, weil ich das wenige, was mir an geistiger Gesundheit noch geblieben ist, zurückerlangt habe. Ich werde keine nicht registrierte Niere anrühren.«

»Auch nicht, um Rachels Leben zu retten?«

»Nein«, sagte sie ruhig. »Sogar dann nicht.«

Eine beinahe greifbare Spannung lag zwischen ihnen. Jenny war eine starke Persönlichkeit, die ihre Prinzipien hatte, was nichts Schlechtes war. Aber konnte sie seine verzweifelte Lage verstehen? Es ging schließlich nicht um ihre Nichte. Jenny hatte nicht vor langer Zeit ein kleines Mädchen verloren und wie durch ein Wunder wiederentdeckt. Für sie war dies keine zweite Chance, keine einmalige und flüchtige Gelegenheit, die Sünden der Vergangenheit wiedergutmachen zu können – aber für ihn. Und der Gedanke, daß er Rachel vielleicht erneut verlieren würde – diesmal für immer – war unerträglich.

»Ich weiß, daß Sie Himmel und Erde für sie in Bewegung setzen würden, Lew«, sagte Jenny und strafte seine Gedanken Lügen. »Ich sehe das an jeder Ihrer Bemühungen für sie. Aber hören Sie mir zu. Wenn die Niere nicht registriert ist, darf man sie nicht für eine Transplantation verwenden. Tut man es trotzdem, vergibt man nicht nur eine Sünde, die so schrecklich ist, daß es dafür keinen Namen gibt, sondern man macht sich mitschuldig.«

Ihre grünen Augen sprühten vor Willensstärke, und Croaker wußte, daß sie an einem toten Punkt angelangt waren. Was geschah, wenn eine unwiderstehliche Kraft auf ein unbewegliches Objekt traf?

Das Quälende war, daß er wußte, daß sie recht hatte. Er dachte an die beiden Mörder, Antonio und Heitor, die Organe sammelten wie Champignons im Wald. Damit durfte und wollte er nichts zu tun haben. Aber wenn nur die leiseste Hoffnung bestand, daß die Niere, die Majeur ihm angeboten hatte, so sauber war, wie der Rechtsanwalt behauptet hatte, mußte Croaker bis ans Ende der Straße gehen, selbst wenn dieses Ende so schrecklich wäre, daß er es nicht ertragen würde.

»Und wenn mit dieser Niere alles rechtmäßig gelaufen ist?« fragte Croaker.

»Hören Sie auf zu träumen, Lew.«

Doch in diesem Punkt nachzugeben kostete Jenny nichts, und so führte sie ihn zu einem Laptop, wo sie sich einloggte. Chirurgen und Musiker haben dieselbe Art von Fingern, dachte Croaker. Es ist, als besäßen sie statt zwei Händen zehn, deren Finger sich unabhängig voneinander bewegten, um ihre Aufgabe zu erledigen.

Jenny gab mit sicheren, schnellen Bewegungen die Zugangscodes für das UNOS-System in Richmond ein. Ihr Gesicht wirkte durch das Licht des Monitors ein wenig unheimlich wie das einer zauberhaften Königin in einem Kindermärchen oder vielleicht auch in einem Drama von Shakespeare. Als sie in die Unterlagen blickte, um die Nummer von Majeurs Niere zu suchen, wußte er, daß die Online-Verbindung zustande gekommen war. Sie gab die Nummer ein und drückte auf die Enter-Taste. Dann entfuhr ihr ein überraschter Seufzer.

»Was ist?« fragte Croaker. Aus seinem Blickwinkel sah er das Bild auf dem Monitor nur verschwommen.

»Das ist unmöglich!« sagte Jenny, während sie sich zu ihm umdrehte. »Die verflixte Niere ist registriert! Die Daten müssen in den Computer eingegeben worden sein, während ich operiert habe. Das Organ ist für Rachel reserviert.«

Croaker spürte, wie ihn ein Schauer der Erleichterung durchfuhr. »Die Niere existiert«, flüsterte er. »Es gibt sie, und es ist alles legal.« Aus der totalen Finsternis hatte sich ein einzelner Lichtstrahl gelöst, der seinen Weg erleuchtete. Er bewegte sich auf einem einsamen und gefährlichen Pfad, und es war nur allzu wahrscheinlich, daß diese Geschichte seine Seele zerfressen würde. Aber für Rachel war es der gesegnete Weg, der sie wieder ins Leben zurückbringen konnte. »Gott sei Dank.« Dann fiel ihm etwas ein. »Jenny, wenn das Organ bereits in der Datenbank des UNOS registriert ist, könnten wir versuchen, es anzufordern.«

Jenny drückte ein paar Tasten und schüttelte dann den Kopf. »Keine Chance. Ich sehe hier nur eine Meldung, daß die Niere noch unterwegs sei. Das ist nicht allzu ungewöhnlich. In dem Augenblick, wo der Spender seine Einwilligung gibt, wird mit den Blut- und Antigentests begonnen, und dann werden die genauen Daten des Organs in das Computernetz eingegeben. Die Zuteilung der Organe erfolgt nach den Gesichtspunkten Dringlichkeit, Kompatibilität und geographische Nähe, und deshalb müssen wir davon ausgehen, daß der Spender in Südflorida lebt. Aber die Niere selbst ist noch nicht verfügbar.«

Verdammt, dachte Croaker. Er hatte gehofft, Majeur bei seinem eigenen Spiel austricksen zu können, indem er sich das Organ holte, ohne die Abmachung einlösen zu müssen. Aber das UNOS-System spielte nicht mit.

Jenny schaltete den Laptop ab und beugte sich mit aufgestützten Armen über den Schreibtisch. Sie schloß die Augen. Croaker beobachtete ihr anmutiges und energisches Profil, das sich gegen die gedämpfte Nachtbeleuchtung des Dialysezentrums abzeichnete.

Dann wandte sie sich um. »Lew, wie haben Sie dieses Wunder zustande gebracht?«

Er spreizte die Finger seiner Hände. »Wunder sind ihrer Definition nach nicht zu erklären.«

»Stimmt. Aber im Ernst: Wie haben Sie es geschafft?«

Er starrte sie schweigend an.

Ihre smaragdgrünen Augen studierten seinen Gesichtsausdruck. »Okay. Die Zeit läuft. Wenn wir die Blutvergiftung nicht unter Kontrolle bekommen, wird sie in ein paar Tagen daran sterben. Und je länger sich die Sepsis hinzieht, desto größer ist die Wahrscheinlichkeit, daß wir sie nicht in den Griff bekommen. Sagen Sie den Freunden Ihres Spenders, daß ich etwas Zeit brauche, um die Antigenbefunde der Unterlagen zu verifizieren. In einer Hinsicht haben wir Glück. Normalerweise müßte ich bei Rachel vor der Transplantation eine Gewebeuntersuchung der Niere, eine Biopsie, vornehmen, aber in diesem Fall müssen wir darauf verzichten. Ihr Zustand ist zu kritisch, um zwei Eingriffe zu riskieren. Das ist jetzt ein Pluspunkt, weil wir Zeit sparen. In dem Augenblick, wo das Organ freigegeben wird, legen wir los.«

»Okay«, sagte Croaker. Er spürte, daß seine Erleichterung durch die Empfindung abgelöst wurde, hinter ihm fiele eine Stahltür ins Schloß. Er würde Majeur anrufen und in dieses furchtbare Abkommen einwilligen. Um Rachels willen mußte er diese Niere haben. Er würde sich verpflichten, Juan Garcia Barbacena zu töten, wenn dieser sich morgen kurz nach Mitternacht in Schußweite befand. Eines war sicher: Der Teufel saß ihm im Nacken, und die Frage war, ob er ihn je wieder loslassen würde.

Er beobachtete sich selbst wie in einem Traum oder einem von Bennies Drogenräuschen, als er das Telefon auf dem Schreibtisch heranzog und Majeurs Privatnummer wählte. Er hörte die Stimme des Rechtsanwaltes auf dem Anrufbeantworter und hinterließ eine Nachricht und die Nummer seines Mobiltelefons.

»Ich muß auf den Rückruf warten.«

»Okay«, sagte Jenny. »Im Augenblick können wir hier sowieso nichts mehr tun.« Sie legte eine Hand auf ihren Bauch. »Das war mein Magen, der um etwas Eßbares bittet. Jetzt bitte ich Sie: Beschaffen Sie mir was zu essen. Bitte.«

Als sie den Parkplatz des Restaurants erreicht hatten, hatte es zu regnen begonnen, aber es war kein einfacher Regen, sondern ein tropischer Sturzguß, der den Himmel sogar am hinteren Ende des Intracoastals verdunkelte. In Südflorida konnte man nie davon ausgehen, daß der Regen tröpfchenweise fiel. Hier brachen die Regengüsse wie eine Wasserwand aus den niedrig dahinziehenden Wolken hervor.

Das Harbor Lights befand sich östlich der Flagler Memorial Bridge. Geographisch war das Lokal nicht weit von Mattys Wohnung entfernt, aber in einer anderen Hinsicht schien es sich am anderen Ende der Stadt zu befinden: Palm Beach war eine Oase für alteingesessene Reiche und dieses Restaurant einer der wenigen Zufluchtsorte für junge Menschen. Das Lokal war nach dem Platters-Hit aus den sechziger Jahren benannt worden, und die Musik, die dort gespielt wurde, stammte aus demselben Jahrzehnt, das nun wieder in Mode war. Croaker suchte in der hinteren linken Ecke des Parkplatzes eine Lücke und stellte den Motor ab. Er saß eine Zeitlang da und blickte auf den regenüberströmten Parkplatz, während Scheinwerferlichter über den glänzenden Asphalt strichen. Die Menschen hasteten zu ihren Autos oder verließen ihre Wagen eilig und kämpften mit gebeugtem Oberkörper gegen den Sturm an.

»Sie scheinen weit weg zu sein.« Croaker nahm den schwachen Zitrusduft von Jennys Parfüms wahr. »Woran denken Sie?«

Er drehte den Kopf zu ihr. Es war gleichzeitig seltsam und angenehm, sie an seiner Seite zu wissen. »Ich habe an all die Versprechen gedacht, die ich gegeben und eingehalten habe, aber keines scheint so wichtig gewesen zu sein wie das Versprechen, das ich mir selbst gegeben habe – Rachel zu retten.«

Im Lokal ließ ihn der plötzliche kalte Luftschwall der Klimaanlage frösteln. Eine Bedienung, die ganz aus gebräunten Beinen und Armen zu bestehen schien, geleitete sie durch das zweistöckige, holzgetäfelte Restaurant. Die Küche, die sich zu seiner Rechten befand, war von hier aus einsehbar. Zwischen den Dampfwolken blitzten Geräte aus rostfreiem Stahl. Die überfüllte Bar war rechts. Aus den Boxen drang »See You in September« von den Happenings, und das erinnerte Croaker an die heißen Sommernächte seiner Jugend und an die noch heißeren Mädchen mit ihren ärmellosen Blusen und den engen Capri-Shorts. Der Geruch des dampfenden Asphalts der Stadt hatte einem Parfüm geglichen, das alle Mädchen aufgelegt hatten.

»Würde es Ihnen etwas ausmachen, wenn wir uns nach

draußen setzen?« fragte Jenny. »Nach Operationen kann ich Menschenmassen nicht ausstehen. Ich fühle mich, als lägen meine Nerven blank.« Ihre Schönheit wurde zu Croakers Überraschung nicht durch ihre Erschöpfung beeinträchtigt. Ganz im Gegenteil, die Rauheit ihrer Verletzbarkeit verstärkte ihren Reiz noch. »Zuviel menschliches Fleisch und Blut.«

Croaker, der sich plötzlich seiner heftigen Kopfschmerzen bewußt wurde, konnte sich in ihre Lage versetzen. »Soll mir recht sein. Ich bin der Klimaanlage zu nahe gekommen.« Draußen hatten sie die Terrasse, die mit einer riesigen blauen Markise überdacht war, ganz für sich. Eine Bedienung zündete die Kerzen an. Die Flammen begannen sofort unter den Windstößen zu flackern und warfen nervös zitternde Schatten an die Wand.

Jenny verlangte einen Whisky, und Croaker bestellte bei der dunkeläugigen jungen Kellnerin Sodawasser mit zwei Limonen und einen großen Espresso. Als er neben Jenny auf einen Stuhl sank, bemerkte er, daß das Grün ihrer Augen in dem kerzenbeleuchteten Halbdunkel heller wirkte.

Der Regen trommelte heftig auf den Stoff der Markise und spritzte tröpfchenweise auf das asphaltierte Dock. Die Kellnerin kam mit den Getränken und zwei Speisekarten zurück.

Croaker kippte sein Sodawasser mit zwei langen Schlucken hinunter und wandte sich dann dem Espresso zu. »Da wir uns ja jetzt mit dieser Möglichkeit nicht mehr beschäftigen müssen, möchte ich eines wissen«, sagte er. »Wissen Sie persönlich und inoffiziell mehr über den illegalen Organhandel?«

Jenny schien sein Gesicht mit jener verzückten Aufmerksamkeit zu studieren, die sie sonst zweifellos für die aufgeschnittenen Körper bei ihren Operationen reservierte. »Ist das wegen Rachel bei Ihnen irgendwie zu einer Obsession geworden?«

»Ja«, gab Croaker zu. »Wegen Rachel, aber es gibt auch noch andere Gründe.«

Ihre Stimme klang plötzlich intensiv. »Gründe, die für Polizisten interessant sind, Cop?«

»Sie haben meine Frage nicht beantwortet.«

»Nein, ich weiß nichts darüber. Ich habe Ihnen ja bereits erzählt, wie ich über den illegalen Organhandel denke. Ich halte ihn für einen Fluch.«

Die Kellnerin kam zurück und fragte, ob sie bestellen wollten. Jenny orderte einen Tex-Mex-Salat und gebratenen Pompano mit Pasta, und Croaker schloß sich ihr an.

Als sie wieder allein waren, ergriff Croaker das Wort. »Und trotzdem waren Sie heute bereit, bei der Transplantation eine Niere einzusetzen, deren Herkunft Sie nicht kannten.«

»Ja, ich habe darüber nachgedacht.« Jenny nippte an ihrem Whisky. »Irgend etwas hat mich an die Universität erinnert.« Sie blickte ihn über den Rand ihres Glases hinweg an. »Es gab da Zeiten, als ich mich wie eine Novizin in einem Kloster fühlte, die sich sexuellen Tagträumen hingibt. Meine Professoren erörterten bestimmte Behandlungsmethoden, und ich bezweifelte sie. Stimmt das? Gibt es keinen anderen Weg oder eine bessere Methode?« Ihre Schneidezähne klickten sanft gegen das Glas. »Diese ketzerischen Gedanken tauchten nur zu bestimmten Zeiten auf, wenn es sich bei den erörterten Methoden um solche handelte, für die es noch keine ausreichenden Erklärungen gab. Sie funktionierten einfach, und niemand wußte, warum. Aber all diese Behandlungsmethoden – beispielsweise für Krebs – hatten für die Patienten ernsthafte Nebenwirkungen. Ich habe mich damals gefragt, ob wir mehr Schaden anrichten, als Gutes zu tun. Natürlich – die meisten Patienten wurden gerettet. Aber sie hatten sich verändert, waren geschwächt, angeschlagen. Wie bei einer Sanduhr, durch die Sand rinnt, hatten unsere unantastbaren Behandlungsmethoden den Patienten zusammen mit der Krankheit auch Jahre ihres Lebens genommen.«

Ein Windstoß fegte über den Kai, und die Kerzenlichter begannen wieder zu flackern. Auf den benachbarten Tischen erloschen einige Kerzen.

»An all dies mußte ich in dem Augenblick denken, als ich mit Ihnen zusammen war. Die Niere. Ich hatte wieder einen meiner ketzerischen Gedanken, aber jetzt ist es vorbei. Jetzt ist in meinem Leben wieder alles am richtigen Platz.«

Croaker trank seinen Espresso. Er wartete geduldig, weil er wußte, was los war. Sie hatte ihm die Wahrheit erzählt. Auch der Vergleich mit der Novizin war stimmig. Die Medizin war für sie eine Religion, die dem Unerklärlichen Sinn verlieh und Ordnung in das Chaos brachte. Wenn man mit den Regeln spielerisch umging, dann war das, nach ihren Worten, ein Fluch oder ketzerisch, weil diese Regeln alles waren, was zwischen ihr und der endlosen Nacht der Ewigkeit stand. In dieser Hinsicht ähnelten sie einander sehr: Sie standen beide Wache gegen den Einbruch des Bösen.

Mit diesen Gedanken kam ein Gefühl der Sicherheit, daß irgendein Abgrund, der sie getrennt hatte, verschwunden war. Plötzlich bestand eine überraschende und verletzliche Vertrautheit zwischen ihnen.

Der Sturzguß hämmerte unaufhörlich auf die Markise, und der Donner rollte unheilverkündend. Einen Augenblick später zerriß ein blauweißer Blitz die Finsternis. Ein brauner Pelikan, der aus seinem Schlummer unter der Brücke aufgeweckt worden war, spreizte die Flügel und flog in einem sanften Bogen über den Intracoastal. Er hatte den langen Schnabel vorgereckt und glitt auf seiner unbekannten Mission durch den Regen.

Das Essen kam im selben Augenblick, als Croakers Mobiltelefon klingelte. Während die Kellnerin mit den dunklen Augen die Teller auf den Tisch stellte, verkroch er sich in eine Ecke, die nicht vom flackernden Kerzenlicht erleuchtet wurde. Er stand nah am Wasser, am Rand der blauen Markise. Der Regen klatschte auf seine Schultern, und das Wasser rann ihm das Genick herunter.

Die kleinen Ziffern im Display seines Handys schimmerten grün wie Phosphor auf dem Meer. Sie schienen sich vor seinen Augen zu winden wie kleine böse Aale, die sich anschickten, unter seine Haut zu dringen.

Er sprach mit Marcellus Rojas Diego Majeur, bereit, in das dreckige Geschäft einzuwilligen. Der Klang von Majeurs Stimme gab Croaker ein Gefühl der Bedrängung. Er sah Jenny an, deren Gesicht in dem sanften Licht schwebte, als könnte ihr Anblick ihn vor Majeurs Bann retten. Jetzt, wo der entscheidende Augenblick so nah war, fühlte er, daß er von einer eigenartigen Angst gepackt wurde.

»Die Sache geht klar.« Croaker krümmte die Zehen, während der Regen seine Schuhspitzen durchdrang. »Ich stehe Ihnen zur Verfügung.«

»Hervorragend«, sagte Majeur. Er schien keinerlei Zweifel zu haben, daß die Niere, die er Croaker angeboten hatte, bald verfügbar sein würde. »Dann bleibt nur noch die Frage, wie die Informationen zum Thema übermittelt werden.« Er meinte Juan Garcia Barbacena, das Opfer. Majeur war vorsichtig, weil er wußte, daß Croaker ein Mobiltelefon benutzte. »Sein Terminplan hat sich nicht geändert. Morgen. Um Mitternacht.«

»Wo?« Croaker warf erneut einen Blick auf Jenny. Ein Teil von ihm sehnte sich nach ihr. Er würde sie mehr als alles andere brauchen, denn wenn er sich erst einmal durch die Sünde – und sie war nun unausweichlich – befleckt hätte, gäbe es vielleicht durch seine Verbindung mit ihr Hoffnung auf Erlösung.

»Nicht am Telefon«, sagte Majeur. »Aber er wird im Süden landen, *Señor*. Im Süden.«

In der Gegend um Miami. »Ich brauche die Niere vorher.«

»Geben Sie ihm erst mal einen Kuß auf den Nacken, und schicken Sie ihn schlafen.« Majeur konnte sich ein Glucksen nicht verkneifen. Vielleicht gefiel ihm seine Wortwahl. »Dann wird es Ihrer Nichte an nichts fehlen.«

Croaker wollte mit ihm handeln, aber was für Argumente blieben ihm? Er war in der schwächeren Position. »Ich brauche die Informationen über unseren Freund.«

»Wir stellen gerade die letzten Einzelheiten zusammen«, antwortete Majeur. »Bei ihm geschieht alles auf den letzten Drücker, weil er sich dann sicherer fühlt.«

»Ich kann es mir nicht leisten zu warten«, sagte Croaker. »Der Gesundheitszustand meiner Nichte hat sich verschlechtert.«

»Nur Geduld, Mr. Croaker. Mein Klient überläßt nichts dem Zufall, und Sie sollten das auch nicht tun.« Majeur schnalzte freundlich mit der Zunge. »Glauben Sie mir, unsere Informationen werden Ihnen die schwierige und gefährliche Aufgabe erleichtern. Um Rachels willen wollen Sie doch sicher nicht, daß etwas schiefgeht, und wir genausowenig.«

Nein, dachte Croaker. Ich muß Juan Garcia Barbacena bei der ersten Gelegenheit umlegen. Aber was wird von mir übrig sein, wenn ich den Job erledigt habe? Werde ich mir noch ins Gesicht blicken können? »Was ist, wenn sie stirbt, während ich darauf warte, daß Sie Ihre Informationen zusammenstellen?«

»Was ist, wenn uns der Himmel auf den Kopf fällt und wir im Meer ertrinken?« Croaker hörte am anderen Ende Majeurs gleichmäßiges Atmen. »Haben Sie Vertrauen, Sir. Wir werden schon gut aus der Sache herauskommen.«

Croaker fragte sich, wo ein Rechtsanwalt wie Majeur dieses Vertrauen hernahm. »Wir treffen uns morgen früh um halb elf. So lange kann ich warten. Auf der Strandpromenade von South Beach, gegenüber dem News Café.«

»Das ist zwar etwas knapp, aber ich kann es schaffen.«

»Das hoffe ich sehr«, sagte Croaker. »Die Zeit läuft, und ich brauche soviel Spielraum wie möglich.«

Croaker steckte das Handy in die Tasche, während er zu ihrem Tisch zurückging.

»Ich habe die Teller warm stellen lassen«, sagte Jenny. »Das Essen wäre sonst kalt geworden.« Aber in ihren Augen glänzten Fragen, stumm wie Fische.

Croaker nickte dankbar, während er sich setzte. Ihre kleine Geste, beide Gerichte warm stellen zu lassen, erschien ihm wie ein zärtlicher Kuß auf die Wange. Er versuchte seinen rasenden Gedanken Einhalt zu gebieten. Er wußte, daß es keine Rolle spielte, was ihm bevorstand. Rachels Leben mußte gerettet werden. Um sein eigenes konnte er sich später Gedanken machen.

»Ist alles in Ordnung?« Sie konnte den ängstlichen Ton ihrer Stimme nicht unterdrücken. »Wir werden die Niere doch bekommen?«

»Sobald ich sie bezahle.«

»Sie verlangen Geld?«

Das Essen kam wieder, und die Kellnerin fragte, ob sie ihnen sonst noch etwas bringen sollte. Croaker lehnte dankend ab.

»Schon okay.« Jenny zerlegte ihren gebratenen Fisch. »Ich hatte kein Recht zu fragen.«

Über der aufgewühlten Wasseroberfläche hatte sich Nebel gebildet. Die sanften Schwaden erinnerten Croaker an das Haar einer Geliebten auf einem zerknitterten Kopfkissenbezug.

Er sah Jenny an. In ihren windzerzausten Haaren funkelte ein feines Gewebe von Tröpfchen, die wie Diamanten glänzten, und das Kerzenlicht spiegelte sich wie die Sonne in ihren Augen. Er bedauerte es, daß er sie eingeladen hatte, um ihr professionelle Ratschläge zu entlocken. Er mochte sie, und eigentlich war sein Gefühl noch stärker: Er fand sie begehrenswert.

Geschickt wickelte sie mit den Zinken ihrer Gabel ein paar Spaghetti auf. »Während Sie telefoniert haben, habe ich nachgedacht ... Verstehen Sie, ich wäre gern mehr involviert.«

Vor seinem inneren Auge sah er Antonio und Heitor wie Geister. Ihre bernsteinfarbenen Augen glühten vor kalter Leidenschaft. »Ich glaube nicht, daß das eine gute Idee ist.« Er aß den Fisch, ohne ihn zu schmecken. Ihr verletzter Gesichtsausdruck bereitete ihm Unbehagen. »Obwohl ich es Ihnen gern erzählen würde, Jenny.«

Sie wandte sich ihm neugierig zu. »Nun, dann ...«

»Ich falle in ein tiefes Loch und bin sozusagen blind wie eine Fledermaus im Sonnenlicht. Ich will Sie nicht mit in die Tiefe ziehen.«

»Auch dann nicht, wenn ich mich dafür entscheide?«

»Sie können keine Wahl treffen, weil Sie nicht genug wissen.«

»Okay.« Sie spreizte die Finger ihrer Hände. »Sie werden sehen, daß ich eine sehr gute Zuhörerin bin.«

Croaker fuchtelte mit seiner Gabel herum. »Vergessen Sie's.«

»Es ist irgendwie lächerlich. Ich ringe mich endlich dazu durch, einen positiven Entschluß zu treffen, und Sie lassen es nicht zu.«

»Jenny ...«

»Nein, nein. Ich bin schon bis hier gegangen. Es ist eine Sache des Vertrauens, oder? Ich will, daß Sie mir zuhören.« Ihr Gesichtsausdruck schien ein Gefühl widerzuspiegeln, das irgendwo zwischen Trauer und Reue lag. »So erfolgreich ich beruflich auch sein mag, ich habe es geschafft, mein Privatleben völlig durcheinanderzubringen. Ich habe meinen Ehemann verjagt. Damals waren wir beide davon überzeugt, daß meine übertriebene Hingabe an die Medizin ausschlaggebend sei.« Sie starrte in die regnerische Nacht. »Aber ich kenne die Wahrheit, und die ist etwas bitterer. Er war ein anständiger Mann.«

Der Himmel war vom Donner erfüllt. Ein Fischerboot am anderen Ufer des Intracoastals schaukelte an seinem Ankerplatz auf und ab, und das Deck glänzte durch den Regen.

Jenny zuckte die Achseln. »Wer weiß, vielleicht glaube ich tief in meinem Inneren nicht daran, daß ich einen anständigen Mann verdiene. Sehen Sie sich nur an, wen ich seitdem aufgegabelt habe. Mein letzter Freund Dino ist ein typisches Beispiel. Ein großer Typ, ein Macho. Er fuhr einen Ferrari und war sehr gut gekleidet. Ein wirklich schwerer Brocken, der auf sein sexuelles Stehvermögen stolz war. ›Jenny, ich werde es dir so lange besorgen, bis du schreist.‹ Er hat das tatsächlich gesagt, aber schlimmer war, daß es mich neugierig gemacht hat.« Sie studierte Croakers Gesichtsausdruck. Vielleicht wollte sie feststellen, ob er ihre Worte mißbilligte. »Und was ist dabei herausgekommen? Wir haben es eineinhalb Stunden am

Stück miteinander getrieben, aber statt eines Orgasmus habe ich eine Blaseninfektion bekommen.«

Sie lachten beide, fast höflich, aber die Stimmung hielt nicht lange an. Es lag zuviel Spannung in der Luft.

Croaker sagte nichts, und so fuhr Jenny in einem sanfteren Tonfall fort. »Na ja, jetzt wissen Sie's. Ich war selbst überrascht, daß ich Sie anziehend fand. Weil Sie ein anständiger Mann sind. Ich wußte es von dem Augenblick an, da wir uns kennengelernt haben. Dann habe ich Sie und Rachel beobachtet, und es hat mir das Herz zerrissen.«

Er hätte seinen Eindruck nicht begründen können, aber er spürte, daß sie noch mehr zu sagen hatte. Doch Jenny schwieg. Schon öfter war Croaker wie jetzt im Gespräch mit einer Frau an einem Punkt angelangt, wo eine unausgesprochene Botschaft durch die Luft schwirrte, die unsichtbar im Hintergrund blieb, eine Art primitiver Wahrnehmung, die das Universum aus den Angeln heben konnte. Das Gefühl war rauh, verschwitzt und animalisch.

Jenny schienen die Worte im Hals steckenzubleiben. »Ich bin in solchen Momenten nicht gut«, flüsterte sie. »Wirklich nicht.«

»Beruhigend zu wissen, daß es irgend etwas gibt, worin Sie nicht gut sind.«

»Ich kann auch nicht gut Ski fahren.«

Croaker ergriff ihre Hand, während er aufstand. »Wir gehen auch nicht zum Ski fahren.«

Tim Buckley sang seine traurigen Lieder, die von Anmut und erträumten Begegnungen handelten, mit einer so zerbrechlichen Stimme, daß es einem die Tränen in die Augen trieb. Die Musik durchströmte Jennys Wohnung wie Weihrauch, und Croaker erkannte allein an ihrer Musikwahl, daß sie ihm einen bisher verborgenen Teil ihres Ichs offenbarte.

Eine Frau zum erstenmal mit intimer Absicht zu berühren, gehörte für Croaker zu den wunderbarsten Momenten im Leben. Das Gefühl der Vorfreude und die Ahnung, welche Grenzen sich öffnen könnten, war so erregend, daß sein Blut kochte.

Sie standen barfuß in der Mitte ihres Wohnzimmers, auf einem dicken Teppich mit durcheinanderwirbelnden Farben und Formen, und streichelten einander. Jenny duftete nach Zitrone und Sandelholz, und als ihr Haar seine Wange berührte, spürte Croaker es bis in den Unterleib hinab.

»Es gefällt mir, wie du dich anfühlst.«

Sie legte ihren Kopf an seine Schulter. Plötzlich sagte sie etwas Außergewöhnliches. »Sag mir, wie«, flüsterte sie. »Sag es mir.«

Er tat es. Er beschrieb ihr jeden Teil ihres Körpers, den er streichelte. Jenny reagierte immer heftiger. Ihre Oberschenkel zitterten, und der Atem drang in schnellen Zügen aus ihrem Mund. Croaker berührte mit dem Zeigefinger seiner rechten Hand ihre Schläfe und fühlte ihren beschleunigten Puls. Er strich über ihren Hals, wo ihn wieder der Pulsschlag erwartete, glitt zu ihrer Brust hinunter, bis er ihre Brustwarze fand, die vor Verlangen erigiert war. Er beschrieb ihr alles, in ihr Ohr flüsternd, und sie drückte sich eng an ihn. Sie war erregt, und Croaker vermutete, daß das nicht nur mit der erhöhten Sensibilität zusammenhing, die der Sex bewirkte, das Animalische, Schmutzige, sondern auch mit dem greifbaren Beweis, daß er wirklich an sie dachte und daß es für ihn um mehr als nur um bloße Lust ging. Eine Frau haßte nichts so sehr, als von ihrem Partner beim Sex allein gelassen zu werden.

Croaker senkte seine Arme, und sie kletterte wie an einem Baumstamm an ihm hinauf und klammerte ihre Beine um seine Hüfte. Die Schmerzen, die er durch Antonios Schlag und den Aufprall auf dem Highway erlitten hatte, wurden unwichtig. Er zog sie an sich und erzählte ihr, wie er sich fühlte. Jenny erschauerte heftig und erzählte ihm, was das, was er mir ihr tat, in ihr auslöste. Sie war erregt und feucht, und als Croaker in sie eindrang, spürte er keinen Widerstand. Während er sich bewegte, murmelte sie ihre durchdringenden, beschwörenden Sätze, die sie beide erregten. Sie kam so schnell, daß Croaker völlig überrascht war, und als er sich wieder gefangen hatte, steuerte sie schon dem nächsten Orgasmus entgegen und erzitterte stöhnend zwischen ihren hervorgekeuchten Beschwörungsformeln.

Diese Jenny Marsh war so anders als die kühle Chirurgin, die auf den Fluren des Royal-Poinciana-Krankenhauses den Ton angab, daß Croaker den Eindruck hatte, sie hätte genausogut nie der Zivilisation ausgesetzt gewesen sein können. Wer vor ihm hatte Jenny schon so erlebt? Ihr Ehemann? Vielleicht. Aber nicht dieser Luftikus Dino oder einer ihrer anderen Freunde. Dieser Augenblick enthielt einen seltenen und atemberaubenden Zauber, als sähe man ein sich im Mondlicht aufbäumendes Einhorn. Voller Wonne keuchend, gab sie alles, was sie im Berufsleben unterdrückte.

Mit unkontrollierten, zitternden Bewegungen drang er ein letztes Mal in sie ein, während sie ihn mit ihrer kehligen Stimme provozierte, ihre Fingernägel über sein schweißglänzendes Fleisch kratzten und ihre nackten Fersen gegen seinen Rücken trommelten.

Als sie später im nächtlichen Dunkel umschlungen in ihrem Bett lagen, wandte Jenny ihm das Gesicht zu. Das Licht von draußen sickerte durch die vertikalen Lichtblenden und zeichnete bleiche Wirbel und Halbmonde auf ihr Gesicht, die an die Tätowierungen von Eingeborenen erinnerten. Ihre Augen waren tief im Schatten verborgen, und Croaker konnte ihren Ausdruck nicht deuten.

Sanft tastete sie die Schrammen und Quetschungen unter dem Verband ab, als wollte sie sich vergewissern, daß Dr. Stansky gute Arbeit geleistet hatte. »Du hast diesen Blick … Als wärst du weit weg«, flüsterte sie. »Erzähl mir, woran du denkst.«

Alles eine Sache des Vertrauens, hatte sie gesagt, und sie hatte recht gehabt. Es kam einzig und allein auf das Vertrauen zwischen zwei Menschen an. Wenn man jemandem aus ganzem Herzen vertrauen und ihm seine geheime Lebensgeschichte anvertrauen konnte, spielte es auch keine große Rolle mehr, wenn der Rest der Menschheit zur Hölle fahren würde. Die Tat, zu der er jetzt verpflichtet war, um Rachels Leben zu retten, glich einer leibhaftigen Hölle, und mehr als alles andere brauchte er im Augenblick Trost, wenn nicht gar Absolution.

Er erzählte ihr von Antonio, Heitor und dem heimlichen Organhandel, den sie in Südflorida auf die Beine gestellt hatten, von Sonia, Vonda, Bennie und dessen Großvater, dem Heilkundigen der Guarani.

»O Lew, sag, daß das nur ein krankhafter Witz ist.«

»Glaub mir, ich wollte, es wäre so.« Croaker nahm den Zauberstein. Er glänzte matt, und die Finsternis hatte das dunkle Grün in ein Pechschwarz verwandelt.

»Was ist das?«

Er hielt den Stein zwischen den Fingerspitzen. »Weißt du noch, wie Rachel das Bewußtsein wiedererlangte? Sie ist nicht nur aus dem Koma erwacht, sondern hat sogar vernünftig mit mir geredet. Erinnerst du dich, daß du gesagt hast, du könntest dir das nicht vorstellen und es gäbe dafür keine medizinische Erklärung?«

»In meinem Beruf gibt es oft keine medizinische Erklärung, Lew. Ich würde das nur nicht vor jedem eingestehen.«

»Bevor sie aufgewacht ist, habe ich das getan«, sagte er, während er ihr den Stein zwischen die nackten Brüste preßte.

Sie starrte auf den Zauberstein herab und schüttelte den Kopf. »Ich spüre überhaupt nichts.«

»Vielleicht. Bei Rachel war es anders.«

Jenny seufzte. »Es ist eine Tatsache, daß die Metastasenbildung bei manchen Krebskranken nachläßt und die Patienten sich erholen, wenn wir persönlich sie schon aufgegeben haben. Der menschliche Körper ist eine wunderbare Maschine.«

»Diesmal war der Zauberstein nützlich.«

Er hörte und fühlte ihren Atem wie sanfte Windstöße, die einen Ballon über sommerlichen Feldern in der Luft halten.

»O Gott!« Sie sog heftig die Luft ein. Ihre Hände schlossen sich fest um die Hand, mit der er den Zauberstein gegen ihre Brust preßte. Sie schloß die Augen, und er sah, daß sich ihre Augäpfel unter den Lidern wie bei einer Träumenden bewegten.

Das Licht der Straßenlaternen sickerte zähflüssig wie Sirup in den Raum. Mit jedem Herzschlag fühlte er die kostbare Zeit dahinfließen.

Jenny riß die Augen auf. »Ich habe etwas gesehen«, sagte sie, und ihre Stimme klang durch den Schock heiser. Sie blickte auf die Hand an ihrer Brust hinab. »Nimm ihn weg.« Sie wurde von einem heftigen Schauer erfaßt. »Bitte!«

Croaker drehte sich um und legte den dunklen Stein auf den Nachttisch.

»Was mußt du tun, um an die Niere heranzukommen?« Ihre Stimme ähnelte den Klauen eines Geistes, die das kleine Nest der Ruhe ausweideten, das sie sich gebaut hatten, um sich gegen die Außenwelt abzuschotten. Er wußte, daß sie dagegen angekämpft hatte, diese furchtbare Frage zu stellen, weil sie ahnte, daß seine Antwort furchtbar sein würde.

Er hielt sie nur fest, spürte ihre Beine, die sich um ihn klammerten, und preßte ihren nackten Körper gegen seinen, ohne zu antworten. Es war nicht nötig. Schon fühlte er ihre heißen Tränen auf seiner Haut.

»Mein Gott, Lew, mein Gott, ich habe dich gesehen ... Du triebst im Wasser, in einem flachen, grüngoldenen Gewässer. Du hattest die Arme weit gespreizt und triebst mit dem Gesicht nach unten zwischen den Mangroven. Bump, bump, bump, gegen Wurzeln, die aussahen wie die schwarzen Glieder einer Riesenspinne.« Sie vergrub ihre Stirn an seiner Schulter. »Da war Blut, so viel Blut, daß in deinem Körper nichts mehr übriggeblieben sein konnte.«

Jenny wollte ihn nicht gehen lassen, war aber klug genug, keine Einwände vorzubringen. Er mußte sein Versprechen einhalten und hatte noch einen langen Weg vor sich, bevor er an Schlaf denken konnte.

Vor ihrem Haus stieg Croaker in den Thunderbird. Der Sturm hatte so plötzlich aufgehört, wie er begonnen hatte, und die Luft war feucht und ruhig. Sie roch nach Jasmin, verrottenden Blättern und lehmiger Erde. Ein beinahe voller Mond hing niedrig am Himmel. Seine gedämpfte Farbe glich poliertem Kupfer. Das eindringliche Quaken der Frösche gellte durch die Finsternis.

Croaker erinnerte sich an den Tod seines Vaters, der, keine drei Querstraßen von seiner Wohnung entfernt, in einer Seitengasse niedergeschossen worden war. Er hatte den Augenblick, da er zum Tatort gerufen worden war, wieder und wieder durchleben müssen, als handelte es sich um eine Endlosschleife. Er konnte in seinem Vater nur noch den Mann sehen, der plötzlich alt, vernichtet und leblos dagelegen hatte. Er hatte sich gefühlt, als hätte er seinen Vater und alle Erinnerungen an ihr gemeinsames Leben verloren. Bis ihn die Kollegen seines Vaters nach der Beerdigung auf eine Sauftour mitgenommen hatten. Da hatte er sich, halb betrunken, ihre Geschichten über seinen Vater angehört, der lustig, traurig, stolz und unbequem gewesen war – aber immer vertrauenswürdig. Und so hatte er sein inneres Gleichgewicht wiedererlangt. Die Erinnerung an seinen Vater war nach und nach zurückgekehrt, und er hatte sich wiederhergestellt gefühlt.

Jetzt dachte er an Sonia. Seine Nähe zu Jenny hatte ihn irgendwie von dem Alptraum befreit, immer wieder den Augenblick durchleben zu müssen, als er die Tür des Kühlschranks geöffnet hatte. Endlich sah er sie vor sich, wie er sie in Erinnerung bewahren wollte, sah, wie er ihren kräftigen, geschmeidigen Körper führte, als sie auf der Tanzfläche der Shark Bar Merengue getanzt hatten.

Er fuhr zu einer Tankstelle, die die ganze Nacht geöffnet hatte. Sie lag verlassen da. Die Stille wurde nur durch das Surren der Motten und die schwache Musik eines Country & Western-Songs gestört, die aus dem Innenraum des Verkaufsraums drang. Alles war vollautomatisiert, und er mußte mit niemandem reden. Das kam ihm gelegen, weil er sich im Augenblick fühlte wie Jenny nach ihren stundenlangen Operationen. Er sehnte sich nur nach dem Vergessen, das die Einsamkeit mit sich bringt. So wie Stone Tree in seiner gemütlichen Hütte in den Everglades.

Während der Tank aufgefüllt wurde, versuchte er sich nicht an die Vision zu erinnern, die der Zauberstein Jenny eingegeben hatte. Bump. Bump. Bump. Sein eigener Tod. Mit einer verkrampften Bewegung schob er die Diskette, die er zwischen Vondas Kiefern gefunden hatte, in sein Notebook. Die Daten waren durch Speichel, Blut, Leim und Staub sicher teilweise verdorben worden. Der Computer brauchte eine Weile, aber dann konnte er das Verzeichnis öffnen.

Der Monitor füllte sich mit Text. Die Daten waren offensichtlich verschlüsselt gewesen, weil viele unsinnige Wörter daruntergemischt waren. Was er las, ließ ihm das Blut in den Adern gefrieren.

Vor ihm lag – wenn auch in unvollständiger Form – ein Dossier über ein geheimes Leben, das sich in einer Dunkelzone vollzog, die sorgfältig von der Regierung der Vereinigten Staaten geschaffen worden war. Den lückenhaften Informationen zufolge existierte ein hochrangiger Agent, der innerhalb der Anti-Cartel Task Force, für die auch Croaker arbeitete, eine Top-Secret-Operation leitete. Es gab eine strenge Warnung, daß allen Mitarbeitern einer Organisation namens DICTRIB der Zugang zu den Daten verwehrt werden müsse. Nachdem er einige weitere Seiten gelesen hatte, entdeckte Croaker, daß DICTRIB die Abkürzung für Developing Capital Countries Trade Relations Bureau war, einer geheimen Abteilung im Justizministerium der Vereinigten Staaten.

Die Informationen auf dem Monitor besagten, daß riesige Geldsummen aus den Vereinigten Staaten an verschiedene Orte in Lateinamerika flössen. Croaker machte eine verwirrende Entdeckung: Zu den Kapitalbewegungen existierten nur Zielcodes. Was die Bürokratie anging, nahm man es im Justizministerium eigentlich ziemlich genau. Bei allen Anforderungen und Bewilligungen von Überweisungen waren ein Herkunfts- und ein Zielcode erforderlich, damit man die fürchterlichen Drachen in der Finanz- und Buchhaltungsabteilung bedienen konnte, die daran gewöhnt waren, einen mit ihrer Pfennigfuchserei zum Wahnsinn zu treiben. Bei diesen ACTF-Kapitalbewegungen gab es keinen Herkunftscode.

Das konnte nur besagen, daß es sich um eine mit schwarzen Geldern finanzierte Operation handelte. Der Ausdruck »Schwarzfinanzierung« bedeutete, wie Croaker während seiner Arbeit für die ACTF gelernt hatte, daß eine Operation ohne die Zustimmung und sogar ohne das Wissen des Kongresses finanziert wurde. Offiziell existierte sie überhaupt nicht. Die Politiker hielten Schwarzfinanzierungen für ihre Machtinteressen für erforderlich, ja sogar für lebenswichtig, um verdeckte Operationen oder ganze Abteilungen finanzieren zu können, auch wenn die angewandten Methoden einer Überprüfung in Washington nie standgehalten hätten.

Die maßgeblichen Leute bei schwarzfinanzierten Operationen benutzten in ihren Dossiers – im Computernetz oder in Ausdrucken – immer Tarnnamen. Diese Pseudonyme hatten oft geheime Bedeutungen, die nur jenen bekannt waren, die den Namen ausgewählt hatten. Hier wurde der Name ›Sero‹ genannt.

Croaker erinnerte sich mit einem Gefühl wachsenden Entsetzens daran, was Estrella Leyes ihm über das besondere Verhältnis zwischen Bennie und seinem Großvater erzählt hatte. *Humaitá hatte einen Geheimnamen für Bennie, den er immer benutzte, wenn sie zusammen waren. Er nannte ihn Sero. Sero, der Berg.*

Angesichts dieses schrecklichen Geheimnisses wurde Croaker schwindlig. Konnte es wahr sein? War es möglich, daß Bennie fürs FBI arbeitete? Äußerte er sich deshalb nur so geheimnisvoll und vage über seine Geschäfte?

Und worin bestanden Seros Aktivitäten?

Croaker sah, daß sich die Indizien auf dem Computermonitor häuften. Es wurden nicht nur Geldsummen, sondern auch Waffen verschoben. In ganz Lateinamerika wurden taktische Kommandostrukturen und ein strategisches Netz von ACTF-Mitarbeitern aufgebaut. Das Ganze war von Sero abgesegnet, der die Aktivitäten auch leitete. Von Bennie?

Was zum Teufel hatte er vor? Wann immer Croaker einen neuen Zielcode überprüfte, fand er neue Beweise über dieses hochgradig feine und sorgfältig geplante Netzwerk. Das ging sogar so weit, daß er an einem bestimmten Punkt begriff, daß er es offenbar mit den Vorbereitungen für die Endphase einer Operation zu tun hatte. Was zum Teufel passierte da unten? Was den Aufbau eines Agentennetzes und die Waffenlieferungen betraf, schien es, als braute sich ein heißer Krieg zusammen. Die Entwicklung schien so weit fortgeschritten zu sein, daß die Situation jeden Augenblick explodieren konnte.

Dann war Croaker am Ende der Datei angelangt. Die Daten waren so verdorben, daß alle seine Versuche fehlschlugen, sie auf die Festplatte zu kopieren. Es gab Beweise, daß Sero der Boß von Juan Garcia Barbacena war. Barbacena war sein Top-Agent und sein Informant vor Ort.

Der Schmerz über Bennies Betrug war so schlimm, daß Croaker fast zusammengebrochen wäre. Jetzt wußte er, warum der geheime mitternächtliche Bootstrip für Bennie so wichtig war. Er mußte Barbacena treffen und eine Form der Beförderung finden, die absolut sicher war. Was lag da näher, als sich für ein privates Charterboot zu entscheiden, dessen Skipper ein Freund war? Und so wußten nur zwei Menschen über die Modalitäten Bescheid, bevor er Barbacena informierte: Bennie und Croaker.

Seine Freundschaft zu Bennie war also auf einen einzigen Zweck zusammengeschrumpft – Barbacena ins Land zu schleusen, ohne daß die Sicherheitskräfte etwas davon mitbekamen.

Croaker machte weiter und schaffte es, zwei unvollständige Rechnungen zu retten, die ihm Details über Schiffstransporte verrieten, deren Fracht als Medikamentenlieferung deklariert war. Aber dann sah er eine sechsstellige Zahl, die für den Ort stand, wo die Fracht – die angeblichen Medikamente – geladen worden war, und das

Blut gefror ihm in den Adern. Er kannte den Code von seiner Arbeit für die ACTF. Es handelte sich um das Waffenarsenal des FBIs in Arlington.

Sero schickte Barbacena keine Medikamente, sondern Kriegsmaterial aus den Beständen der Regierung.

Croaker saß so konsterniert im Wagen, daß er sich kaum regen konnte. Diesen Bennie Milagros kannte er nicht und konnte ihn sich auch kaum vorstellen. Und doch war es mit den Meistern ihres Fachs immer dasselbe. Sie schufen künstliche Persönlichkeiten, die so perfekt waren, daß es unmöglich war, sie sich anders vorzustellen. Croaker strich sich mit der Hand über die brennenden Augen. Es kam ihm so vor, als hätte er einen Alptraum von einer Katastrophe, die er nicht aufhalten konnte – um dann aufzuwachen und festzustellen, daß die Realität dieser Alptraum war.

Natürlich kam ihm sofort der Gedanke, daß die Bonita-Zwillinge dieses moderne Kommunikationsmittel hinterlassen hatten, damit er es finden sollte. Er nahm die Diskette aus dem Computer und starrte trostlos auf die kurze, sarkastische Nachricht darauf: SUCHST DU DAS, COP?

Wenn man die Quelle in Betracht zog, mußte man die Daten mit einem gewissen Maß an Skepsis betrachten. Es war möglich, daß die Bonitas versuchten, Bennie in die Enge zu treiben. Ihr Haß auf ihn war mit Sicherheit groß genug, aber das Ganze schien unlogisch. Wie zum Teufel hatten sie es geschafft, sich Zugang zu einer geheimen Datenbank der Regierung zu verschaffen?

Es gab aber noch mehr Beweise dafür, daß Bennies Leben eine Lüge war. Nach den Auskünften von Southern Bell zahlte er die Telefonrechnung für Majeurs Geheimnummer. War er Majeurs mysteriöser Klient? Aber wenn er Barbacenas Boß war, warum sollte er dann wollen, daß sein eigener Agent ermordet wurde?

Das brachte Croaker wieder zu Antonio und Heitor zurück. Sie wußten über Croaker Bescheid, auch darüber, daß er Polizist gewesen war. Sie hatten auch gewußt, daß er sich mit Sonia getroffen hatte: *Sind Sie ihr Freund?* Die

Bonitas mußten wissen, daß er mit Bennie befreundet war. Ein plötzliches Frösteln durchfuhr ihn. Was wußten sie sonst noch über ihn? Waren Rachel oder Jenny in Gefahr? Ihm standen die Haare zu Berge.

Majeur war nicht derjenige, für den er sich ausgab, und jetzt schien es so, als wäre es bei Bennie nicht anders.

Wer log und wer sagte die Wahrheit? Wer stellte eine größere Gefahr dar, die Bonitas oder Bennie? Im Augenblick mußte Croaker sich eingestehen, daß er es nicht wußte. Aber er würde mit Sicherheit versuchen, es herauszufinden. Doch bis dahin glich er einem Mann mit einer hochgradig ansteckenden Krankheit, der für jeden, mit dem er in Kontakt kam, eine tödliche Gefahr darstellte.

Nachdenklich stieg er aus und schritt durch die Wolke von Motten, die in dem hellen Licht umherflatterten. Er nahm den Benzinzapfhahn aus dem Einfüllstutzen, schloß die Tankklappe ab und zog seine Kreditkarte aus dem Automaten.

Da sah er plötzlich wieder die Bonita-Zwillinge vor sich, als er sich an der Rückseite des Kleinlasters festgeklammert hatte. *Nicht jetzt ... Noch nicht ...* hatte Antonio gesagt und Heitor Einhalt geboten. Was hatte das zu bedeuten? Weshalb hatte Antonio zugelassen, daß er entkam?

Als er wieder im Thunderbird saß, starrte er auf den Computermonitor. Er war am Ende der Liste mit den ACTF-Zielcodes angelangt und gerade im Begriff, die Datei zu schließen, als er an der Bildlaufleiste erkannte, daß er das Ende doch noch nicht ganz erreicht hatte. Er drückte die Positionstaste und bewegte den Cursor dann nach unten. Dort, ganz am Ende der Datei, gab es Symbole innerhalb eines scheinbar harmlosen Textes. Man mußte sie schon suchen, um zu erkennen, daß es sich um Befehle handelte. Er rief sie auf und entdeckte drei weitere Zugangscodes. Sie hatten ein anderes Präfix als die übrigen. Croaker löschte die Daten auf dem Bildschirm und gab die Codes ein. Der Bildschirm wurde dunkel, und er sah, daß sein Modem aktiviert wurde. Dann war der Monitor plötzlich von Farben erfüllt. Er wurde mit dem DICTRIB-Netzwerk verbunden und sofort mit Sicherheitsvorkehrungen konfrontiert. Ihm fiel nichts anderes ein, als sein befristet gültiges ACTF-Ident einzugeben.

Die Software akzeptierte es. Er ging ins DICTRIB-Befehlsfeld und drückte die Enter-Taste. Die Daten auf dem Bildschirm verschwanden und wurden durch eine unheilvolle Botschaft ersetzt: CODE ANNULLIERT. KEIN WEITERER ZUGANG BIS NACH UNSEREM GESPRÄCH MORGEN FRÜH UM SECHS IM FLAMINGO-PARKSTADION. ROSS DARLING.

Wer zum Teufel ist Ross Darling? fragte sich Croaker. Und was zum Teufel ist DICTRIB? Er bediente die Tastatur, um eine Antwort zu erhalten, aber alle seine Bemühungen wurden blockiert. Was noch schlimmer war: Als er sich wieder mit dem ACTF-Netzwerk verbinden lassen wollte, sah er nur noch auf einen schwarzen Bildschirm. Sein befristet gültiger Zugangscode war widerrufen worden. Irgend etwas, das er getan hatte, hatte die Hydra aufgeweckt.

VIERTER TAG

1.

Das Rückgrat von South Beach bestand aus drei Hauptverkehrsadern, die von Norden nach Süden verliefen – dem Ocean Boulevard, der Washington Avenue und der Collins Avenue, die alle von der Ersten bis zur Achtzehnten Straße führten. Diese Grenzen waren – notgedrungen – fließend; mit jeder Woche schien sich South Beach weiter nach Norden und Westen auszudehnen.

South Beach war so lange dem Verfall preisgegeben gewesen, daß seine Einwohner immer noch verblüfft über die jüngste Wiedergeburt wirkten. Die Häuser waren in den dreißiger und vierziger Jahren im Art-déco-Stil oder den Stilarten der Moderne gebaut worden. Während der Depression hatte man hier ein Zimmer in einem fast verwaisten Hotel für fünf Dollar pro Woche bekommen. In den fünfziger und sechziger Jahren war South Beach ein sicherer Zufluchtsort für Rentner geworden, zum größten Teil New Yorker Juden, die in Bekleidungsläden und Textilfabriken gearbeitet hatten, welche von den Gewerkschaften betrieben worden waren.

In den späten siebziger und den frühen achtziger Jahren hatten die heruntergekommenen Gebäude Spekulanten angezogen, die über mehr Geld als Sachverstand verfügt hatten, und wieder hatten viele Menschen ein Vermögen verloren. Aber nur ein paar Jahre später, gegen Ende des Jahrzehntes, hatte ein Einwanderungsstrom von europäischen Modedesignern, Models und Fotografen die Schleuderpreise schnell ausgenutzt. Sie waren von der kitschigen Architektur und den wilden, dekorativen Farben fasziniert gewesen, aber Croaker vermutete, daß ihr Interesse mehr mit der Erinnerung an alten Hollywood-Glanz als mit der Renaissance einer vergangenen Epoche zu tun gehabt hatte.

Es war kurz nach Mitternacht, als Croaker den Thunderbird in der Nähe des Madonna Clubs parkte. In weniger als vierundzwanzig Stunden würde Juan Garcia Barbacena ankommen und Croakers Opfer werden.

Die Fotos der Tänzerinnen, die man im Club anheuern konnte, glänzten im farbigen Neonlicht, was ihnen eine unrealistische Aura verlieh. Der retuschierte Glanz der Bilder, die künstlich und geschmacklos wirkten, erinnerte ihn an Vondas leeres Leben. Wie Sonia hätte sie nur eine Chance benötigt, die sie jetzt nie mehr bekommen würde. Als er an einem Zigarrenladen vorbeikam, aus dessen Innenraum rauher und sinnlicher Salsa tönte, mußte er erneut an Bennie denken, und das schmerzende Gefühl in seinem Magen machte sich wieder bemerkbar.

Er fand das Lightning Tube ohne Schwierigkeiten, den Club, in dem Gideons Band ManMan auftrat. Wer war Gideon? Rachels Freund? Ihr Dealer? Aller Wahrscheinlichkeit nach beides.

Genau wie der Margate Gun & Racquet Club hatte das Lightning Tube mit schwarzem Stoff ausgekleidete Fenster. Croaker ging um die Ecke und sah, daß die Räume des Clubs sich bis zu einer engen Seitengasse erstreckten, wo grüne Müllcontainer standen. Eine magere, getigerte Katze, deren Augen Murmeln glichen, starrte ihn an. Über dem Hinterausgang sah er eine Alarmlampe, die wie ein Nest von wütenden Hornissen summte. In der schmutzigen Stuckwand gab es zwei verschmierte Fenster. Er blickte durch eines hindurch und sah ein Herrenpissoir und ein Waschbecken. Auf der gegenüberliegenden Seite der Gasse bemerkte er eine Sicherheitstür aus Metall, die verriegelt und zusätzlich mit einem tragbaren Schloß versehen war. Dieses Gebäude hatte keine Fenster. Er kehrte um und ging zum Eingang.

Das Innere des Clubs glich einer Autowerkstatt – die Wände und der Fußboden waren aus Beton, und man sah drei alte Tanksäulen aus den fünfziger Jahren. Ein Projektor warf Vergrößerungen von Kalenderseiten mit Pin-up-Girls aus diesem Jahrzehnt an die Decke. Enge Laufstege aus Stahl durchkreuzten den Raum, der zwei Ebenen hatte. Eine Bar aus Metall und wasserfarbenem, geschmolzenem Glas war das Zentrum aller Aktivitäten. Coole Typen mit ärmellosen Polyesterhemden und glänzenden Hosen umarmten vollbusige Mädchen mit angemalten Lippen, die vergeblich irgendwelchen Models nacheiferten.

An der Decke hing ein Fernseher mit riesigem Bildschirm, der die legendäre Folge der *Patty Duke Show* zeigte, wo Patty eineiige Zwillinge spielte. Der Ton war abgeschaltet. Die laute Rockmusik stellte einen bizarren Soundtrack dar.

Weiter hinten, auf der erhöhten Tanzfläche, bereitete sich ManMan auf den Auftritt vor.

Croaker bestellte zwei Flaschen Blackened Voodoo, ein Bier aus New Orleans, das einem schnell in den Kopf stieg. Er beobachtete die ungeschickten Bewegungen, mit denen die coolen Typen die heißen Mädchen anmachten. Er verstand sie, in ihrem Alter war er nicht anders gewesen. Vielleicht lag der einzige Unterschied zwischen ihm und ihnen darin, daß er nicht soviel Angst vor dem Leben hatte.

Mit den Bierflaschen in der Hand spazierte er zur Bühne hinüber und näherte sich einer Gitarristin.

»Wie wär's mit einem Bier?« fragte er.

Die Frau wandte sich um. »Kennen wir uns?«

Croaker konnte nicht anders, er mußte sie anstarren. Die Iris ihrer Augen waren so gelb wie ein New Yorker Taxi, und die Pupillen glichen pechschwarzen vertikalen Halbmonden. Sie sah wie eine Figur aus *Cat People* aus.

Er drückte ihr die Flasche in die Hand. »Jetzt kennen wir uns.«

Sie grinste, und er sah einen silbernen Schimmer in der Mitte ihrer Zunge. »Hier. Sehen Sie genau hin.« Sie streckte ihm die Zunge raus. Der Schimmer entpuppte sich als winziger, in ihre Zunge gestochener Totenschädel. Sie lachte und kippte die Hälfte des Bieres mit einem einzigen gierigen Schluck hinunter.

»Ich suche Gideon.«

Sie hatte einen großen, fast schmollenden Mund, eine kräftige, ausdrucksstarke Nase und glänzendes blondes Haar. In einer anderen Inkarnation hätte sie vielleicht eine College-Queen sein können, aber dann wäre sie auch nur halb so interessant gewesen.

Sie schmatzte mit den Lippen. »Gideon ist nicht hier.«

Sie trug ein schwarzes Oberteil mit Spitzenbesatz und einen silbernen Lurex-Rock, der so kurz war, daß Croaker die untere Rundung ihrer Hinterbacken unter der schwarzen Strumpfhose sehen konnte. Außerdem hatte sie vier schwarze Ledergürtel mit identischen Metallbeschlägen, die übereinander angeordnet waren, und etliche grelle Armbänder aus der Dritten Welt angelegt. Ihre schwarzen Schuhe mit den klobigen kubanischen Absätzen reichten ihr bis zu den Knöcheln.

»Sind Sie ein Fan, ein Groupie, oder suchen Sie nur jemanden, den sie bumsen können?«

»Das ist eine ziemlich beschissene Einstellung.« Croaker starrte sie an. Irgend etwas an ihr kam ihm vertraut vor. War es möglich, daß er ihr schon einmal begegnet war?

»Bleiben Sie ein bißchen hier. Bei den Typen, die noch durch die Tür kriechen werden, könnte was für Sie dabei sein.«

»Ich möchte nur mit Gideon sprechen.«

Sie leerte ihre Bierflasche. »Okay. Das haben Sie schon mal gesagt. Und warum?«

»Eine persönliche Angelegenheit.«

Sie stellte die leere Flasche auf einen Verstärker und kicherte. »Ja, genau. Das sagen sie alle.«

Ihre elektrische Gitarre war feuerrot, und auf der Vorder- und Rückseite sah man schwarze Rosen. Sie hob sie an die Hüfte wie ein Cowboy die Pistole. »Hier geht's nicht um Gideon, sondern um Sie.« Sie beugte sich vor und schnüffelte verachtungsvoll. »Sie stinken. Als ob Sie eine Knarre tragen würden.« Sie hob eine Augenbraue. »Stimmt's? Steckt eine Waffe in Ihrer männlichen Achselhöhle?«

Als kleiner Junge hatte Croaker einmal in einen defekten Lichtschalter gespäht und das nackte Ende eines losen, weißlich glühenden Kabels gesehen. Dieses glühende Kabel hatte ihn gefesselt. Er hatte sich gefragt, was geschehen wäre, wenn er seinen Finger hineingesteckt hätte, ohne erst hineinzusehen. Dieses Mädchen erinnerte ihn an jenen Lichtschalter: Sie glich einer spröden Plastikverkleidung, hinter der ein gefährlicher, glühender Stromstoß lauerte.

Er hob die Arme. »Ich bin unbewaffnet.«

Sie legte die Arme lässig auf die Gitarre, und Croaker bemerkte, daß sie muskulös waren. »Wenn man von Ihrer Terminator-Hand absieht.«

Er zog das Foto von Rachel hervor, das Matty ihm gegeben hatte, und hielt es ihr vor die Nase. »Erkennen Sie sie?«

»Nein.«

Croaker war sicher, daß sie log. Es war ein weitverbreitetes Mißverständnis, daß einem die Augen eines Menschen präzise Auskünfte über Wahrheit, Lüge oder auch bevorstehende Handlungen verrieten. *Vergiß den Blick,* hatte Croakers Vater immer gesagt, *beachte die kleinen Muskeln neben den Mundwinkeln. Das ist der Ort, wo die Geheimnisse preisgegeben werden.* »Sie heißt Rachel Duke. Gideon und Rachel haben ein Verhältnis, oder?«

»Sie behaupten, daß Sie kein Cop sind, aber ich sage, daß Sie lügen.«

»Ich bin Rachels Onkel.«

Sie zupfte mit einstudierter Nachlässigkeit an den Seiten ihrer Gitarre herum, aber irgend etwas in ihrem Gesichtsausdruck hatte sich verändert. Vielleicht war sie Gideons letzter Freund gewesen und eifersüchtig auf Rachel. Lief das nicht gewöhnlich so bei diesen Rockgruppen? Wie auch immer – Croaker wußte, daß er seinen Vorteil ausnutzen mußte.

»Ich habe Rachel gestern im Krankenhaus besucht«, sagte er. »Sie liegt im Sterben.«

Zum ersten Mal stockte ihre Stimme. »Rachel liegt im

Sterben?« Sie legte die elektrische Gitarre langsam und vorsichtig ab.

»Sie wußten, daß sie im Krankenhaus liegt, oder?«

»Ich war in der Nacht bei ihr, als sie ausgeflippt ist.« Die unheimlichen Katzenaugen schienen zu glühen. »Ich bin Gideon.«

»*Sie* sind Gideon?« Croaker konnte sich nicht helfen, aber er mußte auf ihre spitzen Brüste blicken, die sich keck unter ihrem schwarzen Oberteil abzeichneten. Eines ist sicher, dachte er in diesem Augenblick überrascht, Gideon war niemandes Geliebter, am wenigsten der von Rachel.

Gideons Gesicht hatte einen angewiderten Ausdruck angenommen. »Sie können mich mal. Ich wußte, daß Sie so reagieren würden.«

Jetzt erkannte er sie. Man mußte ihr nur eine schwarze Perücke überstülpen und ihr einen schwarzen Plastiktrenchcoat anziehen, dann hatte man das Model, das er auf dem Foto in Rachels Zimmer gesehen hatte. Plötzlich loderte die Wut in ihm auf. Er hatte den Eindruck, daß die Tüte mit dem Kokain, die er in der Tasche trug, mit jeder Minute schwerer und schwerer geworden zu sein schien, bis sie jetzt ein fast unerträgliches Gewicht erreicht hatte. Irgend etwas in seinem Inneren stachelte ihn an – ein bösartiges Etwas, das wegen Rachels aussichtsloser Lage wütete, wegen der schrecklichen moralischen Situation, in der er sich befand, wegen seines Verdachtes in bezug auf Bennie, wegen der Morde an Sonia und Vonda, die gerade erst geschehen waren ... Seine Nerven lagen blank. Und jetzt dies – die Begegnung mit dem Liebhaber seiner Nichte, der sich als Lesbierin herausstellte, die Rachel mit Drogen versorgt hatte. Er war sich nicht sicher, ob er sie verhören oder umbringen wollte.

Er knallte die Plastiktüte auf die schwarze Oberfläche der Verstärker und klappte den FBI-Ausweis auf. »He, Schwester, Sie sind verhaftet.«

Gideon blickte nicht auf die Tüte mit dem Kokain. »Was ist das für ein Dreck?«

»Etwas, das ich unter dem Innenfutter von Rachels Lederjacke gefunden habe«, sagte Croaker. »Die Jacke, auf deren Rücken MANMAN steht.«

»Was hatten Sie in ihrem Schrank zu suchen? Haben Sie spioniert?«

»Ich habe ihr Tagebuch gesucht.«

Gideon zeigte mit dem Hals ihrer Gitarre auf die Tüte mit dem Kokain. »He, mit dem Scheiß da habe ich nichts zu tun.«

»Sie haben jede Menge damit zu tun. Sie haben ihn an Rachel verkauft, nicht wahr?«

»Ich habe ihr nie irgendwas verkauft.« Gideons Augen glitzerten finster. Dann stellte sie ihre Gitarre ab. »Entschuldigen Sie mich, ich muß mal pinkeln.«

Croaker beobachtete, wie sie sich einen Weg durch die tanzende Menge zu den Toiletten im hinteren Teil des Clubs bahnte, und folgte ihr. Sobald er sie in der Damentoilette verschwinden sah, ging er durch die Küche zum Hinterausgang. Er öffnete ihn und befand sich in der Hintergasse mit den Müllcontainern.

Er kam gerade rechtzeitig, um zu sehen, wie ihr schlanker Körper mit den Füßen zuerst durch das Fenster der Damentoilette glitt. Der Lärm verscheuchte die getigerte Katze. Gideon landete in der Hocke und wirbelte zu ihm herum.

Er sah ihr Gesicht, daß vom Licht der Alarmanlage gelb und schwarz angemalt wurde und dem Dschungelmuster eines Tarnanzuges glich. Ihre Katzenaugen leuchteten in der Dunkelheit, während sie sich an die schmutzige Wand preßte.

Croaker spürte die angestaute Anspannung, die sie ausströmte. Was für ein Mensch mochte sich unter dieser Kriegsbemalung verbergen? Sie glich einer in die Enge getriebenen Kreatur, deren Instinkte dem Gesetz des Dschungels gehorchten. Wenn sie auch nicht mehr ganz wild war, so war sie doch nicht domestiziert.

Croaker schwang die dreißig Gramm schwere Tüte mit dem Kokain vor ihren Augen herum. »Erzählen Sie mir was über den Stoff.«

Sie spuckte die Worte fast aus. »Ich nehme Drogen und versuche auch nicht, das zu verbergen. Aber ich bin kein Dealer, okay?«

»Nicht hier.« Croaker packte sie am Ellbogen und führte sie durch die Seitengasse und dann über die Washington Avenue zum Thunderbird. Er öffnete ihr die Tür, und sie stiegen ein.

»Also.« Er nickte. »Sie haben mit Rachel zusammen Drogen genommen?«

»Wir haben auch jede Menge andere Dinge miteinander getan.« Sie hatte jetzt wieder diesen trotzigen Gesichtsausdruck.

»Sie haben den Stoff besorgt.«

Sie nickte. »Ich habe versucht, ihr klarzumachen, daß entweder ich ihr den Stoff besorge oder irgendein dreckiger Ganove, der sie abzockt. Es lag zuviel bösartiges Karma in der Luft.«

»Sie hat zuviel von dem Zeug genommen, Gideon. Und das könnte sie jetzt das Leben kosten.«

»Sehen Sie, ich ... Jesus, sie war süchtig. Aber ich habe den Stoff persönlich ausgesucht, den wir zusammen genommen haben.«

»Diesmal haben Sie Mist gebaut.«

Sie zeigte mit dem Zeigefinger auf ihn. »Sie haben immer noch diese Einstellung, oder?«

»Was für eine Einstellung?«

»Daß ich Ihre reine kleine unschuldige Nichte verdorben hätte!«

Sie saßen da und starrten sich aus nächster Nähe an, beide angespannt. Wir sind wie wilde Hunde, die aufeinander losgehen wollen, dachte er verzweifelt. Was stimmt hier nicht?

Und dann begriff er, was los war. In diesem Kleinkrieg ging es beiden Seiten um dasselbe: um Rachel.

»Hören Sie, Gideon. Ich sorge mich um Rachel und weiß, daß das bei Ihnen genauso ist. Ich bin sicher, daß Sie ihr helfen wollen.«

»Sie haben keine Ahnung, was ich will.«

»Ich nehme an, Sie werden von den gleichen Gefühlen getrieben, die alle berühren.« Er hatte das Falsche gesagt und wußte es, bevor er den Satz beendet hatte.

Gideon imitierte den rauhen Klang eines Horns. »Brrr! Falsch, Onkel Bulle.« Ihr Tonfall hatte jetzt den etwas herablassenden Schwung des Moderators einer Game Show. »Und jetzt haben Sie keine Fragen mehr parat, die Sie der Ausgeflippten stellen können. Ihre Zeit ist abgelaufen, und Sie sind ausgebrannt. Wir müssen Sie bitten, daß Sie verflucht noch mal aus unserem Gesichtskreis verschwinden.«

»Gideon, ich brauche Ihre Hilfe. Ich weiß, daß Rachel irgendwo ein Tagebuch haben muß. Ich habe ihr Zimmer durchsucht und konnte es nicht finden.«

Sie streckte die Hand aus und schaltete den Kassettenrekorder ein. Die nächste Trotzreaktion. »Was werden wir denn jetzt hören«, spottete sie. »Barry Manilow?« Aber als sie Nancy Sinatra ›These Boots Are Made For Walking‹ singen hörte, änderte sich ihr Gesichtsausdruck.

Sie warf ihm schnell einen Blick zu und öffnete dann das Handschuhfach, aus dem ein Haufen Kassetten fielen: Everly Brothers, Jan & Dean, Irma Thomas, Leslie Gore, das komplette Œuvre. Gideon sichtete die veritable Sammlung von Popmusik aus den sechziger Jahren, als befände sie sich in einer Schatzkammer.

Dann blickte sie ihn plötzlich an, und als sie sprach, hatte ihre Stimme einen anderen Tonfall angenommen. »Stehen Sie wirklich auf diese Musik?« Ein Anzeichen von Versöhnung.

»Sie ist meine Leidenschaft.«

»Bei mir ist es nicht anders.« Sie nickte. »Verdammt überraschend.«

Ihr merkwürdiges und widerspenstiges Benehmen verschwand jetzt, und die wahre Persönlichkeit, die darunter verborgen gewesen war, kam zum Vorschein. In diesem Augenblick zerbrach Croakers Zorn wie Mondlicht auf dem Wasser. »Glauben Sie mir, Gideon, ich finde nicht, daß Sie total ausgeflippt sind.«

»Jesus, ich wollte, ich könnte Ihnen glauben.«

»Das kannst du.«

Sie blickte auf die Kassetten hinab und ging sie der Reihe nach durch. »Ich hoffe es«, sagte sie endlich. »Wir stehen Rachel beide nahe.«

Sie hatte also auch den Eindruck gehabt, daß sie wie wilde Tiere um ein Revier gekämpft hatten.

»Warum sind Sie dann vor mir weggelaufen?«

»›He, Schwester, Sie sind verhaftet.‹« Sie imitierte seine Stimme mit beinahe unheimlicher Perfektion. »Ich habe Ihren Gesichtsausdruck gesehen. In diesem Moment war ich angeklagt, vor Gericht gestellt und verurteilt. Sie wären nicht bereit gewesen, irgend jemandem zuzuhören – schon gar nicht mir.«

Croaker schwieg, weil sie recht hatte. Er war bereit und willens gewesen, sie ohne viel Aufhebens zu verdammen. Die langen Nächte, das Kokain, die Adrenalinstöße, der andersartige Sex. Er wußte, warum sich dieses ganze schmutzige Bild in seinem Geist geformt hatte. Weil sie lesbisch war. Er spürte in der Tiefe seiner Tasche die kleine Ausbeulung, die durch den roten Gummiball mit den Seidenbändern verursacht wurde. Sie war ein gutes Ziel, und in seinen Gedanken hatte sie Rachel verdorben. »Ich habe einen Fehler gemacht, was Sie betrifft«, sagte er. »Wird nicht wieder vorkommen.«

»Tatsächlich?« Aber ihre Stimme klang weniger trotzig. Sie hatte diese Phase hinter sich gebracht, ihm standgehalten und ihre Meinung klargestellt. Jetzt schlich sich eine vorsichtige Nuance der Neugier ein.

Sie senkte den Kopf und nestelte mit Daumen und Zeigefinger an ihren Augen herum. Als sie den Kopf wieder hob, sah er, daß die Katzenaugen auf ihren Fingerspitzen lagen. Es waren Kontaktlinsen gewesen. Ihre wirklichen Augen waren chinablau. Ihr Blick war einen Augenblick lang unsicher, während sie die Kontaktlinsen in einem Plastikbehälter verstaute. Croaker hätte fast alles dafür gegeben, ihre Gedanken zu kennen.

»Sie hatten recht. Es gibt ein Tagebuch.« Sie blickte ihn

von der Seite an. »Haben Sie das Duftkissen in ihrer Kommode gesehen?«

»Natürlich. Spanischer Flieder.«

»Ihr Tagebuch duftet auch so.«

Sie hat es im Duftkissen versteckt, dachte Croaker. Ein raffiniertes Versteck für ein Mädchen, daß Geheimnisse und eine neugierige Mutter hatte. »Danke«, sagte er.

Gideon schien ihn nicht gehört zu haben. »So ist das mit älteren Menschen.« Sie legte die Kassetten wieder ins Handschuhfach zurück. »Sie glauben, daß es an der Weisheit ihres Alters liegt, wenn ihnen die Haut wie Papier an den Knochen hängt.« Sie blickte ihn an. »He, ich werde Ihnen was verraten, worüber Sie nachdenken können. Rachel hat übertrieben, klar, aber es ist verdammt sicher, daß es nicht daran gelegen hat, daß der Stoff schlecht war. Ich habe die ganze Nacht über denselben verdammten Mist genommen. Das kann ich ihnen hundertprozentig garantieren. Verstanden?«

Croaker dachte über die Schlußfolgerungen nach, die sich aus Gideons Worten ergaben. Er wußte, daß er so schnell wie möglich mit Jenny Marsh reden mußte. Warum hatte Rachel übertrieben und nicht Gideon?

»Hat Rachel in dieser Nacht viele Drogen genommen?« fragte er sanft.

»Ja.«

»Was für welche?«

Die Autos zischten an ihnen vorbei. Die Nancy-Sinatra-Kassette war zu Ende, aber sie unternahmen keine Anstalten, sie auszuwechseln.

»Am frühen Abend haben wir Acid genommen. Beim Essen haben wir vielleicht ein paar Joints geraucht. Und dann, später, als wir im Club waren, haben wir Kokain genommen.«

Croakers Finger ballten sich über dem Lenkrad zu Fäusten. »Mein Gott.«

»Wenn ich's mir jetzt überlege, glaube ich, daß wir das mit dem Cocktail besser nicht getan hätten. Alles durcheinander zu nehmen, verstehen Sie?«

»Das können Sie laut sagen.«

»Es tut mir leid.« Sie lehnte ihren Kopf an die lederne Nackenstütze. »Sie können sich wahrscheinlich gar nicht vorstellen, wie leid es mir tut.« In ihren Augen glitzerten Tränen. »Ich möchte nicht, daß ihr was passiert.«

»Ich weiß.« Da Gideon keine junge Frau war, die man einfach in den Arm nehmen konnte, um sie zu trösten, tat Croaker das Beste, was ihm sonst noch einfiel – er wechselte das Thema. »Was für ein Club war das?«

Sie wischte sich mit den Zeigefingern die Tränen aus den Augen. »Was?«

»Sie haben gesagt, daß ihr in jener Nacht in einem Club wart. In welchem?«

»Im Boneyard. Der Laden ist gleich hier an der Lincoln Road. Vorne gibt es ein Café, aber im hinteren Teil läuft diese Internet-Geschichte mit virtuellem Sex. Rachel mochte das sehr.«

»Sie nicht?«

Gideon warf ihm einen finsteren und unnatürlichen Blick zu. »Ich habe ihren Wünschen nachgegeben.«

Diese Bemerkung sank in Croakers Bewußtsein wie ein Köder ein, der in tiefes Wasser tauchte. »Eines muß ich noch wissen.« Er zog den roten Gummiball aus der Tasche. Die schwarzen Seidenbänder flatterten herab. »Sie wissen, was das ist.« Der Ball in seiner Hand glich einem bösartigen Auge, das man aus einem Schädel entfernt hatte.

»Das ist ein Knebelball. Beschissenes Sado-Maso-Zubehör.«

»Ich habe ihn auf dem Boden von Rachels Schrank gefunden. Habt ihr beiden ...«

Gideon schüttelte den Kopf. »Nicht mein Ding. Nicht *unser* Ding.«

Croaker konnte ihrem Gesichtsausdruck entnehmen, daß die Wahrheit wie Luftblasen in einem See an die Oberfläche drang. Er atmete tief durch. »Hat sie sich noch mit anderen getroffen?«

Gideon schien plötzlich verwirrt zu sein. »Vielleicht. Jedenfalls habe ich es geglaubt.« Sie seufzte. »Wir haben oft genug darüber gesprochen. Sie hat es immer geleugnet, aber ...«

Croaker bewegte sich nicht. Der Knebel schien eine Reaktion hervorgerufen zu haben, und er wollte nicht, daß sie ihn aus den Augen verlor. »Aber was?«

»Sie wissen doch, daß jeder seine empfindlichen Stellen hat, und wenn man sie berührt, explodiert man. Und die Frage, ob sie sich mit einem anderen traf, war eine von Rachels empfindlichen Stellen.« Gideon legte die Handflächen gegeneinander, als betete sie. »Ich habe Ihnen ja gesagt, daß sie suchtgefährdet war. Das hat nicht mit Drogen begonnen und auch nicht damit aufgehört.«

»Womit hat es dann begonnen?« fragte er sanft.

»Mit Sex.« Gideon schüttelte den Kopf. »Sehen Sie, für mich ist Sex was ganz Normales. Das war schon immer so. Aber bei Rachel ...« Sie spreizte die Hände. »Ich weiß nicht ... Sie schien sich immer tiefer darin zu verstricken.« Sie verschränkte ihre Finger fest. »Es war fast so, als ob sich Lust und Schuld vermischen würden, verstehen Sie? Als könnte sie diese beiden Gefühle nicht einzeln wahrnehmen.«

»Welches ist ihre Rolle?« Er ließ den roten Ball über seine Fingerspitzen rollen. »Dominant oder unterwürfig?«

»Ich weiß es nicht. Wenn wir zusammen sind, ist sie weder dominant noch unterwürfig. Wir machen halt das, worauf wir gerade Lust haben.« Sie strich sich die Haare aus dem Gesicht.

»Haben Sie eine Ahnung, mit wem sie sich getroffen haben könnte?«

»Nein.«

»Sie hat jemanden kennengelernt, mit dem die Sado-Maso-Nummer lief.«

Gideon nickte. »Das glaube ich auch.«

»Einen Mann oder eine Frau?«

»Bestimmt einen Mann.«

»Und Sie haben keine Vermutung, wer es sein könnte?«

»Nein.«

Croaker spielte weiter mit dem Ball. »Sie muß Ihnen irgendeinen Hinweis gegeben haben. Die Leute geben immer Hinweise, ob sie es wollen oder nicht.«

»Man muß schon Psychologe sein, um sie zu erkennen«, sagte sie. »Der einzige Mann, von dem ich weiß, daß sie sich mit ihm getroffen hat, ist ein Ronald Sowieso. Ihr Arzt.«

»Stansky?«

»Ja, so heißt der Typ.«

»Das weiß ich. Meine Schwester hat mir erzählt, daß sie Rachel vor sechs Monaten zu ihm gebracht hat. Es ging um die jährliche Untersuchung für die Schule. Aber Sie können nicht die ganze Zeit über mit ihr zusammengewesen sein. Sie haben die Band und sind sicher unterwegs gewesen. Sie hätte irgend jemanden treffen können, ohne daß Sie es erfahren hätten. Es sei denn, sie hätte es Ihnen erzählt.«

Irgend etwas war mit Gideons Körper geschehen. Ihre Anspannung war für Croaker so spürbar wie Mittagshitze, die vom Boden aufstieg. »Was ist los?«

»Vielleicht nichts.« Gideon spielte an ihren Gürteln mit den silbernen Metallbeschlägen herum. »Aber es ist interessant, daß Rachels Mutter glaubt, sie hätte Stansky nur einmal gesehen.«

»Warum?«

»Weil Rachel während dieser Zeit ungefähr ein halbes Dutzend Mal bei ihm war.«

»Weshalb?«

Gideon zuckte die Achseln. »Schlaflosigkeit. Menstruationsprobleme. Eine Nebenhöhleninfektion. Blutarmut. Diese Art von Problemen.« Sie bemerkte seinen Gesichtsausdruck und reagierte darauf. »Mehr kann da nicht gewesen sein.«

»Woher wissen Sie das?«

»Weil ich Rachel jedesmal hingefahren habe.«

»Moment«, sagte Croaker. »Warum ließ sich Rachel hinbringen? Sie hätte mit dem Fahrrad fahren können. Stanskys Praxis ist in Palm Beach, nicht weit von ihrer Wohnung entfernt.«

»Nein«, sagte Gideon. »Stansky hat eine Klinik in Margate.«

Margate, dachte Croaker. Der Gold Coast Exotic Car Rental liegt in Margate.

Irgend etwas begann in seinem Kopf zu klicken. Das Geräusch ähnelte einer unheimlichen Maschine, die in absoluter Finsternis lief.

Er hielt den roten Gummiball mit den Seidenbändern hoch. »Ich frage mich, ob Dr. Ronald Stansky weiß, was ein Knebelball ist.«

Gideon starrte den Ball an, als wäre er ein schwarzes Loch. »Und ich frage mich, ob das verdammte Ding ihm nicht sogar gehört.«

Croaker begleitete sie wieder zum Club und kehrte dann zu seinem Wagen zurück.

»Ich möchte Rachel sehen«, hatte Gideon gesagt, kurz bevor sie auseinandergegangen waren. »Aber nicht, wenn Matty auch da ist. Rachel will nicht, daß sie über uns Bescheid weiß, und an mir soll's nicht liegen.«

»Machen Sie sich keine Sorgen«, hatte Croaker geantwortet. »Matty wird Sie einfach für eine Freundin halten.«

»Nein«, hatte Gideon entgegnet. »Ich bin keine normale Freundin und werde auch nicht lügen.«

Croaker wußte genug über sie, um ihr Glauben zu schenken, und so hatte er ihr gesagt, wann die Wahrscheinlichkeit am geringsten war, Matty im Krankenhaus zu begegnen.

Er ließ den Motor an und gab Gas. Es kam ihm merkwürdig vor, daß er den Eindruck hatte, daß Rachel in gewisser Hinsicht Glück gehabt hatte, Gideon kennenzulernen. Knapp vor einem Lastwagen bog er auf die Washington Avenue ein, und der Fahrer hupte. Er hupte zurück, aber der Lastwagen bremste nicht ab. Der Fahrer schien auf die überwältigende Größe seines Gefährtes zu vertrauen.

Fahr zur Hölle, dachte Croaker und trat aufs Gaspedal. Der türkisfarbene Thunderbird schoß auf die Straße hinaus. Aus dem Augenwinkel sah er im Rückspiegel den riesigen Chromkühler des Lastwagens. Er schien den Spiegel zu überfluten. Der Fahrer des Lastwagens schreckte aus seiner Arroganz auf und trat auf die Bremse, während Croaker davonraste.

Als er nach links auf die Zehnte Straße abgebogen war, hatte er das Gefühl, von einer weißen BMW-Limousine mit stark getönten Scheiben verfolgt zu werden. Um sicherzugehen, bog er scharf nach links in die Pennsylvania Avenue ein. Der Motor des Thunderbirds dröhnte. Der weiße BMW beschleunigte beim Abbiegen.

Croaker sah Miami wie ein erleuchtetes Netz vor sich liegen. Miami Beach bestand im wesentlichen aus einer Gruppe von Inseln, die durch den Intracoastal-Kanal und die Biscayne Bay vom Festland getrennt waren. Es war durch eine Reihe von Dämmen mit Miami verbunden. Weil South Beach am äußersten südlichen Ende lag, wäre es eine Sackgasse gewesen, von hier aus in südlicher Richtung weiterzufahren. Es sei denn, man nahm den MacArthur Causeway, der die Fünfte Straße mit der Dreizehnten in Miami verband.

Dorthin wandte er sich.

Der Fahrer des weißen BMWs hatte das erahnt und aufgeholt und saß ihm jetzt hart im Nacken, während Croaker aus dem langsam fließenden Verkehrsstrom auf dem Damm ausscherte und sich dann wieder einfädelte. Rechts flogen Star Island und dann Palm Island und Hibiscus Island vorbei, kleine exklusive Enklaven, deren Häuser alle einen zwischen Palmen gelegenen privaten Bootsanlegeplatz hatten und riesige Zimmer mit herrlichem Ausblick auf die millionenschweren Anwesen der Bucht. In diesem Teil der Bay war genug Geld im Umlauf, daß es selbst für die höchsten Ansprüche reichte.

Obwohl er sich alle Mühe gab, konnte Croaker seinem Verfolger nicht entkommen. Auf einer geraden Strecke hätte der Thunderbird mit seinem starken Motor und dem höheren Drehmoment davonziehen können, aber wenn es um das Manövrieren zwischen anderen Fahrzeugen ging, hatte der BMW durch sein stromlinienförmiges Design und die bessere Wendigkeit einen deutlichen Vorteil.

Ganz plötzlich befanden sie sich in einer völlig anderen Welt, im steifen und modernen Hauptgeschäftsviertel von Miami, wo anonym aussehende Gebäude großer Unternehmen mit schäbigen Touristenläden wetteiferten. Der Verkehr verdunstete wie Sprühregen im tropischen Sonnenlicht. Wenn er die Wahl hatte, achtete Croaker darauf, sich immer für die offensichtliche Alternative zu entscheiden. Er wollte dem Fahrer des BMWs die Verfolgung so erleichtern, daß der seine Manöver vorausahnte.

Das war die gleiche Taktik, mit der man einen Verdächtigen während eines Verhörs im Griff behielt. Man enthüllte ihm kleine Einblicke ins eigene Ich, bis er dem Mißverständnis erlag, er hätte alles unter Kontrolle. Man mußte ihm Übereinstimmung suggerieren, um ihm dann diese Sicherheit zu nehmen. Dann war er erledigt.

Der Thunderbird durchquerte eine Reihe aufeinanderfolgender Schattenzonen. Er war jeweils für ein paar Momente für den Fahrer des BMWs nicht zu sehen, bis der begriff und seine Aufmerksamkeit nicht mehr auf die Silhouette des Thunderbirds richtete, sondern auf den Strahl der Scheinwerfer, der ihm nicht nur verriet, wo Croaker sich befand, sondern auch, wo er hinsteuerte.

Die Bürgersteige lagen so verlassen, als wäre eine Neutronenbombe explodiert. Sogar die Ganoven und Nutten waren mit den Touristen und den Kids in südlicher Richtung nach Coconut Grove ausgewandert. Das bläulichweiße Licht hüpfte auf den verspiegelten Fensterscheiben der Wolkenkratzer, aber zwischendurch erinnerte die Dunkelheit an die erstickende Undurchdringlichkeit des Dschungels.

Croaker fuhr wieder in südlicher Richtung über das letzte Stück des Biscayne Boulevards. Fast an dessen Ende angelangt, bog er in Höhe der Ersten Straße in die Zweite Avenue ab und orientierte sich weiterhin nach Süden.

Sie waren ganz allein auf der Straße und jagten durch die unruhige Großstadtnacht.

Der Gestank der Stadt, die nach heißem, rußigem Beton, Benzinabgasen und abgenutzten Gummireifen roch, vermischte sich mit einem anderen Geruch – dem des Wassers, das sich träge wie Schlamm bewegte.

Sie näherten sich dem Miami River. Croaker hatte langsam Gefallen an dem Spiel gefunden.

Der Fahrer des BMWs erkannte seine Schritte und reagierte darauf, und Croaker reagierte auf seine Gegenzüge. So hatte sich eine Art unsichtbarer Verbindung zwischen ihnen ergeben. Sie hatten wie Gegner, die mit dem Messer fuchtelten und durch ein kurzes Seil miteinander verbunden waren, die Stadt durchquert, und keiner von ihnen hatte Boden verloren oder gewonnen. Die Arena war immer noch der Abstand zwischen dem Thunderbird und dem BMW.

Doch das sollte sich jetzt ändern.

Croaker sah etwas Großes und Klotziges über sich aufragen, das zum Teil aus massiven Stahlträgern, zum Teil aus Beton bestand. Im Zwielicht der Straßenlaternen wirkte das Monstrum wie das Skelett eines Dinosauriers, der sich von seinem pechschwarzen Totenbett erhob – die neue Brickell Avenue Bridge. Er fuhr darauf zu.

An der Brücke wurde bereits seit über einem Jahr gebaut, und der Unterbau aus Beton war erst halb fertiggestellt. Der Rest des Gerüstes bestand aus nackten Stahlträgern. Die Zufahrtsstraße war gesperrt und mit hölzernen Prellböcken verbarrikadiert. Reihen von blinkenden bernsteinfarbenen Lichtern und eine mobile, elektronische Anzeige verkündeten: STRASSE GESCHLOSSEN. GEFAHR!

Natürlich.

Während Croaker sich näherte, sah er die Silhouetten von Kränen und Bulldozern, etliche Rohrnetze aus Stahl, Holzgerüste und Zementsäcke. Er fuhr direkt auf die noch nicht fertiggestellte Brücke zu. Dort, im dichten Dunkel, wollte er den Fahrer des BMWs attackieren. Wenn er nicht vorher mit Höchstgeschwindigkeit in den Fluß stürzte.

Er schaltete die Scheinwerfer aus, riß das Steuer hart nach links und steuerte den Thunderbird in eine Straße, auf der noch Stunden zuvor starker Gegenverkehr geherrscht hatte. Er beschleunigte den Wagen mit quietschenden Reifen und mobilisierte die unter der Kühlerhaube verborgenen Pferdestärken, um die Barrieren mit einem einzigen Energieschub zu durchbrechen und auf der noch im Bau befindlichen Brücke zu landen.

Croaker hatte seinen Verfolger mit den Scheinwerfern geködert. Er hatte sich in der Schattenzone verborgen, damit der Fahrer des BMWs gezwungen war, sich auf das Scheinwerferlicht zu konzentrieren, wenn er Croaker folgen wollte. Als er sich gerade an die Lichter seiner Scheinwerfer gewöhnt hatte, hatte Croaker sie abgeschaltet.

Er steuerte den Thunderbird mit der Konzentration eines Akrobaten, der über ein Hochseil balanciert, über die unfertige Brücke. Unter seinen Reifen waren blanke Eisenschienen. Wenn sich ein Reifen des Thunderbirds in den Lücken, die dazwischen klafften, verfangen hätte, wäre er sofort außer Gefecht gesetzt gewesen.

Croaker nahm den Fuß vom Gaspedal. Der Thunderbird glitt wie eine Lokomotive über die Eisenträger der Brücke. Dann trat Croaker auf die Bremse.

Das gelbe Flackern der Warnlichter beleuchtete die Umgebung mit den rhythmischen Explosionen eines Feuerwerks. Er stieg aus dem Wagen, fand eine Lücke zwischen den Prellböcken und verschwand auf der dunklen Baustelle. Er sah etwas Metallisches glitzern. Zu beiden Seiten waren Rohre und Stahlträger gestapelt. Sie wurden durch dunkle Schatten gestreift, die von einer behelfsmäßigen Rampe aus Brettern und Sperrholzplatten geworfen wurden, welche sich direkt links von ihm befand. Durch die Zwischenräume sah man die bernsteinfarbenen Warnlichter wie gigantische Juwelen blinken. Unter seinen Füßen war ein anderes metallisches Glitzern. Wasser rann in dunklen Rinnsalen durch den unteren Rohbau der Brücke.

Aus westlicher Richtung hörte er das Dröhnen eines Automotors, das sich mit dem unaufhörlichen Summen des Verkehrs auf der I-95 vermischte. Aber er war weit von diesem Geräusch entfernt, das dem eines Bienenkorbs ähnelte, und befand sich an einem düsteren und gefährlichen Ort. Es wurde ihm bewußt, daß der Job, den er hier zu erledigen hatte, mit dem Verkehrsstrom sowenig zu tun hatte wie mit den großen Schiffen, die in den nahegelegenen Inselhäfen vertäut waren. Er war allein in der Nacht und von allen und jedem so abgeschnitten wie auf der Captain Sumo, wenn er sie Meilen vom Strand entfernt durch unbekannte Gewässer steuerte.

Hinter sich hörte er ein tiefes, kehliges Dröhnen. Er wandte sich gerade rechtzeitig um, um zu sehen, daß der weiße BMW abhob. Der Fahrer hatte eine hölzerne Arbeitsrampe als Sprungbrett benutzt. Croaker schnappte sich ein Metallrohr. Der BMW flog über den Thunderbird und befand sich fast über ihm, als er seine künstliche Hand hob. Er rammte das Ende des Rohrs zwischen die Vorderachse und den Unterboden des Wagens. Der Wagen geriet in ein bogenförmiges Trudeln und landete dann auf den rechten Rädern. Das Rohr entfachte einen Funkenhagel, der dem Wagen wie bengalisches Feuer folgte.

Croaker rannte in die Schattenzone.

Irgendwo hinter ihm knallte eine Autotür zu. Er lauschte, ob noch eine zweite zugeschlagen wurde, hörte aber nichts. Eine Person im BMW. Eine Person, die ihm auf die Brücke gefolgt war.

Er studierte die Baustelle mit beinahe wissenschaftlicher Genauigkeit, indem er sie in Abschnitte aufteilte, die er dann methodisch beobachtete. Hier draußen auf der Brücke wurde das Scheinwerferlicht des BMWs durch die Maschinen und das Baumaterial in Fragmente zerlegt. Das einzige andere Licht kam von den blinkenden Warnleuchten am Fuß der Brücke.

Croaker befand sich fast über der Mitte des Flusses. Die Stahlträger wirkten wie die Stoßzähne einer ausgestorbenen Elefantenart, und das Licht schien sie zu polieren und ihnen die Farbe gelblich verfärbten Elfenbeins zu verleihen. Er blickte auf den Fluß hinab. Als er sich wieder umwandte, sah er eine Bewegung. Er verbarg sich in der Dunkelheit und machte sich dann auf den Rückweg. Es war schwierig, etwas genau zu erkennen. Die blinkenden Lichter spielten ihm Streiche, und er sah Bewegungen, wo es keine gab. Als er glaubte, einen dunklen Flecken deutlicher zu sehen als die ihn umgebenden Schatten, erstarrte er und beobachtete ihn. Es konnte die Silhouette eines Menschen sein, vielleicht aber auch nicht. Aber irgend etwas war da, das ihn entnervte.

Einen Augenblick später verlor er den Umriß aus den Augen. Er blinzelte. Hatte er sich bewegt oder war es eine Täuschung des Lichtes gewesen? Er konnte es nicht sagen, bewegte sich aber trotzdem auf die Stelle zu, wo er den Umriß gesehen hatte. Er befand sich jetzt am Rand des Stahlskeletts der Brücke. Unter ihm glänzte zwischen den nackten Knochen der Stahlträger trübe der Fluß.

In diesem Bruchteil einer Sekunde, als er auf das Wasser hinabblickte, nahm er hinter sich eine Bewegung wahr. Außer den nunmehr vertrauten Hintergrundgeräuschen der nächtlichen Stadt hatte er nichts gehört. Er hob den Kopf und wandte sich um. Da krachte der Pistolenkolben gegen seine Schläfe.

Croaker fiel auf den Stahlträger. Der säuerliche Geruch von Rost und geöltem Stahl überflutete ihn, während er sich an dem Träger festhielt. Er stöhnte, als ihn ein Stiefel mit Stahlkappe in die Rippen traf und sofort darauf ein zweites Mal in die Seite fuhr. Um zu entkommen, war er gezwungen, sich weiter auf die Brücke hinauszubegeben. Er kroch unter Schmerzen über den Träger. Unter ihm befanden sich der untere Teil des Gerüstes und der Fluß. Sein Gegenspieler folgte ihm und trat ihn wieder und wieder mit dem Schuh. Croaker konnte nicht über diesen Schuh hinaussehen und sich auch nicht so weit umdrehen, als daß er den Mann gesehen hätte, der sich über ihm erhob.

Jetzt krachte die Schuhspitze in Croakers Rippen, und sein Körper wurde vom Träger geschleudert. Die feuchte Luft schoß ihm in die Lungen, während er hinunterglitt und sich dann nur noch mit seinen Händen festhalten konnte. Jedesmal, wenn er versuchte, sich mit Hilfe seiner

Beine wieder auf den Träger zu schwingen, traf ihn der Stiefel hart gegen die Hüfte oder das Knie.

Croaker spürte, daß sich ihm vor Angst der Magen umdrehte. Dieser Mann ließ ihm keine Chance, sich zu wehren. Es blieben ihm zwei Alternativen, beide gleich unangenehm: Er konnte sich entweder weiter an dem Träger festklammern und langsam bewußtlos werden oder sich in das dunkle, stählerne Spinnennetz der Konstruktion fallen lassen. Vielleicht würde er den Sturz durch das Gewirr von Metallrohren überleben und in den Fluß stürzen, aber wahrscheinlicher war, daß er sich das Genick, das Rückgrat oder die Beine brechen würde, bevor er im Wasser landete.

Croaker tat das einzige, was sonst noch blieb. Er wartete, bis der Stiefel erneut auf ihn zugeschossen kam. Dann verlagerte er sein Gewicht so, daß er seine Kunsthand benutzen konnte, öffnete die Finger aus rostfreiem Stahl und Titan, packte den Stiefel, kurz bevor der ihn traf und riß ihn zur Seite.

Der Mann fiel auf ein Knie und trat in fast derselben Bewegung mit seinem linken Bein nach Croaker. Der Absatz des Stiefels traf ihn an der Stirn.

Croaker verlor beinahe das Bewußtsein, und seine rechte Hand löste sich von dem Stahlträger. Der Mann grunzte befriedigt, als er sah, daß Croaker sich nur noch mit einer Hand festhielt. Er holte aus, um erneut zuzutreten. Da ließ auch Croakers biomechanische Hand den Träger los.

Er stürzte in die Dunkelheit, fiel aber nur einen halben Meter tief und landete auf einem diagonalen Stützbalken. Halb betäubt klammerte er sich daran fest und starrte den Widersacher über sich an. Er warf einen schmerzverzerrten Blick auf ein verdunkeltes Gesicht und starrte in eine Pistolenmündung. Die Art und Weise, wie der Mann auf ihn zielte, und die Spannung, die seinen Körper erfüllte, verrieten Croaker, daß er die Waffe benutzen würde und es schon die ganze Zeit im Sinn gehabt hatte.

Als Kind hatte Croaker Modelleisenbahnen geliebt. Die perfekte Miniaturwelt hatte ihn fasziniert, die Bahnhöfe mit den kleinen, angemalten Fahrgästen aus Metall, die Nebengleise, wo winzige Holzstämme verladen wurden. Aber am meisten hatte er das Geräusch geliebt, das die Metallräder auf den Gleisen verursachten. Es war ein besonderes Geräusch, das ihn an ein schnellaufendes Metronom erinnert und ihn mit Wonne erfüllt hatte. Jetzt, wo er an einem der Stützbalken der nicht fertiggestellten Brücke hing, hörte er dieses Geräusch erneut.

Der andere hatte es offenbar auch gehört, denn er drehte sich um und sah den Mann, der sich ihnen näherte, ebenfalls. Obwohl Croaker nicht aufrecht stand, konnte er erkennen, daß dieser Mann groß und schlank war. Er kam vom hinteren Ende der Brücke mit hoher Geschwindigkeit auf sie zugeschossen. Wie in einem Traum sah Croaker, daß sich seine Beine mit dem gleitenden Schwung eines Eisschnelläufers bewegten, nur daß es kein Eis gab. Er glitt über die Stahlträger, als wäre er ein Geist aus einer anderen Zeit und einem anderen Land. Dann passierte er eine beleuchtete Stelle, und Croaker erkannte, daß er auf Rollerblades fuhr.

Für einen Mann, der sich mit einer so hohen Geschwindigkeit bewegte, hielt er seinen Oberkörper erstaunlich ruhig. Es war seltsam. Der Skater streckte seinen linken Arm wie ein Scharfschütze aus, aber er hielt keine Waffe in der Hand. Statt dessen sah Croaker das dunkle Glänzen eines kleinen runden Gegenstandes in seiner Hand.

Der Skater schoß durch die Luft und sauste direkt auf Croakers Gegner zu, der sich jetzt ganz von Croaker abwandte und auf den anderen Mann zielte. Er drückte ab, und das flache, häßliche Geräusch des Schusses brach sich an den Wänden. Das Echo ergoß sich wie ein auffliegender Vogelschwarm über die Baustelle.

Dann knallten der Mann und der Skater engumschlungen auf den Beton. Der Rollschuhfahrer preßte zwei Finger gegen die Schläfe des Mannes, der zu erstarren schien, als wären alle Neuronen in seinem Gehirn zeitweise lahmgelegt worden. Mit der anderen Hand rammte er den Kopf des Mannes gegen den rauhen Beton. Dann öffnete er seine schlanken Finger, und ein dunkler Stein glänzte in seiner Handfläche. Er preßte ihn wortlos hart an den Brustknochen des Mannes, der den Mund weit aufriß und dann von dem Stahlträger und dem schlüpfrigen Beton abglitt.

Croaker klammerte sich an dem diagonalen Stützbalken fest. Die körperliche Anstrengung, die Angst und ein Adrenalinstoß ließen ihn keuchen. Die Lichter, die in der Ferne blinkten, schienen sich um verrückte Achsen zu drehen. Er fühlte, daß seine Muskeln zu zucken begannen und wußte, daß er sich nicht mehr lange festhalten konnte. In diesem Augenblick blickte er zu dem Gesicht des Skaters auf, das auf ihn herabspähte und so dunkel und groß wie der Erntemond war.

Der Skater gluckste wie eine Henne. »*Madre de mentiras, Señor,* Sie haben einen verdammt beschissenen Tag erwischt.«

Es war Antonio Bonita.

Antonio kletterte herab, bis er einen Fuß gegen den Stahlträger stemmen konnte, an dem Croaker sich festklammerte. Er streckte eine Hand herab und ergriff Croakers Hand. Überraschend mühelos half er ihm auf den Träger zurück. Er setzte sich, während Croaker kniete.

Noch lange, nachdem er die Nachwehen des Schwindels abgeschüttelt hatte, preßte Croaker sein Kinn an die Brust, als wäre er besiegt. Er konzentrierte sich darauf, seinen Schmerz in einen begrenzten Bereich zurückzudrängen, während er seine Kräfte wieder aufbaute.

Dann ging er ohne Vorwarnung auf Antonio los, die stählernen Fingernägel ausgefahren. Aber der schlanke Mann wich seitwärts aus und tänzelte wie ein Geier auf seinen Rollerblades. Er schüttelte den Kopf und bewegte einen warnend erhobenen Finger nach rechts und nach links. Dann kamen ein zweiter, dritter und vierter Finger hinzu, und mit jedem Finger zauberte er einen dunkelgrünen Stein hervor, der glatt wie Glas war.

»Heute nacht nicht, *Señor*. Niemals.«

Croaker starrte auf die Steine und fragte sich, was für Kräfte von ihnen ausgingen. Und obwohl er wußte, daß

Antonio genau das wollte, hielt er inne, weil Estrella Leyes und seine eigenen Erfahrungen mit Bennies Zauberstein ihn genügend gewarnt hatten. Im Augenblick konnte er nichts gegen Antonio ausrichten.

Er setzte sich wieder und versuchte sich zu entspannen.

Antonio nickte. »Ich weiß, daß es für Sie schwer ist, Ruhe zu finden.« Er schien befriedigt zu sein, als läge ihm etwas daran, daß Croaker sich beherrschte.

Obwohl er von Schmerzen gepeinigt wurde, bewahrte Croaker einen gleichmütigen Gesichtsausdruck. »Warum haben Sie mir das Leben gerettet?«

Antonio trat zu ihm und zuckte die Achseln. »Ich mag Sie.«

»Das war schon das zweite Mal.« Croaker streckte seine verkrampften Muskeln. Vorsichtig vermied er hastige Bewegungen. »Ihr Bruder wollte mich umbringen.«

»Sie sollten nicht davon ausgehen, Heitors Gedanken zu kennen, *Señor*.«

»Auch Ihre kenne ich nicht. Sie haben Sonia ermordet.«

Antonio schwieg. Seine bernsteinfarbenen Augen musterten Croaker so leidenschaftslos, als wäre er ein Exemplar irgendeiner Tierart auf einem Labortisch.

»Und trotzdem sind Sie zu ihrem Haus gekommen und haben vorgegeben, Sonias Bruder Carlito zu sein.«

»Ich wollte Sie sehen, *Señor*.« Antonio legte eine Pause ein. Seine Ruhe war entnervend. Croaker wußte jetzt, daß Antonio der Schatten gewesen war, dem er auf dem Stahlträger mit den Augen gefolgt war. »Nein. Es war mehr. Ich wollte Ihnen begegnen.«

»Um mich anzulügen? Was war das für ein Unsinn mit Carlito und Rosa?«

Antonios bernsteinfarbene Augen verfinsterten sich. In Südostasien war Croaker öfter zur Jagd auf Tiger mitgenommen worden, riesigen, leisen Bestien, die starke und schlaue Jagdmaschinen waren. Aber man hatte ihm erzählt, daß diese Eigenschaften im Vergleich zu dem, was sie so gefährlich machte, nur sekundär waren. Entscheidend war, daß Tiger unvorhersehbar handelten. Man wußte nie, was sie im Schilde führten, wann sie springen und einem mit den Klauen das Fleisch von den Rippen reißen würden. Antonio wirkte in der nur durch das flakkernde gelbe Licht erhellten Finsternis wie eine dieser riesigen Dschungelkatzen – schlank, schnell, tödlich und unberechenbar.

»Andere lügen Sie an, *Señor*. Aber als ich mich als Carlito ausgegeben habe, habe ich die Wahrheit gesagt. Carlito hat für uns gearbeitet, genau wie ich es Ihnen erzählt habe. Wir operieren so, wie ich es Ihnen beschrieben habe. Wir räumen unseren Mitarbeitern eine große Selbständigkeit ein. Als Gegenleistung erfreuen sie uns mit Reichtümern. Sie genießen einen exklusiven Lebensstil und werden unberührbar. Eine Zeitlang gleichen sie Halbgöttern.«

»Und Carlito?«

»Er war genau so, wie ich es Ihnen beschrieben habe – energisch und mit einem starken Willen. Ein großer Fisch. Aber er war auch … Wie soll ich es ausdrücken … ein bißchen zu unabhängig.«

»Und deshalb haben Sie ihn umgebracht.«

»In gewisser Weise trug er die Verantwortung für sein Ende selbst, *Señor*. Er wußte, worauf er sich eingelassen hatte. In dieser Hinsicht reden wir mit unseren Angestellten Klartext. Betrug – gleichgültig auf was für einer Ebene tolerieren wir nicht.«

Wenn Antonio ihn so wie jetzt anlächelte, spürte Croaker eine Verbindung, die ihn bis ins Mark erschütterte.

»Jetzt verstehen Sie mich«, sagte Antonio. »Mein Lebenswerk besteht darin, Leute zur Sünde zu verführen. Wenn ich diese Schwäche bei ihnen erkenne, bestrafe ich sie.«

Was für ein rätselhafter Mann. Und doch schien er bemüht, sich Croaker zu offenbaren.

»Haben Sie Bennies Schwester Rosa geliebt? Haben Sie sie gefragt, ob sie Sie heiraten will? Entsprach das der Wahrheit? Kaum. Sie haben sie umgebracht.«

»Trotzdem war es die Wahrheit, *Señor*. Jedes einzelne Wort stimmte.«

Croaker schüttelte verständnislos den Kopf. »Was wissen Sie schon von Liebe? Sie töten jeden, den Sie berühren.«

»Nicht jeden.« Antonio spitzte die Lippen. »Aber es ist wahr, daß die Menschen, die in meiner Umlaufbahn landen, am Ende schwach werden. Sie sind Sünder. Das ist nur menschlich.«

»Und Ihrer Meinung nach müssen Sünden bestraft werden.« Croaker bewegte sich. Er konnte keine Position finden, in der sein Körper nicht schmerzte. »Warum? Sie sind nicht Gott und haben in solchen Angelegenheiten nicht zu entscheiden.«

»In Asunción war ich ein Gott. Todkranke Menschen ohne jede Hoffnung kamen zu mir. Sie gaben mir alles, was sie hatten, und ich habe sie geheilt.«

Das Geheimwissen, das Bennies Großvater an die Bonita-Zwillinge weitergegeben hatte. Die magnetisierende Kraft des Blickes, der einen wehrlos machte.

»Dieser Typ, der mich umlegen wollte. Was haben Sie mit ihm gemacht?« fragte Croaker.

Antonio grinste und zeigte ihm seine linke Hand, in der ein dunkelgrüner Stein aufblitzte.

»Die Dunklen Steine wissen es«, sagte Croaker. »Das haben Sie im Laderaum des Kleinlasters gesagt. *Hetá I.*«

Antonios Grinsen erlosch. »Wer hat Ihnen das verraten?« Auch der Stein verschwand. »Was immer Sie über *Hetá I* zu wissen glauben, vergessen Sie es. Das ist ein vernünftiger Ratschlag, den ich Ihnen als Freund gebe.«

»Wir sind keine Freunde, Antonio.«

Antonio erhob sich schweigend und majestätisch wie ein Kranich aus dem Schilf. »*Escuchame, Señor.* Hören Sie mir zu. In diesem Leben gibt es keine Freunde.«

»Woher wußten Sie, daß ich hier bin, Antonio?« rief Croaker ihm nach, während Bonita in der Dunkelheit verschwand. »Woher wußten Sie, daß ich in Sonias Haus war?« Er erhielt keine Antwort.

Er richtete sich auf, stand auf seinen verkrampften Beinen da und hob die Stimme. »Ich werde Sie zur Strecke bringen, Antonio. Für das, was Sie Sonia und Vonda angetan haben.«

Das sanfte Murmeln der in der Ferne vorbeifahrenden Autos, das regelmäßige Blinken der gelben Warnleuchten am Fuß der Brücke, das leise Plätschern des trägen Flusses weit unten – eine inzwischen vertraute Atmosphäre.

Aus der Dunkelheit ertönte Antonios Stimme: »Auch Sie sind in meiner Umlaufbahn gelandet, *Señor*. Aber bis jetzt sind Sie eine Ausnahme. Sie haben noch nicht gesündigt.«

Eine Möwe kreischte, und das verlorene Geräusch klang nicht weniger explosiv als ein Pistolenknall. Croaker rüttelte sich wach und kehrte in die Realität zurück, was nicht so einfach war. Antonio Bonitas Zauber war mächtig.

Er ging zu der Stelle in der Dunkelheit, wo der unbekannte Killer lag. Er war jung, nicht älter als dreißig, kräftig, wog bestimmt über zweihundert Pfund. Er trug leichte und praktische schwarze Baumwollkleidung. Die Art von Kleidung, die man nachts anhatte, wenn man mit den dunklen Hintergründen verschmelzen wollte. Der untere Teil seines Gesichtes war blutüberströmt. Seine Wangen und die Stirn waren rußverschmiert, so daß sein Gesicht selbst im schwachen Licht nicht aufgefallen wäre.

In diesem Augenblick öffnete der Mann seine grauen Augen, und Croaker war durch den Schock wie gelähmt.

Die linke Hand des Mannes ballte sich zu einer Art Faust, und die Knöchel, von Hornhaut und Narben häßlich entstellt, schossen in einem präzisen Winkel nach oben. Croaker, der viele Prügeleien erlebt hatte, erkannte die einleitenden Bewegungen, die für Karate charakteristisch sind. Die Faust krachte in seine Rippen, und er grunzte vor Schmerz. Dann traf der Mann Croaker mit dem Knie und setzte nach. Es war ihm ernst.

In einem Kampf besaß ein erfahrener Angreifer nur zwei Möglichkeiten: Er mußte sein Opfer lähmen, oder er mußte es töten. Es war eindeutig, daß dieser Mann Croaker umbringen wollte. Er versuchte, ihn gegen die Kehle zu treffen.

Croaker rollte zur Seite, und der Schlag traf ihn am Schlüsselbein, war immer noch kräftig genug, um ihm für einen Moment den Atem zu rauben. Der Mann trat Croaker brutal gegen das Schienbein und holte dann zum tödlichen Schlag aus. Croaker keuchte vor Schmerz und nutzte seine letzte Chance. Er krallte seine künstlichen Finger um die Kehle des Mannes und drückte mit dem Daumen zu. Der Knorpel des Kehlkopfes zerbrach, und der Mann war innerhalb von Sekunden tot.

Einen Menschen zu töten war nie einfach, und selbst wenn man keine andere Wahl hatte, machte einen die Tat seelisch krank, auch wenn manche das Gegenteil behaupteten. Wenn man erst einmal einen Menschen getötet hatte, war man für immer ein anderer. Es blieb eine innerliche Wunde zurück, die auch die Zeit nicht heilen konnte.

Croaker durchsuchte die Taschen des Toten und fand ein Bündel von zehn Hundert-Dollar-Scheinen, etwas Reservemunition und einen Schokoriegel. Schokolade für einen schnellen Energiestoß. Er löste den Gürtel des Toten, streifte die Stiefel mit den Stahlspitzen ab und untersuchte sie.

Kein Ausweis. Keine Schlüssel. Hatte er sie im BMW gelassen? Er ging zu dem weißen Auto. Die Schlüssel steckten noch im Zündschloß. Croaker durchsuchte den Wagen, fand aber nichts. Er warf einen Blick auf das Nummernschild und sah, daß es eines jener Kennzeichen war, die für Autohändler reserviert waren. Es war gestohlen, und so gab es keine Möglichkeit, seine Herkunft zurückzuverfolgen. Der Mann war ein Profi gewesen.

Auf dem Rückweg fand Croaker die Pistole, einen bearbeiteten 38er Colt Special. Eine der Veränderungen bestand darin, daß um den Griff ein schwarzes Klebeband gewickelt worden war. Außerdem war die Seriennummer abgefeilt worden. Kriminelle benutzten solche Waffen, aber auch die Agenten der ACTF.

Wer war dieser Mann? Croaker wußte es nicht, aber er wurde von einem Schauer der Vorahnung gepackt, als er die Kugeln über seine Handfläche rollen ließ. Er brauchte besseres Licht, um ganz sicher zu sein.

Er starrte auf die Leiche. Wie hatte Antonio es geschafft, ihn zu paralysieren? Er hatte nur zwei Finger gegen seine

Schläfe gepreßt und ihm dann einen seiner Zaubersteine gegen das Brustbein gedrückt. Warum? Er mußte mit jemandem reden, der sich mit *Hetá I* der Guarani auskannte. Estrella Leyes.

Er schlich vorsichtig zu der Stelle zurück, wo der dunkle Thunderbird stand, streckte die Hand durch das Seitenfenster und drehte den Schlüssel im Zündschloß. Im Licht der Scheinwerfer prüfte er die Kugeln erneut. Dark Stars[6], maßgefeilt. Die Köpfe wirkten wie ein Schrapnell und explodierten im Körper des Opfers. Sie richteten großen, meistens tödlichen Schaden an, selbst wenn man ein lebenswichtiges Organ verfehlte. Und die Ballistik-Experten fanden nichts außer unidentifizierbaren, deformierten Metallteilchen.

Croaker fühlte sich, als stürzte er in einem Lift aus dem einhundertsten Stock eines Hochhauses in die Tiefe. Er kannte diese Munition, hatte sogar selbst schon einmal Gelegenheit gehabt, sie zu benutzen. Diese Kugeln gehörten zur Ausrüstung der Undercoveragenten der Anti-Cartel Task Force.

Nachdenklich setzte er sich hinter das Lenkrad. Er blickte in den Rückspiegel. Er war so bleich, als hätte er gerade ein Gespenst gesehen. Er ließ die Munition in der Tasche verschwinden.

Tief in Gedanken versunken, gab er Gas und fuhr in nördlicher Richtung davon.

Was für eine Hydra hatte er geweckt? Er war offenbar dabei, in ein Geheimnis vorzudringen, das tabu war. Das Developing Capital Countries Trade Relations Bureau, kurz DICTRIB. Hatte ihn die ACTF, jene Abteilung, für die er einst als freier Mitarbeiter gearbeitet hatte, deshalb auf die Todesliste gesetzt? Vielleicht konnte Ross Darling, der Mann, der seinen Computerzugang blockiert hatte, seine Fragen beantworten. Wenn er nicht versuchen wür-

---

6 Der Name ist eine Anspielung auf die *schwarzen Löcher* (Black Hole, Black/Dark Star) im Universum.

de, den Job zu vollenden, mit dem man den Killer beauftragt hatte.

Croaker erreichte South Beach und parkte in einer stillen, von Bäumen gesäumten Straße, die drei Blocks vom Ocean Boulevard entfernt war. Es war halb vier morgens, und er brauchte etwas Schlaf. Es blieben nur noch wenige Stunden, bevor er Ross Darling treffen würde.

Er schleppte sich aus dem Thunderbird und stieg die Stufen des kleinen Stuckgebäudes hinauf. Die Fassade war kürzlich renoviert worden. Sie war tiefblau und purpurn gestrichen, und die Art-déco-Farben stimmten mit denen überein, die bei den Luxusrenovierungen in der Umgebung benutzt worden waren. Croaker war nicht erstaunt, daß die Eingangstür offen war. Sie wurde nie abgeschlossen.

Er befand sich in einer Kirche, der St. Francis of the Palm Church, die von allen in der Nachbarschaft nur Surfers' Church genannt wurde. Der neue Priester hatte vor sechzehn Monaten ein großangelegtes Programm gestartet, um verlorene Jugendliche, deren Leben durch ihre Kokain- oder Heroinsucht gefährdet war und die South Beach wie eine Algenflut überschwemmten, um sich zu scharen. Wie erfolgreich er letztendlich gewesen war, blieb ein weiteres religiöses Geheimnis.

Die Innenräume von Kirchen hatten etwas Besonderes, fand Croaker. Es herrschte dort eine Stille, die die Seele ansprach. Man mußte kein praktizierender Christ sein, um die besondere Atmosphäre von Liturgie, gebeichteten Sünden und Abendmahl zu empfinden. Es kam ihm vor, als hätte sich diese Atmosphäre über Jahrhunderte hinweg nicht verändert, und das war natürlich auch der Zweck. Wo immer man geboren worden war, man sollte das Gefühl empfinden, daß man nach Hause zurückkehrte, sobald man die heilige Schwelle übertreten hatte.

Croaker war nicht heuchlerisch genug, um sich an religiöse Riten zu halten, an die er nicht glaubte. Und trotzdem fühlte er, daß das Adrenalin aus seinem Körper wich, während er sich in eine hölzerne Kirchenbank setzte und die Atmosphäre des Ortes einsog.

Die Gewölbe in dem cremefarbenen Stuckinnenraum waren mit dunklen Holzbalken mit nackten Eisennägeln versehen, deren Köpfe im Durchmesser seinem Daumennagel entsprachen. Der geschnitzte Holzaltar war mit einem heiligen Tuch bedeckt. An der hinteren Wand ragte ein Bild des gekreuzigten Jesus auf, und an den beiden Seitenwänden sah man bemalte Gipsstatuen der Jungfrau Maria und des Heiligen Franziskus. Der Raum roch nach Kerzenwachs, nach dem alten Gemäuer und dem Meer.

Croaker legte seine Unterarme auf die Rückenlehne der Kirchenbank vor sich und bettete seinen Kopf auf dieses improvisierte Kissen.

Zum Glück konnte er sich nicht mehr an den Augenblick erinnern, da er auf den Abzug gedrückt und zum erstenmal einen Menschen getötet hatte – Ajucar Martinez. Später hatten die Leute Martinez gewöhnlich als Verrückten bezeichnet, aber Croaker hatte es besser gewußt. Martinez war nicht verrückt, sondern ein dämonisches Monster gewesen. Er hatte genau gewußt, was er tat, als er der Reihe nach die fünf Nutten abgeschlachtet hatte. Croaker hatte Majeur, was Martinez betraf, nicht die ganze Wahrheit erzählt. Martinez hatte nicht nur die Gesichter seiner Opfer mit dem Rasiermesser verunstaltet und ihnen die Brüste abgeschnitten. Er hatte sie auch gezwungen, sie zu essen, bevor er ihnen die Kehle durchgeschnitten hatte. Irgendwo in diesem Universum mochte es vielleicht ein Wort geben, das einen solchen Menschen beschrieb, aber Croaker kannte es nicht. Er hatte Martinez erwischt, und als Martinez ihn mit dem Rasiermesser angegriffen hatte, das er so routiniert einzusetzen wußte, hatte Croaker ihm ins Knie geschossen. Aber das hatte nicht genügt, um Martinez zu stoppen, dessen Lust zu töten und immer weiter zu töten, einem mächtigen Rausch glich. Es hatte noch nicht einmal genügt, um ihm das Maul zu stopfen. Sein improvisierter Monolog war entsetzlich gewesen – er hatte Croaker in allen Details beschrieben, wie er die Huren umgebracht hatte. Vielleicht deshalb hatte Croaker Martinez zweimal ins Gesicht geschossen.

Der Sekundenbruchteil zwischen Leben und Tod kam ihm undurchsichtig vor wie das winterliche Eis in den Adirondack Mountains im Staate New York. Aber Ajucar Martinez' Gesichtsausdruck war nicht undurchsichtig gewesen. Unter einer zerschmetterten Stirn und über seiner Kehle und den Kiefern, die völlig zerfetzt waren, hatten ihn seine Augen starr angeblickt. In diesem Blick hatte Croaker nicht nur die Gewißheit erkennen können, daß Martinez tot war, sondern auch ein Stück seines eigenen Lebens. Das hatte ihn so geschockt, daß er einen Augenblick lang geglaubt hatte, sein Herz hätte zu schlagen aufgehört.

Wie bei einem Tier, dessen Gesicht vom Kampf vernarbt war, hatte sich irgend etwas in Croakers Innerem unwiderruflich verbraucht, das mit dem Kampf ums Überleben zu tun hatte. Das alles hatte plötzlich nicht mehr zu ihm gehört, und nichts würde wieder wie früher sein. Deshalb – und nicht wegen Martinez' Blut – hatte er sich abgewandt und sich erbrochen.

In jener Nacht war er in seinen Träumen verfolgt worden. Die unbarmherzige Macht war immer hinter ihm hergewesen, gleichgültig, wohin er zu flüchten versuchte, welche Haken er schlug und wo er sich zu verstecken suchte.

Als er aufgewacht war, hatte er sich in dem grauen Morgenlicht schnell angekleidet. Unrasiert, ungewaschen und ohne seinem verkrampften Magen ein Frühstück zu gönnen, suchte er die kühle, hallende Kapelle Santa Maria Gloriosa auf. Croaker war viele Jahre nicht in seiner Heimatkirche gewesen, aber damals war sie für ihn zum letzten Asyl geworden. Er kniete sich unter den großen Fenstern mit den Glasmalereien nieder, wo Matty und er vor Jahren gefirmt worden waren. Er sprach mit niemandem, noch nicht einmal mit Pater Michael, als der an ihm vorbeiging. Croaker wußte, daß er ihn erkannt hatte.

Am Nachmittag sagte er die Verabredung mit seiner Freundin ab, weil er mit Angela so wenig hätte sprechen können wie mit Pater Michael. Er war mit dem Wissen aufgewacht, wer ihn in den Träumen verfolgt hatte, die seiner eigenen Einbildungskraft entsprungen waren: Gott.

Croaker bewegte sich. Es war eine Art Kunst, an unbequemen und ungemütlichen Orten schlafen zu können. Wenn man nicht wußte, was man tat, wachte man am Morgen mit einem so steifen Hals auf, daß man ihn nicht drehen konnte, ohne Kopfschmerzen zu bekommen. Er legte sich auf die Bank und blickte aus dem Seitenfenster, beobachtete die Bewegung der Blätter unter den Straßenlaternen. Durch die Art, wie sie das Licht brachen, schienen sie die einfachen Glasfenster in die Glasmalereien von Santa Maria Gloriosa zu verwandeln.

Nach einer Weile schloß er die Augen. Er träumte, daß er sich an einem ruhigen und friedvollen Ort befand. Das blaugrüne Licht glühte wie verhangenes Sonnenlicht auf den Kanten eines Diamanten. Er trieb auf einem diffusen und sich bewegenden Bett dahin. Dann fuhr er mit pochendem Herzen auf und erkannte, daß er mit dem Gesicht nach unten im Wasser lag. Er hatte die Arme weit ausgestreckt, und seine Lungen brannten. Er sehnte sich danach, Atem zu holen, aber er wußte, daß er dann ertrinken würde. Doch schließlich konnte er es nicht mehr aushalten und öffnete den Mund, um Atem zu schöpfen …

Stone Tree hatte ihm einst etwas über einen Riesen erzählt, der unsichtbar unter dem Horizont lag. Wenn dieser Riese nach einem langen nächtlichen Schlaf seine Augen voller Perlen öffnete, schickte er noch vor dem Sonnenaufgang reflektierendes Licht in den Himmel.

Croaker wachte auf und stellte fest, daß der Himmel nicht mehr dunkel war.

2.

Das Flamingo-Park-Stadion war um sechs Uhr morgens nicht ganz so verwaist, wie man es vielleicht erwartet hätte. Es lag am westlichen Rand von South Beach und war von niedrigen und mittelhohen Gebäuden umgeben, die aus den vierziger oder fünfziger Jahren stammten. Die Anwohner wurden durch eine protzige, luxuriöse Stadtsanierung belästigt. Die Renovierung – Neuanstrich der Fassaden und Überholung der Wohnungen – ging so weit, daß die ursprüngliche Qualität sogar übertroffen wurde. Arbeiter betraten und verließen die Häuser, deren Türen offenstanden, und an den Wänden hingen Schilder, auf denen EIGENTUMSWOHNUNGEN ZU VERKAUFEN zu lesen war.

Die Geschäftsleute waren zu dieser frühen Stunde noch nicht da, aber gegenüber, in der Meridian Avenue, warfen die Kids Hartgummibälle über die karoförmigen Baseballfelder. Andere fuhren auf dem Bürgersteig vor dem Stadion Skateboard. Ausgelassen bellende Hunde jagten sich gegenseitig über die Spielfelder. Der Duft frisch gekochten Kaffees vermischte sich mit dem von Jacaranda und Jasmin.

Croaker hatte seine Hemdsärmel aufgekrempelt und gab einem neunjährigen Jungen aus dem Stegreif eine Bunting-Trainingsstunde?[7] Bunting war, wie Phil Rizutto es so gern ausgedrückt hatte, eine »in Vergessenheit geratene Kunst«. Für jemanden, der nur ein paar Stunden geschlafen hatte, spielte Croaker seinen Part mit merkwürdig klarem Kopf.

Der Grund dafür war, daß er vor ein paar Augenblicken Rafe Roubinnet angerufen hatte. Rafe schlief nie; er liebte es, an Bord seines fünfundsechzig Fuß langen Katamarans den Sonnenaufgang zu beobachten. Nach dem Zwischenfall auf der Brickell Bridge brauchte Croaker einen sicheren Zufluchtsort. Die Wohnung seiner Schwester stand nicht zur Debatte, und bezüglich Sonias Haus wußten die Bonitas Bescheid. Rafe war die logische Alternative: Er war ein Freund, und er stand in Croakers Schuld. Die Beziehungen des Expolitikers und sein scharfer Verstand waren jetzt unschätzbare Aktivposten. Rafe hatte zugestimmt, ihn um ein Uhr mittags im Miami-Jacht-Club zu treffen.

»So wird's gemacht«, sagte Croaker zu dem sommer-

---

7 Beim Bunting (Baseball) wird der Ball mit dem Schläger nicht zurückgeschlagen, sondern nur zur Seite gelenkt. Man läßt ihn ›abtropfen‹.

sprossigen neunjährigen Ricky. »Du willst den Ball hart genug treffen, damit er hinter dem Catcher landet, aber nicht so hart, daß der erste oder dritte Baseman ihn rechtzeitig kriegt, um dich auszuspielen.«

»Was das Schlagen betrifft, bin ich ein Champion«, sagte Ricky. »Ich kann den Ball überall hinspielen. Sie glauben, ich mach' Witze? Passen Sie auf.« Er schwang den Baseballschläger vorbereitend hin und her. »Rechtes Feld«, rief er und traf den Ball, den ein anderer Junge ihm zuwarf, prompt. »Center.« Er schlug den Ball an der Mittellinie entlang. Er legte den Schläger auf seine Schulter und grinste. »Es ist ein Trick. Julio – er ist der Werfer – spielt mir den Ball immer so zu, daß ich ihn hinschlagen kann, wo ich will.« Er zuckte die Achseln. »Aber vom Bunting habe ich keine Ahnung. Das ist nicht so einfach.«

»Laß es uns versuchen.« Croaker beobachtete den Jungen. Er übte beim Bunting zuviel Druck auf den Schläger aus und hatte das falsche Timing.

»Du darfst den Schläger nicht einfach nur halten«, riet er Ricky. »Du mußt ihn wiegen. So.« Croaker blickte nicht auf, auch dann nicht, als sich ein Mann mit krummen Schultern aus dem letzten Rest Schatten am großen Eingang an der Meridian Avenue löste. Sein Haar war vorzeitig ergraut, und er hatte so rote Wangen, daß es schien, als wäre er gerade von einem Dauerlauf bei kaltem Wetter zurückgekommen. Er besaß blaßblaue Augen von der Farbe seichten Wassers, und sein Haar war kurz geschnitten wie das eines Häftlings. Der Mann war ohnehin nicht jung, aber sein Haarschnitt ließ ihn noch älter erscheinen. Einem Gesicht wie seinem begegnete man heute nur noch selten. Er erinnerte gleichermaßen an einen Sheriff und einen Richter. Vielleicht hatte er schon zu viele menschliche Abnormitäten gesehen, weil irgend etwas an seinem Benehmen den Eindruck erweckte, daß man ihn nicht mehr überraschen konnte.

Der Mann schritt bedächtig auf das Gitter hinter dem Fängerplatz zu. Er besaß den schweren, gleichmäßigen Gang eines alten Boxers, der den Ring betritt. Seine Schritte bestanden aus einem Teil Vorsicht und zwei Teilen Resignation.

Er trug einen dieser Reiseregenmäntel, die man zusammenfalten und in der Tasche verschwinden lassen konnte. Der Mantel war hauchdünn und so zerknittert wie die Haut eines Elefanten. Darunter sah man einen holzkohlefarbigen Anzug mit schmalem Revers. An den Füßen hatte er mit Troddeln verzierte Slipper. Vielleicht ein Frühaufsteher auf dem Weg zur Arbeit.

»Es wird Zeit, daß wir miteinander reden«, sagte er, als er hinter Croaker stand.

Croaker flüsterte Ricky etwas zu, während er den Griff seiner Hände an dem Baseballschläger veränderte. Als Ricky nickte, drehte sich Croaker um und schritt die erste Grundlinie hinab. Der weißhaarige Mann mußte sich beeilen, um ihn einzuholen.

»Ich nehme an, Sie sind Ross Darling.«

»Wie klug Sie sind.« Darling mußte in seinem Regenmantel schwitzen; er bestand aus einem dieser fürchterlichen Gewebe, die nicht atmungsaktiv waren.

Croaker ging mit schnellen Schritten weiter. »Sind Sie der Typ, der meinen ACTF-Code annulliert hat.«

»Was hatten Sie mit Ihrem Code im Dicktribe-Revier zu suchen?«

»So sprechen Sie DICTRIB aus?«

»Reden Sie leise und achten Sie auf das, was Sie sagen.« Ross Darling hüllte sich enger in seinen Regenmantel, als würde er plötzlich frieren. »Was glauben Sie, was Sie da getan haben? Denken Sie, Sie hätten mit Mamis Plätzchendose herumgespielt?«

Das kann ja lustig werden, dachte Croaker. Zwei erwachsene Männer, die sich gegenseitig mit Fragen bombardieren, ohne daß viel Hoffnung besteht, auch nur eine einzige Antwort zu bekommen. Aber es konnte nicht schaden, es wenigstens zu versuchen. »Ich nehme an, daß die Distributionsnummern, die ich in den Computer eingegeben habe, zur DICTRIB-Datenbank gehören, weil Sie meinen Zugang annulliert haben.«

»Falls sie korrekt waren, hätte ich wissen wollen, was ein Typ wie Sie damit vorhat. Ich hätte ein Treffen mit Ihnen vereinbart und Ihrer Computer-Wilderei ein Ende bereitet, klar?«

Croaker seufzte. »Und jetzt werden Sie gleich eine Knarre zücken und mich bedrohen.« Er stand mit gespreizten Beinen über der ersten weißen Grundlinie.

»Es stimmt, daß ich Ihnen nicht traue«, sagte Darling. »Aber ich glaube nicht an Pistolen. Sie sind laut und primitiv, und am schlimmsten ist, daß sie einen denkfaul machen. Wenn man eine Waffe in der Hand hält, muß man nicht mehr überlegen, oder?«

Sein rechter Arm schoß vor, und im Bruchteil einer Sekunde hatte er Croakers künstliche Hand mit einem schwarzen Metallring umschlungen. »Das ist eine Titan-Molybdän-Legierung, die selbst Sie nicht kleinkriegen. Eine Spezialanfertigung.« Er sprach in einem nüchternen Tonfall, ohne Selbstüberschätzung.

Die Handschelle hielt Croakers Hand fest. Er konnte seine Finger nicht bewegen, sie nicht einmal krümmen. »Sie sind also ein Denker, Darling.«

Croaker stampfte mit dem Fuß auf den Kalk der ersten Grundlinie, eine Bewegung, die Verärgerung und Frustration auszudrücken schien.

Man hörte das scharfe Krachen eines Baseballschlägers. Darling duckte sich schnell, und der Ball schoß haarscharf an ihm vorbei.

In diesem Augenblick preßte Croaker sich gegen ihn. »Nehmen Sie das Ding von meiner Hand«, flüsterte er ihm ins Ohr.

»Was?« Darling erstarrte als er den metallischen Gegenstand spürte, der ihm gegen die Wange gedrückt wurde.

»Das ist ein 38er Colt Special«, sagte Croaker.

Darling reagierte einen Augenblick lang nicht. Er atmete gleichmäßig. Croaker konnte beinahe hören, wie er alle Wahrscheinlichkeiten durchspielte. Dann öffnete er vorsichtig die Handschelle aus der Titan-Molybdän-Legierung.

Croaker hielt Darling den 38er unter die Nase. Während der die Waffe betrachtete, winkte Croaker Ricky zu, der Darling den Mittelfinger zeigte und dann Croaker zurückwinkte. Sein Tritt auf die erste Grundlinie war das Signal für den Jungen gewesen, mit einem Ball auf Darling zu zielen. »Um den Griff ist schwarzes Klebeband gewikkelt, und die Seriennummer ist abgefeilt worden. Kommt Ihnen das bekannt vor?«

»Sollte es?« fragte Darling sanft. Er hatte sich bereits von dem kleinen Schicksalsschlag erholt.

Croaker steckte die Hand in die Tasche. »Die Waffe ist mit dieser Munition geladen.« Er hielt eine der maßgefertigten Kugeln hoch. »Ich erinnere mich gut, wie wir diese Kugeln nannten, Darling. Dark Stars, wie die schwarzen Löcher im All. Weil sie genau das hinterlassen, wenn sie treffen – ein verdammtes schwarzes Loch.«

»Sie hören sich ziemlich schlecht gelaunt an.«

»Das liegt daran, daß man mich als Zielscheibe ausgesucht hat.« Croaker fuchtelte mit dem 38er Colt Special herum. »Heute nacht hat jemand versucht, mir mit dieser Knarre den Kopf wegzublasen.«

»Guter Gott. Die Situation ist schlimmer, als ich gedacht habe«, sagte Darling.

»Was zum Teufel soll das heißen?«

»Sie sind offiziell zur Streichung freigegeben worden«, sagte Darling. »Wie gefällt Ihnen dieser bürokratische Euphemismus?«

Die Sonne war über den niedrigen Wolken am östlichen Horizont aufgegangen und schickte ihre Strahlen über die Tribünen. Der dunkle, halbmondförmige Schatten, den der oberste Rang der Tribünen warf, umgab das Spielfeld.

»Jetzt lichtet sich der Nebel«, sagte Croaker. »Na klar. Jetzt verstehe ich, warum Sie mich umlegen lassen wollten.«

»Das würde keinen Sinn machen«, sagte Darling. »Denken Sie darüber nach. Warum sollte ich ein Treffen mit Ihnen vereinbaren und in der Zwischenzeit Ihre Exekution anordnen?«

»Sagen Sie es mir.«

»Ich würde so was nicht tun und habe es auch nicht getan«, sagte Darling. »Außerdem weiß ich, wer es war.«

Für einen Mann, dem eine Pistole an den Kopf gepreßt wurde, war Darling beängstigend ruhig. Während Croaker darüber nachdachte, nahmen seine Augen eine Bewegung wahr, die kaum zu sehen war. Der Schatten, der von den Tribünen geworfen wurde, hatte seine Form geändert. Etwas ragte geringfügig über die symmetrische Kurve hinaus und zog Croakers Aufmerksamkeit auf sich. Es war direkt hinter Darlings linker Schulter zu sehen und befand sich mehr oder weniger Croaker gegenüber. Wenn er aufgeblickt hätte, hätte er vielleicht erkannt, was die Form des Schattens verändert hatte. Vielleicht auch nicht. Er hätte direkt in die Sonne sehen müssen.

»Okay, ich beiße an«, sagte Croaker. »Wenn Sie den Mordversuch nicht angeordnet haben, wer hat es dann getan?«

»He, ich habe eine Idee«, sagte Darling spitzbübisch. »Lassen Sie uns reinen Tisch machen. Sie sind sauer, weil man Sie zum Abschuß freigegeben hat. Und ich bin sauer, weil ich nicht weiß, was zum Teufel ein freier Mitarbeiter der ACTF mit geheimen Dicktribe-Codenummern zu schaffen hat.«

Croaker preßte die Mündung des 38ers härter gegen Darlings Schläfe. »Hören Sie zu, Sie kleiner Scheißer. Ich weiß, daß es eine ACTF-Anweisung gibt, die besagt, daß niemand vom DICTRIB-Personal Zugang zum Computernetz erhält. Es ist offensichtlich, daß das DICTRIB und die ACTF Gegner sind. Ich habe für die ACTF gearbeitet, und in der letzten Nacht hat mir ein Typ vom FBI aufgelauert und mir beinahe den Kopf weggepustet. Die Waffe, die er sich ausgesucht hatte, ist mit denen identisch, die auch die ACTF benutzt. Ich glaube, daß Sie alles über den Mordversuch wissen.«

»Stimmt. Aber Sie sind verrückt, wenn Sie denken, daß ich was damit zu tun habe, Croaker.«

»Immerhin bin ich nicht tot.«

Aus dem Augenwinkel sah Croaker erneut die kaum wahrnehmbare Bewegung am Rand des von den Tribünen geworfenen Schattens. Er wußte, was das zu bedeuten hatte. Er packte Darling ohne Vorwarnung mit seiner Kunsthand am Regenmantel und riß ihn von den Füßen. Darling taumelte, und Croaker zerrte ihn in den Schatten der Tribünen.

Sie kauerten sich unter die Sitzreihen. Es roch nach verrottetem Holz und verwesenden Blättern. Von oben sikkerte sanftes Licht mit Sonnenstäubchen auf sie herab. Der Ort war kühl und geschützt.

»Was, zum Teufel, soll das?« flüsterte Darling.

»Es gibt nur einen Grund, warum ein Mann, dem man eine Waffe an die Schläfe hält, so ruhig bleiben kann«, sagte Croaker. »Er ist nicht allein.« Er packte Darling wieder. »Stimmt's? Irgend jemand steht oben auf der Tribüne – ich habe seinen Schatten auf dem Spielfeld bemerkt. Pfeifen Sie ihn zurück, damit ich ihn mir ansehen kann«, knurrte er.

»Sie haben es immer noch nicht begriffen. Mein Mann hält Ausschau und dient als Wachtposten. Er hat ein großkalibriges Gewehr, aber ich garantiere Ihnen, daß er Sie damit nicht erschießen wird.« Darling blickte Croaker fest in die Augen. »Und er wird dafür sorgen, daß Sie auch kein anderer umlegt.«

Das plötzliche Krachen eines Baseballschlägers aus Hikkoryholz, gegen den ein Ball traf, hallte in ihrem engen Versteck wider. Man hörte anfeuernde Rufe. Irgend jemand hatte einen weiten Ball geschlagen.

»Wer zum Beispiel?«

»Warum fragen Sie nicht Spaulding Gunn, den Direktor Ihrer ACTF? Er hat das Ganze angeordnet.« Darling beobachtete Croakers Gesichtsausdruck. »Armer Idiot. Sie glauben mir nicht, oder?«

»Warum sollte ich?«

Croaker blickte auf das Spielfeld und sah, daß Ricky auf die First Base zurannte, so schnell er konnte. Der Ball, den er gerade hatte abtropfen lassen, holperte zwischen den

Fänger und den First Baseman. In diesem Moment fühlte sich Croaker wie ein gut plazierter Baseball, der zwischen zwei harten Gegenständen hin- und herflog. Wer sagte die Wahrheit, und wer log? »Okay, beantworten Sie mir eine Frage«, sagte er. »Ich habe Beweise dafür gesehen, daß eine streng geheime und riskante ACTF-Operation angelaufen ist, die schwarz finanziert wird. Agenten und Waffen werden nach Mexiko geschleust. Stimmt das?«

»Ja.«

Croaker atmete tief durch. Jetzt kam die Frage, die er eigentlich gar nicht stellen wollte. »Ich habe am Computer einen flüchtigen Blick auf einen Agentennamen geworfen. Ein Mann namens Sero operiert unter der Schutzherrschaft der ACTF. Wer ist das?«

»Sero ist der Name von Gunns Stellvertreter, soviel ist sicher. Wir kennen seinen richtigen Namen nicht. Noch nicht.«

Darling wollte gerade noch etwas sagen, als sich sein Mobiltelefon wie der Ruf des Schicksals meldete. Er blickte Croaker an, der zustimmend nickte. Darling hörte einen Augenblick lang zu. »Sie kennen den Ablauf«, sagte er dann und brach die Verbindung ab. »Das war mein Posten«, sagte er zu Croaker. »Wir müssen abhauen. Sofort.« Seine Augen wirkten sehr bleich. »Gunns Leute haben uns gefunden.«

»Gunn will Sie umlegen lassen, da können Sie Gift drauf nehmen«, sagte Darling später. Er kauerte mit den Ellbogen auf den Oberschenkeln in der Finsternis. Gewöhnlich reagierten Menschen auf zweierlei Weise auf enge Räume. Sie fühlten sich entweder unbehaglich oder trugen eine einstudierte Gleichgültigkeit zur Schau. Darlings Reaktion entsprach keiner von beiden. Die Art und Weise, wie er sich in diesem düsteren, beengten Raum verhielt, offenbarte, daß er in Übersee Dienst geschoben hatte. In Südostasien hatte man gelernt, sich an diese engen, nach Feuchtigkeit und Urin riechenden Löcher zu gewöhnen, weil sie oft als letzter Schutz vor der Entdeckung durch den Feind gedient hatten. Und man hatte auch den

Einsatz lautloser Waffen gelernt. Croaker erinnerte sich daran, was Darling über den Einsatz von Waffen gesagt hatte. Es war kurz und prägnant gewesen und hatte gestimmt.

Sie befanden sich in einem Lüftungsschacht aus Aluminium, der unter der Kellerdecke des White House hing, eines Schwulenclubs auf der nördlichen Seite der Lincoln Road, nicht weit vom Boneyard entfernt, dem Internet-Sexclub, den Gideon und Rachel häufig besucht hatten.

Darling hatte Croaker zum White House geführt, nachdem der Anruf gekommen war, daß sich Gunns Leute näherten – ein halbes Dutzend von ihnen. Junge Männer in leichten Anzügen und Versace-T-Shirts. Ohne die leichten Holster für die 38er hätten sie als Fotomodelle durchgehen können.

Croaker erkannte die Agenten der ACTF, wenn sie ihm unter die Augen kamen.

Zwei waren inzwischen verschwunden. Darlings mit einem Gewehr bewaffneter Wachtposten auf dem Tribünendach des Flamingo-Park-Stadions hatte sie abgelenkt. Die anderen hatten ihre Fährte aufgenommen und ließen sich wie Bluthunde nicht mehr abschrecken.

»Was zum Teufel ist hier los?« fragte Croaker. »Ich *arbeite* für die ACTF.«

Darling winkelte den Kopf an und lauschte dem gleichmäßigen Rhythmus der Maschinen – dem Klopfen des riesigen Kompressors, der die zentrale Klimaanlage kontrollierte, und dem Generator, der angesprungen war, nachdem Darling die Hauptstromleitung gekappt hatte. »Gunn will Ihren Tod, weil Sie sich verpflichtet haben, Juan Garcia Barbacena umzulegen«, antwortete er.

Sinnlos, Gunn zu fragen, wie er das herausgefunden hatte. Croaker hatte lange genug für die ACTF gearbeitet, um zu wissen, daß sie fast jedes Geheimnis ausbuddeln konnte, wenn sie alle zur Verfügung stehenden Mittel einsetzte. Aber es gab eine andere, viel dringendere Frage. Er brauchte eine Bestätigung hinsichtlich der Informationen, die er auf der Diskette gefunden hatte. »Ich will wissen, ob Spaulding Gunn und die ACTF Juan Garcia Barbacena als Undercoveragent in Lateinamerika eingesetzt haben.«

»Was glauben Sie denn, warum Gunn Sie umlegen lassen will?« fragte Darling. »Barbacena stellt südlich der Grenze für Gunn die Weichen. Für ihn und den Mann namens Sero.«

Croaker fühlte, wie sein Herz in seinem Brustkasten hämmerte. »Was würden Sie sagen, wenn ich Ihnen erzähle, daß Sero der geheime Spitzname von Bennie Milagros ist? Sein Großvater hat ihn so genannt.«

Darlings Augen weiteten sich. »Stimmt das?«

Croaker nickte.

»Himmel, das ist doch endlich ein Anhaltspunkt!«

Er brach abrupt ab, und Croaker lauschte angestrengt. Nichts.

Croaker schüttelte den Kopf. »Das hört sich überhaupt nicht nach der ACTF an, die mich angeheuert hat.«

»Dafür gibt es einen guten Grund«, sagte Darling. »Es ist eine andere ACTF.« Wenn er seinen Kopf so wie jetzt anwinkelte, glich er einem Jagdhund. »Innerhalb von zehn Monaten, nachdem Spaulding Gunn zum Direktor ernannt worden war, hat er das gesamte Führungspersonal der ACTF rausgeworfen und seine eigenen Leute untergebracht. Jemand hat ihn mit einer bisher nie gekannten Machtfülle ausgestattet, so daß er alle Kontrollmöglichkeiten der Regierung außer Kraft setzen konnte. Dieser Jemand hatte einen Plan, dessen Umsetzung keinen Aufschub duldete. Es handelt sich, wie wir herausgefunden haben, um eine Gruppe aus erfahrenen, konservativen Senatoren und einigen Top-Leuten aus dem Handelsministerium, deren Macht durch die jüngsten Budgetumwälzungen der Regierung beschnitten worden ist.«

»Was hat das DICTRIB damit zu tun?«

Darling gestikulierte. »Wo sind all die ehemaligen ACTF-Leute gelandet? Wir hätten Stubenhocker in irgendeiner Abteilung des Justizministeriums werden oder vorzeitig in Rente gehen können. Aber weder die eine noch die andere Aussicht hat uns gefallen. Statt dessen haben wir uns zusammengeschlossen, eine Zelle gebildet und jeden Gefallen eingefordert, den man uns schuldete. Man hat uns gestattet, unsere eigene Abteilung zu gründen. Vor drei Jahren war das Developing Capital Countries Trade Relations Bureau noch eine verschlafene kleine Abteilung, in der hauptsächlich Bürokraten mit dicken Brillengläsern und bekleckerten Krawatten rumhingen, die das große Ganze im Blick hatten. In den Hinterzimmern, wo Gunn nicht hineinsehen oder lauschen kann, haben wir die Abteilung zu einem kompletten Operationsbüro ausgebaut, das der ACTF gleicht. Es war natürlich eine ziemlich provisorische Geschichte, aber die Abteilung gehörte ausschließlich uns. Wir waren entschlossen, daraus einen Vorposten zu machen, um Spaulding Gunns Pläne herauszufinden, seine Schritte zu verfolgen und ihm einen dicken Knüppel zwischen die Beine zu werfen.« Darling lauschte erneut.

»Hört sich nach Krieg an«, sagte Croaker. »Nur, daß es diesen Krieg eigentlich nicht geben dürfte, weil er zwischen zwei Fraktionen innerhalb des Regierungsapparates der Vereinigten Staaten stattfindet. Verrückt. Die Leute, die Ihnen gestattet haben, das DICTRIB zu übernehmen, wissen nicht, was Sie vorhaben. Sie würden einem heißen Krieg zwischen zwei Abteilungen nie zustimmen.«

»Unsere Leute haben Kabinettsrang«, sagte Darling. »Sie würden zustimmen, und sie haben es bereits getan.«

»Aber warum?«

»Lateinamerika, Kumpel. Da wird das nächste Wirtschaftswunder wie ein Raumschiff abheben, allerdings mit dem Unterschied, daß es diesmal auf der anderen Seite des Pazifiks stattfindet. Und zwar direkt vor unserer Haustür, weil Mexiko der Schlüssel für ganz Lateinamerika ist. Und das Profitpotential ist einfach atemberaubend.« Darling blickte Croaker an. »Die Situation sieht so aus: Gunn hat sich in diese Sache verrannt. Sogar seine eigenen Leute wissen das. Aber sie sind entweder zu gierig oder haben zuviel Angst, um ihm die Flügel zu stutzen. Und hier kommt Dicktribe ins Spiel. Wir drängen uns dazwischen, übernehmen Gunns Spiel und bringen es unter unsere Kontrolle.«

»Das heißt, Sie schleusen Ihre eigenen Leute in die entsprechenden Positionen«, sagte Croaker.

»Besser unsere als Gunns, Kumpel. Glauben Sie's mir.«

»Aber zuerst muß Barbacena aus dem Verkehr gezogen werden.«

Darling nickte. »Durch seine unbezahlbaren Kontakte südlich der Grenze ist er die Schlüsselfigur. Ohne ihn ist Gunns Plan wertlos.« Er schwieg angespannt und schien die ganze Umgebung auf einmal in sich aufzunehmen. »Der Name des Spiels heißt Kontrolle«, sagte er. »Und es gibt nur eine Regel: Wer am meisten Kontrolle ausübt, streicht alle Profite ein. Glauben Sie mir, heutzutage geht es nur um den Profit. Besonders für die Politiker. Für die ist das alles eine völlig neue Welt, und was sie da sehen, gefällt ihnen überhaupt nicht. Sie werden allmählich ängstlich. Die Leute wechseln sie schneller als die Fernsehsender. Dies ist die Zeit der Unabhängigen, und das macht alle nervös. Glauben Sie, daß es dem Parlamentsvorsitzenden oder dem Oppositionsführer gefällt, wenn die Leute mitten in ihrer Rede zu zappeln beginnen? Verdammt unwahrscheinlich.«

»Okay, das ist klar. Aber was hat Gunn mit Barbacena vor?«

Darling erstarrte, und jetzt konnte auch Croaker sie hören – unter das Dröhnen des Kompressors hatten sich unregelmäßige und sprunghafte Geräusche gemischt: Gunns Leute, die ihn suchten.

Croaker wußte, daß die Verfolger in der Nähe waren. Drei bewaffnete Männer. Drei blinde Mäuse.

Ein weiteres Geräusch hinter ihnen veranlaßte Croaker, sich umzudrehen. Also waren sie doch nicht blind. Sie hatten eine Falle aufgestellt und näherten sich von vorn und von hinten. Croaker begriff, warum sie so viel Krach machten. Das war der Grundgedanke der Jagd: Sie waren die »Treiber«, die ihre Beute in den Tod trieben.

»Sie müssen mit Infrarotdetektoren ausgerüstet sein«, flüsterte er Darling ins Ohr. Der andere nickte. Mit Infrarotdetektoren konnte man die Körperwärme eines Menschen lokalisieren. Selbst die absolute Dunkelheit würde sie nicht schützen.

»Verhalten Sie sich ruhig«, entgegnete Darling. »Es gibt hier genug Metall und Beton, um die Strahlen abzulenken.«

Doch bevor Darling eine Chance hatte, ihn aufzuhalten, rutschte Croaker durch den Lüftungsschacht auf ein großes abnehmbares Gitter zu. Während er durch das Gitter spähte, sah er an der Betonwand eine Leiter, die in den Keller hinabführte. Dort wurde die Dunkelheit durch ein paar altmodische Notlichter mit gelblichen Glühbirnen gemildert, die angegangen waren, als sie die Elektrizitätsleitung durchtrennt hatten. Ihr schwaches Glühen erstreckte sich in kleinen Kreisen über die nackten, blauschimmeligen Betonwände. Es spielte keine Rolle, was Darling dachte. Croaker wäre verloren gewesen, wenn er sich in einem engen Raum hätte fangen lassen, wo er keinerlei Bewegungsfreiheit hatte. Er zog die 38er aus der Tasche und lud sie mit den Dark-Star-Geschossen.

Dann schob er das Metallgitter zur Seite und ließ sich durch die Öffnung hinabgleiten. Es roch unangenehm und modrig, und die Sprossen der Leiter waren vom Rost und dem öligen Dreck, der sich über wer weiß wie viele Jahre angesammelt hatte, verdreckt. Er hatte etwas weniger als die Hälfte der Strecke nach unten zurückgelegt, als eine Sprosse unter seinem linken Fuß nachgab. Er rutschte ab und prallte dann wieder gegen die Metalleiter. Die Rückseite seiner rechten Hand krachte gegen eine Sprosse, und die Pistole entglitt ihm. Sie landete auf dem steinharten Betonboden und rutschte in der Dunkelheit unter ihm weg.

Croaker fluchte atemlos, fing sich und setzte seinen Abstieg vorsichtiger fort.

Über sich hörte er Darlings leises Atmen. Er folgte ihm. Wie die Mäuse.

Gut. Sie mußten glauben, daß sie ihre Beute aufgespürt hatten.

Er erreichte den Boden des Kellers und wußte sofort, daß er in diesem schlecht beleuchteten Labyrinth keine Chance hatte, die Waffe zu finden. Außerdem hatte er keine Zeit.

Einst hatte Croaker in den Everglades Alligatoren gejagt. Stone Tree hatte ihm gezeigt, wie es ging. *Der Alligator,* hatte er gesagt, *ist ein Raubtier. Er attackiert dich mit großer Schnelligkeit, und wenn du den Schwanz einziehst und davonläufst, wird er dich mit Sicherheit kriegen.*

Im primitivsten Teil seines Gehirns ist auch der Mensch ein Raubtier.

Eine der Mäuse war jetzt ganz in der Nähe. Der Mann schritt mit kraftvollen großen Schritten voran, folgte dem wärmeempfindlichen Suchgerät in seiner Hand. Offenbar glaubte er, daß es ihm in der Dunkelheit einen absoluten Vorteil verschaffte. Eine solche Haltung machte Menschen oft leichtsinnig, und darauf zählte Croaker.

Es gab keine Chance, ihm zu entkommen, und so versuchte Croaker es erst gar nicht. Raubtiere vertrauen darauf, daß ihre Beute den Schwanz einzieht und davonläuft. Also tat er das einzige, womit dieses Raubtier nicht gerechnet hatte. Er blieb, wo er war, und hob, während der Mann ihn ansprang, seinen linken Arm. Er packte ihn mitten in der Bewegung, schlang seinen Arm um die Hüfte des Angreifers, und zog ihn mit der Kraft seiner eigenen Bewegung hinab.

Obwohl er auf den Betonboden krachte, holte der Mann mit einem Messer nach ihm aus. Croaker spürte, wie die Klinge den Stoff seines Hemdes zerschlitzte. Er schlug dem Mann aufs Handgelenk, und das Messer flog weg, aber er hatte keine ausreichende Deckung, und der Mann traf ihn mit einem kurzen, kraftvollen Schlag in die Nieren.

Croaker landete auf allen vieren, und der andere rammte ihm die Handkante zwischen die Schulterblätter. Croaker brach zusammen, und alle Luft wich aus seinen Lungen.

Der Mann versuchte sein Messer zu erreichen, aber in dem Moment, als seine Hand sich gerade um den Griff geschlossen hatte, sprang Darling aus dem Lüftungsschacht und trat zu. Der Mann war schnell, und Darling konnte ihn nicht an der Kehle, sondern nur an der Schulter pakken. Er wirbelte herum, und Darling setzte nach. Das war ein Fehler.

Der Mann parierte Darlings Schlag und rammte ihm die Faust in den Magen. Darling brach keuchend zusammen, und der andere traf ihn mit dem Knie an der Schläfe.

Croaker rammte ihm einen seiner stählernen Fingernägel in die Seite, während Darling zu Boden ging. Der Angreifer stöhnte auf und versuchte einen Handkantenschlag, aber Croaker packte seine Hand und drückte sie weg. Der Mann wollte ihm das Knie in die Weichteile rammen, streifte aber nur seinen Hüftknochen. Croaker schlug hart mit der Handkante zu und traf seinen Gegner an der Halsschlagader. Wie vom Blitz getroffen, brach er zusammen.

Croaker hörte vom anderen Ende des Kellers Schreie. Er griff nach dem wärmeempfindlichen Suchgerät und rannte zu der Stelle, wo Darling, keuchend und gegen einen Eisenträger gelehnt, kniete.

»Mist«, sagte Darling, während Croaker ihm aufhalf. »Ich müßte mich öfter mal auf der Straße blicken lassen.« Er berührte behutsam seine Wange. »Der Bastard hätte mir fast den Kiefer gebrochen.«

»Kommen Sie.« Croaker hob das wärmeempfindliche Suchgerät hoch. »Jetzt haben wir eine Chance.«

In einer Reihe von Lagerräumen fand er, was er brauchte: Aluminiumfolie, Drahtscheren, Isolierband und ein Verlängerungskabel. Er zog die Jacke aus und wickelte sich Aluminiumfolie um die Brust.

Er flüsterte, während er arbeitete. »Als sie uns die Infrarotdetektoren erklärt haben, warnten sie uns vor Küchen. Bei Alufolie oder einer eingeschalteten Mikrowelle spielen die Detektoren verrückt.« Er steckte sich den Rest der Aluminiumfolie in die Achselhöhle. »Das sollte ausreichen, um sie an der Nase herumzuführen.« Er gestikulierte. »Sie werden den Köder spielen, okay?«

Darling nickte.

Sie schritten in den eigentlichen Keller hinaus, und Croaker ortete ihre Verfolger mit dem Infrarotdetektor. »Sie kommen«, sagte er. »Wenn wir Glück haben, werden sie nur Sie erkennen.«

Als er eine Steckdose in der Wand gefunden hatte, machte er sich mit der Drahtschere an dem Verlängerungskabel zu schaffen. Dann steckte er den Stecker in die Dose. Er winkte Darling weiter in den Kellerraum hinein, so daß sich die Verlängerungsschnur zwischen ihm und ihren Verfolgern befand. Er zog so lange an dem Kabel, bis es straff war, und befestigte das andere Ende an der Wand, an der er kauerte. Das Kabel spannte sich knapp über Knöchelhöhe.

Croaker hörte ihre Verfolger kommen und warf einen letzten Blick auf den Infrarotdetektor, um sicherzugehen, aus welcher Richtung sie sich näherten. Es blieb ihm gerade noch Zeit, die sich widersprechenden Daten zu registrieren, als jemand gegen den mittleren Bereich des Verlängerungskabels rannte, wo Croaker die Isolierung abgetrennt hatte. Ein Durcheinander von Funken schoß in die Luft, und Croaker nahm den Geruch von brennender Kleidung und versengtem Fleisch war. Auf dem nackten Betonboden sah er eine zuckende Gestalt, die von dem Stromschlag getroffen worden war.

Er hatte sich gerade aus seiner Hockstellung erhoben, als ihm eine Pistole an die Schläfe gepreßt wurde.

»Okay, cleverer Junge, bleib wo du bist und ruf deinen Kumpel.« Der Druck der Pistole an seinem Schädel verursachte ihm Schmerzen. Kein Wunder, daß der Detektor ihm widersprüchliche Informationen geliefert hatte. Während sie gerannt waren, mußte sich dieser Mann von dem anderen getrennt haben und in eine andere Richtung geschlichen sein. »Hübsch ruhig bleiben. Wir wollen ihn doch nicht alarmieren, oder?«

Croaker tat wie befohlen, und Darling verließ seine

Stellung und kam auf sie zu. Man sah immer noch leise explodierende Funken durch die Dunkelheit fliegen, die die Szenerie unregelmäßig erleuchteten. Croaker blickte auf den Boden und sah, daß der untere Teil seiner Beine im Schein der Notbeleuchtung erkennbar war. Der Mann stand seitlich knapp hinter ihm, und vielleicht war er gleichfalls sichtbar, wenn man wußte, wohin man sehen mußte und was vor sich ging.

»Bleiben Sie stehen«, sagte der Mann dicht an Croakers Ohr.

Aber Darling schien ihn nicht gehört zu haben, denn er kam weiter auf sie zu.

»Ich habe gesagt, Sie sollen stehenbleiben.« Der Mann packte Croakers Genick, und sein Daumen drückte hart gegen Croakers Halsschlagader, während er die Pistole auf Darling richtete. Irgendwo in der Dunkelheit war eine verschwommene Bewegung wahrzunehmen, und dann spürte Croaker einen raschen Luftstoß. Der Mann drückte auf den Abzug. Der Lichtblitz und das dröhnende Geräusch des Knalls schienen durch die Betonwände festgehalten und verstärkt zu werden.

Croaker rammte dem Mann den Ellbogen in die Seite, aber er fiel bereits zu Boden. In seiner Kehle steckte ein Messer. Croaker ließ ihn fallen.

»Darling?«

»Nur eine Fleischwunde.« Ross Darling kam auf ihn zu und umklammerte seine rechte Schulter. Zwischen seinen Fingern sickerte Blut hervor. Er schenkte Croaker ein kleines Lächeln, während er nach dem Toten trat, der Croaker mit der Waffe in Schach gehalten hatte. »Mit den Fäusten bin ich nicht so gut, aber ich weiß immer noch, wie man ein Messer werfen muß.«

»Barbacenas Mission bestand darin, Mexiko zu destabilisieren.« Darling sah wie ein Albino aus. Das Licht der Neonröhren unter der Decke hatte seinem Gesicht jede Farbe geraubt. »Er machte das sehr geschickt. Er fand in den Chiapas-Aufständischen perfekte Handlanger. Diese

Menschen hatten Gründe zu rebellieren, und Barbacena konnte sie indoktrinieren und bewaffnen. So stand ihm eine Streitmacht zur Verfügung, die er unterstützen konnte, damit sie genau zum richtigen Zeitpunkt auf der Bildfläche erschien. Er konnte sie benutzen, um seine eigenen Ziele zu realisieren. Und mit Gunns Hilfe und Geld hat er genau das getan. Noch wichtiger war, daß er ihnen eine Machtbasis gegeben hat. Er hat Berufssoldaten eingeschleust, die den Bauern das Töten beibringen und ihnen das gegeben, wovon jeder Dissident auf der ganzen Welt träumt: Legitimität.«

Darling wirbelte plötzlich den Kopf herum. »Es reicht schon, Doc«, sagte er scharf. »Bringen Sie die Sache zu Ende. Ich habe wichtige Dinge zu erledigen.«

Sie befanden sich noch im Keller des White House. Die Elektrizitätsversorgung war jetzt wiederhergestellt und das Licht eingeschaltet worden. Es wimmelte von DICTRIB-Agenten, zu denen auch ein Arzt gehörte, der sich eben um Darling kümmerte.

»Die Wunde muß ordentlich gesäubert werden, um einer Infektion vorzubeugen.« Der Arzt war ein dunkelhäutiger Hispanic mit Pomade im Haar. Er hatte die lässige Art eines Chirurgen aus *M.A.S.H.* Es war klar, daß er daran gewöhnt war, seine Arbeit schnell erledigen zu müssen. »Halten Sie still.« Er tauchte einen Baumwolltupfer in eine gelbliche Flüssigkeit, und Darling stöhnte und biß sich auf die Unterlippe, als der Arzt die Wunde damit berührte.

»Geben Sie mir einfach eine Penicillin-Spritze oder was sonst in Frage kommt, und dann legen Sie den verdammten Verband an«, sagte Darling mit tränenden Augen. Er wandte sich wieder Croaker zu. »Bei diesem Treffen wird Gunn Barbacena persönlich die letzten Anweisungen geben. Wenn man Barbacena gestattet, nach Chiapas zurückzukehren, wird er den Aufständischen die Waffen verkaufen, die Gunn liefert – hochmoderne Waffen aus unserem eigenen Militärarsenal. Die überlegene Technologie und die nachrichtendienstlichen Erkenntnisse werden es den Aufständischen ermöglichen, den Süden von Mexiko völlig unter ihre Kontrolle zu bringen. Die mexikanische Regierung wird in ein totales Durcheinander geraten. Es wird nur eine Sache von Stunden sein, bis ihr die Zügel der Macht aus der Hand geglitten sind. An der Bolsa, der mexikanischen Börse, werden die Kurse fallen, ähnlich wie an der Wall Street im Jahr 1929. Wir haben so enge Verbindungen zu Mexiko, daß als Reaktion darauf auch unsere eigenen Aktien und Bonds fallen werden. Die mexikanische Regierung wird Washington verzweifelt um Hilfe anflehen, und die Wall Street wird dasselbe tun und um eine längerfristige Intervention bitten.«

Junge Männer in Hemdsärmeln, die mit 9mm-Brownings bewaffnet waren, betraten und verließen schweigend den Raum. Sie säuberten den Keller von den Überresten des Kampfes. Der Geruch von Industriestaubsaugern und Desinfektionsmitteln belastete die Luft, die durch die Klimaanlage erneuert wurde. Als sie ihre Arbeit beendet hatten, war sich Croaker sicher, daß keine Spuren der tödlichen Auseinandersetzung zurückbleiben würden.

»Dann – und nur dann – werden Gunn und seine Leute auf Regierungsebene eingreifen«, fuhr Darling fort. »Sie werden die Aufständischen mit Barbacenas Hilfe Stück für Stück und ein für allemal entmachten. In ihrem Kielwasser werden sie eine neu eingesetzte Regierung zurücklassen, die aus handverlesenen Gefolgsleuten besteht. Eine Marionettenregierung, die gewissen Elementen in Washington bis in alle Ewigkeit verpflichtet sein wird. Diese Elemente werden dann in der Lage sein, die Produktion und die Finanzmärkte in Mexiko zu manipulieren. Und Sie kennen ja die Redensart: So wie es Mexiko ergeht, ergeht es ganz Lateinamerika.«

»Aber wie werden sie diese Leute so schnell finden?« fragte Croaker.

Darling lächelte, während er an dem weißen Gazepflaster rieb, das der Arzt über die Wunde geklebt hatte. »Spaulding Gunn hat sie bereits rekrutiert, indoktriniert und in entscheidenden Positionen der Geschäftswelt in Mexiko City untergebracht. Maulwürfe, die nur auf den Startschuß warten.«

Croaker dachte einen Augenblick lang nach. »Was würden Sie dazu sagen, wenn Barbacena im Verlauf des Treffens mit Gunn umgelegt würde?«

»Ich würde Ihnen Ihre gottverdammten Füße küssen.« Darling nickte. »Stimmt schon. Wenn unsere Präsenz innerhalb des Justizministeriums irgend etwas bewiesen hat, dann ist es folgendes: Spaulding Gunn ist ein gefährlicher Verrückter. Seine Ambitionen gehen weit über die Grenzen der spezifischen Befugnisse hinaus, die man ihm gegeben hat. Er hat vor, die wirtschaftliche Pipeline, die mit seiner Hilfe in Lateinamerika installiert worden ist, völlig unter seine Kontrolle zu bringen.« Darling schickte den Arzt weg. »Ich werde offen sein, Croaker. Es gibt nur die Möglichkeit, Barbacena aus dem Weg zu räumen. Das ist ein Schritt, den wir liebend gern selbst in die Hand nehmen würden, aber für uns ist er zu radikal. Selbst wenn wir Erfolg hätten, und selbst wenn wir so vorsichtig wie möglich wären, würden wir eine Spur zurücklassen, und ein Mann wie Gunn wäre erfahren genug, um sie aufzuspüren.«

Er stand auf. Sie schritten durch den labyrinthischen Keller.

»Ich will aufrichtig sein«, sagte Darling. »Folgendes beunruhigt mich. Mehr als alles andere brauche ich eine Möglichkeit, Barbacena kaltzumachen.« Er schnippte mit den Fingern. »Und da tauchen plötzlich Sie auf.« Sein bleicher Blick bohrte sich hart in Croakers Augen. »Wie hängt das zusammen, was meinen Sie?«

»Die Frage habe ich mir auch schon gestellt«, sagte Croaker. »Ich wurde von einem Mann namens Marcellus Rojas Diego Majeur angesprochen.«

»Majeur ... Majeur.« Darling dachte angestrengt nach. »Das ist ein Staranwalt, der einige der obersten lateinamerikanischen Drogenbosse vertritt.«

»Genau. Und jetzt zu dem Abkommen. Juan Garcia Barbacena hatte eine Frau.«

Darling nickte. »Theresa Marquesa.«

»Sie hatte herausgefunden, daß er sie betrog. Sie hat ihm zugesetzt, und Barbacena hat sie umgebracht. Er hat sie bewußtlos geschlagen und sie dann mit einem Kabel erwürgt. Aber weil er Protektion genießt, wird man ihn nie anklagen. *Deshalb* wurde ich angeheuert, Barbacena umzulegen. Das Ganze hat nichts mit Ihnen, Gunn oder diesem schmutzigen kleinen Krieg zu tun. Eine persönliche Angelegenheit.«

Darling dachte darüber nach und nickte dann. »Das macht Sinn. Ich habe die Akte über ihren Tod gelesen. Die Polizei hat Beweise für einen Einbruch gefunden. Jemand hatte sich gewaltsam Zugang verschafft, und das Geld und die Juwelen sind gestohlen worden. Das Ganze ist als unaufgeklärter Raubmord eingestuft worden, und jetzt ist der Fall abgeschlossen. Nach dem, was ich gesehen habe, gab es nur eine Scheinuntersuchung. Wo waren zum Beispiel die Leibwächter, als man Theresa angegriffen hat? Ich fand es merkwürdig, daß Barbacena selbst nie Einspruch erhoben hat.«

Er hob die Augenbrauen. »Aber da ist immer noch die Frage, wie Sie in den Besitz geheimer Dicktribe-Codes gelangt sind.«

»Durch die Bonitas.«

»Guter Gott, wenn die Bonitas ihre Finger im Spiel haben ...« Darling wandte sich um und gab einem Agenten ein Zeichen, der daraufhin mit einem Notebook herbeigeeilt kam. Darling nahm es und hockte sich auf die Fersen. Er schaltete den Computer ein und fingerte an der Trackball-Maus herum. »Das ist eine als geheim eingestufte ACTF-Datei«, sagte Darling.

In diesen Zeiten ist nichts mehr unantastbar, dachte Croaker, während er die Informationen auf dem Bildschirm überflog, noch nicht einmal die wichtigsten Top-Secret-Dateien. Andererseits wußte er auch aus erster Hand, was die Regierung heimlich an Daten über den Durchschnittsbürger zusammentragen konnte. Fast alles, bis hin zu den Lieblingsspielzeugen und -videos ihrer Kinder.

»Da steckt ein Konzept dahinter«, sagte Croaker.

»Allerdings.« Darling beugte sich vor und drückte auf die Bildlauftaste.

Croaker sah eine jener Dateien, die bei der ACTF Serial UnSub genannt wurden. In ihnen wurden über einen längeren Zeitraum ähnliche oder identische Details von Morden zusammengestellt. Diese lief unter der Überschrift SERIENMORDE. KEIN TATVERDÄCHTIGER BEKANNT.

»Diese Datei war relativ leicht zusammenzustellen«, sagte Darling. »Alle Opfer wurden enthauptet.«

»Und keiner der Körper wurde je gefunden.« Croaker ließ seinen Blick über die Liste gleiten. »Diese Datei ist vier Jahre alt.«

Darling nickte. »Der erste abgetrennte Kopf wurde außerhalb von Tallahassee gefunden. Der Coroner hat in seinem Bericht angedeutet, daß der Mörder sein Geschäft verstanden habe. Keine der üblichen Schnitt- und Hackspuren, keine unsauberen Wunden. Der Hals war ordentlich und komplett mit einem Skalpell abgetrennt worden.«

Croaker sah das Bild Heitor Bonitas vor sich, wie er in der dunklen Türöffnung des Kleinlasters das Skalpell geschwungen hatte. »Nur mit einem Skalpell?« fragte er.

»Das war zumindest die Ansicht des Coroners. Es gab keine Spuren von Metallzähnen.«

Croaker blickte vom Bildschirm auf. »Dann hat der Mörder also keine Säge benutzt und die Wirbelsäule nur mit einem Skalpell durchgeschnitten. Das erfordert große Kraft.«

»Die Kraft eines gottverdammten Bullen.«

Croaker sehnte sich nur noch nach frischer Luft, dem blauen Himmel und dem brennenden Sonnenschein auf der Haut, aber da war er hier am falschen Platz. Es wäre schön, wenn er sich eines Tages wieder sauber fühlen könnte. Er fragte sich, ob es jemals dazu kommen würde.

»Die Bonitas sind für all diese Morde verantwortlich, oder?«

»Wir glauben es, aber es gibt keinen Beweis.« Darling

benutzte die Trackball-Maus, und die Anzeige des Monitors änderte sich. »Sehen Sie sich das mal an.«

Croaker überflog eine weitere vertrauliche ACTF-Datei. Sie lieferte Details über einen blühenden Schwarzmarkt für menschliche Organe in Südostflorida.

»Es gibt da etwas, was die Datei nicht verrät«, sagte Croaker. »Man hat nur sehr wenig Zeit, wenn es darum geht, ein Organ in einen anderen Körper einzupflanzen. Wenn man von Nieren absieht, können Organe außerhalb eines menschlichen Organismus nicht lange funktionsfähig gehalten werden. Die Antigenbestimmung erfordert gewöhnlich sechs bis acht Stunden. Woher wußten diese Leute, welche Körper sie an welche Empfänger schicken sollten?«

»Wir haben keine Ahnung.« Darlings Tonfall ließ Croaker vermuten, daß er andere, dringendere Fragen zu beantworten hatte. »Wir haben versucht herauszufinden, warum Gunn diese Dateien angelegt hatte. Er verfolgt die Bonitas und beobachtet ihren Organhandelring sehr genau. Aber er unternimmt nichts dagegen.«

»Er hat eine böse Seele, dieser Gunn«, sagte Croaker. »Es gibt ganz offensichtlich eine Verbindung zwischen ihm und den Bonitas.«

»Bestimmt.« Darling klappte das Notebook zu. »Ich weiß, daß die Bonitas in unser Computersystem eingedrungen sind, und wenn ich an unsere Sicherheitsmaßnahmen denke, ist das alarmierend genug. Aber was zum Teufel hatten sie vor, als sie *Ihnen* die Dicktribe-Codes zugespielt haben?«

Croaker seufzte. »Ich glaube, daß das ein Zufall war. Die Bonitas und Bennie Milagros haben eine gemeinsame Vergangenheit, und zwar keine besonders angenehme. Bennie hat behauptet, mein Freund zu sein, und mir nicht erzählt, daß er für Gunn arbeitet. Er ist bis zum Hals in Ihren Kleinkrieg verstrickt. Sie wollten einfach, daß ich diese Informationen erhalte. Die DICTRIB-Codes befanden sich zufällig am Ende der Datei. Wahrscheinlich wußten die Bonitas gar nichts davon.«

»Hoffentlich haben Sie recht. In der Zwischenzeit werde ich alle unsere Computer-Sicherheitscodes ändern.« Darling ließ das Notebook auf dem Betonboden stehen und begleitete Croaker zur Hintertreppe, die zu einer Seitengasse hinter der Lincoln Road hochführte. »Ich wünschte, ich könnte Ihnen helfen, könnte Ihnen Rückendeckung oder taktische Unterstützung geben, aber das ist einfach unmöglich. Dadurch, daß ich mich im Interesse Ihrer Sicherheit so weit vorgewagt habe, habe ich die Existenz meiner Abteilung schon gefährdet.«

»Machen Sie sich keine Sorgen«, sagte Croaker. »Ich weiß die Hilfe zu schätzen, die Sie mir bis jetzt zukommen ließen.«

Darling streckte die Hand aus, und Croaker ergriff sie. »Noch ein kleiner Ratschlag. Halten Sie sich so weit wie möglich von den Bonitas fern. Sie sind reines Gift. Und Sie haben ja gesehen, daß sie von Gunn geschützt werden.« Darlings Augen, die schon alle menschlichen Schwächen und Torheiten gesehen zu haben schienen, starrten jetzt tief in Croakers Seele. »Spüren Sie Juan Garcia Barbacena auf, und tun Sie im Interesse aller das, was getan werden muß. Und dann sehen Sie in Gottes Namen zu, daß sie aus der ganzen Sache rauskommen.«

3.

Croaker hörte ›Forever Changes‹ von Love aus dem Jahr 1968, während er auf der I-95 in nördlicher Richtung auf Palm Beach zuraste. Irgendwie schien der bombastische Psychedelic-Sound zu der Situation zu passen.

Amerikanische Interessen in Lateinamerika. Business as usual, dachte er. Wir engagieren uns aus demselben Grund südlich der Grenze, aus dem wir immer unsere Nase in die Angelegenheiten fremder Länder stecken: Wir müssen die Interessen von ein paar Privilegierten schützen. Und während die lateinamerikanischen Volkswirtschaften boomen, haben wir mit Sicherheit kein Interesse daran, daß Rebellen oder – noch schlimmer – sozialistisch orientierte Regime an die Macht kommen. In Kuwait sind wir der Öllobby zuliebe einmarschiert. Welche Lobby steht hinter Gunn? Die Automobilindustrie? Vielleicht ist es die Exportindustrie. Mexiko ist nach Kanada unser zweitgrößter Exportmarkt. Und wir können es uns nicht leisten, daß die Profitspanne durch Demagogen beeinträchtigt wird. Aber das ist eine verdammt dreckige Arbeit, die nur hinter verschlossenen Türen erledigt werden kann.

Die Gedanken über geheime Aktionen führten Croaker unweigerlich zu Antonio und Heitor zurück. *Sie sind wie Gift und haben Verbindungen,* hatte Ross Darling gesagt. *Vielleicht genießen sie Schutz.* Natürlich wurden sie beschützt. Wenn man vom Inhalt der Dateien ausging, wurde ihr Organhandel von der ACTF stillschweigend geduldet. Hatte Gunn auf diese Weise in so kurzer Zeit eine so enorme Machtfülle angehäuft? Beruhte sie auf den Leichen der Menschen, die die Bonitas umgebracht hatten? Wie viele ältere Senatoren, Kongreßabgeordnete und Kabinettsmitglieder standen auf der Liste, wenn sie sicher sein konnten, jedes Organ zu erhalten, das ihr alternder Körper brauchte? Croaker machte sich nicht die Mühe, über die Zahl zu spekulieren. Was das Überleben betraf, war der Mensch das geschickteste Tier. Stone Tree hatte ihm das einst erzählt. Er hatte behauptet, das liege daran, daß der Mensch alles so verdammt gut rationalisieren könne. Selbst die bösartigsten Menschen glaubten inbrünstig daran, daß sie aufgrund guter und rechtschaffener Motive handelten.

Vielleicht waren die Bonitas eine Ausnahme. Croaker hatte genug Zeit in Antonios Nähe verbracht, um zu begreifen, daß es bei den Zwillingen einen Unterschied gab. Sie waren von einer anderen Art. In ihren Seelen loderte eine fürchterliche, fahle Flamme, die unauslöschbar war. Es wäre einfach gewesen, dieses Feuer mit *Hetá I* zu verwechseln. Diese beiden konnten das Gute vom Bösen unterscheiden, und sie hatten sich eben für das Böse entschieden.

Er verließ den Highway und fuhr in östlicher Richtung zum Okeechobee Boulevard nach Olive, das am Highway 1 lag, dann nach Norden.

Rachel machte ihm am meisten Sorgen. Es war einfach ein zu großer Zufall, daß sie genau vor Barbacenas bevorstehender Ankunft in Miami krank geworden war. Als Gideon ihm erzählt hatte, daß die Drogen, die sie und Rachel genommen hatten, nicht gestreckt worden waren, war er zu der Überzeugung gelangt, daß es irgendeinen Verantwortlichen für Rachels Zusammenbruch und ihren Gesundheitszustand geben mußte. Aber wie war das möglich, und wer war verantwortlich? Er hatte einen Verdächtigen im Sinn, aber er brauchte Beweise.

Croaker bog in den Parkplatz des Royal-Poinciana-Krankenhauses ein.

Seine verzweifelte Lage lag offen vor ihm. Selbst wenn sich sein Verdacht hinsichtlich Rachels bestätigte, konnte er nichts tun. Sie lag immer noch im Sterben, und ohne die Niere, die Majeurs Klient ihm angeboten hatte, würde sie die Woche nicht überstehen. Er versank immer tiefer in einer breit angelegten Verschwörung. Aber sein Weg war vorgezeichnet. Er mußte Juan Garcia Barbacena umbringen, damit Rachel überlebte. Alternativen gab es nicht. Die Tatsache, daß Majeur und dann Darling ihm etliche Gründe genannt hatten, warum Barbacena verabscheuungswürdig war, halfen ihm nicht viel weiter. Es war eine Sache, jemanden in Notwehr zu töten. Einen Mord kalt und berechnend aus der Ferne zu planen, war etwas ganz anderes. Croaker hatte in seinem Leben eine Menge bezahlter Mörder und Söldner kennengelernt. Aber im Gegensatz zu ihm hatten sie alle ein Herz aus Stein gehabt.

Er stieg aus dem Thunderbird aus. Es war noch nicht einmal elf Uhr und bereits so unerträglich heiß, daß er am liebsten über den Asphalt gerannt wäre.

Im Krankenhaus herrschte eine angenehme Kühle. Die

Stille erinnerte an den Mechanismus eines Schweizer Uhrwerks. Krankenhäuser hatten etwas an sich, das einen ermüdete, sobald man eines betrat. Vielleicht bliesen sie gasförmige Tranquilizer durch die Klimaanlage, um alle Anwesenden ruhigzustellen.

Auf der Dialyse-Intensivstation schlich Croaker auf Zehenspitzen in Rachels Krankenzimmer. Ihre Haut war weiß wie Milch, und vielleicht wäre sie davongeschwebt, wenn es nicht die Decke und das Laken gegeben hätte. Bläuliche Venen pulsierten langsam unter der Haut, die dünn und wächsern geworden war. Die Digitalanzeigen verrieten ihm, daß sie immer noch Fieber hatte. Die Ärzte hatten die Blutvergiftung nicht in den Griff bekommen.

»Ich habe Gideon gefunden«, flüsterte er, während er sie auf die heiße Stirn küßte. »Sie wird bald bei dir sein, Darling.« Er ergriff ihre schlaffe Hand und drückte sie. »Halt durch, Rachie. Du hast es bis jetzt geschafft. Halt einfach noch etwas länger durch.«

Matty kam aus dem Waschraum zurück. Sie sah ihn und stürzte sich in seine Arme.

»Wo warst du, Lew? Wo hast du in der letzten Nacht geschlafen?« Er sah, daß sie geweint hatte. Sein Anblick brachte sie erneut dazu.

»Ganz ruhig.« Er streichelte ihre Wange. »Morgen wird sie eine neue Niere haben.«

»O Lew!«

Er löste sich sanft aus ihren Armen. »Hast du den Ersatzschlüssel für deine Wohnung dabei, Matty?«

Sie nickte und kramte in ihrer Handtasche herum. »Du hast Gideon gefunden, oder?« fragte sie, während sie ihm den Schlüssel gab. »Wie ist er?«

»Völlig anders, als ich erwartet hatte.«

»Ich würde ihn gern kennenlernen.« Matty zog ein Papiertaschentuch hervor und wischte sich die Tränen aus den Augen. »Irgendwie kommt es mir vor, als würde ich ihn schon kennen. Er ist jetzt eine Art Verbindung zu ihr.«

Croaker führte sie zu einem Stuhl und drückte sie darauf. »Hast du Dr. Stansky gesehen?« Er wollte nicht weiter über Gideon reden. Seine Schwester hatte schon genug Sorgen und sollte sich nicht auch noch Gedanken über Rachels sexuelle Vorlieben machen müssen.

Matty schüttelte den Kopf. Sie sah sehr müde aus. »Gewöhnlich kommt er erst spät vorbei. Soll ich ihm etwas ausrichten, wenn ich ihn sehe?«

»Nein. Ich will auch nicht, daß du erwähnst, daß ich nach ihm gefragt habe.« Er beugte sich vor und küßte sie auf die Stirn, die im Gegensatz zu der von Rachel kühl war. »Alles in Ordnung, Matty?«

»Mir geht's gut.«

»Du siehst aber nicht so aus. Wann hast du zum letzten Mal was gegessen?«

Sie lächelte ihn schwach an. »Ich bin nicht hungrig.«

»Du mußt dich zwingen. Die ganze Sache wird bald vorbei sein, Honey. Ich verspreche dir, daß alles gut werden wird. In der Zwischenzeit bist du in diesem Zustand für Rachel nicht nützlich.«

Sie zwang sich zu einem breiteren Lächeln und nickte. Er ließ sie allein bei ihrer Krankenwache. Es gab nichts mehr zu sagen. Aber er ging in die Cafeteria hinunter, bestellte etwas Essen und bat eine Schwester, es Matty zu bringen.

Er fand Jenny Marsh am Ende des Flurs der Dialyse-Intensivstation, in jenem Labor, wo das Projekt zum Studium von Drogenmißbrauch beheimatet war. Sie saß über ein Mikroskop gebeugt und blickte auf. Zwei junge Assistenzärzte hinter ihr sahen ihn an. Dann wandten sie sich wieder ihrer Arbeit und den Zentrifugen zu. Jenny legte ihren Füllfederhalter nieder, mit dem sie etwas auf einen Block mit gelben Linien notiert hatte. Sie lächelte, aber es war ein kühles, distanziertes und fast unpersönliches Lächeln und nicht das Lächeln, das Croaker sich gewünscht hatte.

»Ich hoffe, du kannst heute nachmittag etwas Schlaf nachholen«, sagte er. »Irgendwann nach Mitternacht wird die Niere freigegeben.«

»Hervorragend.« Sie nickte, tat aber immer noch geschäftig. »Ich hatte mir bereits vorgenommen, hierzubleiben. Im Nachbarraum gibt es ein paar Feldbetten. Ich werde dich anrufen, sobald man mich benachrichtigt hat, daß die Niere unterwegs ist. Du kannst bei der Operation dabeisein, wenn du möchtest.«

»Das ist vielleicht nicht möglich.« Wer wußte schon, wo er zu diesem Zeitpunkt war? Vielleicht trieb er mit dem Gesicht nach unten im flachen Wasser. »Da ist noch etwas anderes, was ich herausgefunden habe.« Er senkte die Stimme, während er nahe zu ihr trat. »Vielleicht ist es wichtig. Die Drogen, die Rachel in der Nacht ihres Zusammenbruchs konsumiert hat, waren nicht verschnitten.«

Jenny Marsh wirkte überrascht. »Das kann nicht stimmen. Angesichts der Dosis, die sie genommen hatte, ist es hochgradig unwahrscheinlich, daß sie in ein Koma gefallen wäre, wenn der Stoff nicht mit irgendeiner üblen Substanz gestreckt worden wäre.«

»Das habe ich mir auch gedacht. Aber ich habe mit der Person gesprochen, die in jener Nacht bei ihr war. Sie hat dieselben Drogen genommen – einen ganzen Cocktail: Acid, Marihuana, Kokain –, und ihr ging es gut. Andererseits hat sie im Gegensatz zu Rachel wahrscheinlich zwei funktionierende Nieren.«

»Das würde keinen Unterschied machen.« Jenny runzelte die Stirn. »Irgendwas ist hier merkwürdig, aber ich weiß verdammt noch mal nicht, was es ist.«

»Jenny, ich habe Rachel vor ein paar Minuten gesehen. Warum wird es mit der Blutvergiftung nicht besser?«

»Darüber habe ich mich auch schon gewundert.« Sie tippte mit einem Finger auf den Labortisch. »Es liegt wahrscheinlich an ihrem geschwächten Zustand, daß sie sich nicht gegen eine Infektion wehren kann, die ein gesunder Mensch innerhalb von wenigen Stunden überwunden hätte.«

Er beobachtete ihren Gesichtsausdruck eingehend. »Du scheinst nicht überzeugt zu sein.«

Sie blickte auf, und Croaker bemerkte ihre Müdigkeit und Sorge. »Um die Wahrheit zu sagen – nein.« Sie zeigte auf den Objektträger, den sie durch das Mikroskop beobachtet hatte, als er hereingekommen war. »Ich habe nichts Greifbares in der Hand, um weitermachen zu können. Von einem streng medizinischen Standpunkt aus gesehen, wäre es überraschend gewesen, wenn Sie die Infektion leicht abgeschüttelt hätte. Aber die Tatsache, daß sie überhaupt keine Fortschritte macht, läßt mich noch verrückt werden. Es ist, als würde Rachel jedesmal zwei Schritte zurückgehen, wenn wir einen nach vorn getan haben.«

Croaker wartete vergeblich darauf, daß sie ihren Gedanken zu Ende führte. Als er sah, daß sie nicht weitersprechen würde, fragte er: »Was ist mit der Transplantation? Kannst du sie vornehmen, wenn das Fieber nicht sinkt?«

»Das wäre nicht ratsam«, sagte Jenny.

Ihr Tonfall gefiel Croaker nicht. »Du mußt die Infektion unter Kontrolle kriegen, bevor ich dir die Niere bringe.«

Sie nickte. »Wir tun unser Bestes, Lew. Glaub mir.«

»Ich weiß.« Er ergriff ihre Hand und drückte sie flüchtig, doch sie wies ihn sanft, aber bestimmt zurück.

Einer der Assistenzärzte zog ein Reagenzglas aus der Zentrifuge und hielt es gegen das Licht. Sie sagte etwas zu dem anderen Assistenten, der nickte. Dann gingen beide in den angrenzenden Raum.

»Was ist los, Jenny?« fragte Croaker. »Du verhältst dich, als hätte es die letzte Nacht nicht gegeben.«

»Als ich auf der High School war – bevor ich all diese College-Seminare besuchte, die aus meiner Sehnsucht, Ärztin zu werden, eine Obsession machten –, war ich anders. Ich hatte nur Jungen im Kopf und überlegte, welchen Pullover und Rock ich anziehen sollte, um mich ihnen präsentieren zu können. Es war eine Zeit ohne Sorgen.«

Croaker lächelte. »Hört sich gut an.«

Sie nickte. »Es war eine wunderbare Zeit. Aber heute trage ich zuviel Verantwortung, um mich ablenken zu lassen.« Sie stand auf und ging zu den Fenstern hinüber. Er stand neben ihr und sah eine Vene an ihrer Kehle pulsieren. »Um die Wahrheit zu sagen – ich habe dich vermißt. Schon jetzt. Und das ist ein sehr schlechtes Zeichen.«

Er senkte den Kopf. »Warum?«

Sie wandte sich um und blickte ihn an. »Als ich heute morgen aufwachte, war mein erster Gedanke: ›Was ziehe ich heute an? Ich will mich für ihn schönmachen.‹«

Er lächelte wieder. »Hört sich gar nicht so schrecklich an.«

»Für mich schon. Ich habe mir meine Welt nach gewissen Grundsätzen aufgebaut. Und jetzt – mit dir – bricht alles zusammen.«

Er nahm sie in die Arme. »Bleiben Sie stark, Dr. Marsh. Sie brauchen sich ja nur für eine Stunde am Tag gehenzulassen.« Croaker blickte in ihre grünen Augen. »Soviel Zeit deines hektischen Lebens kannst du mir doch bestimmt widmen.«

»O Lew ...«

Sie küßte ihn, und er spürte ihre Leidenschaft. Ihr Körper zitterte vor unterdrücktem Verlangen. Croaker erwiderte ihren Kuß, und sie begann dahinzuschmelzen, wich aber zurück, als die Assistenzärzte zurückkehrten. Er fragte sich, ob ihr Herz genauso schnell pochte wie seines. Ein Blick in ihre Augen verriet ihm, daß es so sein mußte.

Sie schaffte es mit einiger Anstrengung, ihre Atmung wieder unter Kontrolle zu bekommen. Jenny setzte ihrem Verhalten Grenzen und hielt sich daran. Croaker gefiel das.

»Hör zu, tu mir bitte einen Gefallen. Wenn Stansky heute früh Visite machen sollte, laß dir eine Entschuldigung einfallen und halte ihn von Rachel fern.«

»Warum?«

Er drückte ihre Hand. »Ich bin mir noch nicht sicher, aber ich habe eine Theorie. Ich weiß, wie gern ihr Ärzte euch verbündet, und möchte niemanden ohne Beweise beschuldigen.«

»Aber wenn du glaubst, daß Stansky irgendeine Gefahr für sie darstellt ... Mein Gott, dann muß ich das wissen!«

»Glaub mir, sobald ich es herausgefunden habe, werde ich dich anrufen. Ich habe die Nummer deines Beepers. Okay?«

Sie hielt seine Hand noch einen Augenblick lang fest, und ihre Augen studierten sein Gesicht, als wollte sie sich jede Linie und jede Einzelheit einprägen. »Ich hatte eben unrecht. Es ist ein gutes Gefühl, wenn ich dich vermisse und du dann in mein Labor kommst, aber ...« Ihr Blick trübte sich für einen Augenblick, und Croaker fürchtete, sie würde zu weinen beginnen. »Komm zurück, Lew«, flüsterte sie heiser. »Versprich es mir.«

Croaker lächelte sie an. »Ich verspreche es.«

Aber sein Herz wurde von einer düsteren und bösartigen Vorahnung ergriffen. Er wußte, daß sie an die Vision dachte, die der Zauberstein verursacht hatte – wie er mit dem Gesicht nach unten im seichten Wasser trieb. Der Anblick seiner Leiche.

Der flamingofarbene Thunderbird wartete auf dem Parkplatz des Krankenhauses geduldig auf Croaker. Er schloß die Tür auf und betätigte die Zündung. Im Inneren des Wagens war es höllisch heiß, und Croaker blieb für einen Moment draußen stehen. Er ließ die Tür offen, während die Klimaanlage auf Hochtouren lief. Dann stieg er ein und fuhr zu Mattys Wohnung. Er genoß das Gefühl, daß der Wagen einen starken Motor und eine solide Karosserie hatte, und sog den Geruch der sorgfältig gepflegten Ledersitze ein. Einen Augenblick lang erinnerte er sich an die Zeit, als er achtzehn Jahre alt gewesen war. Er hatte damals nur an Mädchen und Autos denken können, in dieser Reihenfolge oder auch anders herum, je nach seiner Stimmung. Vielleicht war er der Sorglosigkeit damals in seinem Leben am nächsten gekommen. Aber er war im Gegensatz zu Jenny Marsh in Hell's Kitchen aufgewachsen, wo alles Wichtige einen Preis gehabt hatte. Jeden Tag ein anderes Schlachtfeld, ein anderes Territorium, auf dem man um seinen Ruf oder ein Mädchen kämpfen mußte. Immer gab es irgendeinen Heißsporn, der scharf darauf war, einem den Schädel auf dem Bürgersteig einzuschlagen.

Während er auf den Besucherparkplatz von Harbour Pointe fuhr, fragte er sich, wie es gewesen wäre, wenn er Jenny schon während ihrer unbekümmerten High-School-Zeit gekannt hätte, aber er konnte es sich nicht vorstellen.

Die Concierge hielt ihn an, obwohl er einen Schlüssel hatte. Sie sah eine von den Besitzern der Wohnungen angefertigte Liste mit den Namen jener Leute durch, die Schlüssel besaßen. Matty, die gehofft hatte, daß er bei ihr bleiben würde, hatte seinen Namen an dem Abend eingetragen, als er bei ihr geschlafen hatte.

Oben ging er gleich in Rachels Zimmer. Alles sah genauso aus wie beim letzten Mal. Er trat an die Frisierkommode und öffnete die unterste Schublade, wo er das große Duftkissen fand. Er löste sorgfältig das Band, das das Tuch zusammenhielt, und zog zwischen den wohlriechenden Krümeln getrockneter Blumen und würziger Kräuter ein kleines Tagebuch hervor. Alles war so, wie Gideon es ihm erzählt hatte.

Er setzte sich auf Rachels Bett und strich mit der Hand über den Deckel aus dunkelblauer Pappe, der an den Ekken mit dunklem Kunstleder eingefaßt war. Dann öffnete er das Tagebuch und begann, die Seiten mit heftig klopfendem Herzen zu überfliegen.

Der erste Eintrag stammte vom 1. Januar dieses Jahres. Er blätterte die Seiten schnell durch. Rachel hatte nicht jeden Tag eine Eintragung vorgenommen, sondern sich auf die Schlüsselerlebnisse des Jahres beschränkt. Sie gehörte offensichtlich nicht zu den Mädchen, die Notizen wie »Aufgestanden, Ärger mit Mama, Schule, Gideon getroffen, Drogen genommen« in ihr Tagebuch kritzelten.

Als er konzentriert zu lesen begann, erkannte er, daß es sich weniger um ein Tagebuch handelte als um den Bewußtseinsstrom des Innenlebens seiner Nichte. Es war keine einfache Lektüre. Es gab so intime Seiten der menschlichen Seele, daß es schockierend war, wenn sie sich offenbarten. Hier wohnten deformierte Eigenarten:

seltsame Wünsche, bizarre Sehnsüchte und sogar Obsessionen – die Dämonen, die den Menschen antreiben, aber nie ans Tageslicht kommen dürfen. Rachel hatte das Bedürfnis gespürt, diese Schatten ans Licht kommen zu lassen, und jetzt brütete Croaker über ihnen wie ein Schamane, der aus den Knochen eines heiligen Tieres lesen mußte.

Als er zur Hälfte durch war, legte er das Tagebuch zur Seite und blickte auf. Er sah Rachel am hinteren Ende des Schlafzimmers stehen, und sie blickte ihn an, als wäre sie wirklich anwesend. Sie sah nicht wie das sterbende Mädchen aus, das er im Krankenhaus zurückgelassen hatte, sondern glich dem Mädchen auf dem Foto mit dem Kleid für den Schulball – feierlich, aber gesund.

Die Erscheinung öffnete den Mund und sprach die Worte, die er gerade gelesen hatte: »Heute ist irgend etwas zerrissen. Als Mama mir erzählte, daß Donald tot ist, traf mich ein Geräusch, als ob ein Blitz einschlagen würde. Mama studierte meinen Gesichtsausdruck sehr genau, um zu sehen, wie ich reagieren würde. Also zeigte ich keine Reaktion. Ich saß einfach da und starrte auf meine Cornflakes. Und dann dachte ich daran, wie grausam Donald und ich uns zwei Jahre lang gegeneinander verhalten hatten, indem wir vorgaben, daß es vorbei war, während es eigentlich anders war. Dieser Gedanke hat mich zerstört. Ich kann es nicht erklären, aber ich hatte diesen seltsamen inneren Drang, mir mit einem Messer die Pulsadern durchzuschneiden. Ich hätte es vielleicht auch getan, hätte ich nicht an Gideons Trauer gedacht. Zehn Minuten lang habe ich mir ihr Gesicht und mein Blut auf dem Fußboden vorgestellt. Ihr Gesicht, mein Blut. Ich kann ihr das nicht antun.

Aber ich will es. Der Schmerz zieht mich wie ein Magnet an. Ich will auch kopfüber in dieses kalifornische Gebirge stürzen. Ich will ihm nachfolgen. Was soll ich ohne ihn tun? Ich kann es mir nicht vorstellen …

Donald liebte mich, und ich wußte es. Ich bin mir jetzt sogar sicher, daß er mich mehr geliebt hat als Mama. Ich hasse ihn dafür, und auch noch wegen anderer Dinge. Aber das alles kann mich nicht davon abhalten, ihn zu lieben. Ganz im Gegenteil. Es ist, als ob vieles von dem, was er getan hat, uns noch enger zusammengeschweißt hat. Es ist seltsam. Mama hat ihn wegen seiner Grausamkeit gehaßt. Sie hat es nie ertragen. Ich glaube, deshalb habe ich mich ihm sklavisch ergeben. Sklavisch ist das richtige Wort. Ich hätte alles getan, was er von mir verlangt hätte. Alles. Und das war das Geheimnis – das war das Band zwischen uns. Er hätte von mir verlangen können, mir ein Messer in die Brust zu stoßen, und ich hätte es getan, ohne einen zweiten Gedanken an die Sache zu verschwenden. Nicht, daß er das wirklich verlangt hätte. Er war viel zu sehr damit beschäftigt, seinen Penis als Waffe einzusetzen.

Es hat weh getan, aber der Schmerz war so süß. Ich kam mit Tränen in den Augen, und mein Körper zitterte. Manchmal habe ich geblutet. Nur ganz wenig, ein paar Tropfen, karmesinrote Punkte. Auch das band uns enger aneinander, wie ein Schwur. Wir haben das Blut an unseren Händen und auf unseren Knien gemeinsam abgewischt, und danach war er so zärtlich …

Als er mir erzählte, daß er schon damit begonnen hatte, mich abzurichten, als ich noch sehr jung war, habe ich sofort an *Die Geschichte der O.* gedacht, die er mir zu lesen gegeben hatte, als ich zehn war. Ich habe das Buch wieder und wieder gelesen, bis ich ganze Passagen daraus auswendig kannte. Wenn wir zusammen waren, habe ich manchmal daraus rezitiert, und das schien ihn wie nichts anderes zu erregen. Aber dann habe ich es begriffen. Er liebte die Tatsache, daß ich seine Lektion so vollständig gelernt hatte …

Er hat mich gefragt, ob ich finde, daß wir etwas Schlimmes tun. Ich erinnere mich, daß ich ihm in die Augen geschaut und dort etwas entdeckt habe, was ich nie zuvor gesehen hatte: Angst. Da begriff ich, daß er genauso versklavt war wie ich. Hier existierten wir, zusammen, von der Welt getrennt. Es kam mir so vor, als ob wir nur dann leben würden, wenn wir zusammen waren. Außerhalb von diesem Kreis aus Geheimnissen ließen wir einfach die Stunden verstreichen und lebten vor uns hin. Aber das war kein Leben. Die Sehnsucht nach dem anderen, die Verleugnungen, und dann, nach all der Zurückhaltung, der Freudenrausch des Schmerzes ... und diese vereinzelten karmesinroten Blutstropfen – das war das Leben.«

Croaker atmete tief durch, und seine Vision von Rachel verschwand. Er fuhr sich mit der Hand über die Stirn und bemerkte, daß er schwitzte. Seit er erwachsen war, hatte er die meiste Zeit seines Lebens damit verbracht, im verworrenen Labyrinth der kriminellen Psyche herumzustochern. Man versuchte sich daran zu gewöhnen und Methoden zu finden, sich davon zu lösen, damit man nicht von dem ganzen Dreck überschwemmt wurde. Aber es war unmöglich, weil man seine Nase in etwas hineinsteckte, das im Grunde genommen das einzig wahre Heiligtum war.

Croaker hatte im Lauf der Jahre gelernt, sich durch solche Offenbarungen nicht schockieren zu lassen. Aber hier lag der Fall anders. Rachel war keine Kriminelle und keine Psychopathin. Sie war einfach ein Mädchen, das verzweifelt auf Hilfe angewiesen war. Und sie war seine Nichte.

Dieser fürchterliche, flüchtige Blick in ihr Seelenleben erschütterte ihn bis ins Mark. Wenn es stimmte, daß man nie wirklich wußte, was die Menschen dachten, dann stimmte es auch, daß man es meistens gar nicht wissen wollte.

Deshalb brannten Polizisten von der Mordkommission auch so schnell aus. Je besser sie waren, desto schneller ging es. Man konnte sich solchen Psychosen nur für eine gewisse Zeit nähern. Dann mußte man die Augen schließen und sich von dieser Sonne abwenden, die zu grell und zu nahe gekommen war.

Croaker wischte sich den Schweiß ab, griff wieder zu dem Tagebuch und begann, die zweite Hälfte zu lesen.

Seine Vision von Rachel, wie sie einmal gewesen war,

kehrte zurück. Diesmal saß sie im Schneidersitz auf dem Fußboden mitten in ihrem Zimmer. »Es muß das Schicksal gewesen sein«, sagte ihre Erscheinung. »Als Ronald während einer medizinischen Untersuchung seine Hand auf meine nackte Brust legte, wurde meine Brustwarze steif, und er drückte sie solange, bis mir die Tränen kamen. Da war mir klar, daß ich ihm gehörte. Ich habe ihn nach der ersten Sitzung gefragt, woher er es gewußt hatte. Er antwortete, er hätte es in meinem Blick erkennen können. Ich wollte wissen, was er dort gesehen hatte. ›Du warst nackt, und als du mich angeblickt hast, wußte ich, daß es keine Barriere zwischen uns gibt‹, antwortete er mir. Vielleicht ist das die Definition der Unterwerfung. Dann stellte er mir die Frage, an die ich mich immer erinnern werde: ›Ich habe dich schon viele Male nackt gesehen. Aber da war immer diese Mauer, diese innere Abschottung. Was hatte sich heute geändert?‹

Ich wußte natürlich Bescheid. Donalds Tod hatte mich verändert. Und da sah ich eine Möglichkeit, weiterleben zu können. Es ist schön, mit Gideon zusammenzusein. Ich kann sogar sagen, daß ich sie liebe. Aber Liebe reicht mir nicht. Es gibt da diese *Sache* in meinem Inneren, für die ich keinen Namen finde. Es ist das Bedürfnis, das Donald angestoßen und das auch Ronald in meinem Blick erkannt hat. Ich brauche das und muß es einfach haben. Jetzt kann ich weiterleben. Wir werden mit unseren Sitzungen fortfahren. Ich werde überleben ...«

Die Sitzungen – wie Rachel ihre sadomasochistischen sexuellen Rendezvous nannte – waren also weitergegangen. Dr. Stansky war an die Stelle ihres Vaters, Donald Duke, getreten. Das Ganze war eine krankhafte Geschichte, die immer schlimmer wurde. Was für Defekte mußte Rachel haben, daß sie sich an diese Gewohnheiten klammerte? Sie mußte so ernsthaft Schaden genommen haben, daß sie von allen mißverstanden wurde. Es gab etwas, was sie von allen anderen trennte und es für andere Menschen unmöglich machte, sie wirklich zu kennen, sogar für Gideon. Croaker wollte sie in die Arme nehmen und sie beschützen. Sein Herz brach, weil Rachel sich nur nach einem sehnte: nach Liebe. Wenn sie es nur wüßte.

Falls er diese Prüfung überlebte, mußte er dafür sorgen, daß sie ein völlig neues Leben begann. Und das bedeutete, daß er Matty alles erzählen mußte.

Aber nicht jetzt. Noch nicht.

Er war so in seine Gedanken verstrickt, daß er es fast übersehen hätte. Aber irgend etwas hatte sich im Netz seiner Erinnerung verfangen, und so blätterte er zur vorletzten Seite zurück. Die Eintragung war drei Tage vor Rachels Zusammenbruch niedergeschrieben worden.

»Die letzte Sitzung war seltsam – obwohl jede irgendwie seltsam ist. Donald hat mir mal erzählt, daß die dunklen inneren Mächte ihre ganze Kraft zeigen, wenn man sich ihnen öffnet und überläßt. Aber diesmal war es seltsamer als sonst. Ich glaube, es lag daran, daß wir nicht allein waren. Anfangs waren wir oft nicht allein. Während der medizinischen Untersuchungen war natürlich Ronalds Arzthelferin in der Nähe, die mir Blut oder den Abstrich abnahm. Ich glaube, er mußte diese Untersuchungen machen, um einen Vorwand dafür zu liefern, daß ich so oft in die Klinik kam. Aber nach der Untersuchung verließ die Schwester immer den Raum, und Donald und ich waren allein und konnten unsere Reise beginnen. Es war seltsam, aber erregend, es im Untersuchungszimmer zu treiben, mit all den medizinischen Geräten. Ich glaube, daß Donald mich deshalb nie in ein Hotel oder sonstwohin mitgenommen hat. In einem Hotelzimmer hätte es auch nicht dieses Arzt-Patient-Verhältnis gegeben.

Aber diesmal war jemand bei ihm. Ein großer schlanker, dunkelhäutiger Mann. Er wirkte wie ein Schatten. Ronald fragte, ob es mich stören würde. Der Mann wollte uns zusehen. Er würde mich nicht berühren und kein Wort sagen, nur zugucken. Irgendwie gefiel mir das. Es erinnerte mich daran, wie ich mich manchmal in Donalds Gegenwart gefühlt hatte. Obwohl ich wußte, daß es Mama fürchterlich verletzen würde, wollte ich, daß sie uns zusammen sah. Das wäre die einzige Möglichkeit für sie gewesen, mich wirklich kennenzulernen, aber mir war klar, daß es nie so weit kommen würde.

Also sagte ich ›okay‹ und ließ den Mann zusehen. Er tat es, als hätte er es schon oft getan, weil er wußte, was es hieß *zuzusehen*. Es ging nicht einfach nur darum, Dinge zu sehen, sondern sie *wahrzunehmen*. Ich wußte, daß ihm alles, was wir taten, etwas bedeutete, und das hat unsere Lust unglaublich gesteigert.

Später, als Ronald sich wusch, ist der Mann auf mich zugekommen. Wir haben uns so lange angeblickt, daß ich das Gefühl hatte, meine Lungen würden bersten. ›Ich habe es nicht gewußt‹, sagte er. Das war so mysteriös, daß mich ein kleiner Schauer durchfuhr. Er hatte eine Stimme, die kaum lauter als ein heiseres Flüstern war. Ich wollte ihn fragen, was er damit gemeint hatte, dachte aber, daß ich dann wie eine Idiotin wirken würde. Aus irgendeinem Grund wollte ich nicht, daß dieser Mann schlecht von mir dachte. ›Ich habe nichts gewußt‹, sagte er. Ich war so überrascht, daß mein Herz wie ein Football hüpfte, der zwischen die Pfosten geknallt wird. Das Blut rauschte in meinen Schläfen, und ich war nicht in der Lage, etwas zu sagen.

Als er sich später mit Ronald unterhielt, stahl ich mich in den anderen Raum. Sie haben es nicht gemerkt. Wenn es um ernsthafte Gespräche geht, haben Männer mit Mädchen oder Frauen nichts im Sinn. Sein Jackett hing an Donalds altmodischer Holzgarderobe. Ich war von diesem Jackett angezogen, wie magnetisiert. Lange Zeit tat ich gar nichts. Ich war zufrieden, meine Wange an der Anzugjakke zu reiben. Sie roch stark nach seinem Körpergeruch, und das gefiel mir. Dann steckte ich meine Hand in die Innentasche und fand seine Brieftasche. Es war eine dieser europäischen Brieftaschen, die auch Donald hatte – flach und so lang, daß man sie nicht in die hintere Hosentasche stecken kann. Es sind Börsen für reiche Leute, und man muß sie in die Innentasche der Anzugjacke stecken. Sie bestand aus Krokodilleder und war so dunkelblau gefärbt, daß es fast schwarz wirkte. Ich liebte diese Farbe. Ohne zu wissen warum, öffnete ich die Brieftasche, und dann sah ich den in Gold eingeprägten Namen: Trey Merli. Konnte irgend jemand wirklich einen derartigen Namen tragen? Wenn man das ›Y‹ wegläßt, erhält man ›tre merli‹, und das ist italienisch und bedeutet ›drei Amseln‹. Ich las den Namen wieder und wieder, bis er irgend etwas Magisches hatte. Trey Merli.«

Hier schien der Tagebucheintrag zu enden. Aber Rachel hatte in die letzten beiden leeren Zeilen am Ende der Seite noch hastig etwas mit Tinte niedergeschrieben – eine Adresse. Trey Merlis Adresse?

Croaker blickte von dem Tagebuch auf. Das Blut in seinen Adern strömte schnell. Nach Vonda Shepherds Auskunft war Trey Merli der Eigentümer des Gold Coast Auto Rental in Margate. Gold Coast war die Firma, wo Majeur den Lincoln gemietet hatte. Jetzt hatte sich herausgestellt, daß Merli Dr. Ronald Stansky kannte. Was konnte das bedeuten? Croaker wußte es nicht. Aber es war klar, daß die Maschinerie des Bösen ihre dunklen und häßlichen Geheimnisse preiszugeben begann.

Die Adresse, die Rachel in ihr Tagebuch gekritzelt hatte, befand sich auf Hibiscus Island, einer der Inseln draußen in der Mitte der Biscayne Bay. Man gelangte dorthin, indem man die Bucht auf dem Damm des MacArthur Causeways überquerte, an der Fountain Street abbog und über Palm Island fuhr.

Die Insel war klein, nicht mehr als zehn Querstraßen lang und zwei Straßen breit und beheimatete große stuckverzierte Häuser, von denen jedes einen eigenen Bootsanlegeplatz besaß. Croaker parkte den Thunderbird am Bordstein vor einem weißen Haus in der Mitte des Blocks. Wenn man von der dunkelblauen Markise und dem farblich abgestimmten Putz absah, glich es den Nachbarhäusern. Er stieg aus dem Wagen. Die Hitze tat seinen Schmerzen und Leiden gut.

Er schritt den Weg neben der Auffahrt hinauf und klingelte, aber die Tür wurde nicht geöffnet. Also ging er um das Haus herum, an einer orangefarbenen Bougainvillea und rosa Hibiskussträuchern vorbei. Im hinteren Teil des Hauses befanden sich ein Patio und außerhalb davon ein abgeschirmter Swimmingpool. Davor waren in zwei Reihen acht weiße Sofas mit blauen Stoffkissen so perfekt arrangiert, daß man glaubte, hier sollte ein Fototermin stattfinden. Es war niemand zu sehen. Die Filter des Swimmingpools gurgelten wie ein gerade gefüttertes Kind. An der Spitze des Sichtschutzes rieben sich Palmenzweige. Auf einem kleinen Wagen sah man einen Stapel frisch gewaschener Handtücher mit kandisfarbenen Streifen. Darunter standen drei Flaschen mit verschiedenen Sonnenschutzmitteln.

Hinter dem Swimmingpool befand sich der Bootsanlegesteg, aber es war kein Schiff zu sehen. Als Croaker zur Hinterseite des Hauses zurückging, sah er, daß die Schiebetür nicht ganz geschlossen war. Er öffnete sie und betrat den Patio. Durch die Fenster direkt vor sich sah er ein großes Wohnzimmer. Rechts befanden sich die Fenster des Schlafzimmers, links die des Gästeflügels mit zwei Schlafzimmern. Nur ein grüner Plastikalligator, der im Swimmingpool trieb, bewegte sich. Er blickte Croaker ohne Neugier an, während der durch den Innenhof ging. Die Schiebetür zum Wohnzimmer war nicht verschlossen, und er betrat den von einer Klimaanlage gekühlten Raum.

Er sah eine Flut von beigen und leicht getönten, weißen Möbeln. Die Einrichtung war teuer, flecken- und makellos. Auf dem Eßzimmertisch aus Kalkstein waren um einen großen Strauß mit frischen Blumen fünf Gedecke arrangiert, aber es roch nicht nach Essen. Es gab auch keinerlei Duftspuren von Parfüm oder Zigarettenrauch.

In der Küche durchsuchte er die Speisekammer und die Schubladen der Schränke, in denen sich jede Menge Lebensmittel, Küchengeräte und Geschirr befanden. Er sparte sich den Kühlschrank bis zuletzt auf. Seit Sonias Tod hatte dieser gewöhnliche Alltagsgegenstand für ihn etwas Unheimliches. Er würde nie wieder eine Kühlschranktür öffnen können, ohne an ihre Augen zu denken, die ihn aus dem Innenraum angestarrt hatten.

Was ist, wenn sich Trey Merlis Kopf darin befindet, dachte er, während er seine Hand fest um den Türgriff geschlossen hatte. Mit zusammengebissenen Zähnen riß er die Tür auf, sah aber nur den gewöhnlichen Inhalt eines normalen Kühlschranks und sonst nichts.

Er wartete einen Augenblick, bis sich sein beschleunigter Puls wieder etwas beruhigt hatte. Die Tür fiel mit einem kleinen Seufzen ins Schloß.

Im großen Schlafzimmer fand Croaker weitere beige und leicht getönte weiße Möbel: ein riesiges Bett, einen alten französischen Schrank aus der Provence, der abgebeizt und heller gestrichen worden war, und einen Wandspiegel mit vergoldetem Rahmen. Er durchsuchte den Schrank und konnte außer der Tatsache, daß Trey Merli bei seiner Kleidung guten Geschmack bewies und offenbar einen Haufen Geld besaß, nichts Interessantes entdecken. Die Farben seiner Garderobe beschränkten sich auf dunkelblau bei Anzügen und weiß bei Hemden, wie Croaker schon nach dem Äußeren des Hauses hätte schließen können. Am Fuß des Bettes befand sich ein großer sandfarbener, ungefähr achtzig Zentimeter tiefer Lackkasten, der fast so breit wie das Bett war. Neben einem Nachttisch bemerkte Croaker eine Fernbedienung. Er nahm sie und drückte auf den Knopf, um die Tür zu öffnen. Sie glitt lautlos auf, und er sah einige Geräte im Inneren des Schrankes – einen riesigen Fernseher, einen Videorekorder, einen CD-Player und ein Durcheinander von CD's und Kassetten. Croaker zählte etwa ein Dutzend Videokassetten und ungefähr zehn CD's in Schutzhüllen.

Auf dem Bett lag ein ordentlicher Stapel aus drei Smokinghemden. Sie waren frisch gereinigt, um Pappkarton gefaltet und wurden von Papierbändern zusammengehalten. An dem geöffneten braunen Packpapier, auf dem die Hemden lagen, war eine Kopie der Rechnung der Reinigung angeheftet. Die Hemden hatten den gleichen Schnitt und Markennamen wie die im Schrank.

Doch Croaker fiel etwas Merkwürdiges auf – nicht an den Hemden, sondern an der Pappe, um die sie aufgefaltet waren. Sie wirkte geknickt. Er hob das oberste Hemd hoch, zog die Pappe mit seinen künstlichen Fingern heraus und entdeckte einen hellbraunen Schnellhefter. Sein Herz begann heftig zu pochen. Auf dem Etikett stand SONIA VILLALOBOS.

Er öffnete den Ordner. Vor ihm lag Sonias Krankenakte, von Dr. Ronald Stansky angelegt. Mit einem Blick auf den oberen Rand der Seite stellte er fest, daß die Patientenakte nicht aus Stanskys Privatpraxis in West Palm Beach, sondern aus seiner Klinik in Margate stammte. Sonia war Stanskys Patientin gewesen?

Schnell zog er die zweite Akte hervor und blickte auf den Namen auf dem Etikett. Zu seinem Entsetzen stellte er fest, daß dies Vonda Shepherds Unterlagen waren. Er öffnete die Akte. Auch sie war Stanskys Patientin gewesen? Selbst wenn er an Zufälle geglaubt hätte – was er nicht tat –, dies hätte er nie für einen Zufall gehalten. Er bemerkte, daß viele identische Untersuchungen in derselben Reihenfolge vorgenommen worden waren. Vielleicht hatte das etwas mit ärztlicher Routine zu tun, vielleicht auch nicht. Alle endeten mit einer speziellen Untersuchung, und diese Erkenntnis ließ ihm das Blut in den Adern gefrieren.

Er zog die dritte Patientenakte hervor. Sein Verstand sträubte sich dagegen, den Namen darauf zur Kenntnis zu nehmen. RACHEL DUKE. Seine rechte Hand zitterte, während er alarmiert den Ordner durchblätterte. Seine Gedanken wandten sich in eine Richtung, die ihn zu Tode erschreckte. Wenn er recht hatte …

Er faltete das braune Packpapier auseinander und warf einen Blick auf den Namen auf der Quittung: Chemische Reinigung Jiffy Tyme. Sie befand sich am Biscayne Boulevard. Warum kam ihm das vertraut vor?

Croaker fuhr zusammen, weil er etwas gehört hatte – ein leises Geräusch aus dem Wohnzimmer. Er schlich zur Wand des Schlafzimmers, um durch die offene Tür einen besseren Blick in den Flur zu haben.

Bis zur ersten Biegung war der Flur verwaist, und weiter reichte sein Blick nicht.

Er verließ das Schlafzimmer und ging durch den Flur. Direkt vor der Biegung hielt er inne.

»Ich kann Sie nicht sehen«, sagte eine Stimme. »Aber ich sehe Ihren Schatten.«

Die Stimme klang vertraut.

Langsam und vorsichtig betrat Croaker das Wohnzimmer. Der schlanke Mann mit den bernsteinfarbenen Augen saß mit übereinandergeschlagenen Beinen auf einem der weißen, gepolsterten Stühle.

»Ist wohl Schicksal, daß wir uns ständig über den Weg laufen, Antonio«, sagte Croaker.

»Und dann noch in den unpassendsten Augenblikken.« Bonitas Arme ruhten bequem auf den gepolsterten Lehnen. »Darf ich fragen, aus welchem Grund Sie hier sind?«

Croaker beobachtete ihn mit gespannter Aufmerksamkeit. »Wollen Sie damit sagen, daß Sie das nicht wissen?«

»Ich will es aus Ihrem Mund hören.« Der Blick von Antonios bernsteinfarbenen Augen wanderte von den Fenstern zu den Gemälden an der Wand, dann zu dem perfekt gedeckten Eßtisch, bevor er wieder Croaker fixierte. »*¡Que hermosa tu boca!*« Was für einen wunderschönen Mund Sie haben.

»Sie haben meine Frage nie beantwortet«, sagte Croaker.

Der schmale, attraktive Kopf bewegte sich nicht. »Welche Frage?«

»Es ging um Rosa. Sie haben mir erzählt, daß Sie sie geliebt hätten, aber das ist unmöglich. Sie haben sie getötet und ihr den Kopf abgehauen, als wäre sie ein Tier gewesen.«

Der Mann mit den bernsteinfarbenen Augen schwieg lange, aber Croaker hatte den Eindruck, daß sich in seinem Inneren etwas zusammenbraute. Es war wie das Nachlassen der Spannung, das das Gehör in der Ruhe vor dem Ausbruch eines fürchterlichen Wirbelsturms wahrnimmt.

»Nein«, sagte Bonita ganz plötzlich. »*Ich* habe Rosa umgebracht.«

Er stand auf und kam langsam und lässig auf Croaker zugeschlendert. *So erkennst du einen Mann,* hatte Stone Tree Croaker einst erzählt. *Er kann seinen Namen oder seine Identität ändern oder sich sogar einer Gesichtsoperation unterziehen, aber sein Gang wird ihn immer verraten. Genau wie die Fingerabdrücke einen Mann von einer Million anderer Männer unterscheiden. Der Gang eines Mannes verändert sich nie. Selbst wenn er sich ein Bein gebrochen hat, paßt sich sein Körper an, und die Besonderheiten seines ehemaligen Ganges kommen wieder zum Vorschein.*

Es war nicht Antonio, sondern Heitor. Croaker kannte Antonios flüssigen, harmonischen Gang. Der Gang dieses Mannes war völlig anders – eckig und durch abgehackte, ungeduldige Bewegungen charakterisiert.

»Ich habe mich gefragt, was mein Bruder vorhatte«, sagte Heitor. »Es entspricht nicht seinem Stil, Anekdoten aus der Schulzeit zu erzählen, oder? Nein.« Er war so nah, daß Croaker seinen animalischen Geruch wahrnehmen konnte. Dieser Mann hatte vor den Schranken der Zivilisation keinerlei Respekt. »Und die Geschichte von Rosa Milagros' Tod ist diejenige, die am allerwenigsten erzählt werden sollte.« Er sprach leise und schleppend, als hätte er Valium genommen. »Es beunruhigt mich zutiefst, daß er immer noch an Rosa denkt. Er hat erzählt, er habe sie geliebt. Und das Ihnen.«

»Er hat mir erzählt, er sei verdammt«, sagte Croaker mit einiger Anstrengung. »Ich glaube, daß Sie beide verdammt sind.« Er wandte sich um und ging durch das Wohnzimmer auf die Schiebetür zu. Durch das Glas sah er, wie sich das Sonnenlicht auf dem Wasser des Swimmingpools spiegelte. Er konnte gerade noch den Kopf des Plastikalligators sehen, der die Sorgen dieser Welt nicht kannte. Es war gut, daß er nicht wußte, daß die Sonne seine Plastikhaut mit jeder Minute mehr zerstörte. Die Luft würde nur allzuschnell aus seinem Körper weichen, und bald würde er in der Mülltonne enden.

Croaker spürte, daß Heitor direkt hinter ihm stand, und das war gut. Er wollte nicht, daß Bonita in die Nähe des Schlafzimmers kam.

»Einst habe ich geträumt, ich wäre verdammt«, sagte Heitor, als befänden sich Croaker und er mitten in einer Unterhaltung.

Croaker blieb vor der Schiebetür stehen und beobachtete Heitors Spiegelbild im Glas, während Bonita sprach.

»In diesem Traum schritt ich über die brennenden Köpfe der Verdammten, die sich senkten, wenn ich mich ihnen näherte, und mir ihre Nacken darboten, so daß ein flacher Pfad vor mir erschien. Am Ende dieses Pfades sah ich den Teufel.« Heitor verschränkte die Arme vor der Brust. »Wie stellen Sie sich den Teufel vor, *Señor*? Als einen Mann im roten Anzug mit Hörnern, einem Schwanz und einer Mistgabel? *Madre de mentiras*, nein. Der Teufel sah so aus, wie ihn mir meine Mutter beschrieben hatte, als ich ein kleines Kind war: Er hatte den Kopf eines Hais und den Körper einer wunderschönen, nackten Frau.« Er lächelte. »Meine Mutter hat gewarnt, ich solle mich vor dem Teufel hüten. Weil er häßlich ist? Nein, *Señor*. Weil er wunderschön ist. Die Schönheit verleiht ihm seine Macht.«

Croaker spürte Heitors unmittelbare Nähe. Was verbarg sich unter dessen beinahe unnatürlicher Ruhe? »Und was geschah in Ihrem Traum, nachdem Sie den Teufel getroffen hatten?«

»Ich habe ihn aufgegessen.« Heitors bernsteinfarbene Augen funkelten freudig. »Ohne zu zögern, habe ich mein Skalpell hervorgezogen und ihn in mundgerechte Bissen zerlegt, *Señor*. Ich glaubte, daß sein Fleisch nach Tod und Verwesung stinken würde, aber es schmeckte nach Rosen.« Er spitzte die Lippen. »Meine Mutter hat mich gelehrt, Fleisch roh zu essen, so wie dieses. Sie hat behauptet, daß aus Totem durch Erhitzung alle Kraft verschwindet. Man soll es kalt und roh essen. *Muy bueno*.«

Noch während Heitor die letzten Worte sprach, handelte er. Er wirbelte Croaker herum, rammte ihm die Handkante unter das Kinn und preßte zwei Finger seiner anderen Hand gegen seine Schläfe, wie Antonio es mit dem Killer gemacht hatte, um ihn außer Gefecht zu setzen. *Hetá I.* Croaker konnte nichts anderes tun, als seine rechte Hand in die Tasche zu stecken, in der der Zauberstein war.

Er fühlte, wie ihn ein Frösteln überkam. Er schien von einem Eisblock eingeschlossen zu sein. Er versuchte, sich zu bewegen, aber es war unmöglich. Der Druck der beiden Finger lähmte ihn, während der Blick von Heitors bernsteinfarbenen Augen ihn durchbohrte.

Heitors Gesicht schwebte direkt vor Croakers. »Wer sind Sie, sich die Geständnisse meines Bruders anzuhören? Sie sind nur ein Bote. Und wenn Sie Ihre Botschaft überbracht haben ...« Er lachte. »Sie können weiterspekulieren, was dann passieren wird.« Sein Gesicht verdüsterte sich plötzlich wieder. »Aber vielleicht hat mein Bruder Illusionen. Vielleicht sieht er in Ihnen mehr als einen Boten. Ich sollte Sie jetzt umlegen.«

»Dann wird die Botschaft nie überbracht werden.« Croaker wußte verschwommen, daß es hier ein Rätsel gab, das gelöst werden mußte, aber in seinem Zustand konnte er nicht klar denken.

»Ich werde es selbst erledigen!« Heitor spuckte die Worte förmlich aus. »Das habe ich schon die ganze Zeit gewollt. Ich bin kein fetter Sesselfurzer in mittleren Jahren, der tatenlos bei der Jagd zuschaut.«

Croaker hatte die letzten paar Augenblicke damit verbracht, seine Energie darauf zu konzentrieren, die Finger seiner rechten Hand zu bewegen. Jetzt umschlossen sie den Zauberstein. Er spürte die vertraute Wärme und die prickelnde Ausstrahlung, die an die Hitze der Sonne erinnerte. Während sich diese Hitze in seinem Körper ausbreitete, begann seine Lähmung zu verschwinden.

In Heitors Gesicht spiegelte sich Vorsicht. »Vielleicht will mein Bruder Ihnen Ihr Schicksal voraussagen. Aber das ist bei *Hetá I* nicht erlaubt. Vielleicht möchte er, daß Sie wissen, wie Sie von denen betrogen werden, die Ihnen am nächsten stehen. Wir haben diese Dinge gesehen. Wir sind mit vielen Geheimnissen des menschlichen Herzens vertraut. Und ich versichere Ihnen, *Señor*: Es sind immer düstere Geheimnisse.«

Croaker umklammerte den Zauberstein noch fester.

»Antonio behauptet, wir wüßten zuviel, und das sei unnatürlich. Seiner Ansicht nach sind wir nur deshalb das, was wir sind, weil wir die Geheimnisse kennen, die niemand kennen sollte. Ich sage: Was soll's? *Madre de mentiras,* das Leben ist für uns ein einziges großes Spiel. Man macht mit, oder man stirbt. Wenn man verliert, kratzt man ab. Wenn man gewinnt, überlebt man und kann am nächsten Tag weiterspielen. Das sind unsere Gesetze. Und jetzt, *Señor,* leben auch Sie nach diesen Gesetzen. *¿Comprende?*«

»Natürlich, Heitor. Ich habe sehr gut verstanden.« Croaker preßte Heitor die rechte Hand mit dem Zauberstein gegen dessen flachen, muskulösen Bauch.

Heitors bernsteinfarbene Augen weiteten sich. Er öffnete die Lippen, gab aber keinen Laut von sich. Mit einer Bewegung des linken Arms befreite sich Croaker aus der Umklammerung. Er schlug gegen Heitors Schlüsselbein, stieß dessen zusammensinkenden Körper von sich und zog am Griff der Schiebetür.

Das war ein Fehler. Heitor sprang gegen seine Taille, und sie prallten mit solcher Kraft gegen die Schiebetür, daß das Glas zersplitterte und sie auf dem Boden des Innenhofes landeten. Sie rollten über den Beton und stürzten in den Swimmingpool.

Croaker tauchte unter. Das Wasser war flach und trübe wie Luft. Er erinnerte sich blitzartig an Jennys Vision, in der er mit dem Gesicht nach unten im seichten Wasser trieb. Stand sein Tod unmittelbar bevor?

Er erkannte den Unterleib des Plastikalligators und stieß ihn zur Seite, während er aus dem Wasser auftauchte. Heitor zog ihn wieder hinunter und schüttelte ihn wie einen ungehorsamen Hund, bis Croaker schwindlig wurde. Er rammte Heitor verzweifelt die Kante seiner künstlichen Hand unter den Kiefer, befreite sich und tauchte, nach Luft japsend, aus dem Wasser auf.

»*Maricone,* wo haben Sie den Zauberstein her?« Heitor war clever. »Ich will ihn haben!« Mit seiner freien Hand zog er das Skalpell hervor. Das Licht reflektierte auf der bösartig aussehenden Klinge aus rostfreiem Stahl. »Kein normaler Stein könnte mich aufhalten.«

Croaker erinnerte sich an sein noch nicht lang zurückliegendes Gespräch mit Ross Darling, als sie die UnSub-Datei studiert hatten: *Dann hat der Mörder also keine Säge benutzt,* hatte Croaker gesagt, *und die Wirbelsäule nur mit einem Skalpell durchgeschnitten. Das erfordert große Kraft.*

Die Kraft eines gottverdammten Bullen, hatte Darling geantwortet.

Er hatte recht gehabt.

Die Klinge schoß in einem flachen Bogen auf ihn zu. »Der Zauberstein gehört Ihnen nicht. Geben Sie ihn mir, oder ich werde Ihnen die andere Hand abschneiden.« Die Klinge schwebte in der Luft. »Kostet mich nur einen schnellen Schnitt durch das Handgelenk.«

»Die Dunklen Steine wissen es«, sagte Croaker und betonte dabei jedes einzelne Wort. »Sie werden ihn nicht bekommen. Er gehörte Humaitá.«

Croaker genügte der kurze Augenblick des Schocks, um zu handeln. Er rammte Heitor seine Stirn gegen die Nase. Blut spritzte, und Heitor wich mit einer krampfhaften Bewegung zurück. Er schnappte nach Luft wie ein Fisch auf dem Trockenen.

Croaker glitt zur Seite. Heitor griff blindlings nach ihm, und Croaker trat ihn in die Rippen. Heitor grunzte, und sein Gesicht verschwand unter der Wasseroberfläche. Während Croaker auf den Rand des Swimmingpools zuschwamm, hielt er den Plastikalligator zwischen sich und Heitor.

Er drehte sich rechtzeitig um, um zu sehen, daß Heitor mit schnellen, kräftigen Stößen auf ihn zutauchte, seine geschwollene Nase und das Blut ignorierend, das in dünnen Mustern hinter ihm herzog. Er zückte das Skalpell und schien zu grinsen, als er mit der Klinge ausholte. Croaker packte den Plastikalligator und ließ ihn heruntersausen. Es gab ein lautes Zischen, als die Klinge durch die Plastikhaut fuhr und die Luft aus dem Alligator wich.

Heitor kam wieder an die Oberfläche. Das durch sein Blut rosa gefärbte Wasser troff ihm vom Körper. »*Escuchame, Señor.* Jetzt haben Sie mir das gegeben, wonach ich mich sehne. Das ist die Art von Jagd, die ich genieße.«

»Tut die gebrochene Nase weh, Heitor?«

Heitor spuckte Blut in den Swimmingpool. »Wir beten den Schmerz an, *Señor,* und heißen ihn willkommen. Er zeigt, daß es sich um eine echte Jagd handelt.« Er hob das Skalpell und balancierte es auf der Handfläche. »Wenn wir den Schmerz fühlen, *wissen* wir, daß wir leben.«

Er watete durch das Wasser. »Glauben Sie, daß Sie mich daran hindern können, Ihnen die Hand abzuschneiden?«

Croaker hielt den Zauberstein vor seinen Körper. »Dann bringen Sie die Sache zu Ende, Heitor. Sofort. Tun Sie es, wenn Sie können.«

Heitor hielt dicht vor ihm inne und starrte in Croakers Augen. Er hob die rechte Hand und wiegte lässig das Skalpell.

Croaker bewegte den Zauberstein, und Heitor wich einen Schritt zurück. Ein Ausdruck blanken Hasses verzerrte sein einst schönes Gesicht.

»Ich werde mich daran erinnern«, flüsterte er, während er sich zurückzog. »Nicht jetzt, noch nicht. Aber bald.« Seine Worte klangen wie der süßliche Gesang eines Wiegenliedes. Er bewegte sich schweigend zu den Stufen, überquerte schnell den Innenhof und war verschwunden.

Croaker atmete tief durch und brach im Wasser zusammen. Der Adrenalinstoß schlug ihm auf den Magen, und seine Kehle war wie ausgetrocknet. Er sah Blutschlieren durch den Swimmingpool treiben. Sie lösten sich auf und gerannen zu kleinen Flecken. Stöhnend stemmte er sich am Rand des Swimmingpools hoch und legte sich mit dem Rücken auf die Kacheln des Innenhofs. Jedes Zusammentreffen mit den Bonitas schien ihm stärker an die Substanz zu gehen. Was würde bei ihrem nächsten Treffen geschehen? Er wollte jetzt nicht darüber nachdenken und dachte deshalb an Jenny. Nach einer Weile griff er sich ein paar große Strandhandtücher und ging zum Thunderbird zurück. Nachdem er die Handtücher über den Sitz gebreitet hatte, stieg er ein. In seinen Schuhen schwappte das Wasser.

Er zog sein Mobiltelefon hervor und wählte Jennys Nummer. Er betete, daß sie nicht im OP war.

»Hallo?«

Er seufzte vernehmbar, als er ihre Stimme hörte. »Jenny, hier ist Lew. Ich habe nicht viel Zeit, also stell keine Fragen. Ich habe ein paar interessante Beweise, was die Sache mit Stansky betrifft.«

»Schieß los.«

»Ich habe seine Patientenakte über Rachel gesehen ...«

»Wie bist du ...?«

»Spielt keine Rolle. Der springende Punkt ist, daß er wußte, daß sie nur eine funktionierende Niere hat. Er hat sie im September letzten Jahres geröntgt und es schriftlich festgehalten. Stansky war auch der Arzt zweier später ermordeter Frauen, deren Organe verkauft wurden, wie ich annehme.«

Er hörte, daß Jenny scharf einatmete. »Aber das allein ...«

»... reicht nicht. Ich weiß. Aber hör dir das an. Stansky hat beide auf die HLA-Antigene hin untersucht. Beide waren gesunde junge Frauen. Niemand bestimmt die HLA-Antigene, wenn nicht ...«

»... wenn nicht die Notwendigkeit besteht, einen Kompatibilitätstest zwischen ihren Organen und denen eines potentiellen Empfängers vorzunehmen«, ergänzte Jenny mit gedämpfter Stimme.

»Du erkennst die Logik darin, oder?« fragte er. »Stell dir vor, du würdest mit Organen handeln. Was wäre das Hauptproblem?«

»An gesunde Organe heranzukommen.«

»Nehmen wir mal an, daß dafür bereits gesorgt wäre.«

Er konnte fast hören, wie sie erschauerte. »Dann ist die Zeit das Wichtigste. Man muß die HLA-Antigenbestimmung an die ASAP übermitteln, damit man weiß, welches Organ für welchen Patienten in Frage kommt.«

»Genau. Aber was wäre, wenn du diese Information schon hättest, bevor das Opfer tot ist?«

»O Lew. Sag, daß das hier nicht der Fall ist.«

»Tut mir leid, aber es ist so. Unser Freund Dr. Stansky ist bis über beide Ohren in den Organhandel verwickelt. Er ist der Kundschafter und vergleicht die Organe seiner Patienten mit den Bedürfnissen der Organhändler. Wie alles, was logisch ist, läßt sich auch das hier sauber nachvollziehen.«

Es entstand eine Pause. Croaker hörte ihr schnelles Atmen. »Hat Stansky auch bei Rachel die HLA-Antigene bestimmt, Lew?«

»A1:52; A2:26; B1:30 ...« Croaker zitierte alle acht Werte aus dem Gedächtnis.

»Guter Gott, daß ist Rachels HLA-Profil. Warum hat Stansky diese Untersuchung durchgeführt? Er kann damals noch nicht gewußt haben, daß Rachel einmal eine Niere brauchen würde.«

Genau darum geht es ja, dachte Croaker. »Hör zu, Jenny. Ich will, daß Rachel in ein anderes Krankenhaus kommt. Geht es ihr dafür zu schlecht?«

»Nein, aber ...«

»Ein gutes Krankenhaus – das beste.«

»Das Jackson Memorial in Miami. Ich habe dort gute Verbindungen ...«

»Okay, tu es. Sofort. Und erzähl Stansky nicht, wo sie hingebracht worden ist.«

»Aber er ist ihr Arzt. Ich ...«

»Sprich mit Matty. Überzeuge sie davon, den Arzt zu wechseln. Du wirst es schon schaffen ...«

»Aber Lew ...«

»Jenny, was würde passieren, wenn man ihren Blutkreislauf immer wieder von neuem mit einer Vergiftung infizieren würde?«

»Ihr Körper wäre nicht in der Lage, sich dagegen zu wehren, gleichgültig, wie viele Antibiotika wir ihr geben würden.«

»Geschieht nicht genau das? Ruf mich an, wenn Rachel verlegt worden ist«, sagte er und legte das Handy zur Seite.

Da war noch etwas anderes, das ihn beschäftigte. Er hatte Stanskys Patientenakten in Trey Merlis Hemden gefunden. Die wiederum waren eben von der Chemischen Reinigung Jiffy Tyme zurückgebracht worden, die am Biscayne Boulevard lag.

Wo hatte er diesen Namen schon gehört? Er dachte über die Adresse nach, konnte sich aber nicht daran erinnern, wo das Haus mit dieser Nummer lag.

Croaker fuhr zu einer Tankstelle und fand im Verkaufsraum ein Regal mit Stadtplänen der Region. Er kaufte einen, zusammen mit zwei billigen Strandhandtüchern, und ging zum Wagen zurück. Er blieb einen Augenblick lang stehen und ließ sich von der Sonne rösten. Noch immer spürte er den Nachhall des Schreckens, den Heitor ihm bereitet hatte.

Er entfaltete den Stadtplan und suchte von der Stelle, wo er sich befand, den Weg zum Biscayne Boulevard. Und da erinnerte er sich. Pablo Leyes hatte ihm erzählt, daß seine Frau Estrella am Biscayne Boulevard arbeitete. In einer Chemischen Reinigung, die einem Jiffy Tyme gehörte.

Das News Café hatte vierundzwanzig Stunden am Tag geöffnet. Croaker stand unter der grünen Markise im Schatten und blickte auf das an das Rosa eines Austerngehäuses erinnernde Licht über dem Strand, der hinter dem Ocean Drive lag. Es war zehn nach elf. Ihm blieben keine dreizehn Stunden mehr, bevor er Barbacena ins Visier nehmen mußte. Obwohl es für das Mittagessen noch zu früh war, war das Restaurant alles andere als leer. Langbeinige Models mit Sonnenbrillen, die frühmorgendliche Fototermine hinter sich gebracht hatten, rauchten eine Zigarette nach der anderen, während sie ein Frühstück mit hohem Cholesteringehalt verschlangen. Zwischen den Bissen zogen sie über andere Models her.

Croaker trug eine olivfarbene Hose, ein blaßgrünes Hemd aus knittrigem Naturleinen und dünne Socken mit weißem Karomuster. Er hatte die Sachen eben in einer nahegelegenen Boutique gekauft. Aber seine Schuhe quietschten immer noch. Sie würden ein paar Tage brauchen, um völlig zu trocknen.

Als Majeur kam, überquerte Croaker die Straße, während der Anwalt den Lincoln parkte und ausstieg. Er trug einen eleganten dunkelblauen Versace-Smoking. An einem der Satin-Revers war eine weiße Rose angesteckt, deren zerquetschte Blütenblätter mit etwas gefärbt waren, das wie Lippenstift aussah. Die dunkle Farbe erinnerte an getrocknetes Blut. Er ließ seine schmale Aktentasche mit einer Unbekümmertheit gegen die Oberschenkel baumeln, als wollte er sein bevorzugtes Pferd ermuntern, sein Bestes zu geben.

Das scharfgeschnittene Gesicht hatte nichts von seiner vollen Mahagonifarbe verloren, aber einige Strähnen seines glatten rötlichen Haars klebten an seiner schweißnassen Stirn. Croaker war offensichtlich nicht der einzige, den man um den Schlaf betrogen hatte. Aber die Kleidung paßte nicht zu einem Mann, der angeblich bis tief in die Nacht hinein Informationen über Juan Garcia Barbacena und seinen beeindruckenden Sicherheitsapparat überprüfte.

Majeur blickte auf seine goldene Patek Philippe. »Pünktlichkeit sagt viel über einen Mann. Guten Morgen, Sir.«

»Ich habe nicht den Eindruck, daß der Tag schon begonnen hat«, sagte Croaker.

»Das wird sich ändern«, entgegnete Majeur. »Ich verspreche es Ihnen.« Seine Augen hatten das leicht wäßrige Aussehen, das man von Menschen kennt, die zuviel getrunken hatten.

Sie schlenderten über den Strand. Der Sand war glühend heiß.

»Sie sehen aus, als hätten Sie eine harte Nacht hinter sich«, sagte Croaker.

»Für einige Leute muß man sich einfach in einen Smoking werfen.« Majeur bot Croaker ein mit Schokolade überzogenes Pfefferminzbonbon an und schob sich dann selbst eines in den Mund. »Ich nähere mich traurigerweise einem Alter, wo zuviel Champagner den Magen übersäuert.«

»Das passiert allen. Aber wenn man jung ist, achtet man nicht darauf.«

Majeur schien auf diesem Gedanken herumzukauen wie auf dem Pfefferminzbonbon. »Da haben Sie recht. Die Zerstörung beginnt schon früh. Die des Körpers und der moralischen Prinzipien – beide leiden unter den Zumutungen des Lebens.«

Croaker erschauerte leicht, als ihm bewußt wurde, daß der Anwalt über sich selbst sprach. »Der Körper hat die Schwerkraft als Orientierung«, sagte er. »Aber was die moralischen Prinzipien angeht ...«

»Was die moralischen Prinzipien angeht«, vollendete Majeur, »so leiden sie mit jedem Schicksalsstreich. Das Leben ist ein Glücksspiel, Sir, ein sprunghafter Tanz ohne Aussicht auf Erfolg. Dabei ist noch nie etwas dauerhaft Gutes herausgekommen.«

Croaker hatte das Gefühl, daß sich das Leben für Majeur auf die Beziehung zu einem Menschen reduziert hatte: seinem Klienten. »Haben Sie in der letzten Nacht den Spieler besucht?«

»Ich weiche nie weit von seiner Seite. Er und ich sind fast siamesische Zwillinge geworden.«

»Und was passiert, falls einer von Ihnen sterben sollte? Was geschieht dann mit dem anderen?«

Majeur zog einen goldenen Trauring vom Ringfinger seiner linken Hand und balancierte ihn nachdenklich auf den Spitzen seiner schlanken Finger. »Wenn man den ersten Schritt auf einem Weg getan hat, *Señor,* ist einem oft nicht klar, was einen am Ende erwarten könnte. Ich glaube, das muß so sein, um einen Menschen voranzutreiben.«

Das Sonnenlicht spiegelte sich auf dem goldenen Ehering, während Majeur gemächlich damit spielte. »Das Leben besteht in der Hauptsache aus Opfern, Sir, kleinen und großen. Manchmal ist eines so schwerwiegend, daß es fast unmöglich ist, sich die Konsequenzen bewußt zu machen.« Er hielt den goldenen Trauring hoch. »Sie sehen diesen Ring, *Señor*. Er steht für neun Jahre meines Lebens. Neun Jahre, die mir jetzt wie die Fantasie eines Unbekannten vorkommen.« Er schnippte den Ring hoch. Er flog durch die flimmernde Morgenluft und versank unter der weißgrünlichen Brandung im Sand. »Jetzt hat sich der Traum wie diese Wellen verflüchtigt, und ein anderer ist an seine Stelle getreten.«

»Ich sage Ihnen was, Majeur«, antwortete Croaker. »Es ist verdammt hart, Sympathien für einen Mann zu entwikkeln, der einen erpreßt.«

Der Rechtsanwalt lachte, und Croaker hörte wieder dieses hohe, seltsam feminine Geräusch. »Ich stimme Ihnen zu. Übermäßiger Champagnerkonsum übersäuert nicht nur meinen Magen, er macht mich auch sentimental. Und wie Sie offenbar auch mag ich keine sentimentalen Menschen.« Majeur schenkte ihm ein verzerrtes Lächeln. »Aber mein Gefasel weist auf etwas Seltsames hin.« Er zog eine Zigarre hervor, die in eine Aluminiumhülle gewickelt war, und blickte sie einen Augenblick lang an. Dann überlegte er es sich offensichtlich anders und ließ die Zigarre wieder in seinem Smoking verschwinden. »Im Gegensatz zu Ihnen habe ich begriffen, daß sich eine Beziehung zwischen uns entwickelt hat.«

»Sie gleicht der zwischen Folterer und Gefoltertem.«

Majeur lachte erneut. »Ich will damit sagen, *Señor*, daß Sie, obwohl Sie kein Anwalt sind, mit Worten umzugehen wissen.« Er rieb die Stelle an seinem Finger, wo sich zuvor der Ehering befunden hatte. »Aber wer kann schon sagen, wer der Folterer und wer der Gefolterte ist?«

Croaker schwieg einen Moment, weil er sich der Tatsache bewußt war, daß Majeur ihm etwas Wichtiges mitteilen wollte. »Majeur ...«

»Ich glaube, Sir, daß die Zeit aus uns allen Narren macht.« Majeur schüttelte den Kopf, als würde er versuchen, seinen Kopf von den Nachwirkungen des Champagnergenusses zu befreien. »Zur Sache, *Señor.* Wir müssen ein Versprechen einhalten.« Die Pause hatte fatale Konsequenzen. Das zarte Band, das sie noch vor einem Augenblick zu verbinden schien, war zerrissen. »Und wir müssen dieses Subjekt erledigen, bevor wir uns ins Bett legen können.«

Majeur öffnete seine Aktentasche und zog einen kleinen hellbraunen Umschlag, zwei zusammengefaltete Skizzen und ein Bündel von Papierblättern hervor, die von einer weißen Klammer zusammengehalten wurden. Er reichte Croaker die Unterlagen.

Die Papierblätter waren mit einfachem Zeilenabstand auf der Schreibmaschine geschrieben worden, der Umschlag enthielt ein Dutzend Schwarzweißfotos. Auf der Rückseite stand jeweils ein Name.

Die Fotos stammten offensichtlich von Aufnahmen mit einer Überwachungskamera. Es waren grobkörnige Momentaufnahmen, die Personen darauf unscharf, in Bewegung, ohne zu posieren.

»Es ist alles da, *Señor.* Alles, was Sie brauchen.«

Croaker betrachtete das oberste Foto. Er sah einen bemerkenswert jungen Mann mit dichtem pechschwarzem Haar. Der Mann hatte Grübchen und ein entwaffnendes Lachen, und sein Blick war so scharf wie der eines Falken. Er war kein schöner Mann, aber in diesem Fall machte das keinen Unterschied. Sein Gesicht war männlich und in jedem Sinn stark. Juan Garcia Barbacena.

»Das Objekt hat eine Vorliebe für exotische Speisen, Gewürze, Motorräder und Sex. In diesem Land reist er in einem Konvoi.« Majeur war immer vorsichtig und hätte Barbacenas Namen in der Öffentlichkeit nie ausgesprochen. »Er wird in einem kugelsicheren grauen Rolls-Royce chauffiert. Vor ihm und hinter ihm fahren je zwei schwarze Mercedes-Limousinen. Er hat die ganze Zeit neun Leute bei sich – professionelle Leibwächter.

Vier fahren die Limousinen, vier passen mit gezückten Waffen auf, einer steuert den Rolls-Royce. Außerdem gibt's da noch eine Frau – seine Vorkosterin.« Majeurs nikotingefärbte Zähne glänzten wie Getreidekörner, während er lächelte. »Wie ein römischer Kaiser hat er für seine uneingeschränkte Macht mit Verfolgungswahn bezahlt.«

Croaker sah die Papiere durch. »In diesem Fall scheint mir seine Paranoia nur allzu gerechtfertigt zu sein.«

»Eine zutreffende Beobachtung, Sir.« Majeur schloß seine Aktentasche. »Und deshalb haben wir Sie ausgesucht, um ihm den Gutenachtkuß zu geben.« Er fingerte an den Doppelmanschetten seines Smokinghemdes herum und korrigierte sorgfältig den Sitz seiner goldenen Manschettenknöpfe, die mit einem Lapislazuli versehen waren. »Die Leibwächter wechseln sich im Sechs-Stunden-Takt ab. So sind sie immer frisch und wachsam.«

»Was ist mit der Vorkosterin?«

»Sie ist Thailänderin«, bemerkte Majeur. »Wenn er sie nicht braucht, schläft sie zusammengeringelt wie eine Katze an seiner Seite.«

»Sex?«

»Ihre Talente liegen anderswo.« Majeur blickte über den Strand, wo ein wunderschöner Labrador mit goldenem Fell hochsprang, um eine Frisbeescheibe zu fangen, die sein Herrchen ihm zugeworfen hatte. Majeur hielt inne, weil er sich offensichtlich dem Hund nicht zu sehr nähern wollte. Sie setzten sich auf eine Bank, wirkten wie zwei der alten Männer, die später am Tag bucklig und mit dem Kinn auf der Brust hier sitzen würden, um mit triefenden Augen die Frauen ohne Bikinioberteil zu beobachten und davon zu träumen, noch einmal neunzehn zu sein.

»Für ihn kommt das Geschäft immer zuerst. Aber Sex ist eine Sucht.« Majeur roch nach Tequila und einem Blumenduft, den Croaker bei ihren anderen Begegnungen nicht an ihm wahrgenommen hatte. »Er reist mit drei Frauen. Wie mit einem Harem. Man weiß nie, welche er gerade auswählt. Manchmal ist es auch mehr als nur eine.«

»Der Mann hat Glück«, sagte Croaker.

Majeur lehnte den Kopf zurück, um den farbenprächtigen Himmel zu beobachten. »Heute nicht.«

Croaker studierte die Unterlagen. »Ich sehe hier, daß er sich an ziemlich ungewöhnlichen Orten aufhalten wird.«

»Keine Hotels, das stimmt. Er besitzt in Miami Beach ein Gebäude, ein anderes in Miami. Lagerhäuser. Zumindest sehen sie so aus. Innen sind sie nach seinen Wünschen renoviert worden – es gibt luxuriöse Schlafzimmer, Konferenzräume und Büros, die mit den neuesten Computern und Satellitenverbindungen ausgestattet sind. So kann er alles unter Kontrolle behalten und seine Leibwächter bestmöglich positionieren, ohne daß jemand etwas davon erfährt.«

»Die Grundrisse hier ...« Croaker entfaltete die Skizzen. »Sind sie genau?«

»Auf dem neuesten Stand.«

Croaker blickte über den Strand, wo der Labrador mit dem goldenen Fell ausgelassen durch die Brandung sprang. »Dann bleibt nur noch eines.«

Majeur nickte. »Was immer Sie brauchen, Sir, ich kann es besorgen.«

Croaker steckte eine Hand in die Tasche. »Ein Gewehr. Ein Steyr.«

»Einen Augenblick.« Majeur hob die Hand. Er griff in die Innentasche und zog eine Brieftasche und einen extrem dünnen goldenen Füllfederhalter hervor. Dann öffnete er die Brieftasche, drehte eine Visitenkarte um und wartete darauf, Croakers Angaben zu notieren.

Croaker war sich dieser kleinen Bewegungen nur am Rande bewußt. Sein Blick wurde von der Brieftasche angezogen. Sie war lang und flach – eine Brieftasche im europäischen Stil aus Krokodilleder. In trübem Licht hätte man sie für schwarz halten können, aber Croaker sah im hellen Licht der Morgensonne, daß es sich um ein tiefes Dunkelblau handelte. Es war die Brieftasche, die Rachel in ihrem Tagebuch beschrieben hatte und die dem Mann gehörte, den Dr. Ronald Stansky zu der letzten Sado-Maso-Sitzung mitgebracht hatte, damit er sie beobachten konnte.

Majeur war Trey Merli.

»Fahren Sie fort, *Señor*. Ich warte.«

Croaker räusperte sich und versuchte sich zu konzentrieren. Die verschiedensten Gedanken schossen zügellos durch seinen Kopf. In was für eine Verschwörung war er da hineingestolpert? Er zwang sich fortzufahren. »Ich will ein Steyr SSG. 308 mit einem Swarsky-Zielfernrohr und einem Harris-Stativ. Der Griff sollte mit Klebeband umwikkelt, die Seriennummer abgefeilt sein.«

»Wird gemacht. Munition?«

»Eine Schachtel wird reichen.«

»Brauchen Sie sonst noch etwas?«

»Ein Fernglas. Die ›Nachteule‹ von Zeiss, 10/56.« Croaker konnte sich kaum auf die Details konzentrieren.

Majeur nickte. »Zur Übergabe der Gegenstände, *Señor*.« Der untere Rand seiner Versace-Smokingjacke schlug gegen seinen Oberschenkel. »Heute abend um 20 Uhr 30 in ...«

»Nein, ich bestimme den Ort, Majeur.«

Der Anwalt senkte den Kopf. »Wie Sie wünschen, Sir.«

»In der Bar des Raleigh-Hotels.«

»Ein reizender Ort.« Ein dünnes Lächeln verzog Majeurs Lippen. »Ich begrüße Ihre Wahl.« Dann änderte sich sein Gesichtsausdruck wie Eis, das unter schweren Fußtritten zersplitterte. »Ich muß noch eine Warnung aussprechen, *Señor*. Sie sollten unsere Beziehung nicht als Schwäche meinerseits mißverstehen. Ich weiß, was Sie mit dem UNOS-System versucht haben. Sie werden so lange nicht an die Niere herankommen, bis Sie ihren Teil des Abkommens zu meiner Zufriedenheit erfüllt haben. Sie können und werden sie nicht kriegen, bevor das Herz unseres Objektes nicht zu schlagen aufgehört hat.«

»Und woher wollen Sie wissen, daß der Job erledigt ist?«

Majeur warf den Kopf zurück. »Oh, *Señor*, ich werde es erfahren. Dafür werde ich bezahlt.«

Croaker beobachtete, wie der Anwalt zu seinem Auto

zurückging und davonfuhr. Der Sand sickerte in seine Schuhe. Er dachte über die Brieftasche aus Krokodilleder nach und darüber, wie Majeur Rachel und Stansky beobachtet hatte, als sie durch ihre sexuelle Obsession gegangen waren.

Dieser Mann mochte Marcellus Rojas Diego Majeur sein, der Anwalt, aber er war auch Trey Merli, der Inhaber des Gold Coast Exotic Auto Rental in Margate.

Als der weintraubenfarbene Lincoln verschwunden war, kehrte Croaker langsam unter die Markise des News Cafés zurück. Er bestellte frisch gepreßten Orangensaft mit einem großen Schuß Lime Juice, zwei Spiegeleier mit Salsa und einer doppelten Portion Schinkenspeck.

Heitor hatte ihn einen Boten genannt. Was hatte er damit sagen wollen? Welche Botschaft besaß er, und wem sollte er sie überbringen? Er nahm seinen Saft und setzte sich an einen Tisch. Seine Schmerzen waren zu zahlreich, um an alle denken zu können, und so ließ er seine Gedanken abschweifen. Er schlürfte den Saft und sog die vibrierende Atmosphäre von South Beach ein.

Während er beschäftigt gewesen war, hatte sich auf dem Ocean Drive das Leben ausgebreitet. Kameramänner und Toningenieure stürmten in das Restaurant, um Cola zu trinken und Muffins zu essen. Kräftige Burschen in Netzhemden luden funkelnde neue Produkte von Lastwagen ab, und die Touristen fotografierten sich gegenseitig vor der berühmten Markise. Die Luft roch nach Gemüse und Make-up. Ein munterer Jack-Russel-Terrier trottete vorbei, gefolgt von einer Frau im Bikini und mit Rollerblades. Der Tag war endlich angebrochen.

4.

Der Rochen schwamm träge wie ein Sonnenanbeter durch das grünliche Wasser. Er war so groß, daß er irreal wie eine Wolke wirkte. Sein großes Maul verschlang das

Plankton wie ein fremdartiger Staubsauger. Von oben war er pechschwarz und hatte die langen, gehörnten Flossen ausgestreckt. Der peitschenartige Schwanz wogte hinter ihm her.

Croaker und Rafe Roubinnet waren mit Sauerstoffflaschen und Schnorcheln ausgerüstet und folgten dem Rochen in einem weiten Bogen. Sie fielen und hoben sich wie auf Säulen aus Luft, wurden aber in Wirklichkeit von der gleichen Strömung getragen wie der Fisch.

Das spanische Wort *manto* bedeutete ›Mantel‹, und an einen Mantel erinnerte einen dieses Biest auch wirklich. Aufgrund der sanften Bewegungen seiner Schwingen glitzerten goldene Flecken auf seiner rauhen Haut. Doch während Croaker sich hinabsinken ließ und tiefer tauchte, sah er, daß der Bauch des Tieres so bleich wie Eis war, das in der Abenddämmerung glänzte. Bennie und Majeur glichen diesem Rochen: Sie hatten sich einen Deckmantel umgelegt, um das, was sich darunter befand, zu verbergen.

Rafe berührte Croakers Arm. Er wies auf seine Uhr und zeigte dann mit der Hand zur Wasseroberfläche. Die Harpune, die mit einer kurzen Nylonschnur an seinem Handgelenk befestigt war, wogte wie ein ermahnender Finger durch das Wasser. Es war Zeit, aufzutauchen. Croaker nickte. Er wedelte mit seinen Flossen und begann, zur Wasseroberfläche aufzusteigen.

Lange bevor er dort ankam, bemerkte er den dunklen Schatten von Rafes Katamaran. Als er wieder in die Tiefe des grünlichen Wassers hinabblickte, sah er den Rochen, der in seine dunkle, unergründliche Welt entschwand. Ein Teil von ihm sehnte sich danach, von ihm immer tiefer in dieses andere Reich mitgerissen zu werden. Dann würden all die Verpflichtungen verschwinden, die wie Blei auf seiner Seele lasteten, und sich in der Finsternis einer anderen Sphäre auflösen.

Er durchbrach die Oberfläche. Das grelle Sonnenlicht spiegelte sich auf dem Wasser und blendete ihn. Sie gaben einem wartenden Crewmitglied ihre Sauerstoffgeräte, Bleigürtel, Flossen und Harpunen.

Dann stiegen sie eine Strickleiter hinauf, die vom Salzwasser und dem Tang glitschig geworden war. Croaker fühlte sich gut, als er das glänzende, von der Sonne gewärmte Vorderdeck unter seinen nackten Füßen spürte. Das Tauchen hatte ihn, wie Rafe es vorausgesagt hatte, irgendwie erneuert.

Sie nahmen ihre Tauchermasken ab und zogen die Shorties aus, kurzärmlige Taucheranzüge aus Neopren mit kurzen Hosen. Sie trugen nur noch Badehosen. Rafe gluckste wie eine Henne, als er die purpurfarbenen und grünlichen Flecken auf Croakers Haut sah.

»Guter Gott, du brauchst einen erholsamen, langen Urlaub.« Er warf Croaker ein großes Handtuch zu.

Croaker trocknete sich behutsam ab. »Zum Teufel, das ist mein Urlaub.«

Rafes Boot war ein wunderschöner, handgearbeiteter Katamaran, fünfundsechzig Fuß lang. Das Schiff bestand aus Fiberkarbon, jenem starken, aber leichten Material, aus dem auch Dennis Connors Schiff war, mit dem er den America's Cup gewonnen hatte. Es besaß eine Sluptakelung, also nur einen Mast. Eine Kabine – oder eher ein Haus – schwebte zwischen den beiden riesigen Pontons auf Aluminiumstreben über dem Wasser. Das Vordeck war mit einer dünnen Schicht aus Kunstharz überzogen. Wie der Rest des Bootes war es glänzend weiß gestrichen und goldverziert. Hinter dem Haus gab es ein Netzwerk aus Nylon, so daß die aus vier Männern bestehende Crew von einem Ponton zum anderen wechseln konnte.

Steuerräder befanden sich in zwei Leerräumen am hinteren Ende der Pontons. Es gab zwei, weil der Katamaran zwei Schiffsschrauben hatte. Das Boot wurde von zwei gigantischen 500-PS-Chevy-Motoren angetrieben, die man gewöhnlich unter der Motorhaube von Rennwagen sieht. Rafe brauchte sie, wenn er die Segel durch Motoren unterstützen oder vor einem Sturm fliehen mußte. Die zwei Schrauben hatten außerdem den Vorteil, daß sie das Boot hochgradig manövrierfähig machten. Kurz, es war die Art von Schiff, auf dem man sich auch dann wohl fühlen würde, wenn man den ganzen Weg nach Newport, Rhode Island, auf dem Wasser zurückzulegen hatte.

Auf dem Vorderdeck war ein kleiner zusammenklappbarer Tisch aufgebaut worden, über den eine gemütliche, blauweiß gemusterte Decke gebreitet worden war. Sie war an allen Ecken mit Taschen versehen, in denen kleine Gewichte stecken, damit sie auf dem Tisch liegenblieb. Croaker sah, daß die Füße des Tisches in speziell angefertigte Vertiefungen paßten, so daß er sich von den Wellen nicht verschieben ließ. Sie saßen auf Stühlen aus Segeltuch, deren Rückenlehnen mit goldenen Ankermotiven aus Seide verziert waren. Während sie frische Krabben, Caesar-Salat und warmes Knoblauchbrot aßen, ließen sie sich trocknen und wärmten sich auf. In einem großen Metallkühler befanden sich Bier- und Champagnerflaschen, aber Croaker hatte sich für Sodawasser entschieden.

Sie aßen eine Zeitlang in vertrautem Schweigen. »Wann hast du dich mit Bennie überworfen?« fragte Croaker, als er fand, daß genug Zeit verstrichen wäre.

Es war offensichtlich ein brisantes Thema, und so war Croaker über Roubinnets Antwort nicht überrascht. »Ich würde lieber nicht über Bennie reden.«

»Aber ich«, drängte Croaker.

Rafe warf ihm einen langen Blick zu, während er auf seinem Salat herumkaute. »Immer ganz der Cop, was, *compadre*?« Er nickte. »Okay, von mir aus.«

»Er war verärgert, weil du dich nicht zur Wiederwahl stellen wolltest.«

»Verärgert?« Rafe schnaubte. »Zum Teufel, *compadre*, er drehte durch. Er hatte Pläne und mir deshalb angeboten, meinen Wahlkampf im großen Stil mitzufinanzieren.« Rafe zuckte die Achseln. »Vielleicht wollte er, daß Miami zu einem sicheren Zufluchtsort für seine Klienten wird, vielleicht hatte er auch was Größeres im Sinn. Bei Bennie ist immer alles eine Nummer größer. Aber es war egal, weil ich die Diskussion abgebrochen habe. Für mich war es ganz einfach – ich hatte mit der Politik abgeschlossen. Und das gefiel Bennie offensichtlich nicht.«

»Aber es steckt mehr dahinter«, sagte Croaker. »Du hast mir erzählt, daß dir sein Umgang nicht gefällt.«

»Das stimmt schon auch.« Rafe warf eine Muschel auf seinen Teller und seufzte. Er lehnte sich zurück, und sein Stuhl stand nur noch auf den Hinterbeinen. »Die Wahrheit ist, daß Bennie einen ausnutzt, *compadre*. Er sucht sich seine Freunde aus einem bestimmten Grund aus – Bennie Milagros will von der Freundschaft profitieren. Er hat diese amoralische Ader, und das macht ihn auch für so viele Frauen unwiderstehlich. Ich kann das verstehen. Es gibt einem einen Kick, wenn man jemanden beobachtet, der das Gesetz so clever überlistet.«

Croaker schob seinen Teller zur Seite. »Wir müssen offen miteinander reden, Rafe. Wenn ich daran denke, wo ich heute nacht sein muß, würde ich sagen, daß das für mich geradezu lebenswichtig ist.«

»Dein Tonfall gefällt mir nicht, *compadre*.« Der Körper des großen Mannes verriet jetzt eine gewisse Anspannung. »Hat es irgend etwas mit Juan Garcia Barbacena zu tun?«

Croaker rückte seinen Stuhl vor. »Es hat nur mit Barbacena zu tun. Um Mitternacht wird mein Kopf unter der Guillotine liegen.«

Rafes Stuhl krachte nieder und stand wieder auf vier Beinen. »Um diese Zeit kommt Barbacena in Miami an.«

Die beiden Männer blickten sich lange an. Das Sonnenlicht funkelte auf dem Meer. Ein paar Kormorane flogen auf das Festland zu. Was ihn betraf, hätte Croaker sich noch immer für die andere Richtung entschieden. Er wollte sich hinabziehen lassen und dem Rochen folgen, bis die Gedanken an die Stadt und das, was er heute nacht zu tun hatte, verschwunden waren. Aber Rachel würde es nicht zulassen. Der Schwanz des Fisches erinnerte ihn an die elektrischen Kabel der Krankenhausmonitore. Er durfte nicht zulassen, daß die Anzeige auf dem Monitor nur noch ein Strich war.

»Du hast gesagt, daß du mir helfen würdest, Rafe.«

Roubinnet nickte feierlich. »Du kannst darauf zählen.

Ich werde dir in jeder Hinsicht helfen, *compadre.* Mir macht nichts im Leben angst.«

»Auch nicht, wenn du helfen sollst, Juan Garcia Barbacenas Tod zu planen?«

Rafe schüttelte den Kopf. »Barbacena ist ein hartgesottener Krimineller. Ich habe in dieser Angelegenheit keine Skrupel. Ohne ihn wird die Welt ein weitaus besserer Platz sein. Ich werde dir helfen. Sogar dann, wenn ich weiß, daß sein Tod aus Bennie einen sehr glücklichen Menschen machen wird.«

In der nachfolgenden Stille hörte Croaker, wie das Blut durch seine Venen jagte. Das Pochen seines Herzens war fast schmerzhaft. Die Wellen waren etwas stärker geworden, und das Boot schwankte leicht.

»Wußtest du, daß Bennie für die Regierung der Vereinigten Staaten arbeitet?« fragte Croaker sanft. »Er ist bei einer Operation in Mexiko Barbacenas Boß.«

»Überrascht mich nicht, das zu hören. Er befindet sich in der Gesellschaft von Dieben, *compadre.*«

»Das Ganze ist ein bißchen schlimmer«, sagte Croaker. »Aber warum sollte Bennie Barbacenas Tod wollen, wenn der für ihn arbeitet?«

Rafe stand auf. »Laß uns ein paar Schritte machen.« Sie gingen nach vorn. Die Crew hatte den Anker eingezogen, als sie wieder an Bord gegangen waren. Das Boot wurde sanft vom Wind vorangetrieben, mehr oder weniger parallel zur Küste. Sie blickten auf das grünblaue Wasser, das von Fischer- und Vergnügungsbooten gesprenkelt war. »Auch du hast sicher einen Mentor gehabt, einen Lehrer, *compadre.*«

Croaker nickte.

»Natürlich«, sagte Rafe. »Wenn ein junger Mann clever ist, findet er einen Lehrer, von dem er etwas lernen kann. Ich bin da keine Ausnahme. Und Bennie auch nicht.« Er verschränkte die Hände. »Nach einer gewissen Zeit sind die Bindungen zwischen dir und deinem Lehrer sehr eng. Du verstehst mich. Es ist eine intime, unvergleichliche Beziehung; dein Lehrer und du, ihr teilt eure Stärken und

Schwächen. Jetzt denk mal an deinen Lehrer und stell dir vor, daß er eine Tochter hat. Sie ist ein wunderschönes Geschöpf, in vielerlei Hinsicht stark, in anderer schwach. Und sie ist rätselhaft, wie alle Frauen.« Rafe starrte auf das schäumende Kielwasser hinunter. »Gut. Diese junge Frau trifft einen Mann und verliebt sich in ihn. Der Typ ist stark, clever und charismatisch, aber er ist der falsche Mann für sie. Der Lehrer weiß Bescheid, und du weißt es auch. Aber nichts kann die Frau überzeugen. ›Die Liebe überwindet alles‹, sagt sie. ›Ich kenne ihn und werde ihn ändern.‹« Rafe bewegte sich, als würde er träumen. »Tragische Worte. Aber die Liebe kann fürchterlich tragisch sein, *compadre. ¿Verdad?*«

»Ja«, sagte Croaker. »Du hast recht.«

Rafe verschränkte die Arme vor der gebräunten Brust. »Gut. Aber dann verflüchtigt sich alles durch die eisige Unausweichlichkeit des Schicksals. Sie heiraten, und der Mann liebt sie eine Zeitlang. Aber er mißbraucht sie auch. Die Hoffnung in ihrem Inneren bleibt, während die Zeit weitergeht. Er ignoriert und betrügt sie. Man könnte sagen, daß sie den Mißbrauch und die Gleichgültigkeit mit einem gewissen Grad von Stoizismus hinnimmt. Es ist auch denkbar, daß sie Angst und Hoffnung verwechselt. Dann ändert sich alles. Als sie von seiner Geliebten hört, zerreißt irgend etwas in ihr. Ihre Kraft zeigt sich, und sie stellt ihn unbesonnen zur Rede. Sie wird wegen ihrer Bemühungen umgebracht.«

»Er schlägt sie und erwürgt sie mit einem Kabel«, sagte Croaker. Lange bevor Rafe mit seiner Erzählung fertig gewesen war, hatte er gewußt, daß er von Juan Garcia und Theresa Marquesa Barbacena gesprochen hatte.

»Du kanntest Theresas Schicksal also schon«, sagte Rafe. »Jetzt wirst du auch den Rest erfahren. Bennies Mentor, sein Lehrer, war Javier Marquesa, Theresas Vater.«

Als sie zum Eßtisch zurückgekehrt waren, stellten sie fest, daß die Teller abgeräumt worden waren. Statt dessen standen jetzt Schüsseln mit kleingeschnittenen Wassermelonen, Mangoscheiben und Papaya-Hälften auf dem Tisch, dazu eine silberne Thermoskanne mit Kaffee und daneben eine Platte mit Zitronenscheiben.

Rafe beugte sich über den Tisch und preßte den Saft verschiedener Zitronenscheiben auf die frischen Früchte. Der bunt geschmückte Tisch trennte sie voneinander.

»Ich habe herausgefunden, daß Bennie die Rechnung für Majeurs Mobiltelefon bezahlt, Rafe.«

»Ich bin sicher, daß das nicht alles ist, was er bezahlt.« Rafe servierte die Früchte.

»Aber ich weiß, daß Majeur für die Bonitas arbeitet«, sagte Croaker. »Es macht keinen Sinn, daß Bennie ihn angeheuert hat, um mich zu zwingen, seine Rechnung mit Barbacena auszugleichen. Die Bonitas haben den Zugang zu der Niere, die Rachel braucht.«

Rafe faltete die Hände. »Es sei denn, daß Majeur für Bennie *und* die Bonitas arbeitet, ohne daß die was davon wissen.« Er grunzte. »Das würde zu Bennie passen. Unredlich bis zum letzten. Vergiß auch nicht, daß sie alle aus der gleichen Gegend von Asunción kommen. Sie kennen sich gut.«

Croaker dachte eine Zeitlang darüber nach. »Dann ist es also möglich, daß Bennie das Leben meiner Nichte in Gefahr gebracht hat.«

»Ein trauriger Tag, *compadre*.« Rafe reichte Croaker einen Teller. »Die Desillusionierung ist eine kleine Pille mit Widerhaken, die einem im Hals steckenbleibt.« Er schenkte dampfenden schwarzen Kaffee in Schiffstassen ein, deren breiter Boden beschwert war. »Aber das Leben muß weitergehen, oder?«

Croaker nickte. Sein Blick war verschleiert. »Eine Sache beunruhigt mich trotzdem. Bennie hat eine große und komplexe Operation initiiert, und Barbacena ist die Speerspitze. Warum sollte Bennie jetzt jemanden anheuern, um ihn zu erledigen? Warum wartet er nicht, bis die Operation beendet ist?«

»Ich könnte mir verschiedene Gründe vorstellen.« Rafe preßte die Fingerspitzen gegeneinander. »Jetzt, wo Barbacena nach Miami kommt, ist er am verletzlichsten. Wer weiß, vielleicht könnte er später wieder im lateinamerikanischen Dschungel untertauchen? Andererseits steht auch fest, daß Barbacena kürzlich einige zweifelhafte Risiken eingegangen ist. Und dabei hat er sich Feinde in den oberen Etagen gemacht. Für jemanden in Bennies Position kann das zu einer schweren Bürde werden.«

Croaker überlegte, während er ein paar Früchte verzehrte. Sie waren gleichzeitig kühl, süß und herb. Er dachte über Bennie nach. Wo lag die wirkliche Motivation für dessen Handlungen? Wer wußte schon, was ein Mann mit einem so ruhelosen Geist wirklich wollte? »Was glaubst du, wen Bennie als Ersatz für Barbacena auswählen würde?« fragte er.

Rafe zuckte die Achseln. »Ich kenne die maßgeblichen neuen Leute nicht. Die Wohltaten des Rentnerdaseins, *compadre*. Aber du kannst darauf wetten, daß es jemanden gibt. So läuft das in diesem Geschäft. Man feuert niemals einen Angestellten, ohne bereits dessen Nachfolger angeheuert zu haben.«

Dasselbe Mitglied der Crew, das ihnen auch den Lunch serviert hatte, kam mit Croakers Mobiltelefon aus der Kabine.

»Ein Anruf für Sie, Mr. Croaker«, sagte der junge Mann und reichte ihm das Handy.

»Lew?« Er hörte Jenny Marshs Stimme und ging zur hinteren Reling.

»Hallo«, sagte er. »Wie hast du herausgefunden, wo ich bin?« Der Wind pfiff so laut, daß er sie unmöglich verstehen konnte. Er sagte, daß sie am Apparat bleiben solle, während er ins Haus ging.

»Bist du in Ordnung?« fragte Jenny, als er die Tür hinter sich schloß. »Die Art und Weise, wie du unser letztes Telefongespräch abgebrochen hast ...«

»Es ging nicht anders.« Sein Herz zog sich zusammen, als er die Sorge in ihrem Tonfall bemerkte. »Ich habe dich von einem Ort aus angerufen, wo ich mich nicht hätte aufhalten sollen. Jetzt geht es mir gut.« Er befand sich allein in dem großen Salon und setzte sich auf ein an den Boden geschraubtes Sofa. »Was ist mit Rachel?«

»Wir sind im Jackson Memorial.«

»Das ging ja schnell.«

»Ich habe einen Hubschrauber genommen. Das war die einzige Möglichkeit. Die Fahrt mit dem Notarztwagen hätte ihr nicht gutgetan. Was meinst du damit, daß es dir jetzt gut geht?«

Dieser Frau entgeht nichts, dachte Croaker. »Ich bin gestolpert und in einen Swimmingpool gefallen, das ist alles. Es war nichts, glaub mir.«

»Nein, verdammt, ich glaube dir *nicht.*«

Croaker wußte, daß sie wieder an die Vision dachte, die ihr der Zauberstein vermittelt hatte, und wechselte schnell das Thema. »Was ist mit Stansky?«

»Wir haben ihn nicht informiert, und dabei bleibt es«, sagte Jenny. »Ich habe dem Personal in der Dialyseabteilung des Royal Poinciana eindeutige Instruktionen gegeben. Man wird ihm nichts sagen. Wie dem auch sei, er kommt sicher auch nicht vor achtzehn Uhr.«

Croaker starrte auf einen Tanker, der langsam am Horizont vorbeifuhr. Er wollte ihr nicht erzählen, daß es für Dr. Stansky mit seinen Verbindungen ein leichtes wäre, herauszufinden, wohin sie Rachel gebracht hatte. Aber das war auch nicht das dringlichste Problem, mit dem er sich zu befassen hatte. Alles schien nur noch eine Sache der Zeit zu sein. »Und Matty?«

»Deiner Schwester geht's gut. Ich habe ihr erzählt, daß wir nicht die medizinische Ausrüstung hätten, die Rachel bräuchte. Das hat ihr natürlich angst gemacht, aber ich habe es geschafft, sie zu beruhigen. Ich habe ihr gesagt, daß wir im Jackson Memorial bessere Möglichkeiten hätten, die Transplantation vorzunehmen.«

»Hauptsache, sie bleibt ruhig. Das letzte, was wir jetzt brauchen können, ist, daß sie Stansky anruft.«

»Das wird sie nicht tun. Sie vertraut mir. Rachel ist jetzt meine Patientin.«

»Großartig.«

»Willst du mir jetzt vielleicht erzählen, was zum Teufel los ist?«

»Kein Problem. Sobald ich bei euch bin. Bis dahin möchte ich, daß du die Infektion genau beobachtest.«

»Wird bereits stündlich erledigt. Soweit habe ich dich verstanden.«

»Kluges Kind.« Er blickte auf die Uhr. Es war kurz nach drei. »Ich werde um fünf da sein. Bis dahin kommt niemand außer dir und Matty in Rachels Nähe, okay?«

»Natürlich.« Sie zögerte kurz. »Lew, du jagst mir eine höllische Angst ein. Ich werde die Sicherheitsbeamten des Krankenhauses holen.«

»Eine kluge Vorsichtsmaßnahme«, sagte er. »Bleib ruhig und versuch, dir keine Sorgen zu machen.«

»Ja, natürlich. Nichts leichter als das.«

Er gab sein Bestes, ihren Sarkasmus zu ignorieren. »Noch was, Jenny. Ich werde dich irgendwann in den nächsten beiden Stunden anrufen und nur ›Los‹ sagen. Einfach ›Los‹. Wenn es soweit ist, will ich, daß du Matty dazu bewegst, Stansky anzurufen. Sie soll ihm erzählen, wohin Rachel verlegt worden ist.«

»Bist du verrückt?«

»Du wirst es verstehen, wenn ich bei dir bin. Tu es einfach, Jenny. Okay?«

»Nein, es ist nicht okay. Du mußt dich schon klarer ausdrücken.«

Er beobachtete durch ein Fenster, wie Rafe mit einem Mitglied der Crew sprach. Croaker konnte sich vorstellen, wie die anderen Besatzungsmitglieder achtern in dem Netzwerk herumkletterten und die Segel neu setzten, damit das Boot an Geschwindigkeit gewann. »Ich brauche ihn, um meine Theorie zu überprüfen. Deine Beobachtung des Infektionsverlaufes wird hoffentlich teilweise dazu beitragen, aber nur Stansky kann die andere Hälfte beibringen. Ich muß ihn in die Finger bekommen, aber nur wann und wo es *mir* paßt.«

»In Ordnung. Okay, ich verstehe. Ich habe hinsichtlich Stansky den gleichen Verdacht wie du. Wenn du hier bist, können wir unsere Erkenntnisse vergleichen.« Ihre Stimme klang, als wäre Jenny wenigstens teilweise besänftigt.

»Hört sich gut an. Ich bin froh, daß du bei Rachel bist, Jenny.«

»Ich auch.« Sie zögerte einen Augenblick. »Schwörst du mir, daß es dir gut geht, Lew?«

»Wenn man von ein paar weiteren Kratzern und blauen Flecken absieht, ist alles in Ordnung. Wirklich. Bis bald.«

Das Haus war in eine Reihe von Kabinen unterteilt, von denen einige durch Schotten voneinander abgetrennt waren. An einer Seite des großen Salons sah man ein halbes Schott und eine Theke, hinter der sich die kleine, aber voll eingerichtete Kombüse befand, deren Einrichtung aus Stahl und Kupfer glänzte. Am Ende des Salons waren zwei Türen. Eine führte in die Kabine des Kapitäns, die andere auf einen kurzen Korridor, der vor zwei anderen Kabinen endete, die tagsüber als Büros und nachts als Schlafzimmer für Gäste benutzt wurden. Die Crew wurde in Kojen innerhalb der Pontons untergebracht.

Ein Besatzungsmitglied betrat den Raum und brachte ein Tablett in die Kombüse zurück. Weil die Schotten dünn waren, ging Croaker zu Rafes Kabine hinüber.

In dem engen Raum wählte er die Nummer von Ronald Stanskys Praxis in West Palm Beach. Die Empfangsdame teilte ihm mit klarer, gleichgültiger Stimme mit, daß der Arzt heute in der Klinik sei. Sie fragte, ob Croaker die Nummer brauche. Croaker bejahte. Er brach das Gespräch ab und wählte erneut.

Croaker stellte sich Stansky als Juan Hildago vor. Er benutzte ein Mischmasch aus Spanisch und schlechtem, gebrochenem Englisch. Obwohl Stansky zeitweise in einer Klinik arbeitete, würde ein Mann wie er es verschmähen, Spanisch zu erlernen. Croaker erzählte dem Arzt etwas von Schmerzen im Unterleib. Endlich begriff Stansky. Croaker bemühte weiterhin Juan Hildagos schwerfällige Sprechweise und sagte, er sei noch an seinem Arbeitsplatz und brauche vielleicht eine oder zwei Stunden, bis er kommen könne. Der Doktor versicherte ihm, daß er warten werde.

Croaker wußte jetzt, daß Stansky für die nächsten beiden Stunden im Krankenhaus bleiben würde, und rief Jenny an, um ihr Stanskys Nummer in der Klinik zu geben. Er steckte sein Handy in die Tasche.

Als er gerade nach der Klinke der Tür greifen wollte, geriet der Katamaran durch die Wellen ins Schlingern. Croaker rutschte zur Seite, fiel aber nicht gegen das Schott, weil der runde, aus einzelnen Fliesen bestehende Teppich nicht nachgab. Neugierig kniete er nieder, schlug eine Ecke zurück und sah, daß der Teppich geschickt mit Klebestreifen angeheftet worden war. Er wollte die Teppichbodenfliese gerade wieder an ihrem alten Platz anbringen, als ihm etwas darunter auffiel.

Er löste eine weitere Fliese ab und entdeckte einen runden Deckel, der in den Boden eingelassen und mit einem dicken Gummischlauch eingefaßt war. In der Mitte befand sich ein kleines Metallrad. Wenn der Deckel geöffnet gewesen wäre, wäre der Durchmesser des Kreises gerade groß genug gewesen, daß ein kräftiger Mann hätte hindurchschlüpfen können. Croaker dachte einen Augenblick lang darüber nach, strich dann den Teppich mit den Klebestreifen wieder glatt und verließ den Raum.

Er nahm die Pläne von Barbacenas umgestalteten Lagerhäusern, die Majeur ihm gegeben hatte, und ging zum Vorderdeck zurück. Dort breitete er die Pläne auf dem Tisch aus und beschwerte die Ecken mit Schüsseln und Tassen, damit der Wind sie nicht davontragen konnte.

»Der obere Plan ist der seines Hauses in Miami«, sagte er.

Rafe sah ihn sich genau an. »Du machst Witze, oder? Der Schuppen ist verrammelt wie Fort Knox. Ich sehe keine Möglichkeit, da reinzukommen.«

»Aber ich«, sagte Croaker. Sein Zeigefinger schoß vor. »Sieh dir diese Stelle an, wo die elektrische Leitung von der Straße in den Keller führt. Normalerweise gibt es da keinen Ausgang. Aber als Barbacena das Gebäude renovieren ließ, brauchte er eine Unzahl von Leitungen für seine Computer, Satellitenverbindungen und was sonst noch. Das ist viel mehr, als beim Bau des Lagerhauses vorgesehen war. Sie mußten mehrere neue Verlegungsstellen für Kabel einbauen, und dafür brauchten sie einen Zugang.«

»Ich sehe hier keine Verlegungsstellen, sondern nur eine Tiefkühltruhe und einen Weinkeller aus Fertigbauteilen.«

»Schau noch mal hin.«

Rafe studierte den Plan genauer.

»Siehst du die Radierspuren?«

Rafe legte einen Finger auf die Stelle. »Ja.«

»Man hat hier drei Buchstaben ausradiert: FPL.«

Rafe blickte auf. »Florida Power and Light.«

Croaker nickte.

»Da kenne ich jeden«, sagte Rafe. »Es wird mich nur einen Anruf kosten, die Sache mit dem Zugang zu überprüfen.« Aber er ging nicht zum Führerhaus, sondern rollte statt dessen den oberen Plan zusammen und entblößte den für das Lagerhaus in Miami Beach. Er überflog ihn flüchtig. »Der Entwurf ist grundsätzlich identisch. Diese Häuser sind beide tödliche Fallen. Selbst wenn du unentdeckt hineinkommen und sogar zu Barbacena vordringen solltest, ohne gefangen oder getötet zu werden, wirst du nie lebend herauskommen. Während meiner ersten Woche als Bürgermeister hat man mir einen Crash-Kurs gegeben, was Anschläge und Sicherheitsmaßnahmen betrifft. Eines dieser Themen, die zugleich faszinierend und beängstigend sind.«

Croaker nickte. »Dann haben wir es hier also mit einem Selbstmordkommando zu tun.«

»Zweifellos, wenn du es so versuchen willst.« Rafe blickte von den Plänen auf und sah Croaker an. »Vielleicht ist es das, was Bennie will.«

»Der Gedanke ist mir auch schon gekommen.«

Rafe lehnte sich in seinem Stuhl zurück. »Dann müssen wir uns eine Alternative einfallen lassen.« Er faltete die

Hände. »Als ich Bürgermeister war, habe ich meine Sicherheitsbeamten wahnsinnig gemacht. Warum? Weil ich mich so oft draußen aufgehalten habe. ›Die Heckenschützen‹, stöhnten sie immerfort. ›Ein Heckenschütze hat John F. Kennedy erledigt‹, klagten sie. ›Und Martin Luther King und Robert Kennedy auch.‹ Die Außenwelt ist ihr schlimmster Alptraum.« Er blickte Croaker an. »Vielleicht habe ich sie verrückt gemacht, aber ich habe jedes ihrer Worte verdammt ernst genommen. Sie verstanden ihren Job.« Er beugte sich vor und pochte nachdrücklich auf die Pläne. »Vergiß sie. Wenn du nicht einer der Mario Brothers bist, wirst du nie zu ihm vordringen. Du mußt deinen Job draußen erledigen.«

»Große Geister, gleiche Gedanken«, sagte Croaker. »Wie's aussieht, ist Barbacena Vegetarier, und zwar ein sehr strenger. Außerdem macht ihn das Reisen hungrig. Nach meinen Informationen geht er nach der Landung als erstes essen.«

»Hm. In dieser Gegend gibt es verdammt wenige vegetarische Restaurants.«

»Und noch weniger, wo man um Mitternacht noch essen kann«, sagte Croaker. Er dachte an die kurze Liste, die Majeur ihm zusammen mit den anderen Unterlagen gegeben hatte.

Rafe lächelte jetzt. »*Ay de mi.* Wenn wir herausfinden, wo Barbacena seine mitternächtliche Mahlzeit einnimmt, kannst du ihn erwischen.«

Rafes Worte glichen einem Leuchtfeuer in der Nacht. Es war beruhigend, daß er mit Croakers Einschätzung der Situation übereinstimmte. Croaker nannte ihm die Namen der vegetarischen Restaurants, die er sich eingeprägt hatte.

»Es gibt nur eines, das noch nach Mitternacht Essen serviert«, sagte Rafe mit einem spitzbübischen Grinsen. »An Chay. Asiatische Gerichte im Regenwald-Ambiente. Total angesagt. An der Ecke Neunte Straße und Washington Avenue in South Beach.«

»Dort wird Barbacena hingehen«, sagte Croaker. Er

wandte sich abrupt ab und stolperte fast gegen die hintere Reling. Mit dem Rücken zu Rafe und der Crew starrte er auf seine künstliche Hand hinab. *Ich rase auf Mitternacht zu,* dachte er, *und habe keine Zeit mehr, dem Unausweichlichen zu entgehen.* Er schlang seine natürlichen Finger um das kühle Metall am Ansatz der künstlichen Hand.

Einen Augenblick später spürte er, daß jemand hinter ihm stand. »Es ist immer so, *compadre.*« Die Meeresbrise ließ Rafes Stimme sanft klingen. »Um die elfte Stunde türmen sich all die alten Ängste und Zweifel auf. Sie werden dich lähmen, wenn du ihnen nachgibst.«

Rafe hielt inne. Er stand jetzt nahe genug bei Croaker, um sehen zu können, was dieser tat. Croaker drückte bedächtig auf fünf kleine Knöpfe an der Innenseite seines linken Handgelenkes. Dann wartete er drei Sekunden und preßte sie erneut in einer anderen Reihenfolge. Er drehte die biomechanische Hand scharf nach links, und sie löste sich ab. Er hielt sie in der rechten Hand.

»Als ich in Südostasien war, habe ich gesehen, wie ein alter Mann eine Giftschlange so hielt.« Croaker blickte Rafe an. »Kennst du dich mit Giftschlangen aus, Rafe? Nein? Diese gehörte zur Gattung der Bungarus, und das sind die giftigsten Schlangen überhaupt. Der alte Mann hatte an jedem Tag seines Lebens Umgang mit ihnen. Ich habe mich oft gefragt, ob ihm bewußt war, daß es nur einer falschen Bewegung und eines Bisses bedurft hätte, und er wäre tot gewesen.« Croaker drehte seine künstliche Hand um, so daß die Innenseite nach oben zeigte. Die zusammengekrümmten Finger schienen zu ruhen. »Im Griff des alten Mannes schien die Giftschlange so harmlos wie diese Hand zu sein.« Er hielt sie hoch, und das Sonnenlicht verstärkte das metallische Blau. »Und wunderschön. Ihre Haut hat fantastische Farben. Aber es wäre ein Fehler, davon auszugehen, daß diese Giftschlangen irgend etwas anderes als tödlich sind.«

Eine Art von Traurigkeit überzog Rafes stattliches Gesicht. »*Compadre,* diese japanischen Techno-Chirurgen wußten mit Sicherheit, was sie taten, als sie dir diese Hand verpaßt haben. Was man damit alles anstellen kann!«

Keiner von ihnen blickte auf den Stummel an Croakers Handgelenk, wo man das Gewinde aus rostfreiem Stahl, die Rillen und Windungen, die winzigen Motoren und die kalibrierten Kabel und Fiberstränge sah. Dieser Anblick war intim wie die Genitalien eines anderen Mannes.

»Ich frage mich«, sagte Rafe, »ob du dich manchmal nackt fühlst ohne deine Hand.«

»Ein bißchen. Sie gehört zu mir wie die aus Fleisch und Blut.« Croaker blickte zur Seite. »Die Sache wird mit jedem Augenblick konkreter. Man hat mir Barbacenas Foto gezeigt. Jetzt ist er eine reale Person und nicht mehr nur ein Name in einer Akte. Wir beide arbeiten daran, seinen Schutzwall zu durchbrechen, und ich weiß, wo er sich in den ersten Minuten nach Mitternacht aufhalten wird.« Er machte eine angeekelte Bewegung mit der Hand. »Das macht mich fertig, Rafe. Bis zu diesem Augenblick habe ich immer raffiniertere Ausflüchte gefunden, mich selbst zu betrügen. Ich habe mich aus Gründen des Selbstschutzes in zwei getrennte Persönlichkeiten aufgespalten und mir eingeredet, daß nicht ich es wäre, der durch das Zielfernrohr des Gewehres blickt und Juan Garcia Barbacena durch das Fadenkreuz ins Visier nimmt. Ich sagte mir, der, der auf den Abzug drückt und ihm den Kopf vom Körper pustet, wäre ein anderer. Aber jetzt ist der Selbstbetrug wie ein Spiegel zerbrochen, und dahinter gibt es nur noch mich.«

Er starrte freudlos auf das blendende Gefunkel der Sonne auf dem Wasser. »Wenn es Mitternacht wird, wird es mein Auge sein, das ihn im Zielfernrohr beobachtet, und mein Finger, der auf den Abzug des Steyr-Gewehres drückt. Es ist meine Entscheidung, diesen winzigen Druck auszuüben. Bis ich den vertrauten Ton mit meinen Ohren höre und den Rückstoß spüre, der von meinem rechten Brustmuskel absorbiert wird.« Er umklammerte seine künstliche Hand so fest, daß seine Finger weiß und blutlos wurden. »Barbacena wird sterben, und Rachel wird ihre Niere bekommen. Ich muß morgen früh aufwachen und mir über den fürchterlichen Preis klarwerden, den ich bezahlt habe, um zum Richter über Leben und Tod zu werden.«

»Ich gebe zu, daß der Schmerz, den du jetzt empfindest, nicht gemindert werden kann. Aber die Tat ist es wert, *compadre,* und tief in deinem Inneren weißt du das. Dieser Mann ist bösartig, wenn man daran denkt, was er getan hat und was er tun würde. Dafür verdient er den Tod.« Rafe legte die Hand auf Croakers Schulter. »Und wenn du siehst, wie sich deine Nichte erholt, und das Lächeln auf ihr schönes Gesicht zurückkehrt, werden sich die Zweifel wie ein Regenschauer verziehen.«

Wird es so sein? fragte sich Croaker. Er wünschte, daß er sich da so sicher wäre wie Rafe.

Wie dem auch sei, in einem Punkt hatte Rafe recht. Croaker paßte seine Hand wieder an und schraubte sie auf das stählerne Gewinde am äußeren Rand des Stumpfes seines Handgelenkes. Er hantierte an den Knöpfen und verband seine Nerven und Sehnen mit den Leitungen, die durch das biomechanische Innere verliefen. Er dehnte die Finger aus Titan und Polykarbonat, fuhr die Fingernägel aus rostfreiem Stahl aus und wieder ein. Tatsächlich – ohne dieses Anhängsel fühlte er sich nicht als ganzer Mensch, ob es nun ein Fluch oder ein Segen war.

Er starrte auf die Skyline von Miami, die immer höher vor ihnen aufragte, während sie auf den Strand zusegelten. Das Sonnenlicht entflammte die Wolkenkratzer und verlieh ihnen die Farbe von Messing. Wie Messing waren auch die Wolkenkratzer von Menschenhand geformt worden. Und Menschenhand hatte auch ihn auf den Amboß aus Käuflichkeit und Betrug gezwungen.

Er wurde sich bewußt, daß er letzte Nacht nicht nur wegen des Mordes an dem Killer in der Surfer's Church Asyl gesucht hatte, sondern wegen des vorsätzlichen, kaltblütig geplanten Mordes, zu dem er sich verpflichtet hatte.

Croaker war in seinem Thunderbird zum Jackson Memorial unterwegs, als er die flackernde Alarmleuchte eines

Metro-Dade-Patrouillenwagens hinter sich wahrnahm. Obwohl er wußte, daß er das Tempolimit nicht überschritten hatte, warf er einen Blick auf den Tacho. Das fehlte ihm gerade noch, daß ihn jetzt ein übereifriger Cop aufforderte, am Bordstein anzuhalten. Doch genau dies war der Fall.

Er bremste am Straßenrand und wartete, während der Streifenwagen hinter ihm stehenblieb. Zwischen dem Thunderbird und dem Chevy-Streifenwagen lagen ungefähr fünf Meter. Das Blaulicht flackerte, der Verkehr rauschte vorbei. Nichts geschah.

Das war okay. Der Polizist telefonierte und überprüfte die Zulassung des Thunderbirds. Die übliche Routineprozedur.

Croaker blickte im Rückspiegel auf die Windschutzscheibe des Polizeiwagens, als sein Handy klingelte. Wahrscheinlich Jenny, die ihm erzählen wollte, daß das Sicherheitspersonal des Krankenhauses Stellung bezogen habe. Aber er hatte sich getäuscht.

»Ich bin froh, daß ich dich erwischt habe, Lew.« Rocky Saguas Stimme summte in seinem Ohr. Er war einer von Croakers Kontaktleuten, ein Detective Lieutenant, der für eine Abteilung der Metro-Dade-Polizei verantwortlich war.

»Bestimmt nicht so froh wie ich, daß du dich meldest. Mir sitzt einer deiner Insektenkiller im Nacken.«

»Jetzt?«

Croaker blickte weiter in den Rückspiegel. »Während wir telefonieren.«

»Gefällt mir ganz und gar nicht«, ärgerte sich Saguas. »Verdammt, das sieht nicht gut aus.«

Croaker richtete sich in seinem Sitz auf. »Was ist los, Rock?«

»Verflucht, ich habe keine Ahnung, was hier läuft, aber ich bin sicher, daß es mir nicht gefällt. Ich kam gerade in mein Büro zurück und fand eine Dringlichkeitsmeldung, die mir das FBI gefaxt hat. Sie wollen, daß wir dich verhaften und dich so lange in Isolationshaft festhalten, bis du dem FBI überstellt werden kannst.«

Croakers Magen zog sich zusammen. Das FBI. Die ACTF mußte verzweifelt sein. Wenn sie die Jagd auf ihn eröffneten und sich dabei auf die örtliche Polizei verließen, würde das unausweichlich zu Fragen führen, die sie lieber nicht beantworteten. Deshalb die Aufforderung, ihn zu isolieren. Sie wollten, daß er in strikter Isolationshaft gehalten wurde, bis sie ihn in die Finger bekamen.

»Haben sie einen Grund genannt?« fragte Croaker.

»Hier steht, daß du gesucht wirst, weil sie dich zum Mord an einer Vonda Shepherd befragen wollen. Ich sage, daß das Unsinn ist. Ich habe mir die Akte angesehen. Diese Vonda Shepherd war eine weiße sechsundzwanzigjährige Blondine, die beim Gold Coast Exotic Auto Rental in Margate gearbeitet hat. Ich habe ein paar Anrufe erledigt und mit dem Polizisten gesprochen, der den Tip bekommen hat. Er hat gesagt, daß er ihren Kopf gefunden hätte, aber ohne ihren verdammten Körper, Mann. Es war wie in einem elenden Horrorfilm. Er hat sich seine schönen polierten Schuhe mit seinem Mittagessen vollgekotzt.«

Croaker sah, daß sich die Tür des Streifenwagens öffnete und ein Paar glänzender Stiefel zum Vorschein kam.

»Ich war's nicht, Rock. Ich habe sie nicht kaltgemacht.«

»Natürlich nicht. Aber irgendwas mußt du getan haben. Hier ist die Hektik ausgebrochen, und das nur wegen dir.«

Die glänzenden Stiefel gehörten einem kräftigen jungen Polizisten. Sein hohlwangiges Gesicht hatte einen grimmigen Ausdruck, und sein kurzgeschnittenes blondes Haar war durch die Hitze schweißnaß. Seine rechte Hand umklammerte den Griff der Dienstwaffe. Es war unmöglich, seine Absichten zu ergründen, weil er eine verspiegelte Pilotensonnenbrille trug, und das war Absicht. Wie auch immer, er steuerte mit der Entschlossenheit eines Panzers auf Croaker zu.

»Lew?«

Croaker schwieg. Er beobachtete den Polizisten und spürte, daß seine Chancen rapide sanken. Er glich einem Höhlenforscher. Je weiter er vorstieß, desto enger wurde die nächste Höhle. Und jetzt fand er sich auf allen Seiten von Steinwänden eingeschlossen.

»Lew?« Rockys Stimme. »Bist du noch da?«

»Ja.«

»Dann hau ab. Zum Teufel, ich meine, verlaß meinen Bezirk, und zwar sofort. Dieser Befehl hat oberste Priorität. Hier hast du keine Chance, Kumpel. Ich muß jeden Mann, den ich entbehren kann, auf dich ansetzen. Verstanden?«

»Natürlich«, sagte Croaker. »Aber was ist mit diesem Kerl, der mir im Nacken sitzt?«

»Vielleicht hat er die Nachricht noch nicht erhalten. Gib mir die Nummer seines Wagens durch.«

Croaker reckte sich auf seinem Sitz, um die Nummer des Autokennzeichens im Rückspiegel lesen zu können. Seit seiner Zeit bei der New Yorker Polizei war er daran gewohnt, mit spiegelverkehrten Bildern zurechtzukommen. »Drei-Johnson-Caroline-neun-vier-vier«, las er vor.

»Bleib dran.«

Das Sonnenlicht spiegelte sich wie verrückt auf der von einem Drahtgestell eingefaßten Sonnenbrille des jungen Polizisten, der wie ein Roboter wirkte, einschüchternd und unmenschlich. Alle Bullen kultivierten diese Eigenschaften. Wenn einem in jedem Augenblick eine halbautomatische Waffe ins Gesicht gepreßt werden konnte, war man auf jeden Vorteil angewiesen. Auf irgend etwas, das den Ganoven zu sich selbst sagen ließ: *Nicht der. Der ist zu hart. Mach dich aus dem Staub.* Der junge Polizist nahm sich Zeit und schätzte die Situation ab, ganz so, wie man es auf der Polizeiakademie lernte.

Croaker beobachtete im Rückspiegel, wie der Polizist seine Hand auf den Kofferraumdeckel des Thunderbirds legte. Vielleicht glaubte er, daß sich Vondas Leiche darin befand. Croaker verhielt sich ruhig, aber sein Herzschlag hatte sich bereits beschleunigt. »Ich glaube, er hat verstanden, Rock. Mir bleibt keine Zeit mehr.«

Da knatterte das Funkgerät des Polizisten, und Croaker verstand das Wort »Dringend«. Der Polizist hielt inne und blickte sich um. Er zögerte einen Augenblick und bückte sich, um durch die Heckscheibe des Thunderbirds auf Croaker zu spähen. »Bleiben Sie, wo Sie sind!« befahl er. Dann trottete er zu seinem Wagen zurück und beugte sich durch das Fenster.

»Ich habe ihn am Funkgerät«, sagte Saguas. »Gib Gas.«

»Danke, Rock. Ich stehe in deiner Schuld.«

»Ja, allerdings. Ich komm' drauf zurück.« Saguas zögerte für einen Sekundenbruchteil. »Paß gut auf dich auf, Lew, okay?«

Croaker warf einen letzten Blick auf den Polizisten, der neben dem Streifenwagen stand und in das Mikrofon sprach, während er auf die Rückseite des Thunderbirds starrte. Croaker warf den Gang ein, trat aufs Gaspedal und raste die Straße hinunter.

Er mußte sich zwingen, nicht in den Rückspiegel zu sehen, denn nur so konnte er sich mit hoher Geschwindigkeit durch den Verkehrsstrom hindurchmanövrieren. Hier, in der Nähe des Krankenhauskomplexes, gab es einen hohen Anteil von älteren Fahrern, und niemand fuhr schnell.

Außer ihm.

Hinter Croaker kreischte die Sirene. Der Streifenwagen holte schnell auf, und das flackernde Blaulicht versetzte die Senioren hinter den Lenkrädern der Wagen zwischen ihnen in Panik. Croaker bog zweimal hintereinander nach rechts ab. Der Streifenwagen näherte sich. Croaker steuerte den Thunderbird durch eine enge Lücke zwischen einem roten Toyota und einem Kühllastwagen und benutzte den Laster als Deckung, während er scharf nach links abbog. Dann wandte er sich noch mal nach links und fuhr auf der Siebten Avenue wieder in nordwestlicher Richtung weiter. Der Streifenwagen holte immer noch auf, aber Croaker hatte einen Augenblick Aufschub gewonnen. Es blieb ihm gerade genug Zeit, um sich einen Plan für den Notfall zurechtzulegen.

Er hielt vor einer roten Ampel und warf einen Blick auf den sich nähernden Verkehr auf der Gegenfahrbahn.

Nachdem er sich einen Eindruck von dem Verkehrsfluß verschafft hatte, wußte er, daß die Sache unangenehm eng werden würde.

Hinter ihm tauchte der Streifenwagen mit kreischender Sirene und flackerndem Blaulicht auf. Croaker blickte in den Rückspiegel. Wenn sein Plan funktionieren sollte, mußte der Streifenwagen so nah sein, daß nur noch Zeit für eine reflexhafte Reaktion blieb. Er konzentrierte sich wieder auf das, was vor ihm ablief. Die Ampel war immer noch rot, und Croaker betete, daß sie es noch einen Moment lang bleiben würde. Wenn sie jetzt auf Grün umsprang ...

Der Streifenwagen war jetzt dicht hinter ihm. Links, auf der Gegenfahrbahn, rumpelte ein großer Lastwagen vorbei. Der junge Polizist befahl Croaker über seinen Lautsprecher, an den Bordstein zu fahren. Croaker trat aufs Gaspedal, bog nach links ab und kreuzte den Weg des sich nähernden Lasters. Der verblüffte Trucker hupte, und Croaker konnte gerade noch verhindern, daß seine hintere Stoßstange am Kühlergrill des Lasters zermalmt wurde.

Der Fahrer des Streifenwagens, der hinter ihm herjagte, hatte nicht soviel Glück. Der Wagen rammte den Lkw fast frontal und schob den Kühler wie eine Ziehharmonika auf den jungen Polizisten zu. Sein Kopf schoß nach vorne, aber der Airbag öffnete sich, bevor er gegen das Lenkrad knallen konnte.

Soviel konnte Croaker noch erkennen, während er davonraste. Seine rechte Hand zitterte, und als er vor dem West-Wing-Pavillon anhielt, bemerkte er an der Stelle des Lenkrades, wo er es mit seiner künstlichen Hand umklammert hatte, einen kleinen Riß.

Das Jackson-Memorial-Krankenhaus hatte einen bewachten Parkplatz wie ein gutes Restaurant oder ein Nachtclub. Wenn man bedachte, in welcher Gegend von Miami es sich befand, war das eine kluge Entscheidung. Croaker blickte auf die Uhr. Es war jetzt fünfundvierzig Minuten her, daß er Jenny angerufen und das Startzeichen gegeben hatte. Stansky mußte jede Minute eintreffen, wenn er nicht schon hier war.

Er blickte an der Ziegelfassade des Pavillons hoch, und stieg dann die Stufen zu der kühlen, stillen Eingangshalle hinauf. Er fuhr mit dem Lift in den fünfzehnten Stock und schritt dann schnell einen breiten Korridor hinab. Er kam an einer Schwesternstation vorbei und bog um eine Ecke. Das Dialysezentrum befand sich auf der anderen Straßenseite in den Jackson Memorial Towers, aber Jenny hatte sich entschlossen, Rachel sofort in den fünfzehnten Stock des West-Wing-Pavillons zu bringen, wo die Operationsräume für Transplantationen untergebracht waren.

Er sah Jenny am hinteren Ende des Korridors, die gerade Rachels Zimmer verlassen hatte. Sie blickte sich um, als hätte sie geahnt, daß er kam. Als sie ihn bemerkte, lächelte sie und schüttelte schnell den Kopf. Stansky war noch nicht aufgetaucht.

»Wie geht's ihr?« fragte Croaker laut. Sie waren zwar noch ein Stück voneinander entfernt, aber der Flur lag leer, und die Schwesternstation befand sich mehr als dreißig Meter hinter ihm um die Ecke. Zwischen ihnen gab es nur zwei Kranken- und ein Badezimmer. Jenny hatte klugerweise ein ruhiges, stilles Plätzchen ausgesucht, um Rachel in Sicherheit zu bringen.

»Besser«, antwortete sie.

»Stansky war's, oder?«

Sie nickte und wurde kurz durch einen großen schlanken Pfleger in einem weißen Kittel abgelenkt, der einen Mann in einem Rollstuhl aus einem der Zimmer zwischen ihnen schob. »Du hattest recht. Kein Wunder, daß wir keine Fortschritte gemacht haben, was die Infektion betraf. Stansky hat Rachel durch das Infusionsgerät jeden Tag von neuem mit der Blutvergiftung infiziert.«

»Er hat sie vergiftet«, sagte Croaker. »Warum?«

Der Pfleger wendete den Rollstuhl in Croakers Richtung. »Warum fragen Sie ihn nicht selbst?« fragte er, während er die Bremsen des Rollstuhls plötzlich losließ und ihn direkt auf Croaker zusausen ließ. Croaker erkannte den ›Patienten‹, obwohl er etwas in sich zusammengesunken auf dem Stuhl saß: Stansky. Die Handgelenke und Fußknöchel des Arztes waren mit Draht an dem Rollstuhl festgebunden, und sein Anzug war von Blut und Schweiß dunkel verfärbt. Croaker packte eine Armlehne des Rollstuhls mit seiner Kunsthand. Der Stuhl wirbelte auf zwei Rädern herum und wäre fast umgekippt, bevor er ihn endlich unter Kontrolle hatte. Aber da war ihm längst klar, daß Dr. Ronald Stansky tot war.

Croaker blickte über Stansky hinweg auf den Mann in dem weißen Kittel. Er stand direkt hinter Jenny und hielt ihre Kehle mit einem Arm umschlossen.

»Sehen Sie, wie lächerlich einfach es ist, *Señor*? Es ist meine Stärke, bei anderen die schwache Stelle zu finden, weil das ein wirkliches Vergnügen ist.«

Croaker blickte in Jennys grüne Augen. Ihr Blick verriet Besorgnis, aber keine Panik. Er wandte seine Aufmerksamkeit wieder dem Pfleger im Kittel zu – es war Antonio, nicht Heitor, denn er hatte keine gebrochene Nase.

»Sie haben mir erzählt, daß andere mich anlügen würden«, sagte Croaker. »Stansky war einer der übelsten davon, oder?«

»Oh, ich versichere Ihnen, daß es Schlimmere gibt.«

Croaker streckte die Arme aus, mit den Handflächen nach oben. »Antonio, die Sache geht nur Sie und mich etwas an. Es besteht keine Notwendigkeit, andere mit hineinzuziehen.«

»Niemand ist allein auf der Welt, *Señor*. Das wissen Sie doch.« Antonios bernsteinfarbene Augen fixierten ihn, während er langsam auf Bonita und Jenny zuging. »Ein Mann kann durch seine privaten oder geschäftlichen Beziehungen beeinflußt werden.«

»*Manipuliert* werden, meinen Sie.«

Antonio lächelte. »Mein Englisch ist nicht so gut wie Ihres, *Señor. Perdoname.*«

»Schluß mit dem Unsinn, Antonio. Was wollen Sie?«

»*Madre de mentiras.* Sie haben die Geduld einer Motte.«

»Sie und Heitor haben meine Geduld erschöpft«, sagte

Croaker. »Aber es bleibt Ihnen nicht mehr viel Zeit, bis die Sicherheitsbeamten des Krankenhauses diesen Flur überschwemmen.«

»Tut mir leid für Sie, aber das wird nicht geschehen.« Antonios Augen flackerten kurz auf. »Das reicht jetzt, *Señor.*« Er verstärkte den Druck auf Jennys Kehle, um seinen Worten Nachdruck zu verleihen, und Jenny röchelte. »So lächerlich es ist, aber die Sicherheitsbeamten des Krankenhauses sind ausgeschaltet worden. Jetzt sind wir hier, *Señor,* nur wir drei. Und natürlich Ihre Nichte. Bis ich es mir anders überlege.«

»Wieviel wußte Stansky über Ihren Organhandel? Sie haben ihn deshalb umgebracht, oder? Damit er nicht reden konnte.«

»Der Ärger mit Stansky wurde größer als sein Nutzen für uns. Vielleicht wissen Sie etwas über seine sexuellen *pecadillos.*«

»Soviel dazu, daß Ihr Englisch ›nicht so gut‹ ist.« Croaker blickte alle paar Sekunden auf Jennys Gesicht und beobachtete sie wie ein Arzt, dessen Patient in einem kritischen Zustand ist. Er wußte nicht, wie sie sich in einer solchen Situation verhalten würde.

Antonio lächelte. »Das Wort *pecadillo*«, sagte er und rollte das ›l‹ auf spanische Art, »kommt vom spanischen *pecado.* Es bedeutet ›kleine Sünde‹.« Er seufzte, als wäre er wirklich betrübt. »Stanskys Sünden waren nicht mehr so klein. Schade. Er war nützlich.«

»Weil er für Sie und Heitor den Zuhälter gespielt hat.« Bei Verhören, wußte Croaker, war es klug, den Verhörten mit düsteren und schmutzigen Details über dessen Person zu konfrontieren. So befanden sich beide auf einer anderen Ebene. Es entwickelte sich eine Vertraulichkeit, und darum ging es. Der Verhörte wurde abgelenkt und gefügig gemacht, damit er dann die Fragen, auf die es ankam, beantwortete. »Stansky hat in seiner Klinik in Margate die Patienten ausgesucht, deren Körper Sie ausschlachten konnten. Ich will wissen, wie Ihre Beziehungen zu Trey Merli sind.«

»Hm.« Antonios Blick war verschleiert. »Was ist ein Trey Merli?«

»Wissen Sie, was mich beunruhigt hat, Antonio?« Croaker fuhr fort, als hätte Antonio nichts gesagt. »Ich bin beim Gold Coast Exotic Auto Rental eingebrochen, und was habe ich dort gefunden?«

Antonio lächelte selig. »Den Kopf einer jungen Frau. *¡Que linda muchacha!*« Was für ein wunderschönes Mädchen.

Croakers Hände ballten sich zu Fäusten. Antonios Gesichtsausdruck verriet ihm, wieviel Freude es Bonita bereitete, ihn zu quälen. Er riß sich zusammen und konzentrierte sich auf das, was er zu tun hatte. »Sie waren dort. Aber Sie haben keinen Alarm ausgelöst. Als ich Ihnen nach draußen gefolgt bin, mußte ich durch ein zersplittertes Hinterfenster klettern, aber die Glassplitter lagen draußen.«

Antonio zuckte die Achseln. »Und?«

»Sie haben das Fenster zerbrochen, als Sie das Gebäude verließen, und das bedeutet, daß sie nur auf einem Weg hineingelangt sein können. Sie hatten einen Schlüssel, und Sie kannten den Code der Alarmanlage.« Croaker legte den Kopf zur Seite. »Wer außer dem Eigentümer hätte Ihnen beides geben können? Der Mann heißt Trey Merli, aber vielleicht kennen Sie ihn unter dem Namen Marcellus Rojas Diego Majeur.«

»Merkwürdig, oder?« Antonios Lächeln war dem der Mona Lisa nicht unähnlich.

In diesem Augenblick öffnete sich die Tür des Badezimmers, und Matty betrat den Flur. Dann geschahen verschiedene Dinge gleichzeitig. Matty stieß ein kleines »Oh!« aus, als sie die kleine Gruppe bemerkte, und Antonio wandte den Kopf etwas, um zu sehen, was los war. In diesem Moment stieß Jenny den Absatz ihres Schuhs auf seinen Fußrücken, und fast gleichzeitig sprang Croaker vor. Er war vorbereitet gewesen, weil er einen Sekundenbruchteil vor Jennys Aktion in ihrem Blick erkannt hatte, was sie vorhatte.

Er rannte hinter Matty und stieß sie aus der Gefahrenzone. Es blieb ihm nur der kurze Augenblick, während Antonio auf den stechenden und unerwarteten Schmerz in seinem Fuß reagierte. Croaker umklammerte Antonios Handgelenk mit den Fingern seiner künstlichen Hand und befreite Jennys Kehle von dem muskulösen Arm. Sie duckte sich und schnappte nach Luft.

Der stählerne Nagel von Croakers Zeigefinger glitt über Antonios Kehle.

»Bewegen Sie sich nicht, *Señor.*«

Wenn man bedachte, daß Antonios Kehle von dem Stahl bedroht wurde, war das ein seltsamer Befehl, aber dann bemerkte Croaker Jennys bleiches und gequältes Gesicht. Die Klinge eines Stiletts, das Antonio mit seiner freien Hand umklammerte, lag an ihrer Schläfe.

»Wie nennt man das noch, *Señor*? Ein mexikanisches Unentschieden, oder?«

Antonio schien sehr mit sich zufrieden zu sein, als hätte er diese Aktion von Anfang an geplant.

Croaker war wütend. Er fand den Gedanken, daß ein Bonita den drei Frauen, die ihm am meisten bedeuteten, so nahe war, unerträglich. »Was wollen Sie?« Sein Gesicht war dicht vor dem Antonios.

»Genau dies, *Señor*«, zischte Antonio. »Ich will Sie in die Enge treiben, Sie herumstoßen, Ihr ganz persönlicher Teufel werden.«

»Aber warum?«

»Um zu sehen, wann und wo Sie versagen, und zu wissen, was für eine Art von Mann Sie sind.«

»Sie wollen sehen, ob ich Ihnen ebenbürtig bin, stimmt's, Antonio? Ob ich stark genug bin, das Duell mit Ihnen durchzustehen.«

»*Mano a mano.*« Antonios Stimme klang fast versonnen. »Ja, das wär' was.«

Antonio rammte Jenny mit einem animalischen Grunzen das Knie ins Kreuz, und sie taumelte gegen Croaker. Als er sie aufzufangen versuchte, entwand sich Antonio seinem Griff.

Croaker schob sich vor Jenny, um sie zu schützen. Er

blickte Antonio an. »Diese Geschichte ist noch nicht zu Ende.«

»*Es verdad, Señor.* Eher würde ich sterben.« Antonio bewegte das Handgelenk, und die Klinge des Stiletts verschwand im Messergriff. Er steckte es in die Tasche und verschwand um die Ecke des Korridors.

»Jenny ...«

»Alles in Ordnung.« Jenny hatte ihr Gleichgewicht schon wiedergefunden und massierte die schmerzende Stelle an ihrem Rücken. »In Gottes Namen, wer war das?«

»Antonio Bonita.« Sie gingen zusammen auf Matty zu, die in der Nähe von Rachels Zimmer stand. »Er ist ein Teil meiner Probleme.«

Croaker wandte sich seiner Schwester zu, und sie nickte. Auch sie war in Ordnung, nur erschüttert. Dann fiel ihr Blick auf Stansky, der gefesselt und zusammengesunken im Rollstuhl saß.

»O mein Gott!«

Croaker nahm sie in die Arme und führte sie durch den Flur zurück in Rachels Zimmer. »Bleib jetzt bei Rachie, Honey. Dr. Marsh sagt, daß sie die Blutvergiftung endlich unter Kontrolle hat.«

»Ich weiß, sie hat es mir erzählt«, sagte Matty. »Ich habe gebetet.« Sie blickte Croaker an. »Lew, ich habe Dr. Stansky angerufen. Das hast du mir doch geraten, nicht wahr? Ich habe ihm erzählt, daß wir hier sind. Und jetzt ...« Sie wandte sich um, als könnte sie durch die Tür auf die Stelle blicken, wo sich immer noch Stanskys erkaltende Leiche befand.

»Denk nicht darüber nach«, besänftigte Croaker sie. »Stansky war korrupt und hat Rachie Schaden zugefügt.« Er drückte sie auf einen Stuhl neben dem Bett. »Du konzentrierst dich nur auf Rachel. Bete, wenn du das möchtest. Ich verspreche dir, daß sie morgen die Niere bekommt.«

Er drückte ihre Hand und verließ sie. Als er draußen auf dem Flur war, sah er, daß Jenny aus einem nicht belegten Krankenzimmer kam. »Ich habe Stansky für den Moment aus dem Blickfeld der Öffentlichkeit entfernt. Es reicht, daß er deine Schwester in höllische Panik versetzt hat.«

Sie ging zu einem Wandtelefon und nahm den Hörer ab.

Croaker war mit zwei Schritten neben ihr. »Was hast du vor?«

»Die Polizei anrufen, was sonst?« flüsterte sie, nachdem sie ihre Hand über die Sprechmuschel gelegt hatte. »Angesichts dessen, was geschehen ist, ist es offensichtlich, daß die Sicherheitsbeamten des Krankenhauses nicht mit der Situation fertig werden.«

Croaker streckte die Hand aus, drückte auf die Gabel und unterbrach die Verbindung. »Hör zu, Jenny. Es hat einige unerwartete Komplikationen gegeben. Die Typen, die den Organhandel betreiben, setzen mich unter Druck. Sie haben mir die Cops auf den Hals gehetzt, die mich jetzt wegen einer erfundenen Mordanklage suchen.«

»Guter Gott.« Jetzt wirkte sie doch verängstigt. »Aber ich habe keine andere Wahl, Lew. In dem Zimmer befindet sich eine Leiche. Es ist meine Pflicht, die Polizei zu rufen.«

»Natürlich wirst du sie anrufen. Ich werde dich nicht daran hindern.« Er nahm ihr den Hörer aus der Hand und legte auf. »Hör zu, Jenny, ich schwimme in so tiefen Gewässern, daß ich die Oberfläche nicht mehr sehen kann.« Er zeigte mit der Hand auf das Zimmer. »Antonio hat Stansky umgebracht, damit er nichts über den Organhandel verraten konnte. Aber warum hat er die Leiche hierhergebracht? Warum reizt er mich noch mehr, indem er dich bedroht?«

»Du hast seine Worte gehört. Eine Macho-Nummer.« Jenny schien Antonios Bild vor ihrem geistigen Auge heraufzubeschwören. »Mein Gott, ich habe so viele Typen wie diesen kennengelernt.«

Croaker nickte. »In gewisser Weise war es eine Machtdemonstration. Und glaub mir, sie hat mich beeindruckt. Aber du solltest nicht eine Minute lang annehmen, daß du schon einmal einem Mann wie Antonio Bonita begegnet bist.« Er beobachtete ihren Gesichtsausdruck und versuchte abzuschätzen, wie ängstlich sie war. »Er hat nicht gelogen. Er will meinen Mut testen.«

Jenny schloß die Augen für einen Augenblick, und als sie sie wieder öffnete, sah Croaker, daß ihr Blick von Sorge getrübt war. Aber sie weinte nicht.

»Verstehst du nicht, daß ich in dem Moment, wo du die Polizei anrufst, hier raus muß?« drängte er weiter. »Wenn du ihnen erzählt hast, was geschehen ist, werden sie innerhalb von Minuten wie Bienen auf Blüten hier herumsummen. Sie werden dich nicht allein lassen, und das bedeutet, daß ich nicht zu dir kommen kann, bevor alles vorbei ist.«

»O Lew.« Sie legte ihren Kopf einen Moment lang an seine Brust. »Jetzt weiß ich, wie es ist, wenn ich der Familie eines Patienten schlechte Nachrichten überbringen muß. Ich fühle mich, als wäre etwas Unwiderrufliches geschehen.« Sie blickte ihn an. »Gibt es nicht irgendeinen Ausweg? Es muß einen geben. Ich kann nicht glauben, daß alles in Tränen endet.«

»Wird es auch nicht.« Er ergriff ihre Schultern. »Diese Kerle haben mir eine Rolle zugedacht, die ich zu spielen habe. Zumindest im Moment muß ich mitspielen. Was Rachels Leben betrifft, kann und werde ich kein Risiko eingehen.«

»Aber ist das nicht genau das, worauf sie zählen?«

Sie hatte natürlich recht. Was spielte es für eine Rolle, daß er einen flüchtigen Blick auf die verwegene Verschwörung zwischen Spaulding Gunn, dem Direktor der ACTF, Bennie und Barbacena geworfen hatte, die die mexikanischen Aufständischen von Chiapas als willenlose Werkzeuge benutzten, um das Land zu destabilisieren und eine neue Regierung einzusetzen, die eine Handvoll Amerikaner so reich machen sollte, wie man es sich in seinen kühnsten Träumen nicht vorstellen konnte? Sie hatten ihn immer noch fest im Schraubstock. Solange Rachels Leben an einem dünnen Faden hing, mußte er tun, was von ihm gefordert wurde.

»Verdammt, Lew, ich bin nicht der Typ, der Däumchen

dreht und abwartet, daß irgend etwas geschieht. In Ordnung. Vielleicht kannst du nichts anderes tun, als die Ratte in ihrem Labyrinth zu spielen. Bei mir ist das anders.« Ihre Augen leuchteten. »Sie sind bis hier zu Rachel durchgedrungen und haben es irgendwie geschafft, daß sie auf diese Niere angewiesen ist. Wenn ich herausfinden würde, wie sie das fertiggebracht haben ...«

»Stansky war's. Ich weiß es.« Croaker schüttelte den Kopf. »Aber selbst wenn du herausfinden solltest, wie sie zu Rachel vorgedrungen sind, was würde es nützen? Sie braucht die Niere auch weiterhin, und ich muß den Preis dafür bezahlen.«

»Jesus.« Sie schlug mit der Handfläche gegen die Wand. »Es muß doch irgendeine Möglichkeit geben!«

»Laß es mich wissen, wenn du eine findest.«

Sie hatte die Resignation in seinem Tonfall bemerkt und starrte ihn an. »Gib die Hoffnung nicht auf.«

Seine Lippen berührten ihre leicht. »Du bist ein bemerkenswerter Mensch, Jenny. Es tut mir verdammt leid, daß ich dich in diese Sache hineingezogen habe.«

Sie legte eine Hand an seinen Nacken und küßte ihn hitzig. Ihre Lippen öffneten sich, und ihre Zungen berührten einander. Croaker umarmte sie und wollte sie nicht mehr loslassen. Ihre Willensstärke gab ihm Kraft. Das Gefühl stieg ihm so zu Kopf, daß ihm einen Augenblick lang schwindlig wurde. Endlich ließ er sie los, wenn auch widerwillig. Sie klammerte sich nicht an ihn und würde es auch nicht versuchen.

»Paß auf Rachel auf.« Er hielt ihr den Telefonhörer hin. »Sie wird in den nächsten zwölf Stunden die Art von Fürsorge brauchen, die nur du ihr geben kannst.«

Jenny blickte auf den Telefonhörer, als wäre er eine Schwarze Witwe.

»Hier.« Er schloß ihre Hand darum. »Ruf sie an.«

Jenny blickte ihm tief in die Augen. »Ich werde nicht Lebewohl sagen. Ich werde es nicht einmal denken.«

Croaker verschwand schnell und schweigend wie Antonio.

Jenny starrte auf die Ecke des Flurs, als könnte sie ihn durch bloße Willenskraft zurückbringen. Sie zählte schweigend bis sechzig. Dann wandte sie sich um und wählte 911.

6.

Wenn er eine Wahl gehabt hätte, hätte Croaker nicht den Thunderbird genommen. Aber er war nicht in dieser angenehmen Lage und konnte es sich nicht leisten, daß der Wagen vor dem Krankenhaus gefunden wurde. Also ging er das Risiko ein und fuhr los. Die Fahrt zum Miami International Airport war nervenaufreibend. Jedesmal, wenn er einen Streifenwagen der Metro-Dade sah, machte er einen Umweg, und das führte ihn in Gegenden der Stadt, die man am besten mied. Aber – und das war der Vorteil daran – die Polizei mied diese Bezirke ebenfalls.

Am Flughafen stellte Croaker den Wagen auf einem Langzeit-Parkplatz ab. Während er auf die Terminals der inländischen Fluggesellschaften zuging, wählte er auf seinem Handy eine Nummer.

»Ja?« fragte eine männliche Stimme.

»Hallo, Felix.«

»Was zum Teufel ist los, Lew?«

Felix Pinkwater war im Finanzministerium von Florida beschäftigt, und Croaker hatte bei verschiedenen ACTF-Fällen mit ihm zusammengearbeitet.

»Du mußt mir einen Gefallen tun«, sagte Croaker. Pinkwater war unter anderem auch für die Körperschaftssteuern zuständig.

»Wie wär's, wenn ich das gleich morgen früh als erstes erledige? Ich komme jetzt schon zu spät zu meinem Tennismatch.«

»Ich habe keine Zeit und brauche die Information jetzt.«

Felix seufzte. »Worum geht's, Lew?«

»Um einen Club an der Lincoln Road in South Beach, der sich Boneyard nennt. Ich muß wissen, wer der Eigentümer ist.«

»Jesus, Lew, sonst noch was?«

»Eine Hauptrolle an der Seite von Jodie Foster wäre okay. Aber im Moment werde ich mich hiermit begnügen.«

Felix schnaubte. »Bleib dran. Ich muß den alten Computer hochfahren. Um diese Tageszeit ist er so müde wie ein junger Hund.«

Croaker stand vor dem Terminal. Die Leute eilten auf die Maschinen zu, andere, die gerade gelandet waren, schlenderten die Gangway hinab.

»Ich hab's«, sagte Felix. »Das Boneyard gehört einer Kapitalgesellschaft: Los Mirlos Encantados, Inc.«

Die entzückten Amseln, dachte Croaker, und seine Gedanken rasten. *Tre merli.*

»Los Mirlos Encantados ist eine Tochtergesellschaft«, sagte Felix. »Die Muttergesellschaft heißt Mineral Imports, S. A.«

»Und wer ist der Eigentümer von Mineral Imports?«

»Irgendeine auf den Bahamas registrierte Kapitalgesellschaft namens Juego Holdings. Aber frag mich jetzt nicht, wem Juego Holdings gehört. Bei diesen Tarnfirmen außerhalb der Staaten kann man das unmöglich genau wissen.« Seine Stimme klang gekränkt. Wie bei allen Bürokraten beruhte seine Macht auf Fakten und Ziffern.

Croakers Puls hatte sich beschleunigt. Juego war das spanische Wort für ›Spiel‹ und ein zentraler Begriff im Universum der Bonitas.

Croaker lachte. »Geh jetzt zu deinem Tennismatch, Felix. Ich stehe in deiner Schuld.«

»Allerdings«, sagte Felix. »*Hasta luego, muchacho.*«

Im Terminal schlenderte Croaker langsam an den Tikketschaltern der Fluggesellschaften vorbei. Als er den von Delta Airlines passierte, hörte er zufällig die Stimme einer Angestellten des Bodenpersonals. »Es tut mir leid, aber der Flug nach Los Angeles um 18 Uhr 10 ist ausgebucht. Es sind keine Plätze für Last-Minute-Reisende verfügbar, und das ist heute abend unser letzter Flug.«

Sie sprach mit einem Jungen vom College, der eine Jeansjacke, Jeans und Reeboks trug. Auf einer seiner breiten Schultern lag ein Seesack.

»Gibt es keine Möglichkeit?« fragte er. »Ich muß unbedingt nach Hause. Meine Schwester heiratet heute.«

»Sie könnten es bei einer anderen Fluggesellschaft versuchen.«

Der Junge schüttelte den Kopf. »Ich habe ein Last-Minute-Billigticket von Delta und kann mir nichts anderes leisten.«

Die Angestellte von Delta Airlines schien Mitgefühl mit ihm zu haben. »Es tut mir leid, aber ich kann nichts machen.«

Der Junge schüttelte den Kopf und trottete davon.

Croaker ging zu dem Schalter, und die Angestellte begrüßte ihn mit einem strahlenden Blick und einem professionellen Lächeln.

»Sie wünschen, Sir?«

Er fragte nach einem Ticket Los Angeles hin und zurück, und sie wiederholte ihren Spruch von dem ausgebuchten Flug. Sie blickte ihn heiter an. »Ich könnte Ihnen einen Platz für den Flug um 5 Uhr 50 morgen früh reservieren.«

»Hilft mir nicht«, sagte Croaker. »Ich muß heute abend in Los Angeles sein.« Er dachte einen Augenblick lang nach. »Wie sieht's mit einer anderen Fluggesellschaft aus?«

Die Angestellte nickte. »Lassen Sie's mich abchecken.«

Croaker beobachtete den jungen Mann, während die Frau die Möglichkeiten überprüfte. Der College-Junge starrte auf die Anzeigetafel von Delta Airlines mit den Abflugzeiten, als könnte seine Hoffnung einen weiteren Flug zustande bringen. Die Jugend war zu allem fähig.

»Bei American Airlines gibt es um 19 Uhr 10 einen Flug nach Los Angeles, Sir. Es ist für heute der letzte von hier.« Sie schielte auf den Monitor. »Es ist noch ein Platz frei.«

Croaker bat sie, ihn zu reservieren. Er nannte ihr einen Namen, den er sich gerade ausgedacht hatte.

Sie nickte. »Dies ist die Schalterhalle H. Sie finden American Airlines in der Schalterhalle D, Sir. Sie sollten sich beeilen.«

Croaker dankte ihr und schlenderte zu dem Jungen hinüber.

»Kannst du dir das vorstellen?« fragte er umgänglich. »Der Flug nach Los Angeles ist ausgebucht.«

»Ich weiß«, sagte der Junge. »Ich habe versucht, einen Platz zu kriegen. Ich habe ein Last-Minute-Ticket.«

»Verdammtes Pech«, sagte Croaker. »Mein Kumpel und ich werden wohl bis morgen früh warten müssen. Du wahrscheinlich auch. Kann ich dich irgendwo hinbringen?«

»Nein, danke.« Der Junge wirkte mürrisch. »Das Problem ist, daß ich heute abend in L. A. sein muß. Meine Schwester heiratet.«

»He, weißt du, daß es in der Maschine von American Airlines noch einen freien Platz gibt? Sie startet in ungefähr eineinhalb Stunden.«

Der Junge schüttelte den Kopf. »Macht keinen Unterschied. Ich hab' keine Kohle.«

»Komm schon«, sagte Croaker. »Wir wollen sehen, was sich machen läßt.«

Der Junge blickte skeptisch drein. »Soll das ein Witz sein oder was?«

»Du willst doch heute abend zu Hause ankommen, oder?«

Croaker bezahlte das Ticket am Schalter von American Airlines bar und nannte den fiktiven Namen, den er der Angestellten von Delta Airlines gegeben hatte. Er schob das Geld auffällig mit seiner künstlichen Hand hinüber, damit die Delta-Angestellte sich an ihn erinnern würde. Dann ging er zu dem Jungen zurück und gab ihm das Ticket.

Der Junge beäugte es mißtrauisch. »Okay. Wo ist der Haken bei der Sache?«

Croaker zeigte ihm seinen FBI-Ausweis. »Eine offizielle Sache. Du nimmst das Ticket und reist unter dem Namen, der draufsteht. Und dann vergißt du alles.«

»Das wär's schon?«

Croaker nickte. »Du brauchst meine Hilfe, und ich brauche deine. So einfach ist das.«

Der Junge grinste und drückte Croakers Hand. »He, cool. Vielen Dank.«

»Bestell deiner Schwester meine Glückwünsche zur Hochzeit.«

Als Croaker draußen auf den Shuttle-Bus wartete, war er zufrieden mit sich. Er hatte eine Spur für die Cops gelegt, die sie verfolgen konnten. Je mehr Zeit sie damit vergeudeten, ihn in Los Angeles zu suchen, desto mehr Spielraum hatte er hier in Miami.

Er blickte sich um. Alle Gegenstände wirkten verändert: scharf, klar umrissen, mit Farben gesättigt nahm er seine Umgebung wahr. So war es immer, wenn ein Fall kurz vor dem Höhepunkt stand und man den Kriminellen nach langer Zeit im Visier hatte. Jetzt, wo alle Entscheidungen gefällt waren, war jede Handlung entscheidend. Die Lateinamerikaner hatten dafür ein passendes Sprichwort: *Bailar en la cuerda floja.* Und genau das entsprach seiner augenblicklichen Situation. Er »tanzte auf einem Hochseil« – er balancierte auf des Messers Schneide.

Croaker bestieg den Bus zum Fontainebleu-Hotel und nahm dann ein Taxi nach Palm Beach. Eine teure Fahrt, aber sie war jeden Cent wert. Es war kurz vor acht, als er über den asphaltierten Parkplatz ging. Er montierte die Nummernschilder eines Buick Rivieras ab und vertauschte sie mit denen des türkisfarbenen Mustangs. Dann setzte er sich hinter dessen Lenkrad. Die Fassade des Royal-Poinciana-Krankenhauses ragte in der zunehmenden Dämmerung kühl wie ein Eiswürfel empor. Er ließ die Zündung an. Zufrieden brummte der Motor des Mustangs auf. Er legte den Gang ein und verließ den Parkplatz. Wenn er sich an die Geschwindigkeitsbegrenzungen hielt, blieb ihm gerade noch genug Zeit für einen weiteren Stop vor seinem Treffen mit Majeur um 20 Uhr 30.

Die Eingangshalle des Raleigh-Hotels war groß und stattlich und erinnerte an den Salon eines alten Ozeandampfers aus den dreißiger Jahren. Sie war vor ein paar Jahren liebevoll restauriert worden. Der Terrazzo-Boden besaß eine wunderbare Musterung und glänzte. Dahinter, über einer kleinen Treppenflucht, war das Freiluftrestaurant mit Blick auf einen Palmengarten und einen Swimmingpool, der auf der Titelseite von *Life* abgebildet gewesen war, als das Hotel eröffnet hatte.

Die Bar war zu Recht berühmt. Sie befand sich in der linken Ecke der Eingangshalle. Auf ihrem dunklen Terrazzoboden sah man den stilisierten Umriß eines Martini-Glases, auch die Olive fehlte nicht. Klein und intim, besaß die Bar eine polierte Holztheke und eine mit Spiegeln verkleidete Rückwand mit Glasregalen, auf denen Spirituosen aller Art standen. Sie war ein echter Zufluchtsort, gedacht für Erwachsene, Feiern und Amüsement, spritzig wie die Bläschen in gutem Champagner.

Majeur saß bereits an der Bar, vor sich ein Cocktailglas. Neben seinem linken Knie stand einer jener widerstandsfähigen Aluminiumkoffer, in denen Fotografen gewöhnlich ihre empfindlichen Apparate transportierten.

»Einen Martini Dry für meinen Freund«, sagte Majeur zum Barkeeper, während Croaker sich auf den Hocker neben ihm setzte. »Und mixen Sie ihn genau wie diesen. Trocken wie die Kalahari.«

Er trug einen jener lässig wirkenden Anzüge, die 1 600 Dollar kosteten und zerknittert aussehen sollten. Sein dezent gestreiftes Seidenhemd hatte keinen Kragen, und die Slipper stammten von Bruno Magli. Majeurs Augen waren etwas glasig, er schien schon seit Stunden zu trinken. Vielleicht hatte er gefeiert. Andererseits wirkte er nicht so, als hätte er in der jüngsten Vergangenheit viel zu lachen gehabt.

»Sie haben eine gute Bar ausgesucht«, sagte Majeur,

während der Barkeeper Croaker den Martini servierte. »Die Drinks sind exzellent.«

»Das dürfte jetzt nebensächlich sein«, sagte Croaker.

Majeur hob sein Glas. »Für mich nicht.«

»Es wird Zeit.« Croaker glitt von seinem Barhocker. »Lassen Sie uns die Sache hinter uns bringen.«

Majeur legte einen Augenblick lang seine Hand auf die Croakers. »Seien Sie nicht unhöflich, Sir. Genießen Sie Ihren Drink.«

Croaker setzte sich wieder. Da die Cops fieberhaft nach ihm suchten, fühlte er sich in Hotelbars unwohl. Aber vielleicht würde die ganze Angelegenheit gut ausgehen.

Irgend etwas nagte an Majeur. Er kippte die Hälfte seines Martinis hinunter. »Wissen Sie etwas über die Kalahari, *Señor*?«

Um Majeur zu besänftigen, nippte Croaker an seinem Martini. »Nur, daß es sich um eine Wüste in Afrika handelt.«

»Sie erstreckt sich über 160 000 Quadratkilometer vom südlichen Botswana über das östliche Namibia bis in den Westen Südafrikas, um genau zu sein. Ich bin einst über diese Wüste geflogen. Wußten Sie, daß sie von Seebetten vernarbt ist? Jetzt ist alles rissig, verdorrt und knochentrocken. Aber einst hat es dort Wasser gegeben. *¡Y la vida!* Und Leben!«

Croaker hatte einmal einen Mann verhört, der eine Serie von Bombenanschlägen verübt hatte und beim Verhör so ausgeflippt war, daß Croakers Kollegen geschworen hätten, er wäre ein hoffnungsloser Junkie. Aber Croaker hatte es besser gewußt. Der Mann mußte ihnen erzählen, wie clever er gewesen war. Das war ein innerer Zwang, über den er die Kontrolle verloren hatte. Im Leben jedes Kriminellen kommt die Zeit, da er das Bedürfnis verspürte, sein Herz auszuschütten. Das mochte sich als Prahlerei oder als Geständnis vollziehen, vielleicht lag es auch irgendwo dazwischen. Wie die Sonne jeden Tag aufging, zeigte sich auch das immer. Man mußte nur klug genug sein, es zu erkennen.

»Ich weiß, daß Sie meine Nichte kennen«, sagte Croaker. »Sie haben sie und Stansky beobachtet, während sie es miteinander trieben.«

Majeur orderte mit einer Handbewegung einen weiteren Martini. Sein Gesichtsausdruck war unverändert. »Ich will nicht, daß Rachel irgend etwas zustößt.«

Dieser eine, einfache Satz ließ Croaker alles verstehen. »Ich habe mich immer gefragt, warum ein Mann wie Sie ein Auto mietet. Sie sind reich und besitzen wahrscheinlich mehr als einen Wagen. Warum die Geschichte mit dem Lincoln? Jetzt weiß ich es. Sie wußten, daß ich das Kennzeichen überprüfen und herausfinden würde, daß Sie ihn bei Gold Coast gemietet haben. Sie wollten, daß ich dort vorbeischaue.«

Majeurs Martini kam, und er kostete einen Schluck. Er zeigte an Croakers Worten ungefähr dasselbe Interesse wie beim Vergleich von Golfresultaten.

»Bei Gold Coast habe ich Vonda kennengelernt«, fuhr Croaker fort. »Sie hat mir erzählt, daß ein Mann namens Trey Merli der Eigentümer ist. Außerdem war sie auf mich vorbereitet. Sie wußte sogar, wie eine gerichtliche Verfügung aussieht, weil Trey Merli, wie sie mir erzählt hat, ihr eine gezeigt hatte. Und als ich das zweite Mal dort vorbeischaute, war Antonio Bonita da. Er hatte die Schlüssel und kannte den Alarmcode. Aus Rachels Tagebuch habe ich erfahren, daß Trey Merli Dr. Ronald Stansky kennt, ihren Arzt. Sie hatte eine Adresse auf Hibiscus Island niedergekritzelt. Als ich dort ankomme, ist alles vorbereitet, inklusive einer Reihe von Hemden aus der Chemischen Reinigung von Jiffy Tyme. Aber statt Pappe finde ich drei bestimmte Patientenakten in den zusammengefalteten Hemden. Ich nehme an, daß dieser Ort kein Zuhause, sondern eine Inszenierung für mich war.« Croaker nahm einen weiteren Schluck von seinem Martini. »Dann ist da noch die Sache mit dem Grab.«

Majeurs finsterer Blick traf den Croakers im Spiegel hinter der Bar. »Mit welchem Grab, Sir?«

»Dem von Theresa Marquesa Barbacena. Barbacena

hält sich praktisch nie in den Vereinigten Staaten auf. Warum um alles in der Welt sollte sich das Grab seiner Frau in Südflorida befinden?«

Majeur nickte. »Dann stimmt es also, was man sagt. Daß Sie ein verdammt guter Schnüffler sind. Natürlich war das nicht ihr Grab, sondern auch nur eine Inszenierung. Ja, ich habe die Anhaltspunkte für Sie vorbereitet: das falsche Grab, den Mietwagen – das war die Spur, die zu Trey Merli führte. Und in Trey Merlis Haus konnte ich die Patientenakten von Sonia, Vonda und Ihrer Nichte für Sie zurücklassen.«

»Aber warum? Sie arbeiten für die Bonitas.«

Majeur starrte in die klaren Tiefen seines Martinis. Dann kippte er seinen Drink schnell hinunter und warf Geld auf die Theke. »Hier wird's etwas eng.«

Sie gingen ins Foyer, stiegen die Stufen hoch und schritten durch eine Glastür ins Freie. Die Luft war wegen der Feuchtigkeit stickig. Die samtene Abenddämmerung hing wie Spinnweben in den Wipfeln der Palmen. Um den Swimmingpool herum glitzerten Lichter. Ein paar Kinder, die bis zur Taille im Wasser standen, bespritzten sich gegenseitig, während eine ziemlich junge Frau mit knapp geschnittenem Bikinioberteil sie nachsichtig beobachtete. Ansonsten war die Gegend um den Swimmingpool herum verwaist.

Die beiden Männer schlenderten gemächlich weiter, bis sie die rhythmischen Geräusche der Brandung hörten.

Majeur trug den Aluminiumkoffer wie ein Vertreter für neue Fenster. In der Nähe des Deiches stellte er den Koffer zwischen sie. »Ich will Ihnen jetzt etwas gestehen, *Señor. Yo hablo con el corazón en la mano,* wie man sagt.« Ich spreche aus dem Herzen. »Man wächst auf, ergreift einen Beruf und trifft seine Entscheidungen, was die Karriere betrifft. Ob gut oder schlecht, man hat sie getroffen. Man lernt eine Frau kennen, verliebt sich und heiratet. Mit anderen Worten: Es handelt sich um Routine, um einen Rhythmus. So ist das Leben.«

Er zog eine Zigarre hervor, nahm sie aus der Hülle,

schnitt sie ab und steckte sie an. »Aber dann geschieht etwas, *Señor*. Und dieses Etwas ist so unerklärlich wie unerwartet. Sie sehen jemanden, und in Ihnen öffnet sich die Tür zu einem Raum, den es immer schon gegeben hat, nur waren Sie sich dessen nicht bewußt. Ohne daß Sie es wissen, *Señor,* führt Sie dieser Mensch in eine neue Sphäre. Ihr altes Leben schwindet dahin wie eine Fotografie, die ins Feuer geworfen wird. Und dann scheint ein anderes, magisches und mysteriöses Leben zu beginnen.«

Croaker dachte daran, wie Majeur seinen Ehering abgenommen und in South Beach in die Brandung geworfen hatte.

»So ging es mir, als ich Rachel sah, *Señor.* Ich beobachtete sie mit diesem Schwein namens Stansky, und mein Herzschlag setzte aus.« Er wandte sich um und blickte Croaker in die Augen. »*Escuchame, Señor.* Hier ging's nicht um Geilheit. Die Lust ist etwas Oberflächliches und Momentanes und verflüchtigt sich beim ersten Windstoß wie Rauch. Nein, ich spreche von etwas Dauerhaftem und Grundsätzlichem. Hier geht es darum, wie ich mich selbst gefunden habe. Als ich Rachel sah, sah, was sie tat und was Stansky mit ihr anstellte, wußte ich, wie verloren und allein ein Mensch sein kann. In diesem Augenblick habe ich mich selbst in ihr erkannt. Mir wurde bewußt, wie einsam ich in meiner Ehe war. Ich wachte am nächsten Morgen auf und blickte auf den Menschen, der neben mir im Bett lag. Ich sah eine Frau aus einer prominenten Familie mit einem bedeutenden Stammbaum, für die ich keinerlei Gefühle empfand. Ich hatte sie nur geheiratet, um meinem Vater einen Gefallen zu tun. Ich dachte an Rachel. Sie wurde der Spiegel, in dem ich meine eigene Seele erkannte. Da wußte ich, daß ich etwas tun mußte, um sie zu retten. In gewisser Weise war das der erste Schritt, mich selbst zu retten. *Comprende*?«

Natürlich verstand Croaker. Er hatte etwas bemerkenswert Ähnliches empfunden, als er Rachels Tagebuch gelesen hatte – das drängende Bedürfnis, sie zu retten. Vor

Männern wie Donald Duke, Stansky und all den anderen, die in deren Fußstapfen treten würden.

»Sie haben sich also entschlossen, auf beiden Seiten mitzuspielen. Sie wollten die Bonitas betrügen, während Sie weiterhin ihren Befehlen gehorchten.«

Majeur nickte. »An dem Morgen, nachdem ich Rachel und Stansky zusammen beobachtet hatte, wußte ich, daß ich irgend etwas unternehmen mußte, um die Pläne der Bonitas zu durchkreuzen. Nur – was? Sie sind sehr intelligente Männer, und ich durfte mich nicht verraten.« Majeur starrte auf die Kinder, die aus dem Swimmingpool kletterten. »Sie haben Rachel benutzt, um an Sie heranzukommen. Für sie ist es wichtig, daß Barbacena stirbt, und gleichzeitig müssen sie einen vernünftigen Grund haben, ihre Verantwortung dafür abzustreiten. Sie haben sich für Sie entschieden, weil Sie die Fähigkeiten und die Ausbildung haben und weil Ihre Spur zu ihnen nicht zurückverfolgt werden könnte, sollten Sie geschnappt werden.«

»Wie sind die an Rachel herangekommen, Majeur?«

»Ich weiß es nicht, *Señor*. Wirklich.« Er zuckte die Achseln. »Was geschehen ist, kann man nicht mehr ändern. Sie ist immer noch auf die Niere angewiesen.«

Croaker glaubte ihm; Majeur sah mehr als unglücklich aus.

»Ich habe einige Nachforschungen angestellt«, sagte Croaker. »Kommt Ihnen der Name Juego Holdings vertraut vor?«

»Aber natürlich. Ich habe für das Unternehmen einiges an Papierkram erledigt. Es ist eine von Antonios und Heitors Tarnfirmen.«

Es war also so, wie Croaker vermutet hatte. Die Bonitas waren die Eigentümer des Boneyards, des Clubs an der Lincoln Road, wo Rachel nach einer Überdosis zusammengebrochen war. Eine weitere Verbindung zwischen Antonio, Heitor und Rachel. Aber was wurde dadurch bewiesen? Warum war sie gerade in diesem Moment zusammengebrochen? Was hatten sie ihr angetan?

Croaker konzentrierte seine Gedanken wieder auf die Gegenwart. »Okay, Sie haben die Bonitas hintergangen. Aber weshalb haben Sie sich überhaupt mit ihnen eingelassen?«

Majeurs Schultern sackten herab, und seine elegante Kleidung schien in lustlosen Falten herabzusinken, als wäre er in den letzten paar Minuten körperlich geschrumpft. »Das war nicht meine Idee.« Bedächtig plazierte er seine Zigarre auf der Promenadenmauer und ließ sie wie einen schlummernden Vulkan glimmen. »Vor einem Jahr, vielleicht ist es auch etwas länger her, hat Antonio Bonita Kontakt mit mir aufgenommen. Er arbeitete damals bereits für die amerikanische Regierung und zeigte mir zahllose Akten. Es handelte sich um offizielle Unterlagen der Regierung. Die Typen vom FBI wußten alles – wen ich vertrat, welche Geschäfte ich vermittelt hatte und welche Drogen den Besitzer gewechselt hatten. Sie hatten mich im Würgegriff.«

»Die Bonitas haben Sie also auserwählt.«

Majeur nickte. »Sie wollten, daß ich so weitermachte wie zuvor. Antonio sagte, daß man von Zeit zu Zeit Kontakt mit mir aufnehmen und mir meine Aufträge dann detailliert erklären würde. Man verlange nur von mir, mich an die Vorgaben zu halten.«

»Und das haben Sie in diesem Fall getan. Bis Sie Rachel mit Stansky beobachtet haben.«

»Genau, *Señor.*« Majeur beobachtete, wie der Zigarrenrauch vom Wind davongetragen wurde. »Ich habe Ihnen heute morgen erzählt, daß das Leben ein Glücksspiel ist. Indem ich die Bonitas hinterging und Sie herausfinden ließ, daß sie Ihre Nichte krank gemacht haben, um Sie zu zwingen, Juan Garcia Barbacena zu erledigen, habe ich meine Wette auf Sie abgeschlossen. Ich habe darauf gesetzt, daß Sie diesen Monstern Einhalt gebieten werden.«

Es ging Majeur nicht in erster Linie um Gerechtigkeit. Croaker hatte diesen Blick in den Augen vieler Männer gesehen und wußte, was er bedeutete. »Hören Sie zu, Majeur. Ich werde die Bonitas nicht umbringen. Weder für Sie noch für irgend jemand anderen.«

»Ich weiß. Aber vielleicht wird bald ein Moment kommen, wo Sie keine andere Wahl haben.« Majeur griff nach seiner Zigarre. »Ich habe keine Illusionen, Sir. Wir sind in ein tödliches Spiel eingestiegen, und ich habe mich durch meine Aktionen in Lebensgefahr gebracht. Die Bonitas wußten, daß Sie in dem Autoverleih auftauchen würden und hatten Vorsichtsmaßnahmen getroffen. *Quizás ellos se le ponermos la mosca detrás de la oreja.*« Ich glaube, daß sie mich schon verdächtigen. »Wer kann das bei den Zwillingen schon wissen?«

Er stand jetzt wieder aufrechter, und etwas von dem vertrauten Majeur war wieder in ihm erwacht. »Wenn es so ist, spielt es keine Rolle. Jetzt nicht mehr. Ich habe mich heute nacht offenbart. Ich verachte sie, und das ist ein sehr gutes Gefühl.«

Croaker lauschte dem Geräusch der Brandung. In ihrer Beständigkeit ermahnte sie ihn an den Sieg des Lebens über den Tod. Diese Beruhigung brauchte er jetzt mehr als alles andere. Bennie, das schien nun klar zu sein, konnte nichts mit der ACTF zu tun haben. Die Bonitas mußten ihn vorgeschoben haben. Aber ein nagender Zweifel blieb, und Croaker wußte, daß er stichhaltige Beweise für das brauchte, was er erfahren hatte. Er mußte Majeurs Telefonrechnungen in die Finger bekommen, um überprüfen zu können, ob sie mit den Computerdaten von Southern Bell übereinstimmten, die belegten, daß Bennie die Rechnung für Majeurs Mobiltelefon bezahlte.

»Hören Sie zu«, sagte Majeur. »Die Bonitas sind die Chefs dieses Organhandelsringes, aber hier können sie nicht unabhängig agieren. Die amerikanische Regierung ist in die Sache verstrickt. Ich weiß nicht, auf welche Weise, aber es ist klar, daß sie sich auf irgendeinen irrsinnigen Handel mit den Bonitas eingelassen hat.« Er nahm die Zigarre aus dem Mund. »Mit zwei tollwütigen Hunden macht man keine Geschäfte.«

»Aber Sie haben den Mann vom FBI, der den Handel

mit den Bonitas abgemacht hat, doch nie kennengelernt. Den Mann, der die Operation dirigiert.«

»Nein. Nur Antonio.« Majeur zog an seiner Zigarre. »Jetzt muß ich gehen. Wir sehen uns um Mitternacht.«

»Woher wissen Sie, wo ich dann sein werde?«

Majeur lächelte. »Ich weiß, wo unsere Zielscheibe sich aufhalten wird. Wir haben beide dieselben Unterlagen gelesen, und es ist eine sichere Wette, daß wir zu den gleichen Schlußfolgerungen gelangt sind. Sie werden nicht versuchen, in seine beiden Festungen einzudringen. Wenn ich an seinen Troß von Leibwächtern denke, würde ich darauf wetten, daß Sie keinen Versuch unternehmen werden, ihn im Inneren eines Gebäudes zu erwischen.«

»Wie kommen Sie darauf?«

»Die Wahrscheinlichkeiten, Sir. Im Grunde meines Herzens bin ich ein Spieler, wie Sie wissen.« Majeur hielt einen Augenblick lang inne und versuchte Croakers Gesichtsausdruck zu ergründen. »Sie waren schon in dem Restaurant, oder?«

Croaker nickte. »Verstehen Sie mich nicht falsch, Majeur, aber ich will nicht, daß Sie mir helfen. Das wäre für uns beide zu gefährlich. Wie Sie schon sagten, die Bonitas haben die unheimliche Fähigkeit, alles herauszufinden.«

Majeur grinste ihn grimmig an. Er griff nach dem Aluminiumkoffer und schob ihn zu Croaker hinüber. »Ich muß es tun. Für mich selbst, *Señor.* Nennen Sie es Wiederherstellung einer Seele.«

Croaker nahm die Mordwerkzeuge entgegen. »Es gibt da dieses Gebäude.« Er gab Majeur eine Adresse an der Washington Avenue. »Es befindet sich direkt gegenüber vom An Chay und ist dreistöckig. An der Rückseite hat man Zugang zum Dach. Von dort habe ich eine günstige Position, um die Vorderseite des Restaurants zu beobachten. Der Winkel ist ideal.«

»Sie haben eine kluge Entscheidung getroffen. Wenn ich an all die aufgeblasenen Leibwächter des Opfers denke, ist es wichtig für Sie, einen Spähposten zu haben. Und jemanden, der in den Augenblicken direkt vor und nach dem Schuß Ihren Rücken deckt. Außerdem – je schneller der Mord bestätigt wird, desto eher wird Rachel die Niere bekommen.«

»Danke, Majeur.«

»*De nada.* Es gibt eine Möglichkeit, wie Sie Rachel, wenn es ihr gesundheitlich wieder bessergeht, zeigen können, wie dankbar ich ihr bin. Erzählen Sie ihr ein bißchen über mich.«

»Das werden Sie selbst tun«, sagte Croaker. »Sie werden Sie im Jackson Memorial sehen, wenn diese ganze Geschichte vorbei ist.«

Majeurs Geste war eigentümlich formell. »Das wäre mir ein Vergnügen, Sir.«

Als er sich abwandte, sagte Croaker: »Majeur ...«

»Señor?«

»Es gibt noch einen anderen Grund, warum Sie heute nacht bewaffnet erscheinen werden, oder?«

Majeur paffte ein paar Sekunden lang an seiner Zigarre, und sein Blick irrte umher.

»Sie denken an Heitor und Antonio«, half Croaker. »Wenn ich das Ziel getroffen habe, habe ich für sie keinen Nutzen mehr. Das ist Heitors Obsession ...« Er hob seine künstliche Hand. »Und was Antonio angeht – ich weiß noch nicht, wovon er besessen ist. Aber er ist von mir angezogen.«

»Spielt keine Rolle, Sir. Sie werden Sie umbringen.« Majeur schien keine Zweifel zu haben. »Sie haben keine andere Wahl. Sie wissen zuviel und sind zu gefährlich für sie.«

»Ich weiß.« Croaker bemerkte, daß sie inzwischen allein im Umfeld des beleuchteten Swimmingpools waren. »Nur noch eines.«

»Ich habe Ihnen alles erzählt.«

»Nicht ganz. In welcher Beziehung stehen Sie zu Estrella Leyes?« Es war weniger ein Schuß ins Dunkel als eine Ahnung. Die Patientenakten waren in Trey Merlis Haus zwischen Hemden versteckt worden, die von der Reinigung gebracht worden waren, wo Estrella arbeitete.

»Sie haben tiefer geschürft, als ich vorhergesehen hatte«, sagte Majeur. »Estrella und ich sind zusammen aufgewachsen. Sie war wie eine ältere Schwester für mich. Aber während meine Interessen in der Geschäftswelt liegen, beschäftigt sie sich mit dem größeren Universum, das uns alle umgibt.«

»Sie meinen *Hetá I.*«

Majeur nickte. »Nachdem ich Stansky die Patientenakten gestohlen hatte, brauchte ich einen Ort, um sie verschwinden zu lassen. Estrella hat mir ihre Hilfe angeboten.«

»Ich habe sie kennengelernt«, sagte Croaker. »Es ist offensichtlich, daß sie wegen der Bonitas beunruhigt ist.«

»Sie hat Angst vor ihnen. Das beschreibt es besser.« Croaker konnte Majeurs Gesichtsausdruck entnehmen, daß er sich um Estrella sorgte. »Sie hat die fürchterlichen Rituale gesehen, denen sie Menschen aussetzen. Man sagt, hat sie mir erzählt, daß die Zwillinge nicht aus einem menschlichen Uterus zur Welt gekommen seien. Nach dieser Geschichte wurden sie auf den Türstufen des Hauses einer sterbenden Mutter ausgesetzt. Selbst damals, als sie noch Kinder waren, waren sie zu schrecklichen Dingen fähig. Sie haben ihr Kind aufgefressen. Die Frau hat versucht, sie zu töten, aber sie wollten nicht sterben. Statt dessen haben sie sich an sie gehängt und vor Hunger und verzweifelter Not geweint. Indem sie regelmäßig an ihrer Brust gesaugt haben, haben sie sie geheilt. Durch eine Art gräßlicher Symbiose haben sie sich gegenseitig gestärkt. Bald hatte sie ihr eigenes Kind vergessen. Sie haben sie ihr Kind vergessen lassen. Sie hat sie aufgenommen und wurde zu ihrer Mutter.«

Croaker mußte fast lachen. »Jesus, Sie glauben doch nicht an diesen Unsinn, oder? Es gibt auf der ganzen Welt Geschichten von bösen Geistern, Vampiren und allen möglichen Dämonen. Aber es sind eben nur Geschichten.«

Majeur zuckte die Achseln. »Bei diesem Thema bin ich neutral, *Señor.* Ich kenne nur das Gesetz.« Er schenkte Croaker ein schwaches Lächeln, das irgendwie traurig wirkte. »Das Gesetz und die Tricks, wie man es umgeht.«

»Die Bonitas haben ihr Wissen über die Macht bei Humaitá Milagros erworben. Und dann haben sie dieses Wissen für ihre Zwecke pervertiert.«

»Das ist eine Geschichte. Aber hören Sie mir gut zu. In der Sprache der Guarani werden ›Geschichte‹ und ›Legende‹ durch dasselbe Wort bezeichnet.« Majeur blickte auf den Aluminiumkoffer hinab. Vielleicht dachte er daran, was sich darin befand. »Eines weiß ich sicher. Estrella Leyes ist keine unwissende Frau.«

In Trey Merlis Haus auf Hibiscus Island sah es noch genauso aus wie nach Croakers Auseinandersetzung mit Heitor. Wo immer Majeur sich hatte aufhalten müssen – hier nicht. Croaker schlüpfte über die abgeschirmte Veranda hinein und durchsuchte das Haus schnell und leise. Der perfekt plazierte Tisch wirkte unheimlich – wie eine Filmkulisse, die darauf wartete, durch Regieanweisungen zum Leben erweckt zu werden.

Es gab eine Art Arbeitszimmer, aber nachdem Croaker es zwanzig Minuten lang durchsucht hatte, war er davon überzeugt, hier keine Haushaltsunterlagen zu finden. Er ging in das große Schlafzimmer. Die Hemden lagen immer noch auf dem Bett, und die Tür des Lackschranks am Fußende des Bettes stand noch offen und gab den Blick auf den Fernseher und den Videorekorder frei.

Irgend etwas beunruhigte Croaker an der ganzen Geschichte mit den Bonitas, der ACTF und Bennie, aber er konnte nicht genau sagen, was. Er glaubte nicht, daß Majeur ihn angelogen hatte, aber andererseits war er davon überzeugt, daß der Anwalt nicht die ganze Wahrheit kannte.

Er knipste eine Lampe an, und sein Blick glitt über die einzelnen Gegenstände im Raum. Meistens ist das, was man sucht, nicht versteckt, hatte sein Vater ihm gesagt. Meistens ist es direkt vor deiner Nase.

Croaker starrte auf den Stapel der Videos. *Casablanca, Blade Runner, Der letzte Tango in Paris.* Darunter schimmerte etwas Metallisches. Er schob die Videos zur Seite. Seine

Finger krümmten sich um einen Griff, und er zog daran. Eine tiefe Schublade, in der Aktenhefter hingen, öffnete sich – Steuererklärungen, Rechnungen, Quittungen, Unterlagen über Kapitalanlagen. Er blätterte die Papiere durch, fand aber nichts Ungewöhnliches, wenn man davon absah, daß Majeur ein gutes Stück reicher war, als er es sich vorgestellt hatte. Sein Blick fiel auf ein Etikett, auf dem TELEFONRECHNUNGEN stand. Genau das, wonach er gesucht hatte. Das Haus hatte drei Telefonanschlüsse, was nicht überraschend war, wenn man den Beruf des Eigentümers in Betracht zog. Er fand die letzte Rechnung für die geheime Nummer des Mobiltelefons, die Majeur ihm gegeben hatte. Sie war an Majeur geschickt worden und enthielt einen Vermerk, daß sie mit einem Scheck beglichen worden war. Die Notiz enthielt die Schecknummer und eine Notiz, an welchem Tag der Betrag bezahlt worden war. Croaker studierte die beiden Monatsrechnungen davor. Wie die erste waren sie Marcellus Rojas Diego Majeur zugestellt und von ihm beglichen worden.

In der Maschine war ein Geist. Zumindest in einem Punkt hatte Antonio recht: Croaker wurde von allen angelogen. Sogar von Computern. Aber die waren unparteiisch und zeigten nur Daten, die von Menschen programmiert worden waren und geändert werden konnten.

Croaker war fast schwindlig. Nach den Unterlagen, die er gefunden hatte, kam Bennie nicht für die Rechnung von Majeurs Mobiltelefon auf, wie es die Daten von Southern Bell behaupteten. Und das bedeutete, daß Bennie ihn hinsichtlich einer Bekanntschaft mit Majeur nicht angelogen hatte. Alles, was Croaker in den Diskettendateien über Bennie erfahren hatte, war ihm jetzt suspekt. Doch wenn Bennie nicht mit der ACTF zusammenarbeitete und das ganze Dossier über Sero von Antonio und Heitor angelegt worden war – was hatte Bennie dann heute um Mitternacht vor, jenem Moment, da Juan Garcia Barbacena in Miami eintreffen würde? Warum brauchte er die Captain Sumo?

Es war fast zweiundzwanzig Uhr, als Croaker vor Estrella Leyes' Haus in El Portal vorfuhr. Durch die vorderen Fenster sah er das bläuliche Flackern des Fernsehers: Pablo Leyes sah fern.

Nebenan lag, dunkel und still, Sonias Haus. Croaker blieb eine Zeitlang neben dem nachts blühenden Jasmin stehen. Die weißen sternförmigen Blüten strahlten einen sinnlichen Duft aus. In dem dichten Dunkel schien er ein Bestandteil dieser Straße zu sein, der genauso zu den Häusern gehörte wie der alte Pampelmusenbaum, der die Ostseite von Sonias Haus beschattete. Er lauschte dem Rascheln in den Wipfeln der Palmen, die sich im Nachtwind wiegten, und stellte sich vor, daß es sich dabei um den Klang von Sonias Stimme handelte. Er wollte ihr Lachen hören und sehen, wie ihre Augen im Kerzenlicht erglänzten. Er wollte die bestrafen, die ihr das Leben genommen hatten. Es schien festzustehen, daß es dieselben Männer gewesen waren, die Rachel krank gemacht hatten. Er wußte, daß der Augenblick kommen würde, da er Antonio und Heitor zum letztenmal begegnen würde. Er fühlte es wie einen Schmerz, der ihm tief in den Knochen saß. Dann würde es nicht mehr um halbherzige Maßnahmen gehen, von Kapitulation ganz zu schweigen. Es würde nur noch um Rache und Tod gehen.

Von diesen bedrückenden Gefühlen aufgeweckt, schritt Croaker durch den Lichtschein einer Straßenlaterne. Eine Heimkehr sollte nicht so viel Schmerz und Leiden mit sich bringen, dachte er.

Die Haustür der Leyes' stand weit offen, so daß die schwache Brise das Innere durch die Fliegentür kühlen konnte. Der Krach aus dem Haus übertönte sogar das Summen des eifrigsten Insekts. Wenn man dem übertreibenden Reporter Glauben schenken konnte, war das hochgelobte argentinische Fußballteam auf dem Marsch an die Spitze. Eine Flamme bläulich schimmernden Lichtes, die so strahlend wie die Funken eines Schweißgerätes war, ergoß sich wie ein winkender Finger über die Veranda.

An der Fliegentür hing wie ein Tupfen Mörtel eine große Motte. Sie wurde unregelmäßig von einem Flecken des Mondlichtes beleuchtet. Ihre bleichen, gepunkteten Flügel schienen aus Rouge zu bestehen. Sie klebte absolut reglos an der Fliegentür, als würde sie zwischen dem Mondlicht und der Leere hängen. Croakers Schatten vertrieb die Motte, deren Umriß wie zwei einander berührende Herzen aussah, in die Nacht. Er öffnete die Fliegentür und trat ins Haus.

Er sah Horden von singenden Fans, während die Spieler den Ball hin und her kickten. Ein Mann, der von den Aktionen auf dem Bildschirm gefesselt war, saß auf einem großen aufgepolsterten Stuhl. Aus seiner Position konnte Croaker nur den oberen Teil des Kopfes des Mannes über der Rückenlehne sehen. Es schien sich um Pablo Leyes' kahlköpfigen Schädel zu handeln.

Es roch streng nach Kräutern und Gewürzen, und Croaker erinnerte sich an die Heilmethoden, die Estrella Sonias Freund Nestor, dem ehemaligen Tänzer, hatte angedeihen lassen. Ein Schatten fiel auf die Wand jenseits der geöffneten Küchentür. Er verdunkelte das Foto einer jungen Frau inmitten tropischen Laubwerkes. Kein Zweifel, es zeigte Estrella Leyes im Urwald außerhalb von Asunción. Das wunderschöne Mädchen starrte mit unheimlichem Blick auf den Betrachter, als hätte sie diesen Augenblick schon vorausgeahnt, da ein Fremder ihr Bild ansehen würde.

Normalerweise hätte Croaker sich bemerkbar gemacht. Aber irgend etwas stimmte hier nicht. Die offene Haustür, die Lautstärke des Fernsehers, die durch die Stille der Straße draußen noch verstärkt wurde, der gespenstische Schatten in der Küche … Croaker wurde von dem unheimlichen Eindruck übermannt, daß die flackernden Bilder auf dem Bildschirm ihre angespannte Energie in einen statisch aufgeladenen Raum warfen. Er starrte auf die Rükkenlehne des Stuhls.

Croaker erinnerte sich an das erste Mal, als er *Psycho* gesehen hatte. Gegen Ende des Films gab es eine Szene, wo

Marion Crane zur Mansarde des Hauses der Bates hochstieg und den Schaukelstuhl herumdrehte, in dem die mumifizierte Leiche von Norman Bates' Mutter saß. Bis dahin war man sicher gewesen, daß Mrs. Bates lebte, weil Norman gelegentlich zu ihr gesprochen hatte. In diesem Augenblick offenbarte sich alles: ihr Tod und Normans Wahnsinn.

Nachdem Croaker in Kühlschränken und auf Büroregalen menschliche Köpfe gefunden hatte, bedurfte es keiner besonderen Fantasie, um sich eine weitere Leiche vorstellen zu können, deren erloschene Augen auf ein Fußballspiel starrten. Aber wessen Schatten bewegte sich in der Küche, wenn Pablo Leyes tot war?

Er berührte den Zauberstein in seiner Hosentasche. Als er sich entschlossen hatte, sich zu bewegen, hörte er im selben Augenblick eine Stimme.

»Mr. Croaker. Ein unerwartetes Vergnügen.« Der Stuhl schwang herum, und Pablo Leyes lächelte ihn an. »Nicht erschrecken, mein Sohn.« Er zeigte mit seinem riesigen Daumen über seine Schulter. »Ich habe Ihr Spiegelbild auf dem Bildschirm des Fernsehers gesehen.« Die hektischen Fernsehbilder verzerrten sich auf seiner Glatze zu seltsamen Lichtstreifen, die den Konstellationen an der Decke eines Planetariums glichen.

Croaker entspannte sich und ließ seine Hand baumeln. »Ich hoffe, daß Sie mein Eindringen nicht stört, aber ich muß mit Ihnen sprechen.«

Leyes strahlte. »Zum Teufel, mein Sohn, mit einem Anliegen wie diesem sind Sie Tag und Nacht willkommen.« Er tätschelte seinen Arm. »Scheint eine Ewigkeit her zu sein, daß ich für irgend jemanden wichtig genug war, mich nach Feierabend zu besuchen.« Er gestikulierte. »Möchten Sie einen Drink oder irgendwas anderes? Wir haben noch etwas von Estrellas mörderischer Paella. Sie kann sie Ihnen aufwärmen. Dauert nur eine Minute.«

»Danke, nein. Ich habe sehr wenig Zeit.«

»Bestimmt genug, daß Sie sich setzen können.« Leyes wartete, während Croaker sich auf die Armlehne eines billigen Sofas setzte. »Also, was ist so dringend, mein Sohn?«

»Mir fiel ein, daß Sie für Southern Bell gearbeitet haben.«

Leyes nickte. »Stimmt. Als Telegrafenarbeiter. Das waren Zeiten, sage ich Ihnen. Ich bin wie ein verdammter Cowboy auf den Masten herumgeritten. Yahoo!«

»Aber Sie waren auch Supervisor.«

Der Blick von Leyes' wäßrigen Augen verdüsterte sich. »So lange ich es aushalten konnte. Und das war nicht besonders lang. Ich habe mit dem verdammten Papierkram nichts am Hut, darauf können Sie wetten.«

Croaker beugte sich vor. »Ich brauche ein paar Informationen darüber, wie jemand in das Computersystem von Southern Bell eindringen kann.«

»Als Hacker, meinen Sie?« Leyes verzog das Gesicht. »Zum Teufel, mein Sohn, ich könnte das von hier mit meinem Notebook erledigen.« Er schielte zu Croaker hoch. »Wollen Sie meine alte Firma ein bißchen ärgern?« Die Idee schien ihm zu gefallen, faszinierte ihn sogar.

»Ich hätte gern Zugang zu dem System«, sagte Croaker. »Vor ein paar Tagen habe ich mich eingeklinkt, indem ich einen Zugangscode der Polizei benutzt habe.«

»Damit können Sie das System nicht knacken, glauben Sie mir.«

»Ja, ich weiß. Deshalb bin ich hier.« Croaker mußte lauter sprechen, um den irrsinnigen Lärm aus dem Fernseher zu übertönen. Irgend jemand hatte ein Tor geschossen. »Ich habe ein paar Informationen vom Southern-Bell-System erhalten, die ich jetzt für falsch halte. Wenn es Ihnen nichts ausmacht, würde ich mich freuen, wenn Sie das abchecken könnten.«

Leyes grinste. »Zum Teufel, Sohn, nichts würde mir mehr Spaß machen.« Er blickte auf seinen Rollstuhl, und Croaker rückte ihn zurecht. »So ist's recht. Jetzt helfen Sie mir mal in den Sattel.« Er stemmte sich mit seinen kräftigen Armen aus dem aufgepolsterten Stuhl hoch. Croaker packte ihn unter den Achseln, und Leyes klatschte auf den ledernen Rollstuhl wie ein Tiefseefisch auf das Deck eines Schiffes.

»Fühlen Sie sich wie zu Hause«, rief er, während er mit dem Rollstuhl aus dem Wohnzimmer fuhr und dann den Flur zur Rückseite des Hauses hinabrollte. »Estrella ist in der Küche. Ich werde in ein paar Minuten mit der Hardware zurück sein.«

In der Küche stand eine große Kasserolle aus Eisen auf dem Herd, in der Gemüse und Kräuter langsam vor sich hinköchelten. Daneben stand ein hölzernes Hackbrett mit Grünzeug – Kopfsalat, Gurken, Koriander. Aber Estrella war nicht in der Küche.

Die Hintertür stand offen. Vielleicht brachte sie gerade den Müll hinaus. Croaker öffnete die Fliegentür und stand auf der kleinen Betonveranda. Er wartete, bis sich seine Augen an die Dunkelheit gewöhnt hatten. Die dichten Zweige des schwarzgrünen Hibiskusbaumes schirmten das Mondlicht ab, und die Bougainvillea hing wie eine Flagge hinab. Durch die unbewegte, feuchte Luft hörte man Grillen zirpen und Frösche quaken.

»Mrs. Leyes?«

Ein Geräusch in der Nähe der drei Mülltonnen aus galvanisiertem Stahl veranlaßte ihn, von der Veranda herunterzusteigen. Seine Schritte waren im Gras und auf dem lehmigen Torfmull unter den Bäumen nicht zu hören.

Er fand sie zusammengekauert und mit dem Rücken an der mittleren Mülltonne lehnend. Ihre Ellbogen ruhten auf den hochgezogenen Knien, und sie hatte die Handgelenke übereinander gekreuzt. Sie saß in einer Art meditativer Haltung, einem Zustand der Ruhe, der aber zu erstarrt wirkte.

Als Croaker sich neben ihr niederkniete, sah er, daß ihre Lippen zusammengenäht worden waren. Ihre Augen standen offen, und sie starrte auf die Zweige der Bougainvillea, deren prachtvolle Farben in der Morgendämmerung wiedergeboren werden würden. Estrella Leyes würde es nicht mehr sehen können.

Croaker betastete mit zwei Fingern ihre Halsschlagader

und fühlte keinen Puls. Er zog ein Taschenmesser hervor und schob die Klinge vorsichtig zwischen ihre Lippen. Aus dieser Nähe sah er die ordentlichen Nähte, die mit der kunstvollen Präzision eines Chirurgen zustande gebracht worden waren. Es sickerte kein Blut aus den Einstichen, was zeigte, daß ihr der Mund zugenäht worden war, als sie schon tot gewesen war.

Als er die Nähte durchtrennt hatte, kippte ihr Unterkiefer herab. Ihr Mund war mit kleinen glatten Steinen gefüllt, die durch ihren Speichel dunkel und naß waren. Ein Tropfen fiel auf ihre Brust, wo sich um den schwarzen Griff eines Küchenmessers herum langsam ein dunkler Flecken ausbreitete. An dem Teil der Klinge, den Croaker sehen konnte, klebte Koriander.

Croaker wischte sich mit dem Handrücken den Schweiß von der Stirn, der ihm plötzlich ausgebrochen war. Er schoß in die Höhe, war mit drei Schritten wieder auf der Veranda und lief durch die Tür.

Der köstliche Essengeruch kam ihm jetzt ekelhaft vor und verfolgte ihn durch den Korridor. Croaker ging geräuschlos, wie Stone Tree es ihn gelehrt hatte. Er rollte seine Füße von der Ferse bis zum Zeh ab und verlagerte das Gewicht gleichmäßig auf die Außenseiten.

Er blickte hinter jede Tür, an der er vorbeikam. Rechts war ein weißgekacheltes Bad, in dem es nach Sandelholz roch, und gegenüber, auf der linken Seite, ein kleines Arbeitszimmer mit einer ausklappbaren Couch, einem billigen Schreibtisch und einer karamelfarbenen Sisalbrücke. Weiter vorne befand sich links das Schlafzimmer, das in Rosa und getöntem Weiß gehalten war. Die letzte Tür auf der rechten Seite war geschlossen. Er lauschte, hörte aber nichts.

Er drehte den Knopf und klinkte die Tür auf. Dann trat er einen Schritt zurück und stieß sie auf. Er befand sich in einem großen Raum, offensichtlich einem neuen Anbau, der noch unvollendet war. Die an den Rändern verklebte Wandverkleidung war noch nicht gestrichen, und der Fußboden bestand aus unbehandeltem Holz, das mit kreideweißen Putzflecken und schwarzen Tintennotizen über Fenstermaße übersät war. Der einzige Einrichtungsgegenstand war ein grüner Metallschreibtisch, auf dem sich Computer, Modem, Softwareverpackungen und Handbücher stapelten. Aus einem Loch in der Decke baumelte ein an einer braunen Plastikbefestigung angebrachtes Kabel mit einer nackten Glühbirne herab, die allerdings nicht die Quelle der Beleuchtung war. In einem rauhen Steingefäß, das auf dem Boden stand, flackerte ein kleines Feuer, und in seinem Licht sah Croaker ein Krokodil.

Es war ein bösartig aussehendes, schuppiges Reptil, ein prähistorisches Raubtier, das im Menschen ein gefundenes Fressen sah. Das Tier kauerte in einer Ecke des Raums. Seine kleinen bernsteinfarbenen Augen glühten, während es Croakers Bewegungen verfolgte. Der dick gepanzerte Schwanz schlug warnend hin und her. Die schwarzen Lippen entblößten gelbliche Schneidezähne, und das Tier gab ein dunkles, kehliges Zischen von sich, während sich sein muskulöser Körper spannte.

Da sah Croaker Pablo Leyes. Er lag auf der linken Seite. Sein Rollstuhl war umgestürzt und bedeckte seinen Körper teilweise. Irgend jemand – oder irgend etwas – hatte ein großes Stück Fleisch aus seinem Körper herausgerissen. Es sah aus, als wäre sein Rückgrat durchtrennt worden.

Croaker machte einen Schritt in seine Richtung. Da schoß das Krokodil vor. Es öffnete sein großes graues Maul, schloß es aber wieder, als ein Gewehrschuß dröhnte. Croaker sprang zurück.

Er hörte das Lachen eines Mannes.

»*Cuidado, Señor.*« Vorsicht! »Das Vieh wird Sie töten, wenn Sie ihm auch nur die kleinste Chance geben.«

Jemand löste sich aus dem Dunkel, das die rechte Seite des Raums einhüllte. »Außerdem ist Leyes tot. Glauben Sie mir.« Ein rechteckiger weißer Verband bedeckte die Mitte seines Gesichtes.

»Heitor! Jesus, was haben Sie hier angerichtet?«

»In der letzten Nacht habe ich geträumt, daß ich ganz

allein wäre«, sagte Heitor. »Ich trieb taumelnd und hilflos durch einen gestirnten Himmel. Ich blickte auf diese Sterne, aber sie waren so weit weg, daß ihr Licht mich nicht beleuchten und ihre Schwerkraft mich nicht halten konnte. Dann bin ich aufgewacht. Ich wußte, daß ich von Ihnen geträumt hatte.« Heitor schnalzte tadelnd mit der Zunge.

»Aber das hier ist nicht Ihr Traum. Ich habe einen eigenen Willen.« Croaker stand ein wenig geduckt. »Und mit Ihren Gesetzen können Sie sich zum Teufel scheren.«

Der riesige Kopf des Krokodils drehte sich, als würde es dem Gespräch folgen.

»Dann werden Sie sterben, *Señor,* genau wie Estrella und Pablo.«

Croaker kam es beinahe obszön vor, daß Heitor den Taufnamen seiner Opfer benutzte. Es erweckte den Eindruck von Vertrautheit. »Aber Sie werden mich nicht jetzt töten, Heitor. Noch nicht. Sie werden warten, bis ich Juan Garcia Barbacena eine Kugel durch den Kopf gejagt habe.«

Barbacenas Name schien Heitor rasend zu machen. »Ich sollte derjenige sein, der ihn umlegt.« Er hatte einen flammenden Blick, während er sich gegen die Brust schlug. »Es ist nicht korrekt, und das habe ich von Anfang an gesagt! *Madre de mentiras,* diese Methode ist verdammt zu zivilisiert. Ich habe es Antonio wieder und wieder gesagt. Ein Scheißtyp wie Barbacena verdient einen so sauberen Tod nicht. Man sollte ihm erlauben zu sehen, wie sich das Reich des Vergessens langsam nähert, hier, in meinen Augen.« Er zeigte mit zwei Fingern darauf. »Und die Sache sollte in Übereinstimmung mit *Hetá I* erledigt werden.«

»Versuchen Sie nicht, mir was einzureden«, sagte Croaker. »*Hetá I* ist eine Heilkunst, die Sie und Antonio verfälscht und zu etwas Bestialischem und Bösartigem pervertiert haben.« Er beschrieb mit seinem Arm einen Bogen. »Sehen Sie sich nur um. Estrella war eine Heilkundige, und Sie haben sie umgebracht. Hier wird nicht geheilt, hier gibt es nur Krankheit und Tod.«

Durch die Aufregung war Heitor das Blut ins Gesicht gestiegen. Ein rötlicher Flecken durchtränkte den Verband über seiner Nase. Er kauerte sich neben dem Krokodil nieder. »Sehen Sie doch, was aus Ihren Plänen wird, uns zu *zivilisieren.*«

Croaker spürte, daß sein Herzschlag kurz aussetzte. Entweder war er wahnsinnig, oder Heitor sprach tatsächlich mit dem Krokodil. Das Tier schien allein dadurch zu grinsen, daß es das Maul geschlossen hielt. Seine bernsteinfarbenen Augen glühten bösartig, während der gepanzerte Schwanz gegen die Wand schlug. Die Wandverkleidung zerbrach, und trockener Putz stieg wie ein winziger Atompilz in die Luft auf.

»Heitor ...«

»Reden Sie nicht mit mir«, schrie Heitor. »Erzählen Sie es Antonio.«

»Antonio ist nicht hier, Heitor.« Croaker wußte, daß jetzt Geduld erforderlich war. »Es gibt nur uns beide und die Geister der Menschen, die Sie umgebracht haben.«

Heitor hielt eine Hand über die Flammen, die aus dem Steingefäß emporzüngelten.

»Zauberer sind zu vielen Dingen fähig, *Señor.* Wenn Sie in Asunción geboren worden wären, wüßten Sie Bescheid. Wenn das Blut der Guarani in Ihren Adern fließen würde, würden Sie mich verstehen.« Er ließ die Hand sinken. Die Augen des Krokodils verengten sich zu Schlitzen. »Die Verwandlung ist eine der Grundlagen von *Hetá I.* Der Zauberer wird vom Feuer verzehrt und bleibt unverletzt.«

Er ließ seine Hand ins Feuer fallen. Die Manschette seines Hemdes ging in Flammen auf, und plötzlich war der Raum durch den strengen Geruch brennender Baumwolle und versengender menschlicher Haare erfüllt. Heitor ballte die Faust, während die Flammen an seinem Arm emporzüngelten. Das Funkensprühen und das Knistern des brennenden Stoffs schien so laut wie bei einem Waldbrand zu sein. Bonita entblößte sein Gebiß, und Croaker hörte ein unheimliches Geräusch, das wie Gesang klang.

Die Flammen züngelten wie eine lebende Schlange

um seine Brust herum. Sein Hemd verfärbte sich schwarz, löste sich in kleinen Rauchwolken auf, zerriß an den Schultern und hing in funkensprühenden Fetzen herab.

Dann öffnete Heitor seine zusammengeballte Faust, in der drei dunkle Steine lagen. Die Augen des Krokodils öffneten sich. Die Flammen erstarben, als hätten Wind und Regen sie ausgelöscht.

Heitor lächelte und zeigte auf das Krokodil. »Der Zauberer wird zu einem Tier, um das Blut seiner Feinde zu trinken, damit er so stark und männlich bleibt, daß selbst die vergehenden Jahre ihm nichts anhaben können. Ich versichere Ihnen, *Señor,* daß dies Wahrheiten sind.« Er riß sich die Reste seines ruinierten Hemdes vom Leib und warf sie auf den Boden. »Sie sehen die Wahrheit, aber Ihr Geist will sie nicht akzeptieren.«

Heitor hatte nicht ganz recht. Croaker dachte an Humaitá Milagros, der, wie Bennie schwor, als Tigerhai wiedergeboren worden war. »Bennie Milagros kommt nicht für die Gespräche von Majeurs Mobiltelefon auf; Majeur bezahlt die Rechnungen selbst«, sagte Croaker. »Aber Sie wollten, daß ich etwas anderes glaube. Sie wollten mich gegen Bennie aufbringen, und mich von allen und jedem abschneiden. Warum?«

»Aus dem gleichen Grund, aus dem ich Pablo und Estrella getötet habe«, sagte Heitor. »Der Mensch ist ein soziales Wesen, das jeden Tag aufs neue aus seinem Umfeld Kraft schöpft. In Krisensituationen wird er den Beistand derjenigen suchen, die ihm am nächsten stehen.« Es war erstaunlich – Heitors Körper war unversehrt. »Dieser Teil der menschlichen Natur versagt nie. Es ist wie bei einer Kletterpflanze, die den rauhen Stamm eines Baumes sucht.« Das Feuer mochte zwar seine Arm- und Brusthaare versengt haben, aber es hatte sein Fleisch unverletzt gelassen. »Sie sehen, *Señor,* daß man einen Mann nur dann versteht, wenn er auf sich allein gestellt ist. Dann werden die letzten Schichten der Zivilisation abgestreift, und die Essenz offenbart sich. Sie ist die seltenste, wertvollste und wunderbarste Substanz. Man muß sie genießen wie eine erstklassige Zigarre.«

Heitor lachte, und im selben Augenblick öffnete das Krokodil sein Maul. Für einen verrückten Moment schien es so, als würde das Reptil das Gelächter ausstoßen. »Sie verstehen nicht, *Señor*? Die Leyes hätten Ihnen geholfen, wie sie es schon zuvor getan haben. Jetzt sind wir in eine neue Phase des Spiels eingetreten. Sie sind allein.«

Noch bevor Heitor seinen letzten Satz beendet hatte, war Croaker schon in Aktion. Er riß mit seiner künstlichen Hand das Kabel von der Decke und hämmerte dem Krokodil gleichzeitig seinen linken Fuß auf die Schnauze. Die Zähne knallten mit einem grauenhaften Klirren aufeinander. Croaker schlang den Draht um die Kiefer und hielt sie durch einen festen und sicheren Knoten zusammen. Die Bestie bewegte sich unter Croakers Schuh, konnte aber keinen Schaden mehr anrichten.

Heitor stürmte mit einem unzusammenhängenden Brüllen auf Croaker zu, der ihm, ohne daß er sich zu bewegen schien, die Kante seiner stählernen Hand gegen die gebrochene Nase rammte.

Heitor schrie auf und ging wie von einer Axt gefällt zu Boden. Das Blut spritzte aus seiner aufgebrochenen Wunde. Croaker trat ihn hart in die weiche Stelle direkt unter der kurzen Rippe, und Heitor krachte in die Ecke, wo zuvor das Krokodil gekauert hatte. Er war außer Gefecht gesetzt.

Croaker beugte sich hinab, packte ihn unter den Achseln und schleifte ihn durch den Flur zurück in die Küche. Der Geruch angebrannten Essens begrüßte ihn. Er nahm die Kasserolle von der Flamme, als er am Herd vorbeikam. In der Mitte des Raums ließ er Heitor fallen, dann ging er zum Kühlschrank und holte einen Behälter mit Eisstücken heraus. Er riß Heitors Hose bis zu den Knien herunter und drückte ihm das Eis gegen die Hoden. Heitor erwachte mit einem Schrei.

Croaker kniete auf Heitors Brust, das ganze Gewicht seines Körpers auf dessen Brustbein pressend. »*Hola*,

Heitor«, sagte er. Dann streckte er die Hand aus und schaltete eine Flamme des Herdes ein. Er fuhr einen seiner stählernen Fingernägel aus und erhitzte ihn in der Gasflamme.

Er sah in Heitors bernsteinfarbene Augen. »Ich kannte mal einen Typ, der sich ›Der Holzkohlemann‹ nannte. Er arbeitete in der Stadt, auf Coney Island. East Village, Zweiundvierzigste Straße. Überall dort, wo die Touristen rumhingen und die Bullen ihn in Ruhe ließen. Er war ein Feuerschlucker und balancierte eine brennende Fackel auf seinem nackten Arm hin und her. Dann steckte er sich selbst in Brand. Sie müssen zugeben, solche Nummern begeistern das Publikum.« Croaker betrachtete seinen Fingernagel, der inzwischen rötlich glühte, nachdenklich. »Ich denke, daß der Typ nach Ihren Maßstäben ein Zauberer war.« Er lächelte ohne Wärme. »Nur ich kannte seine Tricks, Heitor. Wie er seinen Mund und seine Kehle schützte, wie er seine Arme mit einer Vaselinesalbe einrieb, wie er seinen ganzen Körper präparierte, damit er nicht bei lebendigem Leibe verbrannte.« Der glühende Fingernagel warf einen gekrümmten Schatten über Heitors Gesicht. »Zauberer oder Betrüger, das ist nur eine Frage der Semantik.«

Croaker bewegte den glühenden Fingernagel, so daß Heitor seine Hitze wie die Sohle eines Bügeleisens spüren konnte. »Ich will die Wahrheit über Bennies Schwester Rosa wissen, Heitor. Unter welchen Umständen ist sie gestorben?«

Heitors bernsteinfarbene Augen blickten Croaker über den Fingernagel hinweg an. Seine geschwollenen Wangen und die Lippen waren blutüberströmt, und unter seinen Augen begannen sich häßliche blaue Flecken zu bilden. »Was glauben Sie, *maricone?* Daß ich vor Angst zittere und die Geheimnisse meiner Seele auskotze, nur weil Sie es befehlen?«

»Nein, Heitor. Ich erwarte gar nichts von Ihnen.« Croaker zog Humaitás Zauberstein aus der Tasche und sah, daß Heitor die Augen weit aufriß, während er ihn gegen die Kehle des schlanken Mannes preßte.

»Ack!« Heitors Kiefer zuckten spasmisch. »Acckkk!«

»Jetzt erzählen Sie, was ich wissen will«, sagte Croaker sanft. »Erzählen Sie mir von Rosa Milagros.«

Einen Augenblick lang geschah nichts, dann schien es, als würde die bernsteinartige Farbe aus Heitors Augen weichen. Sie schienen so durchsichtig wie Fensterscheiben zu sein.

»Ich spucke auf diese Frau«, zischte Heitor. »Ich verfluche sie, in welcher Hölle sie auch sein mag.«

»Warum?« fragte Croaker. »Was hat sie Ihnen angetan?«

»Bevor sie auftauchte, waren Antonio und ich *mokoi.*«

»*Mokoi*«, wiederholte Croaker. »Was bedeutet das?«

»Es ist das Band zwischen Zwillingen. Ein besonderes und heiliges Band. Diese Hure Rosa hat uns auseinandergerissen wie ein Arzt, der einen Fötus vor der Zeit aus dem Mutterleib zieht.« Sein Gesicht war wutverzerrt, und er zuckte wie wahnsinnig, so daß Croakers Knie beinahe abgerutscht wäre. »Das war eine Entehrung! Ein Verbrechen! Ich konnte es nicht zulassen.«

Plötzlich verstand Croaker. Antonio hatte ihm die Wahrheit über seine Liebe zu Rosa erzählt. Die Offenbarung war so erstaunlich, daß Croaker für einen Augenblick nicht wußte, wie er damit umgehen sollte. »Sie haben Rosa umgebracht«, flüsterte er.

»Sie hat gesagt, sie liebt ihn und kann den Gestank der Korruption bei ihm wahrnehmen. Sie hat behauptet, daß sie ihn retten kann.« Der Zauberstein ließ die Erinnerungen aus Heitor sickern wie Blut aus einem Stein. In seiner Agonie war er sich Croakers Anwesenheit nur am Rande bewußt. »Sie hat ihn verführt und ihn von *mokoi* entfremdet. Sie hat das Wir, das Fundament unserer Beziehung und die Grundlage des Lebens selbst, zerstört. Ich dachte, daß alles in Ordnung kommen würde, wenn ich sie umbringen würde. *Mokoi* würde zurückkehren, und zwischen Antonio und mir würde alles wieder so sein, wie es immer gewesen war.« Blutstropfen spritzten, als er den Kopf schüttelte. »Es war ein tödlicher Irrtum. Sie übte ihren Einfluß noch aus dem Grab aus, und die Kluft zwischen Antonio und mir wurde nur noch tiefer. Er wußte, was ich getan hatte. Als er ihre Leiche entdeckt hatte, habe ich im ersten Moment geglaubt, daß er mich töten würde. Ich habe es in seinem Blick gesehen. Ein Zwilling weiß so etwas. Aber er konnte es nicht tun.

Wir stammen aus demselben Uterus, aus demselben Zeitpunkt von Geburt und Tod. Antonio hat sich rechtzeitig daran erinnert. Aber die Strafe stand mir noch bevor. Wie eine Frau im Zorn der Eifersucht hat er mir *mokoi* vorenthalten. Die Seele eines Zwillings kann die des anderen nicht treffen, wenn nicht beide dazu bereit sind. Seit dieser Zeit war das besondere Band zwischen uns zertrennt.«

Croaker drückte den Zauberstein fester in Heitors Fleisch. »Und Bennie? Wie ist Ihre Beziehung zu ihm?«

Heitors unheimliche, durchsichtige Augen schienen sich nicht auf einen Punkt im Raum, sondern auf einen in der Zeit zu konzentrieren. »Es hat natürlich was mit den Knochen zu tun. Wir wollen sie haben. Jeder will das.«

»Was für Knochen?«

»Das reicht!« befahl plötzlich eine andere Stimme.

Croaker wandte sich um und sah, daß Antonio durch den Flur geschritten kam. Sein Körper füllte die bogenförmige Küchentür aus. Er blickte über Croaker hinweg auf seinen liegenden, blutenden Zwillingsbruder. »Wir sitzen schon genug im Schlamassel, als daß es noch schlimmer kommen müßte.« Seine bernsteinfarbenen Augen flackerten wieder zu Croaker hinüber. »Lassen Sie ihn los, *Señor*. Ich bitte Sie.« Er sprach mit sanfter, fast väterlicher Stimme in einem Ton, den man nur als den tiefer Trauer bezeichnen konnte.

Croaker rührte sich nicht. Antonio, der einen austerngrauen Leinenanzug trug, hielt den Draht, den Croaker verwendet hatte, um die Schnauze des Krokodils festzubinden, wie das zusammengerollte Lasso eines Cowboys. Von dem Reptil war nichts zu sehen. Über seine Nase zog sich ein seltsamer roter Striemen, der sich an den Wangen herabsenkte und neben seinem Kiefer endete. Es war, als bestünde ein unzertrennliches Band zwischen ihnen. Croaker verdrängte diesen Gedanken, während er den Zauberstein mit der Hand umschloß, damit Antonio ihn nicht sah.

Antonios Gesichtsausdruck verhärtete sich. »Ich wiederhole mich nicht, *Señor.* Entweder tun Sie, was ich gesagt habe, oder Sie müssen die Konsequenzen tragen.«

Als Croaker den Zauberstein fortnahm, kehrte die Farbe in Heitors Augen zurück, und der Ausdruck seines Blickes veränderte sich im wiedergewonnenen Bewußtsein.

»Ich habe keine Angst, Antonio«, sagte Croaker. »Sie und Heitor sollten sich fürchten. Ich bin hinter Ihnen her.« Er plazierte den glühenden Nagel vor Heitors rechter Wange.

Antonio sprang im gleichen Augenblick hinzu, wie sein Zwillingsbruder auffuhr. »*Señor,* Sie wissen nicht ...«

Sie hörten ein sengendes Zischen und nahmen einen ekelhaft süßlichen Geruch war, der ihnen das Atmen erschwerte. Heitor schrie auf. Er schlug um sich und stöhnte, konnte Croaker aber nicht abschütteln. Soviel zur Zauberei.

»Die Dunklen Steine wissen es.« Croaker fuhr seinen Fingernagel ein. Auf Heitors Wange blieb eine tiefe rote Wunde zurück, aus der Blut tropfte. Er blickte zu Antonio hoch. »Jetzt habe ich ihn gezeichnet. Das wird Sie beide daran erinnern ...«

Ein plötzlicher, grimmiger Windstoß schien durch den Raum zu jagen. Croaker verschlug es den Atem. Er mußte einen kurzen Blackout gehabt haben, denn plötzlich lehnte er an der Tür des Kühlschranks, einen knappen Meter von der Stelle entfernt, wo Heitor lag. Sein Rücken schmerzte, als hätte ihn jemand gegen den Kühlschrank geschleudert. Antonio stand zwischen ihm und Heitor.

Antonio beugte sich über Croaker, zitternd vor kaum verhohlener Wut. »Erinnern Sie sich daran, daß ich zu Ihnen gesagt habe, Sie wären eine Ausnahme, weil Sie noch nicht gesündigt haben. Das hat sich jetzt geändert. *Pobre.*« Arme Seele. »Die Welt ist wie Blut, immer im Fluß. Sie verändert sich permanent. Freundschaften beginnen und lösen sich auf. Die banale Wahrheit im Leben besteht darin, daß man nichts festhalten kann.« Da war wieder diese Trauer, die seinen Gesichtsausdruck und seine Stimme veränderte. »Sie hätten Heitor nicht verletzen sollen.«

»Sehen Sie nur, was er hier angerichtet hat. Er ist wie ein tollwütiger Hund.« Croaker kam mit großer Mühe wieder auf die Beine. Seine Knochen fühlten sich wie aus Gummi an. Seine Wut drohte ihm die Kehle zuzuschnüren. »Um Himmels willen, er hat Rosa ermordet!« Er packte den Griff des Kühlschranks, um sich aufrecht halten zu können. »Warum verteidigen Sie ihn noch immer?«

»Was glauben Sie?«

»Seinetwegen gehören Sie zu den Verdammten, Antonio. Das haben sie selbst gesagt.« Croaker versuchte verzweifelt, Zeit zu gewinnen, während er sich bemühte, wieder zu Kräften zu kommen. Was zum Teufel war mit ihm geschehen? *Hetá I.* Irgend etwas, das Antonio mit ihm angestellt hatte, hatte ihm die Energie geraubt. »Blicken Sie den Tatsachen ins Auge. Mit *mokoi* ist es vorbei. Was immer Sie auch verbunden und Sie zu etwas Besonderem gemacht haben mag, es existiert nicht mehr.«

»Yo tengo la sartén el mango.« Hier bestimme ich. »Verschwinden Sie jetzt.« Antonio war das Blut in den Kopf gestiegen. »Wenn Sie noch irgendwelche Hoffnungen haben sollten, Ihre Nichte zu retten, *Señor,* dann hauen Sie ab und blicken Sie nicht zurück.«

Patt. Croaker wußte, daß das im Augenblick das beste war, was er erwarten konnte. So lange Rachels Leben in der Schwebe hing, hatte er keine andere Wahl, und Antonio wußte das. Aber sobald Barbacena tot war und Majeur den Mord bestätigt hatte, würde die Niere freigegeben werden, und Jenny konnte sich an die Arbeit machen. Dann würden sich die Spielregeln ändern, und es würde zur endgültigen Abrechnung kommen.

»Esta terminado del todo. Mit uns beiden ist es vorbei,

Señor. Mit der Freundschaft. Jetzt sind wir Todfeinde. Wer kann schon sagen, was nach Mitternacht passieren wird? Die Beamten des FBIs sind hinter Ihnen her, und die Polizei jagt Sie. Für Sie wird es kein Versteck mehr geben.«

Als Croaker im Wohnzimmer ankam, war das Fußballspiel zu Ende. Der Moderator kündigte eine Sendung mit dem Titel *Extreme Spiele* an.

Antonios spöttische Stimme ließ Croaker an der Eingangstür innehalten. »*Digame, Señor.* Sonia oder Vonda. Denken Sie nach. Wer hat die Niere ›gespendet‹, damit Ihre Nichte überleben kann?«

Antonios sanftes Lachen begleitete Croaker, während er blindlings durch die Tür stolperte. Am Bordstein stützte er sich auf den Mustang, aber es half nichts. Der volle, süße Duft des Jasmins drehte ihm den Magen um.

FÜNFTER TAG

1.

Vom Meer her wehte ein böiger Wind, der einen bösartigen Geruch mit sich trug, als hätte er alle Sünden aufgewühlt, die seit Jahrhunderten auf dem Meeresboden begraben waren. Croaker kauerte auf dem Dach des dreistöckigen Gebäudes an der Ecke der Washington Avenue und der Neunten Straße, gegenüber von dem vegetarischen Restaurant An Chay, und spürte den Druck, der auf ihm lastete. Die sich verdichtenden Wolken hingen bereits so niedrig, daß die aquamarin- und marlinblauen Neonleuchten an den Fassaden einen unheimlichen Heiligenschein verbreiteten.

Ein Sturm braute sich zusammen. Stone Tree hätte gewußt, wie schnell er das Festland erreichen und wie schlimm es werden würde. Im Nachtleben von South Beach gab es in der Zwischenzeit keinen Augenblick Pause. Rhythmische Musik strömte wie Sirup durch die feuchte Luft, während schnittige Wagen mit Jungen und Mädchen vorbeifuhren, die wild kombinierte Kleidung in tropischen Farben trugen. Für sie war es eine Nacht wie jede andere.

Aber irgendwo, nicht weit von hier entfernt, traf Juan Garcia Barbacena ein. Entweder mit einem Privatflugzeug, das gerade gelandet war, oder mit einem Schiff außerhalb der Drei-Meilen-Zone. Vielleicht begleitete Bennie es mit seiner mitternachtsblauen Cigarette.

Was traf zu? Croaker wußte es nicht. So, wie er auch nicht wußte, ob Bennie sein Freund oder sein Feind war.

Es war dreiunddreißig Minuten nach Mitternacht, und die Zeit lief.

Croaker überprüfte das Steyr-Gewehr und das Harris-Stativ. Er warf wieder einen Blick durch das Swarsky-Zielfernrohr, nahm ein paar geringfügige Neueinstellungen vor und gewöhnte sich daran, die Umgebung in der flachen Zweidimensionalität des Blickfeldes des Zielfernrohrs zu beobachten. Er legte das Gewehr befriedigt zur Seite und entspannte sich. Was auch kommen mochte, er war darauf vorbereitet.

Er ergriff die ›Nachteule‹ von Zeiss und suchte damit die unter ihm liegende Straße ab. Der Gebrauch eines Fernglases lehrte einen sehr schnell die Bedeutung von Geduld. Bei einem so begrenzten Blickfeld entging dem Beobachter mit Sicherheit etwas Wichtiges, wenn er das Fernglas zu schnell bewegte. Es gab einen Rhythmus. Man beobachtete dreißig Sekunden lang und hielt nach dem Ziel Ausschau. Dann entspannte man sich für zehn Sekunden. Sonst ermüdeten die Augen und man riskierte es, ein wichtiges Detail zu verpassen.

Croaker beobachtete die Gesichter der kommenden und gehenden jungen Leute. Ein paar Gläser Bier oder ein paar Joints und die Vorfreude auf Sex hatten sie in Schwung gebracht. Er erinnerte sich an die Zeiten, als die Sommer endlos zu sein schienen und das Wort ›Zukunft‹ keinerlei Bedeutung gehabt hatte. Der Sommer ließ ihn ans Angeln denken, und dies wiederum an Bennie. Wer war dieser Bennie Milagros? Ein Freund oder ein Agent der Regierung, der ein geheimes Leben führte? Es ist komisch, dachte Croaker. Was auch immer er ist – ich vermisse ihn.

Instinktiv ergriff er das Fernrohr und beobachtete die Washington Avenue vor dem Restaurant An Chay. Es war wie mit allen Straßenszenen – sie änderten sich, blieben aber insgesamt gleich. Man sah andere Menschen, doch das grundsätzliche Schema blieb dasselbe. Wenn man davon absah …

Wenn man von dem jungen Mann absah, der am Kotflügel eines schwarzen Mercedes-Cabrios lehnte. Es handelte sich um das plumpe, kastenförmige neue Modell, das so häßlich wie die Sünde war. Der Mann trug einen leichten Armani-Anzug und italienische Schuhe. Er hatte langes Haar, das aus der breiten Stirn zurückgekämmt war. Als er seine Arme vor der Brust verschränkte, sah Croaker, das sich der Stoff über seinen Muskeln spannte.

Der junge Mann diente Croaker als Anhaltspunkt. Langsam suchte er dessen Umgebung ab. Direkt links neben ihm sah er zwei weitere junge Muskelmänner, auf der rechten Seite drei. Sie waren gerade aus einem ebenfalls schwarzen Mercedes ausgestiegen. Ein weiterer schwarzer Mercedes parkte um die Ecke an der Neunten Straße. Croaker hielt nach dem grauen Rolls-Royce Ausschau.

In diesem Augenblick hörte er hinter sich ein leises Geräusch, das nicht lauter war als das einer alten Tür, die einen Spalt weit aufgestoßen wird. Trotzdem nahm er es sehr deutlich wahr – die Nerven. Eine größere Anspannung bewirkte eine größere Wachsamkeit der Sinne. Ein Instinkt, ein Bestandteil des primitiven tierischen Verteidigungsmechanismus, der Jahrhunderte zunehmender Zivilisation überlebt hatte.

Er wirbelte mit dem Steyr-Gewehr herum, in der Annahme, einem von Barbacenas Leibwächtern gegenüberzustehen. Statt dessen sah er Majeur, der in gebückter Haltung auf ihn zukam. Irgend jemand war bei ihm. Croakers Herzschlag hätte fast ausgesetzt. Es war Jenny.

»Was zum Teufel soll das, Majeur?« Croaker war wütend. »In ein paar Minuten ist dies eine absolute Gefahrenzone. Bringen Sie sie hier weg.«

»Hör mich an, Lew«, bat Jenny eindringlich.

»Was ist mit Rachel, Jenny? Wie konntest du sie jetzt allein lassen?«

»Glaub mir, sie befindet sich in guten Händen, Lew. Ich habe ein zuverlässiges Team ausgesucht, das bei ihr ist.«

»Aber du bist nicht bei ihr.« Croaker war von seinem scharfen Tonfall überrascht. Er fürchtete um Rachels Leben und um Jennys Sicherheit. Schnell wandte er sich um und blickte auf die Washington Avenue hinunter. Er sah den grauen Rolls-Royce. Mein Gott, dachte er. Jetzt sitzen wir alle in der Scheiße. »Du hast versprochen, du würdest bei ihr sein, wenn die Niere eintrifft.«

Majeur kam etwas näher. »Ich hätte sie nicht hierher gebracht, Sir, wenn nicht …«

»Um Himmels willen, Lew …«

»Seid still! Beide!« Das Steyr-Gewehr auf dem Harris-Stativ, das er mit seiner Brust ausbalancierte, kam ihm bereits wie ein alter und vertrauter Freund vor. »Ich muß einen Job erledigen. Trotz allem, was hier vor sich geht. Rachel muß gerettet werden. Das ist das einzige, was wichtig ist.«

»Begreifst du denn nicht, daß ich deshalb hier bin?«

Jenny stand direkt hinter ihm. Er fühlte die Wärme ihres Körpers und nahm ihren Geruch wahr. Der Rolls-Royce hatte getönte Scheiben und drei kurze Antennen. Was gab es außer Mobiltelefonen im Wageninneren? Einen tragbaren Computer, der mit dem Internet und dem World Wide Web verbunden war? Die hintere Tür an der Straßenseite öffnete sich. Barbacenas Männer drängten sich wie die Leibwächter eines römischen Kaisers um das Auto. Es war soweit.

Croaker richtete das Gewehr aus, bis er den richtigen Winkel gefunden hatte. Das Steyr hatte zwei Abzüge, die sich hintereinander befanden. Der vordere erforderte den üblichen Druck von 2¼ Pfund. Der hintere war ein hochempfindlicher Abzug, bei dem man nur einen Druck von etwa ¼ Pfund ausüben mußte, um den Schuß abzufeuern.

Da hörte Croaker, daß Jenny ihm etwas ins Ohr flüsterte. »Majeur ist gekommen, um Rachel zu sehen, und so habe ich ihn kennengelernt. Ich habe ihm erzählt, was ich herausgefunden habe, weil ich vergeblich versucht hatte, dich telefonisch zu erreichen.«

Croaker krümmte den Zeigefinger um den vorderen Abzug. »Ich habe mein Handy abgestellt«, murmelte er. »Daß das Ding klingelt, ist das letzte, was ich jetzt brauche.« Eine orientalisch wirkende Frau stieg aus dem Rolls-Royce aus. Sie war groß und schlank und trug ein meergrünes Shantung-Seidenkostüm. Die thailändische Vorkosterin.

»Ich habe Majeur dazu veranlaßt, mich herzubringen.

Ich habe dir gesagt, daß ich nicht untätig zusehen würde. Ich hatte ein paar eigene Ideen. Als ich wußte, was für Beweise du gegen Stansky hattest, bin ich nachdenklich geworden. Was hatte Rachels akutes Nierenversagen ausgelöst? Stansky kannte ihre Krankengeschichte und hat sie vergiftet, indem er sie durch das Infusionsgerät immer wieder mit der Blutvergiftung infiziert hat. Dann habe ich mich gefragt: Was wäre, wenn sie Rachel schon von Anfang an vergiftet hätten?«

Die Straße wimmelte von Leibwächtern. Barbacenas Gangster waren ausgeschwärmt und untersuchten methodisch und systematisch die unmittelbare Umgebung. Aber Jenny hatte endlich Croakers Aufmerksamkeit geweckt.

»Vergiftet?« Es war, als enthüllte ein großer Lichtstrahl eine im Dunkel verborgene Form. Jetzt verstand er, welche Bedeutung es hatte, daß das Boneyard den Bonitas gehörte. Rachel hatte mit dem Drogencocktail nicht übertrieben. Die Bonitas hatten sie vergiftet. Aber was half's? Er war nach wie vor in einem furchtbaren Schraubstock eingeklemmt und mußte Barbacena töten, um Rachels Leben zu retten.

Auf der gegenüberliegenden Straßenseite sprach die thailändische Vorkosterin mit einem der Leibwächter. Dann beugte sie sich hinab und teilte jemandem, der noch im Rolls-Royce saß, etwas mit. Barbacena. Die Thailänderin sprach mit dem Bodyguard, und der befahl zwei Männern, in das Restaurant zu gehen.

Die Vorkosterin trat zurück, und ein Mann stieg aus dem Wagen. Er trug schwarze Schuhe aus Elefantenhaut, einen leichten schwarzen Leinenanzug und ein weißes Voile-Seidenhemd mit Stehkragen. Während er eine Hand auf das Dach des Rolls-Royce legte, sah man an seinem Handgelenk etwas Goldenes aufblitzen.

Croaker erkannte Juan Garcia Barbacena sofort. Das Ziel. Er drückte auf den vorderen Abzug und spannte den Gewehrhahn. Dann zog er seine Hand zurück und legte seinen Finger sanft an den hochsensiblen Abzug. Jetzt war das Opfer nur noch durch einen geringen Druck vom Reich des Vergessens entfernt.

Er spürte Jennys Hand auf seinem Rücken und versuchte nicht darauf zu reagieren. »Ich mußte kommen, um dich davon abzuhalten. Rachel ist vergiftet worden. Neben den Substanzen der Drogen, die zu erwarten waren, hat die Blutprobe Spuren von Ethylen-Glykol-Nebenprodukten ergeben«, sagte sie hastig.

Croaker sah Barbacenas Kopf direkt durch das Zielfernrohr. Er erstarrte. »Ethylen-Glykol? Das ist ein Frostschutzmittel.«

»Genau«, sagte Jenny. »Und ein fast perfektes Gift. Es ist geruch- und geschmacklos, und man muß nur drei Unzen davon einnehmen. Wenn man es in ein Mineralwasser oder einen Kaffee gemischt hätte, hätte sie es nie erfahren. Wegen Rachels Drogenabhängigkeit und der zusätzlichen Tatsache, daß sie nur eine Niere hat, haben sie darauf gesetzt, daß es unentdeckt bleibt. Und sie hatten recht.«

Die thailändische Vorkosterin stand jetzt auf dem Bürgersteig, und Barbacena wandte sich von dem Gebäude ab, wo die drei kauerten. Noch einen Augenblick, und er wäre durch die Tür des An Chay verschwunden. Dann wäre die Gelegenheit für immer vorbei.

Barbacenas Gesicht hing so groß wie ein Vollmond vor Croakers Augen. Sein Finger verschmolz zum letztenmal mit dem hochsensiblen Abzug. Er atmete tief durch und ließ die Luft gemächlich und gleichmäßig wieder ausströmen. Wenn er ganz ausgeatmet hatte, würde sein Finger auf den Abzug drücken, und Barbacena würde mit einem halben Kopf auf dem Bürgersteig landen.

»Was nützt es mir, das zu wissen?« fragte er gepreßt. »Außer, daß ich die Bonitas deswegen um so mehr hasse?«

»Ich habe sie einer Behandlung unterzogen«, sagte Jenny hastig und eindringlich. »Die Ethanol-Infusionen werden die Bildung von Glykol-Säure verlangsamen. Und ihre Niere wird weiterhin ausgespült.«

Croaker lockerte seinen Finger auf dem Abzug. »Was

meinst du damit? Das Gift, das ihren Zusammenbruch herbeigeführt hat, muß ihre Niere beschädigt haben.«

»Es hat sie aber nicht zerstört. Die Niere hat Schaden genommen, aber der menschliche Körper ist eine wunderbare Maschine. Wenn wir die Glykol-Säure erst einmal aus ihrem Körper herausgespült haben, wird sie sich in ein paar Monaten erholen. Ihre Niere wird wieder gesund werden.« Jenny packte Croakers Schultern. »Verstehst du Lew? Rachel ist nicht auf eine Transplantation angewiesen. Du mußt diesen höllischen Vertrag nicht erfüllen.«

Croaker beobachtete durch das Swarsky-Zielfernrohr, wie die thailändische Vorkosterin vor Juan Garcia Barbacena in das Restaurant ging. Wie fliegende Fische, die man kurz sieht und die dann wieder in die Tiefen des Meeres hinabtauchten, verschwanden die beiden aus seinem Blickfeld.

Er legte das Steyr-Gewehr zur Seite und setzte sich auf das Dach. »Dann ist es also vorbei.« Es kam ihm vor, als würde er eintausend Pfund wiegen. Wenn man so nah davorgestanden hatte, jemanden zu ermorden, fühlte man sich wie am Rand eines Abgrunds – nach dem nächsten Schritt hatte man keine Ahnung, wie tief man fallen würde. Jetzt, wo er plötzlich eine Alternative hatte, war die Erleichterung fast zu groß, um sie verkraften zu können.

Croakers Kopf dröhnte durch den Adrenalinstoß. »Warum hast du diese Vergiftung nicht früher entdeckt?«

»Wir gingen von grundsätzlichen Hypothesen aus«, sagte Jenny sanft, während sie sich neben ihn setzte. »Rachel hatte jede Menge Substanzen im Körper. Sie war drogenabhängig und litt an einem akuten Nierenversagen. Was hätten wir sonst denken *können*, bei einem Mädchen in ihrem Alter?«

Sie wandte den Blick die ganze Zeit über nicht von Croakers Gesicht ab. »Aber ich hatte die Blutproben, die ich für meine Studie über Drogenmißbrauch genommen hatte, und die habe ich mir ganz genau angesehen. Früher hatte es dafür keinen Grund gegeben, weil wir sie auf eine Drogenüberdosis hin untersucht haben, und genau die haben wir auch diagnostiziert. Die Umstände und die Symptome waren vollkommen stimmig. Wir hätten das Ethylen-Glykol schnell erkannt, wenn wir eine Nieren-Biopsie vorgenommen hätten, aber Rachels Zustand war bereits zu kritisch, um so eine kräftezehrende Untersuchung überhaupt in Erwägung zu ziehen. Wie dem auch sei, als ich das Blut analysierte, das ich ihr für mein Forschungsprogramm abgezapft hatte, bemerkte ich, daß es hochgradig sauer war. Ethylen-Glykol selbst ist mehr oder weniger ungefährlich, aber wenn der Körper es zu zersetzen beginnt, entsteht Glykol-Säure, die alles zerstört. Wir hatten in zweierlei Hinsicht Glück: Weil sie nur eine Niere hat, brauchten die Bonitas nur eine minimale Dosis, um das Nierenversagen herbeizuführen. Und zweitens haben wir ihr mit der Dialyse den besten Dienst erwiesen, weil die Niere regelmäßig durchgespült wurde. Hätte Stansky sie nicht mit der Blutvergiftung infiziert, wäre sie vielleicht schon längst wieder auf dem Weg der Besserung.«

Croaker ergriff ihre Hand. »Es war unglaublich tapfer von dir herzukommen.«

»Und nicht so tollkühn, wie du geglaubt hast.« Sie lächelte ihn an.

»Es war ein Glücksspiel.« Croaker blickte zu der Stelle hinüber, wo sich Majeurs schlanke Silhouette in dem nebligen Neonschein abzeichnete.

»Es ist zehn Minuten nach eins«, sagte Majeur, während er über das Dach auf sie zukam. »Ich hätte Antonio spätestens um ein Uhr anrufen müssen.«

»Wir müssen hier weg.« Croaker ließ die Mordinstrumente, wo sie waren. Er spürte kein Verlangen, sie noch einmal zu berühren, und Majeur wollte sie auch nicht.

»Ich habe ein paar schlechte Nachrichten für Sie«, berichtete Croaker Majeur, während sie über das Dach zur Rückseite des Gebäudes gingen. »Die Leyes sind tot.«

Majeur blieb wie angewurzelt stehen. Ein starker Windstoß zerzauste sein Haar und blies unter sein Jackett. »*Ay de mi.* Estrella …?«

Croaker nickte. »Heitor hat sie beide umgebracht. Ich bin zu spät gekommen.«

Majeurs Blick war wie versteinert. »Das war ihre größte Furcht. Sie wußte, daß die Bonitas eines Tages zu ihr kommen würden.« Er schüttelte den Kopf und kämpfte gegen seine tiefen Gefühle an. »Das wird Bennie das Herz zerreißen.«

Croaker atmete tief durch und versuchte seinen hämmernden Herzschlag zu beruhigen.

»Was ist los, Lew?« fragte Jenny.

Majeur blickte ihn an. »Es scheint Ihnen nicht gutzugehen, *Señor.*«

»Majeur, sprechen Sie von Bennie Milagros?«

Majeur nickte. »Wir kennen uns alle seit Jahren. Wie hätte es anders sein können? Bennie, Estrella, Antonio, Heitor und ich. Humaitá war der Leim, der uns aneinandergefesselt hat. Wir sind alle unter seinem Einfluß aufgewachsen. Es war eine Tragödie, als man ihn getötet hat. Wir wurden wie ausgespuckte Obstkerne zerstreut.«

Croaker legte eine Hand an seine Schläfe und versuchte das plötzliche Pochen darin zu stoppen. »Bennie hat mir geschworen, daß er Sie nicht kennt. Welchen Grund hatte er, mich anzulügen?«

Majeur schüttelte den Kopf. »Das kann ich nicht sagen, *Señor.*«

Und wieder fragte sich Croaker, ob Bennie Freund oder Feind war. Anfangs hatten sie sich bestens verstanden. Doch dann hatte es den Anschein gehabt, als führte Bennie ein Doppelleben und arbeitete für die ACTF. Er schien Croaker zu benutzen. Aber die belastenden Informationen auf der Diskette, die ihn mit der Top-Secret-Operation der ACTF in Mexiko in Verbindung brachten, konnten von den Bonitas erfunden worden sein. Also doch wieder ein Freund? Und jetzt dies. Bennie *hatte* gelogen. Was war Wahrheit, was Lüge? Croaker hatte den Eindruck, sich wieder in Majeurs Kalahari zu befinden, deren sich verändernde Dünen ein permanent sich wandelndes Schicksal brachten, wo Verbündete so schnell zu

Feinden wurden, wie der Sand einem durch die Finger rann.

»Es sei denn, es ist wegen der Knochen gewesen.«

»Was heißt das – wegen der Knochen?«

Majeur schien es plötzlich unbehaglich zumute zu sein. »Das kommt einem nicht leicht über die Lippen, wenn man es – *perdoname, Señor* – einem Außenstehenden erzählen soll. Bennies Großvater war ein *sukia.* Ein außergewöhnlicher Heilkundiger wie er erscheint bei den Guarani in einer Generation vielleicht einmal, oft auch viel seltener. Auf jeden Fall wird der *sukia* mehr als alle anderen Heilkundigen verehrt, weil er große Macht hat. Man sagt, daß diese außergewöhnliche Macht weiterlebe, wenn er gestorben sei – in seinen Zaubersteinen, in denen sein Geist eingeschlossen ist, und in seinen sterblichen Überresten, seinen Knochen. Die Leiche wird auf einem Scheiterhaufen verbrannt, damit sich das Fleisch von den Knochen löst und diese erhalten bleiben.« Majeur sah auf die Uhr. »Sir, es ist sehr gefährlich, hier zu bleiben. Wir müssen verschwinden. Sofort.«

Croaker blickte Jenny an und nickte. Sie stiegen nacheinander die Feuerleiter aus Metall hinab. Majeur war der erste, dann folgte Jenny, Croaker verließ das Dach als letzter.

Auf der Straße wandte sich Croaker Majeur zu. »Was ist mit Humaitás sterblichen Überresten passiert?«

»Können Sie sich das nicht denken?« fragte Majeur, während sie auf den Mustang zuliefen. »Sie verschwanden nach der Verbrennung vom Scheiterhaufen. Sie wurden gestohlen.«

Croaker schloß die Tür auf, und sie stiegen ein. Jenny nahm auf dem Beifahrersitz Platz, Majeur im Fond.

»Wissen Sie, von wem?«

»Ich habe keine Beweise.« Majeur machte es sich auf dem Rücksitz bequem. »Aber es schien mir offensichtlich, daß es Heitor und Antonio gewesen sein mußten. Sie wollten Humaitás Macht. Sie haben ihn getötet. Warum hätten sie das tun sollen, wenn sie nicht die Chance gehabt hätten, seine Macht zu übernehmen und sie wie einen Geist in eine Flasche zu bannen?«

Croaker dachte an Bennies Geheimnistuerei – von seinem Drängen ganz zu schweigen –, mit der er seine Bitte vorgebracht hatte, die Captain Sumo um Mitternacht für ein Treffen auf dem Meer benutzen zu dürfen. »Wie ist Barbacena nach Miami gekommen?« fragte Croaker, während er die Zündung anließ. »Mit dem Flugzeug oder mit einem Schiff?«

»Mit einem Schiff. Ein Flugzeug wäre zu unsicher gewesen. Aber auch das Boot hat nicht angelegt. Selbst da wäre das Risiko zu groß gewesen. Man hat wohl eine Barkasse hinausgeschickt, um ihn und seine Leute abzuholen.«

War es das gewesen? Hatte Croaker das Transportmittel für Barbacena bereitstellen sollen? Aber nichts, was Bennie und Barbacena betraf, ergab einen Sinn. Nach Rafe Roubinnets Worten wollte Bennie Barbacenas Tod, weil der Theresa umgebracht hatte, die Tochter von Bennies Lehrer. Warum hatte Bennie es dann zugelassen, daß Barbacena eine solche Machtposition in Lateinamerika einnehmen konnte? Warum hatte er nicht schon eher Rache gesucht?

Croaker fühlte sich erneut in ein Netz von Lügen verstrickt. Wem konnte er vertrauen? Mit Sicherheit Jenny und Rafe. Mit großer Wahrscheinlichkeit auch Majeur. Aber darüber hinaus konnte er sich bei niemandem sicher sein, nicht einmal bei Ross Darling. Agenten der Regierung hatten notgedrungen ihre eigenen Pläne, weil sie in private bürokratische Scharmützel verstrickt und scharf darauf waren, sie zu gewinnen. Darling machte da keine Ausnahme. Ich will verdammt sein, dachte Croaker, wenn ich es zulasse, in diesem krankhaften Krieg zwischen ihm und Spaulding Gunn als willenloses Werkzeug zu agieren.

Er bog um die Ecke in die Washington Avenue ein. Vor ihm lag An Chay, wo Barbacena vor seinem Treffen mit Spaulding Gunn zufrieden sein vegetarisches Mahl verzehrte. Croaker konnte sich die Szenerie vorstellen: An allen vier Ecken des Raums waren Leibwächter postiert. Die thailändische Vorkosterin in dem meergrünen Shantung-

Kostüm probierte einen Happen von jedem dampfenden Teller, der die Küche verließ, und der nach seiner Reise ausgehungerte Barbacena aß mit männlicher Gier.

Obwohl sie noch ein Stück von dem Restaurant entfernt waren, begann der Mustang wie wild auf seinen Stoßdämpfern zu vibrieren, als die Fenster des Restaurants zersplitterten und Trümmer der Einrichtung auf die Straße flogen. Croaker trat auf die Bremse.

»Guter Gott«, schrie Majeur. »Eine Bombe!«

Heitor! dachte Croaker. Er hat mir nicht vertraut, daß ich den Job erledige, und er hatte recht. Er hatte seinen eigenen Plan!

Jenny war bereits aus dem Mustang ausgestiegen. Croaker brüllte hinter ihr her, sie solle hierbleiben, rannte ihr dann nach, an dem Mercedes-Cabrio vorbei, das durch die Explosion auf die Seite geworfen worden war. Seine Stahl-Karosserie hatte für den langsam dahinfließenden Verkehr auf der Washington Avenue und die Fußgänger auf dem gegenüberliegenden Bürgersteig glücklicherweise wie ein Schutzschild gewirkt. Dennoch saßen die Leute auf dem Bordstein oder standen benommen da, die Hände vors Gesicht geschlagen. Aus dem zerstörten Restaurant strömte Rauch. Jemand begann zu schreien, als wäre der Rauch eine Art von Signal gewesen.

Mit beängstigender Geschwindigkeit bildete sich eine Menge aus Schaulustigen. Croaker wußte, daß es bald unmöglich sein würde, sich mit dem Mustang aus dem Staub zu machen.

Er sah, daß Jenny neben einem jungen Mädchen kniete, das inmitten eines Durcheinanders von Glas- und Holzsplittern lag, und rannte hinüber, um ihr zu helfen. Jenny wiegte ihren Kopf und sprach mit ihr, während sie versuchte, das Blut zu stoppen und die Ernsthaftigkeit ihrer Verletzungen einzuschätzen. Croaker tat, was Jenny ihm befahl. Er zerriß Kleidungsstücke und machte behelfsmäßige Aderpressen daraus, brachte dann die weniger ernsthaft Verwundeten aus der Gefahrenzone von Rauch, Feuer und Trümmern. Als er und Jenny den nächsten Verletzten erreichten, hörte er die ersten Polizeisirenen. Sie näherten sich schnell.

Croaker spürte, daß ihn ein Frösteln durchfuhr. Trotz des ganzen Chaos konnte er es sich nicht leisten, hier zu sein, wenn die Polizei eintraf.

»Jenny«, sagte er. »Jenny, wir müssen verschwinden!«

Sie wandte sich zu ihm, und er sah, daß sie blutbefleckt war. Er öffnete den Mund, um etwas zu sagen, aber ihr Gesichtsausdruck ließ ihn innehalten.

»Ich weiß, daß du nicht bleiben kannst, Lew.« Die Sirenen wurden lauter. »Die Polizei kommt, und ich weiß, daß sie nach dir sucht. Aber ich bin Ärztin, und die Menschen hier brauchen mich. Ich habe eine Verpflichtung.«

Croaker blickte auf das blutüberströmte junge Mädchen hinab, um das sie sich eben kümmerten, und nickte.

»Verschwinde.« Sie stieß ihn hart von sich, aber er sah, daß in ihren Augenwinkeln Tränen glitzerten.

»Jenny, ich ...«

Sie rannte an ihm vorbei und kümmerte sich um einen anderen Verletzten. Das Sirenengeräusch war jetzt sehr nahe.

Majeur hatte sich an ihnen vorbeigeschlängelt und stand jetzt in der Nähe des klaffenden Lochs, das einst der Eingang des ausgebrannten Restaurants gewesen war.

»Was zum Teufel tun Sie hier, Majeur?« rief Croaker. »Hauen Sie ab!«

»Noch nicht, *Señor.* Ich muß herausfinden, was hier passiert ist.«

Die Flammen züngelten hoch, und der schmierige Geruch hatte sich verdichtet. Ein fürchterlicher, süßlicher Gestank hing in der Luft, der nur von verbranntem menschlichem Fleisch herrühren konnte.

»Was passiert ist?« brüllte Croaker. »Ich sage Ihnen, was passiert ist! Barbacena und sein Anhang sind tot! Schauen Sie rein, Majeur! Das Ganze sieht wie ein explodierter Hochofen aus. Niemand kann das überlebt haben.«

Majeur beschirmte mit einer Hand seine Augen, ging näher an den Eingang heran und spähte in den verrauchten, brennenden Innenraum. »Es gibt einen Hinterausgang. Vielleicht sind sie vorher gewarnt worden. Vielleicht sind einige von ihnen entkommen.«

»Sie sind verrückt.« Croaker setzte sich in Bewegung, um Majeur zu folgen. Man hörte jetzt immer mehr Sirenen durch die Nacht heulen. Für Croaker klang das Geräusch wie das Heulen von Jagdhunden, die den Geruch ihrer Beute gewittert hatten.

Majeur hielt am Rand des ausgebombten Innenraums inne und blickte sich nach Croaker um. *»Madre de Dios, Señor. ¡Vamos!* Die Polizei wird in ein paar Sekunden hier sein.«

»Ich werde es nicht zulassen, daß die Sie hier drin schnappen«, sagte Croaker.

»In Ordnung.« Majeur nickte. »Warten Sie im Auto, damit wenigstens Sie in Sicherheit sind. Geben Sie mir drei Minuten. Ich bitte Sie, *Señor.* Ich muß es tun.« Majeur blickte sich um, als der erste Streifenwagen mit kreischenden Bremsen am Rande der wachsenden Menschenmenge anhielt. *»Por favor, Señor. La pelota está aún en el tejado.«* Das Spiel ist noch nicht vorbei.

Croaker beobachtete, wie Jenny mit den verwundeten und benommenen Opfern sprach, während sie sich zärtlich und mit schnellen, effizienten Handgriffen um sie kümmerte. Sie besaß die Gabe einer Heilkundigen. Sie schien von einer Aura umgeben zu sein, die die Schmerzen der Menschen linderte und ihre Angst besänftigte.

Croaker bahnte sich durch die weiter anwachsende Menschenmenge einen Weg zum Mustang. Er mußte wie ein Lachs kämpfen, der stromaufwärts schwamm, denn alle anderen drängten unbarmherzig zum Ort der Bombenexplosion.

Als er im Mustang saß, ließ er die Zündung an. Um sicherzustellen, daß er nicht vom Verkehr eingekeilt wurde, mußte er auf den Bürgersteig fahren, der gegenüber vom Ort der Katastrophe lag.

Er wandte sich um und starrte durch die Heckscheibe auf das Chaos. Weitere Streifenwagen mit flackernden

Lichtern waren eingetroffen. Uniformierte Polizisten kämpften sich zum Unfallort durch, andere bemühten sich, die Schaulustigen unter Kontrolle zu bringen. Wieder andere standen den Notärzten bei, die in ihren Krankenwagen eingetroffen waren. Croaker sah, daß Jenny sich alle Mühe gab. Neben ihr kniete ein Notarzt. Sie sprach mit ihm und gestikulierte, und er nickte. Sie standen auf, und Jenny zeigte ihm kurz, welche Leute am dringendsten auf medizinische Hilfe angewiesen waren. Der Mann rief nach den aufklappbaren Bahren, um die Schwerverletzten wegzubringen.

Die Feuerwehr traf mit kreischenden Sirenen ein, und jetzt waren noch mehr Polizisten erforderlich, um einen Weg für die Löschschläuche zu bahnen. Sie wurden an Hydranten angeschlossen, dann wurde das Wasser angestellt. Bald würden die Sprengstoffexperten eintreffen.

Wo zum Teufel ist Majeur? fragte sich Croaker. Es blieb ihm höchstens noch eine Minute, um aus dem Innenraum des Restaurants zu kommen, bevor er von dem ersten Kontingent der Feuerwehrleute in Schutzkleidung und der Vorhut der Polizei gefunden werden würde. Die Schaulustigen reagierten auf die hektischen Aktivitäten, indem sie immer weiter vorrückten.

Da sah Croaker Majeur am Rande der geschwärzten Vorderwand des An Chay auftauchen. Er blickte über die eintreffenden Notarztwagen hinweg, um den türkisfarbenen Mustang auszumachen. Croaker öffnete den Verschlag, stellte sich auf den Türrahmen und hob seine künstliche Hand. Sie reflektierte die flackernden Lichter auf Majeur.

Majeurs Gesicht leuchtete auf, als er Croaker sah, und er begann, sich einen Weg aus dem Inneren des Restaurants zu bahnen. In diesem Augenblick fiel Croakers Blick auf Heitor, der wie ein Geist aus der Menge auftauchte. Seine zweimal gebrochene Nase war verbunden, aber die Wunde in seiner Wange, die Croaker ihm zugefügt hatte, lag offen – die Farbe erinnerte an ein rohes Steak. Eine Salbe glänzte darauf.

Croaker brüllte und zeigte auf Heitor.

Majeur begriff nicht. Er winkte zurück. Dann war Heitor neben ihm.

»Ich hab dich, *maricone!*« Croaker konnte die Worte von Heitors Lippen ablesen.

Majeur fuhr herum, und Heitor bewegte den rechten Arm. Aus der Entfernung schien es eine unschuldige Geste zu sein, als würde er die Hand eines anderen Mannes schütteln. Aber dann sah Croaker das kurze metallische Blitzen, als Heitor Majeur die Klinge des Skalpells in die Seite stieß.

Croaker rannte auf das ausgebombte Restaurant zu.

Majeur riß die Augen auf und entblößte seine Zähne, als hätte er etwas sehr Süßes gegessen. Er taumelte, aber Heitor, immer hilfsbereit, hielt ihn auf den Füßen.

Croaker erreichte die Menschenmenge und kam jetzt nur noch langsam voran. Keiner der neugierigen Zuschauer schien geneigt zu sein, ihn durchzulassen. Um weiterzukommen, war er gezwungen, die Leute gewaltsam zur Seite zu drängen und ihre Flüche, wilden Hiebe und Tritte zu ignorieren.

Vor ihm stieß Heitor, der sich wie ein guter Samariter aufführte, Majeur von den Rettungsmannschaften weg. Sie rannten an ihm vorbei und stürzten in das Innere des Restaurants, während die Schläuche herangeschafft wurden. Heitor brachte Majeur an den Rand des Geschehens und legte ihn sanft, fast liebevoll, auf den Bürgersteig.

Croaker beobachtete hilflos, wie er das Skalpell bewegte. Offenbar versuchte er den Knorpel zwischen Majeurs Rippen zu durchstoßen und sein Herz zu finden.

Croaker war nahe genug, um einen besseren Blick auf Heitor zu werfen, aber immer noch viel zu weit weg, um einschreiten zu können. Während er weiterhin versuchte, sich durch die Menge zu kämpfen, beobachtete er, daß sich Heitors Kopf wie der eines Hundes bewegte, der Witterung aufgenommen hatte. Er stand auf und schlängelte sich wie unsichtbar durch die Verwundeten. Niemand bemerkte ihn oder fragte, was er dort zu suchen habe. Entweder waren alle zu beschäftigt, oder er hatte irgendeinen *Hetá I*-Zauberspruch benutzt.

Er bewegte sich langsam und methodisch und schien es nicht eilig zu haben. Schließlich erreichte er die Stelle, an der Jenny ein junges Mädchen mit schweren Brandwunden verarztete. Er stand hinter ihr und blickte nachdenklich auf sie herab. Dann wandte er sich um und sah Croaker an, als verfügte er über ein unheimliches Wissen. Die ganze Welt schien für einen Sekundenbruchteil stehenzubleiben. Ein rätselhaftes Lächeln verzog Heitors Lippen, dann wandte er sich wieder seinem Vorhaben zu.

Verzweifelt versuchte Croaker die Leute aus dem Weg zu drängen, aber er war in der Menschenmenge gefangen. Die dichtgedrängte und schwitzende Masse war von dem aufregenden Ereignis gefesselt und zu einem soliden Wall verschmolzen, der hin- und herwogte, aber nicht brach.

Croaker sah Heitor hinter Jenny stehen. Aufgrund des Rauches und des Feuers hinter ihm schien sein lockiges kupferfarbenes Haar aus Flammen zu bestehen. Croaker brüllte, aber es war sinnlos. Mit geballten Fäusten stieß er die Menschen vor sich mit den Ellbogen zur Seite. Er sah gerade noch, wie Heitors Hände sich um Jennys Hals legten. Bemerkte es denn niemand? Konnten die Leute nicht erkennen, was da vor sich ging? Das war Heitors Rache: Er wollte Jenny vor Croakers Augen umbringen.

Heitors rechte Hand lag um Jennys Hals, und seine linke schien ihr Haar zu streicheln. Jenny wandte den Kopf, um aufzublicken, und sah Heitors ramponiertes Gesicht. Genau das wollte er. Er blickte auf sie herab, und sie erstarrte, während er seinen Griff verstärkte. Croaker kämpfte in seiner quälenden Falle. Sie würde sterben, und es gab nichts, was er tun konnte.

»Nein!« schrie er. »*Nein!*«

Da tauchte plötzlich Antonio neben Heitor auf und packte die Handgelenke seines Bruders. Wie Heitor war auch er wie ein Geist aus dem Nichts erschienen. Heitors Kopf fuhr herum, und er schrie auf. Antonio schüttelte bestimmt den Kopf. Sein ganzer Körper spannte sich. Heitor ließ Jenny los.

Endlich gelang es Croaker, den inneren Ring zu durchbrechen, und er raste an einem fetten Mann und ein paar Bodybuildern vorbei. Aber die Bonitas waren schon verschwunden. Das Durcheinander der wogenden Menge hatte sie verschluckt.

Croaker ging drei Schritte auf Jenny zu, bevor ihm der Weg von zwei uniformierten Polizisten versperrt wurde.

»Tut mir leid, Kumpel«, sagte einer der beiden. »Zutritt verboten.«

»Treten Sie zurück, Sir«, sagte der andere. »Die Leute werden von Profis versorgt.«

Croaker trat noch einen Schritt vor, doch der zweite Uniformierte hielt ihn mit der Hand zurück. »Ich habe gesagt, Sie sollen zurücktreten, Sir.« Seine andere Hand ruhte auf dem Griff des Dienstrevolvers im Holster.

Croaker hielt inne und blickte über die Schulter des Polizisten. Er sah, daß Jenny sich um die offene Wunde eines Opfers kümmerte, das auf einer zusammenklappbaren Bahre lag. Er reckte sich und erkannte, daß es sich um Majeur handelte. Sie wurden von einem Notarzt begleitet, der neben der Bahre herging, und verschwanden innerhalb des halbkreisförmigen Schutzrings von Polizisten, die die Menschenmenge in Schach hielten. Jenny kümmerte sich weiter um Majeur und kletterte in den Rückraum einer Ambulanz, während der Fahrer die Bahre hineinschob. Der Notarzt sprang hinter ihr in den Wagen, der Fahrer kletterte hinter das Lenkrad, und die Ambulanz fuhr los.

Croaker entspannte sich. Wenigstens war sie jetzt vor Heitor sicher. Er trat den Rückzug an. Eine Auseinandersetzung mit der Polizei war das letzte, was er jetzt gebrauchen konnte.

»He, einen Augenblick!« sagte da der erste Uniformierte. »Ich glaube, ich kenne diesen Typ. Kam sein Foto nicht vor ein paar Stunden über die APB-Leitung, Ray?«

»Glaubst du?« Ray löste mißtrauisch den Sicherheitsverschluß an seinem Holster. Als er seine Dienstwaffe zog, duckte Croaker sich und schlängelte sich wie ein Aal durch die Menge. Es war einfacher, sich vom Ort des Interesses fortzubewegen, weil mit jedem Zentimeter, den er freigab, ein anderer dem Geschehen einen Schritt näher kam. Die Menschen ließen ihn nur zu gern durch. Er nahm einen Umweg zum Mustang.

Dann ließ er die Zündung an, warf den Gang rein und fuhr über den Bürgersteig, bis er an dem Rückstau vorbei war. Er trat das Gaspedal bis zum Anschlag durch.

Während er sich vom Ort des Bombenanschlages auf das An Chay entfernte, zog er sein Handy hervor und tippte eine Nummer ein. Als er die vertraute Stimme hörte, spürte er, daß sein Herzschlag kurz aussetzte. *Wenn es um Menschen geht,* hatte Stone Tree ihm erzählt, *mußt du dich von Wut, Antipathien und Angst fernhalten. Diese Gefühle trüben die Sinne. Wenn man sie empfindet, kann man die Situation nicht richtig einschätzen. Ganz im Gegenteil, alles scheint falsch zu sein, und man reagiert aufgrund dieser falschen Interpretationen.*

»Hallo, Bennie. Ich habe dich verdammt vermißt.«

»Lewis?«

»Hör zu, wir müssen über das reden, was im Krankenhaus passiert ist«, sagte Croaker, während er einem Ford auswich. Er gab wieder Gas.

»Irgendwas hat sich geändert. Willst du sofort darüber reden?«

»Es hat sich jede Menge geändert«, sagte Croaker. »Da ist zum Beispiel die Sache, daß ich per Haftbefehl gesucht werde.«

»Was sagst du da?«

Croaker hatte aufmerksam hingehört und den scharfen Tonfall der Überraschung in Bennies Stimme bemerkt. Aber war er echt? Es war ein Glücksspiel, aber er mußte sich darauf einlassen. »Ich weiß, warum du mich und die Captain Sumo in Anspruch nehmen wolltest.« Er fuhr bei Gelb über eine Ampel und bog nach Westen ab. »Hast du sie gekriegt, Bennie?«

»Was?« Eine gewisse Vorsicht hatte sich in Bennies Tonfall eingeschlichen.

»Die Knochen, Bennie.«

»Knochen? Zum Teufel, wovon redest du?«

»Halt mich nicht zum Narren. Die sterblichen Überreste deines Großvaters. Nur darum geht's doch bei der Auseinandersetzung zwischen dir und den Bonitas, oder? Sie haben Humaitá ermordet und nach seiner Verbrennung die Knochen gestohlen. Du hast versucht, sie dir zurückzuholen, stimmt's?«

»Du mußt verrückt sein. Warum sollte ich mich für einen Haufen alter Knochen interessieren?

»Weil die ganze mit *Hetá I* verbundene Macht deines Großvaters wie lebendes Knochenmark in ihnen eingeschlossen ist. Das ist alles, was von ihm übriggeblieben ist. Sein ganzes Vermächtnis.«

Schweigen am anderen Ende. Croaker kreuzte den MacArthur Causeway und erreichte das Festland. Vor ihm ragte die Skyline von Miami auf. Die Erinnerung an die beinahe tödliche Auseinandersetzung an der Brickell Bridge schoß ihm durch den Kopf.

»Zum Teufel, mit wem hast du geredet?« fragte Bennie endlich.«

»Mit Leuten, mit denen ich, wenn es nach dir gegangen wäre, offenbar unter keinen Umständen hätte reden sollen.«

Croaker hörte, wie Bennie geräuschvoll durchatmete. »Du hast recht, *amigo.* Wir müssen miteinander sprechen, und zwar verdammt schnell. Wo bist du?«

Croaker sagte es ihm.

»Gut. Ich bin in den Everglades, nicht allzuweit weg. Setz deinen weißen Ami-Arsch in Bewegung und komm nach Flamingo rüber. Und paß verdammt gut auf, daß dir niemand folgt, *amigo.*«

»Keine Sorge«, sagte Croaker. »Angesichts des Haftbefehls habe ich nicht vor, einen Fehler zu machen.«

»Das hoffe ich. Unser beider Leben hängt davon ab.«

2.

Croaker fuhr auf dem Dolphin Highway in westlicher Richtung auf den Turnpike zu, Floridas Staatsautobahn. Dann wandte er sich südlich nach Florida City, einer kleinen Ansammlung schäbiger Familienrestaurants, die mit Neonreklamen und flackernden Lichtern ausgerüstet waren, um Touristen anzuziehen, deren Ziel die Florida Keys oder die Everglades waren. Nachdem er den Mustang aufgetankt hatte, bog er rechts ab und tauchte in die tintenschwarze Dunkelheit ein.

Nach einer halben Meile hatte er beinahe alle Spuren der Zivilisation hinter sich gelassen. Es gab weniger Lichter und Häuser, nur vereinzelte Gruppen von Wellblechhütten für die Saisonarbeiter, die sich um die Ernten kümmerten. Er kam am Staatsgefängnis vorbei und war nach drei weiteren öden Meilen in den Everglades.

Flamingo lag im Herzen der südlichen Everglades, südöstlich von Cape Sable, an der südlichen Spitze des Festlandes von Florida. Von dort hatten Angler, Naturliebhaber und Leute mit Hausbooten Zugang zu den mehr als zweihundert Quadratmeilen der Wasserläufe des Hinterlandes, zu den Mangrovensümpfen und den mit Bojen versehenen Kanälen, die zu den Florida Keys führten.

Croaker hatte während des ganzen Weges die Straße im Rückspiegel beobachtet. In Florida City war hinter ihm viel Verkehr gewesen, aber er hatte keine Polizeiwagen gesehen. Trotzdem hatte er aus Gewohnheit häufig die Fahrspur gewechselt. Von Natur aus litt er nicht an Verfolgungswahn.

Seit er außerhalb der Stadtgrenzen von Florida City war, waren Autos hinter ihm so selten wie Oasen in der Wüste. Ihre Scheinwerfer strahlten weit über das ebene, nasse Band der Straße. Er hatte schon seit einiger Zeit dieselben Lichter hinter sich beobachtet, als er sich entschloß, an den Straßenrand zu fahren. Er stellte den Motor ab und schaltete das Licht aus. Das Fahrzeug war ein dunkler

Dodge-Ram-Lastwagen, der mit Alkali-Staub und dem bleichen Sand der Felder bedeckt war. Er bremste, als er auf gleicher Höhe wie der Mustang war, und parkte dann direkt vor ihm.

Angespannt beobachtete Croaker, wie sich die Fahrertür öffnete. Ein schlanker Mann, der Jeans, staubige Stiefel und einen wettergefärbten Cowboyhut trug, kam langsam auf ihn zu. Er trug lässig eine Schrotflinte an seiner Seite. Als er den Mustang erreicht hatte, beugte er sich durch das offene Fenster.

»Hallo.«

»Guten Abend.« Ein kurzes, unangenehmes Schweigen entstand, während der Mann auf einem Tabakpriem herumkaute. Er spähte ins Innere des Mustangs, als hielte er nach Schmuggelware Ausschau. »Brauchen Sie Hilfe? Ist der Wagen in Ordnung?«

»Alles bestens«, sagte Croaker. »Ich bin den ganzen Tag gefahren, wurde etwas müde und habe beschlossen, für eine Weile am Straßenrand auszuruhen.«

Der Mann nickte. »Kluger Entschluß. Man sollte nicht hinter dem Lenkrad einschlafen, besonders nicht in dieser Gegend. Hier kommt einem niemand zu Hilfe, wenn man vom Weg schlittert. Haben Sie's noch weit?«

»Nur bis zum Besucherzentrum des Nationalparks. Ich hole meine Freundin ab.« Croaker setzte einen einfältigen Gesichtsausdruck auf. »Wir hatten vor ein paar Tagen eine Art Streit. Sie wissen ja, wie das ist.«

Es entstand eine weitere unangenehme Pause, während der harte Blick des Mannes Croakers Gesicht nach Antworten auf Fragen absuchte, über die Croaker nur Mutmaßungen anstellen konnte.

»Machen Sie sich besser auf den Weg.« Der Mann spuckte einen dunklen Tropfen auf den Boden. »Wenn es meine Braut wäre, würde ich sie nicht nachts hier draußen alleine lassen.«

»Bin schon unterwegs«, sagte Croaker. »Danke.«

Der Mann nickte und schlenderte zu seinem Lastwagen zurück. Croaker beobachtete ihn, während er davonfuhr.

Nach einer halben Meile bog er rechts in eine Seitenstraße ab.

Croaker setzte seine Fahrt nach Flamingo ohne weitere Zwischenfälle fort. Während er das Besucherzentrum des Nationalparks erreichte, begrüßten ihn vereinzelte Regentropfen. Er passierte eine Reihe nebeneinanderliegender Häuschen, die stark an die fünfziger Jahre erinnerten, dann das Restaurant, das längst geschlossen war. Er fuhr über den verwaisten Parkplatz auf die betonierte Auffahrt des Jachthafens.

Auf der Seite der Werkstatt war eine Lampe eingeschaltet, dahinter beleuchteten die Laternen am Rand des Docks die Boote, die für Schiffstrips ins Hinterland und Vergnügungsfahrten auf der Florida Bay oder der Whitewater Bay benutzt wurden. Die Boote, alle mit niedrigem Tiefgang, weil das Wasser selten tiefer als zwei Meter und häufig nur etwa dreißig Zentimeter tief war, lagen vertäut an ihren Anlegeplätzen. Die Szenerie war gleichzeitig ruhig und ländlich und verdeutlichte Croaker erneut, warum Stone Tree es vorzog, hier in den Everglades zu leben.

Während er aus dem Mustang ausstieg, löste sich ein Mann aus dem Schatten der Werkstatt, und das Licht erhellte Bennies Gesicht. Er war schwarz gekleidet, genau wie der ACTF-Agent auf der Brickell Bridge. An seiner linken Hand baumelte ein Infrarot-Nachtsichtfernglas. »Es wird Zeit, *amigo.*«

»Halt's Maul.«

»*Muy bien.* Ich zähle bis zehn.« Bennie zog eine Zigarre hervor, obwohl es unwahrscheinlich war, daß er sie bei diesem Wind und Regen in Brand setzen konnte. »Ich stelle deine Aufregung in Rechnung und werde keinen Gegenangriff starten.«

»Was soll das sein?« fragte Croaker. »Eine Warnung oder ein Zeichen der Anerkennung?«

Bennie lachte auf. Er rollte seine Zigarre zwischen den Lippen hin und her, als wäre sie ein Schokoriegel. »Du bist wirklich schlecht drauf, *hombre,* weißt du das? Bist du sicher, daß du kein Latino bist? Das feurige Temperament hast du jedenfalls.«

»Hör mit den verdammten Spielchen auf, das interessiert niemanden. Ich habe genug Interessantes herausgefunden, du Bastard.« Der Regen sickerte Croaker in den Kragen, und die Tropfen rannen ihm wie Schweißperlen den Rücken hinab. »Du kanntest Majeur und wußtest, daß er mich erpreßt hat, damit ich Barbacena umlege. Du hast nichts dagegen unternommen, weil du wolltest, daß Barbacena stirbt.«

»Was für ein Interesse sollte ich daran haben?«

»Javier Marquesa war in Asunción dein Lehrer. Barbacena hat seine Tochter geheiratet und sie dann umgebracht.«

»Wissen ist Macht, was, *amigo?*« Bennie schien nicht überrascht zu sein, daß Croaker Bescheid wußte. »Es stimmt, daß ich von Juan Garcias Tod geträumt habe. Aber ich konnte nie die Mittel finden, weil er sehr schnell dafür gesorgt hat, unantastbar zu sein.«

»Bis heute nacht. Barbacena ist tot. Er saß auf dem Präsentierteller und aß gerade Reis und Tofu, als Heitors Bombe explodierte.«

Bennies Augen bekamen einen träumerischen Ausdruck. »Endlich.« Er schien sich etwas zu entspannen, als ließe ein chronischer Schmerz nach. »Ich danke Gott, daß du heil aus der Sache rausgekommen bist.«

»Laß mich aus dem Spiel.« Croaker schlug den Kragen hoch. Der Regen schmeckte salzig wie Tränen. »Hast du mich verraten, Bennie? Arbeitest du für die Regierung der Vereinigten Staaten?«

Die Trauer kehrte in Bennies Gesichtszüge zurück. »Das hätte ich dir nie angetan. Wir sind Freunde.«

»Guter Gott. Du mußt eine verdammt komische Vorstellung von Freundschaft haben.«

»Vielleicht. Keine Ahnung. Aber wenn ich ehrlich bin, hatte ich vorher nie einen Freund.«

Die beiden Männer starrten einander an. Neben ihnen erkaltete der Motor des Mustangs mit leisen Geräuschen.

Croaker studierte Bennies Gesichtsausdruck, aber es fiel ihm nichts darin auf. Es gab keinerlei Hinweise oder Anzeichen darauf, was in den Gedanken des rätselhaften Mannes vorging.

»Ich habe in einem Dossier gelesen, das ein bestimmter Agent eine Top-Secret-Operation in Mexiko leitet. Er versorgt die Rebellen im Süden des Landes mit Waffen und bereitet sie auf einen politischen Coup vor. Sein Codename ist Sero.« Croaker sah, daß Bennie die Augen aufriß, und nickte. »Ja. Estrella Leyes hat mir erzählt, welchen Spitznamen dein Großvater dir gab: Sero. Der Berg.«

»Das hätte sie nicht tun sollen.« Bennie schien aufrichtig traurig zu sein. »Das war eine heilige Angelegenheit zwischen Humaitá und mir.«

Croaker ignorierte seine Melancholie. »Jetzt weißt du, wie ich mich fühle. Wir haben uns gegenseitig vor dem Tigerhai gerettet und Sonia zusammen bestattet. Ich habe dir vertraut. Das ist eine heilige Angelegenheit und ein Geheimnis zwischen zwei Menschen. Aber du hast mich angelogen und unsere Freundschaft ausgenutzt. Was soll ich jetzt von dir halten?«

»Du hast immer noch mein Vertrauen, Lewis.«

»Was zum Teufel willst du damit sagen? Warst du derjenige, der im Computersystem der Regierung auftauchte? Bist du der geheimnisvolle Hintermann? Im Augenblick würde ich nicht dagegen wetten. Diese Operation ist wie eine gut geölte Maschine, die Tag und Nacht läuft und uns unausweichlich dem Moment näherbringt, da gewisse Elemente innerhalb der Regierung der Vereinigten Staaten und ihre Partner aus dem Big Business in Mexiko die Kontrolle übernehmen, um ihre Gewinne zu maximieren. Solche Projekte erfordern einen riesigen Planungsaufwand, von den gigantischen Geldsummen ganz abgesehen. Aber wir reden hier über Lateinamerika. Ohne ein ausreichendes Maß an Know-how sind Geld und Pläne wertlos. Du weißt, was ich mit Know-how meine, Bennie? Beziehungen, Beziehungen, Beziehungen. In Lateinamerika passiert nichts, wenn man sich nicht mit den korrupten Anführern dort unten einläßt. Und das ist dein Geschäft.«

»Vielleicht, *amigo.* Aber glaubst du, daß ich der einzige bin?«

Der aufkommende Wind pfiff durch den Jachthafen, und die Boote begannen zu schaukeln. Ein plötzlicher Regenschauer rüttelte an den Takelagen.

Weil Croaker nicht antwortete, entschloß sich Bennie, es anders zu versuchen. »Diese Menschen, Lewis, von denen ich dir nie etwas erzählt habe, Estrella und Majeur ...«

»Sie sind tot, Bennie. Alle, abgesehen von Majeur, der, wenn er noch nicht gestorben ist, wahrscheinlich wünschte, daß es so wäre.« Croakers geballte Faust traf Bennie direkt am Kiefer. Er war ein Profi, und Bennie hatte den Schlag überhaupt nicht erwartet. Die Zigarre flog davon, und Bennie ging unsanft zu Boden. Sein Rücken knallte auf den Betonboden.

»*¡Dios mio!*« Bennie saß da und hielt sich mit einer Hand den Kiefer. Er schien wirklich erstaunt zu sein.

Croaker blickte auf ihn herab. »Du dummer Bastard. Siehst du nicht, was dein blutiges Spiel mit den Bonitas angerichtet hat? Sie wurden alle umgebracht! Erst Sonia, dann Vonda Shepherd, anschließend Estrella und Pablo Leyes, jetzt vielleicht Majeur.« Bennie saugte nachdenklich an einem Zahn. Croaker hoffte, daß er abgebrochen war. »Aber was zum Teufel interessiert es dich? Du hast ja selbst zugegeben, daß du in deinem Leben nie einen Freund hattest.«

»Außer dir, *amigo.*«

»Hör auf, mich so zu nennen.« Croaker zog den Zauberstein aus der Tasche und hielt ihn in der Hand. »Ich werde dir die Wahrheit sagen, Bennie. Als du mir den Zauberstein deines Großvaters geschenkt hast, war ich gerührt. Jetzt weiß ich, offen gesagt, nicht mehr, warum du es getan hast. Vielleicht war es eine verdammte Bestechung, damit ich um Mitternacht mit dem Boot rausfahren sollte. Wofür brauchtest du mich, Bennie? Wolltest du, daß ich dich zu dem Treffen in den Everglades bringe, damit du Humaitás sterbliche Überreste an dich nehmen konntest?« Er streckte Bennie den Zauberstein entgegen. »Wo sind sie?«

Bennie stand auf. »Spiel nicht damit herum. Wenn der Stein in falsche Hände fallen sollte ...« Er ging nicht auf Croakers Frage ein. »Wir beide haben keine Heilkräfte. Aber Antonio und Heitor könnten in den Besitz jedes Geheimnisses gelangen, das mein Großvater in dem Stein versenkt hat. Dieser Stein ist wie ... wie ein Lager aus seinen Zaubersprüchen, Gesängen und Heilungsweisheiten.«

Croaker balancierte den glatten Zauberstein auf seinen Fingerspitzen. Er erinnerte sich daran, wie Rachel durch ihn aus dem Koma aufgewacht war und wie er Heitor die Wahrheit entlockt hatte. »Nimm ihn, Bennie. Ich will ihn nicht mehr.«

Aber Bennie schüttelte den Kopf. »Man sollte ein Geschenk nie zurückgeben. Sonst wird es zu einem bösartigen Werkzeug.«

»Du bist ein sturer Hurensohn.«

Bennie zuckte zusammen, und Croaker wirbelte herum. Das Licht eines Scheinwerfers strich über das Gelände.

»Mein Wort in Gottes Ohr, Lewis, ich habe dich gewarnt, daß wir unser Leben verlieren, wenn dir jemand hierher folgt.«

»Mir ist niemand gefolgt«, sagte Croaker. »Das kann ich dir garantieren.«

Die Scheinwerferlichter kamen direkt auf sie zu.

»Wirklich?« Bennie drückte Croaker das Fernglas in die Hand. »Sag mir, was du siehst.«

Croaker stellte die Linsen ein und erkannte im Blickfeld des Infrarot-Fernglases einen hellen Kleinlaster. »Verdammt! Die Bonitas! Woher wußten sie ...?« Er gab Bennie das Fernglas zurück und kniete nieder. Mit Hilfe der Taschenlampe suchte er den Unterboden des Mustangs ab. Dann stieß er einen weiteren Fluch aus.

»Was ist los, *amigo?*

Croaker stand auf. »Ein winziger Sender. An der Unterseite meines Wagens.«

»Clever«, sagte Bennie. »Diese verfluchten Bonitas.«

Der Kleinlaster jagte auf dem Weg zum Jachthafen um die letzte Kurve.

»Mist«, sagte Croaker. Sie liefen auf die Schiffe zu, die an ihren Ankerstellen schaukelten.

»Das hier!« Bennie zeigte auf ein dunkelgrünes, fünfundzwanzig Fuß langes Boot, während er die Leine am Bug zu lösen begann. »Ich war gerade damit draußen.«

Croaker sprang an Deck und rannte hinter das Steuer. Die Schlüssel steckten im Zündschloß. Er ließ den Motor an. Der weiße Kleinlaster kreuzte über den Parkplatz, während Bennie achtern das Tau losmachte.

»Fertig!« brüllte er in dem Moment, da der Kleinlaster mit quietschenden Bremsen neben dem Mustang zum Stillstand kam. Antonio sprang heraus, während der Wagen noch auf den Stoßdämpfern vibrierte. Er landete auf dem Asphalt und rannte los. Heitor war direkt hinter ihm.

Croaker hatte das Boot in Fahrt gebracht und steuerte es vom Dock weg. Er riß das Steuer herum, als das Boot an den hinteren Pfählen vorbei war. Während er beschleunigte, wurde weißes Kielwasser aufgewirbelt.

»Jetzt gibt es keinen Schlupfwinkel mehr.« Antonio stand am Ende des Docks und starrte ihnen finster hinterher. »Hörst du mich, Sero?«

Croaker riskierte einen Blick zurück. Die Bonitas wußten also, daß Humaitá Bennie Sero genannt hatte. Es war verrückt. War er im einen Moment sicher, daß Bennie der Organisator der ACTF-Operation war, so war er im nächsten genauso überzeugt davon, daß die Bonitas ihn nur vorgeschoben hatten. War Sero der wahre Geist in der Maschine oder eine Erfindung im von den Bonitas manipulierten Spiel?

Heitor rannte parallel zu ihnen über die ganze Länge des Anlegestegs. Er lief mit voller Geschwindigkeit und ließ sie nicht aus den Augen, während er sich dem hinteren Ende des Stegs näherte.

»Der verrückte Bastard!« sagte Bennie. »Was zum Teufel hat er vor?«

Croaker sah, daß Antonio seinen rechten Arm in die Richtung des Bootes ausgestreckt hatte. Er wirkte wie Moses, der im Begriff war, das Rote Meer zu teilen. »Guter Gott, Heitor versucht uns einzuholen«, sagte Croaker.

Das Boot befand sich in einem engen Kanal, und es gab nicht viel Platz zum Manövrieren. Er legte das Ruder steuerbord. Genau in diesem Moment hatte Heitor das Ende des Piers erreicht und sprang.

In diesem Augenblick öffnete Antonio die Hand, in der sich ein schwarzer Stein befand, der nicht größer als eine 25-Cent-Münze war. Ein Zauberstein. Er begann zu singen. Seine Worte wurden von dem heftigen Wind verweht.

Heitor spreizte die Arme. Er schien über das Wasser zu fliegen und von dem sich verstärkenden Wind vorangetrieben zu werden. Das konnte nicht mit Antonios Zauberkünsten zu tun haben.

Wider jede vernünftige Erklärung erreichte Heitor den Bug des Bootes. Er rutschte aus und fiel hart auf das Deck.

Bennie stürmte los. »Du siehst wie ein Häufchen Elend aus, du Dreckskerl.« Er trat Heitor in die Rippen.

Croaker beobachtete gleichzeitig den von Mangroven und Kletterpflanzen überwucherten Kanal und das Dock. Er sah, daß Antonio seinen Arm höher hob, und sein Gesang wurde schneller.

Croaker zog Humaitás Zauberstein aus der Tasche. »Paß auf, Bennie!« rief er warnend. »Halt dich von Heitor fern.«

Aber Bennie hörte nichts mehr. »*¡Hijo de putana*[8]*!*« Er spuckte Heitor an und trat erneut nach ihm.

Ein plötzlicher, besonders heftiger Windstoß brachte das Boot ins Schlingern. Bennie wurde von der Bewegung überrascht und taumelte. Heitor schlug ihm in die Weichteile.

---

8 (span.) Schimpfwort, dt. »Hurensohn«

Bennie sank auf die Knie und schnappte nach Luft. Croaker sah das Glitzern von Heitors Skalpell. »Bennie! Fang!«

Als Bennie sich umwandte, warf er ihm den Zauberstein zu. Bennie streckte die Hände danach aus, aber Heitor war schneller. Seine linke Hand schoß vor und unterbrach den Flug des Zaubersteins. Für den Bruchteil einer Sekunde blitzte ein Licht auf. Dann begann Heitor zu lachen.

Er parierte Bennies Schlag ohne Mühe und preßte ihm den Zauberstein seitlich an den Hals. Bennie ging zu Boden wie von einer Axt gefällt. Heitor setzte sich rittlings auf ihn, und das Skalpell funkelte, während es auf Bennies Kehle zuschoß.

Croaker hatte den Leerlauf eingelegt und die Zündung abgeschaltet und rannte jetzt los. Vor seinem geistigen Auge sah er, wie Heitor auf Majeur eingestochen hatte. Er war zu spät gekommen, um den Anwalt zu retten. Würde er wieder zu spät kommen?

Er prallte mit solcher Wucht gegen Heitor, daß die Klinge ihr Ziel verfehlte und Bennies Brust durchdrang. Sie zerschnitt den schweren Muskel wie Butter. Bennie schrie auf. Die Wucht von Croakers Aufprall schleuderte Heitor auf die Seite des Bootes. Er grunzte, während er herumgeschleudert wurde und sich zusammenkrümmte. Croaker rammte ihm den Ellbogen gegen die Schläfe.

Der Zauberstein schlitterte über das Deck, und Croaker stürzte hinterher. Das war ein Fehler. Er wußte es in dem Moment, als er seinen Körper ganz ausgestreckt hatte und verletzlich war. Er hätte sich erst um Heitor kümmern sollen. Heitor trat ihm mit dem Knie ins Kreuz. Vor Croakers Augen explodierten Lichter. Er rollte sich zur Seite – einen Augenblick, bevor das Skalpell dort ins Holz raste, wo er sich gerade noch befunden hatte. Dann schlug er zu, aber hinter seinem Schlag saß keine Kraft mehr, und Heitor fegte seinen Arm zur Seite.

Bonita riß den Zauberstein an sich und rammte Croaker fast im selben Moment die Handkante ins Gesicht. Benommen spürte Croaker, wie er von einer eigenartigen Lethargie verschlungen wurde. Er war vor Jahren in den Bergen von Montana auf Elchjagd gegangen und fast erfroren. Dieses Gefühl war dem, das er jetzt empfand, sehr ähnlich. Es glich einer Art Loslösung, einem Abgleiten in eine zwielichtige Welt, wo alles egal und jede Bewegung unvorstellbar war.

Mit offenen Augen beobachtete er, wie Heitor langsam die Hand öffnete, mit der er Croaker getroffen hatte. In der Mitte seiner Handfläche befand sich Humaitás Zauberstein.

Heitors bandagiertes Gesicht blickte finster auf ihn herab. »Sehen Sie, wie es funktioniert? Ich habe Ihre Seele. In diesem Stein. Sie gehören mir, *maricone.* Kämpfen Sie dagegen an, so sehr Sie wollen – das ist Ihre Bestimmung.« Er kauerte vor Croaker nieder. »Ich hatte einen Traum, der mir diesen Augenblick prophezeit hat. Ich roch in ihm die Mangroven und fühlte den Regen in meinem Gesicht. So deutlich, wie man einen Leuchtturm in der Nacht sieht, fühlte ich die Schmerzen, die Sie mir zugefügt haben. Ich benutzte mein Skalpell und entdeckte das Mysterium von Leben und Tod.« Er grinste wie eine beleuchtete Halloween-Maske. »Ich hielt Ihren blutigen Kopf in meinen Händen.«

Er preßte Croaker den Zauberstein fast ehrfurchtsvoll auf die Stirn und zog mit der anderen Hand das Skalpell aus dem Deck. »Ich will, daß Sie alles fühlen und daß Sie Ihren Tod auf sich zukommen sehen«, sagte er. »Der Dunkle Stein hat es vorausgesagt, und Sie sehen es in meinen Augen. Bald werden Sie nichts anderes mehr kennen.« Er brachte das Skalpell auf die Höhe von Croakers Kehle. »Die Klinge kommt näher, *Señor.* Sehen Sie sie? Ja.« Heitor bewegte das Skalpell. »Es ist soweit.«

Heitor wurde zur Seite geschleudert, während das Echo eines lauten Schusses durch den Mangrovensumpf raste. Croaker blickte von Heitors blutender Schulter zu Bennie hinüber, der, auf dem Deck liegend, mit einer stupsnäsigen 22er auf Heitor zielte. Er feuerte einen weiteren Schuß ab, und Holzsplitter flogen umher – doch Heitor war nicht mehr da. Er hatte sich über die Bordwand ins Wasser hinuntergelassen.

Erschöpft ließ Bennie den Arm sinken. Die 22er schlug auf das Deck. »*Amigo?*« Seine Stimme war sanft und heiser.

Croaker blinzelte mehrere Male. Sein Blutkreislauf belebte sich, und die unnatürliche Lethargie ließ nach. Er stemmte sich auf, taumelte zu Bennie hinüber und inspizierte die Wunde. Sie war tief. Bennie lag in einer blutigen Pfütze, die schnell wuchs.

»Sieht nicht besonders gut aus, was, Lewis?«

»Mach dir keine Sorgen.« Croaker begann sich, so gut er konnte, um Bennie zu kümmern. Er zog sein Hemd aus und zerschnitt es mit einem seiner stählernen Fingernägel. Dann band er Bennies Wunde ab. Das Wichtigste war jetzt, das stark fließende Blut zu stoppen.

»Sorgen?« Bennie versuchte zu lachen und keuchte dann, als der Schmerz ihn zu übermannen drohte. »Warum sollte ich mir Sorgen machen. Ich habe eine tödliche Wunde, und wir befinden uns mitten im Niemandsland.«

»Halt's Maul.«

»Ich ignoriere deine Beleidigung auch diesmal. Unter … unter den gegebenen Umständen ist es das mindeste, was ich tun kann.« Bennie zog eine Grimasse, während Croaker die Wunde noch fester abband. »Nein, ich mache mir keine Sorgen. Wir können nicht zum Dock zurückfahren, weil Antonio dort auf uns wartet. Und irgendwo im Wasser schwimmt Heitor wie ein Hai herum.«

»Vergiß Heitor.« Croaker war fast fertig. Es war nicht viel, aber für den Augenblick sollte es reichen. »Er blutet wie ein gestochenes Schwein und wird für jedes Krokodil im Umkreis von fünf Meilen ein gefundenes Fressen sein.«

»Du hast es immer noch nicht begriffen, was, *amigo?* Wir haben es mit den Bonitas zu tun, und die *essen* Krokodile.« Bennie blickte Croaker fest an. »Außerdem hat er den Zauberstein.«

Croaker suchte mit der Taschenlampe das Deck ab. Von dem Zauberstein war nichts zu sehen. Er stand auf. Es blieb jetzt keine Zeit, sich darüber Gedanken zu machen. Er ging nach achtern. Das Boot war ins Mangrovengehölz abgetrieben worden. Er ließ den Motor an, setzte zurück und wendete in einem großen Bogen.

Der Kanal lag vor ihnen, und Croaker konnte mehr Gas geben. Bald waren sie mit den Mangroven, dem murmelnden Wasser und den Raubtieren der Nacht allein. Sie befanden sich auf dem Wilderness Waterway, der in nördlicher Richtung zur Coot Bay führte.

Bennie versuchte sich aufzusetzen. Er stöhnte und sank in sein Blut zurück. »Wohin fahren wir, *amigo?* Selbst wenn du einen Platz kennen solltest, es hat keinen Zweck, sich zu verstecken. Morgen früh werde ich tot sein.«

»Sei ruhig, sonst verlierst du noch mehr Blut.«

»Ich kann nicht, Lewis. Wenn ich schweige, muß ich daran denken, was mit mir passiert.«

»Nichts wird mit dir passieren«, sagte Croaker zornig. »Du bist ein viel zu großer Bastard.«

»Auch Bastarde kratzen ab«, sagte Bennie. »Genau wie gewöhnliche Sterbliche.« Er versuchte zu lachen, aber es kam nur ein schleimiges Husten dabei heraus.

Das Geräusch gefiel Croaker nicht. Er hoffte, daß das Skalpell nicht einen Lungenflügel getroffen hatte. Er zwang sich, sich auf den Kanal zu konzentrieren. Das Navigieren war nachts schwierig, vor allem dann, wenn man schnell fuhr. Aber da Bennie mit jedem Herzschlag Blut verlor, konnte er nicht langsamer fahren.

Bennie wurde erneut von einem Hustenanfall geschüttelt. Als er endlich vorbei war, hörte Croaker seine gedämpfte Stimme. »Mist, es ist Blut.«

In diesem Augenblick sah Croaker die entwurzelte Platane. Sie hatte die Form einer Seekuh und hing über dem Wasserweg. Croaker steuerte das Boot in den engen Kanal direkt dahinter. Die Luft war vom üppigen Geruch der Mangroven gesättigt.

Bennie blickte sich um. »Wo sind wir?«

Croaker stellte den Motor ab und ließ das Boot auf das Ende des Kanals zutreiben. »Zu Hause«, sagte er, während er ans Ufer sprang und die Bugleine packte. »Wenn du der Seminole wärst, der mit den Vögeln und den Fischen spricht.«

»Hört sich nach einer verdammten Figur aus Disney-World an«, brummte Bennie, während Croaker nach hinten rannte und das Tau achtern festmachte.

Croaker atmete tief durch, als er die Welt sah, die ihm so vertraut war. Dann kletterte er wieder ins Boot und hob Bennie auf.

3.

Man sagte, daß Stone Tree mit den Geistern in Verbindung stehe. Die Fischer der Florida Keys und die Touristenführer in den Everglades bestätigten das, Leute also, die normalerweise nicht im Verdacht standen zu fantasieren. Stone Tree hatte sich hier niedergelassen, weil es der Mittelpunkt der Welt war. Das hatte er Croaker erzählt, als dieser ihn zum erstenmal aufgesucht hatte.

Am Mittelpunkt der Welt lausche ich, hatte Stone Tree gesagt.

Und was hören Sie? hatte Croaker gefragt.

Alles.

In diesem Augenblick hatte Croaker gewußt, daß er Stone Tree als Lehrer und Führer wollte. Erst nach und nach, während die Tage und Nächte träge vorübergingen und ineinander verschwammen, wurde ihm bewußt, daß er nicht nur wegen einer Anleitung zum Angeln hierhergekommen war.

Die Menschen fürchteten sich vor Stone Tree auf die gleiche Art und Weise, wie sie Angst davor hatten, nachts allein zu sein. Niemand konnte es genau erklären, und folglich war Stone Tree oft allein, und das begrüßte er. Croaker hatte herausgefunden, daß ihm die Angst der anderen als Schutz diente.

Stone Tree wohnte in einer einfachen Hütte aus Holz

und Blech auf einer Landzunge, fast ganz von roten Mangroven umgeben, über die man nicht gehen konnte, weil sie aus dem Wasser wuchsen. Sie wirkten wie ein Graben, der eine mittelalterliche Burg beschützte. Nur ein schmaler Streifen festen Bodens verband die Landzunge mit dem ›Festland‹.

Bennies Körper wurde mit jedem Schritt schwerer. Gebeugt wie ein Achtzigjähriger mit Arthritis, bahnte sich Croaker einen Weg über den schmalen Landstreifen und ging dann wie immer dicht an dem Manzanille-Baum vorbei, der in dieser Jahreszeit kleine grüne Früchte trug, die Äpfeln glichen. Sie sahen appetitlich aus, aber ihr Saft war so ätzend wie Lauge. Der spanische Forscher Ponce del Rey hatte einst eine dieser Früchte gegessen und war eines qualvollen Todes gestorben. Als kleines Kind hatte Stone Tree dasselbe getan. Er war krank geworden, aber rätselhafterweise nicht gestorben. Danach hatte sein Vater ihm diesen Namen gegeben, um deutlich zu machen, daß er stark wie ein steinerner Baum sei.

Croaker sah eine Bewegung vor sich und hielt inne. Joe schlüpfte aus dem Schilf und den weißen Mangroven, neugierig, wer in ihr Territorium eindrang. Joe war eine zweieinhalb Meter lange Indigo-Schlange, die bei Stone Tree lebte.

Croaker kniete sich nieder und streckte seine künstliche Hand aus, damit die Schlange sie schmecken konnte. Sie tat es, indem sie ihre Zunge über die künstlichen Substanzen schnellen ließ. Dann ringelte sie sich um die Hand und wand sich an Croakers Arm empor. Ihr Kopf berührte Croakers Wange, und die gegabelte Zunge kam erneut zum Vorschein. Diesmal schmeckte sie salzigen Schweiß.

»Bennie«, sagte Croaker. »Alles in Ordnung. Wir sind da.«

Aber es kam keine Antwort. Bennie war bewußtlos geworden, während Croaker ihn aus dem Boot gehievt hatte.

Croaker pfiff leise, während er aufstand und die moosverkrusteten Holzstufen zur Hütte emporstieg. Die Tür öffnete sich, und eine turmhohe Gestalt wurde vom flakkernden Lichtschein zahlloser Kerzen und einer Coleman-Laterne eingehüllt. Stone Tree war so dünn wie das Schilf am Rande des Wassers, an dem er lebte.

»Du wirst erwartet«, sagte Stone Tree. »Es ist alles vorbereitet.«

Croaker war nicht überrascht. Stone Tree wußte Dinge, von denen andere keine Ahnung hatten. Während Croaker Bennie sanft in der Mitte des Raums auf den Boden legte, sagte Stone Tree:

»Joe erinnert sich an vergangene Abenteuer und ist wie immer auf der Seite unserer Freunde.« Das war eine für Stone Tree typische Begrüßung.

»Es tut gut, wieder hier zu sein«, antwortete Croaker.

Stone Tree nickte. »Wurde auch Zeit, Walking Ibis[9].«

Croaker hatte sich diesen Spitznamen eingehandelt, als Stone Tree zum erstenmal gesehen hatte, wie er an seiner künstlichen Hand einen der stählernen Fingernägel ausgefahren hatte. Stone Tree hatte gesagt, er sehe aus wie der nadelartige Schnabel eines Ibis, der nach einem Fisch schnappe.

Während Stone Tree sich an die Arbeit machte, beobachtete Croaker sein hageres, zerfurchtes Gesicht. Er war so groß wie viele der Calusa, der indianischen Ureinwohner, deren Männer etwa zwei Meter groß wurden, und seine aufmerksamen Augen hatten die Farbe eines nebligen Sonnenaufgangs in den Everglades. Ein mit Perlen besetztes Kopfband aus Hirschleder sorgte dafür, daß sein langes weißes Haar ihm nicht in die breite Stirn fiel. Hinten war es zu einem Pferdeschwanz zusammengebunden, an dessen Ende sich ein dicker Knoten befand, der bei jeder Bewegung wie ein Pendel gegen seinen Rücken schlug. Sein seltsamer Humor war so trocken wie ein perfekt gemixter Martini. Stone Tree hatte trotz seiner Isolation einen weltoffenen und neugierigen Charakter. Woher er sein umfangreiches Wissen hatte, wußte Croaker nicht. Vielleicht überbrachten ihm die Gabelweihen und Kormo-

9 (engl.) dt. etwa »Laufender Ibis«

rane, die Kammreiher oder die Fregattvögel, die vorüberflogen, die täglichen Nachrichten.

Stone Tree preßte seine abgestorbene linke Hand gegen Bennies Stirn. Er war nicht mit dieser toten Hand auf die Welt gekommen – sie war erst später und auf ungewöhnliche Weise abgestorben. Eines Tages hatte ihn ein junger Mann mit Krebs im Endstadium aufgesucht, und Stone Tree hatte ihn geheilt. Dabei war er selbst von dem Krebs infiziert worden, der jetzt wie eine Zyste in ihm eingeschlossen war.

Ich sah meine Hand verdorren, während der Heilungsprozeß Fortschritte machte, hatte Stone Tree Croaker erzählt. *Man erleidet jede nur erdenkliche Art von Schmerz. Viele finden das überraschend. Aber warum sollte es anders sein? Gibt es nicht auch viele Formen der Liebe? Natürlich! Es war ein guter Schmerz und ein Privileg, diese Erfahrung machen zu dürfen.*

Stone Tree brach mit seiner rechten Hand ein großes Stück Salbei ab und gab es in eine Schale, in der einige Kohlen glühten. Der Salbei begann sofort zu glimmen, und es entstand ein kreidiger graugrüner Rauch. Er rührte mit den Händen den Rauch um, als handelte es sich um eine Flüssigkeit, und verteilte ihn so über Bennies ganzen Körper, wobei er mit dem Kopf begann und mit den Füßen endete, bis der Salbei zu Asche verbrannt war. Dann ergriff er mit zwei langen, schlanken Fingern die unterste Kohle und legte sie auf den behelfsmäßigen Verband, den Croaker um die Stichwunde geschlungen hatte.

Croaker sah nicht zum erstenmal, daß Stone Tree Kohlen mit nackten Händen anfaßte, und deshalb war er nicht überrascht. Es war so heiß, daß Croaker zu schwitzen begann. Stone Tree lächelte, als er es bemerkte.

»Du kennst diese Hitze ja schon.«

Croaker erinnerte sich an den Schlangenbiß, den Stone Tree behandelt hatte. Wie die Wärme, die die Zaubersteine der Guarani ausstrahlten, hatte auch diese Hitze eine heilende Wirkung, die schwer zu erklären war.

Die Kohle versengte die Schichten der blutigen Baumwolle, bis sie direkt auf der offenen Wunde lag. Aber Bennie schlug nicht um sich und schrie auch nicht auf, öffnete nicht einmal die Augen. Die Hitze nahm weiter zu, bis Croaker den Eindruck hatte, er befände sich im Inneren eines Ofens.

In der Zwischenzeit hatte Stone Tree drei Pantherklauen ergriffen. Sie waren groß, gefährlich gebogen und so schwarz wie Obsidian, als hätte der jahrelange Gebrauch sie verfärbt. Er steckte sie nacheinander in Bennies Fleisch – je eine in die Wangen, die dritte neben die Stelle, wo die glühende Kohle lag.

Stone Tree war gerade fertig, als aus den Einschnitten eine schwarze Flüssigkeit zu sickern begann. Er fing sie mit der kleinen Schüssel auf, in der sich die Kohlen befanden. Als diese ganz benetzt und abgekühlt waren, hörte die Flüssigkeit auf zu strömen. Stone Tree reichte Croaker die Schüssel.

»Geh nach draußen und such einen freien Platz. Du darfst nur mit deinen Händen graben. Dann vergräbst du das hier. Paß auf, daß nichts von dem Inhalt auf deine Haut tropft.«

Croaker tat, was Stone Tree ihm befohlen hatte. Als er zurückkehrte, blutete Bennie nicht mehr. Er hatte einen friedlichen Gesichtsausdruck und atmete tief und gleichmäßig. Stone Tree rührte in einem Eisentopf, der über einer Grube mit glühenden Kohlen hing. Eine aromatische Suppe aus Wurzeln und Kräutern erfüllte die Hütte mit scharfen Düften.

»Dein Freund schläft«, sagte Stone Tree. »Wir können uns jetzt um uns kümmern.«

Sie setzten sich neben die Kohlen und aßen gegrillten Fisch, vermischtes Gemüse und getrocknete Früchte. Stone Tree aß wenig, und Croaker vermutete, daß er bereits zu Abend gegessen hatte, es aber als unhöflich empfunden hätte, Croaker allein speisen zu lassen. Sie lauschten schweigend den Geräuschen der Everglades. Die Frösche quakten. Insekten schwirrten umher, kleine Raubtiere brachen durchs Unterholz. Direkt nebenan hörte man das Wasser ans Ufer schlagen. Der Wind rauschte in den Platanen und dem jamaikanischen Hartriegel, die hin und wieder von sintflutartigen Regengüssen unter Wasser gesetzt wurden.

Croaker aß gemächlich. Mahlzeiten waren ein Ritual der Konzentration, unterbrochen von einem belebenden Gespräch. Diesmal hatte Stone Tree allerdings keine amüsanten Geschichten zu erzählen.

»Du hast mich heute nacht in meiner Hütte aufgesucht und einen verwundeten Freund mitgebracht, Walking Ibis. Der Tod verfolgt dich. Und doch gibt es etwas jenseits dieser Umstände, das anders ist. In dir vollzieht sich ein Wandel.« Er streckte seine abgestorbene Hand aus und preßte sie gegen Croakers Stirn, wie er es vorhin bei Bennie getan hatte. Die Hand war trocken und kühl wie altes Holz.

»Weißt du, was gemeint ist, wenn die Leute sagen, daß ich mit den Geistern in Verbindung stehe?«

»Du weißt bestimmte Dinge«, sagte Croaker. »Aus welcher Richtung der Wind wehen, wann der Sturm kommen, wie schlimm er werden wird. Du wußtest, daß ich kommen würde, und kanntest den Grund. Du sprichst mit den Tieren und hast dich dem Kreislauf der Natur geöffnet.«

Stone Tree nickte, aber er hatte einen verzerrten Gesichtsausdruck. »All das ist bis zu einem gewissen Grad wahr. Aber tatsächlich geht es darum, daß ich mit denen rede, die sich jenseits der Welt befinden, die du und ich kennen.« Er stellte seine Essensschüssel nieder. »Ich habe dich heute nacht vor dem Eingang meiner Hütte gesehen. Aus dem Blut erkenne ich die Art des Sturms, der dir hierher gefolgt ist. Aber in deinen Augen sehe ich den Wandel, der sich in dir vollzieht. Ich sehe die Spur des Heilkundigen auf dir, als wäre sie von der Nadel eines Tätowierers in deine Haut geritzt.«

Croaker fühlte, wie sich sein Magen zusammenzog. »Der Großvater meines Freundes war ein großer Heilkundiger der Guarani. Ein *sukia.*«

»Ja«, sagte Stone Tree. »Ich habe von ihnen gehört. Sie benutzen Steine, um Macht zu sammeln und zu speichern.«

»Zaubersteine.« Croaker dachte an Humaitás Stein, der sich in Heitors Besitz befand, und wurde von einer plötzlichen Angst erfüllt. Er erinnerte sich an Estrellas Furcht, als er ihr Humaitás Dunklen Stein gezeigt hatte. »Weißt du irgend etwas über diese Zaubersteine?«

Stone Tree schüttelte den Kopf. »Sehr wenig. Und was ich weiß, ist eine Legende oder ein Gerücht, nenn es, wie du willst. Man sagt, daß die *sukia* die Steine verschluckt hätten. Dann seien sie wie Götter geworden.«

»Was bedeutet das?«

Stone Tree zuckte die Achseln. »Sie konnten durch eine einzige Berührung ihrer Hand die Kranken und Gebrechlichen heilen oder auch ihre Feinde vernichten. Das ist die schlimmste der Verwandlungen der *sukia,* denn sie währt ewig. Der Stein bleibt im Körper. Aber weil so große Macht angehäuft wird, muß etwas von gleichem Wert verlorengehen. Das entspricht der Natur des Universums.«

»Bei diesem *sukia* war das nicht der Fall«, sagte Croaker. »Er wurde vor vielen Jahren umgebracht. Die Brüder, die uns auf dem Weg hierher verfolgt haben, haben ihn ermordet. Bevor er starb, hat er meinem Freund erzählt, daß er als Hai zurückkommen werde. Vor fünf Tagen hatten wir eine Auseinandersetzung mit einem Tigerhai, der sehr groß und wild war. Mein Freund war sicher …«

»… daß es sich um Humaitá handelte.«

Croaker starrte ihn sprachlos an. »Woher kennst du seinen Namen?«

Stone Tree lächelte und tippte mit seiner abgestorbenen Hand sachte gegen Croakers Stirn. »Er hat es mir erzählt, Walking Ibis.« Er beschrieb einen Kreis auf Croakers Stirn. »Er ist hier. In deinem Inneren. Heute nacht stehst auch du mit den Geistern in Verbindung.«

Croaker spürte ein plötzliches Frösteln. »Das kann nicht sein, Stone Tree. Ich glaube nicht daran.«

Stone Tree malte mit einem kleinen Scheit aus Platanen-Holzkohle etwas auf den Fußboden zwischen ihnen, und Croaker starrte darauf. Er sah ein Auge mit einer doppelten Pupille.

»Da ist er«, sagte Stone Tree. »Stimmt's, Walking Ibis?«

Croaker nickte. »Das ist Humaitás Symbol.«

»Dein Freund wacht auf.« Stone Tree wandte sich um und löffelte Suppe in eine Kürbisschüssel. »Füttere ihn.« Er reichte Croaker das Gefäß. »Bring ihn ins Leben zurück.«

Schweigend ging er nach draußen.

Croaker legte Bennies Kopf in seinen Schoß und fütterte ihn langsam und mühevoll mit der Suppe aus Wurzeln und Kräutern. Bennie aß ohne Protest. Seine Augen waren rot gerändert, und er schien völlig benommen zu sein. Croaker wußte, weshalb. Er sah sich die Wunde an. Sie war rot und roh und mit getrocknetem Blut überzogen. Aber sie war geschlossen.

Draußen frischte der Wind auf, die Mangrovenzweige kratzten an den dünnen Wänden der Hütte, und der Regen trommelte auf das Blechdach. Die Frösche quakten immer noch unaufhörlich, aber die umherschwirrenden Insekten waren verschwunden. Croaker fütterte Bennie weiter, während Joe auf seiner Schulter döste.

Als die Kürbisschüssel leer war, stellte Croaker sie zur Seite und blickte auf Bennie hinab. Er dachte über Humaitá und die Verbindung zu den Geistern nach. Frostschauer krochen wie Würmer durch sein Inneres und verschwanden dann. Er glaubte nicht an eine innere Verbindung zu Geistern. Sie existierte nicht.

Bennies Pupillen bewegten sich. Er starrte zu Joe hinauf, der sich gemütlich um Croakers Schultern wand. »Träume ich, *amigo?*« fragte er mit trockener und belegter Stimme. »Was zum Teufel sehe ich da?«

»Das ist Joe, eine Indigo-Riesenschlange. Sie ist verdammt freundlich.«

»Ihr seid doch alle verrückt.«

»Überhaupt nicht. Sie hat nicht nur Charakter, es ist auch angenehm, sie in der Nähe zu haben. Joe jagt andere Schlangen, einschließlich der Zwergklapperschlangen, die dich ganz hübsch beißen könnten.«

»Kriegt sie auch die Wasserschlangen? Ich hasse die verdammten Viecher.«

»Die gibt's hier nicht«, sagte Croaker. »Keine Wasserschlangen. Das Wasser der Everglades ist zu salzig.«

Bennie schloß die Augen. *»Dios.«*

Croaker lauschte auf den Sturm, der sich schnell näherte. Er spürte schon den Druck in den Ohren. Wie zur Bestätigung begann der Donner unheilvoll zu dröhnen. Croaker blickte auf den Mann hinab, den er in seinen Armen hielt. Überlebende von Erdbeben oder Bombenexplosionen hatten diesen leeren Gesichtsausdruck – als wäre ihre Seele halb ausgelöscht.

»Wie fühlst du dich, Bennie?«

Bennie riß die Augen auf. »Weder tot noch lebendig. Noch nicht.« Er wirkte unnatürlich unterwürfig, beinahe reuevoll. »Hör zu, *amigo.* Ich muß dir was sagen.«

»Nicht jetzt«, sagte Croaker. »Ruh dich aus.«

»Wenn nicht jetzt, wann dann?« Croakers Schweigen spornte ihn an. »Ich will nicht leugnen, daß ich dich angelogen habe. *Pero esto es agua pasada no mueve molino.«* Das gehört alles der Vergangenheit an. »Ich mußte es tun. Die sterblichen Überreste meines Großvaters sind alles, was mir von ihm geblieben ist. Ich mußte sicherstellen, daß sie nicht in die falschen Hände geraten.«

»In die von Antonio und Heitor?«

»Das wäre eine Katastrophe«, gestand Bennie ein. »Die ganze Macht meines Großvaters würde ihnen gehören.«

»Dann hatten sie sie also nie?«

»Natürlich nicht. Sie hätten sich nie einverstanden erklärt, sie mir zu verkaufen. Sie hätten mir nicht mal verraten, ob sie sie haben.«

Croaker beobachtete das Flackern der Kerzen. Sie wirkten wie Symbole des Sturms und der unsicheren Zukunft. »Wer hat sie? Wen wolltest du heute um Mitternacht treffen?«

»Roubinnet.«

»Rafe? Komm schon. Mach mir nichts vor.«

Bennie seufzte. »Ich bin nicht überrascht, daß du mir nicht glaubst. Enttäuscht, aber nicht überrascht. Meine Schuld. Aber es ist die Wahrheit, mein Wort in Gottes Ohr.«

»Warum sollte ich dir glauben?«

Bennie versuchte erfolglos zu lachen. »Ich kann mir keinen guten Grund vorstellen.« Er schloß kurz die Augen und schien verborgene Kraftquellen zu erschließen. *»Mira, amigo.* Ich habe einen Fehler gemacht. Ich habe dir nicht vertraut. Was wirst du jetzt tun? Wirst du mich lebenslänglich verdammen? Gibt es keinen Weg der Wiedergutmachung? Ob gut oder schlecht, mein Schicksal liegt in deinen Händen, Lewis.«

Croaker schwieg eine Zeitlang. Er sah nichts an und hörte alles, genau wie Stone Tree es ihn gelehrt hatte. »Erzähl mir über deine Verbindung zu Rafe«, sagte er endlich.

Bennie holte tief Luft, als hätte er bis zu Croakers Entscheidung den Atem angehalten. »Damals, als er noch Bürgermeister von Miami war, ließ sich Rafe auf Geschäfte mit einem Kolumbianer namens Gabriella ein. Gabriella war ein wirklich cleverer Kerl. Er hat ihn übertölpelt. Aber dann wanderte er in den Knast.«

»Was ist geschehen?« fragte Croaker.

»Nur Scheiße.« Bennie war offensichtlich angewidert. »Der Idiot entschloß sich, Rafes Geld in den Drogenhandel zu stecken. Warum auch nicht? Er träumte von Tonnen von Geld, dem Leben der oberen Zehntausend und jeder Menge Macht. Die ganze verdammte Sache stieg ihm zu Kopf.« Bennie schüttelte den Kopf. »Wie dem auch sei, er kaufte diesen großen deutschen Schäferhund und brachte ihn zu einem Jugendfreund, einem Tierarzt. Der Tierarzt schlitzte dem Hund vorsichtig den Bauch auf, und Gabriella gab ihm ein Dutzend Plastiktüten mit Kokain, die der Tierarzt in die Bauchhöhle des Tieres einnähte. Dann ließ Gabriella ihn in die Vereinigten Staaten verschiffen.«

»Okay. Und dann?«

»Gabriella war ein Neuling in diesem Geschäft, und der Tierarzt war nervös gewesen und hatte vergessen, die Plastiktüten zu sterilisieren. Der Schäferhund bekam eine Infektion, und die Zöllner entdeckten, daß das Tier krank war, und überstellten es den Tierärzten der Behörden der USA. Sie haben das Tier geröntgt und die Tüten mit dem

Kokain gefunden. Sie haben Gabriella sofort an die verdammte Wand genagelt.«

Bennie schwieg einen Moment und ruhte sich aus. »Rafe wußte nichts davon. Zumindest hat er behauptet, daß er von nichts wußte«, fuhr er fort. »Aber er hat mich angerufen und mich gebeten, was zu unternehmen. Ich sollte ihn aus der Partnerschaft heraushauen, nachdem die Fakten bereits geschaffen worden waren, weil seine Verstrickung darin für ihn politisch das Ende bedeutet hätte. Aber der Fall Gabriella war eine richtig beschissene Sache, zu beschissen, als daß ich damit hätte fertig werden können. Die kolumbianischen Behörden wollten sich plötzlich auf keinen Handel mehr mit mir einlassen. Sie wollten nicht mal mit mir reden – Punkt. Und ich muß sagen, daß das verdammt merkwürdig war, wenn man bedenkt, wen ich da unten alles kenne. Ich habe sogar eine Morddrohung erhalten. Also habe ich mich zurückgezogen. Rafe war sauer und hat mit mir gebrochen. Ein paar Tage später ist er dann wieder aufgetaucht und hat mir ein Geschäft angeboten: Ich hole für ihn die Kastanien aus dem Feuer, und er besorgt mir die Gebeine meines Großvaters.«

Croaker blickte auf Bennie herab. »Hört sich nach Bestechung an.«

»Ja. Dasselbe habe ich auch gedacht.« Bennie blickte für einen Augenblick auf. »Aber die Versuchung war zu groß. Ich habe ihn aus der Sache rausgeholt, indem ich ein paar sehr wertvolle Verpflichtungen einforderte. Ich habe die Sache so hingekriegt, daß niemand Bescheid wußte; keiner konnte Rafe mit Gabriella und diesem stinkenden Drogengeschäft in Verbindung bringen.«

»Aber das war noch nicht das Ende.«

»Verdammt, nein.« Bennie biß sich auf die Unterlippe, während er sich erinnerte. »Ich habe Rafe aufgesucht, damit er mir meinen Lohn gibt, und er sagte, daß aus dem Geschäft mit den Knochen nichts würde. *¡Que lastima!* Ich habe die ganze Zeit über in seine Augen gesehen und die Wahrheit erkannt. Und die war nicht schön. Der Dreckskerl hatte einfach seine Meinung geändert. Er hatte die sterblichen Überreste meines Großvaters, wollte sie aber nicht rausrücken. Er hat mir angeboten, mich für meinen Zeitaufwand zu entschädigen, und der Betrag war ohne Zweifel großzügig. Die Summe spielte aber keine Rolle. Er hatte mich verarscht, und ich habe ihm gezeigt, was er mit dem Geld tun könnte. Ich sage dir, das hat ihm überhaupt nicht gefallen.« Bennie blickte zu Croaker auf. »Mein Wort in Gottes Ohr, er hat einen verdammt haarigen Arsch.«

Sie lachten zusammen, und das war für Croaker ein gutes Gefühl.

»Aber wie konntest du wissen, daß Rafe gelogen hatte?«

»Ich habe den Hurensohn deshalb angerufen. Und weißt du was? Er gab zu, daß er die Knochen vielleicht immer noch ranschaffen könnte. Aber es würde mich was kosten. Verdammt, kannst du dir das vorstellen? Ich habe ihm gerade diesen riesigen Gefallen getan, und er verarscht mich so. Und als Krönung des Ganzen sollte ich noch mehr Scheißjobs für ihn erledigen. Dann erst würde ich die Gebeine meines Großvaters bekommen. Heute nacht sollte die Übergabe stattfinden. Ich wollte ihn um Mitternacht treffen, aber dann kam dieser verdammte Sturm auf. Weil ich kein gutes Boot hatte, um bei dem Sturm schnell genug in die Bucht auszulaufen, mußte ich an Land zurückkehren.«

»Was hat Rafe von dir verlangt?«

»Ich sollte vermitteln, was sonst? Das war doch meine Spezialität, oder? Aber wir reden über eine kleine Welt, und einer ihrer Angelpunkte ist Juan Garcia Barbacena. Roubinnet war sich meiner Beziehungen zu diesem Bastard bewußt, aber es hat ihm trotzdem Spaß gemacht, mich zu fragen. Warum zum Teufel hätte es ihn kümmern sollen, ob mir die Magensäure hochkommt?«

»Du hast also zugestimmt?«

»Ich habe zugestimmt. Was hätte ich sonst tun können? Es sah so aus, als wäre Barbacena zu anmaßend geworden. Er war machtgeil geworden, gefährlich unabhängig und eigensinnig. Die Leute, die ihn angeheuert hatten, wollten zu einer Einigung mit ihm kommen – ein letzter Versuch, ihn wieder unter Kontrolle zu kriegen. Mein Eindruck war, daß sie bereit waren, ihn zu erledigen, wenn er nicht klein beigeben würde.«

Croakers Puls beschleunigte sich. »Laß mich raten: Barbacena wollte nicht nachgeben.«

»Ja. Das kannst du laut sagen.« Bennie lächelte leicht. »Er hat ihnen gesagt, daß sie sich verpissen sollen. Er hat sein eigenes Todesurteil unterschrieben, als er das Treffen verließ.«

»Wann war das?«

»Anfang des Jahres.«

Jetzt begann alles Sinn zu machen. Gunn hatte Zeit gebraucht, um einen Weg zu finden, Barbacena zu erledigen, ohne daß die Hände der ACTF dabei beschmutzt wurden. »Laß mich eine weitere Vermutung anstellen«, sagte Croaker. »Die Leute, für die er arbeitete, kamen vom Justizministerium. Der Chef heißt Spaulding Gunn.« Gunn mußte verzweifelt gewesen sein, um einen Zivilisten wie Bennie einzuspannen, dachte Croaker. Aber welche Wahl hatte er gehabt? Bennie war die Nummer eins, was diese Art von Verhandlungen betraf. Außerdem war seit langem bekannt, daß er absolut diskret war. »Das war also dein Job bei der ganzen Sache. Wenn das Justizministerium dich auf Vertraulichkeit eingeschworen hat, kann ich verstehen, warum du es mir nicht erzählen wolltest.«

»Es war das Justizministerium, *amigo,* ich habe den Ausweis gesehen. Aber der Name des Mannes war nicht Gunn. Zumindest stand er nicht auf dem Ausweis.« Bennie bewegte sich etwas. Es schien ihn viel Kraft zu kosten. »Der Name war Ross Darling.«

Croakers Herz schlug ihm bis zur Kehle. »Das ist jetzt sehr wichtig, Bennie: Kannst du ihn beschreiben?«

»Natürlich. Er war mittelgroß und normal gebaut«, sagte Bennie, als er wieder zu Atem gekommen war. »Er hatte diesen schweren, bedächtigen Gang wie ein Boxer oder Ringer. Und weißes Haar wie ein alter Mann, obwohl er nicht so alt war. Er hatte rote Wangen, wie man sie von Bergsteigern oder langjährigen Säufern kennt. Aber dieser Mann war verdammt nüchtern. Ich habe es in seinen Augen gesehen, die blaßblau wie Eis waren. Mein Wort in Gottes Ohr, Lewis, ich habe diese Sorte Mann schon früher erlebt. Er würde nicht zögern, jemanden umzulegen, der ihm in die Quere kommt. Wenn er je ein Gewissen gehabt haben sollte, kannst du dir verdammt sicher sein, daß er es in der Dunkelheit einer Nacht in seiner Kindheit erdrosselt hat.«

Croaker gefror das Blut in den Adern. Bennies Beschreibung stimmte. Sie paßte haargenau auf Ross Darling.

Alles, was Darling ihm über den Krieg zwischen den Abteilungen des DICTRIBs und der ACTF erzählt hatte, entsprach der Wahrheit, verhielt sich aber genau umgekehrt: Darling und das DICTRIB waren diejenigen, die Barbacena und die Operation in Mexiko steuerten.

Croakers Abteilung, die ACTF, versuchte das Ganze zu stoppen. In einem Augenblick der Erkenntnis sah Croaker, wie es zu dieser Konstellation gekommen war. Abtrünnige ACTF-Agenten hatten Gunns Schutzbereich verlassen. Sie waren eine geheime Allianz mit gewissen Senatoren und Geschäftsleuten eingegangen und hatten das DICTRIB nach ihrer eigenen Vorstellung neu aufgebaut. Das einzige Ziel des DICTRIBs bestand darin, als Gehirn und Kanal für die Operation in Mexiko zu fungieren, mit Hilfe derer die Kontrolle über die mexikanische Regierung schließlich in die Hände von ein paar privilegierten Nordamerikanern übergehen sollte.

Darling hatte Croaker von jedem Kontakt zur ACTF abgeschnitten. Natürlich. Denn wenn er ihn hätte aufnehmen können, hätte er die Wahrheit herausgefunden. Und weil die ACTF die Verbindung zu ihm verloren hatte und sich auf seine Aktivitäten keinen Reim mehr machen konnte, hatte man angenommen, daß er die Seiten gewechselt hätte und beim DICTRIB eingestiegen wäre. Das erklärte den Anschlag auf sein Leben an der Brickell Bridge.

Wie ironisch, dachte Croaker. Antonio Bonita hatte ihm erzählt, daß ihn alle anlügen würden. Alle, abgesehen von Antonio selbst.

4.

Stone Tree hockte in der regnerischen Dunkelheit unter einer Platane, und Croaker kauerte sich neben ihm nieder. In der Hütte paßte Joe auf Bennie auf.

»Ich habe den Verlauf des Sturms verfolgt«, sagte Stone Tree. »Du brauchst den Regen und den Wind nicht zu fürchten.« Er hielt einen gegabelten Zweig zwischen seinen knorrigen Fingern. »Was den Sturm betrifft, der dich hierher verfolgt hat, er verbirgt sich jetzt im *hammock.*« ›Hammock‹ war das indianische Wort für Wald. »Er ist sehr nah.«

Croaker nickte. »Ich werde ihn finden müssen.«

Stone Trees Blick fixierte Croaker. »Erinnere dich an alles, was ich dich gelehrt habe.«

»Paß auf Bennie auf, bis ich zurückkomme.«

»Dein Freund wird in sicheren Händen sein.«

Croaker wollte gerade aufstehen, als Stone Tree ihm seine gesunde Hand auf den Arm legte. »Es ist eine verdammte Kraftverschwendung, den Sturm zu hassen. Finde den Weg zu seinem Herzen.«

»Das Problem ist, daß das schon einmal jemand versucht hat. Die Zwillinge konnten den *sukia* umbringen, weil er Mitleid mit ihnen hatte.«

Stone Tree hob eine Faust. »Gewalt erzeugt nur mehr Gewalt.« Er hob die andere Hand und neigte seinen Kopf. »Höre auf alles und entscheide selbst, was Wahrheit und was nur Wahrnehmung ist.«

Croaker hätte fast gelacht. »Ein guter Rat. Seit ich es mit den Bonitas zu tun habe, haben mich fast alle Leute angelogen, denen ich begegnet bin.«

»Überrascht dich das, Walking Ibis?« Stone Tree hob

die Hände. »Die Welt ist eine Lüge, und dahinter pulsiert die Wahrheit wie das Licht auf dem Meeresboden. Die Geister reden, wenn ich mit ihnen in Verbindung stehe. Das Dasein beschränkt sich nicht auf die Welt, die wir mit unseren Augen sehen. Wir sind nur dann aufgespießte Schmetterlinge, wenn wir es zulassen.« Er wandte rasch den Kopf ab. Croaker hörte nur das Rauschen des Windes in den Platanen und im Schilf, daneben den heftigen Regenschauer. »Geh jetzt«, sagte Stone Tree. »Du glaubst, daß dieser Sturm tödlich ist«, fügte er hinzu, während Croaker aufstand. »Aber laß dich nicht täuschen, Walking Ibis. Für dich geht es um etwas ganz anderes.«

Croaker schlich leise durch den Wald. Der strömende Regen durchdrang häufig das Laubdach der Mangroven. Nach dreißig Metern war Stone Trees Hütte nicht mehr zu sehen. Links und rechts ragten die Mangroven wie gespenstische Finger auf. Sie bewegten sich im Wind.

Croaker hielt neben einem Manzanille-Baum inne, weil er sich für einen Augenblick unsicher war, welchen Weg er einschlagen sollte. Er wurde erneut von dem Gedanken überwältigt, wie sehr ihm die Dunkelheit vertraut war. In New York hatte er gearbeitet, während die anderen Menschen geschlafen hatten, und sie hatten besser geschlafen, weil er gearbeitet hatte. Doch wenn man vorwiegend nachts lebte, passierte etwas Seltsames: Man verlor die Orientierung.

Der normale Lebensrhythmus der Menschen, die morgens aufwachten, um acht frühstückten und um neun an ihrem Arbeitsplatz saßen, war außer Kraft gesetzt, und während sich die Verbindungen zur Umwelt langsam auflösten, vertraute man sich selbst immer mehr.

Diese Erfahrungen, glaubte er, waren nützlich. Während des Tages gab es ein permanentes Brummen – eine Kakophonie wahnwitziger Bewegungen, die die Menschen wachhielt und dafür sorgte, daß sie sich auf ihre unmittelbaren Probleme konzentrierten. Wenn sie nachts der Schlaf überkam, wurde dieses Geräusch auf ein Murmeln reduziert. Dann erhob sich der Rhythmus dessen, was

Stone Tree die ›umfassendere Realität‹ nannte, wie die gespenstischen Geräusche im Wald.

Croaker spürte, daß Heitor sich in der regnerischen Nacht verbarg. Heitor war ein Jäger, und nur darum ging es, seit sie sich zum erstenmal begegnet waren. Der Jäger und die Beute befanden sich beide in der Wildnis. Was hatte Heitor gesagt? *Man versteht einen Mann erst dann, wenn er allein ist.*

Ein Windzug trug ihm einen Ozonhauch zu. Er pflückte mit seiner Kunsthand einen kleinen grünen Apfel und machte sich unter dem Laubdach des Waldes davon. Der Donner rollte. Der Himmel riß auf, und man sah einen kalten blauweißen Blitz. Der Sturm machte es unmöglich, einer Fährte zu folgen. Der Regen hatte nicht nur jede Spur weggeschwemmt, sondern auch jeden Geruch aus der Luft gewaschen.

Croaker spürte immer deutlicher, daß er beobachtet wurde. Er bewegte sich vorsichtig durch die wilden Feigen und erkannte zwei bernsteinfarbene Augen im Schilf. Dann hatte er das Ende des Waldes erreicht. Er war ganz von Mangroven umgeben – an Land waren sie weiß, am Rande des Wassers schwarz und dort, wo sie auf das Wasser hinausragten, rot. Er schnalzte mit der Zunge, und die bernsteinfarbenen Augen verschwanden.

Er tauchte zwischen den Mangroven unter und folgte Heitor. Er war jetzt dicht genug an ihm dran, um den Schatten und die kleinen Bewegungen des Laubes und der Gräser, die durch den vorbeieilenden Körper hervorgerufen wurden, sehen zu können. Er machte Boden wett und sah, daß sie sich parallel zum Rand des trockenen Landes bewegten. Er wußte, daß sich der Wasserweg nach dreihundert Metern nach innen krümmte und daß das Mangroveninselchen dort nur noch eine kleine Landenge war.

Er bewegte sich darauf zu und sprang genau in dem Moment vor den Schatten, als er das Ufer erreicht hatte. Der Schatten wandte sich um und stellte sich auf die Hinterbeine, während Croaker näher kam. Er hatte das Maul aufgerissen und spuckte und zischte.

Er wich zurück. Guter Gott! Ein Rotluchs!

Croaker zwang sich, sich nicht zu bewegen. Er beobachtete die funkelnden bernsteinfarbenen Augen, die ihn anstarrten, während das Biest knurrte und mit einer Vordertatze durch die Luft fuhr. Er trat langsam den Rückzug an, ohne den Blick von dem Rotluchs abzuwenden.

In diesem Augenblick griff Heitor an. Er schien durch den Wind und den Regen zu fliegen, als er aus seinem Versteck zwischen den schwarzen Mangroven sprang. Er landete auf Croakers Rücken und rammte ihm die Faust in die Seite. Sie fielen in ein Gewirr verflochtener Mangrovenwurzeln am Ufer.

Heitor stieß einen gabelförmigen Stock über Croakers künstliche Hand und preßte sie gegen den Boden. Da die Hand in dem klebrigen schwarzen Dreck feststeckte, fehlte Croaker die Hebelkraft, um sie effektiv einzusetzen. Undeutlich sah er Heitors gekrümmten Körper, als er die Wunde an seiner Schulter, wo ihn der Schuß verletzt hatte, mit einer Hand bedeckte. Croaker wollte das ausnutzen, aber Heitor schien nicht geschwächt zu sein.

Ganz im Gegenteil. Plötzlich saß Heitor rittlings auf ihm und knallte ihm die Faust ins Gesicht. »Das war für das erste Mal, daß Sie mir die Nase gebrochen haben.« Er schlug erneut zu. »Und das für das zweite Mal. Und dieser Schlag ist für die Narbe, die Sie verursacht haben.«

Croaker schmeckte Blut. Er verlor das Bewußtsein für einen Moment, während Heitor ihn mit den Fäusten bearbeitete.

Die Attacke endete so plötzlich wie sie begonnen hatte. Croaker öffnete seine mit Blut und Dreck verklebten Augen. Heitor hielt Humaitás Zauberstein in der einen Hand, das Skalpell in der anderen. Der Schnitt, den Croaker seiner rechten Wange zugefügt hatte, wirkte roh und wütend, als würde die Wunde durch Heitors Wut pulsieren.

»Antonio hat gesagt, daß ich auf ihn warten und Sie nicht auf eigene Faust angreifen soll.« Er lächelte höhnisch. »Er ist vorsichtig und töricht! Nicht heute nacht. *Mira, Señor,* wie Humaitás Geheimnisse meine Schulter heilen. Diese Nacht gehört dem Jäger!« Er beugte sich dicht über Croaker. »Blicken Sie in meine Augen. Ich will, daß Sie Ihren bevorstehenden Tod dort sehen.«

Tatsächlich erkannte Croaker etwas Dunkles und Verzerrtes in Heitors Blick, und in seinem Inneren bebte es. War das ein echtes Gefühl, oder lag es an der Kraft der Suggestion? Angesichts seiner augenblicklichen Situation hatte er bei einer körperlichen Auseinandersetzung keine Chance. Aber es mußte einen anderen Ausweg geben.

»Heitor«, sagte er, »erzählen Sie mir, wie es möglich ist, daß Antonio immer noch in Rosa verliebt ist.«

»Was soll der Unsinn?« Heitors Skalpell schwebte regungslos über Croakers Gesicht. »Glauben Sie, daß Sie mich mit Lügen beherrschen können?«

Croaker gab nicht nach, um sich das zu verschaffen, was am wertvollsten war: Zeit. »Haben Sie es nicht gewußt? Daher kommt seine Schwäche für mich. Es gibt eine Verbindung zwischen Rosa und Sonia. Antonio hat sie gespürt, als wir uns in Sonias Haus begegnet sind.«

»Ich wußte gar nicht, daß er dort war.« Heitors Blick flackerte unsicher. »Er hat es mir nicht erzählt.«

»Natürlich nicht.« Croaker bewegte seine im Schlamm steckende Hand und schuf sich ein wenig Bewegungsfreiheit unter dem gegabelten Stock. »Wenn er es getan hätte, hätten Sie wissen wollen, warum er dort war. Und er hätte sich nicht getraut, Ihnen die Wahrheit zu erzählen. Er war gekommen, um sich an den Mord an Sonia zu erinnern und mir alles zu gestehen.«

Heitors Blick trübte sich. »Warum hätte er das tun sollen?«

»Weil Sie recht hatten. Rosa hatte ihn verändert. Sie hat ihm gesagt, daß er verdammt ist. Und als Sie sie ermordet hatten, war das der Beweis dafür. Ich glaube, damals hat er zum erstenmal das Wesen des Bösen verstanden, das Sie beide geschaffen hatten.«

Auf Heitors Gesicht zeichnete sich eine gewisse Erleichterung ab. »Jetzt weiß ich, daß Sie lügen. Warum hätte er weitermachen sollen, wenn ihr Gerede wahr wäre?«

»Ganz einfach. Er konnte sich nicht stoppen.« Croaker hatte mit seiner Kunsthand tief genug gegraben, um sie wieder etwas bewegen zu können. »Ihr Lebensstil war zum Selbstzweck geworden. Er hatte ein Eigenleben bekommen. Stimmt's etwa nicht, Heitor?«

»Das Spiel. Ja, ja.« Heitors Stimmfall war abweisend. *»Madre de mentiras,* Sie reden nur über das Offensichtliche.«

»Wenn man davon absieht, daß Antonio nicht länger damit leben kann, was Sie angerichtet haben.« Croaker drehte seine Hand langsam im Dreck auf die Seite, so daß der Daumen nach oben zeigte. »Eigentlich konnte er es nie. Humaitá hat den Funken Menschlichkeit in Antonio erkannt und versucht, diesen Trumpf gegen Sie auszuspielen. Ich habe recht, oder, Heitor?«

»Humaitá.« Heitor biß die Zähne zusammen, während er das Wort wie einen Fluch ausstieß. »Er hat von Anfang an darauf bestanden, uns auseinanderzubringen. Er hat behauptet, daß wir unterschiedliche Individuen wären und das Band zwischen uns ignoriert. Nein, nein. Die Dunklen Steine wissen, daß das nicht stimmt. Er hat sich bemüht, das Band zwischen uns zu durchschneiden. *¡Hijo de putana!* Warum? Hatte er nicht begriffen, daß wir beide getrennt nicht überleben konnten?«

Croaker begann zu verstehen. »Sie wollen sagen, daß Sie allein nicht überlebt hätten, oder, Heitor?«

»Nein!« Heitors Gesichtsausdruck hatte sich durch die Wut und die Erinnerung verfinstert. »Wir beide! Es geht immer um uns beide.«

»Nicht immer.« Ein Versuchsballon. Croaker wußte, daß ihm nichts anderes übrigblieb. Leben oder Tod hing von der Wahrheit seiner Annahme ab. »Sie haben Humaitá nicht gemeinsam umgebracht, oder?«

Schweigen. Der Wind, der durch die Mangroven rauschte, verursachte ein klagendes Geräusch.

»Doch. Wir haben es gemeinsam getan.« Heitor klammerte sich wie ein Kind an einen liebgewordenen Glauben, der ihn vor der schrecklichen Wahrheit gerettet hatte.

»Nein«, sagte Croaker. »Sie waren es. Sie waren immer der Jäger mit der unersättlichen Blutgier. Sie haben Humaitá allein ermordet.«

Heitor war jetzt in Gedanken wieder in Asunción in jener dunklen Nacht auf dem Paraguay River. »Die Nacht, als ich ihn getötet habe, war wie diese. Es war stürmisch und regnete in Strömen. Ich habe ihn ertränkt. Ich erinnere mich an die Luftblasen, die aus seinem Mund aufstiegen, während die Luft aus seinen Lungen wich. Wunderbar. Und er war so ruhig, als hätte er die ganze Zeit über gewußt, was passieren würde. Das hat mich zum Zittern gebracht.« Heitor benetzte seine Lippen. »Danach hat Antonio gesagt, ich hätte mich von der Hundeleine losgerissen. Er hat das Wort absichtlich benutzt, um mir klarzumachen, was für ein Tier ich sein konnte. *Ich habe mir soviel Mühe mit dir gegeben,* hat er gesagt. Und es stimmte. Er hatte mir wieder und wieder gesagt, wie wichtig Humaitá für uns wäre, aber ich kannte die Wahrheit. Ich hatte erkannt, daß der alte Mann versuchte uns zu vernichten und das besondere Band zwischen uns zu zertrennen. Und obwohl es mich schmerzte, habe ich diese Wahrheit selbst vor Antonio verborgen. Die Dunklen Steine wissen, daß er es nicht verstanden hätte. Ich wußte es auch. Er hätte versucht, mir Einhalt zu gebieten. Er hätte die Hundeleine angezogen, und ich hätte neben ihm kauern müssen. Ich hätte gekeucht und wäre vor Wut atemlos geworden. O ja. Wie viele Male hatte er es vorher schon getan?«

»In dieser Nacht konnte Antonio nicht Ihren Aufpasser spielen«, sagte Croaker. »Rosa hatte recht. Indem Sie Humaitá ermordet haben, haben Sie Antonio verdammt. Er wurde vor Ihrem schlechten Gewissen zu Ihrem Helfershelfer. Und das ist es, was an ihm nagt.«

Heitor stieß das Skalpell mit einem stummen Schrei auf Croakers Kehle zu, doch im gleichen Moment riß Croaker seine Kunsthand mit aller Kraft hoch. Sie zersplitterte den dicken Holzstab, und die Klinge des Skalpells glitt an dem Polykarbonat ab. Doch Heitors Entschlossenheit verlieh ihm so viel Kraft, daß das Messer das Fleisch an Croakers rechter Schulter durchbohrte.

Heitor schrie. Das Blut aus Croakers Körper schien ihn noch mehr zu entflammen. Er drehte das Skalpell in der Wunde herum, und der Schmerz jagte durch Croakers Körper. Er stand kurz davor, das Bewußtsein zu verlieren, und spürte, wie er in eine andere Welt glitt, zuerst erstaunt und dann verängstigt darüber, mit welcher Leichtigkeit er alles loslassen und in den unermeßlichen Abgrund zurückfallen könnte.

Dann erblickte er den dunklen Umriß seiner künstlichen Hand und erinnerte sich. Der kleine Funke der Erinnerung verstärkte sein Entsetzen, und das Adrenalin schoß in seinen Blutkreislauf. Wertvolle Momente verstrichen, während sich die Fetzen seines Bewußtseins wieder zusammenfügten.

Croaker ballte die Faust, und der Druck zermalmte die kleine Kugel, die er in der Hand hielt. Er öffnete die stählernen Finger und stopfte Heitor die farblose Masse in den geöffneten Mund. Dann rammte er ihm die Knöchel seiner rechten Hand gegen den Adamsapfel.

Heitor konnte nicht anders, er mußte schlucken. Seine Augen begannen zu tränen, während er den flüssigen Brei des Manzanille-Apfels hinunterschluckte. Sein Schrei ließ einem das Blut in den Adern gefrieren und verängstigte sogar den Rotluchs, der über sie sprang und schnell im dunklen Labyrinth des Waldes verschwand.

Heitor bäumte sich auf und warf sich von einer Seite auf die andere. Er packte sich an die Kehle, dann an die Brust und an den Bauch. Er hatte die rollenden Augen weit aufgerissen. Das Weiß neben den Pupillen war blutunterlaufen, und sein Mund zuckte spasmisch.

Dann fiel sein Blick wieder auf Croaker, und er schaffte es mit einer außergewöhnlichen Willensanstrengung, sich wieder ein wenig unter Kontrolle zu bekommen. Er zog mit zitternder Hand Humaitás Zauberstein aus der Tasche und preßte ihn gegen seine Brust.

Für einen Augenblick schien nichts zu geschehen. Der

stürmische Regen hatte schon vor einer Weile aufgehört, und jetzt war es sogar windstill. Selbst die Nacht schien den Atem anzuhalten.

»Hier, *Señor.* Sehen Sie es?« Heitor setzte sich auf. Er zitterte nicht mehr, und sein Gesicht hatte nicht mehr diesen bleichen, schmalen Ausdruck. »*Hetá I* schützt mich vor der Vergiftung. Sie können mich nicht verletzen, *Señor.* Ich lade sie ein zu versuchen ...«

Seine Stimme versagte von einem Augenblick auf den nächsten. Während sich sein Bauch aufblähte, traten seine Augen weit aus ihren Höhlen. Sein Gesicht verzog sich im Entsetzen, und Schweiß strömte ihm in Rinnsalen von der Stirn, den Wangen und den Schläfen hinab. Sein verzerrter Gesichtsausdruck schien der Spiegel des fürchterlichen Kampfes zu sein, der sich in seinem Inneren abspielte.

»Ich ... Ich ...« Seine Pupillen glitten nach oben, bis nur noch das Weiß wie Neonlicht glänzte. Sein Unterkiefer sackte nach unten, und man hörte ein langgezogenes Zischen, das tief aus seinem Inneren kam. Als es schließlich erstarb, war sein Bauch wieder flach.

Croaker näherte sich vorsichtig. Während er neben Heitor niederkniete, nahm er einen besonderen Geruch wahr. Er schien nicht nur aus dem geöffneten Mund, sondern aus jeder Pore von Heitors Körper aufzusteigen. Noch bevor er den Puls gefühlt hatte, wußte Croaker, daß Heitor tot war. Er nahm den Zauberstein aus der schlaffen Hand.

Der Schmerz in seiner Schulter ließ ihn aufstehen. Er mußte jamaikanischen Hartriegel finden. Er würde einen Teil der Rinde entfernen und deren Unterseite dann gegen seine Wunde drücken. Die Calusa und die Seminolen hatten diese Rinden seit Ewigkeiten getrocknet, zerrieben und dann das Puder über die Wasseroberfläche gestreut. Das starke Narkotikum betäubte die Fische, die es gegessen hatten. Sie trieben an die Oberfläche, wo die Fischer sie mit ihren Netzen einsammeln konnten.

Er setzte sich in Richtung des Waldes in Bewegung, weil er sicher war, dort Hartriegel zu finden. Aber er war kaum einen oder zwei Schritte gegangen, als er Antonios Gesicht vor sich sah. Er hatte kein warnendes Geräusch wahrgenommen.

Croaker reagierte, aber es war zu spät. Ein dicker, langer Knüppel aus Platanenholz traf ihn an der Schläfe, und Croaker ging bewußtlos zu Boden.

5.

Als Croaker noch bei der Polizei gewesen war, hatte eine inoffizielle Redensart auf der Wand des Bereitschaftsraums des Reviers gestanden: DEINE PISTOLE IST DEIN RECHTER ARM UND DEIN RECHTES BEIN: LASS DICH NICHT ZUM KRÜPPEL MACHEN! *Glauben Sie es, wir leben und sterben nach diesem Gebot,* hatte sein Vorgesetzter ihm am ersten Tag eingetrichtert. *Für die Regierenden ist das eine reine Geldfrage. Sie wollen nicht, daß Sie die verdammte Knarre verlieren. Für uns ist es eine Frage der Ehre. Wenn Sie mit Ihrer eigenen Pistole angeschossen werden, steht das sowohl in Ihrer verdammten Akte als auch in meiner.*

Als er aufwachte, hatte er allen Grund, sich an diese Warnung zu erinnern. Er blickte an seinem Körper hinab und sah, daß er wieder ganz und gar zum Krüppel geworden war.

Er wischte sich das Regenwasser aus den Augen und starrte ungläubig auf den Stumpf an seinem linken Unterarm. Antonio hatte es irgendwie geschafft, den Verschlußmechanismus seiner Kunsthand zu öffnen. Croaker fühlte sich so nackt, als hätte man ihm alle Kleidungsstücke vom Leib gerissen.

Er setzte sich auf und faßte sich mit der Hand an den Kopf. Er war benommen und spürte ein dumpfes Pochen, das er nicht stoppen konnte. Nachdem er ein paarmal tief durchgeatmet hatte, blickte er sich um. Er befand sich auf dem Boot, das Bennie und er benutzt hatten, als sie zu Stone Trees Hütte gefahren waren.

Croaker steckte die rechte Hand in die Tasche, und sein Mut sank. Humaitás Zauberstein war fort. Jetzt hatte Antonio alle Trümpfe in der Hand.

Er rappelte sich hoch und geriet auf dem Weg nach hinten fast ins Taumeln. Er konnte sich gerade noch fangen. Er hatte sich an das Gewicht seiner Kunsthand gewöhnt und kam sich ohne sie wie ein Schiff ohne Ruder vor. Er starrte ins Wasser, wo reglos wie der Tod ein Alligator lag und ihn leidenschaftslos anblickte.

Er ging weiter und suchte mit den Augen das Deck ab. War Bennies 22er nicht auf dem Deck liegengeblieben? Keine Spur von der Waffe.

»Die Pistole ist fort«, sagte Antonio hinter ihm und trat aus dem Dunkel am Bug des Bootes. Er richtete eine Mack-10-Maschinenpistole auf Croaker, eine kompakte, automatische Waffe, die ihre Kugeln mit furchtbarer Geschwindigkeit ausspucken konnte.

»Ist das nicht etwas übertrieben? Ich bin allein.«

»Aber Sie sind ein besonderer Mann«, sagte Antonio ernst. »Heitor hatte Humaitás Zauberstein, und doch haben Sie ihn umgebracht.« Antonios Gesicht wirkte wie eine Maske, unter der die Muskeln zuckten, als wären sie Gefühle, die lange zurückgehalten worden waren. »Ich frage mich, was für eine verborgene Waffe Sie benutzt haben.«

Croaker hob seinen Stumpf. »Was für eine Waffe? Sie haben es geschafft, meine Hand abzumontieren, obwohl sie korrekt angebracht war.«

Antonio schien ihn nicht zu hören. Seine bernsteinfarbenen Augen waren durch den Wirbel der Gefühle getrübt. »Ich habe um ihn geweint, *Señor. Verdad.* Ich habe geschworen, ihn zu beschützen, und das habe ich getan, so gut ich konnte. Aber Heitor hatte letztendlich seinen eigenen Willen.«

»Und dem ist er gefolgt, egal, was geschah«, sagte Croaker. »Es war immer so.«

»Sie wissen alles, Schnüffler.« Antonio bemühte sich um einen verächtlichen Tonfall, brachte ihn aber nicht zustande. Sein Kopf fuhr herum. »Haben Sie sich nicht gefragt, warum ich Sie am Leben ließ? Ich brauche Sie, damit Sie das Boot durch diesen verdammten Sturm steuern.«

»Wohin?«

Antonio berührte ihn mit der häßlichen, stumpfen Mündung der Mack-10 und bedeutete Croaker, nach achtern zu gehen. »Was glauben Sie, wohin?«

Natürlich. Jetzt war es klar. Es hätte Croaker von Anfang an klar sein sollen.

»Wollen Sie es mir nicht sagen? Denken Sie, daß ich nicht Bescheid weiß?« Antonio lachte ihm ins Gesicht. »Wir gehen zu Bennies Rendezvous, und ich werde endlich Humaitás Gebeine bekommen.«

»Ich kann mir denken, wie sehr es sie nach diesen Knochen gelüstet«, sagte Croaker, während er sich nach achtern dirigieren ließ. »Die in ihnen eingeschlossene Kraft macht den Zauberstein bedeutungslos.«

»Nicht bedeutungslos, nein.« Antonio zuckte die Achseln. »Aber wenn ich beides besitze, ist es fast so, als wäre Humaitá auferstanden.« Er ballte eine Hand zur Faust und preßte sie gegen seine Brust. »Sein ganzes Wissen und seine ganze Macht werden sich dann *hier* befinden, in meinem Inneren.«

Diese Möglichkeit war für Croaker ein beängstigender Gedanke. Er mußte um jedem Preis verhindern, daß Antonio in den Besitz von Humaitás sterblichen Überresten gelangte. »Ich kann mir keinen Reim darauf machen, warum Sie es Heitor tun ließen«, sagte er, während er das Steuer übernahm. »Humaitá hatte Sie alles gelehrt und an Sie geglaubt. Wenn er weitergelebt hätte, wäre Ihr Leben vollkommen gewesen. Und trotzdem haben Sie sich entschlossen, all das auf dem Scheiterhaufen seiner Beisetzung zu verbrennen. Sie haben Heitor geholfen und ihm sogar verziehen. Gemeinsam haben Sie die Wahrheit verschleiert und weitergemacht.«

»Ich hatte keine andere Wahl, *Señor*.«

»Unsinn.« Croaker ließ den Motor an und legte den Rückwärtsgang ein. »Letztlich sind unsere Entscheidungen alles, was wir unser eigen nennen können. Wir werden durch sie geprägt, Antonio, und bei Ihnen war das mit Sicherheit auch so.«

Antonio grunzte. »*Madre de mentiras,* das Leben ist süß, wenn man alle Antworten kennt.«

Croaker manövrierte das Boot langsam rückwärts durch den Kanal, den Stone Tree als Abzweigung vom Hauptwasserweg eigenhändig ausgehoben hatte. Er fand, daß Antonios Stimme bitter klang. Den Blick auf das seichte Wasser gerichtet, dachte er über das Schicksal nach. In Südostasien, wo er viel Zeit verbracht hatte, war Schicksal ein wichtiges Thema. Es beherrschte das Leben eines Menschen von der Geburt bis zum Tod. Die Chinesen glaubten, daß es falsch sei, gegen das Schicksal anzukämpfen. Sie rieten einem, das Unausweichliche zu akzeptieren. Croaker würde sich nie ganz mit dieser Philosophie anfreunden können. Für ihn war das, als würde man sich wie ein Straßenhund zum Sterben hinlegen. Nie würde er diese Ansicht teilen können.

Er wußte, daß es nicht gut war, über solche Dinge nachzusinnen. Er hatte kaum eine Vorstellung vom Begriff des Schicksals, ganz zu schweigen von einer eigenen Position. Aber die Alternative zu diesen Gedanken war noch schlimmer. Dann hätte er mit der Erkenntnis ringen müssen, daß er hier sterben und mit dem Gesicht nach unten in dem fünfzig Zentimeter tiefen, brackigen Wasser treiben würde, wie Jenny es in ihrer Vision gesehen hatte.

»Welch tiefes Schweigen, *Señor*«, spöttelte Antonio. »Sie denken wohl an Ihren Tod?«

»Tatsächlich habe ich an Ihren Tod gedacht.«

Antonio lachte. »Trotz all des Kummers, den Sie mir bereitet haben, glaube ich, daß ich Sie vermissen werde, *Señor.*«

»Glauben Sie nicht eine Minute daran, daß dieses Gefühl auf Gegenseitigkeit beruht.« Croaker steuerte das Boot auf den Wilderness Waterway hinaus.

»Biegen Sie im Süden aus dem Kanal ab«, befahl Antonio mit einem Schwenk des kurzen Laufes der Mack-10. »Wir werden Roubinnet in der Snake Bight einholen.« Die

Bucht war eine Art Schlupfwinkel im Osten, die an die größere Florida Bay angrenzte. Dahinter lagen, schlank und gebogen wie ein ruhender Frauenarm, die Florida Keys vor der Küste des Festlandes.

»Sind Sie mit Rafe befreundet?«

»Verdammt, nein.« Antonio ließ sich nahe genug bei Croaker nieder, um weiterhin ein Auge auf ihn haben zu können, aber weit genug entfernt, damit Croaker ihn nicht mit einem Sprung erreichen konnte. »Aber wo wir gerade von alten Freunden sprechen – ist Bennie schon tot?«

»Sie scheinen doch sonst alles zu wissen, warum nicht auch das?«

Antonio legte den Kopf zur Seite. »Habe ich einen Nerv getroffen, *Señor?* Ich glaube schon.« Er trug ein goldfarbenes Polohemd und eine Khakihose. Sein Hemdkragen flatterte im Wind. »Bennie ist ein kluger Mann, aber nicht so klug, wie er denkt. Vielleicht kommt das daher, daß er sentimental ist. Ja, Bennie. Er hegte tiefe Gefühle für seinen Großvater. Merkwürdig, wenn man bedenkt, daß sie nie miteinander klarkamen.« Er grunzte. »Ich wette, daß er Ihnen das nie erzählt hat.«

»Was immer er mir auch erzählt hat, es ist vertraulich.«

»Wie das, aber ich werde es Ihnen trotzdem erzählen. Es trifft auch in gewisser Weise auf uns zu. Wir sind Vertraute – durch den Tod miteinander verbunden.« Antonio lächelte. »Sie werden mir nicht glauben, aber die Wahrheit ist, daß Humaitá ein Ungeheuer war. O ja, er war ein Perfektionist und Sklaventreiber, bei Kindern noch mehr als bei Erwachsenen. Und, *dios mio,* wie arrogant dieser Mann war! Bennie fand ihn unerträglich, und ich tadele ihn nicht dafür. Der alte Mann wollte Bennie. Wollte ihn mit Haut und Haaren. Bei mir war es dasselbe. Aber ich war klug. Ich habe von Humaitá genommen, was ich kriegen konnte. Er hat mich bis zur Erschöpfung getrieben, und ich bin vor ihm auf den Knien gekrochen und habe die Krümel der Erkenntnis verschlungen, die er für mich fallen ließ. Heitor konnte das Ganze nicht ertragen. Und Bennie – nun, Bennie wollte nichts damit zu tun haben.«

Croaker steuerte um die letzte Kurve auf die südliche Mündung des Kanals zu. Vor ihnen lagen die Bucht und die Snake Bight. »Wollen Sie damit sagen, daß Sie, Heitor und Bennie zur gleichen Zeit von Humaitá in *Hetá I* unterwiesen worden sind?«

»Endlich haben Sie es begriffen.« Sie näherten sich der Mündung des Wasserweges, und Antonio stand auf. »Die Härte diese Unterrichtes hat Bennie dazu bewegt, frühzeitig auszusteigen, und Heitor unter extremen Druck gesetzt.«

»Und wie war es bei Ihnen?«

Antonio zuckte die Achseln. »*¿Quien sabe?*« Wer weiß? Wachsam spähte er in die schmutzige, regnerische und windige Dunkelheit, während Croaker das Boot auf östlichen Kurs brachte und auf die halbmondförmige Küstenlinie der Snake Bight zusteuerte.

Jetzt mußte er die alles entscheidende Frage stellen. »Wie hat Ross Darling Sie und Heitor rekrutiert?«

Antonio wandte den Kopf und blickte in Croakers Richtung. »Dieser Tagelöhner, *Señor?* Ich versichere Ihnen, daß mein Bruder und ich nie unsere Zeit mit Darling verschwendet hätten.«

»Wenn nicht mit ihm, mit wem dann? Er ist der Boß.«

Antonio schien jetzt interessiert zu sein. »Erinnern Sie sich an Sero? Es gibt wirklich einen Mann, dessen Codename so lautet.«

»Aber es ist nicht Bennie.«

»Oh, auch Ihr geliebter Bennie hat sich letztendlich – wie wir alle – mit dem DICTRIB eingelassen.«

»Er hat mir erzählt, daß er das letzte Treffen Barbacenas mit den Leuten vom FBI vermittelt hat.«

Antonio schwieg.

»Wer ist Sero?« brüllte Croaker. »Antworten Sie mir, verdammt!«

Antonio winkelte den Kopf an. »Es bringt Sie um, daß Sie es nicht wissen, oder?«

Vielleicht hatte Antonio zuviel Zeit in der Gesellschaft der skrupellosen Agenten des DICTRIBs verbracht. Er und sein Bruder paßten genau zu diesem neuen Typ von Männern, die nicht aus politischen oder ideologischen Gründen Revolutionen anzettelten, sondern weil sie sich wirtschaftlichen Profit davon versprachen. Der Plan des DICTRIBs, die Rebellen im mexikanischen Chiapas zu unterstützen, um ihre eigenen Leute zu installieren, hatte Antonio und Heitor einfach gefallen müssen. Croaker mußte erneut bewundern, wie Darling den Paulus gespielt hatte, um ihm Moral vorzugaukeln und ihn auf seine Seite zu ziehen.

Durch den stürmischen Regen sahen sie die trüben Lichter in der Snake Bight und die Silhouette eines anderen Bootes. Antonio bewegte sich. »Jetzt, wo Juan Garcia Barbacena die gerechte Strafe bekommen hat, werde ich seinen Platz einnehmen. Wie Sero es geplant hat, wenn man davon absieht, daß eigentlich Heitor an meiner Seite sein sollte. Juan Garcia wußte nicht mehr, wie weit er gehen durfte. Die Macht, die Dicktribe ihm verliehen hatte, war für ihn wie Heroin, das man sich in die Vene spritzt. Er war süchtig, und folglich wurde er zunehmend arrogant, unverschämt und eigensinnig. Er war nur an seinem eigenen Wohl interessiert. Dann haben wir gegen Ende des letzten Jahres herausgefunden, daß er begonnen hatte, sich eine eigene Machtbasis aufzubauen, die nichts mit uns zu tun hatte. Die Fantasie hatte seinen Realitätssinn ersetzt. Die Tatsache, daß er mit Leib und Seele an Dicktribe gefesselt war, war ihm völlig entfallen.«

Wenn man von dem Abstand zwischen den Positionslichtern ausging, war das Boot, schätzte Croaker, etwa sechzig Fuß lang. Es konnte durchaus Rafes Katamaran sein.

Antonios Körper verriet jetzt Anzeichen einer für ihn ungewöhnlichen Unruhe. Er schien im Rhythmus seiner Erwartung zu vibrieren, und Croaker konnte das Ausmaß seines Verlangens nach Humaitás Gebeinen einschätzen.

»Anfang dieses Jahres fand ein Treffen zwischen den Dicktribe-Leuten und Barbacena statt«, fuhr Antonio fort. »Er ließ es platzen, weil er nicht einmal bereit war, über kleinste Einzelheiten zu verhandeln. Er hatte seine Machtbasis und glaubte, dadurch unverletzbar zu sein. Daraufhin wurde der Entschluß gefaßt, ihn zu erledigen. Aber wie sollte man vorgehen? Zuerst wurden Heitor und ich angeheuert, um die Operation zu übernehmen, die er geleitet hatte. Dann wurde der Plan, ihn umzubringen, in die Wege geleitet. Wir wollten, daß alles diskret ablief, und keine direkte Intervention. Wir selbst konnten es nicht tun, weil wir damals schon zu tief in die Dicktribe-Operation verstrickt waren. Es war wichtig, daß es keinerlei Hinweis darauf gab, daß Dicktribe an der Sache beteiligt war, denn sonst hätte es Fragen gegeben, was die Abteilung in Lateinamerika zu suchen hatte. Wir hätten riskiert, daß die ganze mexikanische Operation ans Tageslicht gekommen wäre.«

Antonio lächelte süßlich. »Wir haben uns für Sie entschieden, *Señor.* Sie waren die ideale Wahl. Ein ehemaliger Polizist, der bereits getötet hatte, ob aus gerechtfertigten Gründen oder nicht. Wenn ein Mann jemanden umgebracht hat, hat er einem Menschen das Leben genommen, Punkt. Sie verfügten über das Beglaubigungsschreiben und die Fähigkeiten. Aber das Schönste überhaupt war, daß Sie hin und wieder für die ACTF gearbeitet hatten. Hätte es besser kommen können? Sie brachten alle Fähigkeiten mit, Barbacena zu erledigen, und danach hätten wir ihre zeitweilige Zusammenarbeit mit der ACTF anführen können, um ihr die Schuld zuzuschieben.«

Croaker war erschrocken. »Aber Sie wußten, daß Sie mich nicht mit einem kaltblütigen Mord beauftragen konnten, selbst dann nicht, wenn Barbacena auch nur halb so grausam war, wie alle behaupten. Dann haben Sie die Sache mit Rachel herausgefunden und sie mit Ethylen-Glykol vergiftet.«

»Un poco, Señor.«

»Nur ein bißchen?« Croaker wäre beinahe auf Antonio losgegangen. Mit großer Anstrengung gelang es ihm, sich zu beruhigen. »Sie haben Majeur angeheuert, damit er mir diesen Handel anbietet – Rachels Leben für das Barbacenas. Es hing alles nur von mir ab. Ich war der perfekte Attentäter für Sie. Ich hatte die Voraussetzungen und die Fähigkeiten, und wenn ich geschnappt worden wäre, hätte es die Verbindungen zur ACTF gegeben. Was auch geschehen wäre, Dicktribe wäre sauber geblieben.«

Antonio nickte. »War doch alles ziemlich gut ausgedacht, finden Sie nicht? Und, was uns betraf, so sauber wie das Schnurrbarthaar einer Katze.« Er runzelte die Stirn. »Nur haben Sie immer etwas mehr herausgefunden, als wir vorausgesehen hatten.«

»Deshalb trat Darling auf den Plan.«

»Er hatte keine andere Wahl. Sie haben beharrlich versucht, mit der ACTF Kontakt aufzunehmen. Wir konnten das nicht zulassen.«

»Und Sie haben begonnen, mich zu isolieren.«

»Wir haben unser Bestes versucht.« Antonio spitzte die Lippen. »Je weniger Informationen, desto mehr Schwierigkeiten. Es wird immer für Sie sprechen, daß Sie nie gezögert haben, *Señor*. Nicht ein einziges Mal. Ganz im Gegenteil. Sie haben Majeur irgendwie dazu verführt, zu ihrem Verbündeten zu werden. Das war etwas, was keiner von uns vorausgesehen hatte. *Madre de mentiras*, selbst Heitor war gezwungen, ihren Scharfsinn zu bewundern.«

Croaker dachte nicht über das Kompliment nach. »Letztendlich spielte es keine Rolle. Sie hatten an alles gedacht, stimmt's? Sie hatten sogar für den Fall, daß ich es nicht schaffen würde, Barbacena zu töten, eine Lösung parat.«

»Ich muß eingestehen, daß das Heitors Idee war. Der Drang zum Töten hat wie eine heiße Flamme in ihm gelodert.«

»So heiß, daß sie ihn verzehrt hat.«

Antonio nickte. *»Pobre.«* Der Ärmste.

»Eines verstehe ich immer noch nicht.« Man konnte durch den Regen hindurch die ersten Umrisse der riesigen Pontons des Katamarans sehen. »In dem Moment, da Sie bei Dicktribe eingestiegen sind, haben Sie gewußt, daß Sie sich der Organisation mit Leib und Seele verschrieben. Sie haben ja gesagt, daß das bei Barbacena ebenfalls geschehen ist. Warum haben Sie sich rekrutieren lassen?«

»Sie haben ja zweifellos bereits vermutet, daß Heitor dagegen gekämpft hat. Er war irgendwie verbittert.« Antonio zuckte die Achseln. »Aber Heitor hat sich immer mehr im Urwald zu Hause gefühlt. Die Zivilisation war nicht seine Domäne. Doch ich hatte begriffen, daß sich die Zeiten änderten. Wir mußten entweder nach oben kommen oder den Juan Garcia Barbacenas dieser Welt Platz machen, und das hätte ich nicht ertragen.« Er lächelte. »Und außerdem bin ich klüger als diese Leute, *Señor*. Unser Organhandel war unsere Versicherungspolice. Wie in Lateinamerika haben wir auch einige der mächtigsten Mitglieder Ihrer Regierung beliefert. Sie haben sich wegen unseres einzigartigen Services auf uns verlassen. Und wenn Gefahr im Verzug gewesen wäre – wenn Darling etwa auf die unkluge Idee gekommen wäre, uns zu erledigen –, hätten sie Druck auf ihn ausgeübt, was die Aussichten von Dicktribe mit Sicherheit verschlechtert hätte.«

Das Joe Kemp Key, das backbord an ihnen vorbeiglitt, war eine düstere und gefährliche Ecke. Sie überquerten den Snake Bight Channel, der ungefähr mannstief war. Dann befanden sie sich in der eigentlichen Bucht, wo das Wasser nur einen oder zwei Meter tief war, und Croaker begriff, daß sich Rafes Katamaran trotz seiner Größe ideal dazu eignete, hier zu segeln, weil er fast keinen Tiefgang hatte.

Der Katamaran ragte wie ein Meeresungeheuer aus der Dunkelheit auf, und Croaker bemerkte, daß seine Positionslichter auf der dem Land zugewandten Seite ausgeschaltet waren. »Was wird passieren, wenn wir an Bord gehen?« fragte er.

Antonio richtete die Mündung der Mack-10 auf ihn. »Hat der Meisterschnüffler es immer noch nicht kapiert? Wirklich nicht? Sie werden nicht an Bord gehen, *Señor*. Es ist einfach nicht notwendig. Sie haben Ihren Zweck erfüllt.«

»Ich habe den Eindruck, daß ich für Sie mehrere Zwekke erfüllt habe, Antonio.«

»Wirklich, *Señor*?«

Croaker verminderte die Geschwindigkeit. Je mehr sie sich dem Katamaran näherten, desto eher stand ihm sein Tod bevor. »Ich kann mir keinen Reim darauf machen, warum Sie mich zu Ihrem Beichtvater erkoren haben. Warum haben Sie mir die Geschichte mit Rosa erzählt? Das hat sogar Heitor erstaunt.«

Antonio riß den Lauf der Mack-10 herum. *»Andale, Señor.* Verschwenden Sie keine Zeit. Nicht jetzt, wo ich den Gebeinen so nahe bin.« Er atmete tief ein. *»Ay,* ich rieche sie schon. Selbst aus dieser Entfernung.«

»Wirklich? Und wonach riechen sie?«

Antonio riß die Augen weit auf. Auch seine Pupillen waren geweitet. »Nach Macht, *Señor.* Mehr Macht, als Sie sich je vorstellen können. Dort sind Humaitás sämtliche Geheimnisse, die er mir oder anderen nie verraten hat, und sie warten nur darauf, daß ich sie wie Knochenmark aussauge.«

»Rosa«, insistierte Croaker. »Sie wollten mir doch erzählen ...«

»Wirklich? Nein, nein, *Señor.*« Antonio fuchtelte mit der Maschinenpistole herum. »Nur, wenn mein Tod unmittelbar bevorstehen würde.«

Von Rafes Katamaran schallte ein Ruf herüber, und Antonio wandte sich um. Der Umriß seines langen Kieferknochens wurde von den Positionslichtern trübe hervorgehoben. In diesem Moment der Unaufmerksamkeit verließ Croaker das Steuer und sprang über das Deck. Vielleicht hatte Antonio das erwartet, vielleicht hatte er auch nur eine verschwommene Bewegung aus dem Augenwinkel wahrgenommen. Es spielte keine Rolle. Er drückte auf den Abzug, und ein Kugelhagel flog durch den Regen. Die hellen Funken folgten Croakers flachem Kopfsprung. Stone Tree hatte ihn gelehrt, wie man sich in Gewässern vorwärtsbewegen mußte, die so seicht waren, daß einem das Wasser nur bis zu den Schienbeinen reichte. Croaker schoß nach vorn, statt nach unten zu tauchen, doch trotzdem schrammte seine Brust an dem schlammigen Boden entlang, als er sich auf den Katamaran zubewegte.

Er war sich der Tatsache nur zu bewußt, daß Jennys Vision hier auf beängstigende Weise zum Leben erwachte. Er trieb mit dem Gesicht nach unten im seichten Wasser und bangte um sein Leben.

Die Kugeln durchsiebten das Wasser, während er den Rand des nächstliegenden Pontons erreichte. Er ragte so riesig wie ein Luftschiff über die Wasseroberfläche hinauf. Croaker hangelte sich am Rand entlang, bis er einen festen Griff gefunden hatte, kletterte auf den Ponton und verlor sich in der Dunkelheit unter dem Katamaran.

Für lange Zeit schien nichts zu geschehen. Dann hörte er das dunkle Dröhnen der Motoren des Katamarans. Croaker rutschte auf der schlüpfrigen Oberfläche des Pontons nach hinten, während das riesige Boot beschleunigte. Er wurde wie ein Blatt von einem Windsturm erfaßt und wäre beinahe gefallen. Er fing sich für einen Moment, doch dann rutschte er mit erschreckender Geschwindigkeit weiter nach hinten.

Er streckte verzweifelt die Arme aus und schlang sie um einen Strebebalken. Einen langen und schmerzhaften Augenblick lang baumelte er über dem Wasser, dann kletterte er auf den Ponton zurück.

Der Katamaran wurde schneller. Bei dieser Geschwindigkeit würde er sich nicht mehr lange halten können. Er blickte sich um. Außer dem Strebebalken gab es nichts, woran er sich hätte festklammern können. Angesichts seiner Erschöpfung und der Schulterverletzung würde er sich ohnehin nicht mehr lange halten können. Aber er mußte sich zusammenreißen. Vor seinem geistigen Auge sah er die Auseinandersetzung zwischen Antonio und Rafe vor sich. Welche Schmerzen und welchen Schaden würde Antonio dem Restaurantbesitzer zufügen, bevor Croaker einschreiten konnte? Er erinnerte sich an Sonia und Vonda, an die Leyes', an Majeur. Sie waren alle Opfer der Bonitas geworden, und er durfte nicht zulassen, daß Rafe das gleiche Schicksal traf. Aber wie sollte er in das Bootshaus gelangen?

Da fiel ihm etwas ein. Er blickte nach oben. In der Nähe der hinteren Seite des Bootshauses sah er den dunklen, kreisförmigen Umriß – den Ausgang des Versteckes, das er gestern nachmittag auf dem Katamaran entdeckt hatte.

Daß ein Katamaran nicht kentern konnte, war ein Mythos. Unter gewissen, sehr widrigen Bedingungen konnte das durchaus geschehen, und von Zeit zu Zeit geschah es auch. Das Schiff sank dann nicht, aber man war im Bootshaus gefangen. Rafe hatte für diese Möglichkeit vorgesorgt und sich als Ausweg eine Luke in den Boden einbauen lassen. Wenn der Katamaran je kentern sollte, mußte er nur die Luke öffnen und konnte sich in Sicherheit bringen.

Croaker begann, an dem Strebebalken hochzuklettern. Vielleicht nutzte Rafes Voraussicht auch Croaker. Am unteren Ende des Oberbaus des Katamarans schlang er seine Beine um den Strebebalken und griff mit der Hand nach einem der Aluminiumbalken, die unter dem Bootshaus verliefen. Er atmete tief durch und löste den Klammergriff seiner Beine.

Für einen Augenblick hing er unter dem Bootshaus. Unter ihm glitten die Pontons über das dunkle Wasser, das von dem starken Wind gekräuselt wurde. Wenn er jetzt fiel, würde er mit großer Wahrscheinlichkeit zerschmettert werden. Er schlang seinen linken Arm um den Balken und bewegte sich mühsam weiter auf die Mitte des Bootshauses zu. Er kam nur mit quälender Langsamkeit heran, verlagerte sein Gewicht von einer Armbeuge zur anderen. Jedesmal, wenn der Druck auf seiner linken Schulter lastete, mußte er wegen des Schmerzes, der ihn durchfuhr, die Zähne zusammenbeißen. Er spürte eine Hitze und dann einen brennenden Schmerz unter dem provisorischen Verband. Er blutete wieder, und das war kein gutes Zeichen. Trotzdem fühlte er sich nicht geschwächt. Auch das war bedenklich und konnte nur zu einer Katastrophe führen. Die riesigen Mengen an Adrenalin, die sein Körper ausgepumpt hatte, würden seine Schwäche übertünchen, bis es zu spät war. Er mußte Antonio angreifen, aber er würde zu langsam oder kraftlos sein, so daß Antonio ihn ohne Anstrengung niederstrecken würde.

Seine Zähne begannen zu klappern, während der Katamaran immer schneller wurde und inzwischen auf hohen Wellen dahinschoß. Unter dem Bootshaus hängend, hielt Croaker Ausschau. Sie waren in südöstlicher Richtung gefahren und befanden sich jetzt auf dem offenen, tieferen Wasser des Whipray Basins. Direkt vor ihnen lag die kleine Kette der Buttonwood Keys.

Croaker erreichte die Mitte des Bootshauses und blickte auf. Er sah den Gummiring, der die Luke einfaßte und wie ein dunkler Heiligenschein wirkte, der ihm zuzuwinken schien. Er streckte den rechten Arm aus, während er sich mit dem linken weiter an dem Aluminiumbalken festhielt. Der Regen und der Wind verschlugen ihm den Atem, und einmal mußte er für einen Augenblick die Augen schließen, weil ihn der Schwindel überkam.

Er tastete in der Dunkelheit herum, fühlte aber nur eine glatte Fiberglas-Oberfläche. Wo war der Mechanismus, durch den sich die Luke öffnen ließ? War es vielleicht von dieser Seite aus gar nicht möglich? Er ließ den Kopf hängen. Wenn es von der Außenseite keinen Zugang zur Luke gab, war er verloren.

Er atmete ein paarmal tief durch und versuchte es erneut. Wieder erfolglos. Dann, beim dritten Versuch, ertasteten seine Fingerspitzen eine Fuge. Weil das Boot so heftig über die Wellen ratterte, hatte er sie erst nicht wahrgenommen. Seine Hoffnung stieg.

Croaker vergrub die Fingernägel in der Fuge und versuchte die Luke hochzustemmen. Ein heftiger Schmerz schoß durch seine linke Schulter, und er schrie auf.

Der Deckel aus Fiberglas öffnete sich mit einem Geräusch, das vom Wind halb erstickt wurde. Dahinter befand sich ein niedriger Schacht, in dem er ein kleines Rad sah. Croaker gestattete sich einen Augenblick der Erleichterung, während er das Rad nach links drehte. Als er den Anschlag erreicht hatte, öffnete er die Luke und kletterte, auf die Ellbogen gestützt, hindurch.

Oben lehnte er sich gegen ein Schott. Zitternd griff er nach dem Teppich und hüllte sich darin ein. Er schmeckte Blut und spürte, daß es warm und zähflüssig an seiner Seite hinabrann. Am liebsten hätte er den Kopf zurückgelegt und wäre eingeschlafen.

Er riß sich zusammen. Panik ergriff ihn. Beinahe hätte er das Bewußtsein verloren. Während er aufstand, streifte er den Teppich von seinen Schultern. Als er die Hand nach dem Türgriff ausstreckte, merkte er, daß er etwas unsicher auf den Beinen stand. Außerdem wurde er weiterhin von leichten Ohnmachtsanfällen bedrängt. Um sich wach zu halten, begann er, die Stunden bis zu dem Zeitpunkt rückwärts zu zählen, da er zuletzt geschlafen hatte.

Das war ein Fehler.

Er fuhr erneut auf und merkte, daß er mit hängendem Kopf an der Tür lehnte. Er schlug sich hart auf die Wange. Dann drehte er den Knopf und öffnete langsam und leise die Tür.

In Rafes Privatraum war niemand, aber Croaker hörte durch die halbgeöffnete Tür Stimmen aus dem großen Salon. Das mußten Rafe und Antonio sein; die Besatzungsmitglieder waren mit Sicherheit alle an Deck, um den Katamaran durch das rauhe Wetter zu manövrieren.

Während er Rafes Privatraum durchquerte, vernahm er die Stimmen deutlicher. Rafe und Antonio unterhielten sich im großen Salon. Jetzt konnte er sie durch den Türspalt auch sehen. Sie befanden sich an der Vorderseite des Salons. Sie wurden von den goldenen Lichtflecken einer Lampe und den Kombüsenlichtern gezeichnet und wirkten wie Schauspieler auf einer Kinoleinwand. Die Zweidimensionalität ließ sie zugleich als überlebensgroß und irreal erscheinen. Rafe saß auf der der Kombüse zugewandten Seite der Theke, Antonio auf der Salonseite. Das halbe Schott versinnbildlichte ihr Gespräch. Es ging natürlich um Humaitás Gebeine. Nach dem, was Croaker verstehen konnte, befanden sie sich in Rafes Besitz. Nun gut, aber was zum Teufel hatte er damit vor? Würde er sie Antonio einfach überlassen?

Während Croaker sich in die tiefe Dunkelheit am hinteren Ende des Salons schlich, sagte Antonio, daß Rafe keine andere Wahl habe. Croaker öffnete einen hohen Einbauschrank im Backbordschott, in dem sich Taucherzubehör befand. Er zog einen der Neopren-Shorties mit kurzen Ärmeln und Beinen hervor, die bis zur Mitte des Oberschenkels reichten. In Rafes Privatraum zog er ihn an. Wenn er schon keine richtige Aderpresse hatte, würde das enganliegende Neopren immerhin helfen, den Blutstrom aus seiner Schulterwunde zu stillen.

Als er wieder am Schrank war, stieß er die anderen Taucheranzüge zur Seite und zog einen gezackten Dolch hervor, der in einer Scheide an einem der Gürtel hing. Er legte ihn an und drückte die Schnalle mit seinem Armstumpf fest gegen den Bauch. Dann nahm er eine Harpune vom Haken, legte einen Pfeil in den Schaft und spannte sie.

Die lebhafte Unterhaltung zwischen Antonio und Rafe hatte inzwischen an Schärfe zugenommen. Drohungen flogen wie ein Pfeilhagel hin und her. Sosehr Croaker auch Rafes kraftvolle Persönlichkeit bewunderte, Antonio war eine Nummer zu groß für ihn. Aber Croaker war entschlossen, daß niemand mehr verletzt werden sollte.

»Geben Sie sie mir.« Antonio winkte Rafe mit den Fingern zu, während Croaker noch einmal die Harpune überprüfte.

»Escuchame, Señor«, antwortete Rafe. »Ich habe Ihnen bereits gesagt, daß über die Knochen nicht verhandelt wird, Punkt.«

»Zum Teufel mit den Verhandlungen«, sagte Antonio. »Hier geht's um mehr als um Verhandlungen.«

»Sie sind jetzt nicht mehr im Besitz Ihrer automatischen Waffe, *Señor.*« Rafe breitete die Arme aus. »Sie sehen nun, weshalb ich Sie nicht mit der Waffe an Bord lassen konnte?«

»Macht, Macht.« Antonio kontrollierte sich offensichtlich nur mit einer extremen Willensanstrengung. Vielleicht wartete er auf den richtigen Moment, um zuzuschlagen. »Wer hat die Macht?«

»Offensichtlich ich«, sagte Rafe, während die Gläser und Flaschen auf den Regalen durch ein Schwanken des Schiffes erzitterten. »Die Gebeine sind gleichbedeutend mit Macht. Seien Sie nicht schwer von Begriff. Es geht um eine Macht, die ich Ihnen nie überlassen würde. Es ist doch wohl unnötig, daß ich das weiter ausführe, *verdad?*« Er schien kein bißchen eingeschüchtert zu sein. Aber er kannte Antonio Bonita schließlich auch nicht. »Das sollte eine ausreichende Warnung sein.«

Rafe hatte seinen Vorteil überreizt. Croaker wußte, daß Männer wie Antonio und Heitor verbale Warnungen nicht schätzten.

In seinem Eifer, Rafe an den Kragen zu gehen, kletterte Antonio fast ganz über die Theke. Croaker kannte diesen fiebrigen Ausdruck aus den Augen von Jagdhunden, die einen Fuchs in die Enge getrieben hatten. Ein leises Klikken kündigte Antonios Attacke mit dem Stilett an.

Der Pfeil aus der Harpune traf Antonio mitten im Sprung mit solcher Wucht, daß er durch seinen Körper schoß und im Schott hinter ihm steckenblieb. Antonio wurde rückwärts an das untere Ende des Türrahmens geschleudert.

»Was zum Teufel …« Rafe beobachtete mit erstauntem Gesichtsausdruck, wie Croaker sich aus dem Dunkel löste. »*¿Compadre, que pasa?* Wo kommst du denn her?«

Irgend etwas geschah. Der Katamaran hatte abrupt den Kurs geändert. »Halt dich von diesem Bastard fern«, warnte Croaker und zeigte auf Antonio. Während er quer durch den Salon eilte, wurde er gegen die Möbel geschleudert. Lag das daran, daß sich das Boot zwischen den Wellenkämmen hob und senkte, oder daran, daß er kurz davor stand, das Bewußtsein zu verlieren? »Er ist immer noch so gefährlich wie der Schweif eines Skorpions.«

»Guter Gott, *compadre.* Du solltest nicht …«

Croaker befreite sich aus Rafes Griff, weil Antonio sich aufgestemmt und die Tür aufgerissen hatte. Das heisere Brüllen des Sturms drang in den Salon. Regenspritzer benetzten ihre Gesichter. Ohne es zu beachten, schwang sich Antonio auf das Vorderdeck, während er sich mit einer Hand die Seite hielt.

»*Por favor,* laß ihn«, bedrängte Rafe Croaker.

Aber Croaker hörte ihn nicht mehr. Draußen auf dem Deck hatte sich der Wind gedreht. Er sah, daß der Sturm plötzlich seine Richtung geändert hatte. Das Unwetter verzog sich nach Osten und zwang die Crew des Katamarans, das Boot nach Süden aus dem Whipray Basin hinauszusteuern. Sie fuhren jetzt direkt auf die Bucht zu.

Hinter sich sah Croaker Rafes großen Körper, der von dem Licht eingehüllt wurde, das hinter ihm aus dem Bootshaus strömte. Dann folgte ihm Rafe hinaus auf das Deck.

Antonio lief um die Seite des Bootshauses nach hinten. Croaker fragte sich, ob er die Kontrolle über den Katamaran an sich reißen wollte, aber da kletterte Antonio auf das Netz, das hinten zwischen den beiden Pontons gespannt war. Was wollte er? Es konnte ihm nicht um eines der beiden Steuer gehen. Selbst wenn er das Crewmitglied überwältigen würde, gäbe es immer noch den zweiten Steuermann auf dem anderen Ponton. Dieser Katamaran konnte nicht von einem Mann manövriert werden.

Da bemerkte Croaker den dunklen Umriß, der zwischen den beiden Kielwasserströmen des Katamarans schaukelte. Sie hatten das Boot im Schlepptau, das Croaker und Antonio benutzt hatten, um die Snake Bight zu erreichen. Das war Antonios Ziel, denn dort hatte er die Mack-10 zurückgelassen. Croaker mußte verhindern, daß Antonio in den Besitz der Waffe gelangte.

Draußen auf dem Netz wäre Croaker vom Wind fast über Bord gefegt worden. Er hatte nur eine Hand, mit der er sich festklammern konnte, und seine Schuhe rutschten ständig auf dem feuchten Nylon aus. Er streifte sie ab. Weil er keine Socken trug, konnte er sich mit seinen nackten Zehen festhalten.

Der Wind ließ nach, während der Sturm sich weiter nach Osten verzog. Er rauschte über den Katamaran und ließ die an Mast und Deck verknotete Takelage singen. Ein oder zwei große Sterne spielten hinter den schnell dahintreibenden Wolken Versteck. Der Regen hatte ganz aufgehört.

»Antonio!« brüllte Croaker. »Antonio!«

Antonio hielt inne und wandte sich um. Er war auf allen vieren und hüpfte auf und ab, während er sich an dem Netz festklammerte. Hin und wieder wurden beide von hochschwappenden Wellen durchnäßt.

Ein Lächeln verzog Antonios Gesicht. »*Hola, Señor*. Wir sind am unvermeidlichen Ende angelangt.« Er starrte Croaker in die Augen und zog einen Dunklen Stein hervor. Einen Augenblick lang balancierte er den Stein auf der Zungenspitze. Vielleicht überlegte er, ob er den letzten Schritt tun sollte oder nicht, aber wahrscheinlich wollte er, daß Croaker die Bedeutung seiner bevorstehenden Handlung erkannte.

Antonio schluckte ihn. »Hier ist sie!« Sein Gebrüll war so laut, daß Croaker ihn trotz des rauschenden Windes deutlich verstehen konnte. »Die Macht, die heller als eine Sonne brennt!«

Croaker begann nach hinten zu krabbeln, aber eine kräftige Hand auf seinem Arm stoppte ihn.

»Rafe! Laß los!«

»Noch nicht, *compadre.*« Rafes harter Blick fixierte Croaker. »Ab jetzt ist das hier ein Joint Venture. *Comprende?*«

»Rafe, du verstehst nicht ...«

»Niemand bedroht mich, *compadre.* Niemand!«

Sie beobachteten, wie Antonio wie ein Krebs auf das Ende des Netzes zukrabbelte und dann einen Purzelbaum über den Rand schlug. Er fiel nicht auf das Deck, sondern ins Wasser und schwamm parallel zu dem Seil, das den Katamaran mit dem Boot im aufgewühlten Kielwasser des Katamarans verband.

»Es gibt einen besseren Weg«, sagte Rafe zu Croaker.

Er hob den Arm, und die Crewmitglieder an den Steuern folgten seinen Anweisungen. Der Katamaran reagierte, und das kleine Boot begann sich in einem Bogen von Antonio zu entfernen.

Rafe kletterte nach hinten, und Croaker folgte ihm auf den Steuerbord-Ponton. Rafe griff nach einer kleinen elektronischen Winde und begann, das Tau einzuholen, das den Katamaran mit dem kleinen Boot verband.

»Hier.« Er überließ Croaker die Bedienung, während sich das Boot näherte. Dann kletterte er zum Rand des Netzes und ließ sich in das Boot fallen. Croaker stellte die Winde ab.

Über ihren Köpfen strahlten die Sterne so hart wie Kieselsteine. Croaker kletterte zum Ende des Netzes.

»Compadre!« Rafe hob seinen Arm in der Geste des Siegers. Das Mondlicht glänzte auf den prägnanten Metalloberflächen. »*Mira!* Sieh, was ich gefunden habe!«

Croakers Kunsthand.

Croaker schwang sich auf das kleinere Boot und ging auf Rafe zu.

Rafe grinste. »Hey, *compadre,* was hat dieser Buddhist noch zu dem Hot-Dog-Verkäufer gesagt? ›Mach mir einen mit allem drauf.‹«

»Guter Witz, Rafe. Bleibt nur noch das Problem, daß Buddhisten kein Fleisch essen.«

Rafe runzelte die Stirn. »Daran habe ich nicht gedacht. Vielleicht hätte es ein *vegetarischer* Hot-Dog-Verkäufer sein sollen.«

»Das ist gar nicht lustig.«

»Das hier auch nicht.« Rafe hatte Croakers Hand vor seine Füße fallen lassen. Jetzt hielt er Antonios Mack-10 in den Händen. »Das ist eine gemeine Waffe, was?« Er beäugte sie neugierig. »Aber wahrscheinlich kennst du dich damit besser aus als ich.« Er drehte sie in seiner Hand hin und her. »Wie viele Kugeln spuckt sie pro Minute aus?«

»Später.« Croaker hielt vier Schritte vor Rafe inne. »Gib mir meine Hand.«

»Lieber nicht.« Rafe richtete die Mündung der Mack-10 auf Croakers Kopf. »Bist du dir eigentlich klar darüber, daß von deinem Kopf nichts übrigbliebe, wenn ich jetzt auf den Abzug drücken würde, *compadre?*«

Croakers Nackenhaare sträubten sich. »Tu mir einen Gefallen«, sagte er. »Ziel woanders hin, okay?«

»Nein.« Rafe setzte einen Fuß auf den Schandeckel, während er Croaker beobachtete. »Leg bitte den Gürtel ab.

Du bist ein viel zu gefährlicher Mann. Ich will sicher sein, daß du völlig unbewaffnet bist.«

»Rafe ...«

»Verdammt, tu was ich sage, *compadre.*«

Guter Gott!

Ganz plötzlich schien Croaker der Boden unter den Füßen weggezogen zu werden.

Während er sich benommen Rafes gebelltem Befehl fügte, wurde er von jener fast irrealen Klarheit der Sinne ergriffen, die mit jeder tiefgründigen Offenbarung einherging. In diesem Moment der Einsicht fügten sich die letzten Puzzleteile des Rätsels, das er durchdrungen hatte, endlich zusammen.

Das komplette Bild machte ihn so sprachlos, daß er sich für einen Augenblick nicht bewegen konnte.

Während er Rafe anstarrte, war er sich der Umgebung deutlich bewußt: das Boot, seine Kunsthand, die vor Rafes Füßen lag, das an die Bootswand schlagende Wasser, der nahe Katamaran und der volle Mond, der nach dem Sturm wie ein Edelstein in der trüben Dunkelheit aufgetaucht war.

Rafe grinste. »Was ist los, *compadre*? Du siehst aus, als hättest du einen Geist gesehen.«

In gewisser Weise hatte Rafe recht. Nach so langer Zeit sah Croaker endlich den Geist in der DICTRIB-Maschine. Weder Bennie noch Antonio waren es gewesen, und mit Sicherheit auch nicht Ross Darling.

Croaker fühlte, wie ihn eine Woge grimmigen Zornes überkam. »Die Sache ist die, Rafe.« Seine Stimme drohte zu brechen. »Irgend etwas hat mich von Anfang an beunruhigt. Die Bonitas haben den Mustang mit einem Sender ausgestattet, und so konnten sie mich verfolgen. Aber wie konnte Antonio vorher, als ich noch mit meinem Thunderbird fuhr, wissen, daß ich in Sonias Haus sein würde? Das habe ich mich eine Zeitlang gefragt.«

Rafe zuckte die Achseln. »Eine Kleinigkeit. So klein, daß sie unwichtig ist.«

»Wenn es nur darum gegangen wäre, hätte ich die Geschichte vielleicht vergessen«, gab Croaker zu. Er hob seinen linken Arm. »Aber dann hat Antonio mir meine Kunsthand abgenommen. Er konnte nicht widerstehen, hat sie aber nicht abgeschlagen. Er hat sie abmontiert, während ich bewußtlos war. Wie hat er das geschafft, Rafe? Er konnte die Kombination nicht kennen. Und doch kannte er sie.«

Rafe stand schweigend in dem schaukelnden Boot.

Der Zorn glich einem Lebewesen, dessen Herz in Croakers Brust schlug. »Natürlich weißt du es. Du warst dabei, als ich gestern nachmittag auf dem Katamaran meine Hand abgenommen habe. Du warst neben mir und hättest die Kombination erkennen können, wenn du gewollt hättest. Und es gab nur einen Weg, wie Antonio erfahren haben konnte, daß ich in Sonias Haus war: Du hast es ihm gesagt. Du hast mich an diesem Tag gefragt, wo ich schlafen würde, und ich habe es dir erzählt.«

»Und?«

Rafes Gesichtsausdruck war so sanft, daß Croaker die Zähne zusammenbiß. »Warte. Wem erstatteten die Bonitas bei Dicktribe Bericht? Darling? Trotz all seiner Erfahrung ist er ein Exbulle. Und selbst wenn die so ehrgeizig sind, wie Darling es zu sein scheint, landen sie nur im mittleren Management. Wenn sie soviel Glück haben wie er. Darling hatte also einen Boß. Wer ist es?«

Rafe grinste fast verwirrt. »Sero.«

Die Wut fraß Croaker auf. Sie glich einer Bestie, die alle Fesseln abwarf, und Croaker erkannte die Bestie. Sie hatte ihr Haupt erhoben, als er den psychopathischen Killer Ajucar Martinez und Don Rodrigo umgebracht hatte, den Mann, der den Mord an seinem Vater angeordnet hatte. Er hatte es getan, weil sie Männer wie Rafe gewesen waren, die jeden moralischen Ehrenkodex verletzt hatten, der Croaker teuer war. »Du hast mir erzählt, du würdest die Bonitas nicht kennen, aber das war eine Lüge«, brachte Croaker heraus. »Mein Gott, wie viele Lügen hast du mir aufgetischt? Du warst mein Freund. Ich habe mich auf dich verlassen und dir vertraut. Und die ganze Zeit über hast du mich über den Tisch gezogen, genau wie du Bennie mit den sterblichen Überresten seines Großvaters betrogen hast. Wie zum Teufel kannst du nur so ein Leben leben? Was für ein Bastard bist du?«

»Der cleverste Bastard, den ich kenne.« Rafe schien das Ganze zu genießen.

Croaker atmete tief durch. Das Ausmaß von Rafes Betrug war so schmerzhaft, daß es ihn beinahe umbrachte. »Du warst der Boß der Bonitas, und die mexikanische Operation war deine Idee, Rafe. Du hast dir das Ganze ausgedacht, als du noch in Amt und Würden warst, und deshalb hast du deinen Job aufgegeben. Du hättest die Wahl mühelos gewonnen, hast dich aber nicht gestellt. Jetzt ergibt diese Entscheidung einen Sinn – du hattest was anderes vor. Seit wann hast du fürs FBI gearbeitet?«

»Schon bevor wir dich angeheuert und den ›Gangster‹ erfunden haben, der mich ›bedrohte‹«, sagte Rafe. »Dieser Kerl aus Miami, den du geschnappt hast, war ein verdeckter Agent von Dicktribe. Als Folge des Ganzen bildete sich ein Band zwischen uns. Wir wurden Freunde. Was hätte einfacher oder effektiver sein können?« Er zuckte die Achseln. »Aber ich bin mir sicher, daß du nicht das meintest. Als Direktor von Dicktribe habe ich mir mein eigenes Reich aufgebaut, und ich bin so sicher wie ein Goldbarren in Fort Knox. Der bürokratische Apparat in Washington ist so riesig, daß es verdammt einfach ist, sich in dieser Maschinerie zu verstecken. Ein paar gute Freunde, ein paar Verbindungen zu den Mächtigen, eine Handvoll loyaler Menschen – zum Teufel, mehr braucht man nicht. Die Macht wird zum Selbstzweck. Du wärst überrascht. Sie wächst und steigert sich wie die Zinsen. Bis man eines Tages feststellt, daß man sich auf dem Gipfel des Mount Everests befindet. Und der lange Blick auf alle und alles da unten ist ein verdammter Rausch, das versichere ich dir, *compadre.*«

»Du hast alles in die Wege geleitet, nicht wahr?« Croaker war bis ins Mark erschüttert und zitterte vor Wut. Dieser Mann, der sich als sein Freund getarnt hatte, war eine

Natter, ein kaltblütiger Dirigent ohne Gewissen. Als perfekter Schauspieler hatte er Croaker getäuscht, der daran gewöhnt war, Personen des öffentlichen Lebens auffliegen zu lassen, ihnen die Maske abzureißen. »In dem Augenblick, als du entschieden hast, daß Barbacena erledigt werden mußte, hast du den Plan gefaßt, mich zu erpressen, damit ich die Drecksarbeit für dich erledige. Auf diese Weise wären deine Hände sauber geblieben. Du hast angeordnet, daß Rachel vergiftet werden sollte. Allmächtiger Gott, wie konntest du einem unschuldigen Mädchen das antun?«

»In Wirklichkeit fragst du dich nur, wie du mich so falsch einschätzen konntest.« Rafe zeigte keinerlei Bedauern. In seiner Miene lag Verachtung. »Die schlaue Berechnung wird zum Prinzip, *compadre,* in der Politik wie im Leben. Ich weiß, daß du das nicht begreifst. Du bist in mehr als einer Hinsicht ein Krüppel.«

Der Zorn brannte wie heißes Wachs in Croakers Kehle. Er wollte würgen, behielt aber die Ruhe. Er mußte es. Je länger er Rafe am Reden hielt, desto besser waren seine Chancen herauszufinden, wie er ihn kriegen konnte. »Wie bist du in den Besitz von Humaitás sterblichen Überresten gekommen?«

»Das war der einfachste Teil der Geschichte«, sagte Rafe. »Diebstähle dieser Art kommen ständig vor. Verzweifelte Menschen verkaufen alles, um am Leben zu bleiben. Aber wegen Humaitás großer Bekanntheit mußte man sich um seine Gebeine besonders kümmern. Sie waren einige Jahre lang versteckt gewesen und wurden dann mit einer Schiffsladung Kokain nach Miami eingeschmuggelt. Dort habe ich von ihrer Existenz erfahren.«

»Hast du dafür bezahlt?«

Rafe lachte. »Wo denkst du hin, *compadre*? Es gibt Vorteile, wenn man Bürgermeister ist. Ich habe eine Razzia angeordnet. Die Polizisten fanden ihre Drogen, und ich bekam, was ich wollte.«

Croaker sah die Anspannung, die Rafes Hand durchfuhr, in der er die Maschinenpistole hielt, und begann zu beten. Er stellte sich vor, daß seine Kunsthand immer noch angeheftet wäre und die Sehnen am Ende seines Handgelenkes zusammenziehen würde.

Plötzlich sprang Croakers Kunsthand vor Rafes Füßen hoch, als wäre sie vom Blitz getroffen worden. Rafe, ohnehin in höchster Anspannung und vom Adrenalin aufgeputscht, fuhr zusammen und starrte auf den unbelebten Gegenstand, der sich plötzlich bewegt hatte.

Croaker schoß vor und traf ihn mit der rechten Faust an der Nase. Rafe taumelte zurück, und die Mack-10 flog quer über das Deck, während sein Blut durch die mondbeschienene Nacht spritzte.

Croaker trat ihm in die Rippen, und Rafe stöhnte auf, rollte sich aber ab und rammte Croaker die Faust gegen das Knie. Lew ging zu Boden, und Rafe traf ihn mit einem fürchterlichen Schlag mit beiden Händen an der Schläfe. Croaker fiel gegen den Schandeckel zurück.

Rafe keuchte wie ein mühsam arbeitender Motor und kroch auf die Mack-10 zu.

Croaker schüttelte den Kopf, um bei klarem Verstand zu bleiben, während er seine Kunsthand aus dem Blut zog, das den Boden des Bootes überströmte, und brachte sie an seinem Stumpf an. Rafes Finger krümmte sich um den Abzug der Maschinenpistole, und er richtete sie mit einer schmerzverzerrten Grimasse auf Croaker.

Croakers Kunsthand ballte sich zur Faust. In seiner Brust hatte sich eine Feuerkugel zusammengeballt. Die Hand aus Titan, Polykarbonat und rostfreiem Stahl krachte wie der Hammer Gottes nieder. Die Mack-10 flog über Bord, und die Hand bohrte sich in Rafes Brustbein, so daß der zersplitterte Knochen das Herz zerfetzte.

Croaker starrte in Rafes bleiches Gesicht, während die Nacht um ihn herum summte. Er sank vor Schmerz und Müdigkeit auf die Knie. Doch nachdem er so lange im Treibsand von Rafes verräterischen Plänen gewatet war, war ihm jetzt leicht ums Herz, und er fühlte sich frei.

»Verdammt, *compadre*«, flüsterte er dem Toten zu. »Du hast dich mit dem falschen Mann angelegt.«

»¡Bravo, Señor!« rief Antonio vom Heck des Katamarans. *»¡Que macho, eh!«* Er grinste und balancierte sein Körpergewicht gegen die Dünung aus. »Jetzt sind nur noch wir beide übriggeblieben.« Er zuckte die Achseln. »Was hätte ich mir sonst wünschen sollen?« Sein Gesichtsausdruck wirkte plötzlich enttäuscht. »Es sei denn, daß Ihre Anstrengungen Ihnen alle Kraft geraubt haben. In diesem Fall wäre das Spiel vorbei, und ich hätte gewonnen.«

Croaker wußte, daß er Antonios Spott ignorieren und sich in diesem Endstadium der Angelegenheit Zeit nehmen sollte, alles zu durchdenken. Aber es gelang ihm nicht. Hier reagierte ein Tier auf das andere. Er hatte keine andere Wahl. Er sammelte sich und verfolgte Antonio.

Croaker nahm das Tau, das die beiden Boote miteinander verband, schwang seine Beine hoch und umklammerte es mit den Fußknöcheln. Stück für Stück hangelte er sich nach oben. Unter ihm schlug das Wasser hoch, um ihn wie ein wütender Freund zu treffen. Immer wieder klatschte es gegen seinen Rücken und überflutete ihn einmal völlig.

Am weiten Firmament hoch über ihm erschienen immer mehr Sterne, seit sich die Sturmwolken nach Osten verzogen hatten. Dort war der Himmel düster wie die Sünde, aber hier, am südlichen Rand der Whipray Bay, spähte der Vollmond mit perlengleicher Anmut auf ihn herab. Das Mondlicht, das sich auf jeder Welle spiegelte, glich einer phosphoreszierenden Spur, die sich ins Unendliche verlängerte.

Croaker sah, daß Antonio am Rand des Netzes kauerte. Er lachte, während er sein Stilett hervorzog und das Tau durchschnitt, das das kleine Boot mit dem Katamaran verband.

Croaker fiel ins Wasser, und Antonio folgte ihm einen Sekundenbruchteil später.

Das Mondlicht ließ das seichte Wasser auf unheimliche Weise durchsichtig erscheinen. Geisterhafte Finger durchdrangen es, und die menschliche Haut wirkte weiß wie gebleichte Knochen.

Antonio holte Croaker ein. Das Wasser war kaum einhundertfünfzig Zentimeter tief. Antonio zerrte ihn hoch. Die beiden bewaffneten Männer fixierten einander. Antonio hatte sein Stilett, Croaker seine Kunsthand.

Antonio lächelte beinahe freundlich. Er spreizte die Arme und ließ das Stilett ins Wasser fallen. »Wenn wir doch nur vom gleichen Kaliber wären, *Señor.* Aber jetzt, wo ich den Dunklen Stein verschluckt habe, wird es eine einseitige Vorstellung werden.« Er ging auf Croaker zu. »Wenn man darüber nachdenkt, ist es vielleicht auch besser so. Es wird alles schnell vorbei sein. Mir bleibt noch genug unerledigte Arbeit.«

Croaker sah, daß Antonio mit jedem Schritt Blut verlor, das aus seiner Seite tropfte und im Mondlicht pechschwarz wirkte. Es bedeckte das Wasser wie die durchsichtigen Schleier eines Tänzerkostüms.

Croaker wich zurück. »Sie werden mich nicht auf diese Weise umbringen, Antonio. Nicht jetzt. Noch nicht. Sie wollen noch etwas von mir.«

»Das glaube ich nicht, *Señor.*« Antonio streckte die Hand aus und schloß sie um die ausgefahrenen Fingernägel von Croakers künstlicher Hand. Das Blut sickerte weiterhin aus seiner Wunde, aber seine Finger bluteten nicht.

»Geben Sie sich keine Mühe, es zu leugnen.« Croaker sah, daß das kleine Boot von ihnen wegtrieb. Aus dem Augenwinkel erkannte er, daß die Crew auf Rafes Katamaran manövrierte, um es einzuholen. »Sie haben von Anfang an gesagt, daß wir Freunde seien, aber das stimmte nicht. Nie. Aber *irgend etwas* gab es. Eine Verbindung.«

Antonios Finger krochen über die Fingernägel aus rostfreiem Stahl und näherten sich Croakers Handgelenk aus Fleisch und Blut. Was würde passieren, wenn sie ihn berührten?

»Was für eine Art von Verbindung hätte das sein können, *Señor* Schnüffler?«

Antonios Tonfall verriet den vertrauten Hohn. Croaker wußte, daß er auf dem richtigen Weg war, aber es war ihm auch klar, daß er es herausfinden mußte, bevor Antonio ihn berührte. Er wußte zwar nicht, ob er an die definitive *sukia*-Verwandlung durch den Zauberstein glauben sollte, aber er hatte schon etwas von dessen Macht gesehen und war hier und jetzt nicht bereit zu spekulieren, daß es sich bei dem Rest um pure Fantasie handelte.

Croaker wollte seine Hand wegziehen, aber etwas, das er weder erklären oder verstehen konnte, ließ ihn innehalten. »Sie haben gesagt, daß es eine Verbindung gebe. Zwischen Sonia und Rosa. Jetzt glaube ich, daß da noch mehr ist.«

Antonio ließ ihn nicht los. »Dieses Gefühl ist unvermeidbar, *Señor*.«

Obwohl er noch fröstelte, fühlte Croaker jetzt die Hitze, die Antonios Hand ausströmte. Sie kroch an seinem Unterarm hoch wie vorher an seiner Hand aus Titan und Polykarbonat.

»Es war alles wahr«, flüsterte Antonio. »Genau, wie Heitor es geträumt hat.«

Croaker hatte den Eindruck, die Hitze würde seine Haut versengen. »Was hat Heitor geträumt?«

»Daß Humaitá als Herr über Sonne und Mond zurückgekehrt wäre und den Geist eines lebenden Menschen berührt hätte ... Eines Menschen, den wir kannten. So konnte er die Samen seiner Rache ausstreuen.«

Croaker fühlte, wie ihn ein unfreiwilliger Schauer der Erkenntnis durchfuhr. Das Mondlicht akzentuierte jeden aristokratischen Zug von Antonios Gesicht und betonte die Struktur der Knochen so, daß es möglich zu sein schien, darin andere Menschen zu erkennen – Vorfahren, die zu ihrer Zeit vielleicht mächtig gewesen, aber längst begraben waren. »Hier ist die Antwort auf Ihre Frage, *Señor*. Ich hätte Rosas Tod verhindern können. Aber dann hätte ich Heitor umbringen müssen.«

»Was?« Croaker schüttelte den Kopf. »Ich verstehe nicht.«

»Die Unterweisung in *Hetá I* durch Humaitá war zuviel für Bennie. Er hat es seinem Großvater immer übelgenommen. Wenn Sie ihn fragen, wird er es natürlich ableugnen. So ist Bennie eben. Aber glauben Sie mir, es ist die Wahrheit.« Antonios Umklammerung von Croakers

Hand ließ nicht nach. »Und so hat sich sein Leben verändert, und bei Heitor war es nicht anders. Die *Hetá-I*-Unterweisung brachte etwas Unheimliches in ihm hervor. In Heitor lebten viele Persönlichkeiten, und eine war die eines Mörders. Zwischen diesen Persönlichkeiten gab es eine unheimliche Koexistenz. Sie waren überschwemmt wie Bleigewichte im Wasser. Bis die Schulung in *Hetá I* begann. Die Drogen, das Fasten und die Experimente mit der Todesnähe ließen die anderen Persönlichkeiten an die Oberfläche aufsteigen. Und da blieben sie und verdammten Heitor in eine Art Hölle, die Sie und ich uns nie werden vorstellen können.«

Die Bonitas. Die Wahrheit war sogar noch schrecklicher als die Legende, die sie geschaffen hatten. Antonio hatte die Persönlichkeitsstörung seines Zwillingsbruders vor allen geheimgehalten – vielleicht sogar vor Heitor selbst. Er hatte sein Bestes getan, um Heitor zu beschützen. Aber als ihn der Wahn des Mordens überkommen und er sich von der Leine losgerissen hatte, war Antonio gezwungen gewesen, ihn zu beschützen.

»Ich konnte nicht verhindern, daß er Rosa umbrachte«, sagte Antonio wie in Trance. »Bei Juan Garcia Barbacena war es dasselbe. Aber es gab da Ihre *guapa* – Ihre Freundin. Er hätte auch sie erledigt.«

Vor seinem geistigen Auge sah Croaker, wie Antonio Heitors Hände von Jennys Hals gelöst hatte. Wie konnte er diesem Mann gegenüber nur so viel Dankbarkeit empfinden? Und doch war es so. Antonio hatte für seine überwältigende Hingabe an seinen Zwillingsbruder mit dem höchsten Preis bezahlen müssen: dem Tod von Bennies Schwester Rosa, dem vielleicht einzigen Menschen, der ihn hätte retten können, dem einzigen, den er je geliebt hatte. Und am schlimmsten war vielleicht, daß Antonio nach Heitors Taten zum Komplizen geworden war, der die Beweise von Heitors Verbrechen verschleiert hatte.

Croaker blieb keine Zeit mehr, diese Ironie zu bedenken, weil seine Aufmerksamkeit durch eine vertraute Bewegung im Wasser gefangengenommen wurde. Ein Frösteln überkam ihn. Er beobachtete, wie aus den Wellen hinter Antonio Wasser aufspritzte, ein Stück weiter draußen in der Whipray Bay. Es kam direkt auf sie zu. Das Blut gefror ihm in den Adern, und für einen Augenblick vergaß er die Bonitas völlig. Er hatte diese charakteristische Bewegung des Wassers schon viele Male gesehen und wußte, daß sie nicht allein in der Bucht waren.

»*¿Señor, que pasa?*«

Croaker blickte auf das Blut, das aus Antonios Wunde ins Wasser lief. Im hellen Mondlicht verfolgte er die Spur, während die Strömung das Blut weiter in die Bucht hinaustrieb. Guter Gott, dachte er.

»Lassen Sie meine Hand los, Antonio.«

»Niemals, *Señor.*«

»Dann werden wir beide sterben.« Er ignorierte Antonios ungläubiges Grinsen. »Dort kommt ein Killerhai.«

»Was soll ich Ihnen sonst noch glauben, *Señor?* Für Haie ist das Wasser hier zu seicht.«

»Normalerweise schon«, sagte Croaker. Er sah die Schwanzflosse und die lange rauhe Oberfläche des Rükkens. Verdammt, dachte er. Zum Teufel, wie groß ist dieses Biest? »Aber solche Stürme verwirren die Jagdinstinkte eines Hais. Und dann ist da noch die Unmenge Blut, die Sie verloren haben. Außerdem bewegen wir uns, und so macht sich der Hai ein eigenes Bild davon, was hier vorgeht. Er glaubt, wir seien Opfer im Todeskampf. Und wenn er erst einmal hier ist, wird diese Annahme Wirklichkeit werden.«

Antonio blickte rasch an seinem Körper herab und bedeckte die Wunde mit seiner freien Hand.

»Zu spät«, sagte Croaker. »Lassen Sie mich los.« Er blickte in Antonios bernsteinfarbene Augen. »Die beiden Boote sind zu weit weg. Wenn wir schwimmen, wird sich das Wasser nur noch mehr bewegen. Meine Hand ist unsere einzige Chance.«

Antonio wandte sich langsam um. Die Bestie hatte sie fast erreicht.

»*¡Madre de mentiras!*« Antonio ließ Croakers Hand los.

»Dieser Hai ist riesig«, sagte Antonio, bevor sie in das Wasser hinabtauchten. »Ihre verdammte Hand wird uns nicht retten können. Aber ich habe die Welt in mich aufgenommen. *Todo el mundo, comprende?*«

Unter Wasser war die Welt perlenfarben und schwarz gestreift. Das Mondlicht erleuchtete die Tiefen und erinnerte Croaker an Stone Trees Worte: *Die Welt ist eine Lüge. Jenseits davon pulsiert die Wahrheit wie das Licht auf dem Meeresboden.*

Der Hai war in Sichtweite.

Er war tatsächlich ein Monster. Croaker schätzte, daß er über eintausend Pfund wiegen mußte. Er hatte das Blut gewittert und wurde immer schneller, je näher er dem Blutgeruch kam.

Als die Bestie durch einen Flecken des Mondlichtes schwamm, das durch das Wasser sickerte, erkannte Croaker, daß es sich um einen Tigerhai handelte. Der Größe nach hätte er ein Zwilling des Hais sein können, mit dem Bennie und er vor fünf Tagen Bekanntschaft gemacht hatten. Eine Art Schauer durchfuhr ihn wie ein Blitzschlag. Ein Kribbeln, das unten am Hals einsetzte, stieg bis zu seiner Kopfhaut empor.

Er ist hier. In deinem Inneren, hatte Stone Tree gesagt und Humaitá gemeint. *Heute nacht stehst du auch mit den Geistern in Verbindung.*

Der Tigerhai war so nah und so riesig, daß sie an nichts anderes mehr denken konnten. Haie bestanden fast nur aus Knorpeln, und das war einer der Gründe, warum sie so schwer zu töten waren. Aber wenn man das Glück hatte, ihnen den Bauch aufzuschlitzen, bevor sie zuschlugen, konnte es gutgehen. Doch das war beinahe aussichtslos.

Statt dessen rammte Croaker dem Tier die Kante seiner Kunsthand in die Schnauze, was dem Hai eigentlich fürs erste hätte genügen müssen. Aber dieser Hai war anders. Er schüttelte seinen Körper, drehte ab und schwamm direkt auf Antonio zu.

Antonio rührte sich nicht von der Stelle. Er schien auf unheimliche Weise scharf auf diese Auseinandersetzung zu sein. Vielleicht wollte er nur die Macht seiner Verwandlung demonstrieren. Aber Croaker glaubte nicht daran. Wie konnte er sich so sicher sein? Fast schien es, als sähe Antonio in dem Tigerhai das gleiche wie Croaker.

Antonio verharrte regungslos, während das lebende Geschoß auf ihn zukam. Er streckte seinen linken Arm wie ein Heilkundiger aus, der im Begriff ist, einen aussätzigen Pilger zu segnen, der sich aber sicher ist, daß eine Berührung sein eigenes Leben gefährdete. Der Tigerhai öffnete sein Maul, und es war, als herrschte plötzlich eine Mondfinsternis.

Es gab nur wenige Dinge auf dieser Welt, die so beängstigend waren wie die dreifache Zahnreihe eines sich nähernden Hais. Antonio wich trotzdem nicht zurück. Sein Gesichtsausdruck zeigte keine Angst, als die Kiefer des Tieres zuschnappten und ihm den ganzen Arm abrissen.

Croaker, der auf dem Grund der Bucht kniete, riß seine stählernen Fingernägel in einem günstigen Winkel hoch. Er nutzte die Vorwärtsbewegung des Hais und ließ nicht nach, während die Fingernägel wie Messerklingen den Unterleib des Tieres aufschlitzten. Die rasiermesserscharfen Nägel rissen den Bauch des Tieres der Länge nach auf, während es an Antonio vorbeischoß. Ein Wirbel aus Blut und Eingeweiden trübte das Wasser, und Croaker, dem die Kräfte ausgingen, wurde von den Füßen gerissen. Er zerrte die Fingernägel aus dem Leib des Hais. Das Tier drehte sich um, geriet in Schräglage, weil es seine Eingeweide verlor, und trieb dahin, ohne die Richtung beeinflussen zu können.

Antonio lag unbeweglich im Wasser, als Croaker ihn erreichte. Seine bernsteinfarbenen Augen waren wegen des Schocks halb geschlossen. An der Stelle, wo sich sein linker Arm befunden hatte, strömte das Blut heftig aus seinem Körper. Croaker konnte nichts mehr für ihn tun.

»Antonio.«

Antonio wandte den hageren Kopf mit dem Gesichtsausdruck eines Raubtieres um. Im fahlen Mondlicht wirkte er so schön wie ein Gott. Er lächelte, während er an seiner gliederlosen linken Seite hinabblickte. »Jetzt sind wir wirklich gleich, *Señor.*«

»Sie irren sich, Antonio. Wir haben nichts gemeinsam.«

»Nein, nein, sehen Sie es denn nicht? Ich habe Sie nie angelogen. Als ich Sie zum erstenmal traf, habe ich einen Blick auf den Grund Ihrer Seele geworfen. Ich sah einen Mann, der genau wie ich selbst von seiner Vergangenheit abgeschnitten war. Wir waren beide Fremde in einer fremdartigen Gegenwart, *Señor.*«

Croaker drückte ihn fester an sich und spürte, wie das Leben mit jedem Herzschlag mehr aus ihm wich. Die bernsteinfarbenen Augen starrten zu ihm empor, und ihr Ausdruck verriet, daß sie wußten, was ihn erwartete.

Antonio erschauerte. »Ich glaube, daß ich schon im Leib meiner Mutter verdammt war. Ich habe das Böse bei vollem Bewußtsein umarmt. Aber ich habe immer versucht, Heitor vor sich selbst zu retten. Meine Buße dafür besteht für immer darin, daß ich die Erinnerung an Rosa in meinem Herzen tragen muß.«

Es ist wahr, daß Antonio Rosa geliebt hat, dachte Croaker. Das Ausmaß der Tragödie erschütterte ihn. Antonio hätte gerettet werden können, wenn er gewußt hätte, was Liebe war.

Plötzlich schnappte Antonio nach Luft, und seine gesunde Hand ergriff Croakers mit grimmiger Strenge.

»Es tut gut, sie dort zu fühlen, nicht wahr?« fragte Croaker.

»Ja. Jetzt bin ich ganz ruhig«, flüsterte Antonio. Er war am Ende seiner Suche angelangt. Die ganze Zeit nach Rosas Tod hatte er nach der Bedeutung seiner Gefühle für sie geforscht. Er hatte sich mit ihr verbunden wie ein Schatten, der über einen Garten fiel und dann verschwand. In ihrem Leben war er nur ein Geist gewesen, weil es ihm nicht gelungen war, mehr zu sein. Aber später hatte er herausgefunden, daß sie ihn tief in seinem Inneren berührt hatte. Nach dieser menschlichen Verbindung sehnte er sich, ganz gleich, wie sie sich auch vollziehen mochte.

Als ich Sie zum erstenmal traf, habe ich einen Blick auf den Grund Ihrer Seele geworfen.

Auf diese Weise hatte Rosa Antonio verändert: Indem sie *mokoi* – seine existentielle Verbindung zu Heitor – zertrennt hatte, hatte sie das hermetische Siegel zertrümmert, das die Zwillinge miteinander verbunden hatte. So war sich Antonio einer ganzen Welt voller Möglichkeiten bewußt geworden. Aber obwohl er nicht darauf vorbereitet gewesen war, diese Möglichkeiten zu ergreifen, hatte sie ihm ihren Stempel aufgedrückt. Rosa hatte ihm demonstriert, daß man angesichts des flüchtigen Lebens selbst die geringste menschliche Verbindung zu schätzen wissen mußte. Antonio hatte sein schreckliches Geheimnis – sein eigenes und das seines Zwillingsbruders Heitor – nur einem Menschen anvertraut: Croaker. Der einzige Mensch, den er kannte, würde verstehen. Der einzige Mensch, für den er etwas empfand. Croaker war bis ins Mark erschüttert.

Sie standen in den Wellen, und aus der Entfernung hörte Croaker die mächtigen, dröhnenden Maschinen des Katamarans, der das kleinere Boot langsam zu der Stelle brachte, wo sie sich befanden.

Antonio wurde von einer Welle von Krämpfen erschüttert. Es blieb ihm nur noch wenig Zeit, aber das spielte keine Rolle mehr. Es war alles gesagt.

Dann starrte Croaker in Antonios erloschene Augen.

Antonios Körper schaukelte auf den Wellen und trieb mit dem Gesicht nach unten in seinem Blut im seichten Wasser. Croaker erinnerte sich an Jennys von dem Zauberstein ausgelöste Vision und ließ ihn los. Er tauchte, weil er das Gefühl hatte, daß es wichtig war, Antonios Stilett zu finden. Es schien ihm beinahe eine Sünde zu sein, wenn irgendeine Spur von Antonio hier zurückbleiben würde.

Er erinnerte sich an Stone Trees Worte, daß ihn in den Everglades nicht der Tod, sondern etwas anderes erwarte. Jetzt wußte er Bescheid. Es waren Geschenke gewesen, und Antonio und Croaker waren bestimmt gewesen, sie untereinander auszutauschen. Er hatte Antonio bewiesen, daß man ihn lieben konnte. Und was hatte Antonio ihm geschenkt? Antonio hatte seinen Zwillingsbruder bedingungslos geliebt. Er hatte Croaker gezeigt, was es bedeutete, eine Familie zu haben. Croaker hatte eine schwere Lektion lernen müssen.

Eine Bewegung am Rand seines Sichtfeldes ließ ihn herumfahren. Er sah den Hai, der langsam, aber weniger ungleichmäßig als zuvor herumschwamm. Es war ein Wunder, daß er noch lebte. Was außer seinen Atmungsorganen konnte sich noch in seinem Inneren befinden? Aber das entsprach seiner Natur. Bis zum Augenblick seines Todes mußte er vorwärts schwimmen, so daß das Wasser durch seine Kiemen strömen konnte.

Croaker ließ den Hai immer nur für Momente aus den Augen, während er den vom Mond erleuchteten Meeresgrund nach dem Stilett absuchte. Er sah es in einer gekräuselten Raute. Es lehnte an einem Stein auf dem Meeresgrund, um den herum sich Seegrasbüschel wie schmieriger Rauch wanden. Um das Stilett zu bekommen, mußte er näher auf den tödlich verwundeten Hai zuschwimmen. Er tat es so langsam wie möglich, hielt seine künstlichen Fingernägel bereit, denn eine andere Waffe besaß er nicht.

Der Hai hatte ihn wahrgenommen und bewegte sich vorwärts. Croakers Körper spannte sich. Der Hai kam in der durch das Mondlicht erhellten Dunkelheit immer näher, aber er hielt inne, als er dicht vor Croaker war. Dann schwamm er mit einem schwachen Schwenk seines Schwanzes davon.

Bevor sich der Hai umgedreht hatte, hatte Croaker einen flüchtigen Blick auf eines seiner Augen erhascht. Ein Schock hatte ihn durchzuckt, und er war im Innersten erstarrt. Vielleicht war er verrückt, aber es schien ihm, als hätte das runde Auge des Hais zwei Pupillen gehabt.

EPILOG

Sechs Wochen später beendete Croaker an einem warmen, wolkenlosen Nachmittag die Inspektion der Captain Sumo, die an ihrem Anlegeplatz im Jachthafen von Islamorada vertäut war. Er war nicht allein. Bennie, Matty, Jenny und Rachel waren an Bord. Sie hatten sich getroffen, um den ersten Tag zu feiern, den Rachel draußen verbringen durfte. Sie war schon seit fast zwei Wochen daheim und hatte Matty verrückt gemacht, weil sie scharf darauf war, aufstehen zu dürfen und rauszugehen.

Zu diesem Zeitpunkt war das DICTRIB nur noch eine Erinnerung. Ross Darling, der letzte verbliebene Agent von Rang, war in eine Falle gegangen, die Croaker sich ausgedacht hatte. Der Plan hatte auf einer simplen Kleinigkeit beruht. Ohne Croaker zu fragen, was mit Antonio und Heitor geschehen war, hätte Darling den Grund für ihren Tod nicht herausfinden können. Aber er hatte die Umstände ihres Todes kennen müssen, um seine Macht in der Dienststelle zu konsolidieren.

Croaker hatte keine Möglichkeit, Darling zu kontaktieren, aber das war okay, da Darling ihm bei der ersten möglichen Gelegenheit auflauern würde. Und an einem stürmischen Nachmittag, eine Woche, nachdem Croaker und Bennie aus den Everglades zurückgekehrt waren, war es soweit gewesen. Sie hatten im Boneyard, dem Club an der Lincoln Road in South Beach, der Antonio und Heitor gehört hatte, gemeinsam Espresso getrunken. Croaker hatte Bennie erzählt, daß er den Club kennenlernen wolle, weil Rachel dort zusammengebrochen war. Aber als sie dann dort gewesen waren, hatte ihn ein seltsam nostalgisches Gefühl beschlichen, als wäre er Antonio dadurch näher gewesen.

Darlings Männer hatten sie dort aufgegriffen und mit einem schwarzen Lincoln in ein im Bau befindliches Parkhaus unter dem Stahlgerüstskelett eines zukünftigen Hotels an der Collins Avenue gebracht. Dort hatten sie Ross Darling getroffen. Die ACTF, die alles genau beobachtet hatte, hatte nur fünf Minuten benötigt, um das Parkhaus abzuriegeln und Darling und seine Agenten in Gewahrsam zu nehmen.

An diesem Tag war Croaker Spaulding Gunn, dem Direktor der ACTF, zum erstenmal persönlich begegnet. Er war ein Mann von bescheidener Statur mit grauen Haaren und Halbglatze. Durch die Nickelbrille und den ordentlich gestutzten Bart hatte er wie ein College-Professor gewirkt. Aber dieser Eindruck war sofort verschwunden, als er das Wort ergriffen hatte. *Bei Gott,* hatte er zu Croaker gesagt, *es tut gut, Ihnen endlich die Hand schütteln zu können.*

Während Croaker sich am Boot zu schaffen machte, warf er einen Blick auf das Dock.

»Lew«, rief Matty, »wann geht's los?«

Croaker sah, daß sie Bennie half, die Lebensmittel für das Mittagessen zu verstauen. Rachel hielt sich am anderen Ende des Bootes auf. Sie hatte noch keine zwei Worte mit ihrer Mutter gewechselt, seit sie Matty alles über Gideon erzählt hatte.

»Sobald ich hier fertig bin.« Er drehte sich um, während Jenny ihre Arme um seine Taille schlang.

»Woran hast du gerade gedacht?«

»An nichts.«

»Du wirkst so ernst.« Sie neigte skeptisch den Kopf. »Ging's um Majeur? Eine Zeitlang stand es auf Messers Schneide, aber jetzt spricht er positiv auf die medizinische Behandlung an.«

»Ich habe über die Zeit nachgedacht, die ich für die Regierung der Vereinigten Staaten gearbeitet habe.«

»Komm schon, Lew.« Sie nahm ihn in die Arme. »Keine düsteren Gedanken. Das sollte doch eigentlich Rachels Coming-Out-Party werden.«

»Komisch, daß du das sagst.« Als er die schlanke Figur auf dem Dock wahrnahm, ergriff er Jennys Hand und geleitete sie zu der dem Kai zugewandten Seite des Bootes. »Ich möchte, daß du jemanden kennenlernst.«

Gideon kam mit ihrem wiegenden Gang auf sie zu. Ihr Haar glänzte blaßgolden im Sonnenschein. Sie trug abgeschnittene Jeans, die sie schwarz gefärbt hatte, und ein übergroßes Buffalo-Brand-T-Shirt, dessen Ärmel an den Schultern gekappt waren. Sie war barfuß und hatte eine akustische Gitarre auf dem Rücken, als wäre sie den Weg von Miami hierher auf dem Highway getrampt.

Sie bemerkte Croaker und winkte. Ihre Armbänder aus getriebenem Kupfer und Glasperlen klapperten glücklich. »Hi!« Sie rannte fast auf das Boot zu. »Danke, daß Sie mich eingeladen haben. Das war sehr nett.« Als sie ihre Revo-Sonnenbrille abnahm, sah man ihre Kontaktlinsen, die ihre Augen wie die einer Katze wirken ließen.

Croaker lachte. »Das ist Jenny, Gideon.«

»Rachels Ärztin, ich erinnere mich.« Gideon streckte die Hand aus, und Jenny ergriff sie. »Schön, Sie kennenzulernen.«

»Das Vergnügen ist ganz auf meiner Seite«, antwortete Jenny. »Rachie hat mir viel von Ihnen erzählt.«

Croaker hatte den Eindruck, daß Gideon errötete. Während sie ihr an Bord halfen, blickte Rachel zu ihnen hinüber und stand auf. Mit ihrer riesigen Sonnenbrille wirkte sie so dünn und bleich wie Kate Moss.

»Wie lange ist es jetzt her?« fragte Croaker.

»Ich habe seit über einem Monat nicht mal gekifft.« Croakers einzige Bedingung war gewesen, daß Gideon mit den Drogen Schluß machte, wenn sie Rachel weiterhin treffen wollte.

»Geht's Ihnen gut?« fragte Jenny.

Gideon lachte. »Schauen Sie nicht so besorgt, Doc. Es überrascht mich zwar, aber es hat eindeutig Vorteile, clean zu sein.«

Rachel schmolz in Gideons Armen dahin, während Matty die beiden mit versteinertem Gesicht beobachtete. Gideon wirbelte sie mit sanfter Überschwenglichkeit herum.

Matty kam zu Croaker hinüber. Sie vermied es sorgfältig, den beiden Mädchen nahe zu kommen. »Ich nehme an, daß das ebenfalls deine Idee war.« Croaker hatte seiner Nichte geraten, sich ihrer Mutter anzuvertrauen.

»Ich dachte, du hättest die Nase voll davon, ausgeschlossen zu sein.«

»Stimmt, aber *das* ...«

»Deine Tochter muß ihr eigenes Leben leben, Matty. Und je eher du das akzeptierst, desto schneller wird sie sich dir öffnen.«

Matty gestikulierte. »Aber was für ein Leben ist das? Was kann sie sich davon erhoffen?«

»Jemanden, der sie liebt und sich um sie sorgt. Und im Augenblick scheint sie in dieser Hinsicht eindeutig besser dran zu sein als du.«

Matty zog sich schweigend und nachdenklich zurück.

»Was meinst du – wie wird sie sich verhalten?« fragte Jenny.

Croaker wandte sich ihr zu. »Was würdest du tun, wenn Rachel deine Tochter wäre?«

Jenny sprang auf den Kai und löste die Taue, während Croaker den Motor anließ. Er war inzwischen schon einige Male mit ihr rausgefahren und hatte festgestellt, daß sie schnell dazulernte. Es gefiel ihr zu lernen, und sie war zu Recht stolz auf ihre Seetüchtigkeit. Sie sprang wieder an Bord, und Croaker steuerte das Boot rückwärts vom Anlegeplatz weg.

»Ich würde mir wünschen, daß sie glücklich wäre«, sagte Jenny, während sie Croaker am Steuer Gesellschaft leistete.

»Bei Matty ist es nicht anders. Tief in ihrem Inneren hat sie sich nie etwas anderes gewünscht.« Er wendete das Boot und steuerte es gemächlich aus dem Jachthafen hinaus.

Einige Zeit später kam Matty nach hinten. Bennie saß in einem Stuhl und rauchte eine Zigarre, während er mit Jenny plauderte. Er mußte ihr einige seiner Geschichten erzählt haben, weil sie oft lachte. Rachel und Gideon lagen Seite an Seite am Bug und waren tief in ein Gespräch verstrickt.

Matty starrte auf die beiden Mädchen. »Ich glaube nicht, daß ich das kann.«

»Wenn's nicht geht, dann geht's nicht«, sagte Croaker.

Sie blickte ihn scharf an. »Das ist eine Einstellung, die ich bei dir nicht erwartet hätte.«

»Was für eine Einstellung?«

»So defätistisch.«

»Was willst du, Matty?«

»Daß du mich überzeugst, daß es die richtige Lösung für Rachel ist.«

Er warf das Steuer nach links herum und lenkte das Boot aufs offene Meer hinaus. »Das kann ich nicht.«

»Warum nicht?«

»Es ist nicht meine Aufgabe, Matty. Nicht mal als dein Bruder.«

Das strahlende Sonnenlicht bedeckte die Wellenkämme mit blendenden Funken. Eine frische, starke Brise wehte. Croaker wünschte sich, sie befänden sich auf Rafes Katamaran. Dann hätten sie die Motoren abgeschaltet und alle Segel gesetzt. Es war ein Nachmittag für einen Spinnaker. Heute vor dem Wind zu segeln wäre so ähnlich, wie zu fliegen.

»Ich weiß, daß Rachel eine Menge Haß auf sich empfindet«, sagte Croaker schließlich. »Bei dir wird es nicht anders sein, weil du nicht blind bist. Ich weiß es nicht, aber vielleicht kann Gideon zu diesem abgeschirmten Bereich in ihrem Inneren vordringen. Sieh dir nur an, was mit euch beiden geschehen ist. Donald hat dir eine fürchterliche Angst eingeflößt, und du hast nicht mehr mit Rachel geredet ...«

»Ich rede die ganze Zeit mit ihr«, verteidigte sich Matty. »Sie will nur einfach nicht zuhören.«

»Dann solltest du es weiter versuchen.«

Matty schüttelte den Kopf. »Und was ist, wenn es nicht funktioniert?«

»Es gibt im Leben keine Garantien«, sagte Croaker. »Aber eines weiß ich: Wenn ihr nicht miteinander redet, wird dir nichts bleiben.«

Als sie auf dem offenen Meer waren, servierte Bennie den Lunch. Es war ungewöhnlich, daß er sich so familiär gab, aber er schien sich wohl zu fühlen. Croaker verkniff sich eine Bemerkung.

Noch in seiner ersten Woche bei der New Yorker Polizei hatte der Boß sich an die Neulinge gewandt: *Vielleicht werden Sie dieses Leben hassen,* hatte er gesagt. *Und es würde mich nicht wundern, wenn es Sie zuweilen ankotzt. Vielleicht lernen Sie es aber auch schätzen. Doch eines kann ich Ihnen versichern: Nach einem Jahr werden Sie nicht mehr dieselbe Frau oder derselbe Mann sein wie jetzt. Das ist der beste und einzige Rat, den ich Ihnen geben kann, was die Zukunft betrifft. Erinnern Sie sich daran: Akzeptieren Sie es, und dann wird alles in Ordnung sein. Garantiert.*

Während sich die anderen unterhielten, wurde sich Croaker der Tatsache bewußt, daß sich alle an Bord der Captain Sumo geändert hatten, er selbst eingeschlossen. Er beobachtete Rachel und Gideon, und der lebhafte Gesichtsausdruck seiner Nichte ließ ihm warm ums Herz werden. Vielleicht lag es zum Teil daran, daß sie sich ihrer Mutter offenbart hatte. Es gab genug Geheimnisse in der Familie, und man mußte nicht noch ein weiteres mit sich herumschleppen.

Croaker hatte einige Zeit mit Rachel verbracht, und als er ihr schweigend ihr Tagebuch überreicht hatte, hatte sie gewußt, daß er es gelesen hatte. Er hatte in ihren Augen die Erleichterung erkannt, die sie nicht aussprechen konnte. *Das ist eine Angelegenheit zwischen dir und Matty,* hatte er gesagt, *und Rachel hatte genickt. Du mußt ihr deine Aufzeichnungen zeigen und offen mit ihr darüber reden. Du darfst es nicht länger in deinem Inneren verschließen.*

Aber noch war es noch nicht soweit – noch war es für beide zu früh. Doch Croaker wußte, daß es geschehen würde. Nächste Woche. Nächsten Monat. Irgendwann bald.

Während er Rachel jetzt im strahlenden Sonnenlicht beobachtete, schien es ihm, als hätte sie für eine lange Zeit in der Dunkelheit gelebt und wäre einer bösartigen Isolation ausgesetzt gewesen. Indem sie damit begonnen hatte, sich zu befreien, hatte sie mehr getan, als bloß zu überleben. Croaker erkannte, daß die Verwandlung nicht nur den *sukias* vorbehalten war.

Matty hatte sich neben Gideon gesetzt und sich während der Mahlzeit mit ihr zu unterhalten begonnen. Das Gespräch war erst stockend verlaufen und seltsam vorsichtig und formell gewesen. Aber dann war ihre Unterhaltung natürlicher geworden, und Rachel hatte irgendwann erkannt, daß sich ihre Mutter bemühte, und ihre Haltung ihr gegenüber schien eine Spur weniger feindselig geworden zu sein.

Zum Nachtisch servierte Bennie einen riesigen, dreistöckigen Schokoladenkuchen, Rachels Lieblingskuchen. In gelbem Zuckerguß stand darauf geschrieben: WIR FREUEN UNS, DASS DU WIEDER BEI UNS BIST, RACHEL. Er war mit grünen und gelben Sternen verziert und schmeckte so gut, daß alle zwei Stücke davon aßen. Während Bennie die zweite Runde auftischte, erschien Rachel hinter Croaker und schlang ihre Arme um ihn.

»Danke, Onkel Lew«, flüsterte sie ihm ins Ohr. »Für alles.«

Als er die Hände ausstreckte und ihre Wange küßte, spürte er, daß ihm heiße Tränen in die Augen stiegen.

Nach dem Lunch ging Bennie nach hinten, um eine weitere Zigarre zu rauchen. Croaker leistete ihm Gesellschaft.

»Seit du mir die Gebeine gegeben hast, die du auf Rafes Boot gefunden hast, muß ich immer an meinen Großvater denken.« Bennie blies sanft eine Rauchwolke aus, die vom Wind davongetragen wurde. »Vielleicht sogar schon länger.«

Er schwieg für eine lange Zeit, und Croaker dachte an Antonios Worte: *Die Unterweisung in Hetá I durch Humaitá war zuviel für Bennie. Er hat es seinem Großvater immer übelgenommen.*

»Eine Naturgewalt hat auf uns gewartet«, sagte Croaker schließlich. »Waren das nicht deine Worte, Bennie?«

»Stimmt, das war Humaitá.« Bennie starrte auf das glühende Ende seiner Zigarre und schüttelte verwundert den Kopf. »Es war erstaunlich, was du mir über den Tigerhai in der Whipray Bay erzählt hast. Was zum Teufel hatte er dort zu suchen? Ich nehme an, daß er dem Tin Can Channel gefolgt ist. Da ist das Wasser tiefer. Aber trotzdem ... Es war kein Zufall.« Er zog an seiner Zigarre. »Das Biest war hinter Antonio her, als hätte es auf ihn gewartet, um eine Schuld einzulösen. Wenn es gewollt hätte, hätte es Hackfleisch aus dir machen können. Aber es kam anders.«

»Das Merkwürdige ist, daß ich keine Angst hatte«, sagte Croaker.

Bennie nahm die Zigarre aus dem Mund. »Keine Angst vor den Haien zu haben, ist eine verdammt kluge Einstellung, die du dir bewahren solltest.«

»Es kommt mir so vor, als wäre der Geist deines Großvaters über meiner Schulter geschwebt, seit wir es mit dem ersten Tigerhai zu tun hatten.« Ein kleines Lächeln breitete sich auf Croakers Gesicht aus. »Er hat mir auch bei der letzten Auseinandersetzung beigestanden. So verrückt es sich auch anhören mag, ich weiß, daß es wahr ist.«

»Ich habe da keine Zweifel, *amigo*.« Bennie hob die Hand, und Croaker ergriff sie. »Weil er jetzt bei mir ist.« Sie blickten sich lange an, und etwas Unsichtbares, ein Funke jenseits von Sprache und Erinnerung, sprang über. Schließlich nickte Bennie. »Ich wollte, ich hätte ihn damals besser gekannt. Er wünschte sich etwas für mich, was mir nicht paßte. Seinetwegen habe ich es versucht, aber ich war kein guter Heilkundiger. Ich war auf Geld und Macht scharf und hatte an spirituellen Dingen kein Interesse. Er wußte es und hat mich deshalb nicht getadelt.« Bennie zog erneut an seiner Zigarre. »Das Problem ist, daß ich sauer auf ihn war. Er ist sehr hart mit mir umgesprungen, und ich habe nicht verstanden, weshalb. Ich habe ihn für einen hartherzigen Hurensohn gehalten.«

»Wie Antonio.« Croaker hatte Bennie einiges von dem erzählt, was Antonio ihm anvertraut hatte. Aber nicht alles. Geheimnisse mußten bewahrt bleiben.

Bennie nickte. »Ja, ich nehme an, daß das für jeden Jungen so ausgesehen hätte, der in *Hetá I* unterwiesen wurde. Jetzt, im Blick zurück, erkenne ich erst, was er für uns tun mußte. Glaub mir, *amigo,* ich denke mit Reue an den Tag zurück, wo ich ihm den Rücken zugewandt habe.« Sein Gesichtsausdruck wurde ungewöhnlich düster. »Es ist ... Es ist, als hätte ich mich selbst davon überzeugt, daß ich den Mord an ihm hätte verhindern können, wenn ich dort geblieben wäre.«

»Wie kannst du das wissen? Wahrscheinlicher ist, daß man dich auch getötet hätte.«

Bennie zuckte die Achseln. »Möglich ist alles, *amigo.*« Aber sein Tonfall verriet, daß er sich die Schuld gab. Er gestikulierte mit seiner Zigarre. »Eine gute Idee, alle Menschen einzuladen, die du liebst.«

»Familie«, sagte Croaker. Er dachte an Antonios Worte: *Als ich Sie zum erstenmal traf, habe ich einen Blick auf den Grund Ihrer Seele geworfen. Ich sah einen Mann, der genau wie ich selbst von seiner Vergangenheit abgeschnitten war.*

»Verwandlung« ist nur ein anderes Wort für »Heilung«, dachte Croaker.

»Wo wir gerade davon reden«, sagte Bennie.

Croaker wandte sich um. »Wovon?«

»Von Familie.« Bennie nahm die Zigarre aus dem Mund. »Ich kehre am Sonntag nach Asunción zurück.«

»Für wie lange?«

»Willst du die Wahrheit hören? Ich weiß es nicht.« Er klopfte Croaker auf den Rücken. »Zieh kein langes Gesicht, *amigo.* Du hattest bei meiner Entscheidung die Hand mit im Spiel. Als du mir Humaitás Gebeine gegeben hast, habe ich begriffen, daß ich sie nach Paraguay zurückbringen muß.«

»Wirst du sie im Fluß beisetzen?«

Bennie blickte aufs Meer hinaus. »Das war mein erster Gedanke, aber dann habe ich es mir anders überlegt. Sie sind ein zu wertvolles Geschenk.« Er wandte sich Croaker wieder zu und lächelte. »Verstehst du, es ist mir klargeworden, daß ich nicht so weitermachen kann wie bisher. Es ist zuviel passiert, um dort wieder anzuknüpfen. Zuerst habe ich nur geglaubt, daß ich eine Pause brauche, aber jetzt weiß ich es besser. Ich bin nicht mehr der Bennie von vor sechs Wochen. Die Dinge, auf die ich früher scharf war ...« Er zuckte die Achseln. »Ich habe mich gefragt, was ich jetzt tun soll, und dann wurde mir klar, daß die Antwort auf der Hand liegt.«

Er winkte ihn zu sich, und sie gingen zusammen in die Kabine. Croaker sah einen alten abgestoßenen und verschrammten Lederkoffer unter einer Bank. Bennie zog ihn hervor, öffnete ihn und nahm einen großen Oberschenkelknochen heraus. Er wirkte glatt und freundlich, und das gelbliche Sonnenlicht verlieh ihm die Farbe von Elfenbein.

»Als ich seine sterblichen Überreste zum erstenmal berührt habe, haben sie mir meine Frage beantwortet, ganz so, als würde mein Großvater noch leben.«

Er verstaute den Knochen ehrfurchtsvoll wieder in dem Koffer und schloß die Blechschnalle. Dann wandte er sich Croaker zu. »Ich gehe zurück, um zu lernen, und seine Gebeine werden mir dabei helfen. In ihnen ist eine ganze Bibliothek des Wissens enthalten. Ich werde einen *sukia* finden und *Hetá I* studieren.«

»Das hat sich Humaitá immer gewünscht.«

»Nein, *amigo.*« Bennie dirigierte Croaker wieder auf das Deck hinaus. »Ich wünsche es mir.«

Croaker hörte, daß Gideon auf der Gitarre ein Lied zu spielen und dazu zu singen begonnen hatte. Er erkannte den Song ›Fumbling Towards Ecstasy‹ von Sarah McLachlan.

Er blickte durch das Fenster. Im Westen lagen die Everglades. »Warum besuchen wir nicht Stone Tree noch mal, bevor du abreist?« fragte Croaker. »Ich glaube, daß er es schätzen würde, Humaitás sterbliche Überreste sehen zu dürfen.«

»Heilkundige unter sich, was, *amigo?*« Croaker sah, daß sein Vorschlag Bennie gefiel. *»Bueno«*, sagte Bennie. »Ich stehe sehr in seiner Schuld.«

»Das tun wir beide.«

Jenny steckte den Kopf durch die offene Kajütentür.

»Habt ihr was gegen Gesellschaft?« Als sie wieder an Deck waren, schlang sie einen Arm um Croakers Taille. »Oder tauscht ihr Geheimnisse aus?«

Croaker drückte sie an sich und blickte zu Rachel hinüber. Sie war tief in ein Gespräch mit ihrer Mutter verstrickt. Um sie herrschte eine besondere Aura, die durch das grünliche Wasser und die strahlende Sonne noch verstärkt wurde. Aus dieser Entfernung hätte man sie für Schwestern halten können. Sogar für Zwillinge.

»Geheimnisse?« Croaker blickte in Jennys Augen, die fast dieselbe erstaunliche Farbe wie das Meer hatten. »Ich glaube nicht, daß es hier noch viele Gründe für Geheimniskrämerei gibt.«

Marc Olden

Cool, rasant und unglaublich spannend – Marc Olden ist ein Meister des Fernost-Thrillers.

Giri
01/6806

Dai-Sho
01/6864

Gaijin
01/6957

Oni
01/7776

TE
01/7997

Do-Jo
01/8099

Dan tranh
01/8459